嘉慶期八

張寅彭 編纂　姚 蓉 點校

上海古籍出版社

第八册目次

詩箋三種

詩箋三種提要

《詩箋三種》，據嘉慶二十四年十二筆舫刊本點校。箋者李兆元，字瀛客，號勺洋，山東掖縣人。乾隆五十九年舉人，大挑授河南知縣。有《十二筆舫雜録》。按三種爲《古詩十九首附箋》、《蘇李詩箋》及《漁洋山人秋柳詩箋》。《十九首箋》與《蘇李詩箋》有嘉慶二年丁巳引言，《秋柳詩箋》更有乾隆六十年乙卯自序，所作甚早，然後皆有所訂正，《秋柳詩》第三首補箋更晚至嘉慶二十五年庚辰。其中《十九首箋》乃爲補説雍正間張庚之《古詩十九首解》，如「青青河畔草」一首，以爲原解「借倡女刺賤丈夫」不當，應爲直賦倡女；「西北有高樓」一首，「謂知其苦者稀，非謂知其抱道者稀」；「冉冉孤生竹」一首引何義門「孤竹是興，女蘿是比」説，較原解俱作比解細確；「東城高且長」原解主作一首，此則以爲作兩首義較長；「去者日以疏」一首，原解作他人説，此則作詩人自己説；至「凛凛歲云暮」一首盡棄原解，以爲通篇寫一思婦夢境，不僅較原解，且較歷來之説爲整一矣。張庚《解》原爲補正吴淇之《十九首定論》，相繼不斷，各有寸進。清初人好説《十九首》，至此時已至極精密之程度矣。其《蘇李詩箋》雖仍維持原作者，然斷蘇詩四首之前二首爲歸漢時作，後二首爲出使時作，亦一新前人之説。《秋柳詩箋》謂第一首追憶明開國時事，後三首皆詠福王，幾於字字坐實有事，如第一首「春燕」指燕王，「玉關」指吴三桂由山海關借兵驅李闖之類，雖明知穿鑿而樂此不疲。漁洋此詩惠棟注、金榮注等向來只及文字出處，或有「不切」之議，翁方綱曾爲作辯護，究不若此箋之實也。稍後梁章鉅《讀漁洋詩隨筆》即全予采信，許爲善説詩者。

詩箋三種序

余幼喜談詩，自愧未窺古人堂奥。每以爲讀古人詩，尚未知古人命意所在，及如何布格、如何用筆，與夫音節緩急之妙，而輒思握管詡詡然自矜作手，是先自欺矣，何能欺人？然半生精力，分於制藝者半，擾於貧苦應酬者又半，復何敢言詩？即偶言之，亦未敢自謂果有合於古人，而敝帚之享，未忍棄置。因取所箋《古詩十九首》，及蘇、李五言二種付鈔胥，附以《漁洋秋柳詩箋》，彙爲《詩箋三種》，藏之家塾。今夏吾友吴子敏園、朱子韞山、黄子卉町、龔子裕堂見之，共爲校定，并助貲代付剞劂。因復書此，以誌良友之雅。

嘉慶己卯夏六月，勺洋李兆元書於梁園寓舍。

古詩十九首附箋引

秀水張浦山徵君《古詩十九首解》最稱善本，然亦間有附會。余録其全册，披誦之餘，不揣鄙陋，間出管見，附原解後，非敢入浦山之室，操浦山之矛也。特以文章千古事，後人之見固不妨與前賢相質耳。大雅君子或更出高明之識，以補予所不逮，則又予之厚幸也夫。嘉慶二年歲次丁巳蘭秋下浣，勺洋李兆元書於十二筆舫。

古詩十九首附箋

秀水張　庚浦山原解
東萊李兆元勺洋附箋

古詩十九首

原解　胡氏曰：「畜神奇於温厚，寓感愴於和平。意愈淺愈深，詞愈近愈遠。篇不可句摘，句不可字求。蓋千古元氣，鍾毓一時，而作者以無意發之，故詣絶窮微，掩映千秋。」吴氏曰：「此漢人選漢詩也。《十九首》不著姓氏，亦猶《三百篇》不著姓氏之遺意也。今尚有可考者。《玉臺新詠》以《西北有高樓》爲枚乘，西漢人也。《冉冉孤生竹》爲傅毅，句上應加「劉彦和」，以别《玉臺新詠》。東漢人也。可見此《十九首》，漢家四百年人材盡在其中，故其詩卓絶古今。」按：《驅車上東門》一篇，上東門乃長安東門名，亦似出於西都人之手。按：《西都賦》：「立十二之通門。」《三輔黄圖》：「東則第一霸城門，亦曰『青門』；第二清明門，内有籍田倉，亦曰『籍田門』；第三宣平門，亦曰『東都門』。南則第一杜門，亦曰『覆盎門』；第二安門，亦曰『鼎路門』；第三西安門，亦曰『便門』。西則第一章城門，亦曰『光門』；第二『直城門』；第三雍門，亦曰『西城門』。北則第一洛城門；第二厨城門；第三横門，亦曰『光門』。」凡十二門無上東門。又按：《續漢書・百官志》：「洛陽城十二門，一曰上東門。」《水經注》：「穀水又東屈而逕建春門石橋下，即上東門也。」洛陽，漢之東都，今河南府洛陽縣。《河南郡圖經》：「東有三門，最北頭曰上東門。」是上東門係東都，非西都也。吴氏偶誤，浦山仍之，亦失考。又按：徐孝穆以

《行行重行行》、《青青河畔草》、《涉江采芙蓉》、《庭中有奇樹》、《迢迢牽牛星》、《東城高且長》、《明月何皎皎》皆爲枚乘作，則皆西漢之詩矣。正不須以此詩爲出西都人之手，方見其萃兩京之詩也。《青青陵上柏》一篇，言「遊戲宛與洛」，則出於東都之人手。誠兩京詩之萃也。又曰：「十九首不出於一手，作於一時。要皆臣不得於君，而託意於夫婦朋友，深合風人之旨。後世作者，皆不能出其範圍。詩品云升堂者劉楨，入室者曹植，此外寥寥矣。」組織風騷，鈞平文質，得性情之正，合和平之旨。義理聲歌，兩用其極。故能紹已亡之風雅，垂萬禩之規模。有志斯道者，當終身奉以爲的。

行行重行行，與君生別離。相去萬餘里，各在天一涯。道路阻且長，會面安可知？代馬依北風，越鳥巢南枝。相去日已遠，衣帶日已緩。浮雲蔽白日，遊子不顧返。思君令人老，歲月忽已晚。棄捐勿復道，努力加餐飯。

原解　此臣不得於君，而寓意於遠別離也。參吴氏首言「行行，遠也」，復言「重行行，久也」，即包全篇意。次句「生別離」，即楚詞「悲莫悲兮生別離」也。下緊接「相去」四句，見別離易而會面難。曰「相去」、曰「各在」，言君之去我萬餘里，是我於君爲天涯也；我之去君萬餘里，是君於我爲天涯也。見兩相眷之意，已暗伏下「浮雲」句。然道路阻長如此，會面亦安可知乎？「代馬」二句，忽插比興語，有三義：一以緊承上「各在天一涯」，言北者自北，南者自南，永無相見之期。二以依北者北，巢南者南，凡物各有所託，遥伏下「思君」云云，見己之身心唯君子是託也。三以依北者不思南，巢南者不思北，凡物皆戀故土，見遊子當返，以起下「相去日已」云云。以上言遠，完上「行行」二字。「相去日已遠」以下，言久也，完下「行行」二字。「遠」字若作遠近之遠，與上文「相去萬餘里」複矣，惟相去久，故思亦久，以致衣帶緩。帶緩即伏下「加餐」。「白日」比遊子。「浮雲」比讒間之人。「不顧返」猶言不思返。因「思」字音啞，「顧」字則響，見遊子之心本如白日，其不思返者，爲讒人間之耳。「思君」二句，承衣帶緩來。己之憔悴有似於老，而實非衰殘，只因思君使然。然屈指從前歲月，亦不可不云晚矣。妙在「已晚」上着一「忽」字。彼衣帶之緩，曰「日已」，逐日拊髀，苦處在漸；歲月之晚，曰「忽已」，陡然警心，苦處在頓。漸與頓，皆久中之情。「棄捐」二句，緊承「令人老」作轉棙以結，言相思無益，徒令人老。曷若棄捐勿道，且努力加餐，庶幾留得顏色，以冀他日會面也。其孤忠拳拳如此。尤妙在通篇無一怨詞，即以「浮雲」比讒間，亦無懟恨氣。可識詩人之忠厚矣。

附箋　原解首句冒通篇，甚佳。然次句「生別離」「生」字亦須着眼「生別」對「死別」看。生別雖曰「遠」曰「久」，而異時猶可相見，是不絕望之詞。「努力加餐」一結，正從此處生來。若死別則無望矣。此詩託言「生別離」，正須得其不忍絕望於君之意。「代馬」二句，敘事中忽插比興，最是詩中神境。其法自《衛風》「淇則有岸」二句來。

青青河畔草，鬱鬱園中柳。盈盈樓上女，皎皎當窗牖。娥娥紅粉粧，纖纖出素手。昔爲倡家女，今爲蕩子婦。蕩子行不歸，空牀難獨守。

原解　此詩刺也。雖莫必其所刺誰何，要不外乎不循廉耻而營營之賤丈夫。若以爲直賦倡女，倡女亦何足賦，而費此筆墨耶？節録。

附箋　此直賦倡女以垂戒耳。《國風》「涉淇」之什，《大易》「見金」之占，皆是此義。原解以爲借倡女刺賤丈夫，似可不必。前六句突然而起，即景寫來，層次如畫。連用叠字，纍纍如貫珠，一氣趕到「出素手」而止。蓋河上有園，園中有樓，樓上有女，女當窗，而人見其紅粉粧、出素手。此詩人自遠而近所見之次第也。然於其當窗牖，而未敢定其爲倡家女、蕩子婦也。即見其紅粉粧，而猶未敢定其爲倡家女、蕩子婦也。惟至「纖纖出素手」，而後輕佻之態畢露，始確知其爲倡家女、蕩子婦矣。於是不待問其姓氏，而直目之曰「倡家女」、「蕩子婦」，且併決其爲蕩子不歸，而此女以空牀難守，始爲此出素手之態。爲女子者，容貌舉止可勿慎哉？故此詩以「纖纖」句爲主，前五句皆爲此句寫起，後四句皆從此句生來。而「昔爲」二句承上叠注之勢變爲對偶之句。急脉緩受，音節亦入微入妙。

附參　《玉臺新詠》載此詩爲枚乘作。按：乘初爲吴王濞郎中，吴王謀爲逆，乘奏書諫，通篇俱用隱語。蓋以吴王逆謀，難於顯斥也。因思此詩樓上女其空牀難守之情，未嘗告人也。而人但即其紅粉粧、出素手，遂皆知其爲空牀難守，無微不顯。其即書中所謂「欲人勿聞，莫若勿言；欲人勿知，莫若勿爲」之意乎？然則乘此詩或於吴王逆謀初起之時，而借樓上女以諷歟？夫説詩必「知人論世」，而後可「以意逆志」。此余論詩微意，特施之此詩，恐世人又未免笑余爲鑿矣。附筆於此，願以質諸世之深於好古者。

青青陵上柏，磊磊澗中石。人生天地間，忽如遠行客。斗酒相娱樂，聊厚不爲薄。驅車策駑馬，遊戲宛與洛。洛中何鬱鬱，冠帶自相索。長衢羅夾巷，王侯多第宅。兩宫遥相望，雙闕百餘尺。極宴娱心意，戚戚何所迫。

原解殊失詩旨，不録。

附箋　此抱道之士不達於君，感年歲之遲暮，而放懷以自樂也。通篇微意在「兩宫遥相望」二句逗出，却妙在起四句從人生如客説入，筆力便已透過數層，已將從前少壯時無限情事包括在内。尤妙在「斗酒」二句虚頓，而夾入「驅車宛洛」一段，將胸中所感正意，借遊戲從對面寫出，不肯犯一實筆，運局更高。其云「冠帶自相索」者，即所謂「五陵衣馬自輕肥」也；「兩宫遥相望，雙闕百餘尺」者，即所謂「閶闔九門不可通」也。妙在不肯明言，而以「遊戲」二字括之，轉若只詠遊歷中所見者，即急以娱樂意一筆收結，不肯多着一語。只在隱躍之間，令讀者於言外領取。「極宴」即指上「斗酒」，蓋即斗酒而可以極宴會之樂，正聊厚不爲薄之意也。「戚戚何所迫」者，不以身處可戚之境，而損其浩落之天也。「戚戚」二字正暗結「洛中」一段。

今日良宴會，歡樂難具陳。彈箏奮逸響，新聲妙入神。令德唱高言，識曲聽其真。齊心同所願，含意俱未伸。人生寄一世，奄忽若飇塵。何不策高足，先據要路津。無爲守窮賤，轗軻常苦辛。

原解　此因宴會而相感於出處之詩。以「令德」二字爲一詩之綱，以「含意」句爲一篇之樞紐。從前所解，上下截不得融洽者，由於不得綱與樞紐也。古人宴會必作樂，樂必有曲，曲必本乎德。「令德」，曲之情；「高言」，曲之文。「識曲」，識其令德高言之盡美；「聽其真」，聽其令德高言之盡善也。良朋宴會，令德相符，固足歡樂，然未有不感於貧賤同困，而不得一展其用也。是則令德之展用，寔齊心而同願也。第俱含意未伸耳。於是作者爲伸之曰「俱未伸」已有作者在內。今又添出作者代爲伸之，是置作者於局外矣。不識「俱」字於良朋外，更有何指。人生於世，歲月如飈之揚塵，直奄忽以過。乃抱兹令德，而轗軻終身，可不惜哉？因爲婉言以商之曰何不策高足，以據要路乎？無爲常守貧賤，而轗軻以終身也。「據要路」，即《孟子》「當路」。當路方得展用，然細玩「何不」、「無爲」語意，有然有命也，不可倖致意。故吴氏以爲大類《論語》「富而可求」章，却將「如不可求，從吾所好」留作歇後。而後人指爲激詞，目爲詭調，皆未會其意。此説極好。宴會曰「良」，則非尋常作劇佚遊也。曰「今日」，則非平生所易得也。「歡樂」申上「良」字，從來歡樂，莫過於同德相聚。「彈箏」六句敷陳歡樂，「人生」二句因歡樂而生感，即漢武《秋風詞》「歡樂極兮哀情多」意，總完得「今日良宴會」五字。蓋古人起句必包全篇也。

附箋　此詩之旨，大約同心之友抱道不遇，一旦身逢治世，於是歡然宴會，而相勖以仕進也。「令德」者，濟時之具，浦山以爲一篇之綱，是也。唯有此令德，而後可以據要路，否則仕進之願，但希富貴，豈可訓哉？然又不可自誇令德，故舉以稱諸我友，而我友亦豈沾沾自表之人。蓋亦僅託諸音以傳之，而我與我友之所願，固俱含而未伸也。然當此明良之會，倘蹉跎歲月，豈不虚此令德？所以策高足，據要路，先爲我友勖之，而不必長守窮賤以終身也。通篇大意如此。曰「今日良宴會」者，同心之友平日豈無宴會，而蒿目時艱，轉增慨嘆，不得謂之良也。唯至今日，上有聖主，天下想望太平，而我與我友抱茲令德，已有彈冠相慶之機，故曰「良宴會」也。浦山云：「宴會曰『良』，則非尋常作劇佚遊也。曰『今日』，則非平日所易得也。」余謂宴會曰「良」，則非酒酣拔劍、斫地高歌之比也，曰「今日」，則有及時之思，且有時不可失之意也。只此一句已直貫到「人生」二句及末四句「何不」、「無爲」數虚字之神矣。「彈箏」四句緊承次句來，曲即指「高言」，亦即指「新聲」。以「彈箏」言之曰「新聲」，以「令德」言之曰「高言」，而總謂之曲。「其真」即指「令德」。「識」字、「聽」字寫出兩人同德同心，來緊起下「齊心」云云。通篇唯「齊心」二句，略點入自己。前後俱就我友説，命意布格俱超。「伸」字作屈伸之「伸」解，言未得行其志也。「人生寄一世，奄忽若飈塵」者，即日月逝矣，歲不我與之感也。「何不策高足，先據要路津」者，即昌黎所云「何不上書自薦達，坐令四海如虞唐」也。觀一「先」字便欣然有貢禹彈冠之意。故愚謂此詩人心事，即昌黎《三上宰相書》心事。須知聖賢學問未有遺世獨善者，正不得以干進求知疑之。浦山乃引吴氏，以後四句作歇後語，試思「何不」、「無爲」語意，何等直截耶？

西北有高樓，上與浮雲齊。交疏結綺窗，阿閣三重階。上有絃歌聲，音響一何悲。誰能爲此曲，無乃杞梁妻？清商隨風發，中曲正徘徊。一彈再三歎，慷慨有餘哀。不惜歌者苦，但傷知音稀。願爲雙鳴鶴，一作「鴻鵠」。奮翅俱諸本皆作「起」，獨浦山本作「俱」。高飛。

原解　此拘道而傷莫我知之詩。借歌者極寫之，而結以「願爲」二句見意，格局甚好。此篇上半易明。惟「不惜」四句，解者每多牽强。吴氏以爲此聽者代之之詞，若曰歌之苦，我所不惜，難得者知音耳。如有知音願與同歸矣。然以上文文勢觀之，此接代詞，覺突且無味。蓋此詩本就聽者摹寫，則「不惜」仍是聽者不惜。起六句是叙述，「誰能」六句是擬議，結四句乃發論見意也。若謂我聽其歌悲哀慷慨，亦何苦也。然我不惜其苦，所可傷者，世者如此音聲，而竟不得一知者耳。因自露其意氣，遂慨然曰我與若人所拘既同，所遇又同，若得化爲雙鶴，奮翅俱飛，以去此人間，誠所願矣。欲寫歌者，先位置一樓。「樓」上着一「高」字，又申以「與浮雲齊」，言其峻絶出塵也。「交疏」二句雖言深，而接以「三重階」，仍自寫高。古人用筆之不雜如此。先出歌聲、後出人者，高樓之上、交疏之中，人之有無不得知，因歌聲知之也。而於人則曰「誰」、曰「無乃」，作猜疑之詞者，蓋雖因歌聲而知樓上有人，然終不知其爲何如人，因即歌聲擬料之。古人用筆之仔細如此。下只就聲音摹寫四句。摹寫聲音，正摹寫其人也。古人用筆之清超如此。至於高樓曰「西北有」，亦非泛就一方向起也，蓋尊之也。《古艷歌》云「日出東南隅」，是賦艷，故就「東南」寫；此賦感，故就「西北」寫。蓋天地之氣，盛於東南，成於西北，所謂義氣也。故賓位在西北。古人用筆之不泛如此。論杜詩曰「無一字無來歷」，即此意也。若必謂某字出某書，猶是村夫子見識。此段議論嘉惠後學甚廣，不止在此一詩。古人作詩惟恐露，故多含蓄之；今人作詩惟恐不露，故必明言之。此古今人之所以不相及也。

附箋　樓與雲齊，喻其置身之高。交疏結綺，喻其防身之密。只起首四句，寫景而人品之超、操守之嚴，已隱隱言下矣。「歌者苦」「苦」字總承上文，與「一何悲」「悲」字相應。「知音稀」謂知其苦者稀，非謂知其抱道者稀也。浦山謂「此抱道而傷莫我知之詩」，似尚體會未細。竊意此詩或有隱痛，如三閭故君之思，故以夫婦之永訣比君臣之永隔。而其不可明言之隱，則但以一「苦」字括之，令人於言外領取。蓋情至最苦，每不可以言語形容也。所遭既苦，若尚有知音者，猶可以私相慰藉。惟所遭既苦，所遇又窮，必有與世抵牾如《邶風》所云「覯閔既多，受侮不少」者，誠不如鵠之高飛，猶得離塵絶俗，自適於寥廓之天也。「但傷知音稀」以上，皆哀憐歌者之詞。「願爲」二句忽攙入自己，以見己之所遭與歌者相同。則凡通篇寫歌者處，皆自爲寫照矣。司空表聖所謂「不着一字，盡得風流」者是也。浦山評其格局甚好，良然。《邶風》云：「静言思之，不能奮飛。」正言之也。此詩「願爲」云云，姑妄言之也。詞不同而情則同。「音響一何悲」是初聞而心訝之詞。「中曲正徘徊」是澄心細聽之詞。「慷慨有餘哀」是再三審聽、流連不盡之詞。用筆俱有次第。

涉江采芙蓉，蘭澤多芳草。采之欲遺誰，所思在遠道。還顧望舊鄉，長路漫浩浩。同心而離居，憂傷以終老。

原解　此亦臣不得於君之詩。開口「涉江」，何等勇往；中間「還顧」，何等無聊；結語何等淒咽。首尾四十字，真一字一淚。　吴氏曰「芙蓉」、「芳草」，喻仁義也。「多芳草」，言富於仁義也。「遺所思」，報遺於君也。「在遠道」，喻君門九重也。明明遺所思，却先曰「采之欲遺誰」，故作自詰之詞者，宕出下文。以其人之可思，而益顯其道之遠也。　此篇解者亦未融洽。由「還顧」二句看，不徹也。若謂就所思之居處而言，故曰「遠道」；就我之往從而言，故曰「長路」，非有二也。若然，則直望之可也。夫人心之所思，目必注之，情之常也，何用「還顧」二字，致文意上下不蒙。況明明説出舊鄉，則「長路」斷非君門矣。觀「涉江」二字起，明是言身在中途。前瞻君門，則有九重之隔；還望舊鄉，則又長路浩浩，真進退維谷矣。其所以致此者，良由君心素同，而一旦離居故耳。同心，則所謂一德一心也。而乃離居焉，安得不憂傷以終老乎？若「所思在遠道」下即接「同心」二句，豈不直捷明快？然少意味。故以「還顧」二句作一波折，然後接出，不但意極婉曲，而局度亦甚紆餘矣。玩「同心而離居」「而」字，必有小人讒間矣。玩「憂傷以終老」「以」字，有甘心處之而無怨意。此忠臣立心也。

附箋　一筆書成，神流象外。楊升菴取齊梁人詩之合律者，爲五言律祖。余謂略貌取神，直當奉此種爲鼻祖。得其風格神韵，當不復知有孟襄陽也。

明月皎夜光，促織鳴東壁。玉衡指孟冬，衆星何歷歷。白露霑野草，時節忽復易。秋蟬鳴樹間，玄鳥逝安適？昔我同門友，高舉振六翮。不念攜手好，棄我如遺迹。南箕北有斗，牽牛不負軛。良無磐石固，虚名復何益？

原解　此不得於朋友而怨之之詩。起八句雖是序時物，然正意已寓。明月曰「皎夜光」，衆星曰「何歷歷」，喻平日之交情，耿耿不磨也。「露霑草」、「時節易」，喻朋友之志變易也，伏下「不念」句。「蟬鳴樹間」，喻朋友之得所高鳴也，伏下「高舉」句。「玄鳥逝安適」，喻己之失所無歸也，伏下「遺棄」句。曰「同門友」，則是平昔切磋共學，非泛泛交遊可知。曰「攜手好」，則平昔之寘予於懷可知。奈何高舉而棄我如遺也？「南箕」四句，言交情既不能如盤石之固，亦如箕斗徒擁虚名而已。箕、斗、牽牛，雖借喻朋友之無益，亦是應上玉衡衆星作章法。「促織鳴東壁」，東壁向陽，天氣漸凉，草蟲就暖也。此古人體物之細。《史記・天官書》斗杓指夕，衡指夜，魁指晨。堯時仲秋夕，斗杓指酉，衡指仲冬。此言玉衡指孟冬，則是杓指申，爲孟秋七月也。然白露爲八月節。「促織鳴東壁」，又即《豳風》「八月在宇」義。「玄鳥逝」，又即《月令》「八月玄鳥歸」。然則此詩是七、八月之交。舊注泥煞孟冬十月，大謬。吴氏據歷家歲差法，以爲漢去堯時二千餘年，此時仲秋杓當指申，衡應指孟冬。此説亦未盡然。蓋今時仲秋杓猶指酉也。

附箋　此詩首四句俱就七月説。「白露」四句方就八月説。「促織鳴東壁」仍作七月節候看，纔與下句一貫。今人園亭中六、七月間，每有促織鳴於壁間、砌下，正不得拘定「八月在宇」解也。觀「白露」句下即申之以「時節忽復易」，益可見前四句俱就七月説矣。語意本明顯，浦山偶未會耳。

七月、八月俱屬秋時，而頓覺節候已易，正見友之棄我只在轉盼間也。翻雲覆雨，千古同慨，此詩只以「時節忽復易」五字括之，措語微婉，直接風雅。說到「棄我如遺迹」即頓住，忽以箕、斗、牽牛回映「衆星」句，從旁借喻，醖釀停蓄，義兼興比，最是詩家妙境。「良無」句轉合正意，「虚名」句正喻雙收。通篇怨而不怒，尤得風人之旨。

冉冉孤生竹，結根泰山阿。與君爲新婚，兔絲附女蘿。兔絲生有時，夫婦會有宜。千里遠結婚，悠悠隔山陂。思君令人老，軒車來何遲。傷彼蕙蘭花，含英揚光輝。過時而不采，將隨秋草萎。君亮執高節，賤妾亦何爲？

原解　此賢者不見用於世，而託言女子之嫁不及時也。吴氏曰「孤生竹」喻己，「泰山」喻夫，「結根」喻託身。但夫婦之會有宜，猶兔絲之生有時，弗可苟也，故又以「兔絲」爲喻。「軒車」，逆女之車也。「來遲」者，以結婚之遠在千里外也。「思君」云云，是倒句。軒車來遲，故思君致老耳。身固未嘗老，思君致然，即《詩》所謂「維憂用老」也。「傷彼」四句，從「老」字來。「含英揚光」，多少自負。誠欲及時見采，不甘與秋草同萎。「君亮」句指軒車來遲，爲所思之人占地步，政自占地步。言君之來遲，信執高節矣。我亦何爲而不執高節哉？　此詩平平叙去，其「過時」一句，却是一篇之主。以上十二句，皆此句緣起。結句深一步，以自重其品。「生有時」「時」字即《摽有梅》「迨其吉」「吉」字，「過時」「時」字即「迨其今」「今」字。「賤妾亦何爲」則視「迨其謂之」高一籌矣。

附箋　「過時」之傷，發乎情也。結二句止乎禮義也。斯爲性情之正。　軒車來遲，是君負我也。不怨君之負我，而曰「君亮執高節」，妙於立言，最得忠厚之旨。　「千里」二句見兩情之遥隔也，當活看。吴氏指爲軒車來遲之故，不知遲在「過時」，不在「千里」也。使軒車肯來，雖遠在千里，計程可到，寧遽有過時之傷乎？　何義門云「孤竹」是興，「女蘿」是比。較吴氏俱作比喻解，義更長。《爾雅》：「唐蒙，女蘿。女蘿，兔絲。」郭璞注云：「别四名。」謂一物而四名也。此詩「兔絲附女蘿」，分爲二物矣。陸佃《詩疏》云：「在木爲女蘿，在草爲兔絲。」與此詩合。太白《白頭吟》云：「兔絲固無情，隨風任顛倒。誰使女蘿枝，而來强縈抱。」則又本此詩而推衍者也。

庭中有奇樹，緑葉發華滋。攀條折其榮，將以遺所思。馨香盈懷袖，路遠莫致之。此物何足貴，沈歸愚云：「貴」，《文選》作「貢」，謂獻也。較有味。但感别經時。

原解　此臣不得於君，而託興於奇樹也。其託興於奇樹，不以衰爲感，而感於盛。有二義。夫人自少小以至强壯，不過二十年，則日衰矣。樹之由萌蘖以至榮盛，榮盛不過百日，則日衰矣。則其盛也，不誠可惜哉？此詩人所以託興也。有志之士，斷不肯閒玩廢日，董子所以不窺園也。故平時不爲時物所觸，感亦無自而生。一旦見樹之當時芳茂，安得不感己之當時偃蹇？此又詩人之所以託興也。　樹曰「奇」，則非凡卉矣；曰「庭中有」，則非野植矣。「葉發華滋」，培之厚也；攀條而折榮，取其精也；「遺所思」，欲獻於君也；「馨香盈懷袖」，餘馥被物也；「莫致之」，深自惜也。寫得極鄭重，先自貴其物如此，却以「何足貴」一語故抑之，以振出末句，見所感之深。「經時」二字有深意，歲有四時，時有三月，經時則歷三月矣。古之人三月無君，則皇皇如也，能無感乎？此物即其榮，言榮者，誇之以自珍；言物者，卑之以尊君。曰「感」不曰「傷」者，傷必因乎衰，衰則過時矣，不復可爲矣。故可傷感乃因乎盛，盛而不見用，尚可冀其用，故曰「感」。通篇只就奇樹一意寫到底，中間却具千迴百折。更妙在由樹而條、而榮、而馨香，層層寫來，以見美盛。而以一語反振出「感別」便住，不更贅一語。正如山之蜿蟺迤邐而來，至江，以峭壁截住，格局筆力，千古無兩。

附箋　「路遠」句轉筆也，而先以「馨香」句於轉筆之前盤旋回繞，顧盼生姿。局勢至此而曲，聲調至此而高。魏水叔云：「古文接處用提法，人所易知。轉處用駐法，人所難曉。凡文之轉易流便無力，故每於字句未轉時情勢先轉，少駐而後下，則頓挫沉鬱之意生。」此詩中間正得其妙。誰謂詩、文有二法耶？

附録　邵子湘曰：「與《涉江采芙蓉》首意同。而前曰『望鄉』，此稱『路遠』，有行者、居者之別。」

迢迢牽牛星，皎皎河漢女。纖纖擢素手，札札弄機杼。終日不成章，泣涕零如雨。河漢清且淺，相去復幾許。盈盈一水間，脈脈不得語。

原解　吳氏曰：「此蓋臣不得於君之詩。特借織女爲喻。通篇不涉渡河一字，只依《毛詩》，從織上翻出意來。是他占地步高，後來作家彙干皆丘垤耳。『迢迢』，君門遼遠也。『皎皎』，貞士潔白也。織乃女子正業，故以爲喻。『纖纖』二句，手不離機杼，所守之貞也。『終日』二句，所守者苦節之貞也。『河漢』二句，可渡而終不渡，所守之貞且堅也。相去無幾，只争一水。身不得往，語或可聞。然終不肯遥訴一語，所守之貞、之苦，并不求其知也。詩中自首至尾，亦不及秋夕一字，終年如此，終月如此，終日如此。所守之貞、之苦，終古如此也。」欲寫織女之繫情於牽牛，却先用「迢迢」二字，將牽牛推遠。以下方就織女寫出許多情致。句句寫織女，句句歸到牽牛，以見其「迢迢」。「皎皎」句與首句是對起，故下雖就織女以寫牽牛之迢迢，却句句仍只寫織女之皎皎。蓋皎皎，光輝潔白之貌。今機杼之勤，所守之貞，不肯渡河，并不肯告語，皆織女之皎皎也。兩兩關寫，無一筆牽纏格礙，豈非千古絶筆？又上既云「迢迢」，下復曰「相去復幾許」，見得近在咫尺，似悖矣。不知神妙正在此悖也。蓋從乎情之不得通而言，則見爲迢迢；從乎地之相阻而言，則仍幾許。故下一「復」字若謂雖曰「迢迢」，亦復不遠。愈説得近，則情愈切；情愈切，則境愈覺遠矣。真善於寫遠也。更妙在以「盈盈」二句承結，遂將「迢迢」、「幾許」兩相融貫。謂爲迢迢，則又復幾許。謂之相去只此幾許，則又限於盈盈而不得語。既限於盈盈而不得語，則雖幾許之相去，已不啻千里萬里矣。可不謂之迢迢乎？人但知「盈盈」二句承河漢清淺來，不知其雙貫「迢迢」、「幾許」兩語也。真奇妙莫測。

「青青」章雙叠字六句連用在前，此章雙叠字亦六句，却截二句在結處，遂彼此各成一奇局。吴氏曰此與「青青」章俱有「纖纖素手」字，彼用一「出」字，的是賣弄春葱，爲倡女之態；此用一

「擢」字，的是擲梭情景，爲貞女之事。

此解妙處，何減匡鼎説《詩》。

附録　孫月峰云：「末四句振起全首精神，然亦是從《河廣》脱胎來。」

迴車駕言邁，悠悠涉長道。四顧何茫茫，東風摇百草。所遇無故物，焉得不速老。盛衰各有時，立身苦不早。人生非金石，豈能長壽考？奄忽隨物化，榮名以爲寶。

原解　此因不得志於時而思立名於後也。古人作詩，起句從無泛設之理。讀者往往忽略，所以不得全篇神理。如此詩起用「迴車」二字，用意極深遠。夫人幼而學之，孰不欲壯而行之？迨轍環幾遍，終不得遇，而逝者催老，安得不更而爲迴車之思乎？此孔子所以有「歸與」之嘆也。得此意以讀是詩，則全篇神理得矣。迴車所見，不將秋景點綴，以致傷遲暮之情，偏就艷陽之春寫者何？正要在春風上逼出「無故物」來。去年之百草不知何去，今東風所摇而新者，又是一番萌蘖，所謂「不覩舊耆老，但見新少年」也。則我老之速可知已。然以盛衰之常理推之，彼我固各有其時，亦何足苦？所苦者從前歲月徒消，鹿鹿而立身不早耳。今既老矣，而壽考又不可，必將隨物化，可弗寶此榮名乎？此所以亟亟迴車也。言外有不得見之事實，則當修之以名於後世意。其不説出者，古人之謙也。聖如孔子，亦只説得小子之不知所以裁，未嘗明言我將裁之，以傳道於來世也。此意是朱子補出。凡人衰老之感，都就秋物憔悴起興。此獨從三春榮盛寫，妙極矣。蓋秋物雖一日憔悴一日，然畢竟猶有憔悴之骨子在。一經春風，則憔悴者悉化，又换一番新物矣。則吾身之如贅可知，傷何如哉！此即上章就近處寫遠意。「奇樹」篇之感盛亦此意。可識古人用筆冒過數層處。

附箋　盛衰各有時，説得心和氣平，怨尤都泯，所以爲厚之至也。而得此一筆，局勢之紆曲、聲調之宛轉，亦胥極其致矣。「人生」以下説到奄忽物化，是深一層跌出榮名爲寶來。

東城高且長，逶迤自相屬。迴風動地起，秋草萋已緑。四時更變化，歲暮亦何速。晨風懷苦心，蟋蟀傷局促。蕩滌放情志，何爲自結束？燕趙多佳人，美者顔如玉。被服羅裳衣，當户理清曲。音響一何悲，絃急知柱促。馳情整巾帶，李善注《文選》作「中帶」。注云：「中帶，中衣帶。」沉吟聊躑躅。思爲雙飛燕，銜泥巢君屋。

原解　此蓋傷歲月迫促而欲放情娱樂也。然以思結之，亦可謂發乎情，止乎義矣。「東城」二句就其地以起興。「迴風」四句言時光易逝。因慨古之懷苦心者，則有若《晨風》之詩；「傷局促」者，則有若《蟋蟀》之詩。凡此皆自爲拘束，曷若放情志以蕩滌其懷傷乎？其放情志而不自拘束，奈何莫若艷色新聲矣。燕趙之地多佳人，其尤者則有玉顔且盛服。當户而理曲，其么絃促柱之悲音，一何動聽也。既目其如玉之顔，復耳其最悲之曲，而情爲之馳矣。巾，冠也。巾帶，冠纓也。凡人心慕其人，而欲動其人之親愛於我，必先自整其儀容。「馳情整巾帶」者，致我之敬，以希感動佳人也，正馳情之極也。「沉吟」，心口爲之自忖自語。「躑躅」，身足爲之且前且却。此是理欲交戰情形，以起下「思爲」云云一結。既而終以爲不可，因思身不得巢君之屋，惟燕得以巢之，遂思爲飛燕也。此篇張氏以爲「燕趙」以下另是一首，且以重用「促」字韵爲據。細玩詞意，亦是。但從前都作一首，陸平原《擬古》亦作一首擬，仍其舊可也。然必如是解，方不牽强。即作兩首，即如是解，亦可。古人詩句句相生。如此詩，起云「東城高且長」，下就「長」字接「逶迤相屬」句，以足「長」字之勢。就「逶迤」字生出「迴風動地」句，就「地」字生出「秋草」句，就「秋草」字生出「四時變化」句，就「時變」字生出「歲暮速」句，就「速」字生出「懷傷」二句，就「懷傷」二字生出「放情」二句，就「放情不拘」生出下半首，真一氣相承不斷，安得不移人之情？

附箋　作二首，義較長。其云「放情志」者，不過言當及時行樂，固不必妄作越禮之想。且即欲放情聲色，如信陵君之飲醇酒、近婦人，亦無不可，而又何取於燕趙佳人，爲此沉吟躑躅之態乎？夫沉吟躑躅，則但見縈情，不可謂之放情矣。凡立言有體，若徒設一虚願，亦不宜作此實叙之筆。且「思爲」云云，不幾於虚願之中，又設虚願乎？幻中生幻，毫無意味。况雙飛巢屋但結向佳人一邊，與前「歲暮」云云，亦絶無照應，成何章法？古人感物起興，多就眼前所見描寫。飛燕銜泥當是春夏之交，故佳人服羅衣而當户。若秋草迴風，歲已將暮，燕趙佳人之屋又安有飛燕銜泥，而亦豈宜羅衣當户耶？「馳情整巾帶」二句從宋玉《好色賦》「意密體疎，俯仰異觀」、「因遷延而辭避」等語化出，即所云「目欲其顔，心顧其義」也。試以《出其東門》較之，「雖則如雲，匪我思存」，不作整巾躑躅之態也。「縞衣綦巾，聊樂我員」，不作雙飛巢屋之思也。然此「思爲」云云，實爲淵明《閒情賦》所祖。情之所發，賢者不免，而香草美人，寓言十九。發乎情，止乎禮義，固宜其上繼《風》《騷》，而爲千秋圭臬也。

驅車上東門，遥望郭北墓。白楊何蕭蕭，松柏夾廣路。下有陳死人，杳杳即長暮。潛寐黄泉下，千載永不寤。浩浩陰陽移，年命如朝露。人生忽如寄，壽無金石固。萬歲更相送，賢聖莫能度。服食求神仙，多爲藥所誤。不如飲美酒，被服紈與素。

原解　此達人自言其所得也。陰陽，氣也。浩浩，無窮盡也。「移」字妙甚。自古及今，生生死死，更迭相送，都在一「移」字中。即爲聖爲賢，亦莫能度此。若因莫能度而求神仙之術，則又謬矣。仙可求乎？求之未有不爲藥所誤而速其死也。然則如之何而可？莫若現前者足以樂矣。《唐風》云：「子有衣裳，弗曳弗婁。宛其死矣，他人是愉。」又曰：「子有酒食，何不日鼓瑟？宛其死矣，他人入室。」依此而言，不如飲美酒、被服紈與素之爲得也。　吴氏曰：「上東門，長安東門名。郭北，西都之北郭，非東都之北邙也。「上東門」非西都城門。吴氏誤説，見題下注。首八句直序下，『浩浩』以下，却用論宗語。猶元人《嘆髑髏》雜劇，先取一副髑髏傀儡置場上，然後假借莊生勸世之言。此格甚好。」

附録　《文選集評》云：「『萬歲』，謂自古也。」《玉篇》：「『度』與『渡』通，過也。」　方伯海云：「『服食』二句爲秦皇漢武猛下一針，自是金石之論。」

去者日以疏，來一作生。者日以親。出郭門直視，但見丘與墳。古墓犁爲田，松柏摧爲薪。白楊多悲風，蕭蕭愁煞人。思還故里閭，欲歸道無因。

原解　王氏謂此客異鄉，因見古墓而思里閭也。吴氏以爲「思」字屬死者解。細玩詩意，兩説俱可。依吴氏説，言天地之化無一息之停，無非是去者、來者兩物而已。去日以疏，來日以親，蓋言日親者，非真親也，是日疏之因也。親者非親，疏者真疏，其何以堪？「出郭」二句申上「日親」，而日親者如是。「古墓」二句申上「日疏」，而日疏者如彼，更何以堪？而况目前之白楊悲風蕭蕭，愁何如耶？結二句，因代死者作慘語以自傷。言覩此景狀，死即有知，而興思故里，然欲覓道而歸，則幽明相隔，茫茫無路，將何因也，則生人之可傷何如耶？若依王氏説，上八句解同。結二句言當此時，安得不深首邱之思？無如欲歸而道無因也。「道無因」「道」字當作引導解。歸有資斧，則因資斧爲道。或歸有附託，則因附託爲道。兩者俱無，所以久淹也。若作道路解，則東西南北犁然在目，何謂無因？

附箋　「親」、「疏」字當作「遠」、「近」字看。去者日疏，言少壯之時日去日遠也。來者日親，言衰老之境日來日近也。惟衰老日近，是以見丘墳而動故里之思。并見古墓之不能保其松柏，而益以動故里之思也。天地萬物，盈虚往來二語，可以括之。語氣本一貫。原解以「出郭」二句與「古墓」二句分承「親」、「疏」二句，竟將去者、來者俱就他人説，似覺未愜。結二句當依王氏就詩人自己説。「思」字從上「愁」字生出。「愁」字從上「見」字生出。丘墳、松柏、白楊，皆寫所見也。因所見而生愁，「愁煞人」三字已收歸自己身上。「思」字斷不得就死者説，顯然可見。吴氏之説最爲穿鑿，不可從。

生年不滿百，常懷千歲憂。晝短苦夜長，何不秉燭遊？爲樂當及時，何能待來兹？愚者愛惜費，但爲後世嗤。仙人王子喬，難可與等期。

原解　此教人及時爲樂也。吴氏曰通篇以「時」字爲主。生年不滿百，人皆知之。常懷千歲憂者，爲子孫作馬牛耳。愚謂此二句大概言常人之情如此。「晝短」四句則作者之自得也。人生時日，晝夜各半，即日日爲樂，只得一半，何不繼之以夜，以紓我之生平乎？且在百年之内，又不知七十、六十，可不及現在之時行樂，而欲待不可必之來兹乎？因思懷千歲憂者，真愚者也。愚者只愛惜費。愛惜費，憂之效也。「後世」雖泛指，而子孫亦在其中。祖父懷憂惜費以遺子孫，而子孫恣欲揮霍，不唯旁人嗤其愚，即子孫之揮霍，亦是嗤其徒自苦耳。此二句緊頂「千歲憂」句講。結引王子喬而歎美之，一以唤醒懷憂者，一以自賢其所得也。「仙人」二字，從愚者楔出。既出仙人，便指王子喬以寔之，否則「王子喬」三字突矣。

附箋　此首多與樂府《西門行》同。朱竹垞以爲文選樓中諸學士，裁剪長短句作五言，移易其前後。昭明優禮儒臣，容其作僞。然觀郭茂倩《樂府詩集》，樂人所歌多與本詞不同，添换字句以叶歌喉，往往然也。此詩之作僞與否，未敢遽定。而就《西門行》較看，愈覺詩意明顯。《西門行》云：

「自非仙人王子喬，計會壽命難與期。」則知此詩「難可與等期」，言人之壽命難與仙人等期也。正與首句「生年不滿百」相應。《西門行》云：「人壽非金石，年命安可期？貪財愛惜費，但爲後世嗤。」則知此詩「愚者」二句當連末二句合讀。見人不能如仙人之壽，而惜此行樂之費，爲可嗤耳，以申明爲樂當及時之意。「惜費」指爲樂之費，言即《西門行》所云「飲醇酒，炙肥牛」也。方伯海云：「直以一杯冷水澆財奴之背。」

凜凜歲云暮，螻蛄夕鳴悲。涼風率音律已厲，遊子寒無衣。錦衾遺洛浦，同袍與我違。五臣注：「同袍，謂夫婦也。」獨宿累長夜，夢想見容輝。良人惟古歡，枉駕惠前綏。願得常巧笑，攜手同車歸。既來不須臾，又不處重闈。亮無晨風翼，五臣注：「晨風，鳥名。按即鸇也。」焉能凌風飛？眄睞以適意，引領遥相睎。徙倚懷感傷，垂涕霑雙扉。

原解未愜，不録。

附箋　此婦人思夫之詩。以在外言，則曰「遊子」；以平居言，則曰「同袍」；以相見言，則曰「良人」。玩「錦衾」句，似是其夫在外，别有所戀，故起言寒風凜冽，遊子無衣，當思歸矣。乃别戀錦衾，不思糟糠，遂至與我長違。是以永夜獨眠，夢想爲勞，而至於垂涕霑扉也。玩一「累」字，便見獨宿之久。「夢想」句領下半篇。「良人」四句寫夢。「既來」二句寫夢境難憑處縹緲入微。「亮無」二句，浦山解作詩人自恨不能奮飛，似與上下文欠融洽。不如仍指良人説爲直截。蓋言良人之來，既不須臾，而重闈之中又復不見，豈其有翼能飛去乎？料伊不能飛去，則仍不離我之左右前後也。於是眄睞以求之，引領以望之，而不覺身離牀帷，遂至徙倚於雙扉間矣。總是結想成夢，覺而猶疑，迷離恍惚，一片癡情、癡景。所謂夢中魂魄，猶言是醒後精神尚未回也。少陵「落月滿屋梁，猶疑照顔色」，是學此一種寫法。「眄睞」，斜視也。是夢初覺時，疑良人尚在側，於枕上左右顧盼也。「以適意」者，意中認定良人已來，思轉盼即見，以適其意也。「引領」是眄睞不可見，而起身離枕，更遠以覓之也，故曰「遥相睎」。《爾雅》：「『闔』謂之扉。」「雙扉」是閉户也。起身尋覓至於雙扉，見其嚴閉，始悟良人未歸，徬徨徙倚，愈懷感傷，而不覺垂涕之霑霏也。四句寫初覺情景如畫。通篇寫夢，俱從「想」字生來。前七句積想之因也。夢見良人，因想而成也。「既來」四句一心認定、一口唧定，毫不放鬆，結想之專也。覺而猶疑，眄睞引領，結想之專而入於魔也。徙倚垂涕，則結想之貞，雖苦節而終不變也。良人已留戀新歡，不念舊好矣。而夢中猶曰「良人唯古歡，枉駕惠前綏」，何温厚而纏綿也。直追《三百篇》夫奚疑。

孟冬寒氣至，北風何慘慄。愁多知夜長，仰觀衆星列。三五明月滿，四五蟾兔缺。蟾兔，《古詩源》作「蟾蜍」。客從遠方來，遺我一書札。上言長相思，下言久離別。置書懷袖中，三歲字不滅。一心抱區區，懼君不識察。

原解　此婦人以君子久役不歸，而致其拳拳也。天寒夜永，愁人處之，何以爲情？仰觀衆星，亦是愁極無聊。言「衆星列」，則是下浣之夕，非有月時也。而「三五」云云，是因見衆星列，而追數從前之月圓月缺，不知經歷多少孤悽之夜矣。以見別離之久，起下「客從」云云。故「三五」、「四五」連叙，非真見月也。從前解者皆不見分曉。客從遠方遺書，亦是追憶昔日之事。書中所言如此，其情非不拳拳於我，因而珍之重之，以置諸懷袖中，見其書如見君子。三歲以來，字猶不滅，區區一心，所抱如此。而良人至今不歸，豈有中變耶？故曰「懼君不識察」。月之圓缺，亦是借喻君子之離合。衆星喻宵小布列，恐君子信讒不察，故因所遺之書，以表區區懷抱也。深情婉曲，愈味愈旨。上下兩層，皆爲追想，製局極精。

附箋　此憂不得於君，而託爲夫婦之詞。首二句從時令叙起，「愁多」二字貫起全篇。「知夜長」即諺所謂寂寞恨更長也。「仰觀」三句是無月之夕，仰見衆星燦列，而追感於明月也。「三五」，十五日也。「明月滿」，喻圓合也。「四五」，二十日也。「蟾兔缺」，喻分離也。「三五」、「四五」相隔無幾，喻分離之始只在圓合未久之日也。此是追憶語，以下單就書札寫。「客從」四句，追溯來書并書中之言。「置書」句見己之珍重此書。「三歲」句見書中之言，至今歷歷皆在，而君子杳無歸期，豈書中所云相思徒虚語耶？觀書言久別，是書來之日，已在久別之後。而置書懷袖，又復三年別愁，尚可言乎？然區區一心，抱此不變，君苟察之，當必早作歸計矣。特道遠音疏，徒抱此心，無由自訴，是以懼君不識察也。久別僅得一書，三年復無音問，則君子之意可知。此詩人所以懼也。「懼」字與上「愁」字相應。「三五」二句只就月說，不露正意，極藴藉含蓄之妙。以下忽接入遠客遺書，却又是追溯從前之事。筆法離奇矯變，獨有千古。「相思」二字妙，只從來書點出，通幅不言及相思一字，是深於寫相思者。「一心」與「相思」對照，書之相思，付之空言，己之一心，終身不渝也。「心」字上承「愁」字，下起「懼」字，爲一篇之中樞。憂讒意只須於言外領取。

客從遠方來，遺我一端綺。相去萬餘里，故人心尚爾。文采雙鴛鴦，裁爲合歡被。著以長相思，緣去聲。以結不解。以膠投漆中，誰能別離此？

原解　此感恩而自言其歷久不忘也。以「故人心尚爾」一句爲主。若謂從前千思萬想，而不得一音，已分棄我如遺矣。今有客遠來，遺我以綺，不覺兜底感切，曰「故人心尚爾」也。我何爲自棄哉？蓋實見其綺之文采爲雙鴛鴦也。「尚爾」「爾」字不專指綺，指雙鴛鴦之綺也。此一句直是聲淚俱下。若先出「文采雙鴛鴦」，次寫「故人心尚爾」，豈不更明順？然不見目擊心驚之切，故先寫「故人心尚爾」，次出「文采雙鴛鴦」，是倒句之妙。綺爲雙鴛鴦，宜爲合歡所設，於是「裁爲合歡被」，以俟君子之歸。然又未卜即能歸否，故仍「著以長相思」。「緣以結不解」，以致深思極感之詞。故人遺綺之心如此，是漆也；而我裁被之情如此，是膠也。故結以「以膠投漆中，誰能別離此」，「別」字入聲，是分別之別。「離」是離間之離，此字指固結之情，非指膠漆。語益淺而情益深，篇彌短而氣彌長，自是絕調。試以此詩衡後人言情之作，曾有是真摯否？此與前篇後半相似，但不知何故將前篇截去上六句，便不成篇。將此詩亦效前篇法，加幾句在頭上，亦不成篇。其故在讀者自得之。

附箋　起二句懸空説入，三四句一氣承接，旋轉而下，筆勢飛舞。中四句承「一端綺」説下。「裁」者初裁作被也。「著」謂充之以絮也。「長相思」，被中綿也，取綿綿之意。「緣」，餙邊也。緣被四邊，綴以絲縷，結而不解之義也。此四句一貫説下，被方完成。末二句以比喻結筆，力陡勁。起手得勢，一筆揮成，寫情懇至，設色濃艷，而絶非六朝浮靡之習所能望其項背，格高韵遠故也。

明月何皎皎，照我羅床幃。憂愁不能寐，攬衣起徘徊。客行雖云樂，不如早旋歸。出户獨彷徨，愁思當告誰？引領還入房，淚下霑裳衣。

原解　此寫離居之情。以客行之樂，對照獨居之愁，極有精思。古人作詩，固先有主意，然亦必有所因。有所因，然後主意緣之以出。如此詩以憂愁爲主，以明月爲因，始而攬衣徘徊，既而出户彷徨，終而入房涕泣，都因明月而然。而憂愁之苦况，遂以切著。若無明月，亦惟是「寤擗有摽」而已。起句之不泛設，於此益見。因憂愁而不寐，因不寐而起，既起而徘徊，因徘徊而出户，既出户而彷徨，因彷徨無告而仍入房，十句中層次井井，而一節緊一節，直有千迴百折之勢，百讀不厭。又入房上著「引領」二字妙。「引領」猶言延頸，當兹無可告語而入房，猶不遽入而延頸若有所望。又著一「還」字，言終無告矣，只得入房也。其愁情苦致入畫。若此一句不如此極寫，接「淚下」句便少力。

附箋　此遊子思鄉之詩。前後皆叙景叙事，而以「客行」二句突作慨嘆，横亘中間，承上起下，爲一篇之樞紐，局勢便不平衍。原解云：「以客行之樂，對照獨居之愁。」將此二句認作襯語，似誤。客中不堪其愁，並至無可告語，則客行之失所，可知矣。而曰「客行雖云樂，不如早旋歸」，只以不得早歸爲言，無一毫尤人之意。忠厚和平，洵爲千秋風雅之宗。

跋

孟子曰：「頌其詩，讀其書，不知其人，可乎？是以論其世也。」又曰：「説詩者，不以文害辭，不以辭害志。以意逆志，是爲得之。」此教人讀詩之法，即教人讀一切書之法也。夫必其人可知，其世可論，而後其志始可以逆而得。若《十九首》不著名氏，其人既不可知矣。漢家四百年，其時之治亂不一，詩莫考其作於何時，則其世又不可論矣。且詩不標題，與《三百篇》同，而又不能如《三百篇》之有小序可稽後人。但就文詞間以意測之，其不爲郢書而燕説者，幾希矣。其略可考者，如枚乘《行行重行行》、《涉江采芙蓉》、《庭中有奇樹》、《迢迢牽牛星》等作，皆有臣主暌隔之感。按乘初爲吴王濞郎中，吴王謀逆，乘奏書諫，不聽，去之梁。七國既平，景帝召拜乘爲宏農都尉。乘不樂郡吏，以病去官，復遊梁。梁孝王薨，乘歸淮陰。其去吴之梁，以病去官，及歸淮陰時，皆與諸詩之意有關合處，然已不可確指矣。況并其人不可考者乎？顧自昭明列於《文選》，歷代以來莫不奉爲五言標準，又豈可以不求甚解置之？新城王文簡公謂其妙如無縫天衣，後之作者顧求之針縷襞績間，非愚則妄。夫無縫者，滅去針縷之跡耳。其襟袖之製必全，而後可謂之衣。吾獨怪文簡公何不舉其襟袖所在以示人，使人皆知其當合縫處能渾然無縫，而以得覩天衣爲快耶？沈歸愚宗伯亦云漢京諸古詩皆在其下，五言中方圓之至。其《古詩源》箋釋既甚略，而以《今日良宴會》之據要津爲詭詞，《冉冉孤生竹》起四句爲比中用比，皆衍前人舊説，則尤愚心所未安。至其不加箋釋者，豈皆詞旨淺顯易見歟？抑有所未悉而姑置之歟？今人生古人之後，既不獲聚晤一堂，面質疑義，徒以心同理同之故，遥遥相印於千百載前，乃以爲盡得古人之心，此誠過也。然今人之見，縱不能盡合於古人，而虚心玩索，相通以神，亦豈遂無一知半解，隱合古人之心者？使憚其難而不言，或言之而不詳，將何以啓廸來學哉？余幼讀《十九首》，嘗苦無入門處，既得浦山解，喜甚，奉以爲枕秘久之。間出鄙見相發明，因作箋附其後。雖不無駁正，然余之受益於浦山者，已非淺矣。今秋重校一過，終不敢自信無郢書燕説之誤。要以不倍於風人忠厚之旨，或可爲初學言詩之一助焉耳。癸亥七夕後五日，勺洋李兆元書。

蘇李詩箋引

蘇、李五言，少陵奉爲吾師。在當日諒必深窺其藴，惜未作箋注，以詔後人耳。近代解説紛紛，竟陵、義門，牽强尤甚。夫少卿之詩題曰「與蘇武三首」，俱解爲别子卿可也。子卿之詩但題曰「古詩四首」，亦俱解爲别少卿可乎？余不揣謭陋，取而箋之，不期立異，不爲苟同，疑者闕焉，無取附會。然究不敢自信也，姑存一得之愚而已。嘉慶丁巳十二月立春後七日，勺洋李兆元書於十二筆舫。

蘇李詩箋

東萊李兆元勺洋箋

蘇武

古詩四首

骨肉緣枝葉，結交亦相因。四海皆兄弟，誰爲行路人？況我連枝樹，與子同一身。昔爲鴛與鴦，今爲參與辰。昔者常相近，邈若胡與秦。惟念當乖離，恩情日以新。鹿鳴思野草，可以喻嘉賓。我有一尊酒，欲以贈遠人。願子留斟酌，敘此平生親。

向來解者，俱以此詩爲武出使時別兄弟之作。於是有將第三首別妻之作移作第二首，與此首爲類，而以第二首移作第三首，與第四首相連，以爲別李之作，而不悟其失也。夫以子卿之於兄弟，其平居必能友愛，而乃曰「昔者常相近，邈若胡與秦」，則非別兄弟明矣。以臆測之，蘇詩四首前二首皆歸漢時作，後二首皆出使時作。編詩者重其節義，故先編歸漢時詩，後編出使時詩耳。此首其歸漢之時，欲托其胡婦及所生之子於胡婦之兄弟，而先爲此詩以通其情乎？骨肉者，兄弟也。枝葉者，一本所生也。「骨肉緣枝葉」者，言兄弟之情，因一本而生也。「結交亦相因」者，言人之結交亦必有所因而後成也。「因」、「緣」二字提動通篇筋脉，此二句尚是虚冒。「四海」二句承次句「結交」

説下，作一宕跌。「况我」二句回挽到首句「骨肉」，始轉入本身情事。「連枝樹」猶云「連理枝」，指夫婦言。「同一身」猶言「同一本」，即所謂骨肉，指兄弟言。此四句言人之相交苟有所因，雖四海之人不啻兄弟，何况我之婦與子爲同胞一本，則我與子亦何啻骨肉乎？是即緣也、因也。所以不託他人，而惟子是託也。「昔爲鴛與鴦」言己從前與胡婦絶塞相依也。「今爲參與辰」言己歸後與胡婦永無見期也。先言此者，正見己歸後，胡婦之所恃惟有兄弟。所以起下文酌酒敘親云云，以致其寄託之情也。「昔者」二句乃指己與胡婦之兄弟言。胡、秦者，中外之喻。明言前此之心隔中外者，開誠相示，正所以釋其夙疑而結其新歡也。「惟念」二句言新歡既結而乖離在即，是以每一念及而情好愈篤也。「鹿鳴」二句引古作喻，以起末四句。按《家語》：「鹿鳴興於獸，而君子大之，取其得食而相呼。」公歸後妻子衣食皆賴兄弟，故取以爲喻，望其得食勿相忘也。「一尊酒」喻己意之微薄也。「遠人」，遠方之人也。言我有一尊酒，欲贈此遠方之人。而平生之親則惟子而已，故「願子留斟酌」，以敘此平生之親也。如此解，通篇詞意方順。愚故定此詩爲武歸漢時，别胡婦兄弟之作。雖近於鑿，然一得之愚，願以質之大雅君子焉。

通篇以託妻寄子爲主，中間「昔爲」二句既點出妻子無依之况，其餘俱敘己與婦之兄弟前後相交情事，至篇末煞到「敘此平生親」截然而止。只於「鹿鳴」二句微逗其意，不復更作一激切語，而寄託之情已無不周至，是古人最厚處。詩格、詩品俱須於此等處着眼。

黄鵠一遠别，千里顧徘徊。胡馬失其群，思心常依依。何況雙飛龍，羽翼臨當乖。幸有絃歌曲，可以喻中懷。請爲遊子吟，泠泠一何悲。絲竹厲清聲，慷慨有餘哀。長歌正激烈，中心愴以摧。欲展清商曲，念子不得歸。俛仰内傷心，淚下不可揮。願爲雙黄鵠，送子俱遠飛。

孫月峰以此詩爲武歸漢時别少卿作。今以「念子不能歸」句觀之，良然。通篇正意只此句一點。蓋傷其陷身異域也。其所以陷身異域之故，責之則不情，冤之則懟君，此際最難措語。看他首四句拈「黄鵠」、「胡馬」起興，「何況」二句入題，「雙飛龍」比己與少卿也。「幸有絃歌曲」以下，中有難言之隱，借歌曲以達之。乃一爲浩吟而已，不勝其悲矣。絲竹方合，而又不勝其哀矣。至長歌激烈，而中心之愴摧更不可言矣。所以然者，則以「念子不能歸」故。是以欲展此曲，而傷心淚下，遂至不能終曲也。只就歌曲摹寫，絶不粘着本事，而於本事之情已透徹至二十分。既不爲過情之責備，亦無有一毫怨懟之氣，但覺友誼交情，纏綿悱惻，沁人心脾，此化工之筆也。末二句言少卿之遭遇，不幸至於如此，其抱恨深矣。安得身化黄鵠，高飛遠舉，以脱此樊籠乎？使子果能化黄鵠以遠飛，我亦願身爲黄鵠雙飛，以送子也。其意若以爲但能脱子此苦，我固不憚以身殉之耳。蓋篤於交情而處無可如何之勢，姑設爲幻想，以致其懇款如此。　胡鼎調曰：「結句但應起處黄鵠，而不及胡馬，此古人不拘處。」

結髮爲夫妻，恩愛兩不疑。歡娱在今夕，嬿婉及良時。征夫懷遠路，起視夜何其。參辰皆已没，去去從此辭。行役在戰場，相見未有期。握手一長嘆，淚爲生別滋。努力愛春華，莫忘歡樂時。生當復來歸，死當長相思。

此首《玉臺新詠》已作留別妻詩。而鍾竟陵、何義門猶俱以爲贈李詩，殊不可解。按前此漢使至匈奴，已爲匈奴所留者數輩。子卿今又出使，則其得歸與否，皆不可定，故別妻而贈以詩。起二句追溯從前之恩愛，以跌起今日之遠别，已有聲淚俱下之勢。「歡娱」二句别前情事。「征夫」四句敘到别。「行役」四句臨别情事，説到「相見未有期」，幾同死别矣。然握手戀戀，依然生别，則此際之欲留不可，欲去不忍，轉不若死别之無復縈繫也，是「淚爲生别滋」矣。只此四語，無限曲折，恰肖當年情事，非身歷其境者能作爾語乎？然説到此處氣盡矣，聲咽矣，幾於摧絃不復成彈矣。下忽接曰「努力愛春華，莫忘歡樂時」，即緊從「生別」二字作轉，如窮冬閉塞之後，忽來春意勾萌，氣機爲之一新，聲調爲之一振，而一種慰藉痛惜、纏綿無已之情，又早栩栩紙上，此詩中神境也。且得此一寬，亦深符哀而不傷之旨。遂緊接此意以結之，曰「生當復來歸」，蓋此心不死，終作生歸之望。而無如歸終不可必也，故又結之曰「死當長相思」。「長相思」言自此以往，無日不思，以至於死而未有已，即所謂「天長地久有時盡，此恨綿綿無絶期」也。蓋恩愛之情，浹於結髮之初者深矣，生死兩層，方繳足篇首「結髮」二句之義。

燭燭晨明月，馥馥秋蘭芳。芬馨良夜發，隨風聞我堂。征夫懷遠路，遊子戀故鄉。寒冬十二月，晨起踐嚴霜。俯觀江漢流，仰視浮雲翔。良友遠離別，各在天一方。山海隔中州，相去悠且長。嘉會難再遇，歡樂殊未央。願君崇令德，隨時愛景光。

解者多誤以此詩爲武在匈奴歸漢時别李陵之作。東坡《答劉沔書》云：「李陵、蘇武贈别長安詩，有江漢之語。而蕭統不悟。」觀此則東坡固以此詩爲武出使時作，而以長安無江漢爲疑耳。孫月峰因定此詩爲武使匈奴時别少卿作。按《漢書・李陵傳》：「陵少爲侍中建章監。武帝以爲有廣之風，拜爲騎都尉，使將勇敢五千人，教射酒泉、張掖以備胡。數年，漢遣貳師將軍伐大宛，使陵與輕騎五百出燉煌，至鹽水，迎貳師還，復留屯張掖。至天漢二年始召見於武臺，詔陵以九月發，出遮虜鄣。擊匈奴，力竭，遂降。」而蘇武之使匈奴在天漢元年，是時陵方留屯張掖，又安得在長安與武别乎？然則蘇李之别，或武使匈奴，路經張掖，而與陵别歟？然張掖郡即今甘肅甘州府，張掖縣地有居延海、弱水、張掖水，即合黎水，俗名黑河水。而亦無江漢。李善注云：「水流不息，雲去靡依，以喻播遷無託。」何義門云：「江漢浮雲一去不復返，一分不復合，以比離别。不得以地非塞外爲疑。誤長安爲塞外，偶然失檢耳。然古人託物比興，每即當前所見，況明明曰「俯觀」、「仰視」，而謂不必以地無江漢爲疑，可乎？《音義通攷》云：「此篇詞旨渾含，題又總曰『古詩』，何以知其必爲長安贈别，不當有江漢語耶？」殊爲通人之論。語云：「多聞闕疑，慎言其餘。」吾人讀書論古，遇不可考者，但當守闕疑之訓。若恣意穿鑿，紛紛聚訟，豈有當於古人哉？然則此詩之爲别李與否，真係武作否，皆當闕疑者也。又如「我蘭芳」「我」字，《補注》云當作「秋」，特以字形相近耳。不知改作「秋」字，又與下「寒冬十二月」句相矛盾。按花信二十四候，大寒一候，瑞香二候，蘭花三候，山礬十二月，正是大寒之候，則「我」字不可改作「秋」字審矣。此亦當闕疑者也。且起句「燭燭晨明月」，似是向晨之候，下云「芬馨良夜發」，又似夜深之候。「明月」屬晴，下云「仰視浮雲翔」，又似屬陰。細按通篇，亦不如前三首之高格。余固不敢直斥此篇爲僞作，然亦不敢概以此篇奉爲吾師也。姑就大段解之。「燭」，照也。「明月」，喻我友之相顧，如「明月來相照」也。「蘭芳」，喻仁義也。「隨風聞我堂」，喻我友之以仁義贈我也。此四句就未别言。「征夫」四句言起行。「俯觀」四句言别。「山海」二句言别後。「嘉會」四句致其贈别之意。通幅平敘，絶無奇特，亦少藴含。

李陵

與蘇武詩三首

良時不再至，離别在須臾。屏營衢路側，執手野踟躕。仰視浮雲馳，奄忽互相踰。風波一失所，各在天一隅。長當從此别，且復立斯須。欲因晨風發，送子以賤軀。

此陵既降匈奴而送武歸漢之詩也。通篇敘惜别之情，只中間以「風波一失所」五字，微逗本意，立格最高。　起筆突云「良時不再至」，便見此别無復會期矣。次句點明送别，緊接出「在須臾」三字，便見相聚只此片刻矣。片刻之間，便成永别，則此别之當惜爲何如？如此起筆，有情有勢。少陵「帶甲滿天地」等作，是學此一種筆法。屏營路側，執手踟躕，即此須臾間惜别之情狀也。「仰視」二句借喻浮雲，以比己與武之今昔靡定也。「互相踰」者，昔日之别，武入匈奴，陵居中國；今日之别，武歸中國，陵陷匈奴。再加「奄忽」二字，益見前後兩别相隔十有九年，而人事翻覆，倏若轉瞬也。此二句已引起風波失所意。「失」，所謂陷匈奴也。陵之陷匈奴，由於矢盡力窮，救援不至，非其罪也。而既已生降，尚復何言？故但以「風波」二字括之，以明己之生降，實屬意外風波，非其本念。曰「一失所」者，追痛其一朝失足，而今遂不可復挽也。怨誹之情，悔恨之意，纏綿曲至。他人數十言所不能盡者，此只以五字盡之。言簡意該，餘味曲包。所以獨有千古，非後人所能擬其萬一也。「各在天一隅」緊承「風波」句，扣入送别，方是贈别詩，不是言懷寫怨詩。古人用筆精嚴有如此。「長當」二句，回應起處，翻進一層，以致其不忍遽别之意。末二句則以陷身異域，永無歸期，幾欲臨風捐軀持謝我友，以明己志焉。其痛深矣。「送子以賤軀」即侯生所云「請數公子行日，北向自到以送公子」語意也。寫送别至此，真是十二分酣足，寫得真性情出。

嘉會難再遇，三載爲千秋。臨河濯長纓，念子悵悠悠。遠望悲風至，對酒不能酬。行人懷往路，何以慰我愁。獨有盈觴酒，與子結綢繆。

此合下首，皆陵在漢時送武使匈奴詩也。《容齋隨筆》云：「『盈』字惠帝諱，漢法觸諱者有罪，不應陵敢用之。東坡云『後人所擬』，爲可信也。」按此詩較前後兩詩，格力實遜，不無可疑。但相沿已久，姑仍其舊解之。　此初餞别於河上也。曰「嘉會」，是置酒相餞也。「三載爲千秋」句殊費解。五臣注引「一日不見如三秋」，以爲此積數言之，依其説，是謂子卿此行歸期無定，不可以日計，只可以歲計，亦通。「長纓」應即「終軍請長纓」意，切使匈奴。臨河濯之者，將以用之也。但遥望朔漠，唯聞悲風行役之苦。如此縱有旨酒，亦不能酬酢矣。然對酒不飲，又何以慰送者之愁乎？是以終欲盡此杯酒，以結綢繆也。

攜手上河梁，遊子暮何之。徘徊蹊路側，悢悢音亮不能辭。行人難久留，各言長相思。安知非日月，弦望自有時。努力崇明德，皓首以爲期。

此既餞後，復送别於河梁也。起二句寫送别情景，真有黯然魂銷之致。三四句言握手徘徊，不忍遽别。五六句言行人王事在身，終難久留，唯各致其相思無已之情而已。敘事至此已到盡頭，以下忽用翻筆，另開生面，云「安知非日月，弦望自有時」，與子卿「努力愛春華，莫忘歡樂時」，同是一種筆法。而彼以温厚勝，此以奇矯勝，筆力風味又各自擅場。「日月」、「弦望」四字用得極奇、極穩、極生劖，又極渾融，試問六朝人詩，雖有巧思，能到此二句地位否？「自有時」者，言「安知不有時，早歸以慰相思」也。然歸期終難逆睹，但當努力自勉，務崇令德，以白首爲期可耳。末四句一氣轉折，具有龍跳虎卧之勢，交情纏綿，用意深醇，遠出前首之上。此一結足見古人臨别贈言之義。卒之子卿在匈奴持節十九年，皓首歸漢，亦可謂不負良友之言者矣。

何敘

詩未可以輕言也。非有關於國計民生，而徒爲風雲月露、流連光景之作，詩雖工，不足傳。漁洋先生爲我朝詩人之冠，其《秋柳詩》四章，一時盛傳，至今猶藉藉人口。每索其解不可得，然固知必非流連光景之作也。今夏李君勺洋奉委來光，出其《秋柳詩箋》相示。披閱之下，舉向之所疑，胥渙然冰釋。而流連光景者之不足言詩，於茲乃益信。夫漁洋之借秋柳以弔明亡也，恐前明遺老或有妄思前明之意，故預爲告誡耳。攷其時爲順治丁酉，我國家已奉天承運，開基萬世，而諸遺老倘或妄萌思明之念，是逆天命而自取族滅，愚亦甚矣。故詩中云「好語西烏莫夜飛」，諄切告誡，大義凛然，此句尤見作詩本旨。厥後三逆背叛，借口復明，卒如沈攸之之自取族滅，而先生之詩驗矣。噫！詩至此，其洵可傳矣乎！因命兒姪輩較録，以付剞劂。李君深於詩者，平日所作不以風雲月露爲工，而念切民生。他日循吏之績，可於其詩卜之，更可於其箋《秋柳詩》信之。是爲序。嘉慶壬申孟秋之望，山陰愚弟何光熊頓首拜撰。

何刻題詞

詩中妙悟許同參，想見當年點筆酣。一曲明湖數株柳，遠將秋色落江南。
詩家寄興本無端，箋注紛紛索解難。不是心源能印合，千秋誰賞伯牙彈？

受業會稽陶際清敬題

江南夢遠鵲華橋，空憶西風舊柳條。誰識漁洋詩句好，銷魂却是爲南朝。
孝陵松柏鬱蒼蒼，曠典争傳邁漢唐。漫向白門悵秋色，冬青無淚灑湖塘。

受業山陰何士郊敬題

珍重西鳥莫夜飛，先生託興亦何微。若教三逆知前鑒，早向軍門卸鐵衣。
王揚州與宋黄州，漁洋寄牧仲句。曾使蒙泉嘆未休。宋蒙泉嘗與漁洋之孫某論詩，某舉漁洋《嘆老寄宋牧仲》絶句，謂蒙泉曰：「君知此詩之旨乎？爲秋谷發也。」蒙泉乃深嘆注詩之難。按：秋谷嘗語人曰：「今之談詩，有何定論。但使位尊望重，又年居先輩，則群奉之矣。」意蓋指斥漁洋，而波及牧仲也。漁洋聞之，因有《嘆老》一絶寄牧仲，其云「揚州」、「黄州」者，正見兩人得名之始，不假位尊望重耳。一絶猶難憑臆解，始知此卷足千秋。

受業山陰何士祁敬題

漁洋山人秋柳詩箋自序

余年十四，聞前輩言漁洋《秋柳詩》和者成帙，號「秋柳詩社」。心艷其事，而恨不得一讀其詩。閱數載，始獲見先生《精華録》，亟檢《秋柳詩》讀之，茫然不解意旨何寄。舉以質諸前輩之言詩者，亦無以應也。既又讀伊戒平《會心偶筆》，覺於先生微意所寄，亦未能窺。蓋蓄疑於心者，幾二十年矣。甲寅秋，應試歷下，泛舟明湖，謁鐵公祠，登小滄浪亭。望湖中柳色蒼然，披拂於水光夕照間，不覺百感交集，欲作重遊鐵公祠詩，未能就。俄見天邊雁陣掠歷山西角而南，忽於先生《秋柳詩》若有所會。憑檻微吟，下視湖中游魚，歷歷可數，覺晉簡文會心不遠之言，誠有如是。今春公車北上，寓瑶華道人雙柏分蔭齋，時聆緒論。因舉《秋柳詩》質之，頗謂不謬。既而南宫被黜，倉卒東歸。蕭然一室，課兒讀書之暇，取先生《秋柳詩》箋注之，聊以消夏，非敢作問世想。因嘆余自幼喜讀先生詩，先生賦秋柳時年方少，已登進士第，而余乃株守茅檐，爲先生詩作箋，窮達何如也。乾隆乙卯仲夏竹醉前二日，勺洋李兆元書於十二筆舫。

漁洋山人秋柳詩箋

東萊後學李兆元瀛客箋

王士禎

秋柳四首

先生自序云：「昔江南王子，感落葉以興悲；金城司馬，攀長條而隕涕。僕本恨人，性多感慨。寄情楊柳，同《小雅》之僕夫；致託悲秋，望湘皋之遠者。偶成四什，以示同人，爲我和之。丁酉秋日，北渚亭書。」又先生《菜根堂詩集》序云：「順治丁酉秋，予客濟南，諸名士雲集明湖。一日會飲水面亭，亭下楊柳千餘株，披拂水際，葉始微黄，乍染秋色，若有摇落之態。予悵然有感，賦詩四章。」

秋來何處最銷魂，殘照西風白下門。古樂府：「暫出白門前，楊柳可藏烏。」他日差池春燕影，《陽春曲》：「楊柳垂地燕差池。」祇今憔悴晚烟痕。愁生陌上《黄驄曲》，段安節《樂府雜録》：「《黄驄曲》，太宗定中原所乘戰馬，後征遼，馬斃。上嘆息，乃命樂工撰此曲。」夢遠江南烏夜村。《輿志》：「海鹽南三里有烏夜村，晉何準所居也。一夕，群烏啼噪，準適生女。他日復夜啼，乃穆帝立女爲后之日。」莫聽臨風三弄笛。《桓伊傳》：「伊善音樂，有蔡邕柯亭笛，常自吹之。王徽之赴召泊舟青溪側，伊於岸上過，船中客稱伊小字曰：『此桓野王也。』徽之便令人謂曰：『聞君善吹笛，試爲我一奏。』伊是時已貴顯，素聞徽之名，便下車踞胡床，爲作三調。弄畢便上車去，客主不交一言。」玉關哀怨總難論。王之涣詩：「羌笛何須怨楊柳，春光不度玉門關。」

此先生弔明亡之作。第一首追憶太祖開國時事，後三首皆咏福王近事也。太祖定鼎金陵，故入手先以「白下門」三字點明其地，用意可謂微而顯矣。不然，先生之賦秋柳在歷下水面亭，何取於白下而遠引之乎？即引用白下，亦豈宜作此鄭重實點之筆乎？「殘照西風」已隱寫一亡國景象。第五句以唐太宗比明太祖，追憶創業之艱，而傷後人不能繼也。烏夜村者，后之所居。按《明紀》，洪武元年，立妃馬氏爲皇后。后嘗謂上曰：「方今豪傑並争，雖未知天命所歸，以妾觀之，惟以不殺人爲本。人心所歸，即天命所在。」及册爲后，上謂侍臣曰：「昔唐太宗長孫皇后當隱太子構隙之際，内能盡孝，謹承諸妃，消釋嫌疑。朕素爲郭氏所忌，或以服御爲獻，后先獻郭氏，慰悦其意，卒免於患。殆尤難於長孫皇后也。」是太祖之創業，馬后佐助爲多。至神宗時，梃擊一案，詞連鄭貴妃。福王係鄭妃之孫，南都立福王，是原與光宗、莊烈相水火者。故復用逆璫之黨，重興復社之獄，自底滅亡而實自鄭妃構釁階之厲也。故詩并及此「夢遠」云者，追憶開國母后之德，而傷後代無嗣音也。結句「玉關哀怨」則以春光之不度，比明社之難復，真覺黯然魂銷矣。桓伊吹笛，用金陵舊事也。其地名邀笛步。言外有風景不殊，河山異代之感。

三四句，余初以寫景略過。津門沈秋瀛明府云：「第三句『春燕影』，似是用建文中童謡：『莫逐燕，逐燕日高飛。高飛入帝畿。』以燕比燕王否？」余即其説按之，三四句自應緊承「白下門」説下，以「燕」指燕王，其説甚是。其云：「『春燕』者，春乃歲之始，燕王靖難在明朝開國之初，故曰『春燕』。『他日』指靖難時言，靖難後移都燕京，以金陵爲南都。『差池』云者，見已經一番變革矣。第四句『今』字指福王失國。後言亡國之慘，更烈於靖難，故曰『憔悴晚烟痕』也。此二句實就金陵前後喪亂之事説入，以起下追憶太祖開國之意，於明朝世事更爲完備。」因取其説亟附入之，以識良友之益。

娟娟凉露欲爲霜，萬縷千條拂玉塘。浦裏青荷中婦鏡，何良俊《世説補》：「江從簡少時有文情，作《采荷歌》以刺何敬容曰：『欲持荷作柱，荷弱不勝梁。欲持荷作鏡，荷暗本無光。』」江干黄竹女兒箱。古樂府《黄竹子歌》：「江干黄竹子，堪作女兒箱。一船使兩槳，得娘還故鄉。」空憐板渚隋堤水，司馬光《資治通鑑》：「隋煬帝命自板渚引河入汴。又發淮南民十餘萬，開邗溝，自山陽至揚子入江。廣渠四十步，渠旁皆築御道，樹以柳。」不見瑯琊大道王。自注：「借用樂府語，桓宣武曾爲瑯琊内史。」古樂府《瑯琊王歌》：「瑯琊復瑯琊，瑯琊大道王。」《晉書・元帝紀》：「帝諱睿，宣帝曾孫，瑯琊恭王覲之子也。咸寧二年生於洛陽。年十五，嗣位瑯琊王。及西都不守，帝出師露次，移檄四方，徵天下之兵，尅日進討。太興元年，愍帝崩問至，百寮上尊號，即皇帝位。初太安之際，童謡云：『五馬浮渡江，一馬化爲龍。』及王室淪覆，帝與西陽、汝南、南頓、彭城五王獲濟，而帝竟登大位焉。」《晉書・桓温傳》：「温自江陵北伐，行經金城，見少爲瑯琊時所種柳皆已十圍，慨然曰：『木猶如此，人何以堪。』攀枝執條，泫然流涕。於是過淮泗，踐北境，與寮屬登平乘樓，眺矚中原，慨然曰：『遂使神州陸沉，百年邱墟，王夷甫諸人不得不任其責也。』師次伊水，姚襄屯水北，距水而戰。温結陣而前，親被甲督弟沖及諸將奮擊，襄大敗。温屯故太極殿前，徙入金墉城，謁先帝諸陵。陵被侵毁者皆繕復之，兼置陵令。遂旋軍。」温謚宣武。若過洛陽風景地，含情重問永豐坊。孟啓《本事詩》：「白尚書姬人樊素善歌，小蠻善舞。嘗爲詩：『櫻桃樊素口，楊柳小蠻腰。』年既高邁，而小蠻方豐艷，因爲楊柳之詞以託意曰：『一樹春風萬萬枝，嫩於金色軟於絲。永豐坊裏東南角，盡口無人屬阿誰？』及宣宗朝，國樂唱是詞。上問誰詞，永豐在何處，左右具以對。遂因東使命取永豐柳二枝，植於禁中。白感上知其名且好尚風雅，又爲詩一章，其末句云：『定知此後天文裏，柳宿光中添兩星。』」

此爲福王作也。首句虛寫一南都將亡之象。次句比福王之不能自振也。三四句指馬、阮輩言，嘆輔佐之無人也。蓮爲君子花，而但餘青荷，有群小在位、君子消亡之意。「中婦鏡」，刺其昏暗不能補益君德也。竹亦應有勁節，而無如竟成黄竹，只堪供女兒箱之用，譏其以聲色逢君也。在朝之臣若此，南都安得不亡乎？第五句以隋堤水比之，蓋以福王徵歌選舞，有類煬帝耳。第六句初看似節取桓温北伐一事，嘆南都馬、阮輩並温之弗如。然温在瑯琊，不過爲内史，何以遽用「大道王」語？雖曰借用，不宜不倫若此。按《晉書》，瑯琊王睿生於洛陽，南渡後爲晉中興之主。福王亦生於洛陽，立於南都，而一年遽亡。較之瑯琊，其始相類，其終大不相侔。則知先生所謂借用者，雖因宣武而借用樂府語，實因樂府語而用晉瑯琊以例福王也。且晉五王渡江而瑯琊中興，號稱東晉。明季亦有五王，無一能中興者，句中「不見」二字，寄慨深矣。如此看來，不但本聯中「空憐」、「不見」四字詞義貫注，且與下「洛陽」云云尤爲一線穿去。末二句用找補法，言南都之事，已不堪回首，誰復更向洛陽始封之地而致其憑弔乎？點明「洛陽」，詞旨愈顯。伊戒平云「若」字當作「誰」字解，良是。永豐坊，用洛陽舊事，乃節取移植禁中之意，比福王以藩邸播遷而驟膺大寶也。小蠻事無涉。

東風作絮糝春衣，劉熙《釋名》：「糝，相黏數也。」太息蕭條景物非。扶荔宫中花事盡，《三輔黄圖》：「元鼎六年，破南越王，於上林苑中起扶荔宫，以植所得奇草異木。」靈和殿裏昔人稀。《南史・張緒傳》：「劉悛之爲益州刺史，獻蜀柳數株。條狀，如絲縷。武帝植於靈和殿前，嘗玩賞咨嗟曰：『此楊柳風流可愛，似張緒當年。』」相逢南雁皆愁侶，好語西烏莫夜飛。釋智匠《古今樂録》：「《西烏夜飛》者，宋元徽五年，荆州刺史沈攸之所作也。」往日風流問枚叔，梁園回首素心違。吴均《西京雜記》：「梁孝王遊於忘憂之館，集游士使各爲賦。枚乘爲《柳賦》。」乘，字叔。

此爲南都遺老諸公作也。「東風作絮糝春衣」即第七句所謂「往日風流」也。次句物换星移、人世變遷之感也。三四句承「景物非」來。伊戒平云：「蓋滄桑之感、云亡之痛兼之矣。」最爲得解。「相逢南雁皆愁侣」，正指遺老諸公。「好語西烏莫夜飛」，則以我國家奉天承運，代明復讐，闖、獻餘孽，胥已殲滅，不必復效沈攸之妄興恢復之兵，自取敗亡也。按《資治通鑑》，宋荆州刺史沈攸之以蕭道成篡位，舉兵東下，聲罪致討，頓兵郢城，兵潰而亡。《西烏夜飛》者，其東下時所作也。結二句追念往日，有不堪回首之嘆。

桃根桃葉鎮相憐，謝靈運《樂府集》：「王獻之妾名桃葉，其妹曰桃根。子敬嘗臨渡，歌以送之曰：『桃葉復桃葉，渡江不用楫。但渡無所苦，我自迎接汝。』又：『桃葉復桃葉，桃樹連桃根。相連兩樂事，獨使我殷勤。』」眺盡平蕪欲化烟。秋色向人猶旖旎，王粲《柳賦》：「覽兹樹之豐茂，紛旖旎以修長。」《丹鉛録》：「《上林賦》『猗狔從風』，『猗狔』猶『猗那』也，字一作『猗旎』，又作『猗儺』。」《宛委餘編》：「『旖旎』之『旎』，音儺。」春閨曾與致纏綿。暗用王昌齡「閨中少婦不知愁」絶句意。新愁帝子悲今日，《楚詞》：「帝子降兮北渚，目渺渺兮愁予。」舊事公孫憶往年。《漢書・睦宏傳》：「上林苑中大柳樹斷枯臥地，亦自立，生有虫食樹葉作文字云：『公孫病已立。』」按「病已」即皇曾孫宣帝也。《資治通鑑》：「初，許廣漢女適皇曾孫。一歲，生子奭。數月，曾孫立爲帝，許氏爲倢伃。是時霍將軍有小女，與皇太后親。公卿議更立后，皆心擬霍將軍女，亦未有言。上乃詔求微時故劍，大臣知指，白立許倢伃爲皇后。」記否青門珠絡鼓，松枝相映夕陽邊。古樂府《楊叛兒歌》：「七寶珠絡鼓，教郎拍復拍。黄牛細犢兒，楊柳映松柏。」

此首專爲福王故妃童氏作也。按《明紀補注》：童氏，周府宮人。逃亂至尉氏縣，依福王於旅邸。生一子，已六歲。福王南奔，各不相顧。福王即位，陳潛夫奏妃尚在，福王不召。後自越其傑所詣官，弗納，旋下錦衣衛獄。童氏在獄中細書相遇月日及離别情事甚悉，付掌獄馮可宗，呈覽，棄不視。可宗辭審。福王命屈尚忠嚴刑拷掠，斃之獄中。先是，福王命錢謙益採訪淑女。王居禁中，惟漁幼女，飲火酒，雜伶官演戲爲樂。首句「桃葉」、「桃根」，正指其得新寵而行樂也。次句言任童妃之流落而不召也。三四句言今日雖棄置弗顧，而妃自來叩闕陳詞，是不啻「秋色向人猶旖旎」也。「春閨曾與致纏綿」則正指旅邸相依、兩情繾綣時也。第五句「愁」字、「悲」字，已暗包妃至弗納，旋復下獄情事在内。而不忍斥言，是詩人温厚處。「帝子」原指湘夫人，今指童妃。徐夔注引魏文帝《柳賦序》大誤。第六句直以宣帝詔求故劍大義責之，諷刺雖切而措詞微婉，尤得風人之旨。末二句重復追憶當年以深悼之，妙在「記否」二字，直向福王心内下一棒喝。故與第四句意相應而不相複。第一首「夢遠」句，追憶馬后，見開國之如彼；末首悼傷童妃，見亡國之如此，照應在有意無意之間。《關雎》爲西周之始，《白華》爲西周之終。先生此詩命意處，直接《三百篇》，世推爲風雅之宗，夫奚疑？

秋柳第三首補箋

此因故太子既無下落，唐、桂諸王又以次翦滅，而深戒諸遺老當識天命也。太子所居號春宫。明亡於甲申三月，又係春時。「東風作絮」言太子與二王之飄零。「糝春衣」言其飄零本欲依人也。「太息蕭條景物非」言南都福王已亡，明之氣數已盡也。「扶荔宫」在長安，借指燕京。「花事盡」言故都全失，太子、二王已不知流落何所。此句承首句説下。「靈和殿」在金陵，實指南都。「昔人稀」言當福王時，朝臣大半皆馬、阮之黨，王之明自稱故太子，已無有敢確指其是否者，尚望有人可依乎？此句又承次句説下，並繳足首句「糝春衣」之意。王之明事，一時詩人見之咏歌者，如：「還須求故劍，慎勿翦連枝。」「海上扶蘇原未死，獄中病已又奚猜。」又如：「北來黄犢車，天表自英粹。雜問聚朝官，瞠目各相視。遥識講臣面，備言宫壼事。諸臣媚新君，誰肯辨儲貳？」皆以爲係真太子。先生因聞見未確，不加判斷，而但以「昔人稀」三字慨歎之。以俟後人之詳考，含蓄深矣。「相逢南雁」者，當時如唐王、益王、桂王等皆與福王爲兄弟行，兄弟爲雁序，諸王皆在南，故曰「南雁」。因太子、二王而並及諸王也。「皆愁侣」者，諸王或滅亡，或流落，已無可輔之人，足徵明之氣數盡矣。「好語西烏」則正指故明諸遺老。「莫夜飛」者，言當知天命有歸，不可妄萌思明之念，效沈攸之之自取族滅也。言「莫夜飛」，則前此黄道周、丁魁楚、瞿式耜輩之夜飛者，皆包羅在言外矣。董子曰：「善言天者，必有驗於人。」試觀明末諸王並無一人能好士尊賢如漢之梁王爲世所稱道者，民心不屬，即天命可知。末二句，不忍斥言諸王，而但嘆左右無素心之人爲之輔佐，用意可謂温厚纏綿矣。又按，明之周王分封大梁，周憲王所著樂府，流播人間，文采風流亦稱一時之盛，然已成往事矣。後人不能承繼，所用左右，求有一素心人如枚叔者，豈可得乎？故曰：「往日風流問枚叔，梁園回首素心違。」「素心」指人言，陶詩「聞多素心人，樂與數晨夕」可證。然須放開説，即梁以證諸王，非但哀周王也。

右箋係與余友許子雲嶠共相參核酌定者，益我實多。因附刻於原箋後，以質海内，并以誌余兩人久浮沉於風塵俗吏中，尚未盡忘讀書時澹泊生涯也。庚辰正月十四日，勺洋識於梁園寓舍。雲嶠名鴻磐，山東濟寧州人。辛丑進士。

許子雲嶠又云：「按隋堤自汴達維揚二千里，次章第五句特舉板渚，似亦有意。考《元和志》，板渚在汜水縣東北三十里。汜水縣在唐宋時俱屬河南府。作者或借此以喻福籓舊地，嘆由崧荒淫江左，忘流賊轡父之讐，因遥睇故墟，不勝其太息也。」

朱子韞山云：「首章末二句用『玉關』字，應借指明亡後吴三桂由山海關請兵天朝，以驅闖賊事。既以思陵結本章之局，又起下章小朝廷之不足自立也。」右二説亦皆足補原箋所未及，故并録之。韞山名鳳森，廣西臨桂人。辛酉進士。

（姚蓉點校）

十二筆舫雜録

十二筆舫雜録提要

《十二筆舫雜録》十二卷，據道光壬午刊本點校。撰者李兆元生平見《詩箋三種》提要。十二卷含四種，起自嘉慶四年己未，迄於道光四年甲申，作於家居、宦豫及歸里等不同時期，因皆屬詩話性質，故合爲一輯。惟前三種先成付梓，後一種乃續補續刊，故曰「賸語」。李氏有詩識，其爲漁洋辯護之角度頗新，以爲漁洋詩自有「性靈」、「懷抱」，秋谷持「詩中有人」説攻漁洋，「似尚未及見此」。（卷七）又駁吴喬「清秀李于鱗」及紀昀「漁洋出七子」諸説，均從「同鄉」著論，而不免失準。標舉漁洋五律《漫興十首》（録六首），評爲「不謂之從杜出不得也」。特處太平之盛，不能作無病之呻吟，故此種不多見」云云，竟與翁覃溪「盛世之杜」之説相爲表裏。兆元自謂嘗親見漁洋批點之杜集，故其言可聽，自是乾隆以來山左諸家漁洋之争中之後起俊彦。其辨析古詩聲調亦與秋谷不同，重在音節，轉從漁洋《古詩鈔》入手，謂漁洋此選「審别體裁，最爲謹嚴」，其精義即有辨於五古、七古之體裁音節。（以上卷九）又視音節爲「以文爲詩」之訣，音節不諧即如律體之「倒平仄」，頗可解乾嘉詩壇此體之惑。卷八録紀昀詩序多篇，亦取其古詩講音節之説，而融爲己説。又承何大復以來諸家之説，將唐人七古分老杜體與元白體之説，著爲定論。其書録登萊一帶鄉賢名宦遺詩逸事甚夥，晚明以來之忠烈人士，著筆尤詳。近人則張問陶曾守萊，頗及其詩與事；辨李石桐《主客圖》影響實不出高密，隔鄰之掖縣即無相從者；又以袁枚子蘭村（袁通）選《中州新雨集》而頗及其行踪；而袁潔流邊，其婦千里追夫之事，亦奇亦艷，則是録自張敏求之七古長篇《題隴山策蹇圖》，蓋兆元論詩作詩，皆以古體見長也。

十二筆舫雜録弁言

壬午秋，吾友李子勺洋僑寄豫省。適余以分校出闈相見，詢其近况。勺洋笑曰：仍以筆墨自娱耳。因言今夏成《古韵徵》一卷，近又注《説卦傳》，尚未脱稿。余又詢其《雜録》三種付梓否？答以絀於力。余與勺洋以文章素契，願分薄俸，代爲剞劂，俾勺洋著作得傳。夫文以載道，勺洋既著《古本大學詁略》，兹編中凡論詩論文，其歸皆衷諸道，亦足以見勺洋矣。他日著作正未有艾也。爰付梓人，而弁其卷首。

道光二年，歲次壬午，秋九月既望，桂林愚弟韞山朱鳳森識。

十二筆舫雜録自序

余自幼喜觀各種叢書，性所偏嗜，遂忘效顰。需次中州，復多劄記，共成三種，曰《梅影叢談》、曰《春暉餘話》、曰《中州觚餘》。兹復彙輯爲一，統曰《十二筆舫雜録》。仍列「叢談」、「餘話」、「觚餘」之名於各卷之下者，别其時與地也。《檀弓》曰：「愛之，斯録之矣。」曰雜者，隨意書之，不復詮次也。菖葅羊棗之嗜，不必與衆口同。觀者如剥蠏螯，或取一臠，或竟棄之，固無不可。

道光元年辛巳孟冬望前五日，勺洋李兆元識於梁園寓舍。

十二筆舫雜録目録

卷七

中州觚餘上

卷八

中州觚餘中

卷九

中州觚餘下

十二筆舫雜録卷一

東萊　勺洋氏著
桂林　韞山氏評

梅影叢談上

嘉慶己未夏，余於居之東廂，架書其中，階前舊植紅梅一株，雜以餘花，良宵月上，紙窗間疏影横斜，時有花氣度櫺罅而入，芳香襲鬟眉，名之曰「梅影書屋」。展卷之餘，弄筆和墨，隨所感觸，信筆輒書，略無倫次，名曰《叢談》。中秋前二日，勺洋識。

陳松，字石橋，如皋人。工詩。有《題垂釣圖》二絶句云：「細雨春溪漲遠汀，溪聲時與鶴同聽。漁童背立樵青去，一樹山桃壓水亭。」「幾時林壑掛塵冠，長得青山飽眼看。我亦江皋舊烟客，三年閒殺釣魚竿。」其一全用繪神之筆，其二自抒襟懷，宕出遠致。此法實自少陵題畫諸詩開出，後人遂不能越其範圍。但須切定時地，各開生面，勿成蹈襲。

陸衷璁，名葆元。有《雪詩》四首云：「隔簾疑雨打，穿竹帶風飄。山迴峰初瀉，溪深水漸消。梅垂梢摵摵，鶴刷羽蕭蕭。不識何人屐，微吟過灞橋。」右《雪聲》「野闊隨人遠，燈昏傍客多。陰窗潛入隙，古岸澹臨波。好赴梅妃約，應邀月姊過。有情還欲訴，無奈謝郎何。」右《雪魂》「迎宵花已放，破曉凍初融。地極千巖秀，天歸一宇空。鷺多藏玉浦，人盡坐璇宫。爲想傾城客，風前舞袖同。」右《雪色》「吸露知何意，含冰别有情。境從寒處得，趣自淡中生。高士腸能潔，佳人齒復清。應知鹽可擬，正好用和羹。」右《雪味》

朱韞山云：「四詩盡態極妍，可謂『啓夕秀於未振』者。」

吾鄉趙文潛先生，名士喆。著《建文年譜》二卷。考核頗費苦心，於建文遺跡載之詳矣。然建文嘗遯跡於杭州安溪之東明寺。寺去邑四十里，帝初至時旭日始旦，故題寺額曰「東明」。今寺中範帝遺像，僧服而袞龍。寺有牡丹一本，乃帝手植，花皆千葶，色白如銀。分其種他處，即不復榮。越三百餘年如故。見陸次雲《湖壖雜記》。《年譜》於永樂二年止，云：「師遊于杭。」注引《從亡隨筆》云：「會于吴山，遂遊西湖。」「洪熙七年，再遊吴山」，亦止注云：「杭之净慈寺西房有僧像，不去鬚，爲建文遺像。」初不及東明寺事。文潛當明鼎革後，嘗避地南下，結詩社於吴會。西湖應在游歷中，而東明軼事紀載闕如，豈以寺去邑四十里，足跡偶未至耶？又《年譜》於建文詩篇，單詞隻句無不搜羅。而鄭曉《遜國記》載建文《金陵》詩曰：「是日乘輿看晚晴，葱葱佳氣滿金陵。禮樂再興龍虎地，衣冠重整鳳凰城。」《年譜》反遺之，何耶？又建文至貴州，金竺長官司羅永菴題詩壁間，凡二首。其一：「風塵一夕忽南侵，天命潛移四海心。鳳返丹山紅日遠，龍歸滄海碧雲深。紫微有象星還拱，玉漏無聲水自沉。遥想禁城今夜月，六宫猶望翠華臨。」其二：「閲罷楞嚴磬懶敲，笑看黄屋寄曇瓢。南來瘴嶺千層迥，北望天門萬里遥。款段久忘飛鳳輦，袈裟新换袞龍袍。百官此日知何處，惟有群烏早晚朝。」亦見《遜國記》。《年譜》止載第二首，而又誤書爲其一，何耶？

余乙卯春會試入都，邵五世文名葆祺，丙辰進士。余甲寅房師邵菘疇夫子之弟。招宴於虎坊橋東路北第內，遇貴州黎平縣趙孝廉世萬。乾隆甲午秋邵太夫子典試貴州所取士。言故明萊州太守朱公萬年，明季李九成之亂，公罵賊死城下。其世戚也。因述公軼事二則。云朱公少貧，常從師外塾。一日赴館，遇雨，避於邑紳龍公之門。龍公名起雷，方以京秩休致家居。是日冒雨偶出，見童子立簷下，呼而問之，答以故。問其姓名，以朱萬年對。龍公戲曰：「吾有一對，能對則可，否當叱逐。」公曰：「諾。」龍公曰：「朱萬年，年災月厄。」公但仰面視天，不即對。龍公促之。公見雨稍止，乃曰：「對成矣。龍起雷，雷打火燒。」語甫畢，急趨而行。龍公大異之，曰：「此子日後定當出人頭地。惜語帶殺機，恐不能令終耳。」時龍公有幼女，擇婿，未得其人。因託媒示意於公父母，以女字公焉。龍公女未嫁而卒。公配陳夫人，係公業師陳公之女。又云有一道人，敝衣持鉢，狀類瘋顛，至黎平城內，端坐大街中，敲鉢誦經，驅之不去。郡守邑令過之，亦不起避。雖加以鞭扑，終端坐誦經不少顧。朱公時方總角，聞之，獨往觀焉。道人望見，輒起拱立。俟其去，然後復坐。人詰其故，答曰：「此吾郡賢公祖也，敢不敬乎？」詢道人居何里，答以萊州。後公果守萊州，遂以盡節。事皆前定，非偶然也。

輕重之「重」、鄭重之「重」，《唐韻》上、去二聲皆收之。宋人强爲分别，非也。然在去聲者，柱用切。又兼更爲也、見《廣韻》。再也、見《博雅》。數也。見《左傳》：「武不可重。」注：「重，猶數也。」數義與平聲重複、重疊之「重」，音義迴别。沈雲卿《銅雀臺》詩云：「恩共漳河水，東流無重回。」「重」字取再也、更也之義，正是去聲。而沈歸愚注云：「古人輕重之『重』與重疊之『重』通用。」則似未核此字音義也。又如少陵詩《王竟攜酒高亦同過》云：「故人能領略，攜酒重相看。」《奉濟驛重送嚴公四韵》云：「幾時盃重把，昨夜月同行。」《有歎》云：「武德開元際，蒼生豈重攀？」温飛卿《送人東遊》云：「何當重相見，尊酒慰離顔。」許棠《登渭南縣樓》云：「聞來時甚少，欲下重憑欄。」皆作去聲用，可證。又國朝施愚山閏章《登岱》云：「崑崙不到終遺憾，欲駕蒼龍首重回。」沈文恪荃《送張篔山學士歸廬陵》云：「襆被蕭蕭出鳳城，觚稜回首重含情。」顧鶴巢大申《始發良鄉》云：「冰霜漸邇君門遠，東望長安首重回。」宋荔裳琬《同歐陽介菴拜杜子美草堂》云：「欲作招魂賦，臨流首重回。」陳鐘庭璋《七月己未恭接誥命》云：「此生同穴誓，何日重相依？」亦皆不隨俗混用。

吾鄉徐侍御圖《咏鶴來》云：「去住無分別，何妨首重回。」亦是作去聲用，不隨俗習。侍御字君猷，號明宇，萬曆癸未進士。

瑶華道人字恕齋，和碩諴親王次子。初爲固山，封貝子。工詩文，善書畫，爲一時之冠。幼嘗受業於先大夫。余於乾隆丁未冬以世好得謁見於邸第，輒蒙青睞。庚戌，余以選拔朝考入都，荷留邸中，相待優渥。間課詩文，奬其微長而策其未逮，蓋知己、感恩兼而有之。甲寅，余舉於鄉。乙卯，入都謁見，則喜溢顔色，自謂鑒别不誣。試禮闈後，索余文觀之，輒以掄魁入彀相期許。既而竟落孫山，倉猝遽歸，深愧有負知己。後凡入都俱留邸中。己未，并余門人李雲青亦荷留同居。古道照人，超越世態恒情之外。其丙辰送余下第東歸詩，亦有古人臨别贈言之義。余嘗見其題畫詩云：「緑杉藏野屋，碧岑冠脩竹。清風時冷然，幽鳥復相逐。静領山水緣，琴書適興獨。」清超絶俗，是右丞、襄陽一派。

杜詩如「城尖逕仄旌旆愁」、「霜黄碧梧白鶴棲」等作，通體平仄入古，其源自庾開府《烏夜啼》等作來，而氣魄特盛。宋陸放翁尤多此體。國朝王阮亭、朱竹垞亦皆爲之。此種詩雖名律體，必兼古風，氣格方佳，否則萎疲不可言詩矣。瑶華道人《三月廿日順義道上遇雪》云：「三月廿日雨雪大，青郊撲面東風寒。遠村近墟猶禁火，平原低隰皆翻瀾。驅車沮淖憐霜駿，返旆康莊笑冷官。輿夫饑憊行且暮，春城客舍勞盤餐。」次早稍霽，據鞍再吟云：「今朝天氣稍開霽，溝塍處處瀉春波。野馬穿林横匹練，濕雲鋪地炊蒸鍋。道邊緑楊自青眼，壠頭秋麥猶寒窠。莫教陰霾仍蔽日，好看晴旭烘巖阿。」蒼茫歷落，不減古人。

瑶華道人《含輝園花逕雨後閒步》云：「穀雨風光逗柳梢，輕寒猶似護叢苞。舞傾綬帶腰纔展，笑破圞枝靨密交。翻爲候遲能耐久，若教開早轉相抛。主人孤負芳卿意，不向花間掛酒匏。」又何其清新艷麗也。按：含輝園，在圓明園左側，有御書「含輝園」三字額，賜諴親王爲别業。先大夫嘗寓含輝園，應諴親王教，得句云：「寧須勑借岐王宅，信許詩徵鄴下才。」又得句云：「仙人舊館曾無似，杜老花堂恐不如。」爲一時傳誦。

七言絶句貴有神無跡，千古以來首推供奉、龍標。外此「蒲桃美酒」之什、「黄河遠上」之篇，亦推三唐壓卷。近代以來，滄溟尤爲擅場，沈歸愚謂其《送元美》、《寄元美》諸作，可使樂人歌之。余尤愛其《塞上曲送元美》云：「白羽如霜出塞寒，胡烽不斷接長安。城頭一片西山月，多少征人馬上看？」此等詩高處在品格神骨，不獨以風韻擅長，而風韻絶佳。故可直與「黄河遠上」之詞相伯仲，爲七子中絶唱。先大夫有《寄僚壻張宇順》一絶云：「大明湖上月初彎，載酒漁船去復還。孤負清光圓百二，年年雙照客中山。」

濟南朱崇厚工詩，兼善書畫，自號「抱雌子」。嘗夜坐，得絶句云：「阮宇沉沉絶臭臊，秋蟲聒耳響嘈嘈。一襟凉思坐來久，露洗梧桐月正高。」越二日，自寫成圖，題詩其上，詞翰丹青妙擅一時。今其圖藏余家。

朱曾傳字式魯，歷城人，與先大夫丙子同年。有《咏雁》詩云：「北雁因風急，飛來秋正深。一行沙漠影，萬古别離心。明月蘆花渡，新霜柿葉林。愁人愁已劇，何處又寒砧？」他如：「黄葉誰家夢，山花太古春草□。」「峰巒三古色，風日六朝心。」《新霽奉柬埜君從翁》「板橋驢皆晚，上□□花肥。」《湖上作》「酒醒三日社，雨霽五更星。」《山樓》「烏啼山月白，楓落石床青。」《雜興》皆能取法唐人。又七言如：「登樓定憶秦公子，賣賦誰收楚大夫？」《送家青雷北上》「世無文藻唯名士，古有秋風爲美人。」《寄趙盧錦》「枇杷門巷秋懷楚，鸚鵡房櫳夢過吴。」《示家弟無咎》「青竹短簫遺賀老，朱砂小印署冬郎。」《寄家方亭》「行藏于古誰相似，清興如斯宦不宜。」《趙無愆先生小照》皆佳句也。

朱令昭，式魯先生之叔祖。余止見其《南山詩》一卷，如：「梨頰故施濃淡粉，柳衣催織淺深黄。」「故應鮑謝詩千首，兼好朱陳畫兩村。」「拾翠縈鬟鄰女慧，買紅纏酒社翁酣。」俱《南川雜詩》「茶浮銕面澆塵土，花似丹砂落井泉。」《柳泉觀》「身帶烟霞孤磬外，屐粘紅紫亂花間。」《再遊小庵》「三春天竺迷花雨，十里揚州捲畫簾。」「苦筍半含新玉版，小桃初學淡胭脂。」《山莊雜興》「臙脂坡下貂裘敝，金虎臺邊繡襪餘。」「霸越止憑紅粉面，報韓空費鋏椎心。」《和友人春興》皆佳。又有句云：「塵埃蓬勃顔空熱，世事玲瓏氣早降。」亦激昂可愛。

朱韞山云：「余嘗至濟南，聞朱氏多詩人。今觀斯編所採，要以式魯爲最。」

余髫齡隨先大夫任廣信，受業於貴溪張師之門。師名留保，書法宗顔平原，亦工詩。記其《至幽香別墅》一律云：「眼界殊空闊，登臨野趣清。水洄層浪碧，峰拜萬山晴。既以窗前竹，兼之樹外鶯。賞心殊未已，長荷主人情。」自戊子一別，迄今三十餘年矣。録師詩不勝黯然。

己酉秋，余在歷下，於朱肖野寓見蔣心餘太史士銓《題憶園圖》四絶句云：「廿載前頻過此園，未能裙屐附賓筵。錢坤一詩姜鹿壽畫重開看，君正中年我少年。」「丈人峰底餞雙鳧，宰相謂文恪曾開竹裏厨。太息虞山成宿草，壁間遺墨尚存無？」「築就芳園憶阿誰，却教今日想當時。前塵事事都難忘，不到傷懷總不知。」「坦腹當年美右軍，入山雲作出山雲。他時入畫重脩禊，知有詩人更憶君。」余每誦其「前塵事事都難忘，不到傷懷總不知」二句，以爲非古今真傷心人，亦不知其詩之佳也。肖野名廷垚，益都朱天門先生之子。《憶園圖》者，天門小照也。

古董阮慶榮於乾隆丙戌秋與先大夫晤於南昌，復同至龍虎山，信宿上清宫。有留別先大夫古風一首，其書法亦佳。詩云：「使君家在東海東，我家南海日本通。迴隔洪濤千萬重，姓名雷貫耳欲聾。

文章道義敦且崇，泰岱一氣走鴻蒙。靈山俯視七十峰，欲往心親嗟路窮。揭來衡嶽躡仙蹤，歸向洪都邂逅逢。飄然一琴一鶴從，西江吸盡心神融。氣度已坐春風中，劇談更洗繁華空。會須一訪玉局翁，枉道直上仙源宫。山館置君冰雪容，層雲盪我磊落胸。可惜明朝初日紅，三山有約别匆匆。」

博山釋一澂號秋水，能詩。祝先大夫壽詩云：「菩薩由來應現身，居官心地浄無塵。不辭宦海頻施筏，已證迷途覺悟津。原注：「信州鍾靈橋，一郡之大觀。舊遭波臣。今喜重建，來往萬民，咸稱公爲『李菩薩』也。」霖雨滿天雲帶濕，慈風徧地草生春。精神却比龐公勝，壽量何須問大椿。」又有和先大夫韵句云：「積病蠲除萬户安，懸滿深悉用刑寬。」皆當時實録也。

廣信，三國吴境，郡城内舊無關帝廟，先大夫創建於府署之西北，以昭祀典。創建之初，先大夫適病疽，群醫莫效。夜夢一人道裝，自稱華陀，以手撫之而去，自是遂痊。因於帝殿後肖華陀像，於西偏附祀焉。

「吉甫作頌，穆如清風。」此論詩鼻祖。少陵「李陵蘇武是吾師」等篇，及義山「李杜操持事略齊」二首，皆論詩絶句也，特未標論詩之名耳。自元遺山有《論詩絶句》，後之傚其體者比比矣。興化鄭板橋燮又有《述詩・金縷曲》二闋。

古今詩話，漁洋首推嚴滄浪及徐昌穀《談藝録》。吾鄉趙文潛喜閲王弇州《藝苑卮言》，而其自著《石室談詩》，則折衷於太倉、竟陵之間。近則宋牧仲《漫堂説詩》、沈歸愚《説詩晬語》，皆能有功藝苑，輝映千春。

《滄浪詩話》有云：「詩有别材，非關書也；詩有别趣，非關理也。然非多讀書、多窮理，則不能極其致。」此論正欲使人善於用書，非使人廢書也。今之欲撼漁洋者，以漁洋嘗喜《滄浪詩話》，遂截去後二語，而但取「詩有别材，非關書也」之語，以詆滄浪而撼漁洋。耳食之徒翕然和之，幾使滄浪蒙原伯魯之誚，豈知原書具在，安能障天下人之耳目乎？

瑶華道人云：「此段議論，極得論詩之正。」

七言古風始於《垓下歌》，然止四語耳，而又兩韵。至漢武《柏梁》始成大篇。迄乎魏晉，如《燕歌行》、《白紵詞》等作，皆句句用韵，與《柏梁》同。然初無「柏梁體」名目也。惟劉宋鮑明遠《行路難》等作，於出句概不用韵，始不循柏梁舊體。唐人遂以出句不用韵者爲古詩，句句用韵者爲「柏梁體」。

漢七言如《蒿里曲》，出句亦不用韵。然首句五言，是猶雜長短句法，自屬樂府體。若出句不用韵而句皆七言，則自參軍始耳。

朱式魯先生又有《咏苔》四律云：「霽天彌望緑如茵，入户緣階不厭貧。冷院誰分新舊雨，閑庭頻數去來人。何年贔屭侵殘碣，是處之而上石麟。側嶺横橋十餘里，青鞋不着軟紅塵。」「正是斜風暮雨兼，更教落絮點毿毿。西園遺恨埋花徑，南浦新愁捲畫簾。古色似依琴石駐，幽香應到屧廊添。不須乞取春陰護，十丈藤蘿欲滿簷。」「蹋青人遠水平堤，落日牛羊廢苑西。泉畔有痕通蠟屐，梁間何意伴芹泥。棗花簾外雙鬟掃，菰米磯前一雁棲。惆悵秋聲曾到耳，青楓根下野蛩啼。」「底是人間最斷腸，應劉一别惱陳王。草生與借宫人緑，花落平分帝子香。豈有遺宫封碧瓦，更無空井護銀床。露塘月榭年年色，不用麻姑怨海桑。」

良誠，正白旗步兵也，能詩。《戊午秋日和仲欽見懷韵兼呈季父》云：「每入秋來百感侵，空齋枯坐一燈深。謝公何處遊山墅，阮氏空思到竹林。楊柳葉黄人乍別，蒹葭露白月初沉。幽懷柳鬱何由闊，階下寥寥絡緯吟。」情韵蕭疏，無烟火氣。行伍厮役中有此詩才，足徵國朝詩學之盛。

趙秋谷宫贊《談龍録》云：「句法須求健舉，七言古詩尤亟。然歌行雜言中，優柔舒緩之調，讀之可歌可泣，感人彌深。如白氏及張王樂府具在也，今人幾不知有轉韵之格矣。此種音節懼遂亡之，奈何？」此論頗有功於後學。然於格調源流，亦未詳以示人也。香山《寄微之》詩云：「詩到元和體變新。」所謂體變新者，非有獨創之體，乃用初唐四子之格調以變盛唐諸公之格調，當時遂詫爲新體耳。初唐七古，聲調沿於齊、梁、陳、隋，盛唐李、杜、岑三家起而矯之，上宗漢魏，一變齊梁以來靡靡之音，韓昌黎又加以恢張，而七言古詩之體始極其變，稱大備焉。總而論之，李、杜、岑、韓源出《雅》、《頌》，允稱正宗。初唐四子及元、白、張、王源出《國風》，亦不可廢，特其聲調源流各別。學者欲用李杜格，不可雜以元白之調；欲用元白體，不得參以李杜之音。譬如曲中有正宫、仙吕、大石、越調之分，音節各別，不容混耳。

秋谷又云：「聞古詩別有律調，往問司寇，司寇靳焉。余宛轉竊得之。」又云：「阮翁律調，蓋有所受之，而終身不言所自。」所謂律調者，即前所謂優柔舒緩之調，讀之可歌可泣者是也。不識古時中律調，不可作轉韵七古。

古詩聲調，舊無譜。譜之自秋谷始。雖未能盡闡蘊奥，然創始之功，爲初學津梁，不可没也。

余家舊有《題皇華泉》詩箋一幅，字勢欹側鬱盤，饒有逸致。詩云：「白雪高樓衹舊基，皇華泉畔草離披。百年生死羊曇在，奕代蕭條庾信知。小閣塵凝驕燕雀，荒園月冷拜狐狸。無端依醉歸來晚，一曲雍門兩鬢絲。」詩格沉雄，置之前明七子中，亦矯矯有氣。惜未書作者姓氏。今其箋亦不存矣。

朱曰藩，字子价，寶應人。有《無題和王子新》，頷聯云：「多病心情寒食後，小樓風雨落花時。」能以格勝。

沈宗伯《國朝詩别裁》不選王次回《疑雨集》，袁太史《隨園詩話》深以爲非。今按《疑雨集》中，如「千蝶帳深縈短夢，九雛釵重困初笄」、「粉跡著書新指暈，翠痕沾袖舊眉圖」、「自信功名關妾分，儘留顔色待君歡」、「花片總粘遊子屐，藤梢偏罥美人衣」、「江令詩才猶剩錦，衛娘書格是簪花」、「潑翠巖巒三代器，艷新花鳥六朝文」，香艷之中無傷名教，固不必概從擯斥。若「登樓未定銀翹顫，避燭難禁鳳屧狂」、「羞出畫屏推阿姊，笑郭羅扇覰狂生」、「女伴那知當面笑，檀郎偏認隔簾聲」、「旁撓歡計人人險，飛語情悰事事訛」、「花裏送郎真草草，人前見妾莫依依」、「翻成繡譜傳人畫，會得琴心允客挑」、「狂詞撰出風聞遠，艷質行來耳目多」、「殘燭解衣教緩緩，重幃低語囑輕輕」，則所謂床笫之言不越閾，聽其集之自行可耳。

鷹青山人李鍇，字鐵君，遼東世胄也。隱居不仕，工詩。所著《睫巢集》古奥澹逸，卓然自成一家。樂府如《鷄鳴滿歌行》、《鰕魛篇》等作，不襲漢魏人形貌而得其神理。古風如《題金莘園江山圖》有云：「真宰運心氣機走，古趣從之入深厚。」《夜看王清遐畫高房山山水》有云：「筆有伸縮神則舒，有時空白一筆無，紙角萬里開江湖。」皆入畫家三昧。又有《王清遐爲我作蘿村圖賦贈》一首，氣勁而遒，如一筆書，尤能抉出畫家神髓。他如《贈吴隱君》詩立格之超，《蘿村暮春》詩立言幾于見道，皆深入古作者之室而又能自抒性情。其他可録者尚多。沈歸愚《别裁》選中於鷹青詩合樂府、古風、五七律祇取五首而已，豈亦南北門户之見未盡泯耶？

瑶華道人云：「李鍇籍隸正黄旗漢軍。予嘗都統是旗，曾詳考其出處，非隱者也。曾歷任佐雜至鹽大使，後以其先人虧空罷職。居盤山之陰，其居對鷹峰，故别號『鷹青山人』。其所居之庄名羅家峪，故又自稱『蘿村』焉。」

邑人吕鼎鉉，字松和，仕至宣大參將。有句云：「山空深見色，草異不知名。」「山空」五字寫山境入微。

林冠玉，字竇樹。初應邑童子試，見搜檢者，訝曰：「吾儕讀書人不能見信於有司，乃至視若穿窬，何辱如之？」遂棄帖括，終身不復進取，吾鄉前輩中高尚其志者也。工詩，善畫蘭。晚年家益落。嘗有句云：「千古無情貧老病，此生有幸啞聾癡。」識者哀之。其初以《秋夜聞雁》詩得名，詩云：「那知征雁苦，半夜度孤村。庭際一聲落，天涯何處存？長風凋肅羽，斜月愴寒魂。我亦窮途者，艱難不可論。」「夜深還不寐，蕭索看吴鈎。落月一聲雁，老懷千斛愁。長貧經歉歲，多病對殘秋。却羡隨陽雁，豐毛足善謀。」

呂司庭烜，乾隆丁卯舉人。工製藝。嘗有句云：「午寂鳩鳴雨，天高燕試風。」

海豐張渤，字彙川，號霽園，余甲寅同年也。工製藝，亦能詩。己未同下第歸，遇於旅邸，尊酒論文，激昂慷慨。於行篋中出其詩卷示余。余展卷披讀，相與縱談，不覺達旦。猶記其一聯云：「桃花雨滴青帘酒，楊柳風開白板門。」亦有杜司勳、韓冬郎風致。

沈士雅，高郵州人。其孫名均安，曾任江西蓮花廳司馬，先大夫守廣信日同寅也。有吟詩小照，傍一美姬，一妖鬟侍。題咏甚夥，今擇録數首於左。李大村國宋云：「錦石參差碧四圍，臨風斜柳不勝衣。美人研北明粧坐，能使凌雲綵筆飛。」「年少看花花可憐，買花惆悵少金錢。只今老去花如霧，始信人生貴少年。」沈西村世燾云：「閑憑棐几展烏絲，自有休文絶妙詞。堪笑世間聾聵甚，文心只合美人知。」「蘗欄花榭倚春波，花裏風來雜綺羅。翰墨儘堪消永晝，詩成還付雪兒歌。」涇陽劉灝云：「小院陰濃緑柳垂，座旁捧硯有瑶姬。廣平莫道心如銕，正是看梅作賦時。」「遶砌青叢與碧湍，瓦鐺玉几映琅玕。知君姑射仙人側，幾度逡巡下筆難。」「閑情逸韵絶塵寰，況有蛾眉似小鬟。不與沈郎曾識面，定應猜是白香山。」秀州沈元璟云：「柳絲一碧漾苔衣，正是鶯喧蝶舞時。小玉多情看弄筆，定應吟瘦舊腰肢。」徐亭云：白下劉巖云：「翠餅親磨汁漸匀，看郎停筆費逡巡。十三行字君休寫，怕向儂前羨洛神。」「日飲醇醪近婦人，更須投筆任天真。名場失路應如此，不道奇懷早出塵。」猶可想見前輩風流。

朱韞山云：余《讀書舊樂圖》亦有兩姬侍，故匀洋題詞有「白家蠻素、坡老朝雲」之句。

唐王昌齡左遷龍標尉，即今貴州黎平府龍里司龍標寨，乃唐叙州潭陽郡龍標縣也。見雲間陸應陽

《廣輿記》。而湖南沅州亦有龍標城，云王昌齡謫居處。亦見《廣輿記》。按：黎平，漢屬牂牁郡，在夜郎界。沅州，漢武陵地，與盧溪之五溪近。以太白詩「聞道龍標過五溪」考之，當在黎平爲是。

又按：漢西南夷諸國，夜郎最大。黎平尚屬夜郎東界。太白詩云：「隨風直到夜郎西。」想以龍標地屬夜郎，夜郎爲西夷長，故極言之耳。又：今湖南施南府，晉曰「夜郎」。有竹王祠在城東南，龍標在其西。太白詩或指此夜郎，亦未可知。

先僉憲公諱之茂，號南居，明萬曆丙辰進士，河南驛傳道按察司僉事。工臨池，所著詩文多散軼。有《送子如楚》詩一首，書箑頭，今藏族叔綺野家。詩云：「半刺遥臨楚水濱，湘蘭沅芷嘆孤臣。埋頭冷署無餘累，回首高堂有老親。江右今傳多戰馬，湖南猶説未歸人。天涯薄宦如雞肋，遊子何須久滯身。」又有《耆英社圖記》一首，又於李滄溟《杜詩選》重刊本得序文一首，今藏余家。又有手書「藏輝亭」三字匾，今存族叔鏡遠家。

益都朱天門先生名承煦與先大夫同出沈椒園臬憲之門。先大夫守廣信日，天門罷官遊江右。先大夫邀主玉山縣懷玉書院，天門因修《懷玉山誌》，先大夫爲之序。洎先大夫陞右江道，卒於南昌寓署。天門輓詩云：「憶過山房笑語温，源性去夏承顧。祇今何處得招魂。十年勷歷傾肝膽，三載知交若弟昆。憐我客中籌活計，慟君身後荷殊恩。原注：「特旨協理滇南軍務。」一靈縹緲蓬壺去，他日還當哭墓門。」先大夫司馬潼關日，已蒙純皇帝特達之知，軍機記名。故司馬揚州不及一載，即擢廣信。甫三載，又陞右江。旋有赴滇協理軍務之命。旨下日，先大夫卒已四日矣。天恩高厚，涓滴難酬，因録天門詩敬誌於此，俾世世子孫勿忘焉。

董曲江先生名元度，平原人。《春柳》云：「鵞黄鶯見緑成叢，漠漠含烟蕩碧空。幾處欣看珠絡鼓，何人偷繫玉花驄？鶯聲一曲斜陽外，春色三分細雨中。眉自增愁腰自減，可憐輕嫁與東風。」「恨葉情條手漫捫，去年折處尚餘痕。翠樓紫陌閨人夢，南浦東風蕩子魂。千里緑雲春懊惱，一聲羌笛月黄昏。誰家十二闌干外，蘸水雙雙護錦鴛。」

律詩起法之妙，如前人所舉「風勁角弓鳴」、「素練風霜起」等句，人多知之。至三四句承接尤貴得勢，王阮亭舉「萬壑樹參天，千山響杜鵑」下接「山中一夜雨，樹杪百重泉」，「昔聞洞庭水，今上岳陽樓」下接「吴楚東南坼，乾坤日夜浮」，「古戍落黄葉，浩然離故關」下接「高風漢陽渡，初日郢門山」，「錦瑟怨遥夜，繞絃風雨哀」下接「孤燈聞楚角，殘月下章臺」，以爲皆轉石萬仞手，此法人多未講。

吾邑趙琨石先生《送張瑶星南歸》詩有云：「戚戚風塵内，達者以形寓。」又云：「讀書破千卷，澹然寫真素。」王西樵先生謂「達者以形寓」，是處世妙用，「澹然寫真素」，是作詩文要訣。

毛九來先生名貢。牧潁州日，送先贈觀察公旋里詩云：「匹馬光州路，一鞭游子還。翠籠雲外樹，青曳雨中山。往事休回首，新歡且解顔。高堂猶健在，珍重舞衣斑。」

魏叔子先生名禧，江西寧都人。古文爲國朝之冠。其論《禹貢》云：「《禹貢》者，禹治水之書。史臣於篇首書『禹敷土，隨山刊木，奠高山大川』，《禹貢》之綱領也。紀禹治水之書，挈其綱以示萬世。而不曰治水，何哉？蓋水不犯土，民可宅而粒，雖洪水無庸治。故曰『敷土』者，治水之本意，則壞成賦、弼服、建官統此矣。水不可治，治山與木，則水治，故曰『隨山刊木』，治水之用也。導山導水，南條北條之施統此矣。水不行地中，懷山襄陵則疆界不定，故曰『奠高山大川』，治水之功效也。海岱惟青、華陽黑水惟梁，以至肇十二州統此矣。蓋不言治水而言水之所以治。然而定貢賦、錫土姓、弼服建官者，天子之事。禹專天子之事，則上無舜。人臣而逼天子，天子尸位無爲，雖舜禹聖人，不可法於後世。而史臣於其終篇也，曰『告厥成功』，然後萬世之下見禹之所爲，皆奉舜之命，而不敢自專其功，人臣無成代終之節也。舜舉之得其人，任之不疑，權專而不見其逼上，功高而不以爲震主，人君知人善任之道也。然而成功者，聖人之跡其本不在於是。孟子曰：『雖大行不加焉，雖窮居不損焉。』禹不受命，治水不告成功，而禹之爲禹，自若何者？其德足以爲聖人也。史臣於其中篇則特書之曰：『祗台德先，不距朕行。』明乎前之所以成功者本乎此，後之所以保功者由乎此，而禹之興、鯀之殛皆於是乎在。蓋史氏之書，法如此。

按，叔子論文，有立言必有大意之説，實發前人所未發。其言曰：「格調者，文之繪事後素者也。文以意爲先，而一篇必有一意，則能文者夫人而知之。蓋君子之立言與立身、立事，皆必有其大意。大意既定，則無往不得其意。譬如治軍，汾陽之寬、臨淮之嚴，自決機兩陣至一令一號，皆終身行其意所獨得，故皆足成功。否則，因題命意，緣事以起論，其前後每自相抵牾，而觀者回惑捍格，無所得其根本矣。」

叔子又云：「天下之法，貴於一定。然天下實無一定之法。古之立法者，因天下之不定而生其一定；後之用法者，因古人之一定而生其不定。」余謂詩文能于古人一定之中生其不定，可謂善學古人者矣。

孟子文法之妙，不可枚舉。余尤愛其起筆之最妙者，如「天下大悦而將歸己」，突然而起，絶無依傍。衹一句文字，便如萬頃烟波，駕空而來，有吞吐乾坤氣象。却突接以「視天下悦而歸己，猶草芥也」一筆，掃得清虚潔浄。只此兩筆，一起一落，直有開闢天地力量。下方扣入「唯舜爲然」，是何等筆法。蘇氏悟得此法，遂衍爲長江大河、一瀉千里之文，雄視百代。然欲縮歸一二，筆中遂能鼇擲鯨吞，有蕩滌鴻蒙氣象，則終不可强也。

朱韞山云：「人人皆讀之書，一經拈出，頓爾生新。」沾丐後學不淺。

《書》序：「召公爲保，周公爲師，相成王爲左右。召公不悦，周公作《君奭》。」不知召公何以不悦，及觀徐幹《中論・智行篇》云：「召公見周公之既反政而猶不知，疑其貪位，周公爲之作《君奭》，然後悦。」則召公之不悦，是有疑於周公也。夫以周公之聖，流言倡於管蔡，群小和之，成王疑之，乃至召公亦疑之。三人成虎，三言投杼，蓋自古嘆之矣。

「麛裘而鞞，投之無戾；鞞之麛裘，投之無郵」。《吕氏春秋》、《孔叢子》皆以爲孔子始用於魯，魯人鷖誦之，蓋謗也。徐幹《中論・審大臣篇》獨以爲孔子未用時，魯人見其好讓而不争也，謂之無能，爲之謡。曰：「素鞞羔裘，求之無尤；羔裘素鞞，求之無戾。」「投」作「求」，「郵」作「尤」，語意大異。徐幹漢末人，其説當亦有據。

《書》稱舜父頑、母嚚、象傲，他無聞也。《越絶書》云舜兄狂弟傲。《尸子》云：「舜事親養兄，爲天下法。」是舜不獨阨於其弟，並阨於其兄。《列女傳》云：「瞽叟與象謀殺舜，舜之女弟繫憐之，與二嫂諧。」是舜又有女弟且賢。《説文注》：「舜女弟名敤首。敤，苦果切。音顆。」吴郡沈顥《畫麈》云：「世但知封膜作畫，不知自舜妹嫘始。嫘嘗脱舜於瞍象之害，則造化在手，堪作畫祖。」是舜之女弟不獨賢且多藝矣。特未知嫘即敤首否？

《列子・周穆王篇》：「离㕯爲右。」注：「离㕯，音『泰丙』。」又注：「离㕯，即古『齊合』二字。」「㕯」字諸書不載，僅見《列子》。

十二筆舫雜録卷二

東萊勺洋氏著
桂林韞山氏評

梅影叢談中

義山《錦瑟》中四語，東坡以適、怨、清、和解之。王弇州謂不解則無味，解之則意味都盡，以是知詩之難也。王阮亭亦云：「一篇《錦瑟》解人難。」其餘或以爲悼亡之作，或以爲爲令狐青衣作，解愈紛愈支矣。錫山杜紫綸讒云：「詩以錦瑟起興，『無端』二字便有自訝自憐之意。『思華年』即孔北海所謂五十之年忽然已至也。」秀水杜詒穀庭珠云：「『夢蝶』謂當年牛、李之紛紜，『望帝』謂憲、敬二宗之被弑；五十年世事也。『珠有淚』謂悼亡之感，『藍田玉』即龍種鳳雛意，五十年身事也。」頗爲得解。頌詩讀書，必兼知人論世，於兹益信。

義山《碧城三首》，世多不能會其旨。沈歸愚宗伯亦目以翦綵爲花，不入《唐詩别裁選》。或但以「簫史」句指爲刺當時貴主之淫亂者，亦屬髣髴附會。獨朱竹垞以爲咏明皇貴妃事，其一言楊妃入道；其二言妃未歸壽邸，可辨《太真外傳》及《長恨傳》之誣；其三言妃與明皇定情在七月十六日。今觀其詩，信然。乃知古人無題之作，旨趣遥深。未得其旨而妄爲指斥，與强爲解説，皆無當也。

朱韞山云：「貴妃在壽邸，《舊唐書》原無此事。」董曲江《陳思王墓》云：「七子璠璵蕉下鹿，五官萁豆刼前塵。」語亦有味。

胡書巢師官萊州太守日，余應童子試，以第三人受知於師。師嘗較定于欽《齊乘》，重刊行世。服政之暇，書卷不去手。喜文士，好造就人才。嘗集生童數十人，親課於海山書院。本名「北海書院」，後更「海山書院」。乾隆壬子，翁學憲覃溪釐正，復名「北海書院」。以詩贈楊山長云：「座上三山碧一痕，四知堂古静無喧。敢言地僻官逾冷，久識師嚴道始尊。拙宦風塵同北海，先生詩筆似南園。摹碑闇記君家慣，黄絹新詞手獨捫。」「連朝春雨細濛濛，暖氣潛於山澤通。掖水繞城鳴淅瀝，筆峰倚郭架瓏瓏。文瀾想像迴風紫，珊網依微浴日紅。養就扶桑憑拂拭，海門秋老虎牙雄。」「鄰邦桑梓共天南，幾日相思賦采藍。臘蟻浮杯吟獨苦，春蠶食葉戰初甜。風情老去原無減，世味年來已飽諳。肯恕清狂寬禮數，鏡中霜鬢笑鬖鬖。」「玉笋班聯自玉堂，偶從漁篴和滄浪。鑾花蜑草傷心麗，海雨江風沁齒凉。孔李交情千載密，籍咸譜誼百年長。鄭公里巷傳鄰並，暇日親承書帶香。」師詩傳於萊者止此四首，謹録於此，以誌不忘。

朱韞山云：「書巢，吾鄉先達也，曾爲勺洋師。今余又與勺洋友善。地之相去七千餘里，而得聚晤一堂，以文章道義相切磋，王子安『天涯若比鄰』之句，殆爲今日咏矣。」

鄭板橋令濰縣曰，嘗口占一絶，贈一富室。云：「八箇頭錢一付牌，幾年掙得好家財。勸君莫要誇能事，自有兒孫送出來。」

板橋罷官歸揚州，貧甚。以詩寄濰人韓某，云：「老去依然一秀才，滎陽家世舊安排。烏紗不是遊山具，携取教歌拍板來。」隔歲，韓遣人往遺之，則板橋已下世矣。

族叔樹堂德滋，歲貢生，素以屬對擅名。嘗館于邑東某村。一日，東人請曰：「某聞一對，祈先生對之。」即舉俗傳絶對云：「金銀花黄白二色。」蓋欲難先生以不能也。樹堂應聲曰：「鳥鼠穴禽獸一家。」東人無語而退。又有一世家子，新開米鋪，求作對。樹堂應之曰：「纔知升斗終須計，頗有精神不惡囂。」亦佳聯也。其詩亦宗唐人五言絶句，頗得裴王遺法。

吾邑張士香珵，乾隆戊午舉人。嘗有書室聯云：「肉無可食真非鄙，德果能修自有鄰。」

乾隆庚午，先大夫應試歷下，與膠州法南野先生等共九人訂昆弟交，號「岱譜」。南野爲之序，謹録於後。《序》云：「乾隆十五年庚午六月廿三日，董皋陳、名元賡，平原人。宫弼亭、名丕基，寧海州人。王紹南、名曰賡，臨淄人。李震復、名志東，館陶人。趙蝶莊、名元睿，原名起棻，萊陽人。李青萍、先大夫字。劉履夫、名其旋，安邱人。朱式魯名曾傳，歷城人。及余同會於濟南旅次。具飲酣，履夫言曰：『此九人者，神交久，皆思一面，不可卒得。今不期畢集，盛會也。盍約爲兄弟？』咸曰：『善。』齒年，以余長。名而序之曰：友朋之道，以文會以輔仁也。吾人立身行己，期無愧于心，斯能無負於友。一言訂交，金石莫渝，古人之所重。依附于聲氣，遇患難而不之恤，隙末凶終，友將奚賴焉？今日者與諸君一會，行復散去。其義氣之投合，又各如今日者不少也，勖之哉。與漓于後，寧嚴于始，請與諸君約。其有尚義重然諾、立行卓犖者，雖不在吾會，引而進之可也。即九人者，或淪於險僻詭隨，虧行義以爲友朋羞，雖在吾會，擯之可也。斯舉也謂由，履夫以其來自泰山，故名曰『岱』。泰山如礪，矢永也，又爲五嶽長，群山之所望也，能永而爲士林仰，兹會且不朽。弁此而列其例于左。膠州法坤厚識。」

後此入岱譜者，有鞠丹馥、名桂齡，海陽人。張瀛海、名映台。憶菴、名映緯，俱海豐人。吕象侯、名玟琇，長山人。孫仲長、名令筵，德州人。高禹泉、名源，浙江山陰人。祝雨田名勳，浙江海寧人，順天大興籍。諸先生，因録南野序文，并誌之。

朱韞山云：「足見前輩道德文章交誼之盛。」

山東巡撫中丞鄂公旭庭容安好吟詩。乾隆壬申冬，按部青、萊、登三郡，有詩一卷。《宿寒亭》云：「行盡斜陽又見星，孤村燈火認寒亭。小眠一覺滄桑夢，茅店雞聲雪裏聽。」可謂詩與地肖。《登州道上》云：「馬首東來十日餘，真看好景畫全虚。石含凍雪相忘瘦，樹聚寒烟不覺疎。任重每慙膺海岳，恩深何敢羨樵漁。殷勤林下頻相問，恐有高人老敝廬。」亦不愧封疆大臣語。後公死事西陲，贈襄勤伯。

宛平王敬哉崇簡《冬夜箋記》云：「徐中山第三女名妙秀。當靖難時，金川門失守，宫中火起，傳言駕崩。女憤痛曰：『當御正殿以俟之，奈何出此？』數日不食。迨其姊仁孝后殁，永樂聞其美而賢，具玉幣聘之。佯病，面壁卧不起。」吾鄉趙文濳《建文年譜》於魏國公徐輝祖之卒於獄，稱中山王有子，而不知中山王復有女如此也。

袁敬所，不知其名，靖難後流寓常山之松嶺。酒酣，題《淵明五柳圖》云：「藜杖芒鞵白布裘，山中甲子自春秋。呼兒點檢門前柳，莫遣飛花過石頭。」擲筆悲吟，繼以濺淚。有江右布商見之，曰：「此吾鄉袁編修也，何爲在此？」敬所趨，掩其口，不顧而去。此亦黄冠夜泣之流，宜入《建文年譜》，而文潛遺之，殆搜羅偶未及耳。

吾邑毛文簡公詩文雜著都爲一集，名《鼇峰類稿》。王西樵司鐸萊郡時，與阮亭共選掖人詩爲《濤音集》，獨存公《謁庸生廟》一律，以未見《類稿》爲憾。然《類稿》久已刊行，不知二王當日何以未見？

毛樹葵云：「先文簡公尚有《密勿稿》，皆當日奏章；《歸田雜誌》，咏尋樂園景物。」

世稱右丞《雨中春望》應制詩結二句規諷，得立言之體。文簡《元宵》應制詩「君王宴罷回宫早，無逸還看舊獻圖」，尚不失此意。又《送閣老徐公致政南歸》結句云：「歸舟不似蓴鱸興，戀闕憂時尚滿懷。」亦不失大臣去國心事。

畢僉憲拱辰，字星伯，號湖目。所著《萊乘》，王西樵稱爲萊人文獻所資，余徧覓不可得。又著《蟫雪哤言》，余僅於毛師陸贄《識小録》中得見數則，亦未獲覩全書。又著《珠船齋集》，亦散軼不可見。湖目有《讀魏黨始末》句云：「紙上忠魂餘血淚，人間羽黨尚鬚眉。」慷慨激昂，有筆挾風霜之勢。後遇闖變，不屈死。可謂不愧其言。

湖目萬曆丙辰進士，官至山西分巡冀寧僉事。甲申二月，李自成攻陷太原，公在城頭拔劍自刎。未殊，賊衆遽至，擁以行。至晉王府前，公睨視賊所佩刀。賊問視此何爲，公曰：「欲試此新刀耳。」賊遂刃之。公初嘗司理吉安，葺文文山祠，題其楹曰：「孔成仁，孟取義，所學如斯耳。憑弔當年，燕市風沙團義氣。」「公既死，宋乃亡，生祭胡爲乎。欽崇奕世，螺江烟月護烝嘗。」識者以爲公自贊云。

湖目《遊武官觀道經雙鳳山》詩云：「雙鳳何年峙，荒祠高下憑。蝸涎粘斷磬，燐火續幽燈。村吠龙疑豹，堂空虎是僧。靈虛公自注：劉長生宫名。方有待，促轡不成登。」靈虛宫即武官觀。前六句皆寫道經雙鳳山，此二句始點明遊武官觀作結。宋蒙泉臬司《山左明詩鈔》選此詩，失去公自注語，遂改「靈虛」作「凌虛」，誤。

趙侍御芝庭允昌文以駢體擅名，王西樵稱其有臨川、義烏之風。今其文集亦不可見，《濤音集》祇存七律一首。余於張大支《掖海詩抄》中見其《西園偶成》五律一首，亦有清致。詩云：「小築開三逕，長松蔭短茅。遠山蒼靄合，古木緑陰交。人以居閒嬾，書因眼倦拋。翛然成獨往，不解子雲嘲。」

張大支之維，歲貢生。有《掖海詩鈔》若干卷，皆有評騭。然良楛雜陳，蓋多隨手抄録，未加釐定之書也。今存余從堂姪世承處，已缺數卷，非全書矣。又有《掖海文鈔》若干卷、《晤語鈔》四卷，余尚未見。

宿震墟、艮墟兩先生，皆工詩，年皆八十餘。鍵户吟咏，怡怡如也。一日震墟微吟云：「齒豁方知書有味。」艮墟即繼吟云：「耳聾愈覺道無聲。」

任塗山虞臣五言如《題河上草堂》云：「荒土人所棄，余獨愛幽僻。因之結茅廬，規方不數尺。洞外無垣牖，虛中唯几席。頮仰有餘閒，杖履聊自適。客到摘園蔬，尊酒話晨夕。有時自負鋤，習兹農圃役。既忘是非名，亦免毁譽厄。武陵非信傳，地偏心所懌。流水静無聲，悠然遠山碧。」頗近儲王。

又《野眺》云：「遠山但氣色，澹蕩如飛霜。起我無端想，寒流相與長。空林合鳥雀，枯草散牛羊。悟得田園意，中心未敢忘。」清幽絶俗，立格之超，遠溯襄陽，近攀昌穀。張大支亦謂其起聯寫遠山之神入妙，結聯即詩人永矢弗諼之意，深爲推許。而二詩《濤音集》皆未入選，故録之。

塗山又有《題贊白畫扇》絶句云：「朝來握筆寫山容，濃淡陰晴分幾重。寫到中間山又變，白雲忽作最高峰。」信筆直書，自然入妙。

徐存知，字甘拙。《鞦韆》詩云：「人是愁中兼病後，强來風裏試鞦韆。」亦自楚楚有致。

趙石寅琳，明諸生。甲申後，棄諸生服。遊吴越，既又西入秦川，南浮荆襄，晚始歸里。詩稿名《峒齋偶存》及《峒齋二刻》，俱已刊行。其未刊者，尚有數百篇，庋于家。五言如「漁父家三艇，春星柳一灣」、「鳩鳴吾道拙，花落故人稀」、「月落江潭黑，風吹鬼火明」，皆得唐人三昧。七言如「藏名續史奚囊重，開眼尋人薄海稀」、「揚子一帆楓未落，焦君九月雁初晴」，亦可希風中晚。

《漁洋詩話》稱安邱馬三如「山田高于屋，牛在屋上耕」，以爲善寫難狀之景，造語不減馬第伯《封禪儀記》。吾邑王方伯孝源舜年有句云：「屋向巖根鑿，人從樹杪行。」造語亦不減馬三如。孝源，順治丙戌進士，所著名《隨録草》。

張韞璘含輝詩稿名《東山吟》。五言如「乍暖花貪放，輕寒雁懶歸」，亦佳。韞璘，順治壬辰進士，官四川學政。

前明郡守龍公文明有惠政，修建萊城，堅厚逾於常制。後經孔李之亂，圍城八閲月，卒不能破。

固當時守萊諸公文武同心協力，以死勤事，得以保全，而龍公修建之功，亦不可没也。公守郡時，年逾五十，無子。忽城西濠生瑞蓮，並蒂雙開，郡齋老槐復生五色芝數本，群以爲祥，因以弄璋兆祝公。既而，公果生子。於是搢紳輩暨弟子員皆爲詩咏其事，成巨册以獻。册中詩如「清沼蓮芳開二妙，華堂芝秀映三合」，乃徐忠甫誨代姪應第作也。忠甫，萬曆間選貢，文名著一時，兼工駢體。同時先達及同輩序記書啓等作，多出其手。其《萬錦堂集》六卷，藏其裔孫見野家。

孫北溟圖南，歲貢生。博學能文。家綦貧，於郡城景陽門外負郭營數椽，名「倒草亭」，居之。所著《倒草亭集》，毛師陸稱其直入柴桑門户，惜其集不傳。郡守柴公望嘗枉車騎過訪之，北溟踰垣以避柴公。既去，北溟乃謝以詩曰：「一徑蒼凉長緑苔，荷香菊色向城隈。謾言倒草方亭小，車馬曾經太守來。」「儀從紛紛擁蓽門，嚴公初下浣花村。歸來應怪疎狂甚，笑説書生學避垣。」時人兩高之。

吾萊詩派在唐惟一王無競，其《巫山高》詩，白香山極推之。見《雲溪友議》。在宋則王定民，金則劉迎。定民字佐才，兼工書法。東坡所謂「八法舊聞宗長史，五言今復擬蘇州」者是也。迎字無黨，尤工七言古。王阮亭稱其風格獨高，採入《古詩鈔》，附元遺山後。

畢湖目《蟬雪嚨言》云：「無競字仲列，世徙東萊，大尉宏之遠裔。家足于財，頗負氣豪縱。擢下筆成章科，調欒城尉，遷監察御史，改殿中。會朝，宰相宗楚客、楊再思離立，偶語無競，揚笏曰：『朝禮尚敬，公等大臣不宜慢常典。』楚客怒，徙爲太子舍人。後以詆權倖，出爲蘇州司馬。張易之等誅，坐交往，貶廣州。仇家矯制榜殺之。萊西郊外，耕夫掘土，得大石一方，有字跡未經剥落，乃仲列墓誌銘也。」今石砌西關速報閣垣内，距湖目見時又百餘年。風雨剥蝕，余曾榻一紙，强半模糊矣。吁嗟前賢遺跡，安得有心與有力者一爲護持乎？

前明吾萊詩當以孫介邱鎮爲第一，其詩直追漢魏，兼及徐庾，蒼勁古奥，盡掩諸家。王西樵謂介邱擬古樂府得其形矣，尤得其聲；得其聲矣，尤得其情；得其情矣，尤得其骨。又云：「昔人謂擬樂府，太白病離，于鱗病合。介邱之妙，當在離合間。」其傾倒至矣。所著《庇意山房稿》、《大風社草》，俱已梓行。

趙士喆字伯濬，前明超貢。甲申後，棄家隱居寧海之松椒，後又居成山。所著《建文年譜》，其從弟鎮江太守赤霞士冕爲梓以行。詩以杜陵爲宗。其擬《遼宫詞》五十首，直出王仲初、花蕊夫人之上。卒後，同人私謚曰「文潛先生」。二子，濤字山公，瀚字海客，並以詩文世其家。而海客詩尤沉雄勁老，王阮亭謂萊子詞人，介邱而後，推海客爲首，洵不誣也。

王竹素名玉映，一云名寄嵓。蘇州女子。能詩。父某官滇黔縣令，明季殉節。見《識小録》。竹素以世家女，負奇艷之才。其《卧樓》聯云：「脱稿文章天下走，臨妝山水鏡中收。」知者謂其大而非夸。以七月八日初度，嘗於是日設宴，廣招賓客。酒間，命侍兒出一卷，邀衆賓題咏。時吾鄉趙石寅方遊吴門，館其家，即席賦一律爲壽。頷聯云：「巧讓天孫方一夜，明當玉兔漸圓時。」竹素深加贊賞，衆皆閣筆。竹素方以文君新寡，愛石寅才，遂委身焉，相得甚歡。後從石寅東歸，降居副室。河東獅吼，日肆凌虐。石寅無可如何，而竹素憔悴支離，不堪言狀矣。忽一夕不病而卒。石寅痛甚，賦《悼亡》詩三十首以哭之，有「佳人誰絶世，知己即傾城」之句。每酒後，輒自誦其《悼亡》詩，悽愴悲吟，聞者莫不哀之。未幾，石寅亦卒。竹素所著有《玉蘭軒藏稿》，今散軼無存。惟寄石寅十絶句，人多存者，毛師陸載入《識小録》中。然非竹素得意筆。

先大父贈觀察公幼嘗讀書曠覽樓中，十年不下樓。詳邑誌《文學傳》。所著《漫遊草》，今存者不及十之一二。又著有《信手抄》不下數百卷，今皆散軼，僅存數卷。

《信手抄》載有蜀人劉岌事，今録於此：蜀人劉宗伯岌老而無子，姬侍所出者，類皆爲其妻致死。晚得一子，又復殺之。其子偶不死，爲一胥吏江西陳姓者取去。劉謝政歸蜀。有進士陳某者，吏之族人，知其詳。以公差至蜀，謁劉公於第，備言其事。劉喜甚，託所厚善者隨陳入京，厚以金幣謝陳吏，取之歸。劉俟之江上，有詩曰：「八旬老父江邊立，七歲嬌兒天上來。」讀者掩泣。後一二年，其妻復寘毒，並毒劉，偶俱不死。劉乃震怒，擠之江，聞者快之。妬婦之爲禍如此。

王西樵《憶萊子》詩：「山姿濃大澤，潮勢汨三韓。」於萊郡形勝，可謂能括其大，餘亦頗盡萊郡風土。獨所云「波人劀石鰒，此事會憐渠」，石鰒不知指何物。萊俗沿海諸村，每冬時於島間衝冰劀取蠣房，剖蠣出賣土人，呼爲「蠣子」。《本草》所謂附石而生，磈礧相連。如房呼爲「蠣房」，《酉陽雜俎》所謂牡蠣，是鹹水結成者是也。詳詩意，應指此。而名爲「石鰒」，未知何據。按：鰒，音「伏」，亦音「雹」，海魚也。前漢《王莽傳》所稱「啗鰒魚」即此。《廣志》云：「鰒，無鱗有殼。一面附石，細孔雜雜，或七或九。」其殼即藥中石决明。萊郡海上雖亦生此，然不多，居人無劀取者。西樵豈以「有殼附石，細孔雜雜」之説，而誤以鰒爲蠣耶？

毛樹葵云：「阮亭『石華秋散雪』則指蠣矣。」

先贈觀察公有《順昌謁劉武穆祠》五古云：「宋室南渡日，偏安忘君父。猗嗟小朝廷，畏金如畏虎。兀术新敗盟，牧馬下江浦。偉哉劉將軍，整師能耀武。暴風識賊兆，登岸捨舟艫。兼程趨順昌，入城議守禦。此地控兩淮，江浙之門户。倘使彼長驅，憂將貽當宁。忠義勵人心，鑿舟示鼓舞。募士斫敵營，吹哨乘雹吐。韓常暨烏禄，抱首竄如鼠。退駐老婆灣，積尸連村塢。兀术趨馬來，靴趯方自詡。鐵甲長勝軍，十萬皆勁旅。將軍妙用間，先示以易與。陰毒潁上流，轉獻浮橋五。攻堅擊其怠，知兵善法古。摽兜運長鎗，斫臂揮闊斧。鏖戰辰至申，將士良辛苦。金人十損七，遁還氣已沮。此時合師進，可立復汴土。惜哉牽和議，廟算自舛午。至今謁古寺，遺像目尚努。我思議和時，稱臣甘納侮。惟請歸母后，孝養伸衷緒。淵聖終不返，痛絶車前語。乃知攘兄位，史筆宜特舉。諸將抱孤忠，誓擣黄龍府。欽廟倘生還，位置將何處？太息岳家冤，或亦高所主。内禪立孝宗，統仍歸藝祖。千秋燭影疑，循環理可覩。日落西風寒，陰森響庭樹。英靈髣髴存，猶似含餘怒。」

虞姬塚有二：靈壁葬身，定遠葬首，皆有美人草，柔細而香。而《史記》不載其死。先贈觀察公題詩云：「玉帳歌殘霸業空，虞兮無計返江東。自憑柔草傳遺恨，不借雄文太史公。」

畢澹菴先生有懷先贈觀察公詩云：「殘燈黯黯動離情，千里關河念友生。天末曾傳萊子國，馬頭幾度曲侯城。烟深大澤還冥豹，海近三山未掣鯨。何日相逢文酒社，十年肝膈一時傾。」又有寄先贈觀察公句云：「霜侵長鋏彈新句，香撥殘鑪數舊盟。」

先大夫《題卓亭扇頭畫竹》云：「坡翁畫竹運以神，一筆寫出無纖塵。湖州之竹憑意造，渭川千畝胸中飽。卓亭才兼文武姿，因射悟書書愈奇。妙參書法通於畫，意在筆先手赴之。興來扇頭偶一作，陡覺清風生四座。何當更寫瀟湘圖，掛向北窗助高卧。」卓亭，即瑶華道人字也。工書。初學懸針法，未得其妙。乃以射之發矢法行之，遂擅天巧。所畫竹亦遂造入神品。

朱韞山云：「因射悟書，與古人觀舞劍器及擔夫争道者，同一關捩。」

同年王芳玉賢雲，長洲人。丁巳年來主北海書院，經史不去手，醇篤君子也。見余《漁洋秋柳詩箋》，題其後曰：「當年名士本無雙，秋柳詩壇筆獨扛。月照寶珠珠照乘，愛才今古自同腔。」「闡幽字字發奇葩，小試權輿閲歲華。從此百家勤注疏，承恩他日賜蒙花。」復索余詩稿觀之，題其後曰：「競誇金碧鬥鮮新，獨掃浮華尚雅馴。吟苦定應忘歲月，瓊花芝草四時春。」「桂林秋色喜同開，可並芙蓉入鏡來。披卷已知新樣好，此編先有出群才。」余愧不敢當其言。然一時文墨相契之雅，不可忘也。故録之。

朱韞山云：「勺洋有《詩箋》三種，《秋柳》其一耳。」

余每愛《衛風》「氓之蚩蚩」篇，叙事至「以我賄遷」忽然截住，突用「桑之未落」四句提起，换入比興，作一番慨嘆，然後再接入「吁嗟女兮」六句，以深致其悔恨之情。文勢之離合斷續，音節之跌宕悠揚，妙絶千古。蔡邕《飲馬長城窟行》之「枯桑知天風，海水知天寒」、鮑參軍《代東門行》之「食梅常苦酸，衣葛常苦寒」，皆是此一種神理。少陵《醉歌行》於「汝伯何由髮如漆」下，突接以「春光淡沲秦東亭」，《簡薛華醉歌》於「萬事終傷不自保」下，突接以「氣酣日落西風來」，沈歸愚贊其寫情未盡，忽入寫景，激壯蒼凉，神色俱王，開後人無限法門。其實老杜亦只會得離合斷續法耳。蔡、鮑、杜陵，古今推爲詩中宗匠，其用法之妙，《衛風》已啓其端。文章本六經，不可易也。

作詩須知用韵法。如欲作銘贊等體，或四言詩，宜用古韵。如真、文、元、寒、删、先通用，侵、覃、鹽、咸通用之類是也。擬漢魏樂府及五言古亦可參用古韵。若作唐人七言歌行體，則宜遵唐韵。至古韵分合之故，當以樂府收聲之法爲準，坊間俗刻不足憑也。

朱韞山云：「今人講古韵者鮮矣。勺洋《古韵圖説》之刻，嘉惠藝林，允堪珍秘。」

邑人毛畹所著《河東草》及《飲馬池草》，張大文《掖海詩抄》皆選之。如「露果枝垂白，霜林葉耐紅」、「地僻傷秋早，家貧願吏清」、「雲連山勢近，溪折水聲回」，皆有賈閬仙風味。

孫介邱名鎮，字寧之，邑諸生，給諫却浮先生之仲子。生有異禀，讀書十行並下，懷經濟才，著作盈笥。年二十四遽卒。其《長安道》二首，風味色澤，逼肖六朝，王西樵稱其得樂府本色。詩云：「北闕曜晨暉，仙掌高崔嵬。紫陌黄塵合，青樓朱箔開。旌旗爛雲霧，車馬疾風雷。鄧郎馳引去，傳呼丞相來。長陽鎖飛閣，建禮啓重門。金羈七寶馬，繡轂五侯輪。綺羅驕白日，燈火開黄昏。所以長安道，貂璫承主恩。」

趙文潛《戰城南序》云：「《戰城南》，古樂府也。太白擬之，病於離；于鱗擬之，病于合。萊城之戰，余蓋憑堞飽觀，扼腕痛心者數矣。解圍後，偶閱古詩，輒不禁效顰作此。痛定思痛，情景宛然，格調之離合，所不計也。」詩云：「戰城南，戰良苦，賊如蛇鼠伏環堵。來如風，猛如虎，礮如雷，箭如雨，使我前弗得前、却弗得却，顧視城頭但擂鼓。門夫輕進而善奔，黄甲者誰觀望畏賊如畏虜？自注：真保兵著黄甲。可憐大頭蟲，孤立無與伍。自注：川兵綿盔甚大，有「大頭蟲」之稱。得數賊級讙遍城，嗟我軍民碎腦穴胸，血肉模糊安足數？悵望西兵來不來，城南之戰苦復苦。」按：前明崇正壬申，叛弁李九成等圍萊，凡八閱月始解。詩中所注真保兵者，係真保游擊張汝行所領兵，共六百名。來援時，賊未與鬬，但于林中吶喊，已驚逸幾半，入城者僅三百七十五名。川兵者係彭參將有謨所領兵，共三百名。入援時結陣直衝賊圍，抵城下，按兵徐行，無驚廹狀。開門受之，軍容甚盛。士民觀者如堵，無不喜躍。此詩敘戰鬬之苦，而功罪分明，具有良史之筆。

文潛訂《建文年譜》成，有感云：「自昔悲壬午，於今痛甲申。一人單死難，百辟再稱臣。科目原無骨，詩書尚有神。以兹漆室女，甘作未亡人。」

趙丹澤先生名士亮，字汝寅，崇正末以貢生出宰東安縣，有惠政。甲申，流寇陷都城，先生聞之痛哭，題詩壁上，有「千古難消亡國恨，聲聲杜宇月明中」之句。即日掛冠歸，惟羸馬一匹，清風兩袖而已。

趙垣字維豐，號鳳翅，邑諸生，山公曾孫也。工臨池，善飲酒。詩稿未見，僅見其《重至西由舊館》云：「禾風淅淅雨絲絲，客署重過淡所思。湖柳夏來依舊緑，館前有西湖柳。庭榴老去發新枝。孤窗潑墨曾鈎帖，半榻懷人幾賦詩。最是東君知客好，村頭忙貰酒盈卮。」

《荀子·解蔽》篇引《詩》云：「墨以爲明，狐狸其蒼。」又引《詩》云：「鳳凰秋秋，其翼若干，其聲若蕭。有鳳有凰，樂帝之心。」《正名》篇引《詩》云：「長夜漫兮，永思騫兮。太古之不慢兮，禮義之不愆兮。何恤人之言兮。」漢武帝元朔元年，立皇后衛氏，詔引《詩》云：「九變復貫，知言之選。」元鼎五年，郊泰畤，詔引《詩》云：「四牡翼翼，以征不服，親省邊垂。用事所極。」《晉書·束晳傳》引《詩》曰：「羽觴隨波。」皆逸詩也。

《吕氏春秋·諭大》篇引《商書》曰：「五世之廟，可以觀怪；萬夫之長，可以生謀。」與今《書》文大異。

伯夷名允，字公信。叔齊名智，字公達。夷、齊，其謚也。姓墨胎氏。父曰初，字子朝。并見《韓詩外傳》及《吕氏春秋》。夷齊名字，《史記》注已引之矣。其父名字，人多未曉。偶閱《冬夜箋記》，録此一則。

又按：伯夷讓叔齊，叔齊不立，乃讓與異母弟伯僚，見《列士傳》，則《史記·伯夷列傳》所稱國人立其中子，乃伯僚也。

天皇名獲，字子潤。地皇鏗岳，字子元。人皇愷胡，字文生。神農名大魁。后稷字庚辰。蜚廉字虔父。仲雍字孰哉。墨子姓翟名烏。孫叔敖名饒。接輿姓陸名通。介子推姓王名光。朱張字子弓。杜康字仲寧。鬼谷子姓王名詡。許由字仲武。李斯字通古。曹操小名吉利，又名阿瞞。佛印姓謝名端卿。王安石小名獾郎。文天祥字宋瑞，小名雲孫，小字從龍。

宋崇寧初，蔡京、蔡卞立元祐黨人碑，召長安鐫工常安民刻字。安民乞碑末免刻「安民鐫」字，恐後世并以爲罪。事具《邵氏聞見前録》。王阮亭詩所謂「何人請籍元祐黨，至今泚顙慚安民」，指此事也。及觀宋王清臣《揮麈録》云：「九江碑工李仲寧刻字甚工，黄太史題其居曰『琢玉坊』。崇寧初，詔郡國刊元祐黨碑姓名，呼使仲寧。仲寧曰：『小人家舊貧屢止，因開蘇内翰、黄學士詞翰，遂至飽煖。今日以爲姦，不忍下手。』一時兩鐫工皆足愧當時士大夫。」仲寧事人多不知，故著之。

上元燃燈，徐堅以爲沿漢祠太乙故事。漢家常以正月上辛祠太乙甘泉，以昏時夜祠，到明而終。見《史記·樂書》。《春明退朝録》謂唐以前歲不常設。《七修類稿》謂元宵三夜放燈，起自唐玄宗。謂天官好樂、地官好人、水官好燈。上元乃三官下降之日，故從十四至十六放燈。後增至五夜。按：《神隱》云十四夕點燈起，以祀太乙，至十六日止。用糯米圓不落角以祀之。燈下兒女聚食，謂之慶上元。按：糯米圓，即今所食元宵是也。劉向《外傳》云上元夜人皆遊賞，向獨在家讀書。太乙神遂以青藜照向。則漢祠太乙，已放燈三夜，士女遊賞相習成風，不始於明皇矣。宋太宗太平興國五年，命民間於中元、下元，並準上元例放燈，時謂三元，不禁夜。至淳化元年，併罷中元、下元二節。今中元尚有放河燈之俗，而下元無張燈之例矣。

萊人以糊窗爲「泥窗」，每求其字義，不可得。《老學菴筆記》云：「蜀人以糊窗爲『泥窗』。」花蕊夫人《宫詞》云：「紅錦泥窗繞四廊。」非曾遊蜀，亦所不解。攷萊城編户，四川成都原籍爲多。相傳明初兵燹之後，起蜀民以實萊。故「泥窗」蜀語，尚仍其舊。右見畢湖目《蟬雪嚨言》。今萊俗新昏，房内例用紅紙糊窗，其亦紅錦之遺風耶？然今糊窗皆曰「羃窗」，不曰「泥窗」矣。按：白香山《草堂記》云：「羃窗用紙。」則「羃」音爲正。

又按：《蟬雪嚨言》云：萊州府學宫二坊，一書「德配天地」，一書「道冠古今」，乃郡守辛炬然題。武林萬松書院亦書此二句。易「配」字爲「侔」，平仄方叶。南華田子方有「德配天地」語，想用此成句耳。

《懷古齋姓氏彙編》，吾萊宿震墟孔暉所著。凡一字單姓者二千八百六十二氏，二字複姓者一千八百零三氏，三字姓者一百氏，四字姓者二氏，共四千七百六十七氏。其自序云：「己卯春，余與崔伯韞訪史岱雲於青石山，策蹇長途，風塵困頓，班荆道左，有飛雲來自西北，卷舒膠水之上。崔子曰：『此所謂「雲無心而出岫」也。』余曰：『子素嫻六壬，曷試卜之？』崔唯唯。課得伏吟，知史之舍旁姓鍾名敬者，有脱輻之變。及至詢之，一一皆符。余曰：『術固若是神乎？』崔曰：『凡姓有音聲，名有字畫，其理其數，總不出八卦廣象之内。但古人之姓綦繁，難以盡記，子曷爲我集成韵語，以便推測？』余於是有彙編之作。」節録

掖廣文車扶雲夢鵬，福山人。六旬始中式。丁卯十二名。又二十年，司鐸於掖，喜汲引寒素。其八十二歲自壽聯云：「除却花甲週，問皓首青春對客何妨稱廿二；歸去茅簷舊，偕山農野叟傳瓢儘可樂三餘。」

郡志載宋王俊民爲女厲所害事，或云係婢女，或云係妓女，未有定説也。毛師陸《識小録》云：

「此事有無不可知，或出于好事之口。相傳妓名桂英，家住平康巷。今郡城内青蘿觀南小巷是。俊民暱之，相與設誓于海神祠。今海神祠西廊南一間猶有遺像。或云非海上廣德王廟，乃西城外望海臺者是，一名海神亭。孔李園萊，每于此架炮攻城。圍解，遂毁成深塹。」師陸蓋亦未核其詳。按：宋張邦畿《侍兒小名録》云：「王魁遇桂英於萊州北市深巷，桂英酌酒求詩於魁，魁時下第，桂英曰：『君但爲學，四時所須，我爲辦之。』由是魁朝去暮來。踰年有詔求賢，桂爲辦西遊之用。將行，往州北望海神廟，盟曰：『吾與桂英誓不相負。若生離異，神當殛之。』魁後唱第爲天下第一，魁父約崔氏爲親，授徐州僉判。桂英不之知，乃喜曰：『徐去此不遠，當使人迎我矣。』遣僕持書往。魁方坐廳决事，大怒，叱書不受。桂英曰：『魁負我。如此，當以死報之。』揮刀自刎。魁在南都試院，有人自燭下出，乃桂英也。魁曰：『汝固無恙乎？』桂英曰：『君輕恩薄義，負誓渝盟，使我至此。』魁曰：『我之罪也。爲汝飯僧，誦佛書，多賞紙錢，捨我可乎？』桂英曰：『得君之命即止，不知其他。』後魁竟死。」考《宋史》，狀元無名魁者。郡志稱俊民嘉祐六年狀元，釋褐，廷尉評簽書徐州節度判官，明年充南京考試官，與此授徐州僉判魁在南都試院相合，魁即俊民無疑。邦畿蓋不欲直舉其名，而以魁稱之耳。此可補郡志之缺。《焚香記》傳奇王魁桂英事，蓋本之《小名録》。

又按：《齊東野語》引初虞世養生必用方，謂俊民疾已平復，以誤服金虎碧霞丹而卒。父名弁，時知舒州太湖縣，遣道士作醮，傳冥中語曰：「五十年前打死謝吴劉不結案事。」俊民卒年二十七，五十年前豈宿生耶？邑志據以辨桂英事之誣，蓋亦未見宋張邦畿《侍兒小名録》也。

十二筆舫雜録卷三

東萊勺洋氏著
桂林韞山氏評

梅影叢談下

歸德沈文端公鯉，明神宗朝名相。有家書一通，王阮亭尚書採入《續名臣言行録》，宋牧仲中丞《筠廊偶筆》亦載之，稱其字字皆省身克己之學。一家書耳，令人景仰慨慕至此，先正風規猶可想見。先大夫客都中日，亦有寄先世父家書一通，仁孝悱惻，溢于言表，謹録於此。書云：「昔游吉不能亢宗，況今人乎？然因其不材而疾之已甚，則與彼相去不能以寸。親在五服之内，而刻意絶之，即自絶所同自出之祖也。自絶於祖已，尚可爲人乎？感化之説誠有，甚難。舜不能得之於象，周公不能得之管蔡，況中人不逮聖人，而親故又較疎遠者乎？此亦無可如何之事也。然舜畢竟封有庳，周公畢竟庸蔡仲，惻怛之心未嘗一日忘也。儒生窮而在下，無尺寸可爲之勢，禁之不能，勸之不可，徒多口舌，興戎操戈於同室中耳。復何道以善此？遠之，誠是也。然而亦有二焉。不與共事，可省事矣。而其人之過失，時時掛諸齒頰，無論言人不善如後患何，即一念幸災樂禍，已爲造物所譴。況以彼爲不肖，必自以爲聖賢，天道惡盈，獨不思乎？吾鄉戚友亦有著名人物，而或以乏嗣，或以蕭條，就其接人待物非不彬彬可觀，克自樹立。獨一姓之訟，必求其勝，此中可微思也。大抵蒼蒼之意責備賢者，使之成已，即欲其成物。以族人爲無益而舍之者，罪可末減者也。因其不仁而疾之已甚者，是又與於不仁之甚者也。尤而效之，天之所尤惡也。惟是與之相見，即盡吾涕泣忠告之心，與之講古人之理，開導其心，不可與之言當前之事，轉逢其怒。雖近于迂腐，而吾之所以爲心者自在也。不然，訐以爲直，豈非自已？有理之人，聖賢何以轉惡之哉？若至不可相見，即極力遠之，見人不惟不言其行事，并不必言其姓名，外以爲免禍之道，而内之則覺不幸有此，引爲無可如何之咎病。斷不敢存一毫輕薄他們之心，覺得自己比他强之心，以庶幾無罪于祖，免譴於天耳。近來時時看《性理纂定》之後幾本，頗有因文見道之心，覺得自己性情與從前迥别，故願我兩人共勉之。家中有崔篰台給的《性理》一部，看他治道人倫門類，有益于性情必多也。」

掖志修於邑侯張公思勉，然較正殊未詳審。如徐侍御圖「木末天風萬里吹」一首，係《題胡中丞來爽樓》詩，見《掖海詩抄》而志誤爲《和趙中丞寒同山樓》詩。其「岧嶢仙境自天成」一首，乃《和趙中丞寒同山樓》詩也，而志誤爲《遊郭氏園亭》詩，此尤不可不釐正者。侍御《遊郭氏園亭》詩，當時所推佳句有「依人五柳絲絲下，出水雙蓮面面開」，亦見《掖海詩抄》。

劉太史魯桂學祖從先大父贈觀察公讀書大基山。一日，忽有催租吏至，迫之入城。次日，復至山中，題詩壁間，有「千古事功須點檢，半生艱苦且從容」之句，先大父嘉其志，亟稱之。劉後以雍正癸丑試性理，成進士，入詞林，仕至刑部員外郎。

先三伯祖諱中掄，字書升，晚更名濬，歲貢生。讀書多創解，不肯寄古人籬下。著有《詩經翼傳》六卷。以《召南》爲武王時詩，首四篇言邑姜之德，以「有齊讀如字季女」句爲證。齊季女指邑姜，蓋太公之季女也。以《衛風·芄蘭》篇爲宋桓夫人出歸於衛，其子茲父尚幼，夫人思之而作。童子指宋襄。以《齊風·鷄鳴》篇爲齊襄夫人王姬作，即《召南》「平王之孫」。是皆新奇，足資異聞。其他特解出於齊、魯、韓三家之外者尚多，不能備録。又取漢魏至元明詩，倣《葩經》例，編爲《詩紀》若干卷。又著有《四字鑑》一卷、《文字原始》一卷。詩不多作，僅存《偕林小嵋宿吾三遊竹林寺》一律，云：「結契相從訪竹林，凌空畫閣倚山深。雲蒸遠峽千層浪，風鼓寒松一曲琴。初地石泉多古意，寺中九泉蹟最古。禪房花木洗塵心。他年如憶看山約，路轉櫻桃幾樹陰。」

先堂伯諱嗣昌，字同山，邑諸生。文名甚著，而老於諸生，詩稿亦不存。嘗有《咏雪》五絶二首，云：「片片雪飛來，繞枝起更落。留伴早梅妝，莫教風吹却。」「風定雪飛輕，着我園中樹。君若問梅花，認取香生處。」

掖山以馬鞍、大基、寒同諸處爲勝，而見於《水經注》者祇一土山。土山不甚高，山巔有魯王廟。王名靈夔，唐高祖子，封于魯。相傳王殁後褒封海神，事載邑志。毛師陸《識小録》以爲魯王不詳封自何年，蓋偶未考耳。又邑志載優游山上有古祠，不言何神。《識小録》云：「祠祀魯王，作王者裝，旁有高臺。」則魯王廟不止土山一處，而邑志又失之疎矣。

乾隆壬戌，邑令熊公銓欲修邑志，免其門人霑化吴繼震、濟寧孫適齋擴圖並掖人之博通者共爲纂輯，未竟而熊公卒。遺稿舊存毛師陸及張士香名瑆，乾隆戊午舉人。兩先生家，今不知尚存否。余僅見其擬張青藜文炳、龍洲文焕二公死事傳。其叙青藜云：「萬曆四十七年，開原告急，關外州縣望風鼠竄。當事者以文炳負膽勇，諳孫吴家言，擢知安樂州。文炳念親老，怏怏未能自割，歎請告歸。父維與馳書止之，文炳遂堅意當一面。城陷，果慷慨就死。」今邑志《忠節傳》云：「歷官安樂知州。開原告急，居官者多首鼠竄。文炳擬告終養，父維與馳書止之。文炳得書，堅守城陷，忼慨就死。」無論「首鼠竄」三字連用欠通，或字有遺訛亦不可知。即以文炳擬告終養接叙於衆官鼠竄下，亦大失叙事文法，况吴孫二公擬傳中「念親老」句必不可删。蓋其父馳書止之，乃此傳最生色處，而馳書之故，則以文炳欲請告；文炳欲請告之故，則以念親老；今删去此句，而以擬告接叙于鼠竄後，不幾使讀者疑文炳亦有畏縮之心，而欲借終養作規避計乎？文有必不可省者，此類是也。又其叙龍洲云：「城陷，與子永楨同日死。妾管氏抱遺孤逃歸。遺孤，妻宿氏出也。人稱一門忠節云。」神致生動，得史家叙事法。今邑志《忠節傳》云：「與子永楨同日殉難。妻宿氏遺孤，妾管氏抱歸撫育。人稱一門忠節云。」只略一改移，便減却多少神色。載筆之難索解人，真未易也。

吾萊自唐虞時「萊夷作牧」，已著名《尚書》矣。至夏帝泄元歲，始加爵，命爲萊子國，此稱「萊子」之始。周僖王元年，齊侯以管仲爲相，始通魚鹽於東萊，此稱「東萊」之始。秦漢以來皆仍其稱。漢高帝置東萊郡，晉宋因之。魏皇興四年置光州，隋文帝開皇三年罷郡，以光州爲萊州，此稱「萊州」之始。明太祖洪武元年陞萊州爲府，此萊州稱府之始。

膠西高西園鳳翰，號南阜山人。工書畫，尤豪於詩。雍正丁未，由諸生舉賢良，以一等記名，發安徽省試，用官歙縣丞。嘗受知於德州盧運使雅雨見曾，屢薦其才。乾隆丙辰，盧轉運兩淮，南阜方委管泰壩稱掣，盧又薦之。會有構盧者并及南阜，遂被參。對簿日，南阜抗辯不屈，本款始得白。南阜有句云：「幾曾連茹茅同拔，卻爲鋤蘭蕙並傷。」又云：「不妨李固終成黨，到底曾參未殺人。」紀其事也。晚年右臂病廢，遂用左手書，因自號「尚左生」。書法愈奇肆，得者寶貴過于原書。歿後，雅雨哭以詩云：「最風流處卻如癡，顛米迂倪未是奇。再散千金因托鉢，已殘右腕更臨池。殷生瀟洒談玄日，戴掾昂藏封簿詞。見説淮南傳故事，遺文争患少人知。」

南阜將赴歙丞，戲作云：「莫道官卑不耐看，梅花分種也蕭閒。形骸自笑髯還短，合在參軍主薄間。」

南阜《平山堂雅集詩序》云：「運使盧公盛選賓從，續會平山堂，追踪廬陵，人士競傳，得未曾有。余時適在揚州，以公赴儀，未得與會。是日，運使公傳呼使者數輩，來問河下舟。翌日進見，補賡二章。」詩云：「平山烟月銷沉久，盛事俄驚見玉川。異代主盟追六一，名流選客笑三千。垂楊影裏雷塘路，彈指聲中慶歷年。應使後來邗水上，重翻舊事入新傳。天半登臨廣宴開，白沙撥棹恨遲迴。中壇坫違鞭弭，湖海風雲負酒杯。千古蕪城重作賦，一時梁苑盡徵才。多情卻愧錢留守，十輩龍門遣使來。」

南阜《西湖雜憶》云：「寒香飛盡不成花，何處春風問水涯？石罅竹根殘雪裏，還留數點認林家。」

「春光駘蕩入湖光，倒影桃花浸水香。何處將扶花下女，故留小步看鴛鴦。」「畫橈送客碧雲灣，小部笙歌却放還。自拂緑茸隄草坐，菜花香裏看春山。」「花花草草自徘徊，今古關情轉可哀。兒女不知興廢事，岳王墳上踏青來。」

韓易園師諱楷，字聖培，歲貢生。年四十喪偶，終身不復娶。與先大父贈觀察公交頗善。先贈觀察公殁，戚友交情多以生死變，獨師與先大夫交益篤。故先大夫客都中日，有夢中賦贈易園先生詩，醒後録寄，云：「少小關心處，死生終不忘。七年千里隔，今夜兩情長。原注：夢中與易園往復數千言。握手存豪氣，論交駡俗腸。重君非爵齒，古道植綱常。」即此一詩，可以見師之生平矣。余幼受業時，師年已八旬有餘矣，猶手鈔趙文潛《皇綱録》，朝夕不輟。其好學之篤，至老不倦如此。

王鑑溪先生名綺書，鑲紅旗漢軍，官國子監助教。工詩。與先大夫交最善。乾隆辛未，先大夫客都中，嘗病痢。時與鑑溪同肄業成均，鑑溪日來省視，飲食、醫藥，靡不周至。甲申秋，先大夫入覲，時由潼關司馬請假歸里，病痊入覲。授揚州司馬。鑑溪以詩送别云：「歌迎半刺下江都，閒寫雲山入畫圖。斜月簫聲招白鶴，垂楊絲影護青蕪。玉螢火照千家晚，金帶花圍五色殊。詞客宦遊遊不俗，平山堂上揖歐蘇。」「漁洋佳句三千首，好景多傳廿四橋。先後並推東國秀，風流同愛廣陵潮。公餘綵筆題瓊樹，雅會銀鐙蕩畫橈。記到竹西尋勝跡，明年江上話連朝。原注：余明春將之粵東，擬由維揚南下，故云。」乙酉夏，鑑溪之粵東鹽大使任，路過維揚。適先大夫擢守廣信，遂覓舟同行。鑑溪呈先大夫詩有云：「望重龍身文士會，原注：時傳七崙西令泰順，亦路過。此君長余十一年，小崙西二歲。招同鷁首使君賢。」紀其事也。先大夫和詩有云：「曾關性命成知己，不止聲求託夙緣。」又云：「更期後會寅恭地，重話鷄窗起舞年。」蓋不忘成均肄業時交契也。自揚抵信，舟中更唱迭和，詩草成帙。鑑溪和先大夫簡示原韵，有句云：「不群思緒洵無敵，吟遍江山過浙東。」亦可想見一時風雅之概。既抵廣信，鑑溪留居署中，款洽彌月，骨肉不啻也。先大夫殁後，音問遂梗。嘉慶己未春，余會試入都，重晤鑑溪先生於都城舊第，宅在海岱門内麻線衚衕路北。先生年已七旬矣。追話往事，不勝悵悵也。

鑑溪又有《月夜集許在南齋中聽何泰然彈琴即席賦贈泰然》云：「萬壑松濤大蟹行，成連海上嘆移情。三郎未識琴中趣，只愛花奴羯鼓聲。」「水流花放韵俱長，金戟紅燈興正狂。明月一庭天似水，襲衣還有夜來香。」原注：階前雜花繁植，惟夜來香盛開。「蔡家五弄曲同工，落葉秋砧斷續中。誰是天涯青眼客，更於爨下惜焦桐。」「琵琶聽罷淚闌干，寂寞金徽索解難。山水清音應自賞，不須惆悵董庭蘭。」又有《題緑楊陰下鋪歌席紅藕香中泊妓船畫意爲羅五塏夏》云：「柳絲斜颺晚風前，留得花茵坐緑天。布韤青鞋隨去住，若耶溪畔小神仙。」原注：塏夏，會稽人。「坐久頻斟優鉢羅，紅蓮嬌映醉顔酡。扁舟不繫湖烟冷，一曲吴孃暮雨多。」

左太冲《詠史》詩借古人以自寫懷抱，不專詠史，所以獨有千古。後人詠史多專詠其事，故難與太冲争席。然苟具有史識，獨標卓見，不拾前人牙慧，亦未始不可卓然名家。若更能於論斷古人之中，而以己之性情懷抱輸灌于意言之表，則品格更高。瑶華道人《詠北宋史》三十首，《太祖》云：「逆取而順守，初疑史臣諛。晉王何能爲，仁恕生覬覦。卓哉封樁庫，廓清誠良謨。天不假以年，燭影事有無？」《趙韓王普》云：「學究終身論太庸，英雄争起偶潛蹤。泉臺若見馮長樂，應愧唯曾翊雨龍。」《太宗》云：「一朝擁兄業，英略擬仲謀。勉强取太原，竟遺燕雲羞。武功遂偃文德修，崇經取士良優游。空有漢家雜霸氣，繼遷談笑寇靈州。」《吕文穆蒙正》云：「幼際顛淪母勢乖，不因名達豈能偕。孰知移孝爲忠處，燈月春宵照冷懷。」《仁宗》云：「後代守成主，難兼文武資。歲輸廊廟失，邊患祖宗遺。誰意凋殘世，翻開鼎盛基。英賢千載會，君道繫安危。」《寇忠愍》云：「倉卒澶淵志歉然，輔孤寧讓霍光賢。魏公潞國非無策，殷鑒於君善自全。」《丁謂》云：「相國寺前橋已成，保康門内宅峥嶸。怪他京尹多機械，慙愧蒸豚海上行。」《英宗》云：「濮邸紛紛議禮迂，歐公卓見自通儒。可憐圭衮生依戀，宫燕啣花正引雛。」《王荆公》云：「半山學業饒經術，何意甘爲聚斂臣。本爲神宗初變法，却教蒼聖也從新。雄文一代原無敵，妙句千秋有幾人？終與功名争不朽，鍾山松竹未全真。」《蘇子由》云：「眉山三秀振家聲，學自精醇氣自平。公論堂堂無愧怍，不妨分讉爲難兄。」《徽宗》云：「花綱艮嶽侈鋪張，子夜青詞瀆上蒼。黨錟未消邊釁起，争看媪相也封王。」「郊壘森森内禪時，旌旗南指覺重移。難中應念宗留守，夢裏終慚郭藥師。」《欽宗》云：「和戰懵懵一夢中，英明全不似東宫。李綱詎必能恢復，青史徒嗟未竟功。亡國君臣趨向同，處堂燕雀一時空。金人究竟能和否，留與江南議始終。」《宗忠簡澤》云：「志節如張許，才猷亞武侯。胼胝思敵愾，孝弟爲君謀。擣穴談何易，恢疆力或優。不逢中興主，血碧恨悠悠。」

瑶華道人《咏百合花》云：「白丑攀援面目藍，玉簪含笑太嬌憨。誰知暑雨煩歊際，自有清凉優鉢曇。」「瓦注何妨種玉姿，如蘭芳韵兩三枝。天然太素無人識，寄語滄州老畫師。」原注：張桂巖，滄州人。素工寫生，潑墨淋漓，饒有逸致。然生平未見百合花，嘗以爲百合世間無白花者，蓋惑于市售之山丹也。又別注云：百合花，色白，根味甘。見《本草綱目》。其色黄紅有點者，皆非百合花也。其根苦，服之傷人。俗所謂虎皮百合者，即山丹也。乃花師惑人，僞作之名。其似百合花而小，有小紅點，乃渥丹，葉全不相似耳。

瑶華道人題自作山水畫云：「草閣寫幽襟，秋氣動林莽。雲壑落天際，倏然結遐想。好客期未來，清吟自俯仰。」又云：「幽岫抱洄潭，疏林揞高閣。雲脚翠不流，石齒泉初落。遠興對空濛，清音寄寥廓。西風吹荔裳，嘯歌每無輟。」

乾隆庚子冬，余在儒學署中，見朱世兄名曾貫，歷城人。手鈔《雁字三十律》，云係吕純陽降乩作，不知果係純陽否。其詩甚有可觀。詩云：「南來無意學雕蟲，自寫寒暄寄化工。青嶂遠依成石刻，碧雲輕繞得紗籠。年年潑墨難傳恨，日日臨池不賣窮。仰面但隨人指識，何須沽酒問揚雄。」「遺跡無心上鼎鐘，日來天際寫秋容。孤分一點臨張旭，橫掃雙鈎學蔡邕。遐舉漸看毫彩瘦，低飛驚見墨花濃。數行草草憑誰寄，珍重天涯恕不恭。」「寫徧長空念未降，肯教輕集米家艭。風驚健翮珠璣亂，日度微陰點畫雙。毫染露華揮碧落，墨和烟影蘸秋江。山腰澹掃晴嵐跡，仿佛題函上綠窗。」「徘徊天際若尋詩，日運霜毫寄遠思。曾似短函依日月，聊將一畫學庖犧。灘頭紅蓼供鉛槧，塞外寒烟代墨池。斜過北山真復草，不傷風雨任紛披。」「朝來染瀚弄晴暉，夜度元文傍紫微。體勢每因風雨勁，羽毛多爲稻粱肥。彩箋印月今還古，斷簡沈雲是也非。遠去漸成蝌蚪迹，漆痕猶帶碧雲飛。」「誰把飛函寄太虚，聯翩直上密還踈。林間暎月吹藜火，天際乘雲下石渠。未可指名爲逸史，何妨竟號作中書。卿雲寫就宜春帖，懸入瑶宫壯帝居。」「天際秋容一畫圖，標題留待羽衣徒。仰觀豈爾曾咖荻，俯察何人敢覆瓿。柳葉舊文徘健翮，梅花新式間柔雛。凌雲日向高齋過，笑煞操觚半腐儒。」「鳳毛鵬翮敢相齊，五色法紋眩目迷。曾似一行霄漢闊，何如千首暮雲低。晴招片片霞爲綺，寒倩紛紛雪作題。時繞桂林花正落，秋風得意報金泥。」「濡墨年年長幼偕，疾徐濃淡任詼諧。蝕殘已免芸窗蠹，鏤篆難同蘚壁蝸。真本應教明月習，餘神時被白雲揩。生前應是悲秋客，鎮日書空未有涯。」「一行青翰倚雲裁，展翮知非百里才。春雨棣棠書出塞，秋風禾黍賦歸來。反憐羽翼塗皆亂，却笑中山穎易摧。天上霓裳新譜就，填詞日向白雲隈。」「墨陣縱横辨未真，斜飛如一復如人。怡情運翮從容榻，得意呼朋仔細論。影落石田千畫鐵，羽彎新月一鈎銀。弋人不解憐文翰，繒繳摧殘勝酷秦。」「踈行密畫傍斜曛，羽掃南空一片雲。嬾向世間稱墨客，却從天上作修文。凌虚直去誇三折，對月斜來帶八分。若教右軍今日見，也應無意换鵝群。」「寫破長空萬里痕，幾行真草布乾坤。唱酬不倦偕妻子，點畫相依仗弟昆。寶篆成時臨帝闕，素帘刺就挂江邨。遺文未肯傳金石，鳥紀千秋古跡存。」「凌虚一片碧琅玕，幾度閒題賴羽翰。天際儼然成筆陣，風前竟爾作文瀾。朝沾湛露毫初潤，夜帶寒烟墨未乾。驚逸忽看飛錯落，天書直上五雲端。」「羽檄分馳度玉關，南來題詠滿秋山。神情都向空中構，章法如從塞外嫻。月下素書當夜寫，日邊丹詔待朝頒。年年旅食猶揮翰，風雨何曾筆暫閒？」「數行瀟灑夕陽邊，倒倚雲霞代蜀箋。結構偶然成古篆，淋漓隨意寫新聯。悲鳴應恨饑難煮，舊翮何從醉始顛。獨向虚空頻展羽，肯教凡蠹化神僊？」「一行飛寄楚天遥，文采翩翩動九霄。曉展羽衣揮露布，夜含豪素染霜綃。離情認作相思譜，逸興反爲招隱謡。雨後偶從虹畔過，却於天際見題橋。」「偶從天半演羲爻，孤點爲單衆作交。南國盡成新墨藪，北原應是舊書巢。臨風款款文相泐，映水翩翩影欲鈔。關塞遠傳秋信到，野人驚見翰于茆。」「直上銀河濡素毫，詩成豈爲寫牢騷。江南塞北題皆徧，白雪陽春調自高。盤旋異文揮石鼓，箕飛清韵譜雲璈。詞鋒斂却還成陣，忽變雙鈎作六韜。」「且歷風霜夜渡河，詩成得意亦吟哦。雖然染翰驚霄漢，也爲能文觸網羅。羽倦恨難酬筆債，嗚悲豈屬困詩魔。而今咄咄書空者，盡向樊籠自化囮。」「長空上下走龍蛇，不羨人間判五花。濡墨一生辭楚畹，傭書半歲在天涯。聯翩覓食如扶筆，絡繹歸汀竟畫沙。贗跡草真宜辨白，莫將疑似認寒鴉。」「時將飛檄問穹蒼，到處題成翰墨莊。雲暗有時書出塞，峰高無跡寄衡陽。往來空運春秋筆，行止何慙伏臘郎。鴻寶自教千古重，評衡奚用説鍾王。」「遠入南天墨色輕，疾徐成象更分明。徘徊寫出風雲幻，嘹嚦吟將月露清。亦是孰觀渾脱舞，也如曾見擔夫争。凌雲自足供瀟洒，不去閒題墖上名。」「來賓天末試霜翎，也有奇文照汗青。塞句寫成聊寄恨，秋聲賦就不堪聽。濡毫時染金莖露，傳牘人稱使客星。誰道竟無臨仿處，玉關應是草元亭。」「北來清健擬枯籐，久集南天體格增。腕下更無塵一點，腹中應有墨千升。聯成幅頁隨雲訂，草就珠璣付水膽。風雨夜來清翰濕，遠傳孤韵上秋燈。」「旅恨千行誰與投，拂雲披月任風流。肯教拘束烏絲幅，直欲縱横白玉樓。驚夜似防符可竊，來賓應有句先偷。只今懸市求人易，雙羽千金未足酬。」「何當天際見書淫，寫出悠然萬里心。羽綴舞空翻倒薤，首垂窺渚露懸針。淡分蟬翼籠清露，遠帶蠅頭繞暮林。指點兒童勤仿習，前山遮斷未能臨。」「鏖戰西風墨正酣，龍蛇飛影落秋潭。相依月窟題團扇，獨入霞天插錦函。孤點每從頭上出，雙鈎都向脚邊含。閒從法苑馳文藻，散作天花聚作曇。」「廣幅何人擅典籤，空懸飛舞任觀瞻。影留寒月毫添墨，行斷秋風句失粘。書就有誰知白帖，草完無地拾青縑。偶然復向峰頭過，幾度餘神繞筆尖。」「爲譯番文入漢巖，指揮瀟洒誦聲喃。汀爲古硯蘆爲筆，雲作奇箋露作函。載質使臣時去國，掌書仙吏暫之凡。興來不必勞呵凍，舞雪題殘白練衫。」

朱韞山曰：「勺洋原録，擇取數首。余謂乩筆難得，當全録之。」

陳石橋、陸衷璗皆與先大夫交善。嘗口述《姑蘇竹枝詞》二十首云：「三秋夢老姑蘇客，一唱魂銷子夜詞。多少高樓在明月，不知何處着相思？」「隔簾惱殺紫瓊簫，爛醉扶來上畫橈。一路春山青送客，鶯兒啼得酒都消。」「餘髮垂髫不耐梳，生憎十五對門居。怪來夜半瞞鸚鵡，偷讀春羅小字書。」「東家明月過西家，水底朱欄映素紗。長笛短篷香雪海，美人魂浸玉梅花。」「觀音山路不通舟，拚折金釵買竹兜。儂自倒行郎儘看，省郎一步一回頭。」「三寸麻鞋踏虎行，虎邱山上虎無聲。平章愛女尚書妹，夫婿傳臚第一名。」「小小當鑪學數錢，挽郎下馬接郎鞭。郎鞭繫在儂身上，儂酒斟來郎面前。」「機上無花不是機，衣邊無繡不成衣。春風怪道人争看，蝴蝶渾身上下飛。」「千喚低頭不一回，背描花樣水窗開。滿船誰載笙歌去，兩岸紅妝笑出來。」「烏栖一曲夕陽村，百丈游絲惹夢魂。青草高樓雙上鎖，緑楊深巷半開門。」「蕩湖船小竹竿長，儂在花谿烟水旁。白石橋梁青石柱，胭脂兩字寫横塘。」「小姑十五嫁西鄰，處姊年年未適人。九月桃花三月菊，大家顛倒作秋春。」「對岸三重起畫樓，中間一道緑波流。可憐笑把青團扇，慣立當門水馬頭。」「蘭槳打波裙帶緑，鳳篙撥月袖羅紅。水蓮三尺藕花亂，唱殺吴娘秋雨中。」「水市南頭香壓船，買郎荷葉買郎蓮。侍兒只愛玲瓏藕，儂道心多不值錢。」「溪上浣衣嬌小娘，鴉頭不着足如霜。人來自有芙蓉隔，那用羅裙掃地長。」「河中儂泛採菱船，岸上歡持打橘竿。歡欲剥菱防刺手，儂將剖橘怕心酸。」「青含橄欖酸因甚，紅嚼檳榔苦爲誰？目會笑來眉會語，可人端的是吴兒。」「水色成霜月似冰，孤帆夜定掛秋燈。琴憐來鳳橋頭女，鐘恨寒山寺裏僧。」「吴王苑内看花時，唱罷桃枝唱柳枝。鴨嘴船開河水闊，相思空唱竹枝詞。」余幼時讀而愛之，每惜不得作者姓字。後見《隨園詩話》載「觀音山路」一首，云鮑步江作。

董曲江太史《咏柳》句云：「萍碎半盈桃葉渡，風柔低拂棗花簾。嘶過白馬情難繫，打起黄鶯夢乍添。」「板渚暫依癡帝子，豐園終別老尚書。」「青酒帘邊抛擲恨，赤欄橋畔別離心。」皆佳。不獨春柳之作膾炙藝林也。太史又有《追憶歷下舊遊感賦》十律，其佳句如：「淡去蛾眉羞更掃，翻來花樣不成新。」「細雨騎驢人過市，曉風踏月客敲門。」「眉際盡呈豪士色，指端偏現美人身。」「狂來墨瀋非關酒，悟後針鋒總是禪。」又有《濟南雜感》，句云：「幾點緑萍隨雨散，一群花鴨背船飛。」「長笛樓頭懷趙嘏，新花洞口老劉郎。」「林雨華泉空有子，花洲白雪已無樓。」「山色應羞金僞帝，水聲空咽鐵尚書。」李鐵君五律，格力亦能直追盛唐。如《咏蛩》云：「所託既幽隱，能無哀怨繁？秋山自空響，芳草又黄昏。汝豈知天意，愁真到耳根。避霜牀下好，還藉主人恩。」《咏鷹》云：「衰遲不自振，蕭索凉秋天。有鳥應金氣，如人正少年。風霜嚴欲下，燕雀寂無前。養爾驅除力，他時六翮全。」《咏雁》云：「物類各有性，善君能自修。一行寧失序，萬里竟何求？碧水清湘岸，黃雲絶塞樓。有人垂白髮，相共老春秋。」《喜晤西澗上人》云：「握手各無恙，相看垂暮年。病消春草後，心定落花前。藥裹原多事，詩囊亦偶然。支頤雲壑底，爲誦《達生篇》。」《一逕》云：「因誰數往還，一逕入溪灣。春草自然緑，夕陽相與閒。境移喧寂外，心在有無間。蹤跡嗤何點，人争號大山。」

鐵君七律《喜客至》云：「新流前夜消陰雪，小片朝來落早花。春到寒山有深淺，溪臨行徑自欹斜。衰年習隱烏皮几，好客勞迴白鼻騧。款接尚堪供二簋，豆苗初蕨滿虚沙。」《生壙成作》云：「封樹何妨踵舊文，王孫羸葬太空群。固應無物還天地，或不將身玷水雲。蔓草任荒江總宅，青山聊識鮑昭墳。鼠肝蟲臂他年化，絮酒知誰弔鐵君？」《懷人》七絶句云：「一卷新詩達旅情，望舒幾照謝宣城。侑經堂下清谿淺，早晚秋蘭帶雨生。」原注：謝香祖性愛蘭，客久多歸心，秋將還侑經堂故居。「春水東南溜一渠，蕭條官閣類貧居。津門昨報漁舠發，自笑公儀尚嗜魚。」塞曉亭官署如水，晨夕佔畢，作儒生咏。尚滋味。自云酷嗜石首魚。「一月輕寒擁鹿皮，人間獨少馬清癡。夜來竈底無烟火，自咏梅花絶調詩。」馬大鉢自號「清癡」，嘗披鹿裘卧一室，高簡獨至。「韋曲相逢竟幾春，及今五十樂閒身。舊傳衛國多君子，獨愛蘧君寡過人。」石東村年四十九，盡焚其生平詩，綽有任達之舉。「兄弟江東歷歲時，江花江草繫相思。春風並奏還鄉曲，蕭瑟廬陵墓下詩。」陳石閭、橘洲兄弟並多才技，淹留江鄉間，刻日且北歸。「問訊枚皋中酒無，風簾香炷夜燈孤。梅花十里蘿村路，好寫春山第一圖。」易淑南辭多藻繪，畫則蕭爽，許爲我製《蘿村春秋》二圖。「古塞春寒藉酒消，知君吏隱近漁樵。宮人争詠甘泉頌，莫更花前賦洞簫。」王蘭谷年少勇，於學有一口千里之勢。

南海黃聖年自號大藥山人，明萬曆戊午舉人。有《擬三婦艷》一首，序云：「顏之推云：『婦是對舅姑之稱。』古者子婦供事舅姑，旦夕在側，無異兒女，故有此言。近世文士作《三婦詩》，乃爲群妻之意。又加《鄭》、《衛》之辭，大雅君子，何其謬乎！余又考《古今樂録》『大曲有艷、有趨』，則知『艷』亦曲名，非謂色也。余既喜顏論足破前惑，因造斯篇。志乃不在摹古，冀有裨于風規云爾。」詩云：「初日煦煦照雞豚，馬牛服皂治田園。時清吏廉賦易簡，丈人無事，修整閨門。大兒授《孝經》，中子授《論語》，小者頗自負，誦《詩》能通韓氏故。有時察舉，高宦無事，可以啜菽飲水樂儒素。昨者小婦初上堂，先從中婦問公嫗。中婦初來時，得之於大婦。我家諸婦誠易爲，羹臛粗可辦，績作不務繡與絺。公嫗日高坐，抱接孫雛嬉。」質樸得古歌辭之遺。序中辨正訂訛，尤于詩道有功。

順德歐主遇字嘉可，號壺公山人，與黃聖年同時。亦有《三婦艷》云：「大婦主中厨，中婦佐烹魚，小婦停針繡，薪火適疾徐。高堂問寒煖，提筐墻下俱。」用筆更超。

南海梁藥亭太史《鄱湖曲》云：「寧上小姑山，莫過彭郎磯。彭郎是男子，小姑是女兒。」得《子夜》諸曲之妙。順德李宗博明經《禽言》二首云：「布穀布穀，布穀失時穀不熟，官人催租朴爾肉。」「顧姑顧姑，顧姑兮姑樂伊，胡爲兮喚姑惡？」亦古質可愛。

陳古村份，順德人，乾隆丙辰舉人。有《水庝集》。傳其所爲絶句，聲妓有歌以侑酒者。《擬捉搦歌》云：「瓜皮艇子長二丈，小姑十撑九不上。何如泊岸候潮長，免打江心逆流槳。」風趣甚佳。使躁進人讀之，不啻當頭棒喝也。庝，音「彤」，深屋也。

陳世和字聖取，嶺南詩人陳元孝之孫也。由明經官龍游縣丞。韵語不失家風。《西樵歌》云：「三十二村村一峰，峰峰青削玉芙蓉。歌聲唱出燒茶女，幽碉杜鵑相映紅。」

密水張離南星炳，鶴亭同年星煒令弟也。天姿卓犖，喜爲詩。嘉慶丁巳秋，以科試來郡，相晤於銘墨軒中。偶語及古詩聲調，謬以余爲知詩，强余筆之册。余因書《或問》五則以貽之。今附録于左。

或問：「秋谷《聲調譜》自謂宛轉得之漁洋，近翁學憲覃溪著《五七古平仄舉隅》，力闢秋谷三平之說。覃溪詩法之傳亦源于漁洋，而二家之說不同，何也？」余曰：「二家雖同出漁洋，然秋谷分各體論平仄而未及通首之音節，覃溪合通首論音節而未晰分體之源流，固宜其說之歧也。即如魏徵《述懷》一詩，視齊梁靡靡之音，雖風骨稍健，而聲調音節則仍踵齊梁餘習，覃溪乃以爲讀此一首，則上而六朝，下而三唐，正變源流，無法不備，因據以闢秋谷三平之說，豈足以服秋谷之心哉？覃溪專論音節，頗能發漁洋不言之藴，惜體製不分，難免有誤耳。」

或曰：「三平之説可爲古詩定論乎？」曰：「此特平韵七古之正調耳。平韵七古視五古音節較長，易流入弱，故對句末三字必須三平，或平仄平，聲調乃健。此自然之理。觀昌黎《謁衡嶽廟遂宿嶽寺題門樓》、《鄭群贈簟》等作，及歐、蘇平韵諸大篇，可得其解。」

或曰：「三平既爲平韵七古之正調，則覃溪之專論音節，非歟？」曰：「何爲其非也？古詩不必皆一平韵到底，則古詩之音節不得概以三平限之矣。且三平亦不足以盡平韵七古之變也。總之，詩之體製不同，其音節亦因之而異。今試以平韵七古爲一體，以三平之説爲主，其有不盡三平者。如《哀王孫》、《冬狩行》、《石鼓歌》等。必求其音節之所以異，俾與三平之説相成而不相悖，則平韵七古之音節有定準矣。再分仄韵七古爲一體，仄韵音節峭厲，必須參以合律句、拗律句，以和平其節，與平韵迥異。換韵七古爲一體，換韵處參以律調。柏梁爲一體，句句用韵，無句句三平之理。第五字參用仄聲，亦自然之勢。且四平、五平句皆可參用。齊梁爲一體，有平仄無粘聯，其平仄亦在疎密間。皆分晰其源流，不使相混，而後輔以覃溪音節之論，則二家之説，又未始不可彙而爲一也。覃溪之失，在據換韵七古中之律調而闢秋谷平韵七古之三平調也。」

或曰：「平韵七古之不盡三平者，其説亦可聞乎？」曰：「漁洋云：『出句以二五爲憑，對句以三平爲式。』此特括其大凡而言之耳，亦專爲平韵七古中通篇句皆七字、出句第七字皆用仄者言之耳。若夫不盡三平者，則必參之出句第七字以通其變，或參用長短句以舒其氣，或叠入一韵、或連叠數韵以跌宕其節，必合通首之抑揚頓挫以論定之，而平韵七古之正變可指數矣。」

或又問：「秋谷稱古詩別有律調，何謂也？」曰：「此指換韵七古一體言之也。凡換韵詩，或將換韵處、或方換韵處參入律調，則抑揚抗墜有皦如繹如之致，若純用三平、三仄古調，必不和諧，此亦音節自然之理。然亦須相其通首聲調行之，不得用律調過多，致與齊梁體相混。」右《古詩問》五則。

古詩音節有在字之平仄者，有在句法者，有在押韵者，而其究則輔氣以行。如出句在二五、對句在三平等論，此以平仄定音節者也。李義山《韓碑》「帝得聖相相曰度」七字仄，「封狼生貙貙生羆」七字平，又不可但以平仄定矣。此等句法必須鑄得牢，又要融得活，方能無乖音節。若用尋常句法，則聲調必不協，此音節在句法之一端也。然「帝得」句下即接以「賊斫不死神扶持」，以三平爲貴。音節乃和而健。若用「儀曹外郎載筆隨」反「口角流沫右手胝」等句平仄，便調弱不響，此又須合前後句法、平仄參定者也。若雜用長短句者，其句法尤有一定節奏，不得任意妄爲。其句法宜短者，加一字不得；句法宜長者，減一字亦不得也。然其要又不可徒求之句法間，須於氣之流行鼓蕩中領會之，有定法而無死法也。其在用韵者，如一段中忽連押數韵，或單出一句叠韵，而音節愈跌宕摇曳之類是也。總之，以氣爲主，氣盛則言之短長與聲之高下皆宜，豈獨作文爲然哉？氣有抑揚而聲隨之，古詩莫不然，而在雜言如《蜀道難》、《夢遊天姥吟》等作。爲尤要。漫指爲英雄欺人者，不明乎氣與聲之妙者也。以氣爲主，以句法爲輔，而復以字之平仄調劑於其間，古詩音節無餘藴矣。

朱藴山云：「統觀《古詩原問》五則及此一則，於古詩音節剖析無餘。後學知此，再觀《詩法易簡録》，便可得門而入矣。」

律體雖成于沈、宋，然在梁、陳間已肇其體。余尤愛梁范静妻沈氏《綵毫怨》，云：「葉下洞庭初，思君萬里餘。露濃香被冷，月落錦屏虚。欲奏江南曲，貪封薊北書。書中無別語，唯悵久離居。」陳徐陵《關山月》云：「關山三五月，客子憶秦川。思婦高樓上，當窗應未眠。星旗映疏勒，雲陣上祁連。戰氣今如此，從軍復幾年？」風格皆絶妙唐律也。

蘭亭修禊，不獨右軍一序足以千古，即詩亦以右軍爲最。四言云：「代謝鱗次，忽焉以周。欣此暮春，和氣載柔。詠彼舞雩，異世同流。迺携齊好，散懷一邱。」五言云：「仰視碧天際，俯瞰淥水濱。

寥閴無涯觀，寓目理自陳。大矣造化工，萬殊莫不均。群籟雖參差，適我無非新。」時與會者四十二人，成詩兩篇者十一人，右軍外爲王凝之、孫統、前餘杭令。謝安、瑯琊王友。孫綽、左司馬。王宿之、王彬之、王徽之、徐豐之、行參軍。謝萬、司徒左西屬。袁嶠之；陳郡人。成詩一篇者十五人，魏滂、郡功曹。五言一首。郗曇、散騎常侍。五言一首。桓偉、滎陽人。五言。庾友、潁川人。四言一首。王涣之、五言。曹茂之行參軍。五言。庾蘊、潁川人。五言。虞説、鎮軍司馬。五言。王元之、五言。謝繹、郡五官。五言。華平、徐州西曹。五言。王藴之、五言。華茂、上虞令。五言。孫嗣、中軍參軍。五言。王豐之；行參軍。四言。詩不成者十六人，謝滕、前餘杭令。謝瑰、侍郎。丘旄、行參軍事。任凝、府主簿。王獻之、楊模、行參軍。后綿、府主簿。呂系、任城人。孔盛、參軍。劉密參軍。勞夷、府功曹。華耆、前長岑令。卞廸、鎮國大將軍。呂本、任城人。曹禋、彭城人。虞谷，山陰令。各罰酒三觥。瑶華道人云：「諸詩之工拙不齊，以大令之才，豈不能勉作一詩，用以塞責？然偶不欲作，即不妨引觥受罰。於此見古人胸襟闊大，物我無間，正不屑争勝一時也。」又云：「唐大曆中，朱迪、吕謂、吴筠、章入元等三十七人，經蘭亭故池聯句，有『賞是文辭會，歡同癸丑年』之句，見宋姚寬《西溪叢語》。亦右軍後一段佳話也。」

鐵少保治亭，乾隆甲寅秋以宗伯講官典試山左，所取多知名士，時稱得人，余亦辱蒙收録。師《在濟南闈中作》云：「大明湖畔佛頭青，天影遥涵歷下亭。北去靈源環岱嶽，東來雲氣接滄溟。逢時人擬登龍客，近海天移好雨星。余八月抵歷城，連日陰雨。七十二泉清可濯，臣心如水合淵渟。」又《闈中聞弟閬峰典試順天喜賦》云：「棘院遥傳寵命頒，賓興典重喜追攀。一時夢合關河外，兩地文衡伯仲間。

老驥君應空冀野，荒莊我欲徧齊山。挑燈苦憶聯牀夜，頭腦冬烘幾汗顔。」時諸城李進士梃選衡水令，請咨省垣，師癸丑春闈所拔士也。和詩有云：「欣從蘭譜聯今雨，憶昨麻衣望使星。」頗爲師所稱許。師又有《望華不注山》二首，云：「危峰鐵立勢嶙峋，瘦削芙蓉濟水濱。嶽麓岡巒通地脉，海天風雨變秋旻。齊師戰已迷陵谷，李白詩猶動鬼神。華不注山詩首鎸太白之作。鄭重酣遊華不注，招邀多士躡清塵。」「摩笄山頭古霧蒙，虎牙千仞插高穹。文章有待搜羅後，山水先歸藻鑑中。七十泉多疏灝氣，六千卷合挽雄風。金鎞刮處餘青眼，拾級單椒瞰大東。」又有《闈中與遠山同年話趵突泉之勝用松雪韵》云：「七十名泉近有無，潺潺趵突澈冰壺。翻空爲訝坤靈坼，鄰海寧愁地穴枯。鰲窟千尋韜日月，靈湫萬里達江湖。試餘快領溪山趣，雲影波光興不孤。」又《用曾南豐韵》云：「地近名泉留使節，滿懷冰雪滌埃塵。心源瀉玉原無滓，學海探珠合有真。長白峰頭雲似墨，大明湖上月如輪。高懸青眼看文戰，排突雄風剩幾人？」遠山師諱萬青，時爲山左副主考。

先五世伯祖諱就日，字瞻唐，先僉憲公長子。弱冠文名藉甚。崇正壬申萊城之圍，以諸生協守南城，出家財給軍費，事平叙功，得減年超貢。未幾卒，贈府學教授。詩文散軼，僅存數首。《贈彭參戎有謨》云：「孤城憑再造，英武有誰同？轉以將軍樹，彌欽名士風。戰袍猶漬血，寶劍自成虹。青史千秋筆，終應第一功。」《秋夜》云：「秋意最孤清，秋夜彌虚静。庭深花氣幽，香襲衣裳永。久座渾忘言，月移梧桐影。」

先五世叔祖參議公諱浴日，字滄初，先僉憲少子。順治初由貢生知潞安州，擢荆州府同知。單騎入賊壘，撫定劇寇。民德之，爲立生祠。官至江南淮徐道布政使右參議，告終養歸。詩無稿，僅存《周太母殉節詩》一首，序云：「介菴母孫太恭人，夫歿五月，遺腹生介菴。後值闖賊破荆門，太母以刀劙面，抉目而死。介菴方十齡，能自成立。今以招撫平凉叛弁，叙功，始得爲母陳情，得邀旌典。都人士相與歌其事，余因爲賦五律一章。」云：「已飲離鸞恨，那堪烽火驚？撫孤能不死，遇變肯偷生？楚史傳貞烈，秦關賴削平。恩榮邀特典，忠節仰雙清。」

先世父諱鈞，字清寅，以字行，又字襄衡，自號半癡山人，貢生。著有《左海硯農詩稿》。先大夫靈輀由江右還里，先世父迎于路，有《舟中聞笛》絶句云：「楓葉蘆花滿目秋，一江凉月泊孤舟。雁行已斷關山遠，長笛何人夜倚樓？」

趙邁千表伯名俊，歲貢生。著有《雲路草堂詩稿》。《山中》云：「深林人語静，空谷鳥聲譁。松暗山腰路，雲巢隱者家。幽香侵客夢，嫩緑上窗紗。更喜南村酒，無錢自可賒。」《九日》云：「風散寒雲晚色幽，啣杯正自破新愁。停歌細品東鄰笛，對月明開萬壑秋。紅葉愛閒浮水去，黄花欺冷冒霜留。却嫌時景嗔人俗，聊爲題詩一贈酬。」又有《客扒埠莊》句云：「四時林下鮮嘗果，二月淩開活買蝦。」寫海上村居，風味如畫。

十二筆舫雜録卷四

東萊勺洋氏著
桂林韞山氏評

春暉餘話上

余既作《叢談》三卷，自辛酉以後復别爲《春暉餘話》。勺洋識。

嘉慶辛酉會試，仍荷瑶華道人款留邸中。洎余大挑一等，瑶華道人喜甚，以詩贈余，云：「十年潦倒困名場，恰喜詩書奕葉香。笑語淹留惜倉卒，饔飧供給愧尋常。九重最重郎官宿，百里行開單父堂。更看聲華標虎觀，木天閒對鳳池旁。」蓋春闈榜尚未發，猶以内翰望余也。洎余分發河南，以太夫人年逾七旬，請告歸養。瑶華道人以詩贈行，有云：「小齋客去榻仍懸。」蓋仍望余復試春闈，雅意殷拳，致足感也。見余《梅影叢談》，題以三絶句，云：「兩間正氣無形物，今古惟憑翰墨宣。芥子須彌誰鉅細，卷舒消息在心田。」「山左談經舊李侯，重看彩筆紹箕裘。閒將海國雕龍手，預擬瀛洲造鳳樓。」「耐凍枝頭漸放花，閒情遥寄寫烟霞。賞心更有文章外，桐蔭蘐榮世德家。」

瑶華道人嘗自寫白石榴花、朱櫻二種，戲題以句云：「莫識荆山璞，難尋赤水珠。聊將幾點墨，寫出連城瑜。自是虚生白，何能紫奪朱？端陽風景别，絢素共堪娱。」又有《咏紅白桃花》，句云：「色因相間分明出，花本無言仔細看。」

海寧查悔餘先生名慎行，有《豆腐》詩四首，云：「服食神仙事不難，硙床幾轉便還丹。世傳淮南王以丹藥點成。凝來石髓風猶嫩，點出春酥露未乾。倒篋易償鄰叟值，顧名原合腐儒餐。人間賣菜多求益，休與先生溷一柈。」「蛙瘦熊肥兩不知，太常終歲是齋期。半杴土竈然萁火，一頃山田種豆詩。饔子貧家先染指，厨娘纖手並凝脂。來其鄉味君休笑，三德虞家有贊詞。」事見《虞伯生集》。「滑可流匙勝冷淘，不爭舌在齒牙牢。渾忘肉食聊名儉，偶佐村沽亦足豪。烹雪也宜施翠釜，割雲初不費銀刀。胡麻別試山僧法，口腹窮奢笑老饕。」「茅店門前映緑楊，一標多插酒旗旁。行厨亦可咄嗟辦，下箸唯聞鹽豉香。華屋金盤真俗物，臘糟紅麯有新方。須知澹泊生涯在，水乳交融味最長。」

悔餘先生官都中日，常乘驢車。客有笑之者，先生賦詩曰：「遇酒逢花便出遊，蹄間一尺駕輕輈。泥塗安穩偕僮僕，灰洞馳驅讓馬牛。得免徒行猶有愧，更爭先路欲何求。冗官只筭騎驢客，老向天衢閱八騶。」清節高風，至今猶可想見。又有《咏金絲桃》句云：「偶分高士籬邊色，仍是仙人洞裏花。」

錢塘洪昉思昇以《長生殿》傳奇著名，詩亦清淡。其《送吴位三歸宣城》五律云：「宋家丞相後，喬木到如今。之子獨古處，時人無此心。偶來京洛道，旋返敬亭陰。芳草白雲卧，青山深復深。」

昉思先生五言，如：「石汗知將雨，山烟欲變雲。」「露華紛似雨，雲氣遠疑山。」「一江限南北，兩點辨金焦。」「龍藏一潭黑，雲豁兩崖青。」「一身千里外，匹馬萬山中。」「飢寒行役慣，貧賤別離多。」「萬恨皆因別，群花各媚春。」「親在宜調膳，饑來且出門。」又有《拜嚴子陵祠》云：「至今星是客，當日帝爲朋。」

尤西堂先生有《白桃花》詩云：「相逢不信武陵村，何事孤峰舊託根？流水有情空蘸影，春風無色最消魂。開當玉洞難知路，吹落銀墻不見痕。只恐賺他雙舞燕，誤猜李苑繞重門。」「亞水偏宜晚漲時，似無姿處最多姿。融融和露逢三月，裊裊臨風見一枝。縞素爲依秦處士，蕊宫休遇漢偷兒。紅塵拂面何曾染，枉賦劉郎紫陌詩。」

陸仲遠先生震一號種園，興化人。余未見其全稿，於叢殘内檢得《答胡修來》一絶，云：「故人短札問狂夫，擬買蓑衣作釣徒。肯到清秋來看我，大都船在鯽魚湖。」

青州蔣斗南嘗有《咏蝴蝶花》句云：「但看蝶去蝶來日，便是花開花落時。」

朱韞山曰：「此公亦當援『鄭鷓鴣』、『崔鴛鴦』之例，名『蔣蝴蝶』。」

壬戌春，余門人李雲青赴禮闈，仍蒙瑶華道人留寓邸中，飲食、教誨有加無已。洎雲青下第東歸，瑶華道人復以圖章一匣並詩扇一柄轉寄余，云：「幾迴欲寫寄懷詩，衰鈍無端落筆遲。千里相思何所似，海雲東望雨來時。」「隻鷄樽酒侍萱庭，鼓瑟鳴琴述聖經。博得爲郎成吏隱，不教人識少微星。」余悚然，愧不敢當，然實平生第一知己也。因和云：「薔薇盥手讀新詩，太息經年雁到遲。第一生平知己感，金環唧得是何時？」「栽得繁花滿一庭，閒來點檢到茶經。叨逢聖代容臣拙，敢道虚名應列星？」

雲青《留别瑶華道人》七律二首云：「幸隨博望泛槎遊，得到河源最上頭。青於己未歲，始從李勺洋師，晉謁于京邸。雲錦每窺文藻艷，比歲皆蒙賜詩。玉京那許謫仙留？化乘桃浪羨春鯉，行惜萍蹤同海鷗。漫説家依蓬島近，年年向若看瀛洲。」「每向洪鐘叩寸莛，濫叨籠藥伴茯苓。學詩頻荷親塗乙，問字深慚只識丁。青每作詩，字句紕繆者，即蒙點定。別緒縈懷强目笑，清宵入夢付心銘。琅箋喜更承榮錫，昨又蒙賜送別之什。好佩蘭言挹德馨。」

掖邑南關卧佛寺，一僧於禪室書聯云：「避地避言由我避，呼牛呼馬任人呼。」昌邑邢大經秀才赴郡歲試，遊寺見之，濡筆各添四字於其下，云：「避地避言由我避，未嘗避色；呼牛呼馬任人呼，不許呼驢。」

《漢書・五行志》成帝時童謡：「燕燕尾涏涏。」沈歸愚《古詩源》作「尾涎涎」，誤也。「涏」，音「甸」，光澤貌。與「涎」字音義迥別。坊刻《字彙》以「涏」爲「涎」俗字，亦謬。

查悔餘先生有《詠馬尾蠅拂子》云：「千條宛轉綰初成，便有風從繞指生。柄短不勞犀作骨，尾長仍借麈爲名。禪門付法今尤濫，人世清談久見輕。欲效驅除苦無力，青蠅當暑正營營。」又有《種芭蕉》二絶句，云：「東鄰帶雨移花本，西舍連泥掘藥苗。庭小不曾留隙地，又添墻角一芭蕉。」「卷心乍展影挼莎，葉葉攢成緑一窠。不爲無花偏愛葉，花時長少葉時多。」

悔餘又有《鬥蟻》七律，云：「飯罷徐徐捫腹行，階前蟻陣太縱橫。巧排睢水常山勢，鏖戰昆陽鉅鹿兵。國手圍棋分墨白，村兒鬥草計輸贏。轉頭一笑全無謂，不解當場抵死争。」

朱韞山曰：「初白詩格，在荔裳、秋谷之間。」

瑶華道人有《值侍衛班宿神武門口號》云：「執戟清班愧漢儒，北門密邇笑材粗。籌傳閣道軍聲肅，漏静宫墻月影孤。場上幾經粧傀儡，路旁一任弄揶揄。書生不解云都赤，且看犽吽老大夫。」自注云：「《輟耕録》載元朝陞殿及朝會，須大云都赤上殿侍立，宰執方許上殿。」按：「云都」者，蒙古語「郁爾」，作一字，急呼。都」，乃佩刀也。「赤」者，當作「齊」字，上聲，讀爲助語辭。以華言譯之，當爲佩刀者。國朝制：凡侍衛值宿者，皆例應佩刀。凡大祀及朝會，皆應佩刀。攷其官制，或即今御前侍衛等官。又按：《漢書》東方朔爲大中大夫，攷其官制，當即今之頭等侍衛。予復蒙恩授頭等侍衛，故云。

《東坡志林》云：「予嘗夢客有携詩相過者，覺而記其一。詩云：『道惡賊其身，忠先愛厥親。誰知畏九折，亦自是忠臣。』又有數句若銘贊者，云：『道之所以成，不害其耕；德之所以修，不賊其牛。』」殆先生晚年見道之言歟？

東坡自蜀應舉京師，道過華清宫，夢明皇令賦太真妃裙帶。詞云：「百叠漪漪水皺，六銖縱縱雲輕。植立含風廣殿，微聞環珮摇聲。」豈明皇之神猶在，而太真妃仍侍左右耶？東坡非妄語者，鬼神之事，未可臆測有如此。

葉小鸞字瓊章，明工部郎中葉仲韶紹袁之女。四歲，能誦楚詞。十歲，與其母初寒夜坐，母云：「桂寒清露濕。」即應曰：「楓冷亂紅凋。」咸喜其敏慧，不知其爲夭徵也。年十七，字崑山張氏，將行而卒。吴門有神降於乩，自言天台泐子智者大師之弟子，轉女人身墮度者，攝入無業堂中，教脩四儀密諦，往生西方。小鸞，月府侍書女也，本名寒簧，今復名葉小鸞矣。俄而，招瓊章至。瓊來賦詩，與家人酬對甚悉。泐師演説無明緣，行生老病苦因緣。瓊曰：「願從大師受記。」師云：「既願皈依，必須受戒。凡受戒者，必先審戒。我當一一審汝。汝仙子曾犯殺否？」女對曰：「曾犯。」師問如何，女曰：「曾呼小玉除花虱，也遣輕紈壞蝶衣。」「曾犯盗否？」女曰：「曾犯。不知新緑誰家樹，怪底清簫何處聲？」「曾犯淫否？」女曰：「曾犯。晚鏡偷窺眉曲曲，春裙親繡鳥雙雙。」師又審四口惡業，問：「曾妄言否？」女曰：「曾犯。自謂生前歡喜地，詭云今坐辯才天。」「曾綺語否？」女曰：「曾犯。團香製就夫人字，鏤雪裝成幼婦詞。」「曾兩舌否？」女曰：「曾犯。對月意添愁喜句，拈花評出短長謡。」「曾惡口否？」女曰：「曾犯。生怕簾開誚燕子，爲憐花謝駡東風。」師又審意三惡業。「曾犯貪否？」女云：「曾犯。經營緗帙成千軸，辛苦鶯花滿一庭。」「曾犯嗔否？」女曰：「曾犯。怪他道藴敲枯硯，薄彼崔徽撲玉釵。」「曾犯癡否？」女曰：「曾犯。勉棄珠環收漢玉，戲捐粉盒葬花魂。」師大讚曰：「此六朝以下，温、李諸公，血竭髯枯，矜詫累日者，子於受戒一刻，隨口而答，那得不哭煞阿翁也！然則子固一綺語罪耳。」遂予之戒，名曰智斷。葉夫人名宜修，字宛君，生三女，長曰紈紈，次曰蕙綢，幼即小鸞。葉公彙爲《午夢堂十集》行於世。按：此段見《因樹屋書影》。吾鄉張稚松先生《藟齋詩談》及袁簡齋太史《隨園詩話》皆載之，皆未詳悉。因録於此。

胡楓舲紹經，湖北鍾祥人。乾隆甲寅舉人。嘉慶辛酉秋，來主北海書院。工詩，善飲，有杜司勳之風。余以同年相善，披其詩稿。風格藴籍，取法當在中唐、南宋間。擇録數首于左。《送金樹萱之廣陵》云：「束手殊非策，書生合壯遊。片帆流漢水，明月在揚州。劍氣寧終閟，珠光慎暗投。狄門遍桃李，行矣及清秋。」《泊蚌湖》云：「一棹知何處，舟人指蚌湖。水拖千里練，星落一潭珠。夜露添多少，林燈乍有無。不堪江上客，依舊是狂夫。」

楓舲《自題小照》云：「要識今吾即故吾，丹青一幅寄狂奴。自憐不似封侯相，何處能容逐臭夫？客裏風塵新歲月，鏡中勳業舊頭顱。久慙形穢無由認，今日相逢宛可呼。」「未曾圖畫作屏風，何處烟霞着此公？耐事不妨甘唾面，多愁仍未慣書空。形骸漸老虀鹽内，髀肉潛生涕淚中。自笑自慚還自揣，可能頭腦竟冬烘。」又有《咏落花》，句云：「詩思夕陽流水外，客愁春雨小樓中。」「名士漂零思白也，美人離别嘆虞兮。」《似鶴山阻風》句云：「天末水摇三楚碧，雨中山帶六朝青。」

楓舲在豫省道中，作《探春曲》，云：「客懷一半減征驂，欲賦閑情已不堪。難得館人三致意，道他春色勝東南。」「停車日午未嫌遲，趁着東風折柳枝。是色是空都不計，要看粧次拜人時。」「萍水何勞叩姓名，莫論真僞總多情。濃烟起處簾高捲，一派春鶯隔樹聲。」「三尺金筒手自揩，爲郎親遞煖雲來。何人消受如蘭氣，便是温家玉鏡臺。」「清歌一曲遏行雲，南北相持兩不分。一事幽燕堪絶調，背燈先脱藕花裙。」「僥倖親逢蕚緑華，紫雲圍住那人家。平生第一心開事，探到蓬萊頂上花。」「歷徧巫山浪得名，沈腰潘鬢夢難成。芙蓉枕畔春如海，睡着鴛鴦兩不驚。」「出水芙蕖透體香，美人南國有新妝。傳來北地胭脂譜，不解華清第二湯。」「鄉是温柔酒易消，傾城何倖兩逍遥。不妨排作屏風樣，夜夜春深鎖二喬。」「十年淪落走天涯，親見風塵老麗華。安得萬間金作屋，替儂行處貯桃花。」又有《都門午日書懷示金樹萱》，句云：「天涯又佳節，日下尚閒人。詩應慚短李，賦不奏長楊。」《將之山左留别李錫民中翰》句云：「宋郊何礙兄曾後，王濟由來叔不癡。令兄樅亭暨師叔俱報罷，留都。」「又教苦李依門下，爲種甘棠到郢中。」

楓舲著有《白玉環》、《閒敞亭》傳奇二種，余未見。自言《白玉環》爲吴省蘭作。

查悔餘晚號初白菴主人。嘗教人作詩，云：「詩之厚在意不在詞，詩之雄在氣不在貌，詩之靈在空不在巧，詩之淡在脱不在易。」杜茶村論詩嘗云：「諸妙皆生於活，諸響皆出於老。至極之地曰元、曰穆，而根柢在於聞道。不然，見識一卑，即潘江陸海，圈牢中物耳。」

朱式魯先生有寄先大夫七律一首，云：「淚濕臨歧近一年，鴻魚何事久茫然？著書求暇君多累，結客從疏我未賢。木榻寒燈遊子夜，桃花小雨酒人天。時清正及魚龍會，休誦凄涼寶劍篇。」

幼時讀《淮陰列傳》，見其于武涉、蒯通之言詳載不遺，竊嫌其繁瑣。後始知司馬氏詳載二人之言，乃所以明淮陰鐘室之冤，而大書特書，唯恐不詳者也。其載武涉之言，如「當今二王之事，權在足下，足下右投則漢王勝，左投則項王勝。項王今日亡，則次取足下」云云。載蒯通之言，如「當今兩主之命懸于足下，足下爲漢則漢勝，與楚則楚勝」。又曰：「莫若兩利而俱存之，三分天下，鼎足而居。」又曰：「今足下戴震主之威，挾不賞之功，歸楚楚人不信，歸漢漢人震恐。足下欲持是安歸乎？」其論時勢利害，皆透徹至二十分。而復於中間用特筆書曰：「齊人蒯通知天下之權在韓信。」所以見淮陰此日據可反之勢，處可反之時，其反漢直易易耳。而淮陰之謝武涉，則曰：「雖死不易。」其謝蒯通，則又特書之曰：「不忍倍漢。」嗚呼！耿耿臣心，揭日月而常昭矣。而復於淮陰心中寫一筆曰：「自以爲功多，漢終不奪我齊。」以見淮陰之志，在於王齊而止。後此怏怏，羞與絳灌等爲伍，乃以奪其王爵，非有反心也。而猶恐後人或有未察，復于淮陰死後，叙蒯通事作結，即于通口中喝破其冤，曰：「豎子不用臣之策，故令自夷于此。如彼豎子用臣之計，陛下安得而夷之乎？」觀此，則淮陰之不反益明矣。子長以漢史官書漢朝事，斷無敢顯翻本朝成案之理，而前後書法若此，微而顯，婉而彰，千古良史，豈餘子所可望乎！又如淮陰與陳豨握手之事，本係呂后憑空羅織，子長於《淮陰列傳》雖據而書之，復于《陳豨列傳》詳書豨賓客之盛，及趙相周昌入告之言，以明陳豨之反由于激變，並詳書豨恐，陰令客通使王黃等，而無一語及淮陰，則豨之反無與於淮陰明矣。此等書法，全在筆墨之外。

萊郡城西古瑞蓮亭一區，明神宗時龍太守文明建也。泛泛烟波中，一亭宛在，夾岸古樹參差，芙蕖芰荷之屬掩映水際，爲一郡名勝。康熙戊戌傾圮，劉藜齋太守盡撤其材，創修馬棚。遺有石基，復爲南關人運修泰山閣，僅留黄土一丘。賈舜田父子爲清白吏，其丞固始暨通判潁州，皆以清操著□□□□□□□□，載其廳聯云：「俸薄儉常足，官卑□□□□□□其槩已。」

畢天目先生蟬雪以□□萊自漢以來，屢經沿革，俱爲東萊郡，自北魏改光州部。今城西南半里許有古城遺址，土人相傳爲古滑州。因南北二城相近，習俗有「光州買了滑州賣，不圖賺錢只圖快」之語。考《魏書・地理志》不載滑州。及閱元人《玉壺春》劇，亦載此二語，乃知勝國前已見之詞曲，定非無因。

毛師陸先生名贊，邑諸生。乾隆丙寅冬日，客海上，夜夢一女郎，手持竹板，翻然而至，態甚閒雅。

口吟云：「夜夜梅花夢裏香，三春纔過又重陽。無端忽作東風惡，雲雨巫山枉斷腸。」急欲叩其來因，遂寤。

李琳枝侍御巡按下江，誅鋤豪右，有海忠介之風。中讒被逮，吴民號泣攀轅，送者數萬人。既登舟，僚屬皆在，相視揮涕。雲間守李正華獻縣人最後至，携酒一瓢，滿酌送御史，慷慨大言曰：「吾儕期不愧天日、不愧朝廷、不愧百姓耳。成敗利鈍，造物司之。公今日之行，榮於登仙。諸公何至作楚囚相對耶？」侍御掀髯大笑。逮至京，下詔獄。尋陞四品京堂，仍以原銜查荒河南。中朝士大夫贈詩以榮其行，龔宗伯芝麓詩云：「親見攀車淚萬行，金閶城下水茫茫。圖書浄對三吴雪，緹騎驚無一鶴裝。河内火寧煩汲黯，都亭輪久憚張綱。戰餘民力還深惜，閶闔春開待皂囊。」

掖邑豪于飲者有二，一爲王子房漢，明懷宗時由河内令内擢。一夜方大醉，忽詔對，隨使入。思陵詢以中州寇勢，子房歷述賊中情形，侃侃而談，旁若無人。已而摘紗帽于旁，指揮諸賊出没要害，甚悉。稱旨，立擢河南巡撫。卒能辨賊，後死劉超之難。一爲李琳枝森先，家居飲無算，往往散髮披衿。及巡按蘇松，刻墨吏，誅妖僧，鋤奸除惡。飲酒數石，治官書愈覺精明。家有園，取名「椒雨」。椒雨得，酒之至辛者也。

吾邑趙見田中丞耀、吉亭太宰焕昆季，位九列，年七旬，猶父母俱存。即墨周太史如砥贈詩云：「春山夜雨野花開，華宴高張星斗迴。恩出九重雙紫誥，年齊百歲一金盃。問安書逐平戎上，謂見田平倭。戲綵人看曳履來。吉亭時以南太宰予告。海外漫勞誇寶籙，東萊原即是蓬萊。」

高述字三泉，太守奉之孫，官沛縣主簿。家居，壽百有六歲。與趙封翁孟爲老友，嘗春日訪趙。趙次子吉亭太宰以偶病，未能侍酒，次日以詩呈三泉，云：「病掩柴門午不開，山童傳道壽星來。自憐咫尺無由見，明日相邀看早梅。」「百年人訪百年人，杯酒徘徊意自真。若是司天占象緯，應書南極兩星鄰。」

吾邑趙氏久推文獻，實自見田中丞始。詩工七律，《八月八日董廷尉池亭泛舟》云：「廷尉新池百丈開，一尊清賞集群才。徐牽畫艇穿雲去，疑共仙槎淩漢迴。夾岸笙歌衝宿鷺，近人星斗落殘杯。林坰欲散歡無極，還擬中秋泛月來。」

徐鍠，邑諸生。不慕紛華，邑令李公密贈以聯，云：「淡處有餘情，爐香椀茗；閒中無箇事，匣劍帷燈。」

掖邑工八分書者，在漢爲左伯，字子邑；在唐爲沙門重潤。子邑之蹟無可攷。重潤唐府君碑係睿宗景雲間立，在府治儀門前東偏，今亦剥蝕無存。

科目名次有不可解者。昌邑張廣思勿我，乙酉中式第二十三名。弟静思勿遷，戊子中式，亦二十三名。吾掖侯价藩封，癸卯中式第二十名。雍正丙午北闈，侯枚來兹亦中式二十名。東闈，侯六希賜樂五經中式，亦二十名。前後名次相同，亦一異事。

郡學中銀杏樹，王比部肇林手植。按：公植銀杏樹凡數處，白雲菴、大澤山皆不及學宫特茂。黄帝史臣史皇作畫，見《世本》，則畫不自舜妹嫘始矣。

《世本》：「吴孰哉居藩離。」宋衷云：「孰哉，仲雍字也。」按：「孰哉」當以「如耳」爲對。如耳，魏人。見《秦策》。

《詩・齊風・東方未明》疏：「《尚書緯》謂刻爲商。」《儀禮・士昏禮》注：「鄭目録云：『日入三商爲昏。』」《疏》馬氏云：「日未出、日没後皆二刻半，云『三商』者，據整數言也。《正字通》『商』，乃漏箭所刻之處。古以刻鐫爲商，所云商金、商銀是也。刻漏者，刻其痕以驗水也。商，今本多誤作『商』。」按：「商」字内從八，爲尸張切，音「傷」，入陽韵，平聲也。「商」字内從十，爲丁歷切，音「的」，入「錫」韵，入聲也。《尚書緯》「刻爲商」，《士昏禮》「日八三商爲昏」，此「商」字内從十，當讀入聲，與内從八之「商」字迥别。

又如「泛駕之馬」，「泛」字音「捧」；「匪頒」之「匪」，音「分」；「采齊」之「齊」，音「茨」；「肆夏」之「肆」，音「益」；「大行」之「行」，讀去聲；「裝潢」之「潢」，音怕臓切，不讀平聲。「胥」字一作「蘇」，音「然」，「姑胥」之「胥」可作「蘇」，音押入七虞，「子胥」之「胥」未聞有讀「蘇」者，不得押入七虞矣。

吾掖前輩在明嘉靖朝有五老會。五老者，一爲毛文簡公紀，字維之，號海翁。成化丙午解元，丁未進士，官至少保兼太子太保、吏部尚書、謹身殿大學士。請告歸里時，年七十有三。一爲彭運司偉，字廷傑，號蘭埠。弘治壬子舉人，官陝西河東都轉運鹽使司同知。時年八十有三。一爲郭大參東山，字魯瞻，號石厓。弘治壬子舉人，丙辰進士，官四川布政使司右參政。時年六十有一。一爲王通守嶽，字仰止，號西坡。正德癸酉舉人，官直隸常州府通判。年未艾，謝政里居。工詩文，尤善駢體。時年七十有一。一爲滕副使謐，字危言，號東皋。弘治辛酉舉人，正德戊辰進士，官湖廣按察司副使。時年六十。共五人，爲忘形之會。後石厓殁，適王公東溪以邯鄲教諭歸里，年七十，文簡公等啓請入會，以補石厓之缺。東溪名邦，字尚治。以子文林貴，誥封奉直大夫陝西蘭州知州。

萬曆朝復有海濱十老會。十老者，王公上林，號松岩，歲貢生，官運司教授，東溪先生之從子也。周公命，號東園。王公潭，號深齋，歲貢生，亦官教授。王公廷賓，號北岩。張公大亨，號杏泉，官嚴州府訓導。彭公有恒，號雙埠，歲貢生，官魯王府教授。張公清，號秋溪，歲貢生，官王府教授。方公賓，號西崗，歲貢生，亦官教授。張公佐，號藎齋，歲貢生，官無極教諭。王公津，號山泉。姜公理也，號對山。毛師陸先生有《海濱十老圖記》，特詳。

崇禎朝又有耆英社會，共十四人。林公熙菴，名光先，萬曆甲午舉人，仕至西華令。以子文蘭貴，贈奉直大夫、淮安府同知。張公成宇，名夙知，恩貢生，官景州學正。王公舜庭，名應鳳，邑廪生，繡庭中丞之兄也。林公德菴，名懋先，郡貢生，官歷城教諭，後殉己卯之難。先僉憲公諱之茂，號南居，萬曆丙辰進士，官至河南驛傳道按察司僉事，致仕歸。甲申三月後，杜門不通人事。卒於家。王公成吾，名懋學，官蕭縣訓導。以子炳昆貴，封通議大夫、宏文院侍讀學士。王公繡庭，名應豸，萬曆壬子舉人，官至遵化巡撫。雷公霖宇，名乘龍，世襲指揮，出官天津遊擊。林公若禮，名成先，郡貢生，熙菴、德菴之弟也。徐公恒山，名廷松，萬曆癸卯舉人，官至永平太守，永平人稱爲「黑徐公，真太守」。王公夔庭，名應龍，鴻臚序班。張公曾一，名所學。周公以睢，名景熙。皆邑庠生。先朱季公名之芬，邑庠生，先僉憲公胞弟也。共十四人。有《耆英社圖》，先僉憲公爲之序。圖今藏林氏，余舊有記。

先大夫嘗作《掖邑二十四忠烈》詩，今皆散軼，僅存二首。按：掖邑遭元季兵燹之後，典籍淪亡，多不可考。自前明迄國初共得忠烈二十六人，而守義高隱之士不與焉。二十四人者，斷自萬曆以後也。在正德朝者先有二人，一爲蔡公顯，官萊州衛指揮僉事。正德七年二月，流賊犯萊，顯奮不顧身，直入賊陣。賊已披靡，以無後援，爲賊所害。一家死者四人。事聞，贈都指揮僉事。一爲張公陞，亦官萊州衛指揮僉事。正德間，流賊至萊，陞分守濰縣。城陷，力戰死。在萬曆朝者一人，張公文炳，萬曆壬子舉人，官安樂州知州。萬曆四十七年，我朝大兵破開原之役并破安樂，文炳死之。在崇禎朝殉流寇之難者，汝州知州錢公祚徵死事最烈，顧寧人爲立傳，採入《明史》。潁州分守趙公士寬闔門盡節，僕人負遺孤逃歸，顧寧人亦爲立傳。鄧州知州孫公澤盛，萬曆壬子舉人。流寇陷鄧，澤盛與弟澤厚、僕楊一美，率義勇五百人逆戰，猶手刃數賊，遂遇害。從人皆死，無一肯生還者。伊陽令唐公啓泰、興濟令張公文焕、晉陽兵備僉事畢公拱辰，亦皆死於流寇者也，共六人。勦流賊而死部將劉超之難者一人，河南巡撫王公漢。殉叛弁孔李之難者又六人。姜公夢豸，官黄縣訓導。孔李攻黄，夢豸守東門。城陷，罵賊，闔門遭戮而死。及孔李圍萊，李公夢果官萊州衛指揮，白公仲仁官萊州衛百户，皆以戰死。王公琮，邑諸生，貧而好古，居城北之諸流村。賊至不避，以大義諭之，觸賊怒，爲所殺。郭公揚，亦邑諸生。長榦多力，自率鄉兵禦賊，斃其一。賊怒，以大隊至，爲所執，罵賊而死。及賊圍解，歸據登州，毛公英以萊營千總陞守備銜，奉檄防登州廟島，遏賊去路，力戰而死。他如歷城教諭林公懋先，則殉己卯之難之一人也。分巡河間兵科給事中周公而淳、文登訓導謝公畧、滕縣訓導姜公元佐，此三人則殉壬午之難者也。又如邑諸生毛公秉正，崇禎甲申三月後，忽忽如有所失，恒夜半而泣，行吟草澤間，尋投海死，此一人則殉甲申之難者也。建昌推官劉公允浩，則又殉益藩之難之一人也。自萬曆朝張公文炳至此，共二十人。

國朝殉流寇餘黨之難者，又有四人，懷慶通判姜公汝俶、紹興推官劉公方至、龍南令吕公應夏、紹興府知府張公愫。共二十四人。

甲申以前致仕家居，甲申後不復出仕，復有四人。曰：賈公毓祥，先僉憲公諱之茂，林公文蔚，謝公繼遷。

賈毓祥字四塞，掖籍，世居平度州之界山。萬曆庚戌進士。初知大谷縣，再調安陽，並著威惠。内擢御史，值熹宗御極，疏請勤政，不報。出按粤西，劾撫臣，罷之。時安酋作亂，南丹州土官莫儁受其僞封，公勒兵斬之，而飭兵嚴守關隘，酋不敵入境。再按應安諸郡，墨吏望風解綬。以忤逆璫，予告歸。崇禎初，起大僕寺卿，尋晉僉都御史，再晉左副都御史。屢言事，與執政不合，投劾歸。甲申後不復出仕，日與老友宿翼之、王襄哉以詩歌相倡和，足跡不入城市。客有談時事者，輒以他語亂之，曰：「吾未亡人，不願聞也。」萊陽左侍郎名懋第，字仲及。柩過萊，公往弔，哭之哀，已而嘆曰：「爲人臣子，不當如是耶？」卒年九十二。

先僉憲公諱之茂，字朱仲，號南居。萬曆癸卯舉人，丙辰進士。初授河間令，河間京師孔道，軍役差徭，民苦不支。公經營設處，事舉而民不擾，賴以稍蘇。丁外艱歸，士民扳轅泣送者數千人。服闋，補太康令。以循卓行取禮部主事，轉户部，晉郎中。督糧昌平，出納精覈。課最，擢守西安。理繁治劇，咄嗟立辦，爲當事者所重。有永壽縣民張璧，爲鄉宦俎鼎父子誣陷，將罹重辟，公審其冤置俎鼎父子於法。璧繪《清廉遺愛圖》以獻。時邊鄙多警，大吏交章薦，稱爲「一塵不染、八面雄才」，擢神木道按察司副使。甫莅任，西邊即入寇，公嚴守禦，督將士力戰，獲首十餘級。乃解去，迄公任不敢近塞。特召入覲，與政府議不合，除河南驛傳道按察司僉事。未幾致仕歸。甲申後杜門不出，日觀書于曠覽樓中。自顔卧室曰「憇廬」。卒年九十有三。

林文蔚字君豹，萬曆戊午舉人。由禹州學正官至保定兵備副使。甲申後歸里，郡縣長吏趣就徵車，公堅卧不起。再强之，則曰：「老母在此，身未敢許人也。」卒年九十四。

謝繼遷字禹門，崇禎丁丑進士。除永平司李，邑無冤民。丁艱歸，值甲申之變，遂絶意仕進。我朝定鼎，撫按薦章屢上，迫就徵車，公婉言辭之。家酷貧，菴居蔬食以終。

又有在前明未出仕，甲申後隱居不復應試者。趙汝彦先生名士完，崇禎壬午舉人。甲申後絶意公車，客遊江南，飄泊不歸。其弟士冕官鎮江太守，物色久之，始得於僧舍，乃强之還里。既歸，怡情詩酒，不與世人通。著有《怡園集》行世。

趙文潛先生名士喆，字伯濬，崇禎間功貢。甲申三月，李自成陷京師，士喆倡邑人發喪痛哭。自成僞官至萊，衆觀望，莫敢言。士喆叱令縛之，遂斬以狥。既而避地寧海之松椒，居五六年，復之成山，與弟子董樵等耦耕海上。著《建文年譜》、《石室談詩》、《皇綱録》、《東山詩史》。順治十二年卒，鄉人私謚「文潛」。子濤字山公、瀚字海客，皆明諸生。隨父同隱，並以高節、詩名世其家。

錢象孔字大生，明諸生。甲申後，與士喆偕隱松椒。

王克震字青伯，明季武舉。諳韜略，善騎射。思陵末上封事，未及召對。甲申之變隱居寧海，抑鬱憤懣以卒。

劉方至字東之，順治元年恩貢。二年，授紹興府推官。莅任甫一載，政簡刑清，有頌聲。適上虞縣令以事斥去，當事者以公攝上虞篆。五年戊子四月，山賊王岳壽作亂，乘夜率衆攻城。公竭心守禦，以兵勢單弱，城陷，駡賊死之。事聞，贈按察司僉事，崇祀名宦，蔭一子。

劉涵之字公裕，方至子。以蔭生考授國子監學録，累任户、吏二部主事，出守紹興府。抵任之日，民瞻拜相屬于道，唏嘘曰：「不圖今日復見我劉公。」蓋以公父方至前治是郡，有威德及人也。已而果副群望，宦績載《紹興府誌》。

劉東魯字仰止，號望海，萬曆甲午舉人。令河南商城縣，有政聲。民懷其德，作《清風德政》詩十首以獻，邑紳太常寺少卿朱來遠撰。詩不佳，故不録。

朱韞山云：「掖之前賢賴斯編以傳者甚衆，勺洋可謂其鄉前輩功臣。」

先大父贈觀察公《信手鈔》云：「毛女字玉姜，西子母。夢翠鷄五色，自空而下，化鶚，遂生西子。」又：「夢神曰『趾離』，呼之而寢，夢清而吉。有咒曰：『元洲牂管，娶竺朱題。』臨卧，誦七遍，吉。」

「紞如」，擊鼓聲。見《晉書》。紞，音「耽」。

狪語以「罕職」爲最尊，即華言聖人也。次「阿渾」，猶云師父。又次「依嗎」，猶云頭目。再次「滿捺」，猶云好些兒。最次「元巾」，猶云某老。皆以念經精粗爲差等也。

先大父贈觀察公《信手抄》載張克晟號光若，庚子舉人《八陣圖説》云：「八陣之説，紛紛不一。自黄帝有五陣，而五行之理明。太公有《三陣》，而三才之道著。後之言八陣者皆，不外乎此矣。風后，黄帝臣也。其八陣則天、地、風、雲、虎翼、蛇蟠、龍飛、鳥翔是也。他若孫子八陣，則有方、員、牝、牡、衝直、方宜、車輪、雁行之名。吴起八陣，則有曲、直、鋭、圜、車箱、車軖、鵞鸛、衝陣之異。孔明八陣，則又有洞當、中黄、龍騰、鳥翔、連衡、握奇、虎翼、折衝之殊。此八陣圖之大概也。若夫祖八陣之意、化八陣之迹者，則又有李靖之六花及十二陣焉。其法則中軍外，有左虞候、右虞候、左一箱、右一箱、左二箱、右二箱，謂之六花。其十二陣，則中爲中軍，外爲遊奕，而以大黑大赤當子午，青蛇白虎當卯酉，左突右擊當寅申，前冲後冲當巳亥，推兑決勝當辰戌，破敵先鋒當丑未，是爲十二陣之數。宋裴緒又常約六花爲八陣之法。總之，八陣取八卦之義，根極于五行，原始于三才，而變化于六花、十二陣。故曰：『兵者，詭道也。』陣之名亦詭名也，同而異、異而同者也。至於一陣之中自有八陣，八陣之中各有八陣，得一精敏任事之將，神明而變通之，則八陣之圖瞭如指掌矣。」按：十二陣取象壁壘陣，共十二星，不獨當十二支也。

十二筆舫雜録卷五

東萊勺洋氏著
桂林韞山氏評

春暉餘話中

任歷山先生少年即有聲庠序，邑豪王某者欲交之，不可得。一日，聞歷山喪母，乃以千金親行賻奠，歷山感其意，遂納交焉。一日王盛筵設優，招歷山飲，極山海之珍、聲歌之麗。飲次，婉求贈聯。歷山即席書聯，云：「十分歌，十分舞，試問家僮，到客門前幾個；一半儒，一半俠，若論國士，憑君海内無雙。」王大喜，鐫而懸諸廳。事後王爲丁副憲意，逮繫于獄，斃之。邑人快焉。王肆行鄉曲，而知崇重歷山，亦有可取。

汪堯峰詩有云：「孔孟不可作，六經無完書。爲學貴自得，耳食真鄙儒。宋賢闡絶業，已獲龍頷珠。從入雖有岐，根源亮非殊。後進未升堂，論辨徒紛如。彼此騰口説，孰若勤菑畬？」讀之可息朱陸異同之喙。

瑶華道人題自作山水二幅。其一云：「雨霽遠嵐浮，烟澂山寺出。小亭闃無人，虚籟有時發。幽禽和一聲，春歸林果茁。」其二云：「松陰調徽軫，飛鴻戾遠天。寓目寄清音，蕭颯已忘筌。千秋廣陵散，誰復遇成連？」

宋包孝肅舉進士後，養親，十年不仕。張子厚名塈，常州人，登進士甲科。以無他兄弟，獨養其親，不忍去左右，閉户讀書四十年。屢薦屢徵，竟不出。崇寧四年卒，賜謚「正素先生」。大觀中，立詞學兼茂科。滎州以王庠應詔，庠曰：「昔以母年五十二，求侍養，不復願仕。今母年六十，乃奉詔，豈本心乎？」朝命屢下，力辭不受。

昌黎《祭十二郎文》有云：「汝之子始十歲，吾之子始五歲，少而强者不可保，如此孩提者，又可冀其成立耶？」按：十二郎之子即湘也，公之子即昶也。其後湘登長慶三年第，昶登四年第，昶二子綰、衮亦俱登第，則公之遺澤長矣。大抵君子在世，不能無一時之通塞，而惠吉逆凶之理，千古不移。人亦勉爲君子可也，勿謂天道無憑。

胡楓舲《午日平山堂觀競渡》四律云：「歸去人如不繫舟，偶逢名勝亦勾留。二分明月橋邊市，十里珠簾水上樓。如此江山真入畫，想來風景更宜秋。無由得傍揚州住，盡洗天涯一段愁。」「萬株楊柳一溪烟，高詠樓頭别有天。平山堂之右。安得解貂供嘯傲，不勞騎鶴學神仙。一時吏治傳風雅，千古山光好墓田。更羨紅橋修禊客，謂阮亭尚書。能教觴咏繼名賢。」「江南樂事説紛紛，暮雨吴孃更不聞。東閣尚思何水部，青樓誰憶杜司勳？人來可惜非三月，地勝依然接五雲。旁有額曰：「五雲多處。」隔岸時看移畫舫，緑楊風動藕花裙。」「畫橈隊隊去如飛，競渡争看繞四圍。作客已忘佳節近，羨人猶奪錦標歸。如雲士女連歌扇，耀眼旌旗蔽夕暉。我亦乘風思破浪，暫遊不信壯心違。」

張鄂樓觀察分守登萊日，續修掖志并有《掖詩採録》、《濰詩採録》之刻。余於同年張白亭處，見其《甲子春二月舟中作》云：「春分天氣爽於秋，路入丹陽順碧流。颿到日沉終欲卸，櫓逢波折更宜柔。林荒鳥宿山村寺，岸曲燈明水市樓。屈指離家纔七日，已多鄉夢逐汀鷗。」又有《對殘菊偶成》云：「十月霜清露復團，菊花氣味壓崇蘭。壽容不改皆因淡，傲性猶存未覺殘。窗近逼來庭月静，簾垂避却海風寒。使君晚節如君否，把盞挑燈仔細看。」

吾邑韓大參見愚初命，萬曆己卯舉人。貌魁岸，自幼喜讀兵書，好擊劍。其秉鐸寶坻日，嘗走馬郊原，以劍畫地作攻守形，見者詫爲怪。後遷三河令，偶行密雲道中，所佩劍忽自鳴如怒虎，十里不絶聲。從者皆驚，公顧之而笑。頃之，薊遼總督邢公崑田題公同知河間府，督餉朝鮮。劍鳴之日，蓋疏薦之日也。是時倭以三巨酋攻朝鮮，勢甚急。公至，言于邢公，設疑兵以退之。三酋果拔寨還。公復陳善後事，謂九連城、旅順口宜各宿重兵，倭若復至，以九連城兵守愛州，以旅順口兵守迷州，倭不敢飛渡鴨緑江矣。由是遂無倭患。後除大同府陽和東路同知。時卜石兔以乞封來款，而陰連五路台吉，爲觀望計。勑印已出，卜石兔遷延，要求不即受封。當事者憂之，公乃召其使臣，筆寫氣而責數之，封事遂成，所省費萬餘金。後陞貴州安順府知府，仲苗作亂，公以計撫之，降其人無數。時又有狼限者復劫安籠所，而老應陽在毛口，老光凹在六墜，公督兵進勦。諸苗恃土官隆文治爲淵藪，皆據險扼守。公廉得其情，召文治厲責之，文治悔懼，願效用。公遂督兵益進，且勦且撫，而諸洞苗悉平。後官至山西布政使、右參政，兼督理遼餉，監軍道，復陳大計，不用，遂致仕。卒于家。嘉慶辛酉十一月，公裔孫太初名明善，以張公孔教所作公《墓誌》見示，節其大略于此。公所著有《西河録》，邑誌以爲比之《紀効新書》，尤爲切要，惜其僅以空言終。今其書已亡，不可見，尤足惜哉！《誌》中銘詞頗清古，並録之。銘曰：「蒙沙犯塵，古有馮馬。其才則均，公以文雅。討叛伐逆，古有孟宗。其志則同，公以經生。赫然而不磨者功也，粹然而不染者衷也。惟不染之衷，是以有不磨之功，故磊落而就玉京。」

吾邑李琳枝侍御名森先，阮亭先生稱爲真御史者。初，吳中有優人王子玠，名噪一時。嘗入都，錢牧齋輩贈以詩歌，遂遊公卿間。陳溧陽、龔合肥輩置之座上，或以優賤爲言，陳云：「愛聽高柳新蟬，當不計其轉丸時也。」後歸吳中，益驕奢淫縱。洎琳枝先生巡方下江，廉得其狀，捕而杖之，與僧三遮立械斃于閶門，號令三日，大快人心。合肥聞之，作《王生輓歌》五首，極其哀悼。袁簡齋太史《詩話》亦以爲有焚琴煮鶴之慘。然琳枝于「真御史」三字洵稱無愧。其《椒雨園漫興》云：「詩因狂作僻，習以懶成疎。擁妓和仙藥，銜盃看道書。清風三徑掃，明月一竿漁。止足君知否，崎嶇戒後車。」

琳枝侍御中讒被逮，至西部，《口號》云：「六月冰兢堪告天，羞將無罪説人前。可憐滿袖吳民淚，難作直房供應錢。」其子自家來謁，弗令面，詩以遣之云：「直道吾身在，兒來不必看。心中灰已盡，面上鐵猶寒。見怪惟開笑，拊膺益力餐。主明理可奪，有日自承歡。」得白後，仍還原職。《和魏光禄韻》有句云：「歷盡艱難思報主，頻邀雨露敢偷身？」

朱韞山云：「東坡云：『主恩未報耻歸田。』語意正同。」

《爾雅·釋訓第三》：「居居、究究，惡也。」注：「皆相憎惡。」《疏》：「李巡曰：『居居，不狎習之惡。』孫炎曰：『究究，窮極人之惡。』《唐風・羔裘》云：『自我人居居。』又曰：『自我人究究。』《毛傳》曰：『居居，懷惡不相親比之貌。究究，猶居居也。』是皆相憎惡也。」義本詳明。朱子皆注以未詳，何也？

「子寧不嗣音」，「嗣」，《韓詩》作「詒」，寄也。曾不寄問也。

吾邑周蓮澤晉明，嘉靖辛酉舉人。萬曆初知邠州。邠城内乏井，民皆出汲，往返甚勞苦。公患之。夜夢至一山，見數泉突出於絶巔，清美可挹。覺而異之，訊諸土人。去城五里，南山之陽，土肥石潤，因疏掘之，得清泉二十餘，隨地湧出。公乃區畫疏引，俾入城内，康衢隘巷，悉鑿池瀦，由是取用不勞，而民賴其澤矣。公有《夢卜泉記》紀其事。

温體仁在天啓時於西湖建魏璫祠，以楠木爲首，檀木爲身，手執如意，長一身有半。蓋群小隱語「祖爺大如意」也。外作「一手擎天」、「三朝捧日」、「威震華夷」三牌坊。作詩頌功德者二十二人，體仁爲首。詩云：「紺幰朱輪擁鳳樓，朝傳恩詔下江洲。衮衣日對諸天近，青雀波涵滄海流。銀燭絳紗宫樹晃，玉階瑶草殿香留。雲霄矯矯風儀在，一片丹心貫斗牛。」詩刻于石，復榻裝成册，進投逆璫。璫敗，詩册流散。吾邑毛九華時起官江西道監察御史，於文安縣買得一册，遂上疏論之。

寧都三魏以古文名世，而叔子爲最。康熙己未以博學鴻詞徵，不至。其卒也，姜西溟哭以詩云：「苦節誰云不可貞，翠微山共首陽清。更無安道能求死，只有韓康解避名。遠愧文章當縞紵，不教官爵累銘旌。臨風一慟江天豁，未覺前賢畏後生。」

張歷友先生篤慶，淄川人，選貢生。著有《崑崙山房集》。有《秋葉》句云：「南浦半林隨逝水，西風一夜滿長安。」

沈台臣受宏，太倉人，歲貢生。有《蘇堤口號》云：「六橋遥帶兩峰孤，烟水茫茫舊宋都。一向鄂王墳上拜，回頭不忍見西湖。」《同錢太史泛舟東湖座有女郎湘烟戲題》云：「酒緑燈青夜語中，家鄉同隔海雲東。傷心一種天涯客，卿是飛花我斷蓬。」

徐大中丞名從治，字肩虞，海鹽人。萬曆癸卯舉人，丁未進士。其祖名鼎，字定溪，有隱德。嘗值倭亂，避於林中。倭將入林，忽有物招之而去，人以爲隱德之報。其父名應奎，字星魯，性至孝。父病，隆冬思食瓜，應奎泣禱。瓜纍纍卧藁葉下，父食之而愈。人呼爲「孝瓜」。後中丞殉難萊州，應奎哭之，已而笑曰：「真不媿吾子也。」卒年九十有一。

徐公生之歲，母黄太夫人夜夢神人，金甲執干羽舞庭中，父曰：「此虞庭治徵也，生子當以名之。」及公生，遂以命名，而字曰「肩虞」。徐公居瀕海，方四齡時，一日晦，忽海潮大溢，鄰居皆漂没。公母不知所措，忽有大厨浮來，見公安坐厨上，若有神助。

崇禎七年四月十六日午時，賊在萊城南門淹西放紅夷砲攻城，連打不絶。徐公在城點兵擊賊，左右請少避之，公不可。未時爲賊砲所中，額骨破碎，身倒血瞀中，尚指衆大呼曰：「我死，當作厲鬼殺賊，爾等堅守勿怖。」語畢氣絶。謝公、楊公、朱公親爲衣殮，從邑人侯生員家得紫杪板治棺。次日入殮。

肥城縣書役刁守宗以病死，數日復生，自稱閻羅王令之取八十人，其人姓名歷歷在陰府造册。陰府門上有一聯，曰：「大善莫過于孝，大惡莫過于淫。」所造乃七省輪迴册，册分黄黑二道，入册者不下數十萬，閲八旬始造完。繳訖，閻君即遣守宗持書前赴萊州城中，請徐公名從治。時孔李圍萊，公以都御史巡撫山東，在萊州守城禦賊。四月二十日巳時上任。徐公于四月十六日未時巡城，中砲卒。守宗騎一驢進萊城門，見門外步兵約一千，哨官三四十員，惟少中軍，臨時選用。又見大旗鼓數隊、五色馬共八匹以爲導。守宗進門，詣都察院，傳請至三次，方見徐公在内書室中坐。見其憂國之念形於面目，傍有古書二套，劍一口，端硯一方，几上緑豆湯一碗。徐公看書後，隨發回書，令候起身赴任。飲湯畢，即起行牌，行至四川成都府酆都縣到任。守宗隨後見經過地方，城隍土地迎接三十里。一進察院，時各神即投造完文册，俱付徐公收訖。濟南學博秦夢臯聞之，爲作《南窻新記》以紀其事。

朱太常諱萬年，字鶴南，貴州黎平府開泰縣人。本宋紫陽朱文公後裔。有名福者自南康徙居廬州府之無爲州，從明太祖，以功世襲百户。洪武十二年，調征黎平，遂家焉。凡十世而生公，性孝友，善讀書。幼與堂兄萬化孝廉同就傅，兄被責，泣請代。及公被責，兄亦請代也。公中萬曆己酉舉人第十名。初任山東兖州府定陶縣知縣，行取北京中城兵馬司，陞户部河南清吏司主事，轉員外郎中，特授萊州府知府。歷任俸餘，悉散族人。常語家人曰：「居家以節儉和睦爲先。吾以身許國，四方多故，不知死所也。」

掖邑南關朱太常祠所塑朱公像，係公平日本來面貌。公盡節時，在圍城中已八閲月，日夜焦勞，形容憔悴。塑工但肖其平昔之貌，而以所遺一臂納於其中。

掖歲貢張澐字《霖公雜記》云：「賊將至，朱公宴紳士於南城敵樓，盟曰：『今日與諸君飲，明日便是太守行軍，一毫不能假借，願諸君慎之。』」

太常在圍城中，穿緞圓領汗背，成黑色，右袖因書寫撫物，遂短一塊，帽紗與竹胎離而不合。日夜勞苦，面目孔黑，鬚髪焦短。一日，在街心分派事務，有王生前致詞曰：「宗師面目，恐將致病。」公曰：「吾若自愛，汝輩死矣。」流淚上轎而去。亦見《霖公雜記》。

太常將出撫賊，楊鎮阻之。公曰：「有濟，足解倒懸之厄；無濟，則棄我一人，而將軍可以完萊事。」臨發，有張生口咬公衣而諫，公疾走，扯落其齒，不顧而去。張生失其名。

吕秋坪作朱公祠對聯云：「一臂妥忠魂，常山舌、睢陽齒，真堪伯仲；兩言垂奕代，奇男子、烈丈夫，不愧死生。」蓋朱公在日，嘗有「生作奇男子，死爲烈丈夫」之語也。

明蕭韶《藥名閨情詩》云：「菟絲曾附女蘿枝，分手車前又幾時。羞折紅花簪鳳髻，懶將青黛掃蛾眉。丁香漫比愁腸結，豆蔻常含別淚垂。願學雲中雙石燕，庭烏頭白竟何遲。」「天門冬日曉蒼涼，落葉愁驚滿地黄。清淚暗銷紅粉面，凝塵閒鎖鬱金裳。石蓮未嚼心先苦，紅豆相看恨更長。鏡裏孤鸞甘遂死，引年何用覓昌陽。」

杜茶村先生名濬，字于皇，湖廣黄岡人。著有《變雅堂集》。《送歸元恭歸吴》五律云：「別離三十年，相見各皤然。尚有論文興，而無沽酒錢。客中吾送子，江上水連天。世路多荆棘，行行必慎旃。」

元恭，歸太僕有光之裔孫也。

茶村五言如：「袍如春雁去，酒似晚潮來。」「夜雨傳杯静，秋燈説鬼青。」「夕陽江色異，甘露寺門秋。」「雪消江始白，春至草初青。」「海氣昏南北，鐘聲變古今。」「潔與新霜近，清無一雁遊。」又有《焦山》句云：「觸處迷人代，兹山尚姓焦。」「江分神禹跡，海見魯連心。」七言如：「虚傳戰伐能揮劍，如此江山只舉杯。」皆前人所賞。

張鄂樓觀察掖詩採録，初屬共事於張白亭，遲至歲暮未能成稿。白亭乃轉屬余代爲草創，次年二月即索稿去。爲時既促，且諸家亦未及搜羅，白亭復浼張渌卿增删改削大半，已非原稿，而假余名以復于觀察。故觀察序中謂屬余廣爲搜羅，其實非余原稿也。余是以另有掖詩之抄，因循未竟。書此以當息壤。

南宋人華岳字子西，武學生，輕財好俠。韓侂胄當國，岳上書彈之。侂胄大怒，下大理，貶繫建寧獄。侂胄誅，放還。復入學，登第，爲殿前司官屬。謀去丞相史彌遠，事覺，杖死東市。著有《翠微南征録》。詩稿首列《開禧元年四月二十七日上皇帝書》，首稱「國學發解進士臣華岳，謹薰沐百拜，裁書獻于皇帝陛下」，末稱「岳百拜」，即彈侂胄書也。録無刊本。秀水朱竹垞太史購得抄本共十一卷。王阮亭司寇借讀，題其前云：「曹瞞不殺禰衡，而黄祖殺之。韓侂胄不殺華岳，而史彌遠殺之，彌遠又出侂胄下矣。康熙己巳冬杪。」字頗清勁而墨氣微淡。嘉慶甲子四月，余從吕岐封廣文處借觀。録中詩古今體皆有，而近於俚率。卷一之首，原印「吴江史氏藏書」圖章，蓋此書舊藏史氏也。下有「竹垞藏本」印章。卷面内復印圖章二，一云「購此書甚不易，願子孫勿輕棄」，一云「秀水朱氏潛采堂圖書」，皆竹垞手澤也。岐封南遊，以制錢三十文買得之。於卷一之首，益以印章云：「不夜吕氏珍藏。」

《翠微集》中有《和戎》七律一首，自注云：「時有函首請成之議。」蓋指函侂胄首，請成于金之事也。詩云：「納幣求成事已非，可堪函首獻戎墀？一天共戴心非石，九地皆塗血尚泥。反漢須知爲鼂錯，成秦恐不在於期。和戎自有和戎策，却恐諸公未必知。」第六句深言函首之非，不追憾侂胄，而於朝廷大計有深憂焉。亦何減少陵心事。

柳如是放誕風流，而立志甚高。初慕陳卧子先生名，欲依以終身，乃先訪之。名帖自稱「女弟」，卧子怒擲其帖，絶弗通。如是亦怒，欲求一名在卧子上者，乃嫁錢牧齋。乙酉，南京歸我朝，如是勸牧齋盡節。牧齋不從，如是乃自投池中，牧齋急令人救起。洎牧齋不獲大用，復歸江南。時人於虎丘題壁云：「入洛紛紜意太濃，蓴鱸此日又相逢。黑頭早已羞江總，青史何曾借蔡邕？昔去尚寃沉白馬，今來應悔賣盧龍。可憐折盡章臺柳，日暮東風怨阿儂。」

蓬萊張白亭同年，乾隆己亥遊泮之先，夢至一籬落，見紅杏作花甚粲。甲寅舉孝廉。再赴春官不第，嘉慶戊午乃倩金壇畫師陳森爲繪夢中看花小照，名曰《杏花春雨圖》。閱己未辛酉至壬戌，遂成進士。白亭舊遊鐵冶亭制府之門，制府爲題詩云：「解人如爾許言詩，立雪曾將遠大期。上苑花繁圖早繪，曲江春暖夢先知。一從芹藻生香後，盼到櫻桃入宴時。他日絃歌傳雅化，好携廉石慰余思。」余爲填《杏花天》一闋，未存稿。今白亭已歸道山，不知此稿尚能存否？道光壬午夏，重閱書此，不勝慨然。

鮑太史桂星題云：「紅綾咍罷謁金鑾，杏雨絲絲浥繡鞍。誰信上林春如海，廿年前向夢中看。」

潘茗薋逢元爲填《滿江紅》云：「泮水纔遊即夢見，上林春色。不信到、紅綾餅餤，廿年方得。席帽離身雖有兆，宫花入手翻成憶。問書生、白首幾人通，金閨籍。最苦是，傭書筆。最樂是，娱親檄。笑晨昏相對，判然心跡。君試揣摩《循吏傳》，我將料理登山屐。縱他年、車笠許尋盟，雲泥隔。」

茗薋又有《同藍瘦竹刺史蔣秋竹孝廉觀魏長生演勾闌院本・金縷曲》云：「老尚高聲價。問秋娘、雞皮少否，登場欲夜。髻學吴儂腰是楚，背面看來若畫。終不愧、盛名之下。識得英雄惟俊眼，任風塵骯髒難抛捨。肯濫結，鴛鴦社？是日長生所扮者韓素梅也。藍奎蔣詡都瀟灑。向旗亭、低眉側坐，聽他嘲罵。急管繁絃徒亂耳，此際渾如啖蔗。却不忍、待他粧卸。可惜無人通款曲，趁衣香鬢影同杯斝。更剪燭，西窗話。」

胡楓舲《遊歷下亭》詩云：「北征誰與蕩輕舟，引棹今爲歷下遊。勝地得名多近水，此亭當暑亦如秋。湖山晏罷騷人興，楊柳吟成帝子愁。一代風流盡銷歇，野荷新芰滿汀洲。」又有《月下牡丹》二絶句，云：「漠漠輕陰冉冉苔，前身合向廣寒栽。不然今夜春風裏，争得天香滿院來？」「不復臨風玉佩摇，無言相伴可憐宵。定知一醉眠花早，夢到江南廿四橋。」

朱韞山云：「歷下，余舊道地。讀楓舲詩，歷亭風景宛然在目。」

吕岐封廣文名肇齡，文登縣人。以歲貢選授萊州府學訓導，喜談詩。録其《送友人》一律，云：「相見無多日，相違頓有期。送君百里外，祗是一篇詩。吾道貧非病，人情客更知。所欽富文藻，到處大名垂。」

《三秦記》謂柏梁臺詩是元封二年作。按：《漢書》：「元鼎二年春，起柏梁臺。」則《三秦記》誤也。《日知録》辨之甚詳。

鄭荔鄉先生名方坤，福建人。曾官山左兖州太守。有《集唐和杜韵秋興八首》，自序云：「歲云秋矣，霜露既降，薄寒中人，感飛光之忽遒，帳丹砂之未就。停雲對雨，思公子兮離憂；樹蕙滋蘭，恐美人之遲暮。在心爲志，觸緒興懷。於是掇唐賢百和之香，抽黄對白；踵夔府孤城之韵，换羽移宫。潦倒生涯，兹其是已。末章謬談彼法，用暢玄風，蓋竊取杜老『身許雙峰，門求七祖』之意，殆亦有託而逃焉者也。顧黄花翠竹，未參無上菩提，而抹月批風，又落一種公案。識者得無誚杜撰禪乎？」詩云：「迭和山歌逗遠林，陸龜蒙解衣先覺冷森森。韓偓停梭且復留殘緯，沈叔安　用郭泰機詩中意。執卷猶聞借寸陰。鄭谷高閣清香生静境，温庭筠壯圖佳話負前心。徐夤紗窗只有燈相伴，裴説坐久方聞四處砧。劉禹錫」「小廊迴合曲欄斜，張泌節物驚心兩鬢華。高適劍有塵埃書有蠹，李中海邊麋鹿斗邊槎。羅隱江山故宅空文藻，杜甫　郡爲東方朔、倪寬、高充諸賢故里。車騎西風擁鼓笳。殷堯藩今日登高樽酒裏，王縉茱萸紅實似繁花。司空曙」「閒卧藜床對落暉，王建博山爐冷麝烟微。魚玄機秋聲暗促河聲急，吴融黄鳥時兼白鳥飛。杜甫太守吟詩人自理，姚合舊遊因話意多違。劉滄鯉魚風起芙蓉老，李賀争得東陽病骨肥。胡宿」「簷影斜侵半局棋，杜牧露凝丹葉自秋悲。許渾繇來碧落銀河畔，李商隱又到金虀玉鱠時。皮日休莫泛扁舟尋范蠡，白居易乞留殘錦與邱遲。李群玉琉璃硯水長枯槁，李白盡日含毫有所思。薛能」「鶴怨周雖負北山，羅隱依然松下屋三間。戴叔倫題詩朝憶復暮憶，陸龜蒙何事出關又入關。白居易自閩赴闕，必取道仙霞關。又臨洺、瓦橋、穆陵等關，皆予宦遊所涉歷地。自學古賢脩静節，方干欲求真訣駐衰顔。許渾吏情更覺滄州遠，杜甫疏受辭榮豈戀班。李紳」「酒旗相望大隄頭，張籍遠鴈傷離幾度秋。楊巨源東岸菊叢西岸柳，白居易雨中寥落月中愁。李商隱風茅向暖抽書帶，薛逢紗帽閒眠對水鷗。李嘉祐千乘信迴魚榼重，殷文圭地爲漢千乘邨。淡烟喬木隔綿州。羅隱　家兄久宦蜀中。」「驅馳卒歲亦何功，皇甫冉怨在瑶琴别操中。李中新水亂侵青草路，雍陶　郡境久旱，無水並無草。六、七月間，連得好雨，郊關外始有野趣。小齋閑卧白蘋風。姚合但經春色還秋色，李山甫可愛深紅間淺紅。杜甫蟋蟀已驚良節度，武元衡再三珍重主人翁。劉禹錫」「短垣三面繚逶迤，韓愈戍笛牛歌遠近陂。崔魯爲法應過七祖寺，皎然。託身須上萬年枝。韓偓　劉賓客《送慧法師》詩：「三衣曾上萬年枝。」香緣不絶簪裾會，錢起氣象多隨昏旦移。白居易齋沐暫思同静室，盧綸我心河漢白雲垂。宋之問。」

張渌卿詡，元和人。幕遊山左，自號米汁頭陀。倩人爲畫一頭陀小照，身著紅袈裟，仰卧床上，一鬼自後扶之，舉其首令起，一鬼持一大瓢，酌酒從旁灌之，床下一巨甕啓，其口可容瓢。自題云：「破寺門臨舊酒壚，青帘招颭似相呼。枯腸芒角槎枒出，灌頂醍醐宛轉輸。崛彊肯持菩薩戒，顛狂高叱藥叉扶。祇餘新句堪呈佛，能博拈花一笑無？」「彌勒西方是本師，殷勤付法少人知。偶逢桑落留三日，徧乞檀那施一瓻。陶甕捨身真勇猛，糟邱拓盩任風癡。黄金布地終何益，合與山僧作酒貲。」

乙丑十月，過北海書院。張白亭同年出示瑶華道人戊申小陽月既望所書自作《殘菊詩》四首，前列小序云：「秋景云徂，倏焉冬届。遍攬庭植，唯菊獨存。挺霜前之餘韵，殿節後之孤芳。步武相侵，如逢老友。形雖近於枯槁，味益饜其清腴。感乎此情，偶爾成詠。」詩云：「庭階緑意望茫茫，獨戰風枝菊尚黄。圓相難銷開士面，香塵猶餌大夫腸。蘭無俗韵君前席，梅有芳心彼未行。能耐些寒凋故晚，何曾著跡傲嚴霜。」「幾迴偶影覔知音，松檜參天太鬱森。顦悴尚難居士采，襹褷况值女兒簪。傳來本草珍甘液，落向仙潭壽碧涔。顔色纔過荄已茁，固知晚節自春心。」「蜂蝶匆匆别思撩，抱叢無奈曉霜驕。多情落月寒相照，作惡迴風猛見招。臼碾釀醅扶老病，帚收貯枕擱雲翹。寫真更倩丹青手，幾个疎筠慰寂寥？」「静界恒開極樂因，軍持妙供貯常新。涅槃小示榮枯相，般若無關去住身。七寶莊嚴融業海，百重寒暑擲陶輪。者番又惹維摩笑，空色如如夢幻頻。」

陳樟亭太學名兆壽，淮安人。詩工五言。初館素菊主人邸中，後館瑶華道人府内。余題其詩稿有「五字獨長城」之句。惜當時未録其詩，僅存其和余效王安居作《八夕》詩云：「脉脉無言悵遠波，依然離思懶修蛾。昨宵今夜曾何幾，横漢聯星又一過。故事不妨題再續，豪吟應許興還多。但將酬唱成佳話，不在翻新較若何。」今樟亭已修文地下矣，詩稿存亡不可知。録此以存其人。

潘桃溪名源，淮安人。善畫及八分書，尤工蘆雁。乾隆庚戌，同寓瑶華道人邸中，余曾題其《桃溪小照》。癸丑春，桃溪至萊，尊酒叙舊，不勝慨然。今音問久疎。因録樟亭詩，並及之。

朱韞山云：「勺洋篤於交情，即此可見一斑。」

潘莕莽《題新蠶食葉圖・浣溪沙》詞云：「纖手提筐大道邊，新蠶昨夜正初眠，柔桑採得意欣然。

辛苦此時誰作伴，兒夫買醉尚花前。纏頭知費幾多錢。」

唐人七言律詩有上三下四句法，如義山「蕚緑華來無定所，杜蘭香去未移時」，人皆知之。又有上五下二句法，如釋齊己《春晴感興》三四句云：「岸草短長邊過客，江花紅白裏啼鶯。」人多未知。又有七言小律詩只六句，香山集中如《盧侍御小妓乞詩座上留贈》云：「鬱金香汗裛羅巾，山石榴花染舞裙。好似文君還對酒，勝于神女不歸雲。夢中那及覺時見，宋玉荆王應羨君。」香山又有五韵七律。

韓昌黎集中五言小律詩，如《謝李員外寄紙筆》云：「題是臨池後，分從起草餘。兔尖針莫並，繭净雪難如。莫怪殷勤謝，虞卿正著書。」

昌黎《答道士寄樹雞》云：「軟濕青黄狀可猜，欲烹還唤木盤回。煩君自入華陽洞，直割乖龍左耳來。」注云：「樹雞，木耳之大者。」又《獨釣》詩如：「雨多添柳耳，水減長蒲芽。」「風能拆芡觜，露亦染梨腮。」「柳耳」、「芡觜」，字亦新。

陸注義山《茂陵》詩云：「此詩似爲武宗而發。」按史武宗善制奄侍、駕馭藩臣，亦英主也。然好畋獵武戲，受道士趙歸真法籙，又寵王才人，欲立爲后，至服金丹得疾，而猶信方士妄言，謂爲换骨。六年之中，失多於得。《茂陵》一篇，其託諷乎？首言勤兵大宛，是黷武也。三四言非畋獵即微行，是好動也。五六言既求神仙，又耽聲色，是自戕也。結處借子卿一襯，風刺見於言外。注義山詩者多穿鑿附會，此解頗佳，録之以備參考。

張白亭以進士歸班，乃倩人爲畫一頭陀小照，著紅袈裟，坐蒲團上。桐城方保升先生爲題一絶云：「七斤布衲何曾着，四大禪床自在觀。解得此心原是佛，坐忘纔許坐蒲團。」白亭至萊，復出示余索題。余爲題三絶句，云：「一枝剛折上林春，幻出維摩自在身。飲酒炙肥都不戒，還應着個散花人。」「一門衣鉢傳坡潁，乾隆甲寅，余出冶亭夫子之門，白亭出閬峰夫子之門。千佛輪君已列名。修到如來猶有憾，可知難破是愁城。」「粒粟中藏世界寬，大歡喜地一蒲團。本來面目須留取，好向他時現宰官。」

王鋏夫名芑孫，長洲人。著有《櫻桃館詩鈔》。余未見其全稿，從同年張白亭處見其自書所作《題雜帖》詩二十二首，云：「禊帖争量肥瘦間，黄庭終古閟元關。若從内景論標致，潁上分明見玉環。」潁井《黄庭經》「彤管親標款署明，簪花端的出傾城。不知袁桷緣何事，强换題籤鍾紹經。」渤海《靈飛經》「蜺裳鶴蓋開唐句，仙露明珠起晉書。看取裼裘人氣象，瀛洲學士揔扶餘。」唐太宗《晉祠銘》「惆悵當時頌鶺鴒，樓空花蕚蜀天青。歸來不見山香舞，獨聽郎當雨打鈴。」明皇《鶺鴒頌》「唐文第一九成宫，開國堂堂魏鄭公。不信後來推燕許，翻從盧駱奉宗風。」魏公《醴泉銘》「妙麗方嚴有若斯，殘煤宋榻感留遺。顔書自褚何人信，所恨碑無孟法師。」河南《孟法師碑》「居士猶然大業人，靈芝敬客定隋臣。同時不學歐虞褚，别有山林様脚新。」敬客《甎塔銘》「李争揖位詞嚴直，韓論臺參語激昂。韓李以文顔以李，三公氣節概三唐。」魯公《争座帖》「秘監生平見八哀，遺蹤磨滅半蒿萊。雲麾嶽麓殘波磔，猶作吴興法乳來。」北海《雲麾碑》「抽絲散水出丰濃，開寶名書始變宗。要識宋唐相去遠，夢神告比夢真容。」武公《夢真容告》「季海嵩陽篆隸兼，金温玉粹那能嫌？近人專道模糊好，漢石三行價十縑。」《嵩陽觀紀》「穠荷比秀雙聲句，潤臉呈花半節碑。寫貌何曾傷體格，聖人不廢碩人詩。」《薦福碑》「宰相門高世係留，六臣傳裏見風流。

年年燒韭供肥羜，直過梁唐晉漢周。」楊少師《韭花帖》「茶録寧知僞與真，石碑猶自惜鈎銀。萬安橋上神來語，始信看花待月人。」蔡端《明山堂帖》「淇濮聲留鼎澧詩，皮筒封札故人思。生平不信桃源境，只向江干問竹枝。」《東坡帖》「金錯刀書捫有稜，江横一笑負風鵬。誰甘不下涪翁拜，此句此書坡未能。」《山谷帖》「楚公書法魯公如，習氣原來亦未除。元祐一碑真得意，安民無奈不知書。」《蔡元長帖》「出入奎章待從班，宫袍花繡照清顔。王孫何處無芳草，冷落秋荷鶴袖間。」松雪《鶴補帖》「兩篇擬古意云何，細楷頻頻録九歌。書畫學中留不得，竟思天畔戲常娥。」《元章帖》「小米偏鋒未足奇，家雞野鶩各離披。人間容易求羲獻，好笑顛翁譽虎兒。」《元暉帖》「逆筆吴興最攫挐，風姿恰似月當花。衡山晚出專波峭，翡翠蘭苕又一家。」《衡山帖》「書至魯公能事盡，晉人風力趙追還。香光學趙翻譏趙，儻欲居身夷惠間。」《香光帖》

墨琴女史曹貞秀，鐵夫之德配也。著有《寫韵軒詩稿》。《題花蘂宫詞》云：「小閣紅罏裊篆烟，硯池冰泮又新年。閒將蘭畹金荃句，寫上梅花玉版箋。」《題春蘭夢影》云：「女字枝分玉一芽，湘濱秋雪洛濱霞。西池他日參金母，隨我仙壇掃落花。」《題緑窗遺稿》云：「林下新題接舊傳，緑窗小詠又名編。詩家著録煩標別，亦似元明兩石田。」

鐵夫七古，如《客有投詩索愚夫婦筆札者輒以一詩報之》云：「生平毁譽都非意，如我作書蓋兒戲。戲耳何心論好醜，求請闐門昧誰某。長安索米時苦饑，看人爲官我爲羈。揭來下第心悽悽，天陰雨白馬踏泥。此時索書轉火迫，或期一日或兩日。明知此亦下第人，券驢欲去難逡巡。一揮與之寧復惜，秋蛇春蚓徒紛紛。有客投詩忽通問，自言嚮往闕瞻近。詩長鄭重和不得，酬此槎枒數行墨。吾方卒卒謀移居，索逋未了兼索書。人生此境至惡劣，世有羡者良可吁。困中當家一老姥，朝伏竈觚夜縫補。頭上金釵典將盡，但有書中折釵股。外人猶愛詞章美，誤作人間彩鸞擬。君如有意得其書，他日寄君則可矣。」

瑶華道人《詠臘八粥》自序云：「家塾分韵，以『臘八粥』命題，館課諸童，皆爲題所窘。予各按限韵賦以示之。」《得釅字》云：「歲功書正臘，祭品饜朝饔。馨稷炊饘潔，霜餹點水釅。元黄辭相合，清濇許僧供。已異黑甜味，寧同紅輭容？一甌應沁骨，七椀漫摩胸。街鼓喧厖處，年華次第逢。」《得甜字》云：「歲暮農功畢，神麻普被漸。食天憑黍稷，報祀飾觀瞻。味佐榛菱潔，香調餳蜜甜。娱親同白粲，益壽比青黏。儒饌和羹美，僧厨取水廉。恰爲雲子伴，未惹菜根嫌。品重諸天供，材需八寶添。餕餘邀福貺，臧獲足充厭。」西席鄭書奎太學仍索一首，即用甜字再賦十六韵云：「轑釜寒泉洌，秈秔八寶兼。啓囷幽菽配，當爨束薪剡。魚眼呈波緩，鮫珠迸沫纖。漸舒紅棗皺，急轉黑餳黏。顆粒霑甌勺，形骸脱鼎鬵。含飴嬰戲索，健飯老農厭。碎屑芳榮齒，餘膏膩掛髯。香頻留白屋，意未在青帘。水厄憎聯席，温暾勝負檐。抄柈猶綣綣，滌器每沾沾。符待神茶守，糖需皂鬼詹。蜡歌方散社，臘鼓已驚閻。雪積疇鋪玉，冰消霤注尖。家家臻飽暖，至味十分甜。」

瑶華道人《元日漫題》云：「元朝與除夕，昨夜復明晨。祇此一昏晝，何來分舊新？椒屏思獻頌，爆竹聽迎神。高卧春衾暖，東窻湧日輪。」

陸氏名姮，字鄂華，江蘇長洲人。父名某，字金吾，占籍山左之滕縣，官福建泉州通判。納簉室金氏，生鄂華於泉州官署。鄂華生而明慧，幼從學于同里江子卿先生。通書史，兼嫻吟咏。年十九，適同里張渌卿。家徒四壁立，鄂華相莊齊眉，雍雍如也。顧鄂華體素羸弱，又以生母金及弱弟相繼病卒，痛之甚，遂攖咯血疾。時劇時止，未及三年遽逝。彌留之際，謂渌卿曰：「吾脱不起，君當善自排遣，作曠達觀。彼荀奉倩，癡男子耳。」鄂華能以針刺字，曾爲方太夫人繡無量壽佛一幅，妙相莊嚴，款字如豆，見者無不歎羨。平居不御脂粉，常有鄰婦來覓粉，無所得，傳以爲笑。渌卿嘗留客飯，既罷，入見質帖在几上。問之，蓋拔釵沽也。喜作字，初撫《六甲靈飛經》，後渌卿授以舊拓《曹娥碑》，習之數月即肖。殁後以《曹娥碑》榻殉焉。常有《寄外・菩薩蠻》，句云：「多事是黄昏，替人催淚痕。」

吾邑宿吾三先生，名省，乾隆戊子亞元。天才傑出，倜儻不可羈，能騎劣馬。有一妾名似子，尤所寵愛。後漸貧，饔飧不給，似子奉侍無怨色。既卒，貧無以葬，似子自鬻於東關某氏，以身價作殯資。葬之日，靈輀由東關過，似子出門望見靈輀，伏地痛哭，哀感行路。柩去遠，始返，即於是夜自經以殉。若似子者，亦可哀哉。

吕秋坪紀于貞復前知事云：文登于氏名貞復者，精勅勒之術，又能前知，人多以仙呼之。明崇禎壬午，錢公啓忠視學山左，貞復往謁。錢心頗易之，于忽唾耳語錢公，不知何事，錢輒爲膜拜。將辭去，語錢公曰：「兒子漪淇，今歲無科舉名，唯公命。」錢曰：「君號前知，郎君今年果舉，吾任之。不則，千里往反，僕僕奚爲？」于曰：「以十計止差一黍耳，况此後吾兒更復何望？」錢公頷之，爲録遺。

時周櫟園先生入簾分閲義經文，得一卷，首薦之，甚愜主司劉意，擬元。已數日矣，忽謂周曰：「所定元，首藝『任重道遠』，題破，訛作聖人，奈何？然此異才也，吾不忍置。君房中第二卷，亦堪元。即以此爲次卷上，吾注數語，他日可無異議。」周執不可。主司惋惜之，因以爲副卷首，而以第二卷王斗樞爲元榜。發後，錢公謂周等曰：「誰舉副首者，此文登于貞復子也。」周以闈中事語公。公曰：「于真異人哉。」因亦以所聞於于者語周。周曰：「向使予初閲，得其訛，必不薦。即劉公初閲得其訛，亦必不取。不取，何以擬元？不擬元，又何以得副首？所謂差一黍者，是矣。然當時尚未解此。後何望之言，由今思之明之。」鄉試盡於壬午，于公固早知矣。

十二筆舫雜録卷六

東萊勺洋氏著
桂林韞山氏評

春暉餘話下

《詩三百篇》,經秦火後猶全者,以傳誦不獨在竹帛故。然余所以不敢盡信爲聖人當日手定者,正以參入傳誦故也。《周南》、《召南》爲風詩之首。合《周南》十一篇次第觀之,確有義理,則以詩之首卷傳誦皆熟,不容憑臆增減。後人讀之,猶可想見聖筆删存簡而該、微而彰之妙。《召南》則無從探索,恐已不免有世俗傳誦竄入經内,非聖人原本矣。

《周南》,美文王也。而自《關雎》至《螽斯》五篇,《序》皆以爲美后妃者,稱后妃之賢,正以見文王刑于之化。蓋不言如何修身,而文王身修之美已見。何則?《關雎》求淑女以贊治。《葛覃》勤女功以敦本。《卷耳》佐君子以求賢。《樛木》、《螽斯》德逮於下,而子孫集慶,宫中之化成矣。《桃夭》至《芣苢》,化及國中也。《桃夭》之宜家,《關雎》、《葛覃》之感也。《兔罝》之多賢,《卷耳》官人之感也。《芣苢》之樂有子,《樛木》、《螽斯》之感也。感孚之神,如形影焉。《漢廣》、《汝墳》漸及天下矣。《漢廣》,女子始被化,而貞不可犯也。《汝墳》,婦人既被化,而勉夫以正也。二詩皆咏南國婦女之被化而不言男子者，國家教化所被，先及男子，後及婦女。婦女被化，則男子可知。且女性屬陰，較爲難化。今婦女既皆感化，則男子之無不從化更可知矣。即此二詩而南國風動之象，已昭然可覩，奚以侈陳爲？終以《麟趾》，爲《關雎》之應，見文王之德垂及子孫，而子孫足以纘之也。八百年王業，培之深而植之固，不外「仁厚」二字，周之所以王，實在于此。此《序》所以謂《周南》爲王者之風、王化之基也。

《周南》無一語正説文王。只《關雎》云「窈窕淑女，君子好逑」、《葛覃》云「言告師氏，言告言歸」，而文王敬止之德嚴于閨門可見。《汝墳》云「父母孔邇」，而文王仁民之德怙冒天下可見。《麟趾》云「振振公子」，而文王仁厚之德垂裕後昆可見。皆從德之難全、難到處寫得，無不周至。豈漢之《安世房中》、唐之《七德舞》等所敢望其萬一！

《序》以《關雎》爲后妃思得淑女以配君子，《卷耳》爲后妃之志輔佐君子求賢審官，此不易之定解也。后妃處閨門之内，而已有包羅天下之象，所以爲母儀天下之德。

《卷耳》「官人」之説，《左傳》已然。襄公十有五年《傳》云：「『嗟我懷人，寘彼周行。』能官人也。王及公、侯、伯、子、男，甸、采、衛大夫，各居其列，所謂周行也。」

《伐柯》、《九罭》二詩，《序》皆以爲美周公，周大夫刺朝廷之不知。先儒説各不同，獨潁濱以《伐柯》「匪斧不克」爲比成王欲治國，非迎周公不可。其説有關國計，較諸家爲長。由其説繹之，「其則不遠」者，言周公在東，去王室未遠也。「籩豆有踐」者，言得見周公則禮樂可興，王室永安也。至《九罭》，則諸家之説愈紛緫，緣以「歸」字爲歸周，故於上下文義，糾葛難通。不知公本封魯，而留相王朝，方其遭流言之始，不肯避位守藩者，以三監初叛、王室未靖，義不可退耳。今東征，罪人已得，王室復安，成王猶疑而不召，是君臣之志終隔。公既不得返於王朝，將不得已而歸守藩服矣。此周大夫所以恐公歸魯，而刺朝廷之不知公也。首章言公於王室義不容避，猶鱒魴之在九罭，無所逃也。但當以上公之禮迎之，即可覯止耳。蓋公雖志在王室，苟成王終疑而不迎公，亦不能終留王朝也。次章言鴻本戾天，而今遵渚，爲失其所，以比公本宜在王朝，而退歸魯國，亦爲失其所也，故曰「公歸無所」。或是時公已有歸魯之意，故詩人言之歟？「女」字指在朝諸臣言，陳鵬飛曰：「於女朝廷之臣信能自安處乎？」得其旨矣。三章「公歸不復」，言公一歸魯，則不可復留王朝，較次章又深一層。「宿」，毛萇曰猶「處」也。然即以「宿」字本義解之，言公若歸魯，則王室不治，女固不能安處于朝，亦豈能偃宿于家乎？皆甚言不可使公歸魯之意。末章遂申之曰：是以有此上公之禮服可以迎公矣。無使我公歸于魯，而使我心悲也。我，周大夫自我也。此詩周大夫所作，當俱屬周大夫之詞。先儒諸解紛紛，既以「女」爲指東人，又以「我」爲代東人之詞，前後文理，何由貫串也？《伐柯》言當迎公，《九罭》言無使公歸魯，此立言之不同也。其所以然者，則皆以王室非公不能治，是以俱爲美周公也。

《序》以《敝笱》爲刺魯桓，《猗嗟》爲刺魯莊，此説之不可易者也。但以爲刺莊公不能以禮防閑其母，失子之道，則似尚有未盡者。蓋莊公之罪，不能防閑猶輕，而忘父之讐最重。「展我甥兮」言有愧爲桓之子，刺其忘殺父之讐也。但知奉母，不敢讐視齊襄，誠可爲齊之甥矣，然何以謝其父乎？此詩人所以深嗟也。若但刺其不能防閑文姜，設使莊能防閑其母，而置父讐不報，遂可免於刺否？故知忘讐之罪重，不能防閑之罪輕也。

兩《叔于田》，《小序》俱云刺莊公，深合《春秋》書鄭伯克段之旨。特以爲繕治甲兵，國人説而歸之，不義而得衆，則未盡然。詩人于叔特惜之悼之，非歸之也。其咏叔曰「于田」、「于狩」、「于野」，正見叔不過一好射獵之公子耳，豈有繕治甲兵，圖謀不軌，而顧出于此者哉？曰「美且仁」、「美且好」、「美且武」，亦止就巷人飲酒服馬，誇其才藝出衆耳。且以國君貴弟而下與巷人較量，美惡正見。段不過一匹夫，不能動摇宗社，莊公必欲驅而去之，此詩人所以刺之也，豈有悦而歸之之心哉？至《大叔于田》「襢裼暴虎，獻于公所」，正見叔少年恃勇，取忌莊公，而不自知韜晦耳。「戒其傷女」若指暴虎，若不指暴虎，言外惋惜諷諭，悼叔以刺莊也。詩人立言之妙如此，未見其得衆也。

今有以《鄭風·狡童》爲指昭公言者，非也。狡童指昭公所親信之群小也。屏棄老成，狎比新進，安能守其位乎？詩人憂之曰：「彼狡童兮，不與我言兮。」言彼群小必不肯以國政咨詢于我，而與我言也。彼狡童何足深責，特子將日危，我不能不爲子憂耳。故曰：「維子之故，使我不能餐兮。」按：國君即位未逾年，皆稱「子」。時昭公初即位，「子」字指昭公言最合。若以狡童目鄭君，豈可爲訓？

朱韞山云：「統觀數則，何減匡鼎。」

白香山《酬夢得貧居咏懷見贈》云：「厨冷難留烏止屋，門閑可與雀張羅。」自注云：「《詩》云：『瞻烏爰止，于誰之屋？』言烏留止于富家之屋也。」此亦可備唐人解經一則。

宋詩有「四靈體」。四靈者，翁靈舒卷、徐靈淵璣、徐靈暉照、趙靈秀師秀也。靈舒詩曰《西巖集》，靈淵詩曰《泉山集》，靈暉詩曰《山民集》，靈秀詩曰《天樂集》。

《鄭風》「溱與洧」篇述上巳士女遊遨之俗，乃後代竹枝詞所祖。

瑶華道人嘗作《消寒十二詠》，序云：「紙窻晷短，髹几香悠。門外寒威跬步，齋中春意勾萌。非有閒情，難生雅韵。夫寒暑相因，天之道也，時之適也，人之性也。寒可消乎？消將安之？暑可延乎？延而復往。惟於蕭條岑寂之時，神與消息焉，庶可以消塵妄之習，而延清虛之氣，則所謂消之者，良爲有益云耳。故於日用飲食、耳目動作之屬，拈取數種，以爲消寒之具。噫！壺中日月，誰云此短彼長？筆底風雲，固爾今來古往。漫從即事，聊用解嘲。」《看書》云：「弱冠辭家塾，徒增老大嗟。動逢生字阻，尤累刻文差。細密妨燈遠，糢糊怕日斜。已抛付年少，清夢故相加。」余嘗謂三四句非真讀書人不能道，非讀破萬卷人亦不肯道也。《習字》云：「檐外霜痕重，玻瓈早透寒。淚連鸜眼合，花向兔毫乾。墨漾金池易，書勻玉斗難。未成三萬字，先擬廢朝餐。」康里子山云：「日書三萬字。」予謂夏日尚恐未能，而冬則尤爲景所迫也。益知古人難學。《尋吟》云：「京華冠蓋第，日日似深山。唳鶴九皋逸，游魚千里閒。偶然天籟合，非與俗情關。欲撚鬚無幾，吟成自笑慳。」予生而少鬚，復不喜苦吟。若以方之「吟成撚斷」之句，頗覺慳吝也。爲之一笑。《煮茗》云：「寒沍泉方冽，陽潛井不冰。焙芽來古越，泥銚製宜興。每厭盧仝鄙，偏輸陸羽能。靜中邀白醉，清味小窗凭。」《飲酒》云：「未悟逃形樂，難論飲酒詩。膽瓶花綻後，脊瓦雪鋪時。齊物終非勁，銷憂或可師。淵明二十首，昕夕費潛思。」《盆花》云：「揺落衰殘際，先天啓化工。縱堪榮晚節，初未改冬烘。丈室怡神定，雕欄極目空。可容愁入酒，次第引春風。」《課稚》云：

「欲擴懸弧志，喃喃識物初。雅言規喜怒，國語導親疏。賢否良由爾，裁之實在予。不然王霸子，努力學耕鋤。」《焚香》云：「浄穢雖無着，緣從業識分。妙明熏法界，精潔起香雲。芝室能相化，蓮臺許共聞。氣衝卌萬里，深信費將軍。」《接客》云：「向嫌官盡客，今喜雀堪羅。或許山僧叩，時蒙長者過。主賓聊爾耳，勞佚竟如何。拱別斜陽下，歸禽早息柯。」《調犬》云：「小犬僅盈尺，獶鬈掌上珍。祇知身戀主，那顧尾搖人？調飼常如約，飢寒乃倍親。但留皮骨在，羸瘠敢傷貧？」《戲墨》云：「玄玄含萬象，碌碌愧千秋。夙具烟霞契，因偕翰墨游。天空雲出岫，花發月當樓。會得無倪境，毫端莫妄求。」《治生》云：「臘景舒窗晷，啣杯興正長。生涯詩酒債，俗冗紀綱忙。珠桂明年計，錙銖此際量。憧憧羨孩稚，促整綵衣裳。」

朱韞山云：「我朝宗室善詩者最盛，如紫瓊崖主人、紅蘭主人、素菊主人及瑶華道人，其尤著者也。」

劉彤字錫貺，乾隆癸酉拔貢。由教諭出宰河南項城縣，有政聲。書法宗董文敏。罷官後，嘗有《過孫叔敖故里》絶句云：「楚國干旌到海門，愛民原是答君恩。當年優孟真多事，廉吏何曾計子孫？」又《柳絮》云：「柳絮多情逐落花，牽愁惹恨到天涯。可憐憑藉春風力，飛遍東西不是家。」

毛式玉字伊人，乾隆壬申進士，甲戌殿試，入翰林。余未見其全稿，於友人處見其《憶源泉即東方齋》一律云：「夕陽鞭影太匆匆，悔别仙源一醉中。鬥鴨欄邊瓜蔓水，釣魚磯畔菜花風。短長入耳村歌艷，深淺宜人社酒紅。擬托夢魂尋舊約，雲山無際路西東。」

林寶樹《村居雜興》云：「風雨衡門下，蕭閒白屋居。緣階陳稼器，盡日檢農書。香爨桃花米，鹹嘗柳葉魚。山中無外想，一飽樂何如。」柳葉魚，掖海中魚之至小者。以鹽水微浸，晒乾，可以久存。邑人擎賣街頭者甚衆。

朱韞山云：「柳葉魚，余於勺洋處嘗食之，洵海鄉佳品也。用以對『桃花米』，甚工。」

胡楓舲《由揚州至金陵舟中即事》云：「布颿纔別廣陵城，頃刻東風破浪行。勝地只宜多載酒，好山何必定知名。樹迷北固留殘照，江到南朝有恨聲。滿眼烟花盡陳迹，空教杜牧感三生。」「秦淮遥望月籠沙，夜泊還應近酒家。料得有人歌《玉樹》，不須迴首憶瓊花。臨春已化王孫草，飛燕難尋故相衙。多少興亡何限恨，石頭城外但啼鴉。」《戊午四月初六日紀事》云：「刁斗升沉户未扃，似聞天半墮妖星。春農望歲纔銷甲，夜吏催門尚派丁。古道人稀荒草徧，大江日落晚風腥。路傍遺老垂頭坐，絮語依稀不忍聽。」又有句云：「舊游雲散今何處，新鬼天陰夜有聲。」

楊石民名青黎，濰縣人。前明諸生，甲申後隱居，以詩自娱。與安邱劉相善，劉屢招之，不赴。轉貽書勸其避位，劉不聽，俄而及禍。人服其先見。《題文潛先生隱居》云：「壓海一峰出，懸龕萬古牢。門開山鬼立，月落夜猿號。石髓流奔岸，星光劃遠猱。幽人堪獨宿，永夜聽風濤。」

朱韞山曰：「此公亦可謂明哲之士。」

阮亭先生謚文簡，而《柳南隨筆》謂其門人私謚「文介」，云先生自重其詩，不輕爲人下筆。内大臣明珠之稱壽也，崑山徐司寇先期以金箋一幅，請於先生，欲得一詩以侑觴。先生力辭之。先生没，門人私謚爲「文介」。即此一事，則所以易其名者，洵無愧云。

《東皋雜抄》云：「明三案『紅丸』中李可灼，爲河南太康人。迄今其子孫尚秘紅鉛方。明逆案中施鳳來，當湖人。沈客子刻《當湖詩乘》，鳳來孫與客子中表兄弟也，持其祖之詩，乞付梓。沈謝云：『令祖列名逆案，殆不可。』幾飽老拳。然終擯而不選。阮亭常云：『吾輩今日立品，正爲他日文章地。』」按：《東皋雜鈔》，董潮撰。潮字曉滄，號東亭，浙江海鹽人。乾隆癸未進士，官翰林院庶吉士。

先大父贈觀察公《信手抄》云：「李姓，帝顓頊曾孫咎繇即皋陶。爲理官，因以『理』爲姓。至商紂時，其裔孫理利貞者，逃難於伊侯之墟，食李得生，遂改姓爲李利貞。十一代孫李耳，即老聃也。其後一居隴西，一居趙郡。居隴西者，生廣，廣之後生唐高祖李淵。」又云：「按老子之子名宗，爲魏將者也。宗子名注，注子名宫，其元孫假事漢文帝，假子解爲膠西王太傅，子孫顯達于世，俱以忠孝傳家。」按此則李姓分皋陶之後與老子之後爲二者，非也。然自唐以來有賜姓李氏者，有養異姓子爲李氏者，李姓之派分日繁，無可考者衆矣。

阮葵生字吾山，江蘇山陽人。乾隆壬申恩科進士，官至刑部右侍郎。著有《茶餘客話》，多載本朝舊事。云初修《明史》之時，徐東海延萬季野斯同至京主其事。時萬老矣，兩目盡廢，而胸羅全史，隨問隨答，如瓶瀉水。東海命其門人錢亮工據紙疾書，筆不停綴。史稿之成，雖經數十人手，而萬與錢實尸之。又云：史閣部可法殉節時，相傳尚無嗣息。雍正初，山左鄧宗伯鍾岳督學江左，有應試童子，史姓，年四十餘，其祖書可法名。詢之，則閣部孫也。蓋閣部督師維揚，寄孥白下，有孕妾於滄桑後生一子，延史氏之脉，因家焉。鄧公徧詢諸老生，對無異詞。及閲其文，疵累百出。鄧公曰：「是不可以文論，録之邑庠，而刻石署壁，以記其事，俾後之視學者毋憑文黜陟也。」故史生得以青衿終，而家亦稍裕焉。鄧公，吾鄉先達，故録之，以廣其傳。

又云：桐城張文端嘗言有安心一法：非理事決不做，費力挽回事決不做，衙門中事一切因物付物，一事當前只往穩處想，不將迎于事前，不留滯于事後。此真先輩閲歷格言也。録於此，以當書紳。

又云：乾隆丙戌會試前，上愈舉班久滯，命二科以前均行大挑，分一二等用。一等用知縣，又借補府經歷，直隸州州同、州判，屬州州同、州判，縣丞，鹽大使，藩庫大使爲九流，二等以學正、教諭用，借補訓導爲三教也。亦亦大挑人員，録之，以博同人一粲。士林踴躍，時人有「九流三教」之謔。

又云：趙秋谷執信以丁卯國喪，赴洪昉思寓觀《長生殿》劇，被黄給事六鴻刻罷。時徐勝力編修嘉炎亦與譏，對簿時，賂聚和班優人，詭稱未與，得免。都人有口號云：「國服雖除未滿喪，如何便入戲文場。自家原有三分錯，莫把彈章怨老黄。」「秋谷才華迥絶儔，少年科第儘風流。可憐一齣長生殿，斷送功名到白頭。」「周王廟祝本輕浮，也向長生殿裏遊。抖擻香金求脱網，聚和班裏製行頭。」徐豐頤修髯，有「周道士」之稱，後官學士。聞黄給事由知縣行取入，以土物並詩稿遍贈諸名士。至秋谷，答以柬云：「土物拜登，大稿璧謝。」黄銜之刺骨，故有是劾。又按《東皋雜鈔》，謂一時諸名士張酒治具，大會於生公園，主之者爲真定梁相國清標，具柬者爲益都趙贊善執信，凡除名者幾五十餘人。海昌查太史慎行亦在内，後改今名。先生詩所謂「荆高市上重相見，摇手休呼舊姓名」是也。又謂給諫爲王姓，謂虞山趙星瞻徵介時館給諫所，不得與會。因怒，乃促給諫入奏。兩説微有不同，蓋傳聞異詞耳。

何皇圖鞏道，前明相國吾騶子，香山人。明鼎革，倘徉自廢。著有《樾巢集》。工七律，鈕玉樵稱爲「律細詞清」。如《宿準提閣寄陳元孝》云：「流螢入雨能爲火，涷瀑臨風不化冰。」《咏簾》云：「每當月到通花氣，不待風來作水痕。」《白石道中》云：「桃花雨暗烟村路，楊柳風寒野渡人。」

劉苑華女史，香山人。户部何藻之妻。有詩一卷，題曰：「落霞山下女子劉苑華吟。」有《辭姊妹》五古云：「同作花根葉，復作葉前花。花中七姊妹，並蒂復連丫。盈盈二八月，引蔓如蓬麻。春風時見面，秋月明珠華。一旦離長蔓，㠶㠶天之涯。北柯戀南條，風飄素雲遮。柔條與緑葉，望望長風沙。」通首作比體，亦見慧心。

韓理堂名夢周，字公復，濰縣人。乾隆丁丑進士，官江南來安縣令。嘗過滄州，見流民鬻兒者，作《流民行》云：「前歲秋淹禾，去歲春漂麥。秋潦廬室存，春潦蕩村柵。勘災奉上官，邑令委胥役。萬間没波濤，一椽當完宅。豈知官府程，災傷更有額。漏勘欲上告，怒斥不及格。露處免爲魚，死亡日逼仄。慨然即長道，何土爲樂國？晝行苔侵骭，夜宿波撼驛。流離寧望活，乾土死亦得。近聞官煮粥，十不獲一食。猾胥及黠正，侵飽坐生殖。往來困老弱，溝壑倍狼籍。反喜遠行人，且得存一息。八口常不飽，衰親餌何獲。鬻兒聊備炊，百錢亦不惜。豈惟不復惜，獲育便爲德。其父向人語，其母淚潛滴。顧視懷中兒，呢喃尚有索。嗟哉爲民牧，兹情寧不惻？倘肯籲當事，皇仁豈終隔？」

理堂宰來安日，值歲饑，請帑賑卹，民得安輯。作《憚暑吟》十二首以紀其事，擇録其《碌碡卧》一首。云：「碌碡軋軋鳴秋場，西風嫋嫋拂垂楊。三時作苦一時樂，皚皚秔稻堆雪霜。富農碌碡一月鳴，貧農碌碡五日聲。不須倉中量升斗，但聽碌碡識豐盈。如何今秋碌碡卧，貧農富農袖手坐。不見野蔓滿場圃，腹内無食淚雙墮。」

理堂《贈潛山令安改亭》五律云：「宰官非不貴，百里正難任。莫以神明號，而忘父母心。撫循豈無術，災患苦相侵。試上江城望，哀鴻月夜吟？」時潛山有水患。

郭同芳字希仲，號翊清，濰縣人。乾隆癸酉拔貢，直隸趙州州判。著有《舊華園詩存》。《自武强旅館早行》云：「篝燈辭客舍，驅馬出城門。霧重疑無路，鷄鳴知有村。殘星隔樹没，宿鳥和鐘喧。向曉滹沱畔，蒼茫欲斷魂。」《卜居新成漫賦》云：「地處無争絶四鄰，主人初到草堂新。摸稜宰相稱前輩，忍辱仙人是後身。沽酒何妨留客醉，借書誰敢笑家貧？一官未轉頭先白，汲黯空勞嘆積薪。」

魏叔子文集有《贈劉雪舫序》，雪舫即前明新樂侯文炳之幼弟文炤也。甲申三月，文炳闔門殉節，雪舫年十五，同縊，氣急不得死懸絶，遂逃回海州。嘗避人袁浦，有《河口夜泊》詩云：「孤舟離緒又清明，一掛蒲帆千里程。去住向誰商出處，飄零到我負平生。雪連海氣天無色，沙鼓河流夜有聲。襆被春寒眠不穩，凄然雙淚落三更。」

瑶華道人有《歲暮食品雜咏》十三首，《遼東鹿麀》云：「小雪興安鹿早肥，陪都留守出旍旗。國家舊俗威弧矢，軍陳良圖寓獵圍。炙轂大官初溢額，賈車長路肯停騑？九衢市列渾塵土，貧子哀號正餒饑。」《吉林白魚》云：「松花江上細鱗白，冰雪三千歷道塗。入釜鮮如初破網，登柈雅可佐傾壺。翹材畢竟多頭骨，肉食誰堪有腹腴？自許烟波真味在，肯攀禁臠漫沾濡。」《吉林松子》云：「妙聚衆香國，俄開千葉蓮。西來原有意，震旦固多緣。細嚼心脾暢，輕敲齒頰便。試埋霜雪裏，霄漢待他年。」《冬筍》云：「伏蟄籜龍緘，孩提性不凡。心堅懷苦諫，味澹饜清饞。插漢辭仙斧，離塵感雪鑱。鼎湯空百沸，曾未雜辛鹹。」《永平梨》云：「書題品重十一字，物喻寒過二八泉。想到名園霜醉後，金波掩映月明天。」俗以永平梨爲波梨，而未知其命名之意。而梨亦名金果，或者以其皮色黄明，如譬月爲金波者乎？《寶坻銀魚》云：「白龍港上夜潮生，三汊河口秋正晴。細網輕篩安置妥，百錢斗米費經營。」寶坻縣屬有濼名「白龍港」。所出銀魚獨佳。三汊河口亦縣屬，産魚亦佳。「漫數銀絲鱠素精，椒薑末下佐侯鯖。雙眶既以黄金裹，何事勞勞尾獨赬？」天津沿海諸處皆産銀魚，惟寶坻白龍港所産，雙眼暈有金色爲異云。《河西務韭芽》云：「負郭圃千數，蒙茸韭似麻。河西傳素業，春早努黄芽。茁壯辛盤盛，肥甘玉俎誇。菖蒲猶借重，鍾乳敢相加？譬不因王氏，摧寧怨石家。所期功利溥，甘分久塵沙。」《福州朱橘》云：「海天破臘遠相將，水驛烟程泛渺茫。包貢香含閩嶠露，籠封味壓洞庭霜。火珠見説珍炎徼，萍實何能達帝鄉？家廟荐餘家宴啓，分甘老稚各歡嘗。」《安肅白菜》云：「得氣全資雞爪泉，古陂督亢地肥偏。若云菘味宜霜晚，秋菊春蘭各自妍。」世俗惟重霜菘，以其肥大，且宜齏也。其實菘味春秋皆佳，而四時各具其妙。《説文》以爲松有冬夏常青之操，故「菘」字從松，其説良是。《蘋婆果》云：「蘋婆出梵字，未必譯相思。供處香清臆，嘗來雪滿頤。惟應燕薊植，那許宋唐知？轉韵諧嘉語，平安百事宜。」近俗朝野皆以蘋婆果爲上品，以取吉徵，轉相餽遺。蓋「蘋」

字轉讀爲「平」字，遂有平安果之稱云。《鹿尾》云：「曾聞江珧柱，復聞河豚白。相誇味獨勝，多是江南客。詎知興安麋，鹿麈別山澤。吐茸標陰精，注尾通陽脉。迥與血肉殊，豐腴凝華液。馨非調勺藥，熟稍資鼎鬲。紫筍挺尖峰，玉盤截方璧。循名雖後麈，舉案每前席。烹飪偶失宜，肥遯芳容隔。浪傳斑龍宴，未可稱物格。既列御庖珍，亦充郇厨炙。蕭齋樽酒間，莫笑空枅腊。割以金錯刀，蘸以鹽豉汁。食單紀鄉風，醉飽思先德。」

女史方孟式，字如曜，桐城人。著有《紉蘭集》八卷。《五雜俎》云：「五雜俎，短笛横。往復還，秋風清。不獲已，促織鳴。」「五雜俎，翡翠衾。往復還，白日心。不獲已，落葉林。」「五雜俎，黄金闕。往復還，峨眉月。不獲已，悲歌歇。」又有《鹿門夜别》五律云：「新春能幾日，重進别離觥。座上一尊滿，東方千騎鳴。綺窗孤燭短，錦字暗啼盈。忍見鴛鴦鳥，雙雙比翼行。」又有《和夫黄鶴樓》七律云：「晴川遠樹白雲浮，聞道遨遊黄鶴樓。鸚鵡洲前分二水，漢陽城外泊孤舟。萋萋草色春閨怨，活活江聲夜客愁。捲幔躊躇看不見，空憐新月曲如鈎。」

吴令儀字棣倩，方潛夫内子。有《舟發江陵潛夫將自襄陽入計贈别》二絶句，云：「去年西蜀兩遊人，春入江流花正新。今日與君分燕婉，却從歸路淚沾巾。」「寒風峭急雨聲長，珠淚千垂不盡行。莫恨石尤江泊夜，衹愁容易到襄陽。」又有句云：「詩思春歸錦，鄉心月在樓。」

吴令則，令儀之姊，亦能詩。《祝外初度》句云：「但願人長似，芙蓉並蒂時。」語亦有致。

范姝字洛仙，江南如皋人，諸生李延公配。著有《貫月舫集》。《慰延公夫子》云：「爾我傷心事，凄其不忍言。埋名驅薄俗，把卷卧衡門。終有風雲會，休云愁恨繁。况君詩思健，相對好同論。」《蟋蟀》云：「秋聲聽不得，况爾發哀吟。遊子他鄉淚，空閨此夜心。已愁衾枕薄，還慮塞垣深。蕭瑟西風緊，堪憐霜雪侵。」《和延公過曠菴看菊》云：「獨坐深秋夜，東籬羡爾過。菊花應不少，竹葉苦無多。殘月依蒼蘚，寒燈射緑蘿。詩成霜露急，衣薄奈君何。」

趙蝶莊名起棻，字元睿，以字行，萊陽人。清曜太守之胞弟也。工詩，善書。有《落梅》四首，自序云：「病懷荏苒，花事闌珊。嘆玉蝶之飛空，傷羅浮之夢斷。人偏觸目，物不驚春。散共香塵，去同流水。問蒼茫者何意，乃曰無言；詢摇落者何心，曾不解語。怨之徒也，感能忘乎？率爾吟成，忽然神往。意詎能悉，聊擬永逝之文；花其有知，願築瘞香之塚。」詩云：「瘦骨嶙峋世外情，一春鄭重玉盈盈。繁霜滋白貞難染，霏雪侵香寒更清。紙帳晚風偏索寞，梨雲曉夢不分明。前身合是飛瓊侶，少住人間返碧城。」「零亂孤山處士居，樓中玉笛渺愁余。烟輕雨細佳晨遠，月落參横好夢餘。沁肺全消林下質，返魂無信嶺頭疎。莫看桃杏争開日，總學新妝恐未如。」「惆悵當時翠羽鳴，誰温縞玉夜寒輕？總逢驛使休攀折，莫買園奴任死生。返袂有風歸碧落，埋香無地葬飛瓊。連宵愁看將離狀，戀戀條柯不自傾。」「江北江南花事闌，暗香疎影爲長嘆。横琴欲泣春雲暮，修竹無言夜月寒。重過前簷休索笑，再逢東閣莫尋歡。緑陰結子纔如豆，多少辛酸不忍看。」

蝶莊又有《早行》云：「曉起赴官道，春程怯早凉。樹頭垂積雪，山脚上朝陽。水鳥臨溪急，行人問渡忙。故鄉回首是，前路正愁長。」《雨後望長白山》云：「又是槐黄客裹身，秋容入望净無塵。歸雲補缺疑添嶂，急水争流乍没津。翠洗石苔斑似錦，緑摇崖樹色如春。當年文正曾棲息，可有遺踪待後人？」

蟠木先生名本根，武定府惠民縣人，鄰園相國之裔孫。乾隆庚午，與先大夫爲優貢同年，遂聯宗誼。同爲教習，復同在諴親王邸。先大夫揀發河南，蟠木以詩贈别云：「分手春明送遠征，寒林晴日馬蹄輕。河聲嶽色迎仙吏，墨綬高軒入汴京。花縣清風新奏績，文壇白雪舊知名。歷亭詞賦燕臺酒，鴻爪泥痕數載情。」

先大夫守廣信日，嘗至博山。秋水上人有《誌喜》二律云：「翠幰隨風入，朱輪戴雨尋。齋厨粗糲飯，山菓密林檎。不禁頭陀酒，欣陪刺史吟。匆匆歸馬去，孤鶴冷松深。」「崎嶇山徑窄，雅愛謝公臨。鹿苑茶初熟，兵厨酒滿斟。時程邑侯在山作東。苔深膏雨潤，泉冷濕雲陰。不減匡廬興，詩同許史吟。」

孫介邱五言《群盗》云：「殺氣生群盗，妖氛失漢旌。黄巾横四野，白日閉孤城。守吏無人色，蒼生有哭聲。恐煩東國顧，垂望正含情。」七言《乾光殿》云：「漢家西苑接昭陽，飛闥天開倒日光。十丈珠簾垂錦繡，千年銕檜老風霜。彤廷夜月懸鳷鵲，紫閣晴雲遶鳳凰。誰道御容深不見，鶯花猶得近君王。」王西樵謂一結諷而不露，蓋指神廟静攝時也。

趙文潛《河南行挽錢唐二公》自序云：「唐公諱啓泰，錢公諱祚徵，皆余少年筆研交。兩公宦遊中州，不相聞問者久矣。辛巳春，賊陷河南諸郡縣，兩公死之。余嘉其節，悲其遇，推原亂本而作此詩。」詩云：「河南南陽不可問，朱邸銀鐺人鬼憒。萬姓哀哀骨髓乾，金張積鏹高于山。一朝天狗過梁野，雄都百雉如崩瓦。御府瓌奇散緑林，名閨佳冶隨銅馬。銅馬縱横勢莫當，可憐瀍澗變沙場。驕兵列戍提戈戲，墨吏連城解印亡。嗚呼何日妖氛靖，臣節分明功罪定。忠孝還歸孔孟鄉，君不見，汝州刺史伊陽令。」

太史公作《五帝本紀》，自云擇其言之尤雅者，則知古史經秦火後，僞書雜出，誕妄不經者甚多。司馬氏《史記》之作，驅除之力，亦孔子删定後一大關鍵也。

沈歸愚云：「古人不廢鍊字法，然以意勝，而不以字勝，故能平字見奇，常字見險，陳字見新，朴字見色。近人挾以鬭勝者，難字而已。」

意中層折，他人數句不能盡者，而欲以一句括之，非鍊句不可。詩欲厚，非鍊句不能；厚詩欲渾，非鍊句不能；渾詩欲堅重，非鍊句不能。堅重句中，意有不能醒者，鍊字則醒；詞有不能穩者，鍊字則穩。然不知鍊格之法，無從鍊句；不知鍊句之法，無從鍊字。欲講鍊字，先講鍊句；欲講鍊句，先講鍊格。蓋命意布格先定一篇之局，其中曲折離合，難以一語包括者，乃始可用鍊句之功；句中層折難以驟達者，乃始可用鍊字之功。鍊句鍊字，總歸於鍊格，始能於古人所謂篇法之妙不見句法，句法之妙不見字法者，稍窺其奥。漢人五言不可以句摘，晉宋以來始有名句可傳，論者已有升降之感。今人不能鍊格，但知鍊句，宜乎去古益遠矣。其實於鍊句之法，亦未深解，誤以琢句爲鍊句耳。

董欒窠先生名宏，浙江四明人。與先大父贈觀察公交最善，同遊潁州，嘗有詩贈先大父云：「十年掖水仰丰神，心感相知今更親。驚世文章稱老手，率真議論愧時人。漫厭白雪欺雙鬢，豈少青雲致此身？聞道汝陰多古跡，與君遊詠莫辭頻。」

濟寧孫適齋先生才氣高邁，俯視一切。其夫人卒，作聯云：「果有託生乎，汝定奇男，願奏塤篪聯手足；何不少待耳，我雖耋老，豈能鐵石作心腸？」時人爭傳誦之。

吴江鈕玉樵琇云：「杜工部《南鄰》詩『園收芋栗未全貧』，或作『芋栗』，或作『芋粟』。芋粟不必植之園中，而芋與栗不當類舉。朱愚庵注杜定作『芋栗』爲是。」余往湖口，路經南陵，訪王進士五情于山居，留宿。具餐，雜陳野蔌，中有粉葉子和醯醢以進者，王謂余曰：「此即錦里之芋栗也。」芋似栗而小，山家率於冬月取實去皺，磨而溲之以水，然後用之。是知芋、栗皆屬園果，况《莊子·徐無鬼》篇所載甚明，益信杜詩無字不有來歷。

張見其云：「杜詩『野艇恰受兩三人』，讀者不知『艇』有平聲，乃改作『航』，謬矣。古樂府：『沿江有百丈，一濡多一艇。上水郎擔篙，何時到江陵？』艇，音『廷』。杜詩亦用此音也。」

魏叔子云：「養氣之功，在於集義；文章之能事，在於集理。自六經、四書而下，周秦諸子、兩漢百家之書，於體無所不備。後之作者，不之此則之彼。而唐宋大家，則又取其書之精者，參和雜糅，鎔鑄古人以自成家，其勢必不可以更加。故自諸大家後，數百年間，未有一人獨創格調，出古人之外者。然文章格調有盡，天下事理日出而不窮，識不高於庸衆，事理不足關係天下國家之故，則雖有奇文，與《左》、《史》、韓、歐陽並立無二，亦可無作。古人具在，而吾徒似之，不過古人之再見，顧必多其篇牘，以勞苦後世耳目，何爲也！且夫理固非取辦臨文之頃，窮思力索以求其必得。鍾太傅學書法曰：『每見萬彙，皆畫象之。』韓退之稱張旭書變動猶鬼神，不可端倪。天地事物之變，可喜可愕，一寓於書。人生平耳目所見聞，身所經歷，莫不有其所以然之理。雖市儈、優倡、大猾、逆賊之情狀，竈婢、丐夫米鹽凌雜鄙褻之故，必皆深思而謹識之，醖釀蓄積，沈浸而不輕發。及其有故臨文，則大小淺深各以類觸，沛乎若決陂池之不可禦。譬之富人積財，金玉、布帛、竹頭、木屑、糞土之屬，無不豫貯。初不必有所用之，而當其必需，則糞土之用，有時與金玉同功。」又云：「文章之法，譬諸規矩。規之形圓，矩之形方，而規矩所造，爲橢，爲挈，爲眼、音貇。爲倨句磬折，一切無可名之形，紛然各出，故曰規矩者，方圓之至也。至也者，能爲方圓，能不爲方圓，能爲不方圓者也。使天下物形不出於方，必出於圓，則其法一再用而窮。言古文者，曰伏、曰應、曰斷、曰續。人知所謂伏應，而不知無所謂伏應者，伏應之至也；人知所謂斷續，而不知無所謂斷續者，斷續之至也。故曰變化者，法之至者也。」又云：「《書》、《詩》、《易》、《禮》、《春秋》之氣，得其一皆足以自名。而世之言氣，則惟以浩瀚蓬勃，出而不窮，動而不止者當之。於是而蘇軾氏乃以氣特聞。氣之静也，必資於理，理不實則氣餒。其動也，挾才以行，才不大則氣狹隘。然而才與理者，氣之所憑，而不可以言氣。才於氣爲尤近，能知乎才與氣之爲異者，則知文矣。視之以形而不見，誦之以聲而不聞，求之規矩而不得其法，然後可以舉天下之物，而無所撓敗。」按：叔子所論，多發前人所未言，故於其文集中擇取數則，節録于左，以此通之詩法、書法，皆一以貫之矣。

魏伯子論文有曰：「由規矩入者，熟于規矩，前生變化；不由規矩入者，巧力所到，亦生變化。既有變化，自合規矩。」余謂不由規矩而巧力能生變化，此非天姿超邁、讀書能自有心得者不能。初學自當由規矩入，然不能變化，則蹈襲拘守，毫無生氣。故知規矩者，離之不得，泥之亦不得也。

膠州高南阜先生工臨池。晚年家居，適一瞽者丐于門，先生見之，賜以飯。取其所携瓢，爲八分書題其上，云：「黑地昏天，前路茫茫着脚難，莽天涯叫不出一碗王孫飯。」并自鎸之，俾携去。由是丐者所至，人競取觀，而丐得温飽矣。數年後，丐死，先生復爲斂錢市棺埋之。閲歲，忽夢丐者至，叩于堂下。及晨，則僕人婦生一子，因名曰「瓢兒」。及長，服事先生維殷。及先生病廢，藥罏溲便，檢視尤謹，蓋深得其力云。

張鄂樓觀察續修《掖縣誌》，族叔樹堂名德滋，歲貢生，余以其工詩，入于《文學傳》中。邑人有疑余狥私者。津門沈秋瀛明府見其五言「天將山一色，秋與雁雙高」之句，擊節嘆賞，以爲只此十字，足以入《文學傳》而無愧矣。其《九月一日寄翟東園》詩前有小引，云：「天横白雁，秋到三三；籬壓黄花，節逢九九。指鄉園於日下，幾片浮雲；訪益友於林間，四山爽氣。孤燈然壁，静依北斗闌干；雙杵敲窻，閑步西風庭院。不留吟咏，何暢襟懷？所以磬本石英，能鳴雅樂；劍爲鋏質，時叫清宵。在物亦然，于人特甚。况烟村株守，已經换物移星。乃雲路雄飛，尚想揚眉吐氣，爰有不平之感，聊供噴飯之資。説客子之偏愁，庶乎近矣；比騷人之多恨，夫何望焉？」詩云：「菊花何事催佳節，惹我愁懷恨不勝。涉世難言天可問，論才惟説客無能。鐘敲古渡驚霜葉，風逼疎窻妬夜燈。堪羡平原秋色滿，暮雲千里下蒼鷹。」

嘉慶辛酉，余大挑分發河南，以太夫人年逾七旬，請告歸養。於己巳秋起復，將赴豫。門人李岱霖雲青以詩送別，云：「報得春暉始效忠，行藏不與俗相同。胸懷寫作黄河水，嘯咏清如緑竹風。合向中州推製錦，還從午夜憶丸熊。斑衣絳帳渾閒却，驛路霜華上晚楓。」「先人宦績紀閿鄉，太老夫子觀察公令閿鄉時，曾平土寇馬鐶之亂。兩世分符共此疆。已見傳經拓藝圃，更將遺愛續琴堂。儒能作吏才方雋，官可爲家貧不妨。漫説河陽花待種，新枝重發老甘棠。」「化洽雷封别有春，敢辭鞅掌惹風塵。折腰翻笑陶公傲，捕雉從教暨子仁。俗吏何關家國事，名流始現宰官身。公餘講席還堪設，洛下應多立雪人。」「瓣香親奉自髫年，此日臨風倍黯然。剩有詩書教墨守，臨行悉以書籍付雲青藏庋。好憑衣鉢悟燈傳。從游空擬輕千里，報最知應累九遷。會待懸車歸老後，長隨杖履傲林泉。」

十二筆舫雜録卷七

東萊　勺洋著
桂林　韞山評

中州舮餘上

余家居日，既成《梅影叢談》、《春暉餘話》二種。需次梁園，寓居多暇，隨所見聞，信筆書之，復別之曰《中州舮餘》。勺洋識。

庚午春，余至豫省，晤何哲堂文明，廣東香山人。乾隆己亥舉人。嘉慶辛酉大挑，與余同班。著有《二思齋詩稿》。五言如《揚子江》云：「烟浄大江平，揚帆鏡裏行。水添瓜步岸，濤上廣陵城。南北自今古，英雄幾戰争？山川憑弔罷，横槊又詩成。」又如《登黄鶴樓》句云：「朝暉開楚蜀，衆壑匯滇黔。」《謁楊忠愍祠》云：「貶纔緣馬市，忠復犯龍顔。」皆可觀。

哲堂《珠江櫂歌》云：「珠沉何代記模糊，江漾珠光分外殊。願把儂身比江水，化郎心作水中珠。」「潮退人歸黄木灣，潮來直上小金山。儂心恰似江潮水，一日隨郎幾往還。」

朱韞山曰：「聞哲堂已歸道山矣。讀其詩，不勝慨然。」

哲堂爲高瓶城題姚姍姍小照，云：「百結迴腸寫出難，離愁約略在眉端。定知别後多憔悴，舊日容光畫裏看。」「藥爐曾解伴騷人，瓶城偶疾，姍姍爲檢點藥裹甚殷。回首蘇臺一愴神。我欲從君更乞取，痴心百日喚真真。」瓶城名允焕，福建人。甲寅舉人。辛酉大挑，分發河南。曾在姑蘇與女校書姚姍姍善，臨別，姍姍自寫小照贈之。

汪芊墅應培，浙江天長人。乾隆己亥舉人，宰内鄉。與其幕友孟耐齋長炳唱和，甚相得。有《並鞍小詠》。耐齋《宿襄城聞隔墻琵琶聲》云：「影寒茅店月三更，隔院琵琶初度聲。幸是南人聽北曲，若還解得倍傷情。」芊墅和云：「青雲紅粉並回頭，笑把閒愁比客愁。卿抱琵琶我懷刺，兩般何處遇青睥？」耐齋，會稽人。

耐齋《中秋》句云：「偶然屈指秋剛半，恰好當頭月正中。」《贈徐秋圃》云：「征裘典盡樽猶滿，好句吟成手自批。」又有《題閨秀汪吉衣繡餘吟草》絶句云：「春花秋月等閒吟，别有緣情綺麗深。紅線鴛鴦剛繡罷，便將綵筆换金針。」吉衣，芊墅長女也。

孔東山太守，聖裔也。工詩，善書，喜賓客。時人所稱「座上賓朋今北海，扇頭詞曲又東塘」，洵足當之。庚午秋，余至南陽，太守書聯贈余云：「政績中州新治譜，交游北海舊通家。」且出其《高山景行圖》索余題。余爲題五古一首，太守稱善。其殁也，同寅倩余作輓聯。余應之云：「一脉衍尼洙，共仰當今北海；千秋繼召杜，不教專美南陽。」

余在内鄉，見芊墅《並鞍小詠》，爲題《金縷曲》一闋，芊墅既和矣。余將行，芊墅又和前韵贈别云：「有客來千里。喜搴裾、凌雲才調，鳴珂家世。彈指棠花容管領，占斷人間仙吏。料從此、蒲鞭多廢。一卷新詩吟未足，君出途中新製見示，清雅超拔，雒誦不置。坐秋陰落盡梧桐子。頻領取，淡中味。傾襟晨夕真無幾。儘攀轅、簡書行役，驪歌滿耳。須記桃花潭水畔，誰送青蓮學士。算灑遍、汪倫別淚。洛下同舟分□近，望梁園也隔千山翠。倩鴻影，慰良契。」

朱韞山云：「芊墅今亦罷官歸矣。」

辛未春，余解餉保定。於趙州道中，見題壁詩云：「花如我瘦經霜慣，雲比人忙出岫多。」款書「留山」二字，未識何人。後見《蠡莊詩話》，乃知留山姓張，名玉城，淮安人。以州倅分發東河，升別駕，卒於濟上。惜哉！

又於望都縣店内，見壁上題《方順橋懷古》一絶云：「黄老勳名冠漢臣，至今曲逆水粼粼。可憐相業憑奇計，半藉金錢半美人。」無款，無從訪其人。然觀詩意，非海内知名之士恐不能作。按：橋下即古曲逆水，以漢丞相陳平得名。

邯鄲縣有女郎題壁詩，序云：「妾本良家子也。偶因喪亂，遂落江湖。既脱籍於匪人，復所天之非偶。情鍾我輩，豈能望此風流？辱等人奴，實不免於笞罵。加以五更征鐸，摇殘落月之聲；十丈塵沙，撲碎傾城之貌。嗟乎！青春有幾，覩物傷懷；紅粉無多，終朝洗面。幸而將軍負腹，原不識丁，因得女子懷春，偷將濡墨，聊題短咏，以當長歌。時嘉慶戊辰白露前五日。」詩云：「生小金閨類掌珠，亂離飄泊在江湖。雖然嫁得封侯婿，争似羅敷自有夫？」「北地塵沙幾慣經，隨風吹過短長亭。道傍也有新楊柳，不似江南兩岸青。」「此去形單影又孤，真如沃雪在洪爐。河東縱不聞獅吼，未必猶憐怨老奴。」「玉容寂寞走天涯，回首春風日又斜。稽首慈雲香一炷，他生薄命莫爲花。」款書「儷蘭女史淚筆。」時仲男泒圻從行，潤以酒，揭取之。而代録一紙貼於壁上，俾後之過者共覽焉。復將原詩裝潢成軸，以永其傳。

朱韞山云：「勺洋愛詩，令嗣亦知愛詩。儷蘭女史何幸耶？」

相傳崇禎甲申三月後，江南遺老諸公聚於維揚，置酒高會，分題聯韵，以名流聲價自高。一日會飲方半，共出席散步於松間池上。既而入席，則壁上墨瀋方新，忽題一律云：「十郡名賢請自思，就中若個是男兒？燕山難挽龍髯日，邗水争持牛耳時。淚灑冬青空有恨，歌殘凝碧已無詩。長陵麥飯何人問，願借哄堂酒一卮。」諸公覩之，遂罷飲。

紀曉嵐先生壬戌科典試禮闈，有《闈中紀事詩》。《入闈》云：「三度來登鳳咮堂，蕭疎兩鬢已成霜。衰翁寧識新花樣，往事曾吟古戰場。陸贄重臨收吏部，劉幾再試遇歐陽。當年多少遺才恨，珍重今操玉尺量。」「桃李霏香滿禁城，春官又得放門生。文章奥妙知難盡，意氣飛騰亦漸平。此日歐梅欣共事，向來韓范本無争。諸公莫惜金鎞刮，使我看花眼暫明。」《閲卷》云：「拭目挑燈夜向晨，官奴莫訝太艱辛。須知今日持衡手，原是當年下第人。誓約齊心同所願，丁寧識曲聽其真。顔標錯認如難免，恕我明年是八旬。」「行行硃字細參稽，甲乙紛更亦自迷。眼底幾回分玉石，筆端一瞬判雲泥。只愁俗耳音難賞，敢諉高才命不齊？我有兒孫書要讀，曾看學使舊留題。自注：福建學署有汪紫庭先生舊柱聯曰：「爾無文字休言命，我有兒孫要讀書。」」《定草榜》云：「雖曾辛苦檢書倉，四庫編摩老漸忘。稽古未能追馬鄭，論詩安敢斥蘇黄？曲江春宴花無數，遼海秋風雁幾行。多少遺珠收不盡，中宵輾轉漏聲長。」「何須夜夢罩紅紗，老眼原看霧裏花。千古文章雖有價，一時衡鑑豈無差？毫釐得失争今夕，頃刻悲歡共幾家。恩怨是非都莫問，自知兩不掩瑜瑕。」

張船山先生官吾萊太守時，余已需次豫省，未得瞻其風采。聞其戊午寶雞題壁詩十八首，一時傳寫，幾於紙貴，今録於此。詩云：「群盜如毛久未平，棧雲來往一身輕。干戈草草催離别，婚宦勞勞累死生。有用年華拚棄擲，無聊家計廢經營。關山銷盡輪蹄鐵，猛虎磨牙看此行。」「石磴縈紆戰馬粗，入山重叠避兵符。殺人敢恕民非盗，報國真愁將不儒。豺虎縱横隨地有，貂蟬恩寵愧心無？荒寒驛路匆匆過，焦土連雲萬骨枯。」「輕裝休問辦裝錢，短堠長亭望悄然。燐火飛殘新戰壘，骷髏炊斷舊人烟。此中托命惟奔馬，何處招魂不杜鵑？大帥連兵甘縱賊，生靈塗炭已三年。」「窮山避亂敞軍門，但見迢迢萬馬屯。不戰豈能收殺運，無功先已負君恩。只聞怨毒歸諸將，可有心肝奉至尊？一樣沙場征戍死，糢糊敢信是忠魂？」「功罪朦朧令自寬，苞苴魄贈且偷安。民窮轉覺軍中好，寇過惟從壁上觀。俗吏飛騰推輓易，妖氛飄瞥送迎難。逍遥無暇談攻守，不及鄉農早議團。」「故事虚張諭蜀文，懸軍安養募新軍。山中城破官仍在，閫外兵譁將不聞。大賈隨營緣我富，連村無寇是誰焚？烽烟未掃偏流毒，萬鬼含冤指陣雲。」「連城閉後萬山荒，忍棄郊原作戰場。賊有先聲如唳鶴，官無奇策任亡羊。飄飄鴻雁飛難復，潦草旌旂氣不揚。猶勝驕淫諸將吏，移營終歲避鋒鋩。」「憂憤書來處處同，故人幾輩尚從戎？能文未易參軍事，有口都難説戰功。爲我驚心籌去住，看君彈指變窮通。東夷西域曾帷幕，猛將還應憶海公。」「斷無符拔混麒麟，火酒肥羊誤保身。攘劫翻誇裨將勇，需求誰諒縣官貧？賊能退舍尊廉吏，劉令清令敢梟渠起義民。只爲英雄惜成敗，論兵安肯恕庸人？」「莫倚重關護益州，時危曾困武鄉侯。民看鴻雁思安堵，人佩刀犍早賣牛。戰鬥心疲千帳冷，驚呼聲亂一城秋。老師糜餉成何事，宵旰空遺聖主憂。」「三川人滿欲炊珠，誰問今年米價無？餉道幾難通劍閣，商船久已斷夔巫。蟬聯糧運舟車險，錯雜民風士馬粗。猶幸未摇根本地，尚留嚴武在成都。」「漢沔東流雪未消，軍符絡驛馬蹄驕。蒼皇鬼蜮來無定，破碎峰巒望轉遥。地險不聞由我據，城危幾度看人燒。商於何止關秦楚，隴蜀河潼路萬條。」「嫠也横行起禍胎，桃花馬上看重來。不遺巾幗先逢怒，欲辨雌雄已自猜。黄鵠特翻貞女調，白蓮都爲美人開。請纓便是秦良玉，可惜征苗失此才。」「千里奇峰接宕渠，纔聞王冉又高徐。城狐終夜聲相應，穴鼠空山技有餘。焚掠難歸皆盜賊，風波未定且吹噓。傷心已亂無全策，只仗天威盡勦除。」「議撫招降計已施，彫殘民力久支持。不明賞罰終何益，真舉才能尚未遲。將帥有才甘自棄，英雄無種要人爲。孫吴兵法非天授，誰竭誠謀報主知？」「纔過黎州又鳳州，含情重問草凉樓。磨驢步步皆陳跡，風柳條條是别愁。花鳥三春禁雨雪，關河千里見戈矛。元戎那有書生膽，快馬輕刀自遠遊。」「長途心緒久寒灰，蜀壘秦關去復回。兩地有家離聚苦，連營無路夢魂猜。幾人還唱從軍樂，何日真逢撥亂才？行盡殘山重嘆息，年時曾自賊中來。」「夔萬巴渠鳥道長，通秦連楚鬭豺狼。天如有意屠邊徼，我忍無情哭故鄉。八口艱虞猶劍外，一身飄忽又陳倉。風詩已廢哀重寫，不是傷心古戰場。」先生名問陶，四川人。

辛未初秋雨中，宋思堂以見懷之作走札索和，云：「筆硯生涯冷淡居，高人隨在總恬如。定知細雨斜風候，不是吟詩便著書。」余答之云：「忽傳吟札到幽居，艷絶清詞錦不如。宦況蕭條同領略，一庭風雨半床書。」思堂名之睿，辛酉拔貢，四川人。

壬申正月十八日，偕哲堂同遊相國寺，訪迂菴上人，名明慧。詩僧也。索其近作觀之。迂菴有《秋日畫墨竹扇寄友》一絶云：「旋拈秋扇寫新篁，好帶清風遠寄將。何事贈當捐棄後，交情知不在炎凉。」

文德馨通守心芳，揚州人。以其贈公葯園先生遺照，索題於姚秋農先生。先生時官河南學政，題云：「後先徵傳復徵詩，孝行傳家更不疑。身後愛憎猶不息，是非休説蓋棺時。」跋云：「余於己巳歲應阿鹺使聘，纂輯《廣陵郡志》。先生長嗣萃五來丐作傳。私諸鄉人，毀譽殊異。兹德馨通守復以遺照索題，因率書二十八字於簡。」

南陽太守孔東山傳金，浙江人。題云：「昔年曾作揚州客，前輩風流及見之。回首停雲舊池館，依然獨立自吟詩。吾家經訓傳詩禮，尚記趨庭獨立時。今日披圖存想像，不堪風木有同悲。」先君子有《經訓圖》，亦畫立像。

李竹岑拔式題云：「蘧廬天地自寬然，底事紛紜色相牽。留得本來真面目，不仙不佛不林泉。」「昂藏七尺氣高哉，胸次優游眼界開。四海交游三寸管，此生原是隻身來。」「親朋零落勝筵空，謂詠亭、紹堂諸君皆先公下世。瞥眼豪華似夢中。閲盡浮雲能獨立，先生真是出群雄。」「種竹栽花絶俗塵，芝蘭培護費精神。而今掉臂都無慮，未竟經綸付替人。」

明永樂間信陽令胡壽安，直隸黟縣人。在官數載，不以家累隨。瀕行辭城隍神，爲詩曰：「一官來此幾經春，不愧蒼天不愧民。神道有靈應識我，去時還似到時貧。」成化中陞信陽爲州。武志學，字希賢，陝西秦州人。以故嘗治中有聲，擢知州事。及去，亦作辭城隍神詩云：「朅來宣化布陽春，一念孜孜只爲民。步武前修寧敢後，等閒憂道不憂貧。」蓋步胡壽安韵也。《郡志》稱其廉静雅與胡並云。

江衍汶，字孝尼，號雪門，山東即墨人。以舉人官信陽州，持正不阿。以不能媚上官，爲忌者所中，罷任。去之日，空囊一肩，自命爲苦行頭陀。有句云：「莫謂臨行真索寞，士民有淚潤空囊。」蓋實録也。

史桂芳，鄱陽人。年五十始成進士。隆慶初守汝寧，緼袍藿食，敝車羸馬，人所不堪，怡然安之。嘗有詩云：「葱湯麥飯兩相宜，葱補丹田麥養脾。莫道儒家滋味惡，前村猶有未曾炊。」後以治行異等，遷兩浙鹽運司運使。垂橐而行，老穉送者萬餘人，多歎息泣下云。何哲堂見之云：「『葱湯麥飯』一詩，乃朱子在其婿家作也。後二句略易幾字耳。」

先大夫在潼關司馬任，以病請假歸里。有句云：「一官成就身空乏，飢凍何須待子孫。」廉吏況味，古今類然。因録附江史諸公後。

胡楓舲同年詩，余已採入《春暉餘話》。甲戌春，楓舲入都，過大梁，復留詩數首于林穆堂祥紱處，託轉寄余。録其《癸酉冬客武昌買舟歸郢時聞河北小警》詩云：「來日輕羅去着裘，武昌魚好太勾留。

客途易築忘憂館，身世真如不繫舟。舊雨開樽皆白社，謂陳南埜、易石坪、顧劍峰諸人招飲。新詩落筆半青樓。已嘶書劍成漂泊，鼙鼓中原況未休。」次年春，過裕州，題詩云：「民猶有色何嫌菜，樹已無皮莫問花。」

楓舲《鄂城感舊》云：「情海難填萬頃波，舊游重到感山河。長年浪迹辛家酒，往事傷心子夜歌。乍冷便教添半臂，將歸先爲斂雙蛾。緑楊門巷依稀在，獨倚秋風喚奈何。」

楓舲無鬚，嘗作《解嘲》詩七律五首，不能全載，擇其風趣者録之。如：「名士丰神銷座上，丈夫意氣剩眉端。年來不作封侯想，恐上凌烟畫亦難。」又如：「不虬未必非豪士，如蝟終嫌是霸才。吟罷那禁思往句，輸人形狀只于思。」自注：「余辛酉大挑句也。」其更解頤者，如：「曾聞世有長鬚國，此語荒唐恐不經。」「天閹欲種真無術，地瘠難耕竟不毛。」「時人且莫輕前輩，依舊童顔逐汝曹。」

楓舲又有《題木蘭從軍圖》絶句四首，云：「一朵紅雲傍繡鞍，黑山何處路漫漫。生男但説強生女，試請鬚眉展卷看。」「親老多因去故遲，美人原不爲相思。丹青要寫將軍恨，只畫躊躇上馬時。」「從戎一紀即生還，依舊紅顔照故山。絶勝虎頭班定遠，暮年方入玉門關。」「漢家天子重酬庸，閫内能收閫外功。玉貌不留麟閣上，教人遺恨此圖中。」

杜詩「晴天養片雲」，吴季海本作「養」，他本皆作「卷」。錢虞山云：「晴天無雲，而養片雲於谷中，則崖谷之深峻可知矣。山澤多藏育，山川出雲，皆叶『養』字之義。『養』字似稚而實穩，所以爲佳。如以尖新之見取之，此一字却不知增詩家幾丈魔矣。」

吴興鄭侯升秕言鄭谷《鷓鴣》詩，既曰「相呼」，又曰「相喚」，則複矣；既曰「青草湖邊」、「黄陵廟裏」，又曰「湘江曲」，亦欠變矣。及觀《本草》載此詩云：「相呼相應湘天闊。」語既無病，更清曠。按《本草衍義》乃宋政和中寇宗奭所撰。據此則宋代尚有唐詩善本，後乃傳訛耳。

論古人詩，不可但就一聯輒定優劣。如葉秉敬《敬君詩話》云：「洞庭詩以老杜爲最，然孟詩『氣蒸』二句，雖不如少陵之大，要之實得洞庭真景。若老杜無『吴楚東南坼』一句，則『乾坤日夜浮』疑于詠海矣。」竊謂不然。杜、孟二詩，前四句俱寫景，當合四句統觀之。杜詩起二句「昔聞洞庭水，今上岳陽樓」，已扣定洞庭。三四句即相承説下，「吴楚」句已推到遠處，「乾坤」句但寫虚景，自不能移到别處去。蓋上三句已扣清其地，此句相承而下，自不得泛指他處也。孟詩起二句「八月湖水平，涵盧混太清」，首句虚拈一「湖」字起，次句虚寫，正與杜「乾坤」句同一闊大。故三四句急以「雲夢澤」、「岳陽城」由遠而近，扣清其地，首二句乃不至泛泛無歸。較老杜不過用筆有順逆之分，其寫景闊大正自相埒，雄渾清曠，又各擅場。惟結句孟差遜耳。

牛恒，武功人。嘉靖乙未進士，官河南周王府左史。嘗作《周藩王宫詞》五首，云：「春殿牙籤萬軸餘，香匀風細緑窗虚。侍兒臨罷誠齋帖，函出先呈女較書。」「蕭蕭修竹映池寒，分汲銀瓶灌牡丹。報道花朝開内宴，競持金剪繞朱欄。」「夜來行樂鴈池頭，侍女分行秉燭遊。唱徹憲王新樂府，不知明月下樊樓。」「叢生桂樹小山幽，花石猶傳後代留。宫媪引來巖際望，蔡河春浪拍天浮。」「吹臺南下令婆墳，憶昔從王掌秘文。今日綺羅何處是，野花啼鳥自紛紛。」

嘉慶癸酉五月七日，余由豫省轉餉甘肅，抵閿鄉，先大夫嘗宰是邑。有胥役張嘉言年七十餘，曾目覩先大夫擒土寇馬見龍事云。馬見龍者，邑之西鄙人，乳名錁，邑人皆以「馬錁」呼之。幼喜拳勇，與一僧人交。僧人占卜頗有驗，錁爲所惑，遂蓄邪謀。霸據一鄉，糧稅皆抗不納，胥役至則戕害之，無敢入其鄉者，歷有年矣。前宰皆隱忍因循，冀相安於無事。先大夫初至，即欲繩以法，以無訐告者，暫止。適有布客經其地，錁率衆殺而奪之，嘯聚益衆，無敢控訴者。先大夫微聞其事，僉役查拘，役相視莫敢應。乃令自推，擇有膂力、嫻擊刺者，得十四人。持票改裝，潛往以伺其隙，夜同宿一古廟中。錁偵知之，令其黨各持柴草，圍而焚之。差役覺，啓門出鬭，皆被刺倒。以酒罈縛其項，而沉之黄河，共十三人。惟一役拆廟脊，自後踰出，得脱。越崖繞道行，始得入城，時已四鼓矣。先大夫令典史某率吏民守城，而自擇幹役七十餘人，會同外委買定國率營兵二十人，將出城捕之。紳士及耆老人等環跪馬前，以衆寡不敵力諫，且言願居守爲城中生民計。先大夫曰：「賊雖衆，不過烏合。爾輩謹守城池，可無虞。夫爲宰者，宰一邑也，非宰一城也。城外之民，將聽其焚掠乎？」横刀躍馬而出。行至盤豆鎮西，遇賊蜂擁而來。時曉日初升照耀，刀光射目。先大夫擇高阜屯扎，令人呼其渠首，錁携銅錘出。先大夫佯與語，遽奪其錘而擒之。命定國率兵二十人，各張弓矢，向賊作欲射狀，而自以大義諭之。賊衆閧散，其同惡二十餘人，不能禁止，亦逸。遂歸，過盤豆鎮，鎮之老幼擁路泣拜曰：「鎮民得安堵，不致焚掠者，皆賢侯之賜也。」既乃下錁於獄，同出示貸其脅從。但搜捕其黨惡二十餘人，寇遂平。先大夫以是陞授潼關司馬。嗟乎！先大夫宰閿鄉日，元僅數齡耳，不能詳知此事。今已閱五十餘年，幸遇胥役張嘉言，爲縷述之，不勝哀感，因紀其大略，以示後世子孫，俾知祖德焉。

又言差役十三人尸沉河底，雇善泅者多方覓之，不可得。先大夫深憐之。一夜，忽夢十三人來見，哭叩於地，遂醒。急令人至河視之，則十三尸皆浮水面。厚殮之，命各家領去，并厚邺焉。

吾鄉韓少秦先生，名鉽，字九冶，大參公初命之裔。家貧，鍵户讀書，一介不苟。作文取法秦漢及昌黎，小試輒冠軍。顧數奇，終不第。晚年以明經司訓臨朐，賫志以殁。著有《夢恬堂詩稿》。張蕚樓觀察《掖詩採録》僅録其七律一首。余恐鄉前輩之詩久而澌湮，兹於叢殘中檢得先生詩一紙，悉録於此。《竹林僧舍》云：「遥仄怯登臨，扶筇到竹林。閒翻般若語，静聽海潮音。夢覺雲生榻，禪空月印心。聊烹松葉露，淡泊是前因。」《山中》云：「幽境真如畫，峰開樹色蒼。飛霞明峭壁，瀑水瀉懸梁。地僻僧情古，風高客興狂。坐疑塵世隔，溪水亦流香。」《有感》云：「廿年困苦千行淚，七落孫山一繫匏。老去吴鈎空自佩，古來荆璧任人抛。無聊叔夜抒《幽憤》，多事揚雄作《解嘲》。縱道新翻花樣好，胭脂欲畫費推敲。」

李岱霖幼及余門，戊午中亞元，出邵松疇夫子房。松疇夫子名葆醇，乾隆庚戌進士，出宰山左，余甲寅房師也。戊午闈中，得雲青文，如獲奇珍。揭曉後，知爲余門人，益喜。見同房長山李君价，不及寒温，即詫曰：「汝知吾所取今科房首，即前科房首之門人乎？」相與大笑。戊辰，門人吕華裳延慶復出其房。余將來豫，雲青、延慶皆有詩送行，故余答延慶詩，有「衣鉢欣傳共一門」之句。答雲青詩末二句云：「此後萊山問風雅，老夫應放一頭看。」蓋雲青詩文，實爲及門中第一也。雲青於甲戌成進士，以二甲入詞林。復録其近作寄余。有《榜發後朋輩多以縣令相期既而反與館選因賦》云：「君恩周渥勝陽春，衰草初逢雨露新。釋褐共期成俗吏，宣麻偏許作閒人。本無才具堪從政，尚有琴書不算貧。所恨年來荒落久，文章報國媿詞臣。」未散館，卒於家。惜哉！痛哉！

乙亥秋，余解餉甘肅，阻雨臨潼。見店壁有絶句九首，題云：「甲戌十月宿此，與内子挑燈夜話，感而成。」詩云：「年來消受馬蹄塵，一路鄉音聽漸真。此去青門無百里，不妨權作已歸人。」「晚來濯足小滄浪，道是華清第二湯。腦不冬烘腸不熱，温泉浴罷也清凉。」「聽罷雞鳴曉度關，五千仞嶽未曾攀。看山却比登山好，山自崎嶇客自閒。」「燕姬衛女漫相嗤，訴盡琵琶我不知。説與細君重剪燭，先生壁上要題詩。」「誤將遠志换當歸，回首從前事總非。望望白雲親舍近，倩卿重整老萊衣。」「半椀塵羹原療飢，破床斜倚土墻支。敢言行路增憔悴，記否牛衣對泣時。」「薄宦追隨三載餘，雞鳴代聽早朝初。米鹽瑣屑郎休問，留得工夫且讀書。」「無米爲炊畢竟難，累卿頻把嫁衣捐。算來差勝齊人婦，東郭郎君未乞憐。」「夜寒争耐粟生肌，沽得春醪飲不辭。不是客中貪一醉，風霜珍重五更時。」款書「閏生，一字鷺洲」。未識何許人。詳詩意，似以翰苑或部屬請假歸里者。寒士而兼傲骨，讀之不勝感嘆。

吴肯哉名堂，宰魯山。罷官後，僑寄豫省。嘗與上官争論是非，侃侃而談，同僚戒以「與上大夫言」，當「誾誾如也」。肯哉素工制藝，乃作《朝與上大夫言》一節題文，謂下大夫至朝時，去君視朝時尚遠，故侃侃；上大夫至朝時，去君視朝時已近，故誾誾。聖人之誾誾，蓋出於敬君，故特以「朝」字冠之，非爲上大夫也。又著有《説蠢》一部，詩稿、詞稿皆有刻本。余嘗題其詞稿云：「情來何處？情歸何許？無端迤逗；况是柔腸，偏兼傲骨，怎生禁受？」肯哉擊節嗟嘆者久之。

姚秋農先生有《題湖北鄖陽府保康縣尉廉泉蕭公闔門殉節》詩，云：「楚塞烟銷戰血乾，孤兒流涕尚汍瀾。攖城肯學跳身遁，當轍元知怒臂難。就義同時悲七口，邺忠有例惜微官。總戎薦剡人多少，輸與芳名簡册看。」蓋廉泉殉節後，其子奉其傳乞詩，故有首二句。

乙亥夏，晤袁雪嶠大選，貴州人。乾隆甲午舉人。原宰鄽城，以病請假。今起復，來豫。淳樸無華，嘗相過從。雪嶠爲大中丞校對奏章，成七律一首，索余和作。向來豫省對本之役，皆係試用候補人員，從無詩。詩自雪嶠始，亦無聊中一佳話也。

丙子，晤朱韞山鳳森，廣西臨桂人。辛丑進士。宰濬縣時，值滑匪李文成等之亂，守濬城以功，奉特旨加司馬銜。書生知兵，大爲吾輩生色。己卯夏，與吳子敏園、黄子卉町、龔子裕堂，爲余代刻《詩箋三種》。

何哲堂《題李憇園拈花微笑圖》云：「天女維摩恐未然，略如通德伴伶玄。勸君莫被鳩摩悮，不攝登伽始是禪。」「色相空時未是難，年來泥絮已心安。衆生苦海須君渡，莫但微微一笑看。」

浦二田謂少陵五律《洞房》八首思深旨遠，有傷痛而無譏刺，韙矣。又謂太白有《宫中行樂》八首，與此參校，兩家伯仲定矣，則非也。《宫中行樂詞》作於明皇在日，故語多規諷，冀其悔悟，正是臣子忠愛之忱，不畏獲罪，益見品高。《洞房》八首作於明皇亡後，往不可追，豈得復咎君失？出以傷痛，以伸不忘先皇之思，立言固應爾也。太白、少陵易地皆然，何得以此妄分伯仲？

吴秋鶴友松，江蘇人。《遊幕山左將歸留别諸子》詩云：「十年囊底一編詩，歸去蓴鱸正美時。便擬合家浮小艇，不須遠寄草堂貲。」又云：「最是明湖數株柳，江南夢遠未能忘。」秋鶴在萊郡作幕時，曾作《秃筆歌》七古一首，邑人傳之。余繼作一首，亦傳入幕中。兩人實未謀面。今又採其詩，亦文字中一段因緣也。

朱芷亭與余己酉拔貢同年。是秋，同寓於鵲華橋東。談詩每至夜分，致相得也。甲寅，復爲鄉試同年。辛酉，又同挑一等。余分發河南，告歸養親。芷亭分發廣西，補柳城，調臨桂，治聲日起。余方家居，聞之，笑語人曰：「三同今不同矣。」後芷亭丁憂，起復，卒於臨桂任署。惜哉！芷亭名沅，益都人。

丙子秋，余解餉甘肅，過滎陽。店壁有毘陵聽香女史題詩，云：「自從飄泊到於今，鶯老花零感不禁。圖畫有身空識面，風塵何處結同心？看殘楊柳樓頭色，訴斷琵琶絃上音。多謝江州舊司馬，知人哀怨曲中深。」

過靈寶縣，店壁有津門女史李玉蟾《過函谷關》詩云：「紫氣今何在，青牛跡已殘。空留五千字，流弊到申韓。」雖仍本太史公刑名之禍原於《道德》意，然巾幗中能解此，亦未易得也。玉蟾隨其夫之任四川酆都縣過此，惜未書其夫姓名，無從訪問。

朱小梧鳳翔，貴州黎平人。前明萊州太守，殉李九成之難，贈太常寺卿。朱公萬年之裔孫。以辛酉拔貢出宰甘肅，才氣高邁。余於平凉府店壁見其《雨中過彈箏峽》四絶句云：「兩岸烟鬟翠作堆，溪風吹動玉箏哀。者番定有山靈助，萬斛飛泉洗耳來。」「峽裏彈箏雨外聽，何人義甲太玲瓏？空山五月春鶯語，雲過峰陰也自停。」「此來容易斷人腸，聽慣秦聲最慨慷。一派流波争細響，無端車鐸亦郎當。」「雨洗峰頭翠髻盤，仙人遥見玉珊珊。錯疑明月高樓外，銀字初聞趙女彈。」彈箏峽在平凉西七十里，兩山對峙，俗呼爲「峽口」。北巖際有「山水清音」四字。

安定縣西行六十里，爲秤鈎驛店。壁有《題過青嵐山》一絶云：「一峰纔過一峰迎，環擁千峰氣勢横。平地不容人着脚，轉從高處叱車行。」未落款。又有《和青家驛題壁韵》一律云：「驛壁燈昏奈爾何，行間字裏恨偏多。玉簫舊約空明月，錦瑟華年託逝波。才調未應羞粉黛，風塵何事向關河？浣花詩句憑誰解，留得箋題在澗阿。」末二句自注云：「謂其疏杜詩『步檐』二字也。」亦未落款。

青家驛店壁有畫蓮一幅，詩云：「歡愛蓮花好，不識蓮心苦。心苦儂自知，莫輕對歡語。」後書「媚兒題」，蓋妓者也。又有詩云：「有色復有香，污泥不得染。心事問浮鷗，水流自深淺。」後書「廣陵俠女纖玉作」，豈馬湘蘭之流亞耶？

邠州東關仁義店壁有王少華題聯云：「客有禪心，百二關中佛地；人多古意，三千年後豳風。」書法甚佳。少華名幼海，未詳何處人。款書「因轉餉西行，歸途至此，從店主人請，爲題二語」。則亦吾輩中尚困滯風塵者。邠州即太王居邠故地，西二十里有大佛寺，在梁山，即太王去邠踰梁處。

趙睦堂擢彤，萊陽人。戊申副榜，由廣文出宰孟津。罷官後，留别詩云：「菊花從不嫌官冷，桐葉何曾識客愁？」又云：「絶無清俸酬良友，尚有寒氊卧老夫。」嘗刻前輩詩十餘種，俾得流傳，亦有功風雅者。

戴紫垣鳳翔，江西人。己巳進士，宰澠池，調太康。曾題余《梅影叢談》後七律四首，云：「廿載曾乘破浪風，群仙宴集蕊珠宫。琅函不墜縹緲業，彩筆能争造化工。地接玉堂花對紫，星輝藜閣炬摇紅。狂瀾既倒憑君挽，萬頃潮回大海東。」「宦向夷門久滯留，喜從此地識荆州。文章倚馬原無敵，道德猶龍更罕儔。坐我春風香滿榻，照人水鏡月當樓。由來海岱鍾神秀，清白如君第一流。」「交淡翻成醉飲醇，天涯同是宦遊人。詩篇老向愁中細，風景憐從客裏新。上下古今憑放眼，縱横經史任搜神。梁園夜静疎鍾歇，起看天心月一輪。」「命世才非百里宜，牛刀小試且隨時。宫袍舊作斑衣舞，鳧舄新同羽檄馳。製錦從容聯治譜，論文淵博是吾師。他年報績歸田去，兩袖清風一卷詩。」

張船山太守官吾萊時，嘗書近作詩數首，貽翟文泉孝廉。五言如：「垣衣争上屋，石髮秀當軒。」「松孤有雲勢，桐小亦琴心。」「淘沙醫竹瘦，斸樹弔將軍。」七言如：「高林遮院緑無縫，小硯點書紅有情。酒戒中年憑毅力，詩狂何日懺虚名？」皆可録。文泉名云升，庚申舉人。工八分書。初學桂未谷，後乃斐然自成一家，不復全宗未谷矣。

丁丑人日，余與韞山、雪嶠預訂游吹臺之約。是日微雨，遂不果。余以詩柬韞山，末云：「題寄草堂煩早和，要看冷瘦句幽清。」以韞山有「詩情冷瘦菊花肥」之句也。至十七日，余乃仿古人展重陽之例，爲展人日詩，索韞山及雪嶠和作，遂同登吹臺。韞山先成七古一首，余與雪嶠皆和其韵，頗有凌雲之氣。詩長不録。

李嘯雲上林，安徽人，游幕中州。和余展人日詩云：「問君何事展靈辰，欲仿重陽效古人。綵勝簪來還似舊，菜羹挑去却生新。從知對月皆佳節，始信看花即好春。十日風光渾不覺，更餘簫管謂上元後也。奏芳塵。」

宋思堂以直隸州判需次梁園，與余及何哲堂嘗相倡和。壬申冬，乞假旋里，余曾以詩送之。戊寅春，復來豫，出其《懷人》絶句三十首。其懷余詩云：「挂角思君少壯時，等身著作盡神奇。邇來又得詩多少，拍板應先付雪兒。」懷伍康伯名魯興，陽湖人。云：「心肝嘔出付奚童，詩到窮時句始工。遥憶故人當此日，狂吟應滿大梁中。」

思堂五言佳者，《鄱陽湖》云：「黿聲噓水立，雁陣背雲呼。」《洗耳臺》云：「品應從古少，事却到今疑。」《巫山望月》云：「誰將神女鏡，掛在楚王宫。」

許雲嶠鴻磐，濟寧人。辛丑進士。丁丑夏來豫，以州牧候補。著有《方輿考證》一百卷，及《河源述》、《泗州古跡考》等書。與余及韞山昕夕相過從，談詩文至夜分不倦。庚辰春，韞山作《才人福》傳奇，雲嶠爲正譜，并爲作序。

雲嶠深于詞曲，見今人所作《紅樓夢》傳奇，嫌其兼採後續紅樓，因倣《元人百種曲》作《三釵夢》傳奇四齣，並自譜工尺拍板於各曲之旁，誠爲雅人佳構。安得覓名優或名伎，爲雲嶠一唱此「黄河遠上」乎？

鄭墨泉勉，濟寧人。雲嶠稱其才氣豪放。嘗在都中，《四月四日送雲嶠之官河南》七律四首，用雲嶠和樊菱川太守韵，凡九叠前韵，奇情叠出。不能全録，兹録其初叠中一律，云：「莫向樽前唱惱公，飄茵置溷落花風。折君官職文爲祟，負我窮愁詩不工。燕市紅塵三月共，梁園白雪幾人同。且看九曲崑崙水，送爾天河有路通。」又録其再叠前韵中二律云：「刺史於今亦好官，中州凋弊屬艱難。帶牛此日須龔遂，塵甑多年累范丹。聖世民風消鄭衛，儒家治術黜申韓。澄清久負平生志，策馬河干一據鞍。」「苦憶東山卧謝公，迴舟難卸一帆風。神仙最是壺中樂，仕宦誰如柱下工？乞火有鄰他日願，卓錐無地故人同。因君棖觸愁千斛，街鼓聽殘第四通。」

雲嶠官安徽潁州司馬時，有和州州同宋君懋祁，嘗以不得一第爲憾。一日會飲，雲嶠即席贈以詩云：「偶然佐郡勞公孝，豈有貲郎累長卿？」宋大喜。其夫人王氏，夢樓先生女也。善丹青，工書。宋因以素箑一柄，命夫人畫桃花，且以小楷臨玉版十三行，持贈雲嶠，以抒投報之雅。

袁玉堂潔，江蘇桃源人。辛酉拔貢，出宰山左，所至有聲。著《蠡莊詩話》十卷，採入余七古一首。初未謀面，亦可謂筆墨中隱相契合者也。玉堂之兄艾軒，名淑，與余爲己酉選拔同年。天下選拔合刻《同年齒録》，自己酉始。選拔有三科同年之説，余與玉堂亦先後同年也。

偶檢門人李雲青寄來詩稿，傷其不幸早亡，爲録數首於此。《贈張錫庶從勺洋師於河南因事旋里將復歸豫》七古云：「詩壇領袖推吾師，謝華啓秀生英姿。就中諸體各工妙，尤於古詩通奥窔。横空硬語非輕盤，古音古節聲珊珊。毅然力追古作者，宋之坡谷唐杜韓。。我遊師門媿頑劣，詩法源流未洞徹。興到拈筆偶爲之，如百結衣事補綴。君今千里從師遊，乘風鼓枻河中流。金池玉津足清賞，吹臺艮嶽相唱酬。由來勝地饒興趣，况復吾師親陶鑄。菊花時節逢君歸，要君示我錦囊句。君言近稿半棄擲，推敲欲就旋成誤。學步邯鄲空自勞，縱有驥尾安能附？我聞漁洋删詩自丙申，不將少作輕示人。恨余操觚每率爾，後雖悔之無及矣。今聆君語窺君心，知君所造將益深。不然與我周旋久，何須珍惜等千金？三日便當刮目待，願君努力耽咏吟。作詩贈君未入格，無那平生結詩癖。君持此詩歸汴州，爲我再拜呈丈席。幸蒙師教還寄來，庶令吾黨學詩知所裁。」《卧龍岡武侯祠》云：「公未卧此岡，此岡以何名？公來隱龍德，岡亦如龍形。蜿蜒數百里，直接嵩山青。公實應嶽降，無乃嵩之靈？惟公方少年，公出隆中時年二十七。名已冠當世。周郎娶小喬，千古羡佳麗。何似阿承女，乘龍得快壻。想見耕鋤時，與聞天下計。阿奉洵好龍，不減龐德公。使君能三顧，斯爲真英雄。不逢劉豫州，知公必不出。天猶憐卯金，豈容長抱膝？公隱炎祚微，公出炎祚昌。偏安承正統，一身關興亡。光武起於宛，授鉞靖四方。公復此高卧，長嘯千仞岡。龍興與龍變，先後皆南陽。迄今祠堂下，松柏鬱森森。每值風雨夜，彷彿聞龍吟。漢賊終未滅，知公遺恨深。嘗聞抱朴言，阿瞞識高士。欲公爲之用，公竟卧不起。《抱朴子》云：「曹操刑罰嚴峻，果于殺戮。乃心欲用乎孔明，孔明自陳不樂出身。操謝遣之曰：『義不使高世之士，辱于污君之朝也。』」義不臣巨奸，真龍固應爾。吁嗟乎！不見華歆號龍頭，荀彧亦龍子。」《秋柳》云：「垂老自風流，依然拂御溝。微波清徹底，凉月曉當頭。有客停征轡，何人理釣鈎？不知含露處，還欲染衣不？」《紙鳶》云：「好囑東風著意吹，直從平地上天逵。飛翔已覺超凡鳥，嘲弄何妨聽小兒。斜背殘陽光閃閃，下臨垂柳影絲絲。却憐饒有凌雲勢，不向春林借一枝。」「摩空高舉自翩翩，閒似浮雲快似仙。此際去天真尺五，有人爲爾倚秋千。何曾跕跕墮春水，最好輕輕衝曉烟。多少下風振羽者，但須分道莫争先。」《楊忠愍》云：「力争馬市久忘身，纔轉兵曹疏已陳。豈有忠臣仗蛇膽，始知奸相即龍鱗。詐傳王旨冤難訟，誓報君恩死不瞋。獨惜世蕃誅戮日，懸竿署帛更無人。世蕃臨刑時，有太學生以帛署沈光禄鍊姓名官爵，懸竿入市，觀世蕃斷頭訖，拜而言曰：「我公可以瞑目矣。」乃焚帛慟哭而去。」《光武》云：「昆陽一戰建奇功，果是真人氣自雄。却笑更名應圖讖，當年枉殺國師公。」「鄗南即位萬人歡，此日威儀盡漢官。太息東都建廟社，忍看盆子掠長安。建武二年正月，起高廟，建社稷于洛陽。是月，赤眉焚西京宫室，發掘園陵。」

張渌卿以佐幕軍營改名禄卿，號六琴，議叙授靈山衛巡檢。《蠡莊詩話》載其《過傾蓋亭》一絶，洵佳作也。著有《露華樹詞》。舊遊吴穀人先生之門，穀人曾爲題《摸魚子》一闋，有「付香絃一聲一咽，尋常歌吹全洗」之句。嘉慶己巳，刻於山左，穀人復爲之序。其中佳句如：「天太忍、把百五春光，不讓三分賸。」又如：「倏竹徑早作去聲。就秋聲，和淚將愁等。」又如：「相思夜夜三千里，那管夢魂辛苦？」又如：「書生命薄同飛絮，甫離枝，都遺漂零。」又如：「甚瘦腰束恨、淚花釀雨，憔悴到而今。」皆詞中情至語也。

南陽府學戴恬園廣文銘，工詩及八分書。庚午秋，余在南陽，與恬園詩筒往來，叠韵酬和，使者疲于奔命。恬園口占贈余，有「嬴得詩囊作宦囊」之句。記其《過葉縣》一絶云：「龍降舄飛世幾秋，碑因問政獨垂留。淮南雞犬緱山鶴，一種荒唐不可求。」恬園祖籍山左濟寧州，今籍河南輝縣。

門人吕華裳，一號筠莊，丁丑大挑一等。簽掣雲南，在家候咨，館於德州牧馮公春暉署中。己卯秋，送其及門馮公子喜賡、王生文鼎、文晉昆仲來豫鄉試。文晉已中戊寅副榜。二王皆余在光州時會文門人也。筠莊賦詩云：「一違函丈幾星霜，千里萍踪謁後堂。宦海銷磨神更健，道心堅定興逾狂。淋漓大筆空萊國，多少名箋貴洛陽。出近刻《古本大學詁略》及《詩箋三種》相示。屈指光陰渾似夢，好聽揮麈説行藏。」「輪蹄兩至大梁城，每過花村耳政聲。不但虚懷盟白水，還教實惠及蒼生。先鞭儘讓他人巧，傲骨惟思異日名。況有甘棠留世德，懷恩父老喜相迎。太老師觀察公曾令閿鄉，政績卓著。」「昔年絳帳得追攀，立雪叨陪玉筍班。時與李岱霖太史同在門墻。空説百川能學海，多慚小草未離山。滇南雖捧毛公檄，堂北難抛萊子斑。親老尚擬改近。畢竟蓬壺仙境好，金針還乞訂愚頑。」「握手殷拳古道存，雄談終日似瀾翻。淵源有自開先路，夫子於甲寅科出邵松疇夫子門，慶於戊辰科亦出松疇夫子門。風雅相期愧昔言。夫子初赴豫時，留别詩有「風雅相期古道存」之句。一種鄉思歸掖海，十年離緒寄梁園。何時再逐秋風至，記取鴻泥此日痕。」時余方抱西河之痛，未能和答。庚辰春闈後，於同寅賈霽堂處索《題名録》觀之，見筠莊中式第一百十六名進士，喜成五律一首。云：「千佛名經内，欣然見汝名。連朝心久切，此際眼偏明。秋水昨年漲，去秋黄河堤潰。客窗樽酒清。相期從别後，拭目望蓬瀛。」霽堂名映。令嗣名克慎，中式第一百十九名進士，入詞館。筠莊仍以知縣即用。

嘗於華州公館中見壁上題《過華山》一絶，云：「蛾眉何事鬥嬋娟，瘦到芙蓉更可憐。玉女容華真落雁，教人低首過峰前。」款書「湘霞女史」。

伍康伯魯興，陽湖人。客遊山左。詩宗漁洋，而限於才力。後遊梁園，偕宋思堂訪余寓齋，出其已刻詩及未刻新稿示余，與余及何哲堂皆相酬和。今已歸陽湖，無從採其詩矣。

昔人稱高蘇門詩如空山鼓琴，沉思忽往，木葉盡脱，石氣自青。此種空靈境界，皆生於作詩者之心，不生於境也。又稱漁洋山人詩筆墨之外，自有性靈；登覽之餘，別深懷抱。夫性靈、懷抱即其人品之本源也。秋谷持詩中有人之説，痛詆漁洋，似尚未見及此。

庚辰三月，余奉差過鄭州，於州牧孫鑑溪署中，見吾鄉高密單野甫可基《竹石居稿》。未暇細閲，偶檢得《題商山鸞影詞後》，其序云：「陳圓圓葬於商山，近時降乩壇，有詩甚夥，哀艷動人。好事者付之梓，名流多題詠。」野甫題四絶句，匆匆録其一云：「挑燈試讀莫愁歌，一代紅顔夢裏過。縹緲青鸞留幻影，天涯芳草淚痕多。」其尊甫青倓觀察著有《大崑崙山人集》，余未見。劉石菴尚書《答野甫以惡紙索書》詩注云：「青倓有句云：『疎磬墮秋烟。』」人遂目爲「單秋烟」。

鄭州夕陽樓今無考，或云即西城門樓。按：義山詩云：「上盡重城更上樓。」則城樓之説近是。王阮亭司寇《過鄭州》詩云：「野塘菡萏正新秋，紅藕香中過鄭州。僕射陂頭疎雨歇，夕陽山映夕陽樓。」僕射陂在州東五里堡南，廣可十餘頃，水光如鑑。前對鳳凰臺，夏月荷花盛開，香風襲人，一郡之勝概也。北魏以此賜僕射李冲，因名。又按：羅昭諫《僕射陂曉望》詩云：「陂水蘆花似故鄉。」則唐時此陂尚無荷花。

《蠡莊詩話》以李石桐《主客圖》謂之高密派，又以爲登萊一帶言詩者多宗之。蓋以其門人宋步武等多登萊人。其實萊屬中除高密諸人外，唯宋步武係膠州人，餘皆非萊屬人。吾掖談詩者皆薄《主客圖》。步武與余爲甲寅同年。時同年中喜談詩者，益都朱芷亭沅，五言學《三昧集》，膠西宋步武繩先學《主客圖》，各守所學，不相襲也。然《主客圖》不得與《三昧集》並論，則有識者皆知之，無待余言。其實《三昧集》亦不足以盡詩道之大。漁洋特就《十種唐詩選》所未及者，另爲標出此一境耳，非謂《三昧集》足以盡詩也。所以復有五七言《古詩選》之刻。

楊協之同春，長清人。嘉慶庚午優貢，由教習以知縣分發四川。詩亦學《主客圖》。《偶吟》云：「謝客年猶早，交情事日非。家貧供饌少，性懶入城稀。屋漏茅新補，花深蝶漸肥。愛閒今已慣，終與此心違。」

德州盧雅雨先生官揚州時，有幕友某於歲除日接得家書，乃作一詩獻先生，云：「老妻書至勸還家，細數田園樂事賒。彭澤黄魚無錫酒，宣州栗子霍山茶。巴茅已補牀頭漏，扁豆猶開屋角花。舊布衣裳新米粥，爲誰留滯在天涯？」先生覽之，立贈千金，曰：「煩寄語尊閫，但言爲雅雨留滯揚州耳。」雅雨憐才好士，汲引後進，爲漁洋後一人，故宋蒙泉贈詩有「王後盧前兩鉅公」之句。幕友事，余聞之友人楊松山，惜未記其名氏。松山，協之之堂兄，余選拔同年楊憶園潾之族弟也。憶園工詩，袁玉堂採入《蠡莊詩話》。余與憶園久隔，未見近作，無從採録，頗以爲憾。

松山又言吾鄉先達王某，忘其名，官江寧太守。偶夜出，遇一人醉行，直前不避，問誰何？答曰：「好秀才。」太守曰：「既稱好秀才，能作一詩乎？」應聲曰：「燈火繽紛太守來，書生爛醉論文回。相逢不及通名姓，説是江南好秀才。」太守大喜，延入署。詢之，則府學秀才王莩也。遂訂師生焉。

十二筆舫雜録卷八

東萊　勺洋著
桂林　韞山評

中州觚餘中

盧鑫字連三，江西人，原名元錦。戊辰大挑，分發來豫。既以詩索余《古本大學詁略》，又以詩索余《詩箋三種》，云：「硜硜奪席義何新，頷下驪珠探最神。時術已徵稽古力，解頤猶見説詩人。每於積石源流誤，能使廬山面目真。顧我年來曾鑄像，全憑寶筏渡迷津。」

凡詩有前人相沿之解，固不必隨聲附和，亦不必有心立異。唯期於通篇詞意融洽貫串，無一字阻礙，而又合於温柔敦厚之旨，斯爲得之。如蕭士贇注太白《遠别離》，駁去前人「上元間，李輔國矯帝制，遷上皇於西内」之説，而以爲此詩之作，在天寶之末。因引明皇謂高力士「欲以天下事付李林甫」之語，而以詩中「權歸臣兮」等句爲太白命意所在，而不自知其立説之難通也。林甫竊權之時，安禄山猶畏之不敢妄動，太白乃遽以《遠别離》命題，至爲堯舜禪禹幽囚野死之言，豈預知有靈武即位，刦遷西内之事乎？此喜駁前人之過也。王世懋并以范得機、高廷禮爲勉作解事，了與詩意無關，仍主前人「上元間，李輔國遷上皇於西内時，太白有感而作」之説，最爲得之。惜其説未詳，仍使後之學者無從窺測，終無以杜異説之喙。今試即太白詩逐句解之。按：遷上皇於西内時，左右舊人皆不得侍，高力士亦不許入，舊日諸臣更無能望見顔色者矣。故託言遠别離，以英、皇之不得見舜爲比。后妃且不得見，則其餘可知，是深一層法。况美人香草託言夫婦，以比君臣，詩人之詞往往如是。開口即喝明「遠别離」，以冒起全章，下即託言「古有英皇之二女」，不敢明斥時事，借古以諷，所謂言者無罪，聞者足戒也。「乃在洞庭之南，瀟湘之浦」，不但指明二女别離之地，亦以瀟湘乃屈子放逐處，借以自喻身雖放逐，而心係上皇不忘也。「海水直下萬里深」喻此别之苦甚深，而無有已時也。即申之曰此離苦，而加以「誰人不言」四字，猶言天下臣民無不心傷此苦。大聲疾呼，以冀君心一悟，氣勢至此一頓。以下憇憑空寫景，以喻時事，若離若合，詩境入化。「日慘慘兮雲冥冥」，「日」喻肅宗也，「雲」喻輔國也，以浮雲蔽日比小人蔽君，漢人已然。「慘慘」者，日光慘淡，傷肅宗之受蔽也。「冥冥」者，雲氣昏暗以蔽日也。「猩猩啼烟兮鬼嘯雨」，「猩」、「鬼」喻群小也，「啼」、「嘯」喻縱恣也，「烟」、「雨」則助雲之冥冥而尤甚者也。二句先將輔國之煬蔽、群小之助惡，借比喻寫出。「我縱言之將何補」承上言，當此之時，爲臣子者當慨切告君，以冀一悟，而無如錮蔽已深，我雖言之亦何補乎？「皇穹」指君言，「竊恐不照余之忠誠」，恐其不察言者之心也。「雷憑憑兮欲吼怒」「雷」仍指輔國，「欲吼怒」言且觸其怒而受禍也，此所以不敢明言也。至此又略一頓。下忽提筆云：「堯舜當之亦禪禹。」又借古爲喻，冀釋肅宗之惑也。輔國之惑肅宗，不過以爲上皇居南内，恐與群臣交通，致有意外之變，是以遷之西内。太白故又將肅宗即位、上皇内禪時提起言之，若謂肅宗業已即位靈武，收復兩京。當此之時，雖以堯舜當之，亦且外禪於禹，况上皇以父子内禪，豈尚有他意乎？奈何惑於輔國，以至於此。「君失臣兮龍爲魚」指上皇也，「失臣」謂高力士及左右舊人等皆去也。「龍爲魚」傷其受制于輔國也。「權歸臣兮鼠變虎」指輔國言，「鼠變虎」不但哀上皇，并爲肅宗危也。此二句既釋其惑，又爲上皇哀、肅宗危，所以感悟而警惕之者至深，且切忠臣之心，風人之義也。「或言堯幽囚、舜野死」，又以人言可畏深警肅宗，望其悔悟。舜禹之事，典謨昭昭，而或且有言堯被幽囚、舜至野死者。今上皇獨處西内，不與外接，亦何異堯之幽囚？倘抑鬱以終，人之多言，又當何如？「九疑連綿皆相似，重瞳孤墳竟何是」，申言舜墓究無可證，而野死之説猶播人口，况西内之遷，豈能免幽囚之譏？警之深，望之切也。因就勢繳歸英、皇遠别，回應起處以結之，曰：「帝子泣兮緑雲間。」「帝子」即英、皇，「緑雲」即竹也。「隨風波兮去無還」，「風波」喻言漂流也，「去無還」喻言不得還朝也。「慟哭兮遠望，見蒼梧之深山」，不見舜墓，是以痛哭也。即就痛哭以結之，曰：「蒼梧山崩湘水絶，竹上之淚乃可滅。」言英、皇之淚洒竹成斑，千秋淚痕至今未滅。欲滅此淚，必至山崩水絶，方可銷滅。山不可崩，水不可絶，則此淚終不可滅。如此結，方與起處「海水」二句意大呼大應，筆力千鈞，古今無兩。末段寫英、皇，即是寫自己心事。放逐之臣空懷忠誠，不能上達，哀深痛切，一片血淚傾灑於字裏行間，直可通帝天而泣鬼神。此種詩當與天地並存，中間引堯舜爲比，而「九疑」二句側接到舜一邊，恰好上承英、皇，下起竹淚，前後統歸一線，中間盡化烟雲，迷離恍惚，使人未易驟窺《離騷》之旨、變雅之音。

《東坡笠屐圖》，今藏昌化縣庫中。相傳東坡謫儋耳時，偶出遊，遇雨，借民間笠屐策杖而歸，因留斯圖。朱韞山之世父方來公，名紱，乾隆壬申舉人。宰昌化時，命高手摹倣數圖，以此圖寄韞山尊甫寶亭先生。韞山攜至粱園，出示余與許雲嶠，共擬題詩。韞山先成七古一首，云：「先生崛秀峨嵋山，謫居儋耳何時還？天風吹海海水立，蠻烟瘴雨愁登攀。有時出行二三里，世事茫茫東海水。手扶竹杖空歸來，笠屐翛翛而已矣。當年天子撤金蓮，太后曾云臣是仙。側身海外望東洛，秋毫欲上蓬萊巔。瓊樓高處不勝寒，凌風歸去休盤桓。時聞天際飛瓊鸞。」余繼作，云：「公亦謫向人間遊，公題太白真云：「謫仙非謫乃其遊。」浩然之氣凌千秋。儋從立人數前定，執政欲殺蠻荒敬。飄然笠屐何從容，斯圖翻得傳無窮。嗟公兹遊真奇絕，天空灣闊弄明月。」雲嶠爲序其事，而繫以絶句四首，云：「五夜鐘聲跡又陳，海天盡處寄孤身。生還未卜生前事，聊寫真容付後人。」「苦雨終風未放晴，憂危跬步揔堪驚。先生自有周身術，東坡在儋耳，葛延之製龜冠貽之。東坡贈以詩，有云：「智能周物不周身，未死人鑽七十二。」事見《容齋四筆》。戴笠扶筇著屐行。」「竹杖方巾見舊圖，余家藏有先生小照，方巾葛屨，倚杖而立。重瞻遺像欲驚呼。流行坎止皆真趣，不辨今吾與故吾。」「坎壈遭逢亦偶然，蕭條異代可同看。世間何處非炎海，底事悲歌行路難？」

朱韞山曰：「雲嶠自命亦復不凡。」

許雲嶠言廣西撫軍許公秋崖擢陞漕運總督，山陽縣令爲備漕督儀仗，其座船旗上「總漕」二字，誤書爲「總糟」。許公見之，以詩寄淮安太守，云：「豈必尚書稱麯部，漫勞邑宰築糟邱。」聞者莫不絶倒。

雲嶠又言吾鄉張映璣先生官浙江鹺使時，偶出，遇有夫婦攀轎鳴冤者，詢之，則其妻以其夫納妾，相訢誶，牽引而來，悞以先生爲有司官也。先生得其情，笑語之曰：「吾衙門單管鹽不管醋。」

朱韞山曰：「趣語絶倒。」

古詩音節凡用長短句處，須與上下五字句、七字句相融洽，方見節拍之妙。或以文筆入詩，或用騷體「兮」字入詩，尤須與上下五七字句機軸聯貫，節拍融洽，方無乖音節。唐人惟李杜最妙，如太白《遠別離》「古有英皇之二女，乃在洞庭之南，瀟湘之浦」，此三句以文筆入詩，下突接云：「海水直下萬里深，誰人不言此離苦？」以硬語横盤扣入七言正調，恰好與上三句音節融貫。熟讀深思，當知其故。其尤妙處「海水」句忽以比喻提筆硬接，「誰人」句緊以「此離苦」三字扣住上文，此種筆法，尤非太白不能。此處略頓，下用「兮」字句接，方不落調。若氣機尚未停頓，遽以「兮」字句承接，便軟弱不振。故聲音之道，必視乎氣之轉折提頓以爲節拍也。此二「兮」字句，句法長短參差。下「君失臣兮」二句整對。又下「帝子泣兮」三句連用三「兮」字句，上二句皆七字，下一句用十二字以舒其氣，此又句法前後變化之妙也。「雷憑憑」句單用一「兮」字摇曳於中間，尤見古趣。「九疑連綿」二句、「蒼梧山崩」二句，皆係七言正調，「九疑」二句筆機和暢，「蒼梧」二句筆力斬截，合上「海水」二句，凡三用正調。前二句聲勢突兀，中二句音韵悠揚，末二句節奏陡健，皆與各上下長短句音節諧貫，自然合拍。此等音調，太白外，惟少陵可以並驅，然不多作。昌黎亦有長短句，雖古質之氣尚不失調，已非復前規矣。盧仝、任華輩節奏失其大半，去風騷愈遠。今人七古每有於情事難以七字成句處，輒作三字句二句，或變作九字、十餘字句，又或並無生氣，於湊砌七字句中，忽參以「兮」字句，自以爲學騷體，而不知音節全失，何暇復計工拙。

朱韞山曰：「勺洋深於古詩音節，故能言之透徹如此。」以文筆爲詩，唐人自李杜外，惟昌黎能之，義山《韓碑》一篇其嗣響也。宋則僅一坡仙，歐公《廬山高》未免自矜太過。今之作者每樂以文筆爲詩，不末古人音節。作五古但見流利，毫無停蓄，直是有韵之文，强名曰詩耳。作七古若不輕用長短句，而但以文筆爲詩，其失尚少，然每流于率易，欠藴藉，换韵處多乖音節。

古詩音節乃詩中之末務，余所以諄諄言之者，以音節不諧，即如律詩之倒平仄，可以言詩？

詩主性情，夫人知之，而不知性情亦有貞淫、雅俗之判。香奩詩古人集中已有，固無甚傷詩品，然集中亦不宜太多。沈歸愚不選《疑雨集》，愚竊以爲是。蓋選詩與作詩話不同，詩話可參以游戲之語，不必處處莊言；選詩則評點以爲後學法式，持論不得不嚴。東坡云「發乎情止乎忠孝」，以此選詩垂教，庶不悖興觀群怨、事父事君之旨。

放翁詩，世但取其寫景清新之句，轉相摹效，不知放翁詩所以卓然可稱爲大家者，不在此也。放翁詩根本忠孝，如《追感往事》云：「諸公可嘆善謀身，誤國當時豈一秦。不望夷吾出江左，新亭對泣亦無人。」《臨終示兒》云：「死去原知萬事空，但悲不見九州同。王師北定中原日，家祭無忘告乃翁。」死不忘君，便是李杜嫡脉，真不愧東坡所謂止乎忠孝者。從此着眼，放翁之真詩出矣。然其聲情氣象，自是放翁，正不必摹倣李杜。

白香山之詩所以得稱爲廣大教化主者，有《諷諭》一卷及《秦中吟》等作爲之根柢也。《長恨歌》、《琵琶行》特其次耳。其餘閒適言情之作，不過如一花一草，點綴風光而已，非詩家所貴。觀其自序甚詳，乃古人作詩本旨。其自以爲理太周、言太切，所長在此，病亦在此。真可爲香山詩定評。其可繼李杜處在此，其不及李杜處亦在此。

詩有實境實情同此遭際者，讀之不啻代寫所欲言。《蠡莊詩話》載張笏軒明府詩，有「自悲作宦成孤注」之句，謂在山左多年需次之苦，彼此同之。余需次豫省亦十餘載矣，讀之不禁怦怦。

太白詩，五言如「秦人相謂曰，吾屬可去矣」，七言如「蜀道之難，難於上青天」及「嗟爾遠道之人胡爲乎來哉」等句，少陵詩如「當時四十萬匹馬，張公嘆其材盡下」等句，昌黎《南山詩》用五十一「或」字，東坡《韓幹馬十四匹》詩用「二馬」、「一馬」及其餘「八匹」、「前者」、「後者」、「最後一匹」等句，皆能於詩中運用文筆，各出一奇而天然赴節，兼詩文之妙，融合無迹。學者當合通首熟讀，心知其意，方許以文筆爲詩。雖自出新意，凌轢古人，固無不可。

吾鄉趙文潛先生教人學詩，專以杜爲宗。著有《石室談詩》。嘗謂七律較五律難工，唐人工此體者人不數首，要以少陵爲造極。今人喜作此體而不學少陵，何耶？愚謂學律詩自應由唐人入。然人之才質不齊，其鈍拙及筆姿柔媚者遽責以從杜入手，猝難領悟，不若各就其才力可及、性情所近者，先導其機，雖從中晚入，固無害爲詩人也。若才力性情近於李杜，而必抑之使學中晚，則亦非也。吾不怪今人之不學李杜，而獨怪今人之禁人學李杜者，豈今人必不可以企古人耶？

朱韞山曰：「此論最爲平允。」

學李杜非學其皮毛聲調也。少陵許身稷契，太白自謂「希聖如有立，絶筆於獲麟」，此李杜二公詩之本原也。余《答韞山》詩有云：「性情歸中和，真詩乃勾芒。」以此言詩，則欲治詩者必先自治性情始然，又非世之講道學者抄襲前人語録，改作有韵之文遂可言詩。甚矣！詩之難也。

學李杜詩當先觀其命意何在，須求其詩與其意字字貼合，字字穩順，一線穿成，無有阻礙，方爲得之。然後玩其如何運局，如何造句，如何落筆，如何接筆，如何提筆，如何應筆，及用筆順逆離合之法，熟讀之，再三讀之，得其意，得其法，不必襲其詞、倣其調。李杜之外有可讀者，無妨兼收，其讀法亦然。至欲自作詩時，當屏去一切，不唯不知有李杜，并不知有漢魏，不知有《三百篇》也。冥心孤詣，恍若有得，便當直抒胸臆，一氣呵成，然後吾輩亦有真詩。詩成後再自酌之，不可即以爲是。久久或可稍窺古人藩籬。不然，雖倚馬千言，終恐難登作者之堂。此特就其詩之最上者言之。其次者即不必如此讀。至于其下者，略一流覽可也。今有謂杜詩當全讀不必選者，余不謂然。

李杜詩之上乘者，初讀之不免有難會悟處。讀之既久，雖長篇鉅製，豪放沉雄，光怪陸離，實皆一筆書成，氣清如水，無一剩語剩字。柳州于太史公文蔽以「潔」之一字，余于李杜詩亦然。

朱韞山曰：「觀此數則，可知勺洋詩學得力處。」

作詩但騁才情，唯重風趣，衝口即成，落筆即是，非不可觀，往往失之輕佻，不能深造；失之尖新，翻欠雅重。作詩冥心力索，陳言務去，又或失之艱深，乏天然之趣。但言格調，中乏性靈固非；但取性靈，屏棄格調亦非。惟熟於古人之各種格力，各種筆法、句法、字法，而以吾之性情爲主，興酣落筆，使古法皆隨我運用，而不爲古法所拘。入海求詩，索之甚深；光天化日，出之甚顯，斯爲善學詩者。

胸無卓見，但於作詩時求深，恐徒耗心力，非失之鑿，即失之怪。須於讀詩時，求得古人深處，默契於心，久久自然識見高卓，落筆不蹈恒蹊。

以怒詈爲詩，非詩也。然亦有怒所當怒者，讒邪之害公誤國殃民而不顧，凡有人心者孰不惡之？《三百篇》中如彼譖人者亦已太甚，及「投俾豺虎」、「豺虎不食」等語，詈之何其甚也？然怒之當理，即怒詈亦不失温厚。太白詩「一談一笑失顏色，蒼蠅貝錦喧謗聲」及「董龍更是何雞狗」等句，雖涉怒詈，亦合《小雅·巷伯》之旨。

興至神來，不妨立掃千言。偶然機滯，不妨遲之數日。凡作一詩，皆有此一詩恰好應到處。所謂「文章本天成，妙手偶得之」也。過求深刻，致蹈怪僻，不可也。但取適意，掉以輕心，亦不可也。

張芥航刺史井，陝西人。辛酉進士，以中書改縣令。初宰正陽，繼調祥符，陞直隸許州。庚辰春，以河工卓薦，加知府銜，儘先補用。其宰正陽日，庚午秋闈入内簾分校，有《和朱韞山同年闈中》四律。《薦卷》云：「擬將珍寶盡波斯，眼底奇文慰我思。傾倒幾番驚幼婦，推敲便欲作嚴師。非緣名譽邀先輩，莫惜殷勤向主司。送爾龍門須自力，願憑雷火好揚鬐。」《備卷》云：「幾卷殷勤置案頭，未能推轂我先愁。陸張馳譽誰評價，瑜亮同生竟遜籌。加號渾宜唐補闕，投毫漫學漢封侯。躍津破壁尋常事，看取純精百鍊鉤。」《落卷》云：「寫就多應心力殫，幾回展卷爲重看。賦厄也閣才人筆，拔幟空登大將壇。未必無珠沉網底，須知有淚向風彈。當年我亦孫山客，始信人間遇合難。」《中卷》云：「買駿千金志未量，抱中荊玉暗生光。奇文畢竟人同賞，得意真如我自當。開帙重看增鼓舞，分曹傳視費平章。知他鐵硯穿多少，漫説風簷一日長。」

芥航刺史五言如《紅葉》云：「春色豈相借，秋容到此工。」又如《詠蟬》云：「深樹一庭寂，夕陽何處聲？」深得《唐賢三昧集》神理。又如七言《郊行望確邑諸山》云：「自笑生平無長物，好山還是借來看。」蓋正陽境内無山，刺史宰正陽時作也，亦饒風趣。

芥航刺史古詩有《山陰陰》云：「山陰陰，雲沉沉，欲雨不雨愁人心。天今便可雨，山行沮洳避無所。使天竟不雨，田枯農饑逃無處。爲農謂雨聽我語，寧困沮洳不怨汝。」可稱新聲古意。

陳望之中丞家藏《迦陵填詞圖》，名流題咏甚夥。裘文達曰修題句有云：「卷中詩伯首漁洋，諸子飛騰各擅場。一事難忘惆悵處，不將餘瀋貌雲郎。」《填詞圖》雖未繪雲郎，今商邱尚另有雲郎小像，余於戊寅在商邱猶見之，係後人仿臨者。聞原像尚藏陳氏。

乾隆己酉，山左學使爲劉雲房先生。於選拔會考前，先集諸門生作詩課。以封仲可大受爲濟南詩學第一，朱芷亭沅爲青州詩學第一，余爲萊州詩學第一，餘不能悉記。一時知遇之感，至今耿耿。今見《蠡莊詩話》載先生外孫女丁玉蟾，字夢仙，爲張伯良刺史德配，工詩。《咏雪》云：「六出花飛夜舉觴，來春麥飯喜生香。笑他柳絮東風裏，無補蒼生只解狂。」真不愧刺史夫人語。伯良居官，政聲甚著，知其得於内助者多矣。伯良罷官時，嘗與夫人分讀《長慶集》，夫人有詩云：「香山句好分燈讀，龍井茶新汲水煎。若是今朝爲刺史，那來清福到君邊？」曠達之識，更爲閨閣中僅見者。録於此，以廣其傳。

劉蔚若文著，順天武清縣人。丁卯舉人，丁丑大挑，揀發河南。工蘆雁，兼畫蘭竹及各種花卉。有《新柳》四首，録其一云：「塗黄染緑鎖長堤，二月東風剪未齊。宜雨宜晴光淡沱，乍眠乍起影凄迷。杏花城郭鶯兒嫩，春草池塘燕子低。繪出風流張緒態，依依相映畫樓西。」又有《紅葉》五首，録其一云：「濃華照眼對江楓，轉碧成朱托化工。幾夜青霜凝素艷，滿山黄葉透嬌紅。潯陽送客秋光冷，御水流情綺語通。家在白雲深處住，一林遥隔錦屏風。」

蔚若自題所畫墨牡丹云：「看徧名花滿洛陽，小窗潑墨寫天香。姚黄魏紫休相妬，本色真難富貴場。」自題所畫菊云：「生平不喜寄人籬，偶寫陶家挺特姿。粗葉添些來點綴，傲霜獨仗最高枝。」

吾邑趙文潛先生論杜詩，嘗摘其似初唐、晚唐、宋人，并有宋人所不爲者，以示戒。云：「『入河蟾不没，擣藥兔長生』，此非初之巧而纖者乎？『友于皆挺拔，公望各端倪』，此非初之拙而滯者乎？『且將棋度日，應用酒爲年』，此非晚之情真而流於俗者乎？『鷺鷀窺廢井，蚯蚓上深堂』，此非晚之景真而流於鄙者乎？『細推物理須行樂，何用浮名絆此身』，大類康節、紫陽之作。『富貴必從勤苦得，男兒須讀五車書』，則紫陽所不屑。想當日爲俗人設耶？余謂拙滯之病，今之爲詩者皆知避之。其情真而流於俗，景真而流於鄙，則正今日學中晚者之針砭也夫？」

五節樓在獲嘉縣城東北五里，明崇禎十七年二月二十二日，逆闖陷獲嘉，賀景瞻先生偕其夫人王氏，妾李氏、張氏、王氏自縊盡節處也。下有五節祠，其地即先生在日隱居讀書之柏園也。先生名仲軾，字景瞻，以進士官至山東武德兵備道，告歸。著述甚夥。湯文正公稱其《春秋歸義》一書，深得筆削之旨，當請列之學宫。孫夏峰先生作《理學忠節傳》，稱其自縊樓之東梁上，北向對君也。妻恭人王氏西向，從夫也。妾李氏、張氏、王氏俱縊西梁上，以次東向侍主也。死生之際，從容不苟如此。是日，天忽晝晦，烈風折木伐屋。歷三晝夜，顔色如生。僞官亦驚嘆羅拜。如先生者，真足以廉頑立懦，風興百世矣。事聞，謚文貞。

景瞻先生以《禮經》中萬曆癸卯鄉試。其卷初已被黜，座師解公夜夢有幞頭絳袍持節而立於榻前者，驚寤。於廢卷中得先生文，遂取中。庚戌赴南宫場，前一日夢人謂之曰：「場中若出『所謂誠其意』者一節題，則售矣。」比入場，果然。遂於是科登韓敬榜。

己卯秋，余以查水災至獲嘉，寓居縣署。得烈女張靳氏死節事，因爲作傳。今節録於此：「烈女幼字張氏，八歲即童養于夫家。事孀姑劉，能先意承志。以家貧，年十七未能成婚禮，其夫遽卒。其祖靳三成勸之嫁，女不從。三成鳴之官，以爲女年幼無知，此時雖言不嫁，恐苦節難貞，轉不若早嫁，尚不致傷兩家面目。邑宰亦勸諭改適。女曰：『婢子自八歲受孀姑撫育恩，得至今日。婢子嫁，孀姑將安託？』宰曰：『爾年甚幼，爾姑老矣。爾姑死，爾將安依？』女曰：『婢子生爲張氏人，死爲張氏鬼。婢子未肯遽死者，以姑在耳。姑存與存，姑亡與亡，何患無依？』宰不能詰。遂判令養姑，以從其志。詎三成邪謀不已，案結後，復潛爲受聘于某姓，將擇日强奪之。女聞，急偕其姑入城詣宰訴。值宰公出，不獲伸。飲泣歸，至夜遂自縊而死。蓋恐遲將被奪，不得死于張氏家也。宰聞之，詫曰：「吾不意其果能死也。」遂爲請旌，樹坊以表其節孝。

濟寧史梅裳襄齡，原籍浙江。癸酉拔貢。著有《詩蠡》二册。余耳其名久矣。《蠡莊詩話》稱其美丰儀，有潘、衛之目。想其天才俊拔，必有大異人者，惜未見其詩，無從採入。

明邵文莊公寶，字國賢，常州無錫人。成化甲辰進士，以文章理學名世。所修《許州志》，當時與康對山《武功志》並稱。我朝甄濟川先生名汝舟，大興人。乾隆丙辰進士，來刺許州。重修州志，訪求邵《志》已不可得。得董《志》，復殘缺。喜其大綱細目一本邵《志》，遂踵成今《志》。按：《志》分方輿、建置、籍賦、官師、人物、雜述爲六，而各列細目于其下，較他郡邑志頗勝。然亦有未盡善處，如《志・流寓》既云非重其跡，重其人也，而首列華歆、賈詡，其人果足重乎？又皆無貶詞，特毋失筆削之旨否？後之修志者當削去之。其中類此者、字句有冗蔓者，亦當裁汰。

濟川有《勸農偶至秋湖》六言絶句二首，云：「半緑半黄楊柳，乍晴乍雨春天。恰喜訟庭生草，且課農家種田。」「秋湖竟無尺水，春麥已長寸苗。緑疇桑色如畫，黄鳥蹄聲更嬌。」按：秋湖亦名東湖，在州東二十五里。水已久涸，民田其中。西湖亦然。濟川又有《題許由掛瓢處》云：「隱士欲逃名，後世傳佳話。何如竟潛踪，并此瓢不掛。」

吾鄉董桂川先生名思恭，壽光人。康熙辛丑進士。由庶常改授許州牧，旋陞許爲府，遂爲許郡守。《許志》稱其廉潔愛民、實心課士。公家珍先生，未知其字，蒙陰人。順治初由貢士出宰襄城，郡志稱其興廢起衰，立學勸農。襄民德之，爲建碑立祠。兩先生皆山左人，爲吾鄉前輩。録此以志景仰之忱。

輝縣百泉山山水清奇，孫登嘯臺、邵子安樂窩皆在焉。明崇禎甲申後，孫夏峰先生嘗隱居於此，講學授徒，著有《理學宗傳》、《中州人物考》，名重一時。睢州湯文正公以觀察請假歸里，執業門下，稱高弟子。其裔孫以寧先生名用正，雍正十二年由舉人官許州府教授，以理學爲諸生規勉。諸生爲建一講堂，大中丞雅公以「德行純懋」匾其堂。後以改府爲州，裁缺離任。諸生思之，即講堂改作生祠，爲立碑。即此可知夏峰先生之澤長矣。夏峰名奇逢，直隸容城人。崇禎時孝廉。

漢劉德昇始作行書，介于真書、草書之間，鍾繇謂之「行稗」。後人倣之，兼真者謂之「真行」，間草者謂之「草行」。德昇字君嗣，潁州人。又嘗觀星象，作瓔珞篆。

明孫濬號泗源，許州人。天性孝友，博洽好古，四方從游者以千計。顧久弗售，至萬曆丙午方以明經歲薦，即於是科登賢書。許人爲口號曰：「捷騎飛來滿路塵，無人不道得才真。闤闠濂雒誰傳鉢，不愧科名又有人。」

于子珍先生名玭，東阿縣人。十歲能屬文，稱神童。弱冠舉于鄉，五上春官不第。嘉靖辛丑以母老謁選，授許州知州。許有受禪臺故址，曹丕廟在焉。先生投其像于河，而以此爲漢壽亭侯別操處，立侯像祀之。刺許三年，多惠政。又歷任甘肅静寧州知州、平涼府同知，皆有政聲。子二：慎言，舉人。慎行，翰林院侍講，著有集六卷。未知已刊行否，俟徐訪之。

東漢蔡順祠在許州，今名其地曰「椹澗」。按：蔡順事母至孝。新莽時有赤眉賊掠許州，見順拾桑椹，黑白異筐，問之。順曰：「黑者奉母，白者自食。」賊大慚，自掬澗水滌眉而去。許賴以安。

庚辰夏，余以差至許州。張芥航刺史與余語及《蠡莊詩話》所載刺史《岳忠武》詩，刺史云：「此與君未晤時，宿朱仙鎮，見店壁詩有楓舲及勺洋之作，乘興而成。不知勺洋爲何人。後晤光州何容谷刺史，乃知係君。未晤君前，已與君先結一段詩緣矣。」相與一笑。

張芥航刺史詩佳者甚夥，匆匆未得盡録。兹於前所載外，又録其七古《即目》云：「濕雲壓山山不受，故遣山風吹出岫。雲來挾雷與山争，咫尺雨注波濤傾。眼中白氣空漫瀰，山耶雲耶總不知。雷聲破處電光小，中峰日色忽林表。」筆力音節皆近東坡。又有五律《夜歸》云：「歸途舒醉眼，月色正黄昏。樹遠疑人立，石欹似虎蹲。僕夫喧暗渡，燈火出前村。景物殊幽絶，塵勞可勿論。」

劉育堂穀萬，直隸趙州人。壬戌進士。由詞林出宰臨潁。有《快晴》七律云：「直從月額雨如澆，盼到新晴破寂寥。上界天高雲氣斂，中衢泥淺水痕消。着沽酒屐纔穿市，聽賣花聲又過橋。料得晚來人不悶，一輪明月照吹簫。」

育堂又有《回任後過草店鋪有感》，句云：「覆局棋盤重着子，逢場竿木又隨身。」《連日大雪吟以誌喜用東坡雪後書北臺壁韵》云：「二紅準喫明年飯，三白頻開臘月花。」《菊影》句云：「微窺生相霜無跡，細認前身月有痕。」「看來晚節渠如許，印到秋心定幾層。」

庚辰夏，余在臨潁署中審理積案，晤潘雨香泉，出其荷露烹茶小照索題，余爲題七絶二首。雨香復出其詩示余，録其《訪春小集和金秋田》七律云：「老眼看花喜未昏，花朝乘興合芳樽。可能唱我旂亭句，未必消他刺史魂。紅袖彈箏搴柿蒂，畫船打槳憶桃根。張郎杜老多情甚，帶醉還敲月下門。」又有《菊影》句云：「秋痕黯淡香無跡，晚節蕭森骨有稜。」「三徑西風留本色，一籬明月認前身。」

蔣師退知讓，江西鉛山縣人，心餘太史第三子。幼即見知于隨園先生，故其生平尤極推尊隨園。其《送隨園遊嶺南》詩云：「羅浮蝶粉荔支香，引得先生屐齒忙。二月辭家花惜别，三湘買棹雁還鄉。詩中世界添南海，到處逢迎占勝場。非是宦遊非貶謫，韓蘇何止讓文章。」著有《妙吉祥室詩集》，已刊行。

師退辛酉大挑一等，分發直隸。嘗學姚武功作《縣居》詩，録其一律，云：「緑暗乳林鴉，晴絲弄影斜。印嘗連日鎖，鼓止報更撾。怒發青藤葉，嬌生月季花。風塵吹不到，幽寂勝山家。」姚武功《縣居詩》三十首，世多稱之，高密李石桐先生《主客圖》於武功詩亦唯取此。余觀三十首中，無一語念及縣民，可謂負此縣居矣。

師退送别汪劍潭云：「生世能消墨幾螺，江湖無復舊悲歌。三湘游興空秋水，九月風懷動女蘿。紅燭不辭今夜永，青山漸覺故人多。紛紛哀怨天涯滿，月滿潮平奈爾何？」

作詩主神韵者，其風骨必高峻，否亦淡逸。主風趣者，其格韵必和諧跌宕，或流于尖新纖巧。此中消息，當平心静氣以辨之，方不爲前人争門户者所誤。

文人相輕，自古爲然。要各有真，不能掩也。七言古詩四仄三平之説，漁洋、秋谷雖皆有之，特爲初學示以可遵之法，非謂古詩之藴盡于此也。觀《夫于亭詩問》，劉大勤問：「古詩以音節爲頓挫，此語屢聞命矣。終未得其解。」漁洋答云：「此須神會，其微妙難以言傳。試以粗迹求之。如一連二句皆用韵，則文勢排宕。即此可以類推。熟子美、子瞻二家，自了然矣。」又何嘗專以四仄三平概以爲七古定例耶？今人執四仄三平之説以譏漁洋，誤矣。古詩音節，余於《梅影叢談》曾撮舉數則，其詳具見於先大夫《詩法易簡録》。

紀文達公校定《四庫全書》，所見既廣於前人，所論詩法源流，靡不究悉，故其文集中爲人所作諸詩序，皆能辨别源流，指陳得失，直可作先生詩話觀。擇録數條於後。序鐵太宗伯冶亭所選《詩介》云：「文章格律，與世俱變。有一變必有一弊，弊極而變又生焉。互相激，互相救也。唐以前毋論矣。唐末詩猥瑣，宋楊、劉變而典麗，其弊也靡。歐、梅再變而平暢，其弊也率。蘇、黄三變而姿逸，其弊也肆。范、陸四變而工穩，其弊也襲。四靈五變，理賈島、姚合之緒餘，刻畫纖微。至江湖末派，流爲鄙野而弊極焉。元人變爲幽艷，昌谷、飛卿遂爲一代之圭臬，詩如詞矣。鐵厓矯枉過直，變爲奇詭，無復中聲。明林子羽輩倡唐音，高青邱輩講古調，彬彬然始歸於正。三楊以後，臺閣體興，沿及正嘉，善學者爲李茶陵，不善學者遂千篇一律，塵飯土羹。北地信陽挺然崛起，倡爲復古之説，文必宗秦漢，詩必宗漢魏、盛唐，踔厲縱横，鏗鏘震耀，風氣爲之一變，未始非一代文章之盛。久而至於後七子，勦襲摹擬，漸成窠臼。其間横軼而出者，公安變以纖巧，竟陵變以冷峭，雲間變以繁縟，如塗塗附，無以相勝也。至國初變而學北宋，漸趨板實，故漁洋以清空縹緲之音變易天下之耳目，其實亦仍從七子舊派神明運化而出之。趙秋谷掊擊百端，漁洋不怒，吴修齡目以『清秀李于鱗』，則銜之終身，以一言中其隱微也。故七子之詩，雖不免浮聲，而終爲正軌。吐其糟粕，咀其精英，可由是而盛唐、而漢魏。惟襲其面貌，學步邯鄲，乃至如馬首之絡，篇篇可移，如土偶之衣冠，雖繪畫而無生氣耳。冶亭此集大旨以新城之超妙，而益以飴山之鑱刻，誠得七子佳處，而毫不染其流弊者。如以七子末派併其初祖而疑之，則學杜者杈枒，學李者輕剽，亦將疑李杜乎哉？」

文達又序《鶴街詩稿》云：「詩之體格日新，宗派日别。自漢魏以至今日，其源流正變、勝負得失，雖相競者非一日，而撮其大概，不過擬議、變化之兩途。從擬議之説最著者，無過青邱仿漢魏似漢魏，仿六朝似六朝，仿唐似唐，仿宋似宋。而問青邱之體裁如何，則莫能舉也。從變化之説最著者，無過鐵崖怪怪奇奇、不能方物，而卒不能解文妖之目。其亦勞而鮮功乎？」按：文達此論引而未發。《易》曰：「擬議以成其變化。」擬議而加以變化，則無摹擬之跡，既不同優孟衣冠。變化而本於擬議，則縱横之中自合律度，亦斷不至蕩檢踰閑。此合一之功，歧爲兩途，則皆失矣。然學者必由規矩入，規矩熟而後變化生，故曰「擬議以成其變化」。

文達又序《挹緑軒詩集》云：「發乎情，止乎禮義，詩之本旨盡是矣。詠物之作，起於建安游攬之篇，沿於典午，至陶謝而標其宗，至王、孟、韋、柳而參其妙，至蘇、黄而極其變。自唐至今，遂傳爲詩學之正脉，不復能全宗《三百篇》矣。」又序《雲林詩鈔》云：「後人各明一義，漸失其宗。一則知止乎禮義而不必其發乎情，流而爲金仁山濂洛風雅一派，使嚴滄浪輩激而爲不涉理路、不落言詮之論。一則知發乎情不必其止乎禮義，自陸平原『緣情』一語引入岐途，其究乃至於繪畫横陳，不誠已甚歟？陶淵明詩時有莊論，然不至如明人道學詩之迂拙也。李杜韓蘇諸集豈無艷體，然不至如晚唐人詩之纖且褻也。酌乎其中，知必有道焉。」又序《詩教堂詩集》云：「兩漢以後，人多不知詩可立教，故晉宋岐而玄談，岐而山水，此教外别傳者也。與教無裨，亦無所損。齊梁以下變爲綺麗，遂多綺羅脂粉之篇，濫觴於《玉臺新咏》，而弊極于《香奩集》。風流相尚，詩教之决裂久矣。宋人《文章正宗》、《濂洛風雅》，固不失『無邪』之旨，然不言人事而言天性，於理固無所礙，而於興觀群怨之旨，則又大相徑庭矣。」

文達又云：「兩漢之詩，緣事抒情而已。至魏而宴游之篇作，至晉宋而游覽之什盛，故劉彦和謂『莊老告退，山水方滋』也。然其時門户未分，但一時自爲一風氣，一人自出一機軸耳。鍾嶸《詩品》陰分三等，各溯根源，是爲詩派之濫觴。張爲創立《主客圖》，乃明分畦畛。司空圖分爲二十四品，乃辨别蹊徑，判若鴻溝。雖無美不收，而大旨所歸則在清微妙遠之一派，自陶謝以下，逮乎王孟韋柳者是也。至嚴滄浪《詩話》，始獨標『妙悟』爲正宗，所謂如空中音，如相中色，如鏡中花，如水中月，如羚羊掛角，無跡可尋，即司空圖所謂『不着一字，盡得風流』也。沿及有明，惟徐昌穀、高叔嗣傳其衣鉢。王敬美謂『數百年後，李、何或有廢興，高、徐必無絶響』，斯言當矣。虞山二馮顧詆滄浪爲囈語，雖防微杜漸，欲戒浮聲，未免排之過當。執肴蒸折俎爲古禮，而欲廢尊彝；取朱絃流越爲雅樂，而盡除清笛，不能謂其説無理，然實則究不可行。况『課虚無以責有，叩寂寞而求音』，陸平原言之。『「思君如流水」，既是即目；「清晨登隴首」，羌無故實』，鍾記室言之。『山沓水匝，樹雜雲合。目既往還，心亦吐納。春日遲遲，秋風颯颯。情往似贈，興來如答』，劉舍人亦言之。則此論不倡自儀卿也。飴山老人堅執馮説，而漁洋山人獨篤信而不移，其亦有由歟？」見所作《田侯松巖詩序》。

文達又云：「詩至少陵而詣極，然唐人自李義山外罕學杜者，元結、殷璠以下選當代之詩者，亦無一家録及杜，其故莫詳也。南宋始以少陵爲一祖，而以黄山谷、陳後山、陳簡齋爲三宗，於是江西體盛，而吕紫微《宗派圖》作焉。故江西者，少陵之流别也，所列二十七家，不盡江西人。嘉定以後，陸放翁《劍南》一集，爲宋季大宗。其學實出於曾氏，故趙康夫題《茶山集》曰：『新於月出初三夜，淡比湯煎第一泉。咄咄逼人門弟子，劍南已見祖燈傳。』放翁作《茶山墓誌》，又稱其詩宗杜甫、黄庭堅，是陸出於曾、曾出於江西之明證。特源遠流長，論者不復上溯耳。」見所作《二樟詩鈔序》。

文達又云：「東坡才筆横據一代，未有異詞。而元遺山《論詩絶句》乃曰：『蘇門果有忠臣在，肯放坡詩百態新？』又曰：『只言詩到蘇黄盡，滄海横流却是誰？』嘉慶壬戌典會試，以此條發策，得朱子士彦卷，對曰：『南宋末年，江湖一派，萬口同音，故元好問追尋原本，作是懲羹吹虀之論。又南北分疆，未免心存畛域。其《中州集》末題詩，一則曰：「若從華實評詩品，未便吴儂得錦袍。」一則曰：「北人不拾江西唾，未要曾郎借齒牙。」詞意曉然，未可執爲定論也。』喜其洞見癥結，急爲補入榜中。」亦見先生《四百三十二峰草堂詩鈔序》。

文達《書韓致堯翰林集後》云：「致堯詩格不能出五代諸人上，有所寄託，亦多淺露，然當其合處，遂欲上躪玉溪、樊川，而下與江東相倚軋，則以忠義之氣發乎情而見乎詞，遂能風骨内生、聲光外溢，足以振其纖靡耳。然則詩之原本不從可識哉。」《書黄山谷集後》云：「涪翁五言古體大抵有四病，曰腐、曰率、曰雜、曰澀。求其完篇，十不得一。要之力開突奥，亦實有洞心而駴目者，别擇觀之，未嘗無益也。七言古詩大抵離奇孤矯，骨瘦而韵起，格高而力壯，印以少陵家法，所謂具體而微者。至於苦澀鹵莽，則涪翁處處有此病，在善決擇耳。但觀漁洋之所録，而菁英亦略盡矣。」又云：「涪翁五言古律皆多不成語，殆長吉所謂『强回筆端作短調』耶？五六言絶大抵皆粗莽不成詩。七言絶佳者往往斷絶孤迥，骨韵天拔，如側徑峭崖，風泉泠泠。然粗莽支離，十居七八，又作平調，率無味。」

文達《清艷堂詩序》有云：「蘇李之詩天成，曹劉之詩閎博，嵇阮之詩妙遠，陶謝之詩高逸，沈范之詩工麗，陳張之詩高秀，沈宋之詩宏整，李杜之詩高深，王孟之詩淡静，高岑之詩悲壯，錢郎之詩婉秀，元白之詩樸實，温李之詩綺縟，千變萬化，不名一體。而其抒寫性情，則一也。」余嘗謂學詩先治性情，至于聲調、風韵、格力，各就其天姿所近，各成一家可也。文達此論可謂先得我心。

「高深」二字，非李杜不足以當之。元白之「樸實」，亦惟深於詩者能見及之。然香山可以無愧此二字，微之似尚有未到處。

成親王《怡晉齋帖》論書有云：「梁武帝評右軍書，有『雄强』二字，此誤人不少。後來粗俗之習，多緣錯會意也。蓋彼時真蹟猶常得見，今則從木石追取影響，雄强未成，獷悍先流，固不如運沉着而入虚和，具透紙之力，而紙上無氣血之勇，其品自超詣矣。」按：此論不獨善言書法，惟詩亦然。如學杜詩者皆以杜之勝人在沉雄，不能深求其故，而但於句調間生吞活剥。自名學杜，究之外强中乾，但見獷悍粗俗，則皆誤會「沉雄」二字也。學杜詩者不可不知。

學李杜者當先求其高深，得其一二便足名家。至于聲情之沉鬱飄逸，各隨其天姿所近，不能强，亦不必强也。

展重陽、借中秋，皆倡自東坡而作，借中秋之舉者甚少。我朝彭田橋有《借中秋圖》，紀文達公爲題七古一首，有云：「巧用丑月借春例，探支一月蟾光圓。」

紀文達公有《題汪鋭齋蕉窻讀易圖》五古一首，自注云：「此體創自皇甫持正，純落論宗，非詩之正格，姑以見意云耳。」此數語尚得前輩論詩之旨。

紀文達《題瑶華道人夏日畫松竹梅扇》云：「梅竹横斜松幾枝，炎天却寫歲寒姿。應知早養凌霜氣，須在春紅夏緑時。」

文達詩稿名《三十六亭》，嘗自題三十六亭云：「樊南擒奥詞，意旨獨殊絶。方山與太常，駢耦吾兼悦。深夜紗燈旁，瓣香稽首爇。亦欲涉風騷，一一求流别。登岸未有期，敢云當捨筏。」蓋自道其詩之所從出也。朱竹垞亦云：「詩至樊南，始可稱才子。」可見前輩於詩，各有會心，不肯依人門户。

河間紀厚齋先生名坤，文達公高祖也。明季諸生。著有《花王閣賸稿》，多憂時感事之作。《啥許總戎於内黄間道歸里途中書所見》二首云：「慘淡孤城閉，群凶正合攻。日沉兵氣外，風起戰聲中。曠野無人覺，荒榛有路通。潛行吾尚怯，嗟爾虎狼叢。」「處處殘骸拄，腥風拂面過。天心寧好殺，人事或干和。一騎飛摇鞚，中宵唤渡河。儻然哀痛詔，急遣減催科。」《登内黄城樓》云：「憂天亦覺杞人愚，此際憂來不可袪。風日蒼黄群盜滿，山河破碎一城孤。通儒謀國多書卷，上相籌兵祇地圖。原注：總戎出政府檄，有「檢驗輿圖，黄河在前，滹沱在後，天險足恃，增兵何用」之文。宗廟神靈應閔念，昭陵石馬幾時趨？」《哭董天士》云：「五嶽填胸氣不平，談鋒一觸便縱横。不逢黄祖真天幸，曾怪嵇康太世情。掃榻有時邀月入，杖藜到處避人行。料應塵海無堪語，且試驂鸞問紫清。」

厚齋又有《題蘇武牧羝圖》絶句，云：「散牧羝羊四五群，自持禿節卧寒雲。漢廷卿相無窮事，十九年中幸不聞。」自注云：「代蒨園給諫作。蒨園訝而不用，姑自存之。」

今之學宫旁必立文昌祠，且必有魁星像，持筆携斗，相沿已久。世遂有建興儒士謝艾神爲文昌之説，又有以梓潼縣七曲山張亞子神爲文昌者，其説頗難考核。按：《史記・天文志》：斗魁戴匡六星爲文昌宫，其六曰司禄，主天下圖書之府。是文昌司禄之説，本於天文星象，而非有人焉上升而爲之神也。又按：北斗七星，其四星似斗者，曰天樞、天璇、天璣、天權，而總謂之魁。其三星似斗柄者，曰玉衡、開陽、摇光，而總謂之杓。以文昌列于斗魁之上，又以斗柄運乎天中，臨制四方，故文昌祠必有魁星持斗，以像斗魁，而明其能臨制四方文明之運。《天文志》曰：天子敷文教于四海，法文昌也。今學宫之旁必有文昌祠，殆以是歟？余不諳天文，此合下條，皆本前人緒論而薈萃之者。

按：文昌宫六星，一曰上將、二曰次將、三曰貴相、四曰司命、五曰司中、六曰司禄，形似半月，列於斗魁之上。《文昌占》曰：「星黄，則文章之士進用；星白，則文運衰。」

襄城縣北二十里名靈樹鋪，有徐君墓，即延陵季子掛劍處。城内舊有望嵩樓，唐劉禹錫有《望嵩樓送廖彥謀》七絶云：「九陌逢君又別離，行雲別鶴本無期。望嵩樓上忽相見，看過花開花落時。」今其遺趾已不可考。

庚辰八月，宿洧川，見題壁一絶，云：「鏖戰文場四十秋，而今始到廣寒遊。榜花香淡嫦娥老，幾个書生不白頭？」未落款，是老年方得一第者。觀其用「榜花」二字，知其必隱僻之姓也。

庚辰八月二十六日，宿小召驛，夜夢亡兒汝瑆依依膝前，言笑如平日，誦其自題所畫山水一絶，云：「山有雲行水有聲，溪邊緑樹午風清。北窗睡足披圖坐，此老胸中富甲兵。」醒猶歷歷不忘，不解詩意何指。晨起，書此以誌悲痛。

桂林山多奇秀，黛色參天，甲於西南。其讀書巖峰上有「南天一柱」四大字，朱韞山嘗有句云：「柱天分楚粵，拔地鎮滇黔。」可以想見其千尋竦立之概。

韞山又有《疊綵巖》句云：「人從山腹轉，石繡古眉蒼。」《屏風岩》句云：「斷雲峰一線，絶壁鳥雙來。」

韞山《棲霞洞》五律云：「我愛棲霞洞，谽流玉帶環。桂江千里目，蘿月七星山。石乳懸香雪，仙牀擁翠鬟。探奇方萬矗，直到九嶷彎。」

韞山《秋夜寄懷王麟峰茂才》云：「春花秋月等閒過，自別雲山入夢多。古寺晚風鳴鐵馬，廢宮衰草卧銅駝。倚欄邀月憑紅友，爛醉看天問素娥。太息東巖王佐老，玉繩低轉夜如何。」《清江浦》云：「孤篷烟雨閣層霄，又渡清江萬里橋。三十六湖甓社月，五千餘里廣陵潮。桐陰斜壓青帘小，花片橫飛畫槳遥。回憶文游臺畔柳，倚欄啼露向誰嬌？」

韞山又有《君山》，句云：「洞庭千里月，照見君山青。」空曠超逸，不假力索，洵佳句也。

己卯七月河決，蘭陽宋思堂有《誌慨》詩云：「堤報蘭陽拆，聲同洩尾閭。天疑浴星斗，地不辨田廬。城郭應來鶴，人民盡化魚。狂瀾何日挽，蒿目涕漣如。」其《丙辰年在枝江作》云：「耳震鼓鼙聲，沙場正鬭兵。烽迷山萬叠，鬼哭月三更。村落頽垣亂，荒田蔓草生。何時殲首惡，銷甲事春耕。」蓋指川楚逆匪作亂時也。思堂嘗有絶句云：「繞樹流鶯夾岸花，揚帆二月上三巴。巫山突兀峨眉秀，一路峰巒看到家。」讀之想見川中山水奇秀，令人神往。

思堂《題韞山才人福傳奇》云：「閒居爲感鸕鷀裘，描寫炎凉筆筆遒。嬉笑文章忠厚旨，須知不盡是温柔。」

思堂又有《福昌讀富公燕堂碑記兼懷蘇文忠公》句云：「絶代奇才當盛世，也來此地作閒官。」自注云：「文忠年二十五歲時，曾調福昌主簿。」思堂此詩可謂寄託在意言之表矣。

張筠圃名正祁，江蘇徐州人。己酉拔貢，需次豫省，與余同年。詩不輕作。余嘗見其《嘯臺懷古》云：「世俗多啾唧，誰聞鸞鳳音？登高一舒嘯，逸響散疎林。修竹如名節，清泉見道心。高風不可作，徙倚傍仙岑。」

楊松山名先春，山東歷城人。客遊豫省，借筆耕以自給。嘗有詩云：「浪跡梁園度歲華，詩書堆裏寄生涯。字多來問年年館，膝但能容處處家。儘日課徒兼課子，有時栽樹亦栽花。兩三知己閒來坐，笑看兒童自煮茶。」

宋思堂幼及鄭愚堂先生之門，愚堂著有《半解集詩稿》，思堂誦其《即事》一絶，云：「午後追凉任所之，臨風小立緑荷池。閒中偏有忙人事，纔看蓮花又賦詩。」愚堂名懿卿，乾隆戊申副榜，現任四川西充縣教諭。

十二筆舫雜録卷九

東萊勺洋著
桂林韞山評

中州觚餘下

甘實求名揚聲，江西崇仁縣人。甲寅舉人，與余同年。辛杞縣，修前明劉文烈公理順祠。庚辰冬以病請假，寓省垣。出其所得劉文烈墨蹟册子索題，余爲題七古一首。册中載文烈詩草十餘首，雖不盡佳，重其爲忠烈遺筆，擇録二律於此。《送潘升允按北畿》云：「驄馬煌煌躍帝京，蘭臺簪筆舊馳聲。日邊法網吞舟漏，塞上風沙白晝驚。持斧罔辭冬凜冽，登車雅負志澄清。何憂肘掖多窺伺，淮水曾從一局平。」《寇警後得家信聞茂才多遇害者》云：「妖氛蔽日勢霃霃，冒險長鬚苦陣深。對面恍疑人隔世，開函不覺淚盈襟。堂前乳燕尋林木，月下招魂憶子衿。兩字平安付紙上，聊將怛悼寄行吟。」

今河南彰德府安陽縣，即古相州。宋韓魏公琦以相州人來鎮相州，其晝錦堂即在郡城内。所著詩文名《安陽集》。然司馬光《詩話》所載魏公《喜雨》詩云：「須臾慰滿三農望，却斂神功寂似無。」以爲此真做出相業，而集中不載，則知編集時脱遺不少。又按：《宋詩紀事》載公子忠彦《題江干初雪圖》詩云：「諸公當日聚巖廊，半謫南荒半已亡。唯有紫樞黄閣老，再開圖畫看瀟湘。」忠彦詩亦未有專集。

《中州集》載樂著，字仲和，安陽人。作《相台詩話》三卷，今佚。《鄴乘》所采《詩話》中一條云：「敏修字忠傑，户部郎中。北渡，居館陶。《甲午元日》詩曰：『憶昔三朝侍紫宸，鳴鞘聲送鳳池春。繁華已逐流年逝，潦倒猶甘昔日貧。蕢歷怕看驚换世，椒觴愁舉痛思親。異鄉節物偏多感，但覺愁添白髮人。』後還林，《慮遊黄華山》詩云：『溪流漱石振蒼崖，林樹號風吼怒雷。爲謝山靈幸寬貰，漫郎投劾已歸來。』」

韓魏公判京兆日，得姪孫書，云田産多爲鄰近侵占。公於書尾題一詩云：「他人侵我且從伊，仔細思量未有時。試上含元殿基看，秋風秋草正離離。」見《魏公遺事》。録之以見名臣德量，可爲後世法者，不獨立朝大節也。

歐陽公爲韓魏公作《晝錦堂記》，初云：「仕宦至將相，富貴歸故鄉。」韓得之愛賞。後數日，歐復遣介别以本至，云：「前有未是，可换此本。」韓再三玩之，無異前者。但於「仕宦」、「富貴」下各添一「而」字，文義尤暢。此可見文章有以虚字傳神者，必不可從簡也。見《過庭録》。

韓魏公醉白堂，蓋取唐白居易《池上篇》之意名之。蘇東坡爲之《記》。堂在今彰德郡北城内。

明謝茂秦山人墓在安陽縣城南二十里。計甫草嘗賦詩弔之，爲修其墓，立石碣。題曰：「明詩人謝榛之墓。」沈歸愚尚書所云「眇目山人足性靈，詩盟寒後苦飄零。後來誰弔荒墳者，只有吴江計改亭」，指其事也。按：山人，山東臨清州人。而墓在鄴者，蓋嘗遊鄴，爲趙康王所賓禮。康王死，其孫穆王亦賓禮之。嘗於酒闌樂止，命所愛賈姬獨奏琵琶，歌山人所製《竹枝詞》。山人感王知遇，詰朝，復上新詞十四闋，姬悉按而譜之。明年元旦，王於便殿奏伎。酒止送客，即盛禮而歸姬于山人。見《小山筆記》。故山人殁，葬於鄴。吴明卿過鄴，有詩弔之，云：「幾渡漳河不見君，半生消息旅中聞。談詩夢老燕山月，鼓鋏歌寒雁塞雲。四壁琴書留慘澹，諸王恩禮罷殷勤。誰移一片韓陵石，爲汝重題處士墳？」明卿名國倫，即「後七子」之一也。「後七子」者，李攀龍、王世貞、宗臣、徐中行、梁有譽、吴國倫、謝榛。見《寄園編》。

明崔文敏公銑，字子鍾，號後渠，安陽人。天下稱「後渠先生」。嘉靖時，以南京國子祭酒上疏言時政，罷歸。家居十六年，未有一函通於當路。既而肅皇以立太子，特旨起先生少詹事兼翰林侍讀，少師夏公贈詩曰：「一字不曾通政府，十年始得見先生。」著有《周易餘言》、《中庸凡》等書。見何塘所作先生墓誌。

後渠《中庸凡》自序云：「聖賢著書，救時弊，正辟學而已，中庸是也。言大而實，功約而該，渾渾爾，洋洋爾。章分句晰，則文斷而意離。銑謹録載《記》原文，綴數言於每行之外，聯其相承之義、性道諸字之訓。後人取義紛如，乃考其文之所起及其旨之所竟，皆述夫子論定之言，弗敢亂以意見他説。名曰『中庸凡』，言不能詳也。」按：此序則先生《中庸凡》非守朱子三十三章之説可知。余訪求數載，恨未得見。今於《安陽縣志》中見其序，亟録之，以誌景仰。

後渠著有《士翼》四卷，其言有曰：「談理至宋人而精，然而滋蔓；講學至宋人而切，然而即空。」

又曰：「漢唐之小人易見，宋之小人難知。漢唐之君子可信，宋之君子當攷。」又曰：「去序而言《詩》，背左氏而言《春秋》，必荒謬矣。」紀曉嵐先生以爲其言皆講學家之所深諱，而侃侃鑿鑿，直抒無隱，可謂皎然不自誣其心者。

余既輯録曉嵐先生文集中談詩之語，以便觀覽。其中論漁洋詩，以爲仍從明七子出，特以空靈縹緲之音變易天下之耳目云云，似尚非深知漁洋者。語云：「取法乎上，僅得乎中。」若但學七子，必不能到七子境地。即如漁洋《晚登夔府東城樓望八陣圖》云：「永安宫殿莽榛蕪，炎漢存亡六尺孤。城上風雲猶護蜀，江間波浪失吞吴。魚龍夜偃三巴路，蛇鳥秋懸八陣圖。搔首桓公憑弔處，猿聲落日滿夔巫。」沈歸愚以爲議論、格律、聲響無一不合，在北地、信陽詩中定推上乘。此豈但知俎豆前後七子者所能到耶？蓋何李學杜，漁洋亦學杜，故格律、聲響有時而合。不窮其源，但觀其跡，遂以世代先後指爲以此學彼，其何以稱知言耶？

漁洋詩出自盛唐，亦非專學少陵。其空靈縹緲之音，皆自王孟諸公得來。觀所選《三昧集》及所定《十種唐詩選》，知其於唐之名家無不究心，而尤默契於盛唐諸公。至秋谷謂其不喜少陵，特不敢顯攻之，則尤屬深文。余嘗見其批點杜集，心賞處推尊甚至，而塗抹亦復不少，豈不喜少陵而不敢顯攻者哉？少陵云：「别裁僞體親風雅。」大抵漁洋論詩，審别體裁，最爲謹嚴，所選五古，唐人衹存五家而不及杜者，以五古當以漢魏爲正宗，杜之五古雖自漢魏出，而聲情、規模已變漢魏，非漢魏所能囿，故别存之。七古則以李杜爲宗，下及宋元，兼採並收，以窮其變，以見七古與五古體裁、音節不可無辨。

其有功於詩學甚鉅。世徒以其名重，思駁之以自高聲價，不知漁洋所選之詩具在，漁洋詩集亦具在，何不平心一玩味之？

五言古詩當先讀漢魏，讀漢魏有得，然後擇晉宋之佳者讀之，下及齊梁，以窮古詩之源，再讀唐人詩，勢如破竹矣。律詩及七言古詩皆當從唐人入手，讀唐人有得，然後下及宋元明以迄國朝諸大家，則識見立得住，不至隨波逐浪，旗東亦東，旗西亦西。且於宋元以來諸名家自能洞見源流，辨别得失，亦不至隨聲附和，如矮人觀場矣。

漁洋五律如《漫興》六首云：「漭漭荆襄地，當年割據州。營連九節度，星動五諸侯。已共長江險，應關上將憂。郭門傳息壤，不障洞庭流。」「嗚咽秦川水，秋風入鼓鼙。妖星躔隴右，大將出安西。陸陸將誰附，蒼蒼迴不迷。似聞寬大詔，不忍戮鯨鯢。」「烽火傳花馬，將軍發賀闌。天心誅叛亟，國法受降寬。衙帳青塘入，沙場白骨寒。亂臣誰貰死，史筆後人看。」「不見離支熟，閩州驛騎來。大農師漸老，使者節難迴。五嶺烽相照，三山瘴未開。冥冥炎海外，目極釣龍臺。」「西北和親國，王姬禮數殊。一朝忘甥舅，萬里送頭顱。露布明駝足，軍鋒落雁都。六師信神武，群盜敢枝梧。」「海内兵塵滿，乾坤正氣孤。數公明大義，一死激頑夫。關塞青楓晚，英靈白日徂。他年看秉筆，得慰鬼雄無？」此種詩不謂之從杜出不得也。特處太平之盛，不能作無病之呻吟，故此種不多見耳。今之爲詩者不肯深求唐法，唯於近時名家集中擇其易於勦襲者，生吞活剥，以自詡而矜人。雖能詩者亦多從近人入手。吴修齡因漁洋與李于鱗同爲濟南人，遂疑漁洋亦必從于鱗入手，因目爲「清秀李于鱗」。今兩家之詩具在，試平心觀之，果能中漁洋之隱否？

獺祭之譏，義山所以不免者，以其用意太深，爲詞所晦耳。若借古爲證，能於詩意轉更確切明顯，則當恨讀書之少，惟恐不足以供吾驅使，何得於前人之博雅者，概以獺祭目之？如漁洋《題趙承旨畫羊》云：「三百群中見兩頭，依然秃筆掃驊騮。朅來清遠吴興地，忽憶蒼茫敕勒秋。南渡銅駝猶戀洛，西歸玉馬已朝周。牧羝落盡蘇卿節，五字河梁萬古愁。」後四句全用典故，用筆筆凌空，義嚴斧鉞。沈歸愚以爲詩有春秋，洵非虚語。若不借古人發論，但就趙承旨實寫，能不傷於直率乎？故知概以用古爲獺祭者，其人必非善讀書者也。

朱韞山曰：「讀書人所以貴有博學反約之功。」

庚辰冬，邵君堂時宰汜水。來索余及朱韞山詩，言其同鄉沈君濤將作百家詩話，倩伊代爲搜羅。余命兒輩録數首，付邵君轉寄沈君。兒輩遂録余明宫中樂府詞及五七律共二十餘首付之。余笑曰：「詩話不過取一二首、一二聯而已，何不憚煩若此？」及見邵君，猶以爲少。余曰：「此之爲多矣，勿更貽笑沈君也。」沈君時以縣令遵河工投効例捐陞直隸州。

吴和村松，廣東人。丁卯舉人，丁丑大挑一等，分發來豫。出其詩稿見示，余愛其「黄葉聲初下，明河濬不收」，是《唐賢三昧集》一派。

庚辰十二月，余攝篆獲嘉，延沈墨莊於署。出其《墨莊吟草》示余，録其《題墨牡丹》絶句云：「誰將淡墨寫生綃，染出天香國色饒。別有一般真意味，不須脂粉奪清標。」墨莊名鳳墀，浙江嘉興人。

趙月岩名承榮，浙江錢塘人。工詩，善書。遊幕中州，余在獲嘉未及致問，月岩先以詩寄余，云：「經濟鴻才學更優，三生梁苑識荆州。詩如工部詞章細，書侣東坡筆力遒。聞説政成馴乳雉，想應德至買耕牛。莫嫌借箸無多日，從此清名是處留。」「吟壇難得互觀摩，緣淺如予唤奈何。對月頓教詩思减，提壺却令别情多。春回花縣勞心曲，夢繞燕臺笑鬢皤。安得隨君琴閣上，相將共聽麥岐歌。」月岩《中秋雨後對月》云：「雨散雲開夜色闌，離人見月又團圞。千山萬壑通宵白，怕惹鄉思不忍看。」

月岩佳句，五言如《雨中送友》云：「鳥啼千里雨，花落五更風。」七言如《新柳》云：「眉鎖曉烟初點黛，眼經春雨半垂青。」《寄懷余秋室侍讀》云：「折釵婢學終嫌拙，擲鑷人嗤想未蒼。」《客中病後感懷》云：「支離鶴骨憐清影，摸索牀頭漸减顔。」《曉行》云：「怕聽雞聲頻掩耳，喜看嵐色幾回頭。」

辛巳四月四日，余在獲嘉任，值越南貢使陳伯堅住宿邑之亢村驛，余聞其能詩，乃贈以一律，云：「重譯迢迢不計程，久逢聖世海波清。河聲嶽色通炎徼，璧合珠聯指帝京。今夏四月朔，欽天監奏日月合璧，五星聯珠。暫駐征軺來古驛，可知俗吏本書生。料君灑徧豪端彩，定有鴻文壯此行。」伯堅和答云：「跋涉江程又陸程，粤烟楚月逼人清。星軺喜渡黄河水，心旆遥馳白玉京。雨露擡頭天漸近，風光到處眼皆生。尋常巴里何須問，珍重瓊瑤惠此行。」初五日，伯堅宿新鄉縣，復和前韵寄余，云：「不憚風沙萬里程，皇清天地正寧清。鄙懷似鳥嚶求友，佳贈如珍捧上京。賢者柝關皆宦隱，聖朝芻牧要儒生。南來一路聞詩少，時誦瑤章慰我行。」於初六日日暮寄到，計伯堅此日已宿汲縣，余復答以二律，并以拙刻《古本大學詁略》、《詩箋三種》，命役連夜馳抵汲縣寄贈，云：「曾將道脉溯周程，司牧良箴第一清。拙宦敢言符列宿，談詩自昔愛西京。欣從海外聯新咏，叨比鶯遷篤友生。驛路憑何破岑寂，聊投數卷伴裝行。」「同盟山畔紀郵程，叠接新詩字字清。炎海同文真盛世，衆星煥彩拱神京。覲光定卜天顔喜，歸夢應添筆蕊生。他日還能相憶否，前途轉恨不同行。」伯堅字彌甫，號雲峰。四月二十一日，余卸獲嘉事。洎秋闈，同年吕介堂送其子鄉試來省，語余云：「伯堅五月底回至亢村，甫入館舍，即先詢公，而公已回省矣。」介堂名景福，獲嘉人。甲寅舉人，辛酉大挑一等。其尊甫先生爲請改二等，選祥符教諭。時以終養回籍。服闋，尚未請咨。其門人李心源，余課文取入前列，是秋遂中式。

朱韞山以其尊甫寶亭先生詩稿示余。按：先生諱緒，嘗作《勸孝歌》、《戒淫歌》垂訓子弟，兼勸世人，洵盛德君子也。韞山舉孝廉，公車北上，先生作詩四首示之，云：「行藏謹慎自無憂，爲汝關心白了頭。文要寬舒添逸氣，詩宜澹遠越凡儔。家傳銕硯磨須透，名卜金甌願始酬。經濟廣存天地闊，銀河高曠隱源流。」「癡兒莫學世情癡，白髮蒼蒼欲靠誰？松柏耐煩寒亦暖，竹梅不畏雪來欺。鵬程高處飛能早，萊彩歸時舞未遲。立志要超懸北斗，文名須占最高枝。」「淥水桃花界碧峰，詩情浣去十分濃。一天春色來無際，萬丈長虹吐在胸。珠以光圓方出海，魚因變化始成龍。老翁矍鑠添詩興，望汝移忠報九重。」「卿雲出岫莫教遲，善體親心北上時。家世久傳清白訓，吾兒須讀老成詩。能知涵養斯爲妙，解得方圓便不疑。若使駐顔春不老，應看郁郁鳳鳴岐。」先生又有《憶昔》五古一首，序云：「昔至雷郡海安越瓊南，想舟中風波之險，忽忽四十年矣。感懷而作。」詩云：「昔日奉慈母，就養雷州邑。

星斗伴孤舟，遠涉瓊南僻。海口水雲連，瀕洞不可測。颶風蹴飛濤，百怪吞潮汐。舵師驚相呼，前舟屢履没。但聞波濤聲，不辨天與日。慈母望我哭，我望慈母泣。可憐五斗米，致令百憂集。幸得彼蒼佑，倏脱虎口急。痛定還思痛，至今夢猶慄。慈母已終堂，欲奉不可得。翻思在海舟，相依慈母膝。悠悠思母心，蒼蒼報罔極。」

辛巳夏，余於周東木扇頭見蔣伯生七律三首。《伏生祠》云：「誰從絶學抱遺編，劫火難燒廿九篇。大義不緣親口授，微言應已失心傳。年抛轅固張蒼外，功在姚航孔壁先。我欲坐旁添配享，通經還有女兒賢。」《鄭公鄉》云：「通德門開道已東，經神起自畚夫中。三年絳帳傳高業，十萬黄巾拜下風。見説墻牛都作字，衹今帶草尚成叢。孔門幾見稱官閥，一樣鄉名立鄭公。」《漆園城》云：「更於何處問蒙莊，秋水城邊望渺茫。寄傲偶然成吏隱，寓言大半屬荒唐。遊心方外論齊物，曳尾塗中謝楚王。一卷南華真悔讀，温岐今古有同傷。」伯生名因培，浙江人。作宰山左，以詩名。東木名震甲，歷城人，書昌先生令嗣。以舉人出宰河南太康縣，告終養歸。起復後，又改教東歸矣。

許雲嶠詩多散逸。辛巳夏，始搜輯成一卷，出以示余。其《讀南史》樂府十首，僅存三首。《讀北史》樂府十首，僅存四首。兹録其《讀南史・石頭城》云：「生前事，身後名，請君聽歌石頭城。古頭城邊鬼夜哭，司馬門前進璽紱。金鏤琵琶拜新恩，龍顔早識劉文叔。試問筵前白眼兒，可憶床頭黄襬袂？寶玦青珊血糢糊，龍準子孫一掃無。忠臣孝子竟駢首，又見袁郎騎獰狗。」《讀北史・定州開》云：「定州開，聖人來，聖人者誰普六茹。天子丈人作台輔，五色侍從何煌煌，二十四旒正當陽。上皇擬天意未已，禿鶖飛向昭陽裏。君不聞江南歌黄塵，天教皂角相料理。金枝玉葉一掃枯，褕翟盡爲阿麼姑。」

雲嶠《宛陵道中飲黄山人草廬》七古云：「春山那比秋山好，日行山中看不飽。擬掬雲水洗雙眸，玲瓏萬象恣搜討。又覺心神淡於水，直向太古寄懷抱。無乃造物憫勞人，特爲此行破煩惱。夕陽下馬款村扉，老屋一椽覆黄草。山人科頭愛種花，出世形容已枯槁。見客欣然具雞黍，盆盎大甕手自倒。我抗俗容走風塵，開尊愧對商山皓。去年北走大梁城，今年南走宛陵道。大梁城頭歲云暮，宛陵道中秋復老。人生百年如隙駒，斟酌山光恨不早。宦情久已同雞肋，狂懷只合嗜羊棗。我生何爲苦行役，醉歌一曲問蒼昊。」

劉蔚若以其《辛巳春日和趙月岩紙鳶原韵》二律示余，録其一云：「宜春帖子譜芳年，兜惹兒童戲紙鳶。慈母線添飛得得，大王雄送影翩翩。纔成羽翼摩霄漢，便有風聲達帝天。近夜試從雲際望，珠光頷下耀星躔。」又有《步趙月岩菊影原韵》句云：「好襯墻腰籬角處，恰宜風定月斜時。」

蔚若又以劉文清公所著《石菴詩鈔》四卷示余，披覽一過，似係後人裒輯，非先生手定者。兹録其《觀劇》七絶云：「水複山重第一村，牽蘿補屋幾朝昏。玉人儻向吴宫老，枉却殷勤再到門。」《後訪》「齊晉兵休越未來，芙蓉恰傍美人開。銀塘一夜衣香滿，知是蓮舟櫂月迴。」《採蓮》「鉛華久向病來收，良夜偏將好客留。歌罷新詞人已困，滿天星彩下西樓。」《樓會》「沉香亭裏報花開，酒態低昂供奉來。奏罷清平春已去，六龍西幸謫仙回。」《吟詩》「抱琴小立月華邊，消渴書生夜不眠。一奏瀟湘水雲曲，萬珠清露落階圓。」《琴心》「一夕書帷駐彩雲，湘絃楚佩暗留芬。娉婷久立空階冷，露濕金泥蛺蝶裙。」《佳期》「停觴不御兩魂消，水遠山長夢亦遥。今夜蒲關蕭寺月，依然花影轉良宵。」《長亭》「褰珠拾翠競芳華，朱閣深嚴宰相家。懊惱雙鬟慵不起，夜來風雨損梨花。」《規奴》「漁蓑披向寶衣寒，漢室山河一葉寬。載得王孫何處去，滿江風浪起龍蟠。」《藏舟》「脱韁擺索自豪雄，禪板蒲團一掃空。明日清涼山下路，杏花深處酒旗風。」《山門》「蜀道山青怨杜鵑，鳥啼花落雨如烟。鈴聲恰似丁寧語，好爲三生話舊緣。」《聞鈴》「元宵燈火宴豪家，細馬馱來眼帶紗。誤煞書生相待苦，一庭明月浸梨花。」《豪宴》「浮玉山高鐘磬音，莫愁亭子在江心。良人咫尺不相見，一逕禪房花木深。」《水漫》「萬死求丹路渺茫，上真喜怒迴難量。心灰力盡歸來日，夫壻回生妾斷腸。」《採藥》

石菴集中題所臨香光倣宋四大家法書册後絶句亦佳，兹録其《題米海岳》一絶云：「浪跡江湖不計年，黄庭千字晚争妍。不知有益蒼生否，却問君王乞俸錢。」

劉蔚若《都門咏白芍藥》云：「玉蝀橋南買幾枝，粉磁瓶内貯嬌姿。花名傻白應嫌素，客不題紅亦似癡。輦下新粧眉淡掃，揚州明月夢相思。一樽索與閑斟酌，京洛風塵未染緇。」《秋月》句云：「少女初開鏡，誰家不捲簾？」《紅梨花》云：「萬點胭脂來大谷，一枝春色出扶桑。」《落葉》云：「辭樹不隨青女降，乘風還向碧空飛。」《夏夜》云：「露侵階草夜初静，風透窗紗人未眠。」

閻秀岑深蔚，江南人，游幕中州。丁丑夏，晤於夏邑縣署中，以詩贈余云：「謙謙德本敬爲輿，從政才高學有餘。争道片言能折獄，須知武庫實多書。欣逢客館談心日，記得梁園識面初。借問飛鳧仙使者，蓬萊佳處近何如？」一別三年，每憶其人。兹於叢殘中檢得其詩，亟補録之。

沈歸愚《説詩晬語》云：「司空表聖云：『不着一字，盡得風流。』『采采流水，蓬蓬遠春。』嚴滄浪云：『羚羊掛角，無跡可求。』蘇東坡云：『空山無人，水流花開。』王阮亭本此數語，定《唐賢三昧集》。木玄虚云：『浮天無岸。』杜少陵云：『掣鯨碧海。』韓昌黎云：『巨刃摩天。』惜無人本此定詩。」言外不無自負，蓋其所選《唐詩别裁》實本此三言以定之，而於《三昧集》一派亦兼收焉。然阮亭《五七古詩選》，則又在别裁之前，已具有此鉅觀矣。

北魏王德《春詞》云：「春花綺繡色，春鳥絃歌聲。春風復蕩漾，春女亦多情。」連用四「春」字，相疊而下。朱竹垞送友詩云：「相期且樂酒，相見輒悲歌。相送有如此，相思知若何？」連用四「相」字疊下。王詩前三句以「春花」、「春鳥」、「春風」陪出第四句「春女」，朱詩以第三句「相送」勒住前二句「相期」、「相見」，第四句以「相思」轉到别後。師法古人而加以變化，方可免效颦之譏。

王鎧字東岩，廣西臨桂人。乾隆戊戌進士，官直隸寶坻縣知縣。著有《拾餘草》。罷官後，流寓保陽，無力付梓。朱韞山以其詩草一卷示余，録其《春日偶宿村舍》二首之一云：「十年不向山村住，偶住山村興便奢。比户聞香皆社酒，到門無處不桃花。駢肩人看新來客，拍手兒迎醉過車。真是醇風留太古，幾時計定且移家？」《題徐西齋學博小照》云：「杖履逍遥興不孤，霞光瀲灩落平湖。蒹葭秋水無人跡，自寫瀟湘入畫圖。」「保陽曾記識荆州，此日披圖憶舊遊。焉得丹青添箇我，也携詩卷卧沙洲。」

作詩文者每喜騁才，往往有貪多之患。王銕夫詩云：「《堯典》一帝紀，不過五百言。《下武》章四句，功兼祖曾孫。古人尚體要，見道語不繁。」又云：「文明止于《賁》，此義聖所敦。」可以爲貪多之戒。

王銕夫《送程春廬孝廉》云：「近來漢學日縱横，老輩荒疎怕後生。不道今年逢二妙，江西吴與浙西程。」「須尋玉宇上瓊樓，今古蒼凉貉一丘。年少能文三不幸，莫耽風月作名流。」「一時何李竟騰驤，風氣侵尋變試場。項脊軒中人獨坐，清空不動轉輪王。」「放罷何須慰藉多，讀書果否爲求科？生平不下窮途淚，與爾臨歧一浩歌。」

銕夫《題畫蝴蝶》二首云：「《爾雅》注魚蟲，於蝶未有録。文章自周身，豈須世名目？栩栩春風中，享此花前福。可憐避鶯捎，雙飛不能獨。始信光音天，神仙留春屬。」「託命風花間，無過蜂與蝶。蜂以蜜濟人，辛苦徧游獵。蠆尾若子産，壯夫莫之捻。蝶亦採花歸，金粉事塗頰。慨然士能文，輕華但一霎。」

老杜詩「聞道河陽近乘勝，司徒急爲破幽燕」，浦二田謂可以知公將略。宋室南渡，苟安浙閩，不能據關中形勝之地以爲根本，亦失地利。陸放翁詩云：「國家四紀失中原，師出江淮未易吞。會看金鼓從天下，卻用關中作本根。」亦屬絶大識見、絶大議論。陸詩在南宋可稱大宗者以此。若但爲風雲月露之詞，縱極工麗，亦歐陽公所謂「無異草木榮華之飄風，鳥獸好音之過耳」者，豈足以語千秋之鴻業、不朽之盛事乎？

趙月岩《光州雜咏》云：「一澗斜分南北城，吴歌楚曲合蘆笙。不知何處梅花落，片片飛來繫客情。」「兩岸垂楊百尺樓，石橋一帶鎖潢流。悠悠到處堪投釣，宛似吾鄉杜若洲。」「漠漠烟雲掩釣臺，鶯聲頻帶雨聲來。春申宅已成荒土，半是新篁半緑苔。」「茶樓開處似船窻，花鴨沙鵝盡作雙。遥憶蒓鱸春正美，幾回魂夢繞鄉江。」「沙灣曲曲柳含烟，翠荇經風帶自牽。若使滿湖添漲緑，白鰷黄蛤不論錢。」「水光樹色兩交佳，竹筏瓜舟雁字排。偏愛江南風俗麗，少年半著鳳頭鞋。」「春來到處燕呢喃，聲入深林麥雨酣。夜半忽聞雷鬱律，清晨市市筍盈籃。」「南海西天處處幽，水亭六月冷如秋。而今更有池荷翠，只見遊人不見鷗。」「弋山深谷盡芳蘭，怪得春來不覺寒。却憶玩花樓下路，月鈎初上碧琅玕。」

庚辰冬，戴恬園以大計膺郡縣薦舉入省。十年契闊，一旦把晤，談詩論文，頗多逸興。既而仍歸廣文之任，以往返途中所作詩一卷寄余訂正。録其《過東里寄蕭蘭圃少府》云：「師之梁不見，賢相獨聲名。芍藥詩誰賦，萑苻盜久清。寒烟東里樹，斜日洧川城。西望懷梅福，平生契闊情。」《北渡淮水》云：「雪後風塵净客顔，長臺北望鎖重關。分明一幅雲林畫，寫出淮南大小山。」

壬午春，楊雨亭以其詩稿倩余評騭。録其五言《華陰縣》云：「晴雲開嶽色，落日壯河聲。」《溪上》云：「草痕三逕合，雲影半湖陰。」七言《夜坐有懷》云：「女憐衣薄教添絮，兒怕囊空誤讀書。」《菊影》云：「霜雪無權何足傲，泥塗强溷豈能埋？」《落花》云：「細雨冷風蘇小墓，濕雲涼月太真祠。」雨亭名得潤，甘肅武威人。以布都需次中州，究心《遁甲》及岳忠武《虎鈐經》等書。

范無崖先生名泰恒，河内人。雍正乙丑進士。所著古文名《燕川集》，所選古文以《莊子》爲奇文之祖，以《史記》、昌黎爲宗。謂昌黎文高處尤在諸碑誌。又謂文至宋人而法備，然爲中材準繩則可耳。後人之密終遜前人之疎。文到朴率處，大是難事。由法生巧，變化從心，隨手拈來，自成一奇，此殆天分也。非浸灌於《史記》、《莊子》、昌黎者久，豈能猝辨？拘促宋人轅下，終身罕覯此境矣。其《經書卮言》云：「《周易》今殊割裂，近復古經，而上下《繫辭》尚有錯簡，宜入《文言》者。湛若水《周易測義序》論詳矣。訂正之，始毫髮無憾耳。」湛氏《測義》一書，余未之見，當訪求之。

少陵詩「近來海内爲長句，汝與山東李白好」，蓋以七言古爲長句。白香山《得湖州崔十八使君書喜與杭越鄰郡因成長句代賀兼寄微之》詩，則又以七言律爲長句。大抵《三百篇》以四言爲主，而參以五、七、八、九言。漢興，五言始盛。雖有七言，厥體未暢。唐人七言始與五言並盛，故以七言爲長句，古與律可通言耳。

辛巳秋，袁蘭村將有《中州新雨集》之刻，屬宋思堂來徵余詩，已命兒輩録廿餘首付之矣。壬午春，思堂復來徵詩，又録近作數首付之。蘭村名通，簡齋先生令嗣也。時宰汝陽。

作詩有當叙事者，須知體裁詳略之法，又須知有夾叙夾議之法，及以議論行叙事之法。不然拖沓不靈，毫無章法矣，何以言詩？

臨川李巨來紱。《六宗攷》云：「六宗之解，自漢以來凡十數家，或就『禋』求之，或以『六』求之，獨未嘗一攷『宗』字之義，宜其雜出而無當也。《孔傳》據《祭法》以時、寒暑、日、月、星、水旱六祭當之。孔光、劉歆當以乾坤六子。賈逵謂天宗三日、月、星辰，地宗三河、海、岱。馬融以爲天地四時。鄭康成以禋與祭天同名，引《周禮·大宗伯》謂六者皆天神之祀，指爲星辰及司中、司命、風師、雨師。則文昌二星甚微，固不足以當六宗之名。蓋宗之祭，指人鬼。攷堯以前創制立法之君可爲帝王之宗者，無若五人帝：太昊以木德王，炎帝以火德王，黃帝以土德王，少昊以金德王，顓頊以水德王，此歷代所祀以配五天帝者。又以虞夏商周宗法推之，則高辛爲堯所當宗，合高辛於五人帝，以爲六宗，孰有確於此者乎？」節録

李巨來《古文尚書攷》云：「《古文尚書》蓋漢魏人贗作。朱子亦嘗疑之，而卒尊之而不敢廢者，以『人心』、『道心』數語爲帝王傳授心法，而宋以來理學諸儒所宗仰之者也。余友萬編修云：『即此數語可證其贗。「危」、「微」二語出於《荀子》，而《荀子》又得之於《道經》，非《尚書》語也。梅鷟嘗言之矣。』余覆考之，蓋《荀子·解蔽篇》言舜之治天下也，不以事詔而萬物成。處一之危，其榮滿側；養一之微，榮矣而未知。故《道經》曰：『人心之危，道心之微。』危微之幾，惟明君子而後能知之。荀子之論危微者如此，而引《道經》以爲證。荀子爲李斯之師，其所著書，在《詩》、《書》未燔之前。《荀子》凡引《詩》、《書》，並稱『詩云』、『書云』，而此獨稱《道經》，則秦火之前荀子所見之《尚書》無『危微』語也。楊倞注云：『今《虞書》有此語而云《道經》者，蓋有道之經。』不知漢以前從未嘗稱《易》、《詩》、《書》、《春秋》爲經者，《論語》、《孟子》所引亦無『經』字。且孔孟爲儒家，而黃老爲道家，自戰國至漢無異辭。道家之書則曰『經』，經之非《尚書》也明矣。《史記·殷本紀》所引《湯誥》，《周本紀》所引《泰誓》，其詞皆與今所傳《古文尚書》皆不類，蓋安國所得壁中古文，信有其書，而特非今世所行之《古文尚書》也。」

又《書大傳攷》云：「《漢書・藝文志》載伏勝《尚書大傳》四十一篇，《隋志》尚有三卷，其完缺不可知。嗣後史志更不復見，惟晁氏《讀書記》稱《今本》四卷，首尾不倫。則雖有存者，已非完本。而今併是而佚之矣。伏生之學歷有師承，其經固可信，其傳亦當得經文本義。乃葉氏夢得謂伏生《尚書大傳》言不雅馴，至以天地人四時爲七政，謂《金縢》作於周公没後。愚謂即此二端，亦足徵《大傳》立義之精，嘗試論之。政者，國家所行之事，即《堯典》『欽若昊天，曆象日月星辰，敬授人時』是也。曆象欽天有天之政，期三百有六，旬有六日，天行氣盈之數，以管窺天測之，即天之政也。分測四極以定日晷，嵎夷、南交、西、朔方，地之政也。殷仲春、殷仲秋、正仲夏、正仲冬，四時之政也。東作西成，南訛朔易，人之政也。天、地、人、四時各有應行之政，故謂之七政。至于日月五星，古未聞有專理之政事，僞《孔傳》以後世之見釋古書，不知唐虞之世未嘗有治五緯星之政也。若以五行當之，則既與穀並稱六府，不應又與日月同稱七政。至于《金縢》一篇，程正叔疑其文不可信，王括蒼亦謂《金縢》非聖人之書，其論不爲無見，而實則未見伏氏《大傳》所解故耳。古之祀者無所祈，孔子疾不禱，而周公禱之，故疑其不然。然子路請於孔子，故孔子止之。若周公則自以爲功未嘗告之武王，且告之祖考，欲以身代，臣子迫切之情宜無不可。惟是周公身秉國政，乃令史臣記其請代之功，又記風雷之異，則遜膚之謂何？此聖人斷乎不爲者也。若云公既明農，然後王令史臣紀之，則無端而作，亦恐未然。惟《大傳》以爲成王葬周公，適有風雷之變，因追念前事之異，叙而紀之。則君有念功之美，而臣無矜功之累，即程與王之疑亦可釋矣。伏氏《大傳》爲後人所駁者，其立義之精尚如此。」

周櫟園亮工《因樹屋書影》云南城張教授孟常名世經，曰：「世傳孔氏三世出妻，蓋本《檀弓》『不喪出母』之説，予竊疑之。反覆讀之，忽得其解。其曰：『昔者子之先君子喪出母乎？』夫『出母』者，蓋所生之母也。《吕相絶秦》篇曰：『康公，我之自出。』則『出』之爲言生也，明矣。其曰：『子之不喪出母，何居？』即孟子所謂『王子有其母死者，其傅爲之請數月之喪』是也。蓋嫡母在堂，屈於禮而不獲自盡，故不得爲三年之喪耳。其曰：『其爲伋也妻者，則爲白也母；其不爲伋也妻者，則不爲白也母。』夫所謂『不爲伋也妻者』，蓋妾是也。意者白爲子思之妾所出，而子思不令其終三年之喪，故曰『孔氏之不喪出母，自子思始』也。讀者不察，致使大聖大賢負千古不白之冤。即謂漢儒多謬，亦未有無故而毁聖賢者，此非《檀弓》之過，乃讀禮者之過也。」

《因樹屋書影》云：「佛氏有花友、秤友之喻。花者，因時爲盛衰。秤者，視物爲低昂也。」

冗官亦可謂枝官，見《韓非子》。「枝官」字頗新雅。

光武故人，世知有嚴光，而不知有牛牢，又有高獲。獲隱于石城，今池州府。

汴酒以中牟之黎花春爲第一，味淡色清，品在惠泉上，視汴之秋露白，不止有仙凡隔。亦見《因樹屋書影》。

壬午九月，宋思堂過余寓舍，出其所作《朱仙鎮岳忠武王廟》及《湯陰岳忠武王廟》詩見示。余讀其《朱仙鎮》起句云：「一朝頓廢十年功。」擊節曰：「如此落筆，以下議論皆攝入朱仙鎮，有破竹之勢矣。」其《湯陰岳廟》詩尤爲精確，佳句如「君尚忍抛根本地，臣何敢有故鄉思」，「豈有權奸容大將，斷無孝子不忠臣」，所謂言不可刊置别處者也。

思堂《讀宋史》云：「黄袍返駕御朝班，掠取孤兒若等閒。想到陳橋兵變日，不須痛哭弔厓山。」《讀元史》云：「斡離崛起版圖開，至正承祧國祚頹。奉佛屢朝無福報，終教皇覺一僧來。」又有《函谷關》云：「一樣度關遺蹟在，英雄畢竟遜神仙。」以孟嘗與老子相較，亦前人所未及。

戴恬園於壬午秋又以詩稿刻本一卷寄余。其初任南陽廣文曰，有《莫笑》詩四首，云：「莫笑銜齋陋，銜齋事事幽。吏閒常似客，屋小但如舟。編竹成籬眼，扶藤上樹頭。時聞有好鳥，圓滑幾聲留。」「莫笑頭銜小，頭銜正自尊。百城看卷擁，兩部聽蛙喧。鶴料分清俸，鶯聲伴緑樽。地仙原自散，那識簿書繁？」「莫笑寒儒苦，盤飧也自羅。羊嗤博士瘦，鮭笑庾郎多。倦每支頤卧，閒惟鼓腹歌。晝叉錢自在，規約法東坡。」「莫笑寒氈冷，追隨也有賓。問奇人載酒，祭竈我邀鄰。細草垂書帶，飛花聚繡茵。虀鹽朝復暮，心不厭清貧。」

吴雲溪名經，字潄六，山西安邑人。乾隆己酉拔貢，由廣文保舉知縣，選授河南原武縣。嘉慶庚午冬，余于役懷慶，路過原武，以同年之誼，相得甚歡。丙子，雲溪僑寄省垣，每相過從。道光辛巳余被參後，交好益篤，昕夕聚晤，談文爲樂。雲溪因言幼曾受業於李芝谷先生之門，先生嘗作《四時宫怨》，以「溪西雞齊啼」爲韵，内用一、二、三、四、五、六、七、八、九、十、百、千、萬、丈、尺、寸、雙、單、全、半等字，一時傳誦。尚憶數聯，爲余誦之。其《春宫怨》云：「二十四番花信早，幾千萬落柳絲齊。」《冬宫怨》云：「尺寸線添長樂女，雙單更叶未央雞。」芝谷名如蘭，浙江仁和人。

壬午春，商丘縣令孫蘭陔以病請假得允，吾輩中急流勇退者也。著有《歸田稿》一卷，皆咏古之作。其《咏賀監》句云：「詩債未償歸去補，醉鄉長結此生緣。」殆自爲寫照矣。他如《咏息夫人》云：「隨風柳絮原無力，帶雨桃花别有春。」《咏淵明》云：「人不清談真學問，天難困厄是琴書。」《咏嚴子陵》云：「不共雲臺争日月，長將姓氏占溪山。」皆可採。蘭陔名珩，福建人。己巳進士。嘗言做官不要利、不要名、不要官，却要首領。其自序《歸田稿》云：「出黑海之餘生，憶青山之退步，今而後此身始爲我有。甚矣！做官難，不做官亦難也。」可謂深悉宦途之苦者。

丙子秋闈，徐藕船刺史時宰上蔡，以分校入闈。余亦以内收掌同在闈中，昕夕聚晤，相得甚歡。刺史名銓，初由翰林改官縣令，後陞補許州直隸州知州。著有《蘭臺外史》。其《咏項王》云：「楚將從來有世功，八千子弟出江東。已知鹿走窺秦帝，爲底鴻門恕沛公？睢水絶流真霸主，烏江不渡是英雄。可憐垓下《虞兮》曲，未若劉家賦《大風》。」《夏日道中》云：「緑意迴環列畫屏，馳驅聊復走雲軿。丁池蛙鬧三通鼓，午樹蟬鳴一串鈴。暑日遮遮南北路，薰風時拂短長亭。車塵碌碌炎蒸苦，整頓征驂柳外停。」《秋日偕楊問芝泛舟遊陳州蘇湖亭》云：「潁水高懷羡小蘇，讀書亭子久荒蕪。烟横古渡迷荷沼，風送秋槎泛柳湖。款款蜻蜓依緑芰，飛飛蛺蝶繞青蒲。卯君已往臺猶在，指點殘碑入畫圖。」《秋日道中即事》云：「車塵又過畫橋東，烟草迷離古逕通。解網漁收秋水緑，歸樵人帶夕陽紅。九天銀漢河千丈，五夜清砧月半弓。最是客愁眠不得，秣陵蕭瑟悵西風。」《沈邱曉渡》云：「催啓征驂曙色微，溟濛宵霧隱霏霏。人登畫舫穿雲渡，鷺振芳汀帶水飛。兩岸曉烟蘆葉密，一天秋雨蓼花肥。自憐羈旅棲遲甚，聊盼行同北雁歸。」

吹臺在汴城東南，大河環其北，嵩少峙其西，亦登臨之勝地也。壬午秋，余登吹臺，題詩云：「長空歸雁數行過，此日登臨感更多。岳色蒼涼交白露，濤聲激壯走黄河。千秋明德誰能繼，臺祀神禹，亦名禹王臺。奕代詩名自不磨。旁有祠祀李太白、杜子美、高達夫，名三賢祠。後又配以李崆峒、何大復，爲五賢祠。但願安瀾功永奠，常依聖世託狂歌。」

壬午春，梁曉航來省垣，招余及宋思堂小飲談詩，因披其全稿。録其《題童二樹畫梅》云：「童君貌瘦心如鐵，潑墨淋漓香并裂。一枝寫出影横斜，水石粼粼照清絶。孤山明月一千里，手折寒花送君别。萬首詩成酒滿觴，凍雲捲盡江南雪。」又録其《滏陽道中》云：「一帶窪田雨後疎，溪邊多是釣人居。路旁柳色清於染，折得新條貫鯉魚。」曉航名達榜，戊辰進士，福建歸化人。

濟南大明湖夏秋間荷花盛開，扁舟載酒，遊人不絶，洵勝地也。徐藕船刺史有《偕許香圃陸小珊泛舟遊大明湖》一律云：「緑水人從鏡裏行，清光遥映玉壺明。東南山勢懸層壁，西北湖流截半城。數里烟波增畫本，一船風月結詩盟。十年回首瀛洲路，敢逐韶華負此生？」刺史又有《太白樓》句云：「醉眼直看天地小，狂吟長嘯海山秋。」

張小南豐，濰縣人。丁卯優貢，以教習分發河南。癸未春，出其詩稿示余。其佳句如：「十里秋風霜草色，半橋人影夕陽痕。」《秋郊晚行》「秋後看松知本性，花中惟菊最多名。」《秋意》「燕子泥新知社近，海棠紅落覺春深。受風細麥平添翠，礙日飛雲不定陰。」《春游》「無聲細雨偏留客，不斷青山慣送人。」《壬申春復北上》「遠火星沉魚背曉，大江潮落雁聲寒。」《題枕簑漁夢畫意》「滿林黄葉疑無路，萬壑秋聲直到門。」《題山居》「樹是纔移連故土，花多新種少蟠根。」《題新館》「始知一代循良吏，即是千秋孝友人。」《贈陳荆山》

十二月十九日，東坡生日也。壬午嘉平，余倣商丘宋牧仲中丞爲東坡作生日，詩云：「名世應運生，五百年可必。維公繼杜韓，間世特一出。實具宰相才，豈徒凌雲筆？奈何同昌黎，身命坐磨蠍。坡詩自注：「昌黎誕日，磨蠍坐身宫。余生辰，磨蠍坐命宫。」中年似香山，坡詩出處依稀似樂天。晚弄瓊海月。回首望中原，青山但一髮。學道真實意，境遇不能奪。坡謫儋耳，寄子由詩云：「平生學道真實意，豈與窮達俱存亡？」浩氣萬古存，其神原不滅。我朝宋中丞，牧仲曾爲作生日。聯吟集同人，韵事嘆夐絶。嗟我六旬外，坡謫儋耳時，年六十有二。景仰心徒切。一笑公應聞，坡題太白真云：「作詩一笑君應聞。」坐覺天宇豁。」宋思堂和云：「屈子降庚寅，田文誕端午。賢哲應運生，歲月指可數。畸人不世出，出亦不常覩。一千五百年，又應眉山隖。仁宗景祐初，丙子紀年譜。城西紗縠行，東坡誕於眉州紗縠行私第，時仁宗景祐二年丙子也。命宫磨蝎主。生有所自來，器本是公輔。歐陽避一頭，韓范堪爲伍。宋荀大用之，於朝寧小補。夫何見忌多，動爲小人侮。生謫儋耳濱，死瘗郏城土。才稱天下奇，命歷一生苦。詩吟春夢婆，含悲寄黎部。誰知死後名，更較生尤溥。褒祀謚文忠，俎豆昭千古。生天慧業多，應掌群玉府。李侯撰壽詞，韵事繼前武。宋牧仲中丞於是日集同人作詩，爲東坡壽，勺洋倣之，誠韵事也。謬將琴瑟音，來教巴人拊。我慙樗櫟材，雷門持布鼓。當兹覽揆辰，再拜祝公祜。鼎爇一瓣香，筐承十脡脯。擬將赤壁磯，按《玉局文》云：

「十二月十九日東坡生日，置酒赤壁磯上。」移置汴江滸。歷劫身不壞，崧嶽同申甫。願公下大荒，來享此清酤。」馬琴泉增華和云：「賢哲不數生，境遇亦難必。堂堂蘇子瞻，有宋乃挺出。制科驚歐陽，疑爲子固筆。坎坷似昌黎，命宮遭磨蠍。翰苑蓮炬歸，方欣依日月。瓊島忌何深，和陶老白髮。海外盛文章，浩氣誰能奪。信是長庚精，光芒色彌烈。勺洋風雅士，記取公誕日。韵事倣商邱，清詞兩卓絶。蘇海繼韓潮，蠡測心所切。對此緬前修，悠然天懷豁。」張小南和云：「哲人限今古，遥遥不可接。往往臭味同，默默精神洽。有宋生髯蘇，一代真偉儒。翰院無幾時，儋耳竄絶隅。生時震寰海，殁後垂千載。我朝宋商邱，寤寐與期會。值公初度辰，虔心薦蘩蘋。今人爲古壽，古人感今人。後有勺洋老，磊落偏潦倒。意氣商邱同，新詩摛芳藻。人言此韵事，吾謂此古意。古意今人懷，此中有深致。」余復答云：「學道貴真實，不貴立崖岸。行乎患難中，尤貴能不變。卓哉玉局翁，遷謫等夢幻。東坡自儋耳歸，有詩云：『夢裏似曾遷海外。』不飾道學名，真意老逾健。尤欽争雇役，虚公絶私怨。偶爾效前賢，爲公祝壽旦。方自愧謭陋，宋玉來芳翰。謂思堂。馬戴復繼作，謂琴泉。文彩相炳焕。今得小南君，健筆益精悍。命意一何深，三讀增慚汗。學古始知難，望古轉遥歎。企仰徒勞心，相隔渺河漢。」楊雨亭見之，亦補作一首云：「百丈飛虹横空起，光芒直射奎垣裏。勺洋居士追前賢，記取生辰祝蘇子。文章道義接淵源，天風海濤湧片紙。我生僻處天西隅，不見峩眉况儋耳。遥遥相隔七百年，烈烈大名炳宋史。老蓮寫生雖未窺，仿佛神明在尺咫。一箋聊隨諸君後，三生得悟勺洋旨。作詩一笑公知否，謫仙又有山東李。」

客窗賸語弁言

余友李明府勺洋，東萊名宿，著述頗多，菲史枕經，兼及雜録。向作有《梅影叢談》、《春暉餘話》、《中州觚餘》三種，桂林朱韞山司馬既已分俸代梓。近復著有《客窗賸語》三卷，武威楊雨亭、西蜀宋思堂、韓江倪晉三、萊陽孫筠亭、濰陽張小南諸君子，共爲捐資，代付剞劂。此亦猶治五侯之鯖，而一臠是陳，諒知味者有同嗜也。刻成囑序於余，因贅數語於簡端。

道光四年，歲次甲申，嘉平中澣，大興愚弟藕船徐銓識。

十二筆舫雜録第四種目録

十二筆舫雜録卷十

東萊勺洋著
韓江晉三
武威雨亭
敘永思堂仝評
濰陽小南
萊陽筠亭

客窗賸語上

吾友朱子韞山既代刊《雜録》三種，質之海内諸君子，頗不謂謬。由是，遠近以詩相投者日衆。客窗多暇，復加輯録，成三卷，名曰《賸語》。宋子思堂偕同志諸友復爲代刊，合前九卷，共十二卷。甲申冬十月朔勺洋識。

石琢堂先生韞玉，乾隆庚戌殿撰，與張船山同年。船山没後，爲刻其詩稿以傳，真古道也。刻成，琢堂有《書後》一律云：「文園遺稿歎叢殘，手爲删存次第刊。名世半千知己少，寓言十九解人難。留侯慕道辭官早，賈島能詩作佛看。料理一編親告奠，百年心事此時完。」

道光壬午，余曾爲東坡作生日。今於船山詩集中，見船山亦有爲東坡作生日詩，其題云：「嘉慶丙辰臘月十九日，與趙味辛、温謙山如能兩舍人，方茶山、伊墨卿兩比部，温篔坡、洪稚存兩編修集於稚存卷施閣，爲東坡先生生日設祀。稚存屬摹先生畫像并題長句紀之。」詩云：「寫真何處想髯蘇，點筆聊摹笠屐圖。我爲鄉人誇坐客，公留生日醉狂奴。。文章事小功名大，忠孝心長意氣孤。二語殊不佳。七百餘年前後輩，玉堂清夢未應殊。」

船山太守又有《稚存寓中爲東坡先生作生日之明日丹棱彭田橋移寓予齋因復繪先生小像相與醼飲爲樂如今世俗禮之補祝也復題一律屬田橋和之》詩云：「文光何止照峩岷，再拜先生畫裏身。同似泥鴻還隔代，能逃磨蝎定何人？詩才磊落難爲繼，醉眼模糊易寫真。一笑又輸君勝我，眉州親切古鄉鄰。」代寫真容，補祝生日，真佳話也。恨余不解畫，安得起船山爲我畫之？

船山請告後，就醫吴門，僑寓虎邱。壬申臘月又有《蘇文忠公生日尤春樊舍人興詩招同潘榕皋農部奕雋盧湘艖明府元璨吴巢松吉士慈鶴小集延月舫設祀即席口占》云：「燭花香影拜坡仙，生氣隆隆七百年。恨與荆舒争没世，笑憑江水誓歸田。泥鴻先我來流寓，觴豆隨人遞結緣。看徹幽明此何日，彭殤一過總徒然。」蓋先生凡三爲東坡作生日矣。

船山四妹名筠，適漢軍高氏子。年二十，遽卒。嘗有《江上對月》句云：「窈窕雲扶月上遲。」劇佳。

烈婦希光，滿洲人。員外郎伊嵩阿室。嵩阿病，希光割股以療，不驗，誓以死從。嵩阿以女弱無依，囑其爲女守，希光勉從夫言。茹荼十年，女嫁之。次日，賦詩見志，遂自縊。協辦大學士、吏部尚書永公貴録其詩，奏聞，得賜旌焉。未死之前，有《烈婦詞》二首，自注云：「爲舒文襄公名赫德兒婦棟鄂氏作。」其詩曰：「殉夫慷慨女宗賢，日下芳名衆口傳。我欲捐生猶未得，羨君今已著先鞭。」「夫君寄託意殷勤，忍死權留現在身。傳語英魂休笑我，須知我亦後來人。」其臨死《述志》詩云：「蔦蘿松柏爲婚姻，峥嶸夫婿超凡倫。盈門不須誇百兩，入座却喜驚千人。三周御後諧紅燭，華屋金堂伴珠玉。春風秋月見情懷，得事秦嘉願亦足。一從清館理瑶琴，恩禮殷勤契合深。白璧寒冰知妾志，高山流水識君心。如賓如友意方遂，誰知運阨龍蛇歲。得疾三旬尚未痊，馳驅千里隨朝貴。病中作客病彌增，書報平安那足憑？去後妾惟心戚戚，歸來夫已骨稜稜。倚枕纏綿勢逾重，膏肓二豎誰能送？一時和緩總虛聲，百劑參苓皆浪用。眼看一局欲全輸，百計惟圖拯我夫。聞道通靈惟割股，此時那惜肌膚苦？白刃如霜忍痛刓，一臠偷持和羹煮。愚孝愚忠一寸忱，皇天后土鑒應真。今日瘢痕在弱體，當時血迹滿羅巾。人定勝天竟虛語，精神耿耿渾無補。瑶琴錦瑟歎淒涼，可憐一旦成千古。傷心萬事盡雕零，弟妹多人尚弱齡。伯道無兒悲似續，中郎有女痛零丁。妾亦何心立人世，泉壤同歸早決計。餘生尚在非貪生，强持妾意從夫意。臨危執手語諄諄，嫁娶經營委妾身。泣言身了事未了，惟恃卿存即我存。我夫託我深知我，我不報君烏乎可？一死從夫妾不難，前言不踐死何安？九原會有相逢日，遲速須知事一般。向平嫁事今已竟，十載要盟此日應。夜臺銜命報夫君，嚼蘖肝腸差可證。」

宋思堂云：「此巾幗中之文信公也。讀其詩，令人肅然起敬。」

于潔，漢軍人御史于宗瑛女，四品宗室魁明室。有《寄兄滄來太守》二絶，云：「織盡人間寡女絲，三更流涕一鐙知。近來焚却從前稿，不爲懷兄不作詩。」「兒女乾啼濕哭餘，偷閒才得寄家書。望兄好繼勤襄業，莫使官聲竟不如。」

愛蘭女史王瓊字碧雲，江南丹徒人，周紹遠室。著有《愛蘭軒集》六卷、《愛蘭名媛詩話》八卷。畢蓮汀女史名智珠，秋帆尚書女也。嘗自節署寄詩與愛蘭訂交。《愛蘭詩話》採其《踏青詞》句，云：「一樣春風弄顔色，桃花含笑柳含愁。」以爲有味外味。

倪晉三云：「名媛亦有《詩話》，足爲閨閣增重。」

碧岑女史江珠，江南甘泉人。有《落花》句云：「滿院緑陰人賦别，一簾紅雨燕歸來。」吴荔娘字絳卿，福建莆田人，青陽歲貢生陳豹章副室。著有《蘭陂剩稿》。《咏牡丹》云：「名花未放覺春遲，航海新添四五枝。國色由來描不得，世人空自買胭脂。」又有「欲雨早扶花」五字，亦佳。

癸未五月，閲《濬縣志》，載明萊山樵者《九日登大伾山絶頂》詩，云：「晚鴉隨日落山根，林麓飛雲野色昏。禾黍芃芃埋故國，牛羊點點過前村。黄花薦酒真甘谷，紅樹留人憶杏園。回首舊遊渾是夢，西風芳草税高軒。」

楊州鶴，濬縣人。明神宗時官御史。萬曆乙卯北闈鄉試，當時多冠以南士，相習已久。州鶴言首善之地，何獨無元？寘南士第二，謂之「南元」，至今遵之。實自州鶴始。

歐陽文忠公生于宋景德四年，歲次丁未六月二十一日。曾賓谷先生都轉兩淮鹽運時，既爲東坡作生日，復於是日設祀于揚州官閣，爲歐陽公作生日。阮芸臺制府紀以詩，有「紅箋寫偏詩人詩，緑酒邀來醉翁醉」之句，洵稱一時佳話。賓谷先生名燠，江西南城人。乾隆辛酉進士。芸臺先生名元，江南儀徵人。乾隆己酉進士。視學山左時，甲寅科録遺，余與朱沚亭沅、董香草芸等共十人，特傳考古，取其詩刻入試牘，故余亦所取門下士也。兹録先生詩句，因并及之。

賓谷先生《揚州柳枝詞》云：「揚子江頭緑漲天，蕪城一片足春烟。春來何處無楊柳，不似揚州最可憐。」

爲東坡作生日者，自宋牧仲暨畢秋帆、翁覃溪、曾賓谷、洪稚存、張船山、尤春樊諸先生外，已不多見。爲歐公作生日，則唯聞賓谷一人而已。癸未六月二十一日，余倣曾賓谷先生賦詩爲歐公作生日，兼邀宋思堂、張小南、趙月岩諸君子同作。詩云：「既拜髯蘇又拜公，余去臘亦曾爲東坡作生日，賦五古一章。愛公道不變窮通。阡追先德歸慈訓，亭有傳文記醉翁。奕代几筵一賓谷，同朝師弟兩文忠。髫年曾憶遊江右，歐公江西人。元少侍先觀察，亦嘗隨宦江右。回首山川似夢中。」「文章道義炳千春，今古遥遥有幾人？不是當年壓餘子，誰從没世祝生辰？貧無佳醖難邀醉，恨少良工代寫真。船山於東坡生日曾爲東坡寫照，余不解繪事，故云。惟仗諸君詩筆健，莫教賓谷獨扶輪。」宋思堂和云：「曠代題詩祝醉翁，精誠息息暗相通。蒼顔白髮重思昔，華嶽黄河又見公。寄興何妨稱六一，論才不愧謚文忠。今朝爲慶生天壽，慧業應添紫府中。」「文删險僻體存真，隻手能扶大雅輪。玉局尚爲門下士，昌黎原是一流人。東坡序歐陽云永叔道似韓愈。廬陵誕降鍾靈氣，鄴架徵詩紀令辰。七百年來播佳話，垂暉更足映千春。」倪晉三明進詩中佳句云：「富韓而後真名相，山水之間有醉翁。聞道西江稱後輩，曾賓谷，江右人，於歐陽公爲鄉後輩。

何如東國屬詩人？」趙月岩句云：「千詞宏辯誰能及，王安石祭公文有「雄詞宏辯，快若輕車駿馬奔馳」之句。一代奇謀孰與同？安石文云：「公發謀決策，千載而下爲一師。」悵我偶因蹶一足，予因病足，久不出户，未能偕祝。羡君今已介千春。」時張小南以疾未和，延至九月值余初度，既以詩壽余並和余韵補祝歐公，云：「蘇公祝罷又歐公，今古名流意氣通。嶽降千秋判炎冷，蘇生日在臘月，歐生日在六月。心傾一樣謚文忠。輔臣誰肯稱居士，太守原名是醉翁。我病未能同爲壽，新詩補頌正秋風。」「瀧岡阡表見天真，豈獨功名第一人？集古當時多夙契，看荷此日憶芳辰。文章八代昌黎伍，道德千秋大雅輪。黄菊今朝同介壽，先生應共百年春。」吕曉洲凝德亦作四絶句補祝，云：「名臣勳業本鴻儒，獄降英賢特地殊。百代風流未銷歇，介眉端合並髯蘇。」「心源相印屬詩星，雅集名流墨藻馨。仿佛當年邀勝侣，一時觴咏醉翁亭。」「非關綺麗鬥新詩，先哲遺型後代師。記取佳辰同獻壽，白蓮花放滿塘時。」「祠堂肅拜憶從前，廣固城西霽雨天。野老至今懷舊德，相將羔酒祝年年。」楊雨亭亦補作七古一首，云：「玉梅花下壽坡老，蓮子開時祝醉翁。蓮號君子梅格峻，丰標恰與兩公同。商邱但解拜髯蘇，賓谷酒爲歐陽沽。賓谷崇其鄉前輩，勺洋此舉胡爲乎？歐承母教成通儒，不因窮達判榮枯。勺洋髫齡亦早孤，相感豈止道相符。況此地爲宋舊都，寬並包嚴昭前模。千秋廟貌垂祀典，私淑尤應我輩俱。我雖風塵苦奔走，時余奉檄攝河南府參軍篆。騷壇未肯甘斂手。平生雅意尊前賢，矧公道與昌黎偶。著論禮樂探根源，能使紫陽罷擊剖。勺洋論道貴實用，每嘆朱陸成聚訟。還源返本唯一誠，肯教洛蜀分輕重？嗟乎七百餘年轉瞬耳，兩公之神原不死。豈徒今日人欽仰，億萬千年皆可俟。補賡再拜祝歐陽，更待梅花開後再稱坡仙兕。」

倪晉三《梁園懷古》云：「歌聲盡日繞平臺，聞道梁王絶愛才。千古文章重詞賦，一時賓客萃鄒枚。雁池水淺横修竹，兔苑春深鎖緑苔。不是虚懷能下士，争教田叔好歸來？」《夷門懷古》云：「八萬精兵竟破秦，竊符椎鄙策如神。侯嬴奇計成朱亥，公子深恩感美人。虚左不妨驚滿座，抱關何可薄司晨？嗤他門下三千客，相士平原識未真。」《陳橋驛懷古》云：「黄袍一著返旌麾，遼漢何曾見敵師？豈有立君由卒變，果然素志與親知。營香原應宫中祝，斧響虚傳燭下疑。一樣孤兒兼寡婦，厓門波浪至今悲。」《博浪沙懷古》云：「回首蕭蕭易水寒，橋邊孺子願披肝。三篇略在終歸漢，五世讐深竟報韓。捐産擊椎謀最密，吞舟漏網法何寬？千秋博浪空遺恨，青史書人着意看。」《春陵懷古》云：「鬱葱佳氣望中新，隆準諸孫自有真。本以金吾思仕宦，誰知白水起真人？帝王位號先銅馬，將相功名繼畫麟。何處羊裘垂釣客，夜來偏已動星辰。」

明楊大洪漣，湖北應山縣人。萬曆間進士，仕至副都御史。移宫一案，論者謂其功在社稷。天啓四年，上疏劾魏忠賢二十四大罪，忠賢銜之刺骨。值熊廷弼被誅，群姦借廷弼一案羅織正人，誣以受廷弼賄代爲營脱，遂逮大洪下獄，杖殺之。其被逮時，於途中有《寄母書》云：「兒不孝，惹下大禍，累及太太稱太太，想係當時俗稱。耽心，至於太太有恙在床，不能奉侍藥餌，受逮長行，兒罪通天矣。然此身已屬之朝廷，自不能由得一己。今到淮上關，聞知太太已安，甚慰遠念。但願太太益保重，欣喜加餐。雖兒此行禍福俱未可知，然而名德在天下後世，亦足不愧天地、鬼神、太太教養一番矣。太太萬不必憂。即追贜一節，亦須要熊廷弼招認，要熊廷弼上納，無兒平白替他上納之理。太太亦當放心。大哥大嫂想目下可到家，太太有伏侍的，亦是快事。兒媳婦亦煩太太教他寬心教子，伏侍太太，欣喜過日子，無爲兒慮。兒是大丈夫，做忠臣孝子，勝於爲官百倍，成就楊門一家兄友弟恭、妻賢子孝，理正心安，又勝似金寶堆齊北斗矣。百凡小心，百煩忍耐，是爲上計。總望太太主張，好生安頓一家人也。關上草草，奉訊太太膝下。」及下詔獄，受杖後，在獄中以血作書寄家人，云：「漣今死杖下矣。癡心報主，愚直仇人，久拚七尺，不復掛念。不爲張儉逃亡，亦不爲楊震仰藥，欲以性命歸之朝廷，不圖妻子一環泣耳。打問之時，枉坐贜私，殺人獻媚，五日一比，限限嚴旨。家傾路遠，交絶途窮，身非鐵石，有命而已。雷霆雨露，莫非君恩，仁義一生，雖死于詔獄，難言不得死所。何憾于天？何怨于人？况我身官副憲，曾受顧命。曾子云：『託孤寄命，臨大節而不可奪。』持此一念，終可以見先帝於在天，對二祖十宗與皇天后土、天下萬世矣。大笑，大笑，還大笑！刀砍東風，於我何有哉？」按：公生於隆慶辛未七月初十日丑時，至天啓乙丑七月二十四日戌時卒於獄中。七月十五日有《在獄中寄母書》一通，末書「兒漣血肉淋漓中絶筆」。又有《遺長子之易書》一通，《遺衆子之夏、之會等書》一通，亦書「七月十五日絶筆」。按：血書中「五日一比，限限嚴旨」之語，十五日至二十四日相隔九日，尚有五日一比之一限在内，則十五日書雖自云「絶筆」，尚非絶筆也。十五日以後二十四日以前，必係又經一比，想已奄奄將絶，不能細分。寄母、寄子各作一書，乃統爲寄示家人之詞。蓋血書乃真絶筆也。嗟乎！其獄中寄衆子書有云：「身無完膚，肉供蠅蛆。」則當時廷杖之酷毒、誣枉之肆行，至今猶令人髮指。而楊公之正氣凛凛，百折不回，轉因而益彰。片紙隻字，後世寶若拱璧。人生百年，同歸于盡，小人何益，君子何損哉？楊公大洪不以詩名，然詩以人重。摘録七律二首，《題百子園青芸閣》云：「官閣凌空汶水深，金飈初動客登臨。浮雲易改三山色，落葉先驚萬里心。江上美人遺雜佩，城南少婦試青砧。繁臺兔苑今禾黍，日暮凭欄思不禁。」《題四賢祠》云：「載酒斯堂豈漫遊，典型不遠得前修。連名宦業推清涑，渡蟻何心應狀頭。山外三鐘仍紫氣，橋南一派擁寒流。地靈似尚催人傑，未信芳踪兩姓收。」癸未六月，次兒澎圻於祥符縣人心遠望楊姓家見抄本，借觀，因擇録之。卷末有「楊慎初印」圖章，又有「遂齋」、「雲麓」兩圖章，蓋其先人之名與字號也。

忠賢既殺楊大洪等，又逮御史周宗建等，斃之于獄。御史李應昇受杖將死，貽詩戒子云：「白雲渺渺迷歸夢，春草萋萋泣路岐。寄語兒曹焚筆硯，好將犁犢聽黄鸝。」應昇字仲達，江陰人。

明福王時，侍郎左懋第奉使至燕京。後聞南都不守，慟哭七日，不食，與從行使臣王一斌、陳用拯、張良佐、王廷佐、劉統俱死。有《絶命詞》云：「峽拆巢封歸路迴，片雲南下意如何？寸丹冷魄消難盡，蕩作寒烟總不磨。」

孫筠亭云：「侍郎，吾邑人。盡節後，同邑姜貞毅先生爲作傳，最稱詳核。」

癸未七月，宋思堂來，言及鍾楠溪罷官後，作《星漢回槎圖小照》，倩其題咏，未及題而楠溪已卒於洛陽。因誦其《鄧州留别》句云：「紅白雨飛花片片，短長亭去馬蕭蕭。」余聞楠溪詩才甚清，惜未之見，因書此以誌其人。楠溪名梁，浙江人。官至武陟縣知縣。

余既録楠溪詩，後思堂復録其《題星漢回槎圖》詩見示，并附札云：「前所謂楠溪詩，僅憶此二句。可否於《雜録》中載之以存其人？想揚人之善，亦大君子所樂爲也。」思堂情殷舊雨，足增交道之重。因復誌此，并録其所題《回槎圖》二絶句，云：「萬里乘槎犯女牛，平生冠絶是兹遊。自從天上歸來後，不戀人間博望侯。」「畫得圖成手自披，殷勤屬我爲題詩。彈琴此後知音少，忍不臨風哭子期。」

咏物詩固以確切爲工，然於言外毫無寄託，終不免東坡「賦詩必此詩」之誚。思堂有《咏湯圓》詩云：「糯粉調飴點綴工，牢丸佳製溯遺風。甜知味在酸鹹外，小覺身居活潑中。莫訝赴湯成落寞，終看出水露圓融。丹心到底能包括，不爲浮沉便不同。」

思堂佳句，如《楊升菴祠》云：「一代科名空後輩，累朝著作讓斯人。」《神女廟》云：「山川何處無雲雨，未必高唐夢即真。」

癸未秋，吴鶴村以《七家詞鈔》見示，始得見袁蘭村《捧月樓詞》。録其《李湘芷元塏招同陳雲伯文述楊伯夔夔生集少摩山室玩月因懷江南故人》調倚《壺中天》云：「生憎月子，照客中孤影，分明何事？風露一庭蛩四壁，漸入新秋天氣。簟展涼冰，簾垂犀押，圍坐寒光裏。衫輕酒薄，墜歡無奈天際。此夕誰倚高樓，誰横短笛，誰擁黄紬被？鷗夢初圓雲聚葉，可念征人孤寄？抛却山青，踏來塵輭，事事違初意。心隨斗柄，連宵空向南指。」又《弔黄仲則先生即題其悔存齋詞・金縷曲》云：「天不容疎放。召才人、玉樓歸去，白雲遥望。畢竟笑他塵海窄，難着修羅身量。空付與、窮途惆悵。留得傳鈔詩萬首，有光芒不逐愁魂葬。聲激烈，氣排蕩。新詞更壓蘇辛上。想當年、悲歌擊筑，凄涼情況。宿草茫茫何處覓？只賸才名無恙。可記否？長干東巷。一榻空山曾小住，逞豪吟題遍梅花帳。輸猿鶴，聞清響。」又《秋日憶故山·壺中天》云：「亂鴉殘葉，捲西風成陣，作去聲成寒意。又是題糕佳節近，三徑欲歸無計。衾受霜冰，夢驚鐘短，苦釀秋滋味。茱萸插處，故人曾憶儂未？遥想楓葉燒霞，芙蓉笑露，紅徧家園裏。冷落畫樓闌十二，誰向風前閒倚？鶴怨猨愁，柳憔花悴，都爲離人累。鷗盟冷否？天涯盼斷雙鯉。」

楊蓉裳農部芳燦《同法梧門謝香泉吴山尊極樂寺訪菊遲蘭村不至》調倚《買陂塘》云：「叩招提、四三吟伴，襟懷蕭淡如許。黄花半已移根去，寂寞亂莎荒圃。霜葉舞，任紅到、消魂不是吴江樹。鄉心漫苦。只目送寥天，閒雲過盡，一碧洗秋雨。　西風裏，野色蒼凉無主，亭臺高下烟霧。山僧留客餐香積，共趁瓢堂齋鼓。聽俊語，道此度、清遊惜少袁臨汝。沿畦小步。又回首疎林，依依暝翠，雁背斷霞暮。」

蘭村又有《汪鄴樓度見寄札中緘梅花兩朵云此倉山香雪海中向北枝也感良友之多情傷春光之將老旅懷棖觸爲倚虞美人調》云：「開函忽覺香沾手，兩點梅魂瘦。謝他舊雨太關心，教識故園春已者般深。　赫蹏紙薄重重護，好伴離人住。家山千樹正横斜，只汝迢迢尋我到天涯。」

陽湖趙味辛舍人懷玉《題蘭村捧月樓詞即送其南歸·金縷曲》云：「不到青溪久。記當年、隨園高會，張鐙置酒。一自風流悲頓盡，知己淚傾三斗。喜京國、君來把手。王謝門基今有托，况豪情奇筆都無偶。哀與樂，試同剖。　新詞纔脱輕圓口。便驚他、微雲秦七，斷虹歐九。捧月樓頭高百尺，多少才人低首。何事向、輭紅奔走？對菊正拚連日醉，却匆匆又折桑乾柳。珍重別，朔風吼。」

劉芙初太史嗣綰，陽湖人。著有《箏船詞》。《送錢黄山之金陵·金縷曲》云：「野店賒春酒。送君行、離腸草草，醉中同剖。我輩浮名漂泊慣，只算桃人土偶。君去也，那堪回首。我自家山歸未得，但一鞭夢繞江南走。看帆影，挂京口。　遊梁入洛飄零久。歎年來、風懷減盡，鬢絲都醜。此去清淮淮上月，曾照玉人攜手。也未必、彩雲還有。問訊桃家雙姊妹，道舊時團扇銷魂否？唱不了，白門柳。」

《緑秋草堂詞》，梁溪顧簡塘翰作。其《寫懷贈楊伯夔時偕北上·金縷曲》云：「世事堪悲詫。歎年來、唐衢善哭，禰衡工駡。太息知交真不易，高誼如君尤寡。看瘦骨、愁來堪把。秋雨秋風江上路，莽天涯何處驅征馬？男兒淚，任飄灑。　最憐性癖耽風雅。記曾經、牢騷命酒，疎狂結社。我縱先鞭疎祖逖，也共聞雞中夜。要痛飲、黄金臺下。一片斜陽衰草裏，和荆卿擊筑悲歌者。唾壺擊，看成罅。」

馬棣原功儀自東臺將歸白下，聞汪白也讀書攝山，維舟相訪，成《春從天上來》一闋，云：「霜葉堆霞。踏空山數里，磴曲盤蛇。峰巒奇青，松凝寒碧，十分秋在僧家。才啓柴扉一笑，驚醒了、入定趺跏。裹袈裟。向白雲窩裏，屐點苔花。　紅餘半江殘照，認櫓聲嘔軋，帆影欹斜。京口翻黄，海門卷白，飛來滚滚風沙。吹冷更番愁夢，渾休問、地角天涯。驀驚嗟。賸曾題粉壁，尚倚籠紗。」白也和云：「笑飲流霞。對蒼蒼翠翠，松走龍蛇。去住依僧，升沉問佛，名山擬占爲家。石上亂書堆滿，苔蔭好、結就雙跏。謝袈裟。有青衫舊着，淚點生花。雲中被君尋到，便咿唔聲斷，炊火烟斜。楓錦酣紅，蘋衣皺碧，鴻泥小印漚沙。握手奈旋分手，數相思、咫尺天涯。漫吁嗟，又斜陽入樹，暝色籠紗。」白也名度，上元人。著《玉山堂詞稿》。

江都汪小竹全德，著《崇睦山房詞》。有《題家紫珊西溪話別圖·揚州慢》云：「錦纜牽情，玉簫吹怨，銷魂都在揚州。放澄湖細水，與客載輕愁。記多少、舊家樓榭，曲欄迴合，漾影中流。照隋宮、故柳何時，消盡離憂？　十年俊賞，對西風、一去都休。便吟盡鞭絲，題殘橋柱，畢竟難留。二十四橋烟月，天涯恨、付與回頭。念來朝艤榜，應無杜若芳洲。」楊伯夔《過雲精舍詞·題袁蘭村捧月樓詞卷後·摸魚兒》云：「怪天涯、廿年投足，幾番聽過津鼓。雲低江闊孤篷小，又聽幾聲柔櫓。桐葉苦。算真个、今番聽到江南雨。秋心爾許。早一夜催他，亂蛩四壁，來共斷魂語。　簾垂户，吟遍韋郎新句，寒風并作凄楚。借用集中句。瀟瀟雁底飄零，想夢入、叢蘆深處。君可悟，縱愁太蕭疎，莫似江潭樹。韶華易度。便無數青山，半生絲竹，未抵是遲暮。」蓋秋夜雨中作也。伯夔名夔生，金匱人。蓉裳先生令嗣也。

汪紫珊太守世泰，六合人，爲隨園坦腹。著有《碧梧山館詞》。其《試官中州將及半載歸興忽動晚登吹臺望江南有作》調寄《風蝶令》云：「偶作遊梁客，慙非入洛才。閒扶殘照上繁臺，一派黃流如雪捲秋來。　歸興思鱸膾，幽尋倦筍鞵。連宵有夢返山齋，却恨報衙官鼓屢催回。」其《登金山坐妙高臺待月記東坡月夜登此令歌者袁綯唱自作水調歌頭詞乘醉起舞高風邈繼慨然興懷》調寄《水龍吟》云：

「巨鼇跳首波心，我來長嘯登其背。江天一碧，望中唯海，眼前無地。蝶趁千飄，蛙蹲萬壑，紛紛足底。看怒濤滚滚，排山蕩石，半空捲，魚龍氣。　只有焦仙抗手，向雲中、遠堆烟髻。鐘聲依約，似來招客，覓烟霞契。蒼霧初沉，凉蟾欲上，爛銀盤洗。憶坡公何處，乘風一曲，有誰能記？」其他佳句如：「尊前漫説當時夢，夢也如烟瘦。」《探芳信》。「清話久，漸幾片殘霞，紅映斜陽瘦。」兩押「瘦」字，皆工。

錢塘陳荔峰嵩慶《題碧梧山館詞・金縷曲》云：「花底修簫譜。記綢繆、珍珠小字，蠶眠無數。鏡約釵盟都莫問，用集中句。潭水深情誰訴？知吟遍、江南春雨。炙啰玉笙吹倚拍，早有人羅帕相傳語。添多少，斷腸句。　東風又種雙紅否？算年來、秋絃春舫，闌干何處？天與詞家兼艷福，彩筆合匀薇露。又殘月、曉風重賦。近喜井泉新樂府，把烏絲圖畫頻收取。旗亭酒，尚堪賭。」海寧楊芸士文蓀亦題以《金縷曲》云：「一夜江南雨。快傳來、蠶眠細字，蟬聯新句。真個情深潭水似，賦到銷魂如許。差不負、微雲女婿。君爲隨園先生館甥。艷絶天教兼福慧，儘紅盟緑誓從頭數。牽宛轉，相思緒。　相逢忒煞匆匆去。客歲别君於隨園。問經年春風無恙，燕鶯儔侶。翠袖銀箏争唱遍，想在碧梧深處。且莫問、闌干凝佇。亟寫朋箋挑燈讀，好么絃鬲指翻新譜。井華水，爲君取。」

顧梁汾貞觀《彈指詞》與納蘭容若成德，後更名性德《飲水詞》並推海内。梁汾《丙午生日自壽・金縷曲》云：「馬齒加長矣。向天公、投箋試問，生余何意？不信懶殘分芋後，富貴如斯而已。惶愧煞、男兒墜地。三十成名身已老，况悠悠此日還如寄。　驚伏櫪，壯心起。直須姑妄言之耳。會遭逢致君事了，拂衣歸里。手散黄金歌舞就，購盡異書名士。累公等、他年謚議。班范文章虞褚筆，爲微臣奉勅書碑記。槐影落，酒醒未？」

顧梁汾、成容若、吴漢槎相交甚篤。漢槎以科場事謫戍寧古塔，梁汾以詞代柬，代《金縷曲》二闋寄漢槎云：「季子平安否？便歸來、平生萬事，那堪回首？行路悠悠誰慰藉，母老家貧子幼。記不起、從前杯酒。魑魅擇人應見慣，總輸他覆雨翻雲手。冰與雪，周旋久。淚痕莫滴牛衣透。數天涯依然骨肉，幾家能彀？比似紅顔多命薄，更不如今還有。只絶塞、苦寒難受。廿載包胥承一諾，盼烏頭馬角終相救。置此札，兄懷袖。」「我亦飄零久。數年來、深恩負盡，死生師友。夙昔齊名非忝竊，只看杜陵窮瘦。曾不減、夜郎僝僽。薄命長辭知己別，問人生到此凄凉否？千萬恨，爲兄剖。兄生辛未吾丁丑。共些時冰霜摧折，早衰蒲柳。詞賦從今須少作，留取心魂相守。但願得、河清人壽。歸日急繙行戍稿，把空名料理傳身後。言不盡，觀頓首。」容若見之，泣曰：「河梁泣别之什，山陽死友之傳，得此而三矣。此事三千六百日中，弟當以身任之。無俟兄再囑也。」梁汾曰：「人壽幾何，請以五載爲期。」故容若簡梁汾《金縷曲》有「絶塞生還吴季子，算眼前此外皆閒事」之句。蓋容若之父官太傅，力能援手也。梁汾素不飲。太傅壽日，常手酌一巨觥，戲梁汾曰：「能盡此觥，吾當救漢槎。」梁汾舉觥一飲而盡。見者莫不感動。太傅因笑曰：「君即不飲此觥，吾豈不救漢槎哉？」後漢槎果以辛酉入關。前賢交誼之篤有如此。

容若贈梁汾《金縷曲》云：「德也狂生耳。偶然間、緇塵京國，烏衣門第。有酒唯澆趙州土，誰會成生此意？不信道、竟逢知己。青眼高歌俱未老，向樽前拭盡英雄淚。君不見，月如水。共君此夜須沉醉。且由他、蛾眉謡諑，古今同忌。身世悠悠何足問，冷笑置之而已。尋思起、從頭翻悔。一日心期千劫在，後身緣恐結他生裏。然諾重，君須記。」又有《咏並蒂蓮》調寄《一叢花》云：「闌珊玉佩罷霓裳。相對綰紅粧。藕絲風送凌波去，又低頭、輭語商量。一種情深，十分心苦，脉脉背斜陽。色香空盡轉生香。明月小銀塘。桃根桃葉終相守，伴殷勤、雙宿鴛鴦。菰米漂殘，沉雲乍黑，同夢寄瀟湘。」

容若《題岳陽樓圖・水調歌頭》云：「落日與湖水，終古岳陽城。登臨半是，遷客歷歷數題名。欲問遺踪何處，但見微波木葉，幾簇打魚罾。多少別離恨，哀鴈下前汀。忽宜雨，旋宜月，更宜晴。人間無數金碧，未許著空明。淡墨生綃譜就，待倩横拖一筆，帶出九疑青。髣髴瀟湘夜，鼓瑟舊精靈。」

秦澗泉先生大士，與先大夫優貢同年。澗泉以廷對第一及第，索詞爲贈。先大夫爲填《賀新郎》二闋，云：「名唱鴻臚首。好丰姿、王恭衛玠，宫袍如柳。走馬東華鞭拂地，擁斷香街左右。越顯出、才雄八斗。肘後黄金容易得，者風流姓字應難朽。如何福，能消受？文章虎踞中原久。記當時、雄姿顧盼，紅燈緑酒。擊碎唾壺歌伏櫪澗泉句，好句君還記否？嘆此物、由來非偶。我輩不應貧賤老，想凌雲意氣終須有。只難學，掄元手。」「秋水秦淮渡。早有人、泥金喜報，飛摇雙櫓。料得華筵開晝錦，列炬笙歌無數。看此際、高堂笑語。有子錦標能奪得，更誰家不羡孫征虜？但那得，人人汝？儒冠於我何曾誤。奈天涯、風塵潦倒，空嗟陟岵。自笑一身同泛梗，何日春生蓬户？我欲學、相如題柱。長揖問天天不管，怕青衫猶是人遲暮。祖生去，劉琨舞。」

張小南云：「勺洋先生少孤，其尊甫觀察公詩文多散軼。觀此二闋，非深於此道者不能如此圓脱。一滴水可知大海味矣。」

李憩園自求，山陰人。以其《拈花圖小照》示余索題。余爲題二絶句，憩園以爲未足盡意，再三諄索古風。不獲辭，因爲賦七古一篇示之，不必書於圖後也。詩云：「吾生性不解内典，也逐風輪墜紅輭。十年宦海一迂儒，肯教身隨法華轉？今秋憩園特過我，與君未識勞君眄。手出君照索我詩，蒲團高坐輕軒冕。拈花微笑任人猜，魔女翹鬟助放誕。昌黎闢佛君所知，豈肯身入佛場選。我爲君題兩斷句，君意未愜嫌太簡。再三諄切索古風，要余直道相規勉。禪家機鋒我不識，從何示君正法眼。無已姑將我生平，爲君略述聊通款。少時論道宗程朱，壯歲陸王共游衍。後從古本窺真詮，來豫後著有《古本大學詁略》一卷。不爲朱陸左右袒。罷官未忍自廢棄，皓首研經那知晚。注就《説卦》又《中庸》，近著《説卦傳輯注》一卷、《中庸貫》二卷。終慚迂疎學術淺。敢云百世俟聖人，混同彼教吾知免。若認虚寂作光明，祇愁違道日以遠。如君高才不可覊，豈許佛門得束管。拋花起立還大笑，天半白雲自舒卷。」

張小南云：「此即《孟子》『不直則道不見』之意。」

楊雨亭云：「勺洋講學，不依傍前人門户，亦不自立名目，惟以《大學》『誠意』、《中庸》『誠身』爲聖學徹始徹終工夫，尤惡高談性命、不求實用，及彼此攻擊、争立門户。故但注古本《大學》及《中庸貫》，以俟後學。談詩論文，必以忠孝爲本，不作理學腐談虚空悟語。此篇有觸而發，觀其自叙生平，亦可謂於斯道三折肱者。」

孫筠亭云：「勺洋注古本《大學》有云：『中外無道，誠外無學。』可謂片言扼要。」

題《拈花圖》者甚衆，惟蔣望峰錦標句云：「只怕蒲團難坐穩，經綸宇宙正需賢。」得朋友贈言之義。

張維卿道超，湖南清泉縣人。癸酉拔貢，現任河南伊陽縣。五言如《途中作》云：「莫嫌行役苦，暫此作閒人。澗水隨沙轉，山雲隔岸皴。幾番桐雨足，四野麥苗新。菜色今知免，熙熙兩邑民。」《茅店》云：「莫嫌茆店小，風景亦殊常。壁賸梅花嶝，罏焚柏葉香。機聲聽隔院，農具滿前廂。閒坐青燈下，翻因覓句忙。」《邯鄲驛》云：「兩月據征鞍，春風帶薄寒。無心求好夢，醒眼過邯鄲。」維卿五古《湖上曲》云：「與歡蕩舟去，招歡聽儂語。但採軟角菱，莫到紅蓮浦。菱刺傷手輕，蓮子心中苦。」七言《和王漁洋冶春絶句》云：「賣餳天氣亂鶯啼，踏破苔痕路欲迷。記得前番沽酒處，一身紅雨板橋西。」

蔡蔗田鑾登，浙江桐鄉人。今任滎澤縣知縣。嘉慶壬申，方需次省垣，年四十有七，甫舉一子，作七律二首，邀余和之。久失其稿，今從叢殘中忽檢得之。詩云：「碾盡勞薪鬢已絲，纔看芝草茁階墀。應知造物於人厚，敢道中年得子遲？撫頂可能繩祖武，開眉從此望孫枝。傳家自顧無他物，檢點青箱有所思。」「筵開湯餅小春天，陡覺陽和暖膝前。羞説琪花留種晚，喜聽雛鳳試聲先。情癡預望成人早，年老彌增少子憐。只是風塵清俸薄，又添鶴口費周旋。」

船山《紫柏山謁留侯祠》云：「數千年後訪遊蹤，知在雲山第幾重？世亂奇書能早讀，功成仙骨不争封。恩仇報盡尋黄石，戎馬歸來慕赤松。看徧漢家諸將相，斯人出没幻如龍。」「封留隨意了前緣，冠佩臨風尚儼然。像貌不妨疑婦女，英雄原稱作神仙。一傳除國君恩薄，兩漢開端相業全。幾卷道經三尺几，白雲終日在祠前。」《益州懷古》云：「狐吟重上浣溪樓，劍外風雲萬里愁。山作奇峰争北向，天容弱水任西流。一錢殺吏思張詠，五月征蠻弔武侯。無此百年全盛日，稻花香徧古梁州。」

郭耕巖名圩，濰縣人。乙丑進士，官雲南恩安知縣。詩文不自收拾，殁後多散失。其門人僅刻《蘭畦制義》行世，詩無存。張小南述其五言，如：「不知魂入夢，猶當汝爲人。」《悼亡》「屋潮多鹵地，土漫近河風。」《河間旅壁》七言：「同心兄弟真師友，得意文章屬性情。」皆可録也。

孟柳谷詹繹，淄川人。甲子舉人。著有《悦齋詩草》。《贈王蘇峰》云：「得共燈前飲，相交情更親。各言别後事，非復少年人。憐汝身多病，奉親家又貧。至今無定跡，飄泊鵲湖濱。」《得一菴弟塞外書》云：「展轉對雙魚，平安信恐虚。三年不相見，萬里定何如？婦弱難爲計，兒癡未讀書。先人敝廬在，盼爾賦歸與。」《送劉寄庵先生歸養》云：「忠孝一生事，誰云輕挂冠。臣來萬里易，親到百齡難。策馬征長路，烹魚侍早餐。南陔應再補，寄與故人看。」《送王童子歸里》云：「莫更前途去，他鄉誰是親？連天風雪冷，愁煞倚門人。」

綿州李雨村調元輯其鄉前輩之詩，共二十卷，爲《蜀雅》。癸未八月，宋思堂持以示余。卷首殘缺數頁。擇其佳者録之。

吕大器，字儼若，號東川，遂寧人。崇禎戊辰進士，官至吏部尚書、大學士。晚年自號「東川老人」。著有《塞上草》。雨村稱其詩多橫槊之氣。五言如《蘧江》云：「野狐衝馬立，山鬼伺人驕。」《落索河有感》云：「版圖猶蜀界，風土半秦聲。」七言如《鎮羌道上有感》云：「籌邊不肯空談虎，策國豈容先問狐？」《靖邊作》云：「戍卒秋新將飲馬，將軍歲久不傳烽。」《渡皋蘭作》云：「應教滴博歸荒服，更遣輪臺置守臣。」

柳寅東字鳳瞻，梓潼人。崇禎辛未進士，官至僉都御史。明鼎革後，寓居維揚。著有《來鶴堂詩集》。五言如《望泰山》云：「山呼原注：去聲今天子，松傳古大夫。」鄧孝威稱其詩在眉山、劍南間。

王範字慕吉，内江人。崇禎辛未進士。初知丹陽縣，清勤有能聲，丹人德之。後仕至巡按浙江御史。蜀亂不仕，寓居丹陽，丹人贍送薪米不絕。有《崇禎宫詞》二首，云：「水殿風摇楊柳絲，先皇朝罷獨憂時。抽毫却寫賢臣頌，面勑中涓賜主兒。自注：故宫人左氏，今爲民間浣衣婦。能言掖廷舊事，云宫中稱皇太子曰「主兒」。」「慈寧宫禁老莓苔，元日鶯傳法從來。上下隔簾遥拜畢，六龍飛輅一時回。懿安張后居慈寧宫。帝朝，后不相見，於簾内答兩拜。」

楊雨亭云：「此亦足備明史之遺。」

雨村以王純嘏《别江右》詩謂似少陵，未免推崇太過，然亦非時流所易及。詩云：「昔來南浦日，此地只孤城。黽勉行吾拙，艱難任世情。有心籌國用，無力贍民生。贏得清風好，飄然兩袖輕。」「纔見烽烟靖，灾荒又疊聞。按圖稽户口，曠野少耕耘。下詔憐餘子，蠲租出聖君。不才慚賈傅，宵旦獨慇懃。」「已知民力竭，仰屋强持籌。到處分銅虎，誰能運木牛？檄書頻夜至，輸輓幾時休？幸荷皇天卷，無貽覆餗憂。」純嘏名新命，潼川人。年甫十二，張獻忠陷潼川，一家七十餘口皆被害。純嘏匿文昌廟土穴中，得免。我朝定鼎，以諸生補筆帖式，授中書舍人，轉兵部車駕司員外郎。出使滇南，逆藩懾之，不屈。作詩有「幽居夢寐清，惟礪睢陽齒」之句。後官至河東總督，有《東山集》行世。

李如石《春閨曲》云：「碧玉堂前柳絮飛，白狼河外信音稀。征夫不及營巢燕，歲歲春風一度歸。」頗近唐音。如石名實，遂寧人。崇禎癸未進士，官吴縣令。《説鈴》稱其爲人方正清潔。明鼎革後，遂寓於蘇市，隱居三十年。著述甚富。子仙根以鼎甲官少司農。終身方巾布袍，如未有禄養者。年八十卒。著有《蜀語》、《吴語》。

吕半隱潛、吕卿藻溥，皆東川尚書之子，皆能詩，半隱。中崇禎癸未進士。入國朝，未仕卒。著有《懷歸草堂》、《課耕堂》等集。兼工書畫。嘗遊宫氏春雨草堂，與姜垓、梁以璋相酬倡。五言如《江陰晤年友張四若志感》云：「二十年前别，重逢白髮生。登堂如有淚，對面各無聲。多難唯存骨，居貧不墮名。天涯兄弟少，凄絶動江城。」七言如《奉寄李制府》云：「灔澦嵚崎四百灘，從今蜀道不言難。艨艟風駛波聲動，蛇鳥雲高陣氣寒。父老久煩司馬節，西南再築武侯壇。懸知儉府多奇士，倘許歸來厠鷃冠。」《石亭寺樓與友人話舊》云：「江濤如雪亂飛鴉，客裏逢人漫憶家。杜宇叫殘巫峽夢，鷓鴣聲斷嶺南花。天涯寄食無耕土，世外藏名有釣查。試看滕王遺跡盡，西山空對晚烟斜。」卿藻五言佳句，如《成都道中感懷》云：「按劍星辰動，狂歌日月馳。」亦有慷慨激昂之致。

趙司鉉字翼黄，號退公，彭縣人。崇正時舉人，官階未詳。有《拜將臺和費此度韵》云：「高臺遥指碧流斜，何處東陵可種瓜。砌下百蟲啼夜雨，江邊一雁落殘霞。登臺事已成千古，守塚人誰置萬家？曾向淮陰尋釣址，斷堤衰柳宿寒鴉。」

劉道開字非眼，號丁菴，巴縣人。有《各夢草》。五言《宿柏林驛》云：「古殿臨官道，凄凉落日斜。山荒多虎跡，驛廢少人家。昔駐君王驛，今開野草花。珍收殘瓦片，製硯亦堪誇。」七言《西湖岳廟》云：「君臣無意復興圖，唾手燕雲豈廟謨。才過張韓天若忌，心同龍比主難乎。金戈鐵馬公生氣，緑水青山宋舊都。畫舫不須經廟下，忠魂最恨是西湖。」《馬嵬驛過楊妃墓》云：「延秋門外馬嘶哀，玉碎珠沉土一堆。聽雨無人同棧閣，御風有客問蓬萊。行權定變中誅妲，怙寵戕身悔妬梅。謂江採蘋。最是傷心烽燧日，人亡猶進荔枝來。」

明末闖、獻之亂，諸將擁兵觀望，不能據險制賊。流賊肆行蜀中，如入無人之境。庸臣誤國至此，真可痛恨。丁菴《鷄頭關》絶句云：「曲折如登天，幽深如覷井。近年流賊過，更比康莊穩。」讀之猶令人髮指。惜「井」字在上聲梗韵，「穩」字在上聲阮韵，古韵不相通，不免有用韵蕪雜之病。

陳盟字雪灘，成都人。雨村謂其生於明季，遭亂後，故多激昂之音。嘗有句云：「天下晨星餘幾點，枝頭碩果未全殘。」

費密字此度，號燕峰，新繁人。王阮亭尚書稱其「大江流漢水，孤艇接殘春」，以爲十字堪千古者。雨村《蜀雅》云：「吾蜀詩人自楊升菴、趙文肅、任少海、熊南沙四大家後，古學幾淩遲。費氏父子起而振之，其詩以漢魏爲宗，遂爲西蜀巨靈手。」按：此度長子名錫琮，字厚蕃。著有《白鶴樓詩》。沈歸愚稱其克傳家學。次子名錫璜，字滋衡。著有《掣鯨堂詩集》。沈歸愚稱其蒼蒼莽莽，時有古音。按：滋衡生平豪放不羈，嘗登之罘，投其詩於海中，痛哭而還。其好奇如此。

此度五言《古意》云：「東鄰女如花，西鄰女如葉。東鄰女作妻，西鄰女作妾。」《聽解二彈琴》云：「自我傷寥落，空懷大雅音。忽從遷客指，重見故人心。谿溜潺春雪，松風出暮林。秋鴻休再鼓，幽怨已難禁。」其佳句如：「山色侵苔滑，松聲夾路寒。」《仙霞嶺》「白來幡塚雨，青入陸渾莊。」《移家定軍山下》「白馬巖中出，黃生壁上耕。」《棧中》「水寒雲不絮，雁大濕能飛。」《雨》七言《小仄》云：「放船直入深山去，無路青林有數家。烟裏人聲呼伐木，巖邊鳥跡亂開花。殘民未死征徭在，新戍頻增驛路譁。時見秦中官長過，不知何以慰三巴。」佳句如：「河山百戰埋金甲，烟月三年度玉門。」《亂後入青原山》「十里桃花春社酒，一天明月大江樓。」《蕪湖》

此度《遊紅橋》絶句云：「女堞飛烏趁曉昏，火攻猶見舊燒痕。春游畫舫都年少，一路簫聲進水門。」厚蕃五言佳句如：「雲閣春潮冷，湖平午雁低。」《放鴨亭》「潮來徐福島，山出寄奴泉。」《登北固山》洵克世其家學。又有《邊詞》七絶二首云：「新拜元戎寵命嬌，寶鞍横坐出中朝。沾恩壯士輕生死，誓取昆彌帽上貂。」「繡甲群來襯短衣，雕弓駿馬疾如飛。山前射取黃狼子，笑擁將軍罷獵歸。」

滋衡深於古樂府，沈歸愚謂其不無粗率處，取其古而近雅者，迥異時流。誠定評也。四言如「食魚去乙，食李去核，治國去賊。」真不減古謡諺。五律《朱仙鎮》云：「懸軍三十萬，千里救孤城。舉國無生氣，沿河有哭聲。朝廷方論法，賊勢已難平。勿道從來誤，哥舒久擅名。」蓋紀闖賊圍汴，左兵來援事也。自注云：「寧南侯左良玉爲賊困於此。」案：《守汴日志》稱崇禎十五年，闖、曹二賊三次圍汴。五月十五日，左兵屯營朱仙鎮，號四十萬，竟失利，自回襄陽。汴城困守至九月十五日，而黄河自决，水至城下，賊溺死無算，始遁去。至十七日，滿城皆水，周王乘筏北渡，而汴成澤國矣。滋衡又有《汴梁》一律云：「河决如奔馬，飛來灌大梁。萬人同日死，雙闕幾年荒。桂殿鯨鯢入，椒宫雁鶩翔。惟餘頭白父，流涕説周王。」則正指河决城壞，周王北渡事也。其五言佳句如：「鰲柱難支地，鯨波直到天。」《後觀海》「饑人甘半李，疲馬盼全椒。」《由合肥歸自紫家岡至全椒》。「溪浮田字草，路放碗兒花。」《野步》「九江何處雁，萬里一聲秋。」《南樓聞雁》「風定一江月，雲收兩岸山。」《江月吟》。「霜催兩鬢改，潮裹衆星流。」《京口夜泊》

滋衡七言《黄州覽古和王方若》云：「樊城夏口鬱蒼茫，烟樹離離隱武昌。江上靈濤飛白馬，墓前妖梓化紅羊。傷春杜宇啼亡國，映血桃花開戰場。何處風光不堪弔，山河滿目酒盈觴。」「銅鼓聲催戰伐頻，女王故跡已成塵。烏飛夜月思名將，蝶化春風痛美人。斷雨荒汀迷夏隩，斜陽故壘記春申。涉江歌罷芙蓉死，芳草於今不復新。」「萬嶺千峰擁大崎，孤城殘堞晚笳悲。青山白骨埋紅粉，碧草黄花怨赤眉。寒月偏于官署照，春風莫近女墻吹。棲烏未定驚三匝，夜夜哀鳴知爲誰。」「直北雄關鎖虎頭，東西形勝扼江流。愁聞弱國分南界，忍見强藩據上游。王謝未銷宣武耻，張韓難復靖康仇。江干到處生秋草，閲盡興亡是白鷗。」「貪看水鳥戲蒹葭，獨坐山城到日斜。群盗何心亂江漢，諸公無策靖風沙。秋魂燈火刀頭血，春女胭脂鏡裏花。惆悵千秋衫袖濕，非關月夜聽琵琶。」佳句如：「香中昨夜

知何國，夢裏前身是落花。」《蝶》「近日漁陽無玂火，野花紅遍李陵臺。」《軍中》

滋衡亦有《邊詞》絶句云：「百重犀甲攢成錦，萬隊龍旗動似雲。塞外不知天子貴，邊人但説大將軍。」「旌旗慘淡照黄雲，細柳營空背夕曛。誰使射雕人入塞，朝廷自殺李將軍。」

費氏詩學至此度之孫，家風未替。厚蕃子名冕，字言渠。滋衡子名軒，字執御。皆能詩。言渠五言佳句《塞下曲》云：「朔雲屯海黑，邊月帶沙黄。」執御七言《春閨》云：「豆蔻風微二月時，曲欄亭畔雨絲絲。梨花半樹將成雪，下着珠簾總不知。」《紅橋柳色》云：「畫舫春歸酒易銷，絲絲牽恨説前朝。剪刀風裏初開葉，魂斷揚州第幾橋？」

十二筆舫雜録卷十一

東萊勺洋著
韓江晉三
武威雨亭
叙永思堂仝評
濰陽小南
萊陽筠亭

客窗賸語中

余喬字生生，號鈍菴，青神人。著有《增益軒草》。鈍菴爲大司馬肅敏公裔。值流賊之亂，避難江東，賣古文詩字自給。卒于瓊花觀中，年七十有九。倪永清稱其真魯仲連、陶元亮一流人。有五七古詩若干卷，付其甥焦氏，竟失其稿。今存者皆散軼之餘。録其《梅花》三絶句云：「市上何人識故侯，青鞵皂帽稱心游。相逢頭白留詩别，細雨孤帆下虎丘。」「逌歸見説爲梅花，鄧尉風光滿眼誇。我夢相隨便東去，一天花壓帽簷斜。」「花時歸客怕花殘，烽火漫漫道路難。斷送春風多少恨，憑誰留寄一枝看？」

濟南趵突泉，游人題詩和趙松雪韵者甚多，然佳者殊不易見。金堂張石仙和詩有云：「常與江湖同晝夜，不隨春夏問榮枯。」頗佳。石仙名吾瑾，順治乙未進士，官至行人。有《鶴符齋集》。

富順陳杲亭名暻雯，晚自號破愚子。順治乙未進士，官廣東樂昌知縣。《舟行》云：「山色欲開疎雨外，夕陽忽在亂峰西。」寫景亦佳。

中江彭子贊有《書屈陶合刻後》一律云：「變風以後數靈均，彭澤天然見性真。對酒不忘書甲子，懷沙長自歎庚寅。滋蘭九畹心偏遠，采菊東籬句有神。五柳三閭異醒醉，何妨千載德爲鄰。」律嚴格老，洵屬合作。子贊名襄，順治乙未進士。

宋思堂云：「此詩前六句分寫，第七句一總，結到合刻之意。取法當在香山。」

李鶴汀名珪，字公執，渠縣人。順治丁酉舉人，官寧德縣知縣。有《脱劍齋集》。七言佳句如：「王孫前路誰青眼，父執于今半白頭。」《登奎樓》「也知侯印憎猿臂，可耐儒冠誤虎頭。」《下第後感賦》「荀君坐處香三日，潘令行來果一車。」《寄周嘉受》「皂帽青鞵何處酒，紫萸黄菊故山情。」《九日同恕菴寓西登高》「萬里有風遲白雁，一樽無恙就黄花。」同上

彭縣趙芙溪有《出棧》句云：「山深晴亦冷，花密雨皆香。」芙溪名弼，字子匡，順治丁酉舉人。

林位旃明儁，酆都人。有《燕》詩云：「隨風燕子正翩翩，秋去春來不計年。茆店啄殘紅杏雨，畫橋翦破緑楊烟。幾聲絮語傳粧閣，數點芹泥涴繡韉。最有惱人愁絶處，飛花如雪閙鞦韆。」「盡日差池傍綺寮，天涯無處不魂銷。柳塘春水迷三徑，花塢斜陽話六朝。南國營巢空碌碌，御河歸夢尚迢迢。憐紅惜紫情何限，腸斷春風是灞橋。」

黄象翀字六飛，安岳人。雨村稱其早孤，值忌日致奠，盡哀如初喪，以孝聞。詩亦根柢至性，粹然不疵。著有《處和詩集》。五言如：「低烟圍白水，遠樹入青蕪。」《贈高汝止》「枯燈寒古佛，殘葉落危樓。」《遊瓦屋中天池》皆佳。六飛康熙甲辰進士，官至膠州知州。

「烽火漁陽一騎飛，梨園子弟管絃悲。誰知七夕長生殿，便是淋鈴夜雨時」。此楊東子馬嵬途中詩也。東子名岱，彭縣人。康熙丙午舉人。有《村山詩集》。雨村稱楊氏昆仲，矯矯者東子，此外則葛山亦儼然成家。按：葛山名崑，號中洲，成都人。所著《三樹堂詩集》，傳其佳句，不過「細雨低雙鷺，微風咽一蟬」耳。其弟楊周子有句云「秋雲橫島黑，野火照山紅」固不讓乃兄也。周子名岐，著有《碧蘿亭稿》。《紅橋舟泛》云：「日斜放艇向輕波，一帶園林隱碧蘿。似爲畫簾人小立，故將簫鼓緩經過。」富順李謨字采臣，康熙甲子舉人，官至河南太康縣知縣。致仕後，依然寒素。居坔山講學，以收放心爲急務。又謂聖狂之别，須於起念處省察。學者稱爲坔山先生。

張小南云：「求放心，是陸子教人之法，源本孟子。」

李雪樵《登岳陽樓》云：「岳陽名勝一樓孤，畫棟朱甍蹟久殊。山色尚留麋子國，秋聲不斷洞庭湖。風吹急浪魚龍冷，雲盡高空雁鶩呼。十二芙蓉獨在眼，湘靈鼓瑟聽曾無。」雪樵名以寧，營山人。康熙甲子舉人，官三水縣知縣。嘗從王阮亭、施愚山遊，故詩有氣格。所著《綏山草堂詩集》五言如：「岸分彭澤樹，烟鎖大江門。」《小孤山》「小院喧蟲語，空天落雁聲。」《秋爽臺對月》「水光連嶽動，山色入城來。」《望嶽麓》七言如：「曉霧未收飛石燕，狂風欲到拜江豚。」《江行》「萬里塞垣秦上谷，四朝陵墓古幽

州。」《登慈仁院毘盧閣》

倪晉三云：「此公詩尚衍前明七子之派。」

張懋齡，遂寧人。文端公之子。《午日秦淮竹枝詞》云：「青溪畫舫往來頻，玉樹歌殘夜色新。獨有多情千古月，偏隨桃葉渡頭人。」

雨村稱傳濟菴詩格正，調高，不落宋元谿徑。蜀人詩自費氏外，端推濟菴。余觀其七古如《豐臺女》、《彈箏曲》等作，取法香山，清氣徐引，不事縟麗，亦一時之秀也。絶句尤得唐人情韵。《金陵雜感》云：「赤烏碑斷記前朝，百戰人歸霸業銷。試向鳳凰臺上望，白楊風裏雨瀟瀟。」《西陵懷古》云：「悵望平原思不勝，可憐南渡竟無憑。秋深摇落冬青冷，烟雨瀟瀟泣六陵。」《望遠曲》云：「夢裏金微路不真，黄沙如雨復如塵。曉來試上高樓望，一片垂楊青煞人。」又有《對月》一絶云：「十年京國五陵豪，步下毛錐馬上刀。嬴得滿頭霜雪在，玉門關外月輪高。」其五七律亦多佳者。五言如：「瀚海連雲闊，天山帶雪高。」「寒雕驚月落，陣馬刷雲來。」「露沾銀甲重，月照寶弓圓。」「柳深元亮屋，花壓子雲廬。」七言如：「出水寶刀霜片落，射雕好手月輪開。」「營含苦霧旗猶濕，陣壓陰雷鼓不鳴。」「芳草夜寒陰嶺月，怒濤秋捲黑河風。」「羌笛數聲邊塞月，琵琶一曲漢宫秋。」濟菴名作楫，奉節人。康熙丁卯舉人，官至都察院副都御史。有《燕山》、《遼海》、《西征》、《南征》等集，故詩多邊塞之音。

孫筠亭云：「香山七古雖不及李杜，然源于初唐四子，少陵所謂『不廢江河萬古流』者，正未可輕視。」

何元鼎有《普和看梅》一絶云：「酒沽林外野人家，霽日當簷獨樹斜。小几呼朋三面坐，留將一面與梅花。」元鼎名鉽，號厚溪，涪州人。康熙己卯舉人，官鄞縣知縣。

宋思堂云：「《雨村詩話》亦載此詩。」

巴縣龍雨蒼爲霖，康熙丙戌進士，官至廣東潮州府知府。有《松蔭堂詩集》八卷。題《畫竹》云：「勁節虚中帶露宜，偶然風折最高枝。孤根自有凌雲意，不在干霄直上時。」其佳句如：「戲憐巖狖投山石，巧愛江烏接飯丸。」《歸舟入峽》「遠岫雲連秋樹没，野田鴉帶夕陽飛。」《出京感賦》「落日似啣潮尾動，微風欲到樹頭呼。」《海潮寺》「羲皇以上懷陶令，山水之間學醉翁。」《郊外即事》「春盡水生雲夢澤，月明人上洞庭舟。」《王江源由楚歸蜀》

嵇侍中寺在彰德府南大路傍，再南行至湯陰，則岳忠武故里，岳廟在焉。龍雨蒼《湯陰重弔岳忠武》句云：「傷心不及侍中死，碧血猶能濺帝衣。」

岳威信公鍾琪字容齋，初爲秦之莊浪人，以父官川省提鎮，遂家於成都。以勦平川陝沿邊諸番寇功，官至川陝總督，加太子太保，進爵威信公。雨村稱其邊塞諸作，多慷慨悲歌之氣。而退居林下，寄情花鳥，又復神似放翁、石湖諸君。所謂奇人真無所不可。七言如《出征西寧》云：「嗟余五載九征蠻，骨病神疲力已殫。瀘水瘴烟迷古渡，天山陰雪壓雕鞍。别時兒女牽衣泣，歸日親朋握手歡。願得太平無個事，牛衣卧對養衰殘。」《韓信嶺》云：「王孫勳業有誰同，四百開基一戰功。漢水有人旁躡足，烏江無客渡重瞳。當時不合藏亡昧，臨死何須説蒯通。憑弔不勝生感慨，蕭蕭暮草泣秋風。」《西藏》云：「幾度平蠻入不毛，傾心報國豈辭勞。天連塞草迷征馬，雪擁沙場冷戰袍。七縱計成三戍靖，六花陣列五雲高。壯懷自信還如舊，劍匣時聞龍怒號。」《山居》云：「小築山居傍緑溪，百花潭北少城西。柳隄沙暖朝調馬，竹院人閒午飼鷄。麥浪翻風黄半熟，秧針出水緑初齊。持竿攜榼臨流坐，碧樹陰陰布穀啼。」《七夕》云：「漫道仙家樂事饒，仙家離别亦蕭條。金風已報佳期近，銀漢還愁隔路遥。天上不聞鸞作侣，人間都信鵲爲橋。一年一會猶惆悵，惟有嫦娥慣寂寥。」《題畫馬》云：「誰寫驊騮卧碧茵，曹將軍骨子昂神。年來未向沙場跨，畫裏相看也動人。」又有《中秋》句云：「百歲人生將過半，一年秋色恰當中。」

楊雨亭云：「威信公平定西域，其駐軍處，余嘗觀其營壘，訪其遺事，洵奇人也。真令人有生不同時之感。」

威信公夫人高氏，華陽人。嫺弓馬，善理軍政，亦能詩。嘗與公唱和，有《雨中看芙蓉花》句云：「相對莫愁秋寂寞，一生顔色不傷春。」雨村稱其詩品高潔，信然。

李專字知山，遵義人。今隸貴州。貢生。少以詩自豪，放蕩不羈。《昭君村》云：「空舲峽裏近花晨，一綫天低不見春。肯信山川如此險，鍾爲窈窕竟無倫。紅顔兔穎描難肖，青塚龍沙怨未伸。世代屢移遺蹟在，琵琶休撥暮江濱。」知山又有《薛濤》詩云：「便宜節度高千里，錯過詩人杜少陵。」用意甚佳，惜「便宜」二字太涉俚俗。

閬中顧農以鴻《揚州夜泊》云：「歌舞樓臺夜寂寥，輕風暗送客帆遥。二分無賴邗江月，猶照當年廿四橋。」農以官山西汾陽府知府。

許儒龍字水南，成都人。曾舉博學宏詞。有《岷南詩草》。《天柱菴》云：「天柱峰前石磴斜，迴廊複閣上人家。籠懸東粤能言鳥，階放南溟弄色花。洋花一日數變。對雨捲簾山獨秀，臨溪命酒興偏賒。不知得此操何術，笑指雲崖萬樹茶。」

雨村尊甫石亭先生，名化楠，字廷節，號讓齋，羅江縣人。乾隆壬戌進士，官至順天府北路同知。著有《石亭詩集》。性豪善飲，尤喜奬借士類。詩出入韓、蘇，常有句云：「心印遥從玉局傳。」蓋瓣香尤在東坡也。其《恤囚吟》二首，尤爲悱惻動人。至云「獄繫十年灰已死，冤成一字案終疑」，聽訟者可勿慎哉？其《太白故居》自注：「在青蓮鄉，去漫波渡二里許。」云：「騎鯨人去跡猶留，冷淡村烟弔李侯。奴視權閹真有骨，詩非老杜竟無儔。秋風落日漫波渡，夜雨荒原粉竹樓。太白星精長不死，龍門俎豆肅千秋。漫波渡上舊有太白祠，今爲龍門書院。」

薦賢受上賞，鮑叔牙薦管仲、子皮授政子産。大臣心存君國，不當如是耶？晏玉齋《哭鄂太傅》詩云：「聞道龍顔親問疾，可曾鳳閣預籌賢？」猶不失此意。玉齋名玿，富順人。乾隆戊辰進士，官檢討。

何明禮字希顔，號愚廬，崇慶人。乾隆己卯解元。少遊宜興儲氏之門，潦倒場屋三十餘年，始獲一第。再上春官不遇，益以詩酒自娱。五言《入峽》云：「夔門穿一線，怪石插流横。峰與天關接，舟從地窟行。亂猿昏月色，殘葉冷江聲。神女知休處，時時雲雨生。」七言如：「江流自古書巴字，山色今朝畫巨然。」《重慶府》「風清徐孺新書榻，月落黄公舊酒爐。」「蟻爲泥深頻覓穴，鳩緣性拙又遷枝。」「牧人叱犢身先跨，鈞侣分魚手自携。」

成都張鶴林翯，乾隆庚辰進士，官檢討。五言如：「雲開孤月上，雨後一螢飛。」七言如：「忽見雀飛處，人傳白帝城。山形猶未改，世變幾回更。灧澦何曾險，江流不肯平。興亡千古事，無故客愁生。」

王寡郎，不知何許人，流寓蜀中。自謂不讀書，然喜吟詩。《白帝城》云：「忽見雀飛處，人傳白帝城。山形猶未改，世變幾回更。灧澦何曾險，江流不肯平。興亡千古事，無故客愁生。」《登成都八角樓》云：「益州吾夢古蘭州，春日頻登八角樓。遥望千山皆不是，一層雲樹一層愁。」

黄霖，不知何許人，僑寓成都。年八十餘，善畫菊，自號菊花老人。有《歸農》絶句云：「我愛騎驢婦坐車，兒肩書籍僕挑花。出城未到青羊市，先問橋西賣酒家。」

宿元魯士敏，夾江人。獻賊陷蜀，迫之試。元魯治裝赴省，至千佛岩，策馬投江。馬死，元魯泅水得生，乘夜逃匿雅州山間，易姓名爲卧雲子，終身不出。《石門》詩云：「靈峰人不到，雲鏁石門幽。一夜溪頭雨，桃花出洞流。藥香來白鹿，苔軟卧青牛。聞有真師秘，高高不可求。」前四句風格在劉眘虚、常建之間。

張清夜，長洲諸生。入蜀，覽峨眉、青城諸名勝，遂易羽士服，結廬于成都城南武侯祠之西偏。有《謁北地王祠》古詩，結二句云：「河山縱失節不失，二十四帝爲解頤。」固非羽流人胸中語。

峨眉山僧通醉字雪丈，有《卧雲菴》絶句云：「七重天末號峨眉，樹裏老僧下榻遲。八十四盤行欲盡，青山湧出象王兒。」

行喜字雲峨，永宣字化機，皆峨眉山僧也。行喜《送印元禪師禮峨》云：「正值春和柳眼開，折來相贈當茶杯。草鞋得到最高處，携取峨眉山月回。」永宣《山居》云：「九日柴門雨亂飛，禪心無住客來稀。西風不管黄花夢，林鳥山雲各自歸。」

峨眉山僧能詩者不少，又有兩山、海源、照裕，皆其尤著也。兩山字荆門，《四會亭》詩云：「雲近天垂一鑑空，天邊春擁梵王宫。山桃花土輕含雨，烟柳枝頭軟帶風。錦繡妝屏鋪殿北，笙簧吟鳥過樓東。旭晴細向臺端望，不是山中是畫中。」海源字可問，《峨眉早春》詩云：「茆廬清凈只幽巡，日對晴巒數點新。疏壁嘗留穿牖月，垂楊偏送隔墻春。止居不過三間屋，坦率惟捐一點塵。慚愧溪山無箇事，虚窗高卧一閒人。」照裕字與峩，有《峩嶺秋》云：「萬籟吟風紅樹顛，杖藜閒步洞山前。疎林過鳥知寒露，古木留蟬噪暮烟。寂寞泉聲依玉峽，蕭條梵宇長金蓮。曉鐘何事朝來急，敲落晨星散碧天。」

巫雲姓韓氏，華陽人。爲蜀中名妓之冠，後出家爲尼。有《留别》詩云：「漫化巫山入夢雲，向人重着海榴裙。年來杜牧風流減，襆被無香夜不熏。」《咏鈴兒草》云：「衆芳燦爛獨青青，賺得明皇仔細聽。寄語流鶯今且去，春風繫遍護花鈴。」

吾鄉劉蘇村先生藻，菏澤人。雍正丙午舉人，乾隆丙辰以博學宏詞廷試二等入翰林，官至兵部尚書、雲貴總督，晉太子少保。著有《篤慶堂文集》，余未見。僅見其《次韵答周石帆》七律，云：「好山無數畫樓西，夏木陰陰雨脚低。花放半巖紅靺鞨，波鋪千頃碧玻瓈。深憐夜榻高人話，每誦蠻牋小字題。杜曲同人相别久，何能没馬踏青泥。」

作詩最忌蹈襲。沈歸愚《昭君》詩云：「毳帳琵琶曲，休彈怨恨聲。無金償畫手，妾自誤生平。」《桃源圖》云：「廬舍圍花竹，牛羊散術阡。誰言秦網密，此地有閒田。」此能獨出新意。

海寧查星南祥《卧佛寺》云：「卧佛何人鑄，愔愔古殿深。瞑懷經幾劫，合眼到如今。堂上喧清梵，簷前噪夕禽。從師得真諦，歸向北窗尋。」「竪起脊梁骨，方成大法王。如何都放倒，説恁是擔當。納慮歸靈海，收心入睡鄉。不曾經棒喝，身世兩相忘。」瑶華道人嘗有《食辣菜》絶句，甚佳。其憶其末二句云：「從此備知辛苦味，可能温飽遍長安？」蓋胞與之懷，隨觸而發，洋溢於筆墨間者有如此。

張曲江詩「弋人何所慕」，沈歸愚謂揚雄《法言》「鴻飛冥冥，弋人何篡焉」，「篡」，取也。誤「篡」爲「慕」，自曲江始。按：范蔚宗《逸民傳論》引揚雄曰：「鴻飛冥冥，弋者何慕焉。」已誤，「篡」作「慕」，不始曲江。

高密李廓園先生名黄中。幼負異才，屢試屢薦，竟以諸生終。晚年陶情詩酒。著有《三桐軒詩草》，皆自手定者。其弟蝶園先生名師中，典試黔省，携其稿至黔，擬壽諸棗梨。未及付梓，而蝶園先生歿于官署，稿遂失。其子仰庭先生乃摭拾其遺稿於殘箋斷幅中，得詩數十首，彙而鈔之，以存先人之遺。道光癸未，其孫少堂名大基，試用豫省。余與少堂兩家自前明時有通譜之誼，少堂出以示余，言將付梓，以承先志。余盥誦數過，録其五言《陳仲子墓》云：「經過於陵地，長懷仲子居。操須如蚓可，食已盡螬餘。斷碣依荒塚，寒山繞敝廬。未知蓋禄客，封樹竟何如？」《雁至》云：「塞外秋光早，年年候雁來。關山明月夜，風雨荻花堆。影落寒潭浄，聲連畫角哀。帛書何日到，佳節近登臺。」七言

《新秋晚霽》云：「烟鎖重門小院深，閒階幽景足追尋。半窗桐葉依殘照，隔寺鐘聲度晚林。月映疎簾風細細，爐添香靄夜沉沉。蕭然一枕羲皇夢，盛暑炎蒸總莫侵。」《慈竹居咏蠟梅》云：「東窗月上老梅遮，風味居然處士家。寒菊籬邊零落後，更從竹外見黄花。」《春日館中》云：「東風吹雨草花香，緑柳池邊燕子忙。謾道荒村冷落甚，閒中春色異尋常。」

綦荷浦瑛與少堂爲中表兄弟，見余《詩箋三種》及《梅影叢談》等，以詩贈余云：「蓴鱸念切幾春秋，今賦歸來得自由。海上主盟推絳帳，先生詩試冠萊郡。風流到處仰荆州。才華忌世官爲祟，學問窺根老不休。若入程門甘立雪，願將鳩杖捧從遊。」時尚未晤面也。後出其詩稿示余，有《小樓感懷》句云：「客榻愁聽連夜雨，杏花又賣去年春。」《秋雨偶興》云：「細雨吟風秋色老，寒衣出篋縐痕新。」皆佳。

乾隆丙辰殿撰金汝白先生德瑛，曾官山東學政，甄拔皆名下士。詩集未見，傳其《清江浦渡河》一律云：「黄淮萬派納咽喉，竹落金隄役不休。自古河渠無上策，只今廊廟尚殷憂。三農有粟全輸漕，四瀆唯江未合流。天爲生民留澤國，莫言設險恃人謀。」

仁和陳魯璋士璠《長安清明》二絶句云：「蠟烟杏酪記清明，一載離人滯上京。惆悵飛花渾不見，春城好句愧韓翃。」「何處春風不可憐，踏青人去草芊眠。驀然憶得他年事，放鶴亭邊試石泉。」

張小南云：「第一首切長安。第二首放開一步，就憶故鄉，宕出客長安意。祇此二絶，便見此公是深於詩者。」

汪鈞宣士鍠，江南休寧人。以副榜試博學鴻詞，入二等，授庶吉士。有《筠川書屋詩集》。《捉搦歌》云：「衫子稱身兩袖短，全體雖温手不煖。阿娘許嫁佳期緩，外面强笑中腸斷。」《前溪歌》二首云：「堤畔垂楊樹，百尺映清流。可憐溪上水，只解送行舟。」「溪東一片雲，溪西白日明。相隔無多遠，已作兩般晴。」

孫筠亭云：「詩得六朝之遺。」

「梧桐雨洗月初來」，武進吴薛禕《初秋感懷》句也，當時傳爲佳句。其寫景措語猶近唐人。

李定齋《讀史》詩二十二首，當時盛推之。今觀其立論，不無矯枉太過之處。然其不循流俗，侃侃而談，可謂有詩膽者。其中之醇正者，如「聖人憫聾聵，立言非得已。排纂分門户，洋洋數百紙。刊落其枝葉，歸根曾無幾。」亦非俗儒所能道。定齋名光國，揚州興化人。

烏程嚴海山遂成《曲峪鎮》詩云：「地近邊墻鼓角鳴，朔風割面凍痕生。鵰盤大漠寒無影，冰裂長河夜有聲。新鬼或傳歸遠戍，黑雲渾欲壓空城。憑高差喜狼烟息，鐃吹飛來列校營。」

祝豫堂維誥，秀水人。《渡遼河》云：「河流十月凍無聲，渡口膠船一棹横。北繞窮沙迴絶徼，南通渤澥衛神京。脱韁胡馬騰冰過，激岸征車碾石行。太息遼金曾百戰，蕭條今見暮烟平。」

全椒吴半園檠著有《咫聞齋詩鈔》，兼工詩餘。《子夜歌》二首云：「儂願爲珊管，常握郎纖手。欲寫定情詩，含毫時在口。」「儂願爲珠鞭，共策青驄馬。隨郎去天涯，不指章臺下。」

宋思堂云：「得《子夜》諸曲之遺。」

倪在中號浯陽，諸城人。六歲失明。稍長，聽人誦詩，輒能解悟。及壯，遂以吟咏自適。癸未冬，遊梁，訪余不遇。越日，余過之，則已東歸矣。於宋思堂處見其《過采石磯五律》，云：「采石磯邊樹，漁家遍繫舟。孤槎更西上，落日在中流。沽酒還獨酌，題詩誰與酬？茫茫塵俗裏，怯上謫仙樓。」宋思堂《贈倪浯陽》詩云：「走遍名山眼倦開，梁園兩載去還來。知音此日逢師曠，好共聯吟上吹臺。」

吾萊高密李萊峰先生名岱生，字千岩。順治甲午舉人，戊戌進士。官福建長樂縣知縣，有惠政，邑人作《李邑侯德政歌》十首以紀之。余所見刻稿已殘缺，録其未缺者，云：「我侯才，錦繡胸羅五步催。旭日開門延衆士，春風桃李倚雲栽。」「我侯直，執法如山無失入。胸懷浩曠絶纖塵，可擬光天與化日。」「我侯恩，常憫遺民食草根。申文百計爲陳情，乞使殘骸旦夕存。」「我侯廉，堂隅砥礪似霜嚴。日晷一羹何所供，盤中惟有水晶鹽。」

倪晉三起病後，仍來豫省，以所著《燕游吟草》示余，録其《引見仍發原省紀恩》詩云：「飛來雙舃又朝天，曉箭聲催午漏前。宫扇曈曈開曉日，爐香冉冉拂朝烟。膝行鷺序寅階肅，口奏自佩履歷謂之口奏。鑾音亥陛宣。記荷龍光今十載，緑籤引見之員俱置有緑頭籤，以備御覽。重捧五雲邊。」其五言如：「小橋容馬過，老樹作虬横。」《沙河道中》「孔門推智士，衛國有先賢。」《子貢故里》「一抔埋白骨，七竅剖丹心。」「典猶封馬鬣，名獨媲龍逢。」《汲縣謁比干墓》對待皆具匠心之巧。

南海鄺湛若露所著名《嶠雅》。沈歸愚《國朝詩别裁》録其「落日洞庭霞」之作，誠不減「落日在簾鈎」，一種起法也。他如《采石懷袁宏李白》云：「牛渚青天月，長懸供奉祠。如何今夕酒，不共昔人持。高詠那能旦，登舟安所之？溯洄殊惘默，言折楚江蘺。」《邊月》云：「秦時一片月，萬古照邊州。白動狼烟塞，寒生驛火樓。關山和淚到，圓缺及鄉愁。盈手梅花色，難將寄隴頭。」《邊雁》云：「候雁發金河，紛紛帶雪過。陣連關月小，聲斷塞風多。高舉愁粱稻，低飛怯網羅。羽毛非敢惜，書札奈君何？」《浮湘禮三閭基田尋賈生故宅》七律云：「浮湘孤月下靈渠，牢落殘魂伴索居。庚子日斜聞野鳥，端陽沙涸見江魚。天高未敢重相問，年少何勞更上書。此去樊城望京國，定從王粲賦歸歟。」其佳句如：「花重錦官啼望帝，月明瑶瑟弔湘君。」「九淮疏鑿通王氣，六代興亡問劫灰。」「周室桐封姬姓早，漢家藩傅董生醇。」「五噫一賦梅花國，三黜重逢柳士師。」「痛哭嗣宗千日醉，亂離王粲十年情。」「洗甲雁嘶寒食雨，回鐃鶯詠落花塵。」

《聽秋軒詩集》，句曲女史駱佩香綺蘭所著也。佩香適金陵龔氏子世治。世治早卒，無子，撫一螟蛉女，因繪《秋燈課女圖》。曾賓谷先生爲題絶句云：「一燈雙影瘦伶俜，窻外秋聲不可聽。兒命苦於慈母處，當年有父爲傳經。」佩香遂以「聽秋」名其軒。其《謝畢秋帆尚書題秋燈課女圖》云：「扶輪重望冠蓬瀛，閨閣皆知仰盛名。偶寫艱辛寄圖畫，何期題咏到公卿。四言直紹風人脉，三楚遥瞻嶽氣清。他日江鄉邀節制，蘆簾寒女亦蒼生。」又《謝繡佛夫人暨令姪女蓮艇夫人題秋燈課女圖》云：「瑶臺冰雪仰丰神，敢向騷壇躡後塵？千載金閨添韵事，謝家三代有詩人。」原注：「張太夫人詩集，海內共推。今繡佛暨蓮艇皆工詩，計三世矣。」「偶將圖畫寄粧臺，多感題詩費妙才。穉女也知新句好，琅琅燈下誦千回。」

倪晉三云：「此亦閨閣一段佳話也。」

佩香侍女文琴嫁某郎一載，爲大婦所錮，且虐使太甚。佩香聞之，以金贖回，作詩示之云：「調粉薰香十二春，無端別去最傷神。誰知身似梁間燕，一載重依舊主人。」「舊衣還稱小身材，清曉依然侍鏡臺。從此塵緣須自懺，好隨粧閣繡如來。」

江南莊赤飛先生名一虬，以舉人揀選貴州遵義縣知縣，陞黄平州知州。其孫玉乘遊幕中州，亦解吟咏，余攝篆魯山時舊友也。癸未冬，以赤飛先生《蔄菴詩稿》見示。録其五言《歲暮途中》云：「忽忽歲云暮，嗟嗟行路難。樹凋津閣敞，山削戍樓寬。薄雪融朝霽，輕冰結暮寒。衝泥策瘦馬，何日解征鞍？」《感燕》云：「雙飛梁上燕，來往哺新雛。嗟我天涯客，頻年旅思孤。鄉關雲縹緲，歸夢曉模糊。願借淩風翼，翩然反故都。」其佳句如：「寥虚漏斜月，燈暗落殘煤。」《不寐》「哀顔寧委地，傲性不沾泥。」《殘菊》「何因成妙諦，得果證無生。」《無花果》「竹窗團夜色，桐井結秋陰。」《秋夜殷藕堂書齋》「世情憐寂寞，天意故遲留。」《咏菊》「長途方伴我，中道復依人。」《武昌旅邸三兒辭别赴咸寧署》「夜深江悄悄，風定月娟娟。」《九月十五日夜月》「一杯傾賸酒，幾本讀殘書。」《夜坐偶成》又如「衆水會城北，衝波着此樓」，《登會波樓》亦起句之佳者也。七言《寒食日都門作》云：「節序驚傳到禁烟，薄寒風色嫩晴天。草魂未返青猶淺，柳眼初舒緑未眠。荒塚故園空戀戀，游踪天末自年年。賣餳聲歇燕郊暮，一半韶光去眼前。」《暮春即事》云：「紅稀緑暗影婆娑，布穀聲聲唤奈何。半嶺濕雲含雨重，一畦春水插秧多。客中愁緒嗟長日，宦裏閒情賦短歌。寄語西鄰舊朋好，莫嫌花謝不來過。」佳句如：「霜凋古樹秋容瘦，雲斂奇峰曉髻尖。」《雨後看山》「野火直燒高嶺過，寒雲低映小溪流。」《九日登高》「天地長留不死草，風霜猶見後凋容。」《峩松》七絶《次忠州》云：「登危涉險老何堪，峽勢灘形已飽諳。人到忠州心意好，水平山静似江南。」

何絜人覲揚，江蘇長洲人。辛巳進士，分發河南，補新野縣知縣。將赴任，以所作詩一卷示余。其七律有《十四夜月》一首，中四句云：「朗照已教千里共，清輝還遺一分含。世間事是將圓好，我輩功從未滿參。」又有《新柳》句云：「人立春風舊板橋。」最佳。又有《和凌泊齋駕部原韵》二首，《落花》云：「韶華如夢等閒過，零落殘英唤奈何。此後捲簾休側耳，曉鶯聲裏别愁多。」《惜春》云：「莫上高樓莫倚欄，韶光太息又凋殘。傷心擬向東皇訴，祇覺春愁欲寫難。」

絜人五律《丹陽道中偶成》云：「六載醉葡萄，燕臺客興豪。詩慚謝蝴蝶，歌愛鄭櫻桃。漫憶彈長鋏，真宜賦大刀。北風吹短楫，計日脱征袍。」「去去何爲者，難忘是故鄉。梅花縈舊夢，詩草艷歸裝。初有蘇秦篋，休嗤趙壹囊。故人相憶否，爲我備壺觴。」「側力嗟羈旅，昂藏説壯遊。關山新舊雨，風雪往來舟。自注：子入京亦以冬暮。弱子還青鬢，慈親恐白頭。緇塵何事滿，曾到帝王州。」「料得卸征鞍，親朋滿目看。金尊慰辛苦，銀燭話悲歡。遠别逾千里，無成欠一官。長安纔謝去，又遣憶長安。自注：家君尚留都下。」其他如：「好風不暖高山雪，薄雨難添斷港波。」《雜感》「波上空明春有色，風前摇曳曉無痕。」《柳影》皆集中佳句也。

癸未十二月十九日，黄卉町、楊雨亭、宋思堂、吕木齋、張小南、孫筠亭、吕曉洲諸君子同集余梁園寓舍，再爲東坡作生日，即用東坡《赤壁懷古》詞「大江東去」原韵，按：《念奴嬌》又名《大江東去》，蓋以東坡此詞得名也。萬紅友《詞律》所載《念奴嬌》於正格外，以東坡此詞爲另一格。今既步東坡韵，則句法長短自應依此詞爲準，不得仍用正格。惟「羽扇綸巾」句，東坡文集作「談笑間」，黄山谷書坡此詞亦作「笑談間」。獨《詞律》作「談笑處」，與正格平仄同。不知「處」字文理欠通，似難定譜。况此調仍有平韵一格，則此句「間」字何獨不可用平？余叠韵作二闋云：「重呼坡老，問時命、顛倒究憑何物？年越六旬遷海外，囊洗結茅塈壁。東坡謫儋耳時，年已六十有二。霹靂收威，南冠暫著，似踏飛鴻雪。曾何加損，飄然高壓群傑。　試取銕板銅琶，再將生日祝，浩歌興發。一縷心香裊長空，不逐烟雲變滅。玉宇乘風，還當認取者，中原一髮。問公知否，有人更酹寒月。」「迂哉元也，罷官矣、猶説同胞民物。今夏注《中庸貫》二卷。花甲七重貪著作，余年今已六十有七。贏得琳瑯滿壁。舊臘詩篇，今朝新咏，冷逼峨嵋雪。堪誇座客，有公鄉國英傑。思堂，四川人　記取雪霽梁園，已交三九後，玉梅初發。太息孤忠到於今，耿耿奎光不滅。名炳千秋，人争稱祝，何益公毫髮？擲杯一笑，長歌共弄明月。」黄卉町鳴盛，北平人云：「放懷今古，借樽酒、重説蜀中人物。江上峨嵋多秀氣，聳立千尋峭壁。鍾毓英靈，誕生玉局，恰值殘冬雪。紀年丙子，至今猶祝人傑。　喜共藝苑名流，開筵拚一醉，吟情勃發。韵踵公詞各揮毫，不使生辰泯滅。何日扁舟，同遊江上，任狂歌散髮。紅牙休拍，原非楊柳殘月。」楊雨亭云：「流光迅速，又同賞、梁苑殘冬景物。重祝髯蘇翻舊格，韵用當年赤壁。前爲東坡祝生日皆以詩，今改用詞。踵事商邱，多情仙李，相視腸如雪。尋梅索笑，愛他卓比霜傑。　遥想拍岸驚濤，開懷高唱處，豪情風發。七百年來抱孤忠，浩氣何曾磨滅？一闋新詞，一樽濁酒，愧莫申毫髮。臣心如水，千秋共此明月。」宋思堂云：「眉山靈氣，占盡了、今古蠶叢人物。奎宿清輝重射入，紗縠城西舊壁。景祐初年，嘉平令月，瑞映峨嵋雪。扶輿磅礴，應時生此豪傑。今日聯藝梁園，喜青蓮首唱，群英競發。紫府押衙大遊仙，歷劫終難磨滅。隔世燒猪，大荒徹炬，虔禱公坡髮。飛鴻指爪，不妨來踏今月。」吕木齋自東，山左淄川人云：「東萊詞伯，結蓮社半屬、吾州人物。雅集梁園新樂府，幾次旗亭畫壁？百字聯吟，大江一曲，誰和郢中雪？坡仙往矣，欣瞻後起群傑。

因憶赤壁逍遥，賦成前後也，海濤奔發。絶代奇文百千年，不共春風變滅。鶴唳天高，依稀猶見，那飄飄素髮。長空雲斂，前身認取明月。」張小南云：「江東一曲，試高歌恍見、當年風物。重祝生辰，權當作、前後兩遊赤壁。公若有靈，心牽故國，應憶梁園雪。人民非矣，依然山水雄傑。　却歎四十無聞，吾生如寄耳，用東坡句。壯懷激發。沾丐餘芬，有幾人、能並公名不滅？壽永千春，朽同草木，得失争毫髮。茫茫今古，長歌欲問明月。」孫筠亭德升，山左萊陽人云：「千秋落落，有幾箇、如此胸襟人物。恨煞當年群小輩，斷送江山半壁。生不逢時，烏臺瓊海，歷盡嚴冰雪。圖傳笠屐，長留瀟洒人桀。

此日正值生辰，唱大江一曲，勝歌《七發》。天上人間料相同，不使今朝湮滅。紫府真人，芙蓉城主，雅會皆黄髮。拍肩挹袖，乘雲飛渡江月。」吕曉洲云：「多情望古，寄懷在、百劫不磨人物。壽祝坡仙，前已有、名士題詩滿壁。遠溯當年，梅含凍蕊，冷到眉山雪。輝騰奎宿，挺生一代英傑。　試看歷盡艱難，豪情仍不減，雄詞飈發。萬古江河，笑時流、轉眼身名俱滅。千載心儀，勺洋居士，遺憾無毫髮。持樽重獻，休輕負此風月。」時三兒澄燮侍側，亦學作一闋，云：「天清似洗，看衝雪、剛吐一枝風物。恰值坡公嶽降日，恨少真容掛壁。酣睡烏臺，快遊瓊海，豪氣凌霜雪。休悲磨蠍，已成千古人傑。誰料七百餘年，尚多詩酒興，爲公而發。壽在千秋，黨人碑、難把雄文磨滅。生氣長存，問公今日，可是前華髮？陶然醉矣，起看如水明月。」

徐藕船刺史見之，亦和一闋題諸作後，云：「謫仙才子，樹新幟、尚友古今人物。重祝髯蘇原不滅，置酒當年赤壁。裂石穿雲，南飛一曲，久歇陽春雪。東坡生日，置酒赤壁磯，進士李委奏《鶴南飛》一曲爲壽。更想心洗長松，玉堂春夢了，意因鶴發。《東坡生日和劉景文以古畫松鶴爲壽》詩有「塵心洗長松，遠意發孤鶴」之句。悟徹南華，開笑口，身世無生無滅。文字因緣，至今迭和，浩氣猶衝今朝高唱，不教獨擅奇傑。頻敲鐵板，此心共付孤月。」

甲申春，趙漁村廷弼以其尊甫竹樓先生《倚笛樓存稿》見示，詩以性靈爲主。其《汴城東園賞花和程好山韵》云：「梁園兩度小流連，郭外尋春此地偏。惱我風塵能暫脱，愛他花柳儘堪憐。山林可樂誰爲主，童冠偕遊别有天。不讓蘭亭專逸興，憑君詩好句如仙。」竹樓先生諱湘，乾隆癸卯舉人，官山東武定府陽信縣知縣。

百泉山爲豫省河北第一勝境，亦名蘇門山。竹樓先生《秋日遊蘇門山》云：「夙有看山約，今朝結伴遊。行窩真自在，長嘯憶風流。徙倚松濤壯，蕭騷竹韵幽。我來臨絶頂，爽氣挹清秋。」《中秋湧金亭玩月》云：「征鞍乍解百泉宜，四面亭開映水湄。秋色恰當三五夜，月明剛到十分時。今宵顧曲難成寐，昨歲看花笑折枝。寄語嬋娟千里共，金樽拚醉不須辭。」《咏水仙花》云：「凌波澹影透窗紗，活色生香絶點瑕。白玉成盤凝素艷，黄金作盞湛清華。幽芳直與梅同夢，弱幹偏宜水是家。瓦缶冰姿閒位置，居然一簇小蓮花。」《山左雜詩》云：「明湖灔灔柳毿毿，一鏡空明翠影涵。畫舫乘來簫鼓遍，七橋風月似江南。」又如：「一燈對話傾心久，十載相逢見面遲。」《與董西垣聯句》「天遣斯人作霖雨，我隨赤子上春臺。」《贈高約齋刺史》「對此園亭堪小憩，愛他花木已成叢。」《遊松亭》皆集中佳句。

趙漁村以州牧需次豫省，嘉慶庚辰入蜀，有《西行小草》一卷。其《登天雄關》句云：「漫説江南風景好，看山須要入川來。」《棧道》句云：「好山不待開門見，卧對紗窗翠欲浮。」蜀山之險峻稠疊，令人於言外可以想見。

程雪門境，吴興人。著有《雪門集》。趙月岩以其詩草數紙示余。五言如《尋友人不值》云：「隱者去何處，山深無定踪。閒門春草鎖，荒徑白雲封。長嘯一聲鶴，回看幾樹松。此中得真趣，興盡兩三峰。」《雁影》云：「吴楚參差過，雲山望眼賒。數行浮遠浦，一片下平沙。叫絶南湘月，飛馳北塞笳。遊蹤寄何處，點點入蘆花。」《秋暮》云：「長河瀉天影，寒碧動遥空。歲暮心猶壯，秋高氣轉雄。香凝三逕菊，霜醉一林楓。興發擎杯酒，憑軒思北風。」其七言如《清明後十日大雪》句云：「鶯遷玉樹巢猶濕，蝶宿瓊枝夢亦寒。」亦秀潤可喜。

乾隆庚戌，余在都門，於潘桃溪案頭見蒲曉江忭《緑蕚梅》詩一紙，携置叢殘中，久亦不復記憶矣。甲申夏，大兒淑筠忽檢得之，亟録於此。詩云：「春情多少上梅株，記得前生唤緑珠。世外佳人空粉黛，山中高士本仙癯。寒來只許青霞覆，清極猶嫌白雪污。一種花魁花更别，新詩何處覓林逋？」「草色南園冷未更，一枝籬落早含情。香浮碧玉生來潔，影伴蒼松骨裏清。緑鬢芳妍卿笑我，青衫憔悴我羞卿。深宵縱有羅浮夢，月冷風疎睡未成。」「昏黄烟月驛東西，驢背尋詩望欲迷。神女娉婷來碧海，小姑綽約出青溪。凌波似怯湘裙冷，倚竹應憐翠袖低。占斷春光誰是伴，東風不到緑楊堤。」「斷橋殘雪路曾經，别有清愁在遠汀。孤鶴數聲湖水碧，疎烟一抹晚山青。開時不近紅羅幕，折去偏宜玉膽瓶。幾度樓頭閒弄笛，凉雲吹落短長亭。」

戴恬園《謁劉伯倫祠》詩云：「荒祠寥落小村西，誰向殘碑覓舊題？遺像已看塵拂面，居人猶借姓爲堤。祠在劉固堤村西。人生夢幻成今古，當日知交但阮嵇。我欲觴君君不起，夕陽紅映草萋萋。」又有《漫興》詩云：「年來依樣畫胡盧，頭腦冬烘笑我迂。講道聊同鷄問答，送人時被鬼揶揄。亡羊終日空留策，得兔癡心尚守株。解釋鹿蕉皆是夢，陶然吾亦坐忘吾。」「曾聞官府事紛然，快活端應屬散仙。小草出山無遠志，大椿樹野得長年。清風明月時隨我，鼠臂蟲肝總任天。却笑繭絲空自縛，未除妄念是詩篇。」

程雪門復自以删稿倩余評騭。復録其《遊大午山》云：「曲逕蟠層麓，亂峰堆夕陽。泉穿雲脚濕，花落石根香。看竹迷深院，尋松到上方。老僧初入定，清磬出禪房。」《秋夜旅懷》云：「夜静霜華冷，秋高雁影斜。窮愁頻看月，好夢一還家。久客憐衣薄，長途念信賒。弟兄各羈旅，消息卜燈花。」《過隱者舊居》云：「架上猶存一卷經，信知陋室有餘馨。心分彭澤東籬菊，人去孤山放鶴亭。數本老藤蟠古屋，幾枝疎竹卧幽庭。雲停鳥歇無拘束，洗硯池頭緑滿萍。」《對酌贈胡五》云：「斗酒同君且盡歡，試將老眼看波瀾。論交自昔虛心少，處世從來本色難。水際疎梅香益冷，雲邊孤鶴影尤寒。相逢翻悔成知己，話到分離便淚彈。」

湖北鄖陽府保康縣尉廉泉蕭公名水清，字廣銓，廉泉其號也。廣東平遠縣人。嘉慶元年死楚匪曾世興等之難，勅贈縣丞。長寧曾敬義爲作傳，南陽總鎮呢公名馮善，長白人復爲作序，補其傳之所未備者，云：「當楚匪之發難也，姚之富、齊王氏起襄陽，曹海揚、祁中耀起房、竹間，王蘭、曾世興起保康，衆各數萬。蕭公聞賊起事，知邑令無能，自發印札百餘張，曉諭四鄉，激以忠義，使其練勇滅賊。鄉勇未集，賊已突至，即《傳》所謂力戰不支，被創而殁之二月二十日也。烏呼崾者，縣西之峻嶺，林密路險，一夫當關地也。下臨粉青河，水深浪急，尤難遽渡。三月初，將軍恒瑞、總兵文圖由陝西帶兵來楚，屢戰屢勝，復竹山，解房縣圍，直趨保康。曾世興等率賊上據烏呼崾，下守粉青河，我兵相持一晝夜，苦無可乘。余時以領隊侍衛在行間，目擊將軍等焦灼籌策狀。次日黎明，岩巒水畔之賊皆紛紛亂竄，我兵乘之，遂過河，忽見有頭插小青箬籃人遍山而來。比哨探，始知爲蕭公印札所集鄉勇，由樵採小路攻賊，擒賊首王蘭、曾世興以獻。所插小青箬籃者，印札中所示別賊之號令也。將軍等細詢，始知蕭公生時公正廉明，爲黎庶所感服，並得其禦賊殉節事。嗚乎！復竹山、援房縣，則官兵之力。保康之賊數萬，一鼓撲滅，復城擒渠，實蕭公之功，何《傳》未之及也？豈所聞有未備歟？或恐不符原奏而諱之歟？」節録。噫，觀呢公《序》，始知蕭公不獨以忠節著，其經緯之才實有大過人者。身死之後，鄉民遵其遺札，猶足以破此鉅寇，如摧枯拉朽，使得假尺寸之柄，川楚逆匪何難立見翦滅？而屈沉下位，倉猝殉國，非呢公目睹，爲之補序，其功且湮没不彰。余既痛蕭公之不得大用，而益欽呢公之表彰爲甚盛德也。按《傳》：公長子其馨、幼子其芳、族姪祚超，妻弟林良鳳，皆從公力戰死。孺人林氏、長媳韓氏、孫女瀛仙，皆自刎死。公幼女及長孫步丹年皆八歲，爲賊所刺，經一日夜復蘇，公妻弟林良材携之歸。公次子其薰扶柩歸里，季子其芬以公傳及諸題詠，倩呢公序之，付梓以行。

汪香谷應培《題蕭公殉節》詩云：「佐績鳴琴矢不欺，臨危大節自無虧。生平祗辨男兒事，安問頭銜峻與卑。」「聞公風雅簡編搜，莫把迂疎笑我儔。白刃叢中拚一刻，書生從此即千秋。」「闔門同解植綱常，血濺蘭閨骨亦香。君自褒忠臣赴義，此心原不計流芳。」「黄絹碑辭定永存，不須湘水弔忠魂。天留一線文孫護，教受皇家世及恩。」

惠印山都尉昌運。喜談詩，有古儒將輕裘緩帶風。攝萊營參閫時，值張船山出守萊州，嘗會飲于郡署。船山詩有「磊落詩壇起將才」之句，可以知印山之風韵矣。

船山太守罷官後遊江南，《題孫淵如前輩小像》云：「卅年出處略相同，斟酌橋邊兩寓公。薄有時名留輦下，都無長策治山東。流連文酒憑今雨，檢點行藏尚古風。各保遊仙真面目，不勞麟閣畫英雄。」

鄒樂菴名念曾，祖籍餘姚，今徙居南昌。遊幕數十年，嘗爲諸侯上客。齒逾古希，猶矍鑠不衰。吴白菴贈以長句，有云：「樂菴倜儻才不羈，談天之口何恢奇。閒來醉倚寶箏卧，硯田歲熟飽且嬉。登高叱咤輕豎子，有時喜怒如嬰兒。」陳笠帆中丞贈序謂其以東晉人之襟期兼東漢人之行誼，其見重如此。其婿婁㵎筠謙，以丁丑大挑一等來豫。甲申春見余所著《中州觚餘》，因以樂菴《耕餘草堂吟稿》浼余論定。余爲題五律一首而歸之。

樂菴五言如：「櫓聲春水闊，帆影夕陽多。」「寒烟沉遠樹，殘月落秋山。」「斷橋春水漲，孤市夕烟生。」「山花呈幻相，溪水浄禪心。」「好山多傍水，新柳最宜人。」皆佳。其起句如「廢寺不聞磬，斜陽半掩扉」，亦是取法襄陽。

雪詩易落坑塹，樂菴《人日對雪》有句云：「野色皓無際，溪流碎有聲。」樂菴《芟草》句云：「但期無礙步，何必盡除根。」寄託頗深。

樂菴七言：「雲氣海門扶日出，濤聲京口接天來。」《曉登金山》「雨昏雲氣千峰合，風捲濤聲萬馬來。」《十八灘夜泊》「桃花着雨紅疑滴，楊柳迎風弱可憐。」《春日》「興至每嫌沽酒少，年衰深悔讀書遲。」《歲暮書懷》

㵎筠見余所題五律，和云：「重把梁園袂，欣承桃李投。折腰輕五斗，具眼燭千秋。餘事風騷採，消閒歲月酬。神交渺天末，佳句錦囊收。」

十二筆舫雜録卷十二

東萊勺洋著
韓江晉三
武威雨亭
叙永思堂仝評
濰陽小南
萊陽筠亭

客窗賸語下

贈答詩固貴有真性情流露其間，然稱揚人善，往往失之過情，蓋不如是，不足以成其議論也。如少陵《蘇大侍御訪江浦》詩序云「蘇大侍御涣，静者也」云云，詩亦極力稱揚，而涣後以作亂伏誅。知人之難，自古嘆之矣。昌黎《贈孟郊》詩「横空盤硬語，妥帖力排奡」，乃自寫其得力處，郊詩不足以當之也。余《答王秋水》詩有云：「詩以氣運不修詞，清詞自隨真氣走。」秋水詩亦不足以當之也。近見張船山贈趙雲崧翼前輩句云：「詩删小雅況離騷。」則甌北、船山均不足以當之。留此一種議論可也。

太白《古風》「羽檄如流星」一首，與少陵《兵車行》，皆爲明皇寵任李林甫、楊國忠等，妄開邊釁，徵發丁役而作。太白首四句但云「群鳥皆夜鳴」，其騷擾之狀已寫到至處，能以簡勝。少陵以「車轔轔，馬蕭蕭」起，以下極力鋪張，直寫到「哭聲直上干雲霄」，横空而來，如江潮驟至，風雲變色，能以暢勝。少陵下即接以「道旁過者問行人」，與太白詩中「借問此何爲」，同是一種筆法。而太白獨于借問句前先以「白日耀紫微」四句横亘于群鳥句下，不獨離合斷續之妙爲《兵車行》所未及，即以白日比明皇，而以開邊之罪坐於李林甫、楊國忠輩，較少陵之「武皇開邊意未已」託諷明皇者，又大不同。少陵結云：「新鬼煩冤舊鬼哭，天陰雨濕聲啾啾。」寫邊廷征戍之苦，固深合風人之旨。太白結云：「如何舞干戚，一使有苗平。」詞義正大，命意直追《大雅》，《離騷》不足道矣。讀李杜詩須於此等處着眼，方識李杜真面目，不至爲前人議論所欺。

宋思堂云：「前人論李杜者衆矣，未有晰及此者。」

楊雨亭云：「勺洋近箋太白詩，尚未脱稿。余嘗見其所箋《古風》一卷，多發前人所未言。脱稿後定當紙貴。」

太白集中贋作尤多。沈歸愚謂「笑矣乎」、「悲來乎」、《懷素草書歌》等作，皆五代凡庸子所擬，固也。其尤當辨者，如《永王璘東巡歌》十一首，必非太白所作。蓋永王於天寶十五載十二月舉兵東下，而詩首句云「永王正月東出師」，時日已訛，其爲贋作無疑。

又如《扶風豪士歌》曰「洛陽三月飛胡沙」，是指安禄山破東京時説起。又有「我亦東奔向吴國」及「來醉扶風豪士家」之句，按扶風即今陝西西安府，地乃唐畿輔近地，太白是時方在匡廬高卧，爲永王迫致軍中，何由至此？核以時事，其贋自見。人特未之察耳。

按：唐明皇天寶十五載六月，禄山破潼關，明皇幸蜀，七月至普安。制以太子充天下兵馬元帥，永王璘領四道節度都使，出鎮江陵。是璘之擁兵江陵，出於明皇之命，似不得遽以叛書。乃肅宗於是年七月已即位靈武，八月使者至蜀，明皇始遣使奉册寶，如靈武傳位，然猶命軍國事皆先取皇帝，進止仍奏朕知。此時明皇並無敕使永王歸蜀之命，太白詩所以曰「帝子許專征」也。至是年十月，肅宗敕璘歸蜀，璘不從。肅宗使高適、來瑱、韋陟等共圖璘，璘始引兵東下。至次年二月，爲李成式所敗，遂奔死。當敕璘歸蜀之時，亦未聞奏請明皇親下詰敕，使之歸蜀。是並不遵明皇仍奏朕知之命，而激成其叛，其操之不已蹙乎？太白詩所以曰「尺布之謡，塞耳不能聽」也。然於璘之興師曰「節制非桓文」，明其不能勤王，亦未嘗稍爲寬恕。又曰「迫脅上樓船」，以明己之在璘軍，由於脅致。又曰「辭官不受賞」，深明其雖爲所脅，而未嘗從之也。蔡寬夫謂太白學雜縱横，欲藉永王以立奇功，不能見於幾先，似與「辭官不受賞」之言未合。

少陵與太白交契最篤，太白之流夜郎，少陵寄詩爲代白其冤，云：「蘇武先還漢，黄公豈事秦？楚筵辭醴日，梁獄上書辰。已用當時法，誰將此義陳？」與太白「辭官不受賞」之語如出一口，足以雪太白之冤矣。嗟乎！古今如少陵之篤于友誼者有幾？太史公曰：「雖爲之執鞭，所欣慕焉。」余於少陵亦云。

忠烈節孝詩最易涉套，字句尤易蹈庸俗。泌陽縣楊氏女已及笄矣，其父嫌其夫家貧，食前言，因致訟，半載未結。女誓從一，乘隙與其鄰媪偕投夫家。邑宰聞之，爲給鼓吹，案遂結。一時競爲詩詞，以美其事。南陽戴廣文恬園屬同寅輩徵余詩，余謂楊女志可嘉，然與節婦貞女事跡不同，爲題五古一首，起數句云：「兔絲草太柔，女蘿枝亦弱。何如連理花，開在女貞木。女貞結連理，連理枝如玉。並蒂益以清，同心益以馥。」甘實求見之，曰：「君固翰苑才，而乃奔走風塵作俗吏耶。」全詩載女有士行。詩集中已刊，兹不復録。

吾鄉節婦孫氏，掖邑之西由鎮人。適李觀文。年二十有四，觀文疾革，囑氏曰：「爾當爲後嗣計，勿徒相從俱死。」時觀文有弟方婚，意生子可立繼也。氏遵其言，苦守四十餘年。弟竟無子，遂賫志以殁。氏之族人爲徵詩。時余方請告家居，爲作《節婦吟》云：「裊裊女蘿枝，青青附松柏。嗟哉兩同心，中道忽分拆。上有雙舅姑，下無黄口兒。不惜一身死，忍增亡者悲。身存嗣可續，身死共餒而。感此易簀言，冰蘖寧復辭？北枝日已枯，唯望南枝腴。南枝雖云好，結子終成虚。妾命無根草，一萎跡如掃。苦節四十年，血食竟不保。傷哉黄泉下，何以慰君子？夕陽下孤墳，颯颯悲風起。」

宋思堂云：「王仲宣《七哀詩》：『未知身死處，何能兩相完。』先叙婦人之言，再以『驅馬棄之去，不忍聽此言』，倒醒出『言』字，筆法之妙，横絶千古。此詩『身存』二句下接以『感此易簀言』，亦用倒醒法，而無摹擬之跡，是善於學古者。」

張小南云：「中間叙事處以比體行之，用筆之超，飛行絶迹，一喻後又接一喻，唐人中唯太白能之。」

倪晉三云：「結筆悲壯蒼凉，是盛唐人手筆。」

嘉慶戊辰夏，海陽毛淑璜爲其母黄太君徵節壽詩。時余方守制家居，爲賦五古一百韵，云：「節母出名家，尚書鳴珂里。節母即墨人，爲前兵部尚書黄公嘉善後裔，諸生符玉公女。幼勤習女紅，稍長通書史。亭亭父母掌上珍，擇耦覓佳士。維時向辰公，雄崖方卧理。毛公向辰諱玉樞，淮安人，時官即墨雄崖司巡檢。亭亭雙玉樹，長者清無比。愛才締婚約，涓吉成嘉禮。向辰公有二子，長芝亭，次鶴亭，符玉以節母歸芝亭焉。上承舅姑歡，兼得祖姑喜。時向辰公有母在堂。結褵甫八年，歲月一何駛。忽驚連理枝，已成桐半死。大義素所嫻，欲殉轉搔首。忍令堂上親，痛子兼痛婦。忍令懷中孤，無父復無母。黄泉目未瞑，敢惜好身手。含辛淚暗揮，强起任井臼。叔氏痛兄甚，纏綿病相守。甘旨謀兩代，乳哺鞠黄口。蘖不自知苦，梅不自知酸。劬勞那復顧，惟求心所安。孰知天不弔，變故來無端。大厦傾梁木，翁忽歸九泉。廉吏乏遺蓄，懸罄悲蕭然。叔氏既多病，姒又辭人間。内外持門户，艱苦一身肩。三世歌寡鵠，泣血啼杜鵑。小姑家嵩陽，常悲會面難。黽勉徙相就，庶慰慈親顔。向辰公卒，不能南歸。芝亭有妹適海陽方氏，去即墨僅二百里。節母宛轉徙居海陽，以慰姑意，遂隸海陽籍。更自苦拮据，爲叔續婚媾。娣姒共雍睦，冀承垂暮歡。孰知天不弔，姑又痛永訣。代姑事祖姑，哀情倍幽咽。二子璜與珍，節母二子，長淑璜，次淑珍，俱諸生。新姻以次結。三載相扶將，晨昏奉無缺。養生復送死，心盡力已竭。孰知天不弔，降凶未肯歇。一女兩子婦，相繼化異物。叔姒嗟又亡，叔女復遄殁。傷哉廿年間，骨肉慘凋折。母命苦如荼，母心堅如鐵。生者需藥餌，母也躬指麾。亡者需棺殮，母也躬支持。既亡卜葬期，母也躬籌之。四時羅祭品，母也躬酒巵。死者可奈何，存者繫弓箕。長者議婚嫁，幼者待哺糜。母也躬經營，心枯不知疲。誰謂日不返，揮戈尚能轉。誰謂折天柱，煉石尚可補。二子方少時，教以成人格。叔氏因饑驅，作客依蓮幕。鄰有子纔弱齡，鶴亭一子名淑璠。忍視以隔膜？晝荻兼丸熊，三子共晨夕。督課如嚴師，每爲分陰惜。鄰婦及戚好，相與前致詞。願母少寬假，渠是兩孤兒。璠也雖有父，孤單又遠離。母聞淚暗滋，欲語還復止。毛氏門族衰，僅此三人耳。責在未亡人，慎終惟其始。有一即於荒，吾之罪大矣。枯條培其根，有時欣以榮。竭流濬其源，有時瀏以清。卒令璜與珍，同輩庠序聲。璠亦克循謹，誦讀兼治生。諸孫復濟濟，秀發皆奇英。母也親授書，一一嚴課程。習禮自童穉，戒以嬉敗名。家風媲韓穆，鄰里欽儀型。傾覆得再造，唯憑隻手擎。餘風被臧獲，侍婢知全貞。乳媪相從久，有女初長成。媪爲擇良匹，相與訂新盟。嫁期已卜吉，指日調鸞笙。女忽自掩泣，長跪主人前。奴本濰州産，窮迫依貴門。幼時已受聘，猶憶住鄰村。流離去漸遠，未知亡與存。於今音問絶，母爲别擇婚。燕飛戀舊侶，鳩鳴思故群。奴侍主人久，聞説大義頻。二夫非所願，敬訣須臾身。庶不辱吾主，亦以報吾親。節母聞女言，嘉汝心不轉。即遣使往覓，勿憂道路遠。行人乏資斧，簪珥爲汝典。人願天必隨，及今猶未晚。果得夫婿來，舊盟欣共踐。夫婦同拜别，相攜還故鄉。洎璜試秋闈，西行過濰陽。夫婦遮路拜，要留羅酒漿。咸欽太母德，應流千古芳。邑人上其事，褒典焕龍章。母年今六十，璜等欣稱觴。同里諸君子，介壽齊登堂。撮舉母行略，詩歌徵四方。璜乃躬跋涉，投贈充行囊。叩門特過我，虚聲增慚惶。余亦少失怙，賴母有義方。正深風木痛，感此倍哀傷。重君汲汲意，孝思切顯揚。長言不能已，揮涕神激昂。」

楊雨亭云：「挹東西漢之腴，闚李杜韓之奥，遺貌取神，自出機軸，是深於古法而又能變化從心者。」

孫筠亭云：「中間轉軸處，全以比喻行之，逼真太白。後幅叙侍婢事，如頰上三毫，覺昌黎《嗟哉董生行》之叙雞狗，猶涉左氏浮誇之習。」

張小南云：「詩中用比喻，最得風人遺意，如漢人《十九首》之『代馬依北風，越鳥巢南枝』，蔡邕《飲馬長城窟行》之『枯桑知天風，海水知天寒』，皆以兩句對舉。魏甄后《塘上行》之『莫以魚肉賤，棄捐葱與薤；莫以麻枲賤，棄捐菅與蒯』則用四句對舉，氣機益流宕矣。少陵《示從孫濟》之『淘米少汲水，汲多井水渾；刈葵莫放手，放手傷葵根』祖其意也。此詩『蘖不自知苦，及枯條培其根』等句，或兩句對舉，或四句對舉，信筆寫來，於祖述前人之中卓然自闢蹊徑。謂之大家，豈曰阿好？」

楊雨亭性喜風雅，需次之暇，不廢披覽，詩亦日進。今春有《和吕曉洲見贈》七律四首云：「每從詩酒挹蘭芬，落落萍踪喜共群。彩筆聯吟翻舊調，騷壇樹幟啓新聞。客臘同宋思堂、孫筠亭、黄卉町、張小南、吕木齋諸君子集東萊勺洋先生處，用「大江東去」韵祝坡公生辰，梁園一時傳爲佳話。三生夢結峨眉月，半載情深汴水雲。漫説郊寒與島瘦，才通博雅我輪君。」「分箋刻燭日盤桓，佳句貽來浣手看。豈有豪情能好客，贈余有「屋宇無多偏好客」句。欣同大雅結清歡。掾曹溷跡才原拙，文字論交道自寬。讀罷君詩增感慨，小窻風雨一憑闌。」「一尊清酒論交真，雅集龍門結社新。晤諸君子於勺洋座上。海內吾徒原不易，天涯客況是同人。詩規李杜君能遠，志勵冰霜我轉親。握璧懷瑜齊努力，好崇明德達丹宸。」「愧我風塵興易闌，年來書卷亦抛殘。無端世事關心早，依樣文章换骨難。繡段空貽遲未報，冰絃久澀又重彈。萍踪同是梁園客，珍重相期保歲寒。」

癸未冬，趙月岩應懷慶太守之聘，赴河北。甲申夏，以七律二首寄余，云：「憶昨聯吟翠接天，飢來判襼隔關山。五更夢繞騷壇側，百里神馳杖履間。紅樹緑雲添别思，松風桐月結愁顔。從今欲作尋幽伴，南北河分覺倍艱。」「一簾風月漏聲遲，獨倚闌干繫我思。千古廉明遭物妬，殘年落拓令人悲。啣盃常憶蘇公酒，刻燭頻吟杜老詩。著作於今應更富，好將佳句寄狂癡。」並寄其前後遊小南海五律四首，詩云：「古刹雖臨市，春來花木馨。源長池似海，逕曲竹如屏。睡鴨雙雙白，垂楊一一青。老僧何處去，空貯兩函經。」「結伴入禪門，悠悠自絶塵。鳥憎青眼客，魚戀白頭人。芳草參差緑，夭桃漸次新。醉餘尤興好，還想一垂綸。」初春偕同人遊小南海。「花宫新雨後，蘭芷十分馨。水遠堤爲帶，城高雲作屏。小橋魚草緑，深院茗烟青。饒有禪中味，何須讀道經。」「重歷遇芳辰，懷清浄俗塵。似嫌穿徑竹，却羨戒珠人。烟鎖山痕淡，波涵曙色新。老來更性僻，癡立看修綸。」重遊小南海復用前韵。

東吴吴巢松先生慈鶴。督學中州。甲申夏，余從宋思堂處見先生所著詩文初集，名《蘭鯨録》，續集名《求是録》，佳作甚夥。取其有關國計民生者，約録數首於左。《救荒新樂府》五首序云：「嘉慶十八載，吾吴自五月不雨，至於八月，米價騰湧，民不能支。仰賴天子聖仁，大府慈惠，牧伯盡職，吏民趨事，於救荒之法行之靡遺，惸黎賴以全活無算。予以郡人從史官之後，有風喻之職，因舉荒政之最善者各爲一篇。」《平糶》云：「憶昨歲在奎，江南苦無雨。無雨猶自可，十旬盡焦土。幾疑衆川竭，赤子困車戽。人有燋爛痕，苗死固其所。斗米價五百，貧者將安取？後村聞死喪，前村鬻子女。節度賢相公，憂民涕垂縷。飛書告父老，各各貸釜庾。升合減數錢，官私禁儲貯。直減市亦平，散利真善予。其二常平古良法，實政欣已舉。可憐溝中瘠，如兒今得乳。」《採買》云：「吴田七百萬，豐歲三斛餘。其半納官賦，其半入家租。閭閻百萬家，九州稱大都。計口十倍之，歲食固不敷。賴有洞庭商，吾鄉米商，多東西兩洞庭人。川楚下舳艫。豐歲仰鄰食，歉歲更何如？况此久旱後，我民已交痡。糠籺且難得，焉能求桂珠？相公賢且仁，飛檄江與湖。復募富民往，攜貲行轉輸。關津無譏禁，萬里皆坦途。不復平其值，但求通粟儲。昨過滸墅頭，大艑若鯨呿。風濤接尾至，晷刻曾不踰。嗚呼饑得食，能使瘠化腴。何以祝相公，壽愷身樂胥。」《勸捐》云：「保富固有經，安貧乃良策。盗賊貧所爲，錢刀富所惜。飢來思握粟，寒至將求帛。况值薦臻年，焉能守程尺？强者已可哀，弱者尤可惻。盗賊且不能，甘心死荆棘。人豈無仁術，對此詎能適？即以福田言，天必報陰德。兩府進吏民，不惜萬言説。誠極動豚魚，欣皆出私積。富家一顆粒，貧家終歲食。綢繆麥秋前，可以安保息。」《賑錢》云：「救荒積陳言，行糜本周令。所嫌衝寒人，勞餓轉成病。聞之故老云，饑疫兩相應。揆理或此由，改絃仗新政。邦伯采蕘言，簿録勞里正。人日授數錢，月頒如俸請。數坊一場廨，近取非遠競。事簡責耆年，法周絶漁横。秩然綱網布，肅若桑梓敬。所給雖不多，聊堪佐傭倩。春風蕩柔和，鳩鵲轉相慶。不分溝壑餘，欣然得生更。」《醫藥》云：「我民苦無食，有食亦糠粃。我民苦無衣，有衣亦菅枲。肝腸沸能裂，冰雪僵斷指。可憐免死身，疾癘焉能已？温風鬬餘沴，六氣傷腠理。户户有呻吟，家家苦鞭痞。何從覓醫藥，何處詢巫史？邑侯心惻然，誓欲起羸敝。群醫畢關召，百藥親飭庀。疾輕就醫來，重者醫往視。匪獨畀苓术，還將哺湯餌。行之兩月餘，民皆大歡喜。卓哉和緩術，藜藿功易起。已盡救生心，玆尤足生死。青詞達神聽，民吏謝天祉。萬年瘯蠡消，歲有自今始。」《河決行》云：「鄭州青蛙數萬起，四月間事。昂頭東行塞街市。長吏不言父老詫，皿蟲爲災吁可怕。黄河七月天上來，開封城門朝不開。蘭陽儀封盡魚鱉，奔雷掣電何喧豗。無何又親河花決，百丈虹隄馬營蟄。黄蛇悍然蹋水立，盛漲時有黄蛇見于黑岡。盛以金盤飲以血。下流滚滚東去疾，九河故道何處覓？千年河濟復相逢，天意蒼茫意難測。中州已喜再歲豐，三白又見霏深冬。如何驟感大辰孛，城郭忽爲河伯宫。搴茭伐楗不可緩，萬夫囊沙白日短。逃亡亟賴長官鳩，凍殍全資噢咻暖。我欲驅車過孟津，雪花冬吼朔風皴。袖中偏少匡時策，愧爾流離瑣尾人。」《大車謡》云：「大車焞焞，曉行不見日，夜行猶見星。云送薪料赴河北，公使迫促無留停。大車三牛兩牝馬，愛惜鞭笞不肯下。農家幾年辛苦有此牛與馬，今日蹏穿血流踝。傳聞大工需料二萬垜，垜各五萬運以五十車。近者百里遠者數百里，嚴急不可晷刻踰。豈無帑金發自少府，所費太鉅仍資里閭。可憐薪盡無以炊爨猶自可，祇恐牛馬盡死來歲誰菑畬。官吏非虐，陽侯可憎，役夫之言可以聽而不可聽。」《後大車謡》云：「獲嘉縣中二百村，百村已浸河流渾。餘者催科急薪草，功曹所到聲俱吞。父老相看眼流血，背上往往鞭笞痕。大車絡繹運工次，民固朘膏官亦瘁。河伯不仁宜訴天，麥豐水涸期明年。」《冬涉謡》云：「秋水入室，冬冰可涉。冬冰忽泮，無米無爨。一解 涉水涉水，水傷我髓。不涉餓死，何有妻子？二解 疇將大車，載彼糗糒。户給口授，如雨之沛。三解 欲呼長官，長官不聞。欲求任卹，方薪草是急。四解吾聞堯時，亦有懷襄。嗟爾下民，忍待其康。五解勿經溝瀆，勿爲盜賊。終得乾土，萬年稼穡。六解」《渡滹沲作》云：「無際黄沙古岸平，渡河安必待堅冰？百年水利談何易，六月渾流怒不勝。歲歲搴茭非得已，茫茫沈玉竟無憑。故應稍用閭閻力，農有餘閒大可乘。」

船山《集尤春樊舍人延月舫爲東坡作生日詩》，余已録矣。兹見《求是録》中同集延月舫之作，較船山别出新意，因録於此。詩云：「南宋詩人宗北宋，延之端合祀東坡。一家俎豆香盟接，異代風流汐社多。騷雅乞靈非禱媚，文章後死付誰何？熙豐朝局無須論，笑倒瓊儋春夢婆。」

楊雨亭云：「歌咏時事，其措語斟酌處，尤得風人忠厚之旨。」

孫筠亭云：「歷觀諸作，民胞物與之懷充溢于字裏行間，是范文正一流人胸襟。」

宋思堂云：「諸作皆直追少陵。《冬涉謡》一首尤逼真漢魏，上攀《風》、《雅》矣。」

巢松學憲《蘭鯨録》中，如《博羅縣》、《羅浮婦》、《派尾墟》等作，叙述民間疾苦，深得少陵「三吏」、「三别」之遺。惜集隘未能盡録。其《雜詩》有云：「百年無奇節，壯士亦奴隸。争此隙駟光，黽勉萬古計。敲斷玉馬鞭，捶碎鐵如意。勇不登明堂，草澤分所棄。初春鳥已啼，深港魚可祭。日月夾我馳，朱絲不能繫。城頭千佛山，亭亭擁花髻。上有浮雲齊，下有賢豪瘞。二」「讀《易》至《未濟》，廢書喟然嘆。履虎道亦亨，往蹇何足難？朝爲窮巷游，暮已赤紱燦。訏謨雲臺宫，讜論白虎觀。萬鍾我何預，表裏戰冰炭。十年平津閣，布被未肯换。二」警醒來學，直當書之作座右銘。

張小南云：「文以載道。如此作詩，詩教日尊矣。」

倪晉三云：「諸作樸茂淵雅，允推一代宗工。」

癸未春，袁玉堂被謫西戍，作《出塞圖》，沿路索人題詠。余於五月中旬至濬縣，晤邑宰朱韞山司馬。韞山言玉堂方由濬過，僅數日耳。余與玉堂千里神交，竟艱一面，惋歎久之。韞山言玉堂亦深以余居省垣，不獲枉道一晤爲憾。冬間，忽從徐藕船刺史處接到玉堂所寄《張勖園紀游詩草》二卷，玉堂爲作序。按：勖園名敏求，桐城詩人也。時由漳縣引退，僑寓蘭州，故與玉堂相晤。且爲玉堂題意蘭女史《隴山策蹇圖》，并序云：「女史濟南人，袁蠡莊玉堂别號明府簉室也。蠡莊以事將戍庭州，其母欲奪女志，設詭詞構訟，女史作《陳情啓》上諸官。官嘉其義，判仍歸袁。癸未春，蠡莊蒼黄西行，女史知其母將有他變，乃腰劍策蹇，從一老嫗，行數千里，追及蠡莊於隴山，亦奇女子也。董君海柟爲繪《隴山策蹇圖》，趙丈春谷復寫册子，余作長歌以紀之。」詩云：「袁君矯矯人中龍，仰天呵氣成長虹。殿前作賦獻天子，銅章綰綬來山東。山東女兒好顔色，有人顧影明湖側。十三盈盈新長成，手挽盤鴉髮覆額。十五初弄流黄機，無語低頭當户織。十七書學衛夫人，銀毫仿就簪花格。鏤月裁雲詩思新，工吟不讓左家芬。豈有才人嫁厮養，合宜新婦配參軍。東緡大尹才莫比，一生願活名花裏。呼來靈鵲架銀河，迎得驚鴻過洛水。中婦常隨大婦行，舊人那妬新人美？錦瑟朝朝五十絃，緑窻相對疑神仙。春風共製櫻桃賦，暇日同吟芍藥篇。宛似清娱隨太史，何如通德伴伶元？人生行樂苦難足，造物由來忌艷福。文舉方開北海尊，子瞻忽起西臺獄。破巢完卵事難知，鳳泊鸞漂愁獨宿。鸞漂鳳泊竟何如，報到長沙將謫居。阿母宏農思得寶，奸人合浦覬還珠。一旦鸞交構雀角，雨覆雲翻禍端作。慈姥磯頭荆棘生，女兒浦口風波惡。母也天只不諒人，上書自訴神明君。悲同令伯陳情表，才勝蘇孃織錦文。妾生不是章臺柳，妾身已作袁家婦。願當効死在官前，寧忍攀條落人手？五花判事廉且明，鏡破釵分許合并。纔離虎穴紓餘喘，又送龍沙賦遠征。悲莫悲兮遠離别，愁心莫訴關山月。燕子何時得穩棲，桃花無主防摧折。精衛空填恨海深，媧皇難補情天缺。開我嫁時箱，鬻我金縷裳。東市買蹇衛，西市治征裝。芙蓉三尺劍，低懸繡裲襠。紅衫與青笠，結束生輝光。出門不辨東西路，蛾眉四顧天蒼凉。慷慨天應哀志氣，誓向天涯覓夫婿。弱質何愁萬里行，玉關祇在疲驢背。隴山孤客方徘徊，一騎紅妝天外來。已分緑珠委金谷，還驚弄玉下秦臺。異域相逢淚沾臆，倉皇難畫藏嬌策。可憐碧玉本情人，應有黄衫稱俠客。聞説皇家恩澤長，金雞指日下遼陽。封侯定有刀環約，衣錦雙飛歸故鄉。董子風塵曾拜見，丹青爲染鵝毛絹。更約鷗波老畫師，添毫重與開生面。君不見木蘭代父操戈殳，意蘭出塞思從夫。兩蘭流芳千載俱，人間俠女何代無？吁嗟人間俠女何代無？」

宋思堂云：「此公詩筆朗潤，可奪長慶之席。」

勖園《飲酒賦詩歌贈雲間戴生》云：「昔人品酒如論詩，以苦爲上酸次之。今人作詩如飲酒，餔啜號呶無不有。戴生好飲兼好詩，詩筒酒榼常同攜。餘事更習長桑技，不爲良相爲良醫。衡門兩版室如水，高眠萬事俱不理。胸中塊壘難消磨，筆下龍蛇驚怪偉。酒辨清聖與濁賢，詩愛白仙兼賀鬼。拏舟訪我青墩城，高談促坐如平生。賓朋竊笑童僕駡，過江三日何曾醒。園亭風日弄花柳，大叫掀髯盃在手。笑折花枝當酒籌，一韵詩成飲一斗。我醉起舞君高歌，醉後還歌將進酒。」

勖園七律《錢塘懷古》云：「天目山高擁翠微，千峰鳳舞更龍飛。怒潮拍岸無强弩，大樹經霜尚錦衣。亂世何人傳國久，霸才有福似君稀。衹今陌上多游女，猶唱花開緩緩歸。」「天水真人起大梁，雄州難擁舊金湯。耻爲諸國降王長，敢睡他人卧榻旁。北宋累朝崇爵賞，西崑奕世有文章。可憐一曲家山破，回首江南淚數行。」「格天一德主恩深，北望神州任陸沈。立馬峰頭驕虜意，跨驢湖上老臣心。國書已割中原地，歲幣還增内府金。知否兩河諸父老，道逢漢節淚沾襟。」「可惜天生大將才，金牌痛哭古今哀。不教士卒黄龍飲，坐待江山白鴈來。潮水也關亡國恨，梅花曾傍戰場開。傷心一片西泠月，又照啼鵑帶血回。」

勖園《臨淮曲》云：「妾住臨淮口，門前淮水深。長淮空似帶，不繫合歡心。」「郎作巴江估，巴船上峽初。巴流空學字，不寄一行書。」

癸未冬，李少堂請假暫回高密，余以《古本大學詁略》、《中庸貫》并《十二筆舫雜録》轉寄張離南星炳。甲申春，少堂來豫，離南題四言古詩一首寄余，云：「用志不紛，乃凝于神。盛德大業，富有日新。扶世翼教，程朱之倫。彝鼎金石，宜億萬春。」余讀之不覺汗下。然良朋千里贈言，所當奉爲箴銘，益自勉勵。録之以當書紳。

單柳橋可垂己酉選拔同年，官福建知縣。時亦致仕歸里，見余《雜録》三種，題以七律五首，集隘不能盡録，録其佳句，云：「囊中貯有珠千顆，鄴下傳來雪一編。」「箕裘事業才人筆，忠孝文章翰墨香。」「不使名流悲逝水，肯教和璞泣荆湘。」「平章自有千秋鑒，褒貶寧同衆口聲？」「不畏人言真是膽，獨求心解詎因名。」余深愧不敢當。然「不畏人言」二句，私心竊引爲知己也。柳橋並寄其所著《課心齋詩抄》，披誦一過，愛其氣清筆老，意趣曠達。五言如《宣河鄉中雜咏》云：「僦屋荒村住，鄰家無幾多。魚蝦聚江市，雞鶩散山坡。稻壟喧秋獲，蓮舟唱晚歌。此中足幽曠，何必住巖阿。」「鄉國别多日，早知前計非。青山留客住，芳草待人歸。曉步霜侵屨，宵吟月照幃。閒雲任舒卷，總不礙清輝。」《楊柳》云：「此地無楊柳，誰家出一枝？恍如故園裏，初發早春時。着雨還舒甲，含風亦裊絲。行人莫攀折，只恐動離思。」《厦門南普陀寺》云：「開門對滄海，座下聽潮音。天到此間闊，山當來處深。石幢寒日色，清磬寂禪心。迴首中原路，茫茫不可尋。」《過温州》自注：「前三兄景甫守温郡，今没十載。重過此地，不禁山河綿邈之痛。」云：「春色年年緑，池塘晚照斜。池塘春草舊蹟在温署内。當年聚官閣，此日哭天涯。風雨獨歸燕，雲山何處家？征途一憑弔，不忍對荆花。」

柳橋七言《旅次感懷》云：「孤幃寒透小窻風，昨夜沽來酒已空。歸路難尋春夢後，客愁偏在雨聲中。數年生計餘華髮，千里行踪付斷蓬。山鳥不來人寂寂，一聲清磬竹橋東。」《客中遣興》云：「莫因旅況負良辰，又見郊原景物新。到處有山待佳客，儘教無事作遊人。畫船聽雨江南夢，寶馬尋芳冀北春。兩鬢已絲歸未得，勾留原祇是閒身。」《懷袁稼山》云：「來時炎熱去時秋，昨夜西風古渡頭。江上懷人須盡醉，天邊有雁怯登樓。茫茫青甸圍三楚，漠漠白雲冷一洲。爲問大江日東去，可能鱗便寄書郵？」《東山寺即事》云：「閒鷗終日傍沙隄，逐浪隨波東復西。步月聽經何必解，臨風得句總無題。林端雲湧疑山近，渡口潮生覺岸低。最喜鄰居有高士，相尋斗酒許時携。」七絶《題畫》云：「轉過溪橋一行。一行雁度一逕微，蒹葭深處有柴扉。沙邊幾點閒鷗鷺，不管人間是與非。」「半林紅葉半林霜，秋水長天雁一行。記得當年曾到此，片帆風雨下瀟湘。」《金陵道中》云：「山繞孤城水繞村，瀟湘鼓棹幾黄昏。一行雁度秋雲渺，款乃聲中下白門。」

柳橋並寄其尊甫青倓先生《大崑崙山人詩稿》見示。按：青倓先生諱烺，字曜靈，乾隆丙辰進士。官至銅仁府知府、護理貴州糧驛道，所至皆有政聲。初在都門，與曲阜顔幼客懋僑、博山趙幼石慶相唱和，因先生一字幼青，時有「山左三幼」之目。五言如《宿山家》云：「看山山不極，山外已斜曛。一逕横秋水，人家住白雲。澗橙新露摘，社酒近鄰分。野老歡留客，松燈壁上焚。」《愚村先生見招》云：「聞道休文病，稀爲野外行。牀頭餘藥裹，林外自鶯聲。新愈饒佳興，相邀續舊盟。獨逢家忌日，不得侍先生。」七言如《省卜太史念亭》云：「直廬收草遽言歸，辭闕封章入紫薇。養母仍艱仲由米，偕妻同著老萊衣。相思五載纔通札，遠道淩晨乍啓扉。意氣别來殊不減，元龍湖海未全非。」《余守廣平試升弟來刺冀州地壤相接音問時通喜而賦此》云：「何意居鄰宦亦鄰，余家與弟比鄰。連城並列滏陽津。傳家遺訓期繩祖，報國深恩在愛民。合奏壎篪音自古，相安耕鑿俗原淳。倘能終竟無風浪，歸去承歡慰老親。」

單野甫可基，乾隆辛丑進士，歷任河南洛陽縣知縣，柳橋同年仲兄也。所著《竹石居詩稿》，余於《中州觚餘》中僅録其七絶一首。兹復録其七律《遊程符山寺懷閻懷庭先生》云：「欲尋蕭寺叩柴荆，遥指雲林半日程。地有高流風自古，山逢佳處酒偏清。幽禽唤客如相識，樵子迎人不問名。往跡低徊西澗路，先生昔設帳西澗。潺湲忍聽水流聲。」《閒居》云：「松陰一榻緑成圍，静掩茅齋白板扉。客索新詩攜草去，兒勤晚課帶書歸。閒臨褉帖雲生牖，静拂焦桐月上衣。明日西園消晝永，欄前應看藥苗肥。」

單書田先生名楷，密邑茂才。著有《太平堂詩存》。七言如《還鄉》云：「閒愁未許上眉端，敗席欹床亦自安。入饌秋蔬饒脆美，登盤晚果半甜酸。花香遠度疎簾細，竹影斜明新月寒。自笑五旬鬚盡白，陳編無日不開看。」《北窻》云：「屈指親朋大半凋，鬢絲領雪總蕭蕭。禽魚盡是忘形友，草木皆爲耐久交。敢擬衡門栽五柳，猶欣陋巷有簞瓢。北窻一枕莊周夢，頓覺羲皇去未遥。」

書田五言如《李文在携詩稿過訪》云：「寂寞小蝸廬，庭荒手自鋤。雖遭俗眼白，未覺故人疎。况復携佳句，時來慰索居。幾回思换酒，典盡舊琴書。」

單紹伯先生名宗元，太學生，與書田先生皆以詩名，邑人均稱爲高士。余未見其全稿，僅傳其《清水菴》七律一首，云：「海雲初霽萬山開，海上仙人有舊臺。峭到碧天峰突出，滴穿古洞瀑飛來。手牽野蔓皆疑藥，足踏林根半是苔。鹿角棚邊荷葉老，幾人相對坐啣杯。」

單芥舟可惠，柳橋同年族弟也。詩專古樂府，所著《白羊山房詩鈔》，皆借古樂府題以寓意。《前有尊酒行》云：「前有一尊酒，名曰白虎尊。殿上設此禮，古用旌直臣。有喻有吁咈，所以爲華勛。其言有至味，其酒乃大醇。拜獻南山壽，陛下千萬春。」《公無渡河》云：「箜篌急擘嘆且歌，公無渡河公渡河。一壺之外非有他。亂流而濟理則那，人生行處皆風波。箜篌所嘆何其多。」

倪晉三云：「此公詩居然登作者之堂。」

李東序大錞，少堂之兄，見余《十二筆舫雜録》，亦題五古一首，集隘不録。所著《守餘堂詩稿》五言如：「他鄉愁似海，客館夜如年。」《苦雨》「月淡蘆花岸，霜清釣客舟。」《重陽前六日作》「非無前日約，臏有隔年期。」《送别》「鶯啼紅樹裏，人息緑楊邊。」《瑯琊道中口號》七言如：「未遂杜牧三生願，飽閲胥江八月潮。」《舟中感懷》「冷暖親嘗休問世，桑麻雖話未專門。」《贈單任田》

烈婦董氏者，本密邑良家女，因歲荒鬻於諸城縣邱生人慧家爲婢。端重寡言，未嘗與群婢嬉。邱生無子，納爲側室，生一女。未週歲而邱生病卒，氏慟哭絶勺飲者五日，不得死。乃乘間以腰經自經於柩前，年二十有二，時嘉慶庚辰五月。高密趙純爲作傳，節録其大略於此。「烈婦王氏，萊陽人。年十七適即墨侯思紋。閲三年，琴瑟静好。氏偶歸寧，思紋暴病失血，氏聞連夜馳還，則思紋絶已踰刻矣。氏哭拜畢，握其娣黄氏手曰：『勉事翁姑，足代予也。』家人婉詞慰解，氏姑諾之。俟防者稍疎，遽投繯死，年二十歲，時嘉慶甲戌某月某日。東序爲詩四章以輓之。」集隘不録。

烈婦王氏，高密歲貢生王玉千瑛次女，適膠州太學生宋曦升昉次男彭書。數年無子。彭書卒，氏誓以身殉。其姑責以親在不當死，氏曰：「養親有娣姒在，兒無所出，惟知從夫子於地下耳。」家人嚴守之。一夕乘間自縊死，年二十有七。高密任杜若蘅爲作《哀詞》五律一首，後四句云：「風颯簾垂處，燈昏婢睡時。香烟繞夫位，昨尚奠清巵。」

烈婦丁氏，諸城人，適同邑鍾少峰刺史之子大文。甫數月，大文殁。其姑以痛子致疾，氏侍湯藥維謹。姑愈，氏曰：「可以畢吾志矣。」乘間飲鴆，家人以藥解之，不得死。氏恚甚，不食十四日以死。

斂時於衣笥中得《列女傳》一册，及别其父母絶句一首，云：「夫死難獨生，兒將歸黄土。父母鞠育恩，願俟來生補。」時道光壬午正月二十四日。詩雖有勤襄楊忠愍公字句處，然婦女能此，正未易得。

任杜若又有《書薛烈婦行狀後》五古一首。按：烈婦姓宋氏，爲膠州薛清熙繼室。清熙卒，次日，氏生男。越五日，陰以利刃自刎，未即死，旋投繯卒，年二十歲。嗚呼！氏既生男，以義言之，則宗祀所係，當撫孤成立，以慰地下之靈；以情言之，則呱呱者乳哺方殷，而捨之不顧，獨無母子之倫乎？何其忍也。故守節殉烈，當以有子、無子爲權衡。否則，其死雖烈，而遺憾多矣。

高密王復齋名功後，字弗矜。詩亦學《主客圖》。所著《復齋詩稿》一卷，單柳橋爲作序。兹録其五言《臘月十六夜看月》云：「寒月皎當户，如來别故人。今宵猶舊歲，再滿是明春。忍凍立還久，憑軒望轉頻。年年此風景，人事幾番新。」七言《送劉寄菴司馬告歸滇南》云：「憂民幾載鬢如絲，祇覺難酬聖主知。將母情殷辭宦早，攀輿人衆出城遲。江程重歷添吟興，海國迴瞻縈夢思。慚我無緣得相識，遥遥空寄送行詩。」

單平仲立亶所著《介石軒初集》已刊行。録其五古《秋日閒居》云：「魚潛霜水清，禽噪暮林霽。秋氣颯已凉，澄懷曠無滯。閒吟未竟篇，獨飲易成醉。孤竹勁無依，寒花艷不媚。僻性自寡交，屏居非傲世。荒荒苔徑幽，寂寂柴扉閉。」其一

密邑王琮字伯州，號緑坡，恩貢生。五言如《村外閒眺》云：「年年住薜蘿，幽景入詩魔。水底天如洗，雲中月似磨。野花紅晚雨，遠浦翠秋荷。杖履孤村外，深嫌得句多。」

密邑任薌畹藹，郡庠生。有《謝東溪惠柑》絶句云：「珍重雙柑臘蕊黄，倩人遥寄一籠香。爲君釀作尋春酒，好聽鶯聲醉緑楊。」

任文焕字錦湖，杜若之弟。年甫十六，即召賦玉樓。其《晚興》云：「傍晚多幽興，搴簾對夕陽。護苔花影厚，掃徑竹風涼。隨意開緗帙，閒吟付錦囊。更憐新雨後，幾派水聲長。」

膠州周雲浦先生炳麟工詩，嘗秋日應試萊郡，值其初度，賦詩二章。余僅憶其一聯，云：「此中我亦難知我，何用秋來始怯秋。」又嘗檢慕州句，書聯贈先世父云：「塵事未諳人自遠，庸流不罵格還卑。」

吾邑趙雪廬運青，丙午舉人，官昌樂教諭。致仕歸里，年七十餘矣，猶耽吟咏。甲申夏，筠兒來豫，携其詩稿，因披閲一過。五言如《青州道中》云：「乍歇濛濛雨，頻吹習習風。水流春樹外，山雜亂雲中。霸業人非舊，疆圖勢自雄。停車思小飲，帘影出牆東。」《早起》云：「早起初無事，風花落未休。一年春又去，三載客仍留。巧羨營巢燕，閒如泛水鷗。呼僮令洒掃，日色上簾鉤。」《客至》云：「竟日苦寂寞，襟懷誰與開？忽逢良友至，特自故鄉來。别况經三載，交情託一杯。快談春正永，移席坐莓苔。」《登禹王臺》云：「千秋明德遠，禹廟在高臺。巀嵲神威肅，龍蛇畫壁開。老松蟠仄徑，斷碣卧荒苔。遥覽濰緇道，濰水在東，淄水在西。曾乘四載來。」七言如《宿田家》云：「數椽茅屋小溪東，路轉沙堤一徑通。柳色低連芳草緑，杏花遥襯夕陽紅。田園不乏幽人致，淳樸猶存太古風。知向此中謀偃息，天涯何事逐飄蓬？」

雪廬五言佳句如：「細草含新潤，濃花發故枝。」《西園》「休將君子品，擬作美人粧。」《蓮花》七言如：「幾曲清流人乍渡，一林黄葉鳥初飛。」《曉行有感》「露欲滋花成小雨，風嫌礙月掃纖雲。」《秋夜》「澄潭漁設網三面，仄徑樵歸柴一肩。」《西閣晚眺》

甲申秋，宋思堂將之任朱陽，倩畫師繪余及思堂共坐敲詩小照各一幅，余名之曰「二酉聯吟圖」，以思堂辛酉選拔，余己酉選拔也。思堂紀以五律二首，云：「己酉迄辛酉，遥遥十二年。畫成圖一幅，喜得譜雙聯。價以登龍重，名因附驥傳。興酣頻落筆，相對兩陶然。」「得句共欣賞，揮毫疑有神。我非射雕手，君是謫仙人。偶爾登前席，公然步後塵。東萊與西蜀，萬里結芳鄰。」余亦作七古一首以紀其事，云：「我己酉，君辛酉，十二年間同年友。君西蜀，我東萊，宦遊都入大梁來。大梁城中一握手，煮茗先潤談詩口。世途逢迎兩不知，往來但有詩筒走。君非徒欲以詩鳴，我豈庸吏耽詩酒？性情陶淑歸中和，要移風俗還醇厚。我今罷官已三載，所守寧以窮達改？論述道德究天人，近著《中庸貫》及《説卦傳輯注》。百世期將後聖待。偶然興發一浩吟，刊落浮華求真宰。今冬君將莅朱陽，穎脱應如錐處囊。特作兹圖誌交誼，各携一幅分收藏。感君此意超流輩，千秋可以長相對。畫師却似九方臯，觀者當於驪黄外。從此雲程君萬里，我將歸隱深山矣。他年君詩若刻成，封寄莫惜洛陽紙。」

楊雨亭云：「思堂詩清醇和雅，詩家正則。勺洋詩中間『君非徒欲以詩鳴』二句，忽用翻筆振起，下文乃造入深處。必具此種識力，方是大手筆、真作家。」

倪晉三《題二酉聯吟圖》云：「東海有詩人，本是謫仙族。著作傳等身，浩然吞岳瀆。遊梁佳句多，作吏殊不俗。宦場築文壇，樹幟誰馳逐？宋王擅清才，適來自西蜀。相投味若蘭，山水識真曲。得句便傳箋，奚囊錦常簇。有時同聳肩，稿已抽於腹。有時各撚鬚，推敲膝屢促。文字結深交，因緣良有夙。寫此雙印心，畫成圖一幅。側聞拔萃科，前後通譜籙。二酉已迄辛，遥遥成芳躅。我讀兩公詩，盥薇久欽服。亦附西科人，自愧貂難續。呼癸合爲三，願作執鞭僕。兩公定輾然，一笑許收録。」

張小南云：「勺洋先生令姪少白亦癸酉拔貢，能詩。異日若與思堂、晉三詩筒往來，猶竹林之有籍、咸，當又有一段佳話矣。」

張小南《題二酉聯吟圖》云：「萊山眉山東西峙，地之相去數千里。鍾爲人文同一時，眉山宋子萊山李。李之學富無不有，《易傳》、《詩箋》闢精理。宋之才大筆如椽，揮毫落紙雲烟起。遥遥聲氣天爲合，一朝聚首來汴水。況復已酉與辛酉，前後原可譜同齒。二公品重雙南金，一時詩貴洛陽紙。更唱迭和知多少，聯吟合繪一圖裏。此圖傳之千百年，蘇李屈宋難專美。」

楊雨亭《菊花》詩云：「紛紅駭緑易摧殘，落葉聲中有古懽。獨立不妨容我傲，後時誰共此花寒？曾經老圃休嫌淡，除却騷人未許餐。會得忘言有真意，頓教冒雨幾回看。」「沆瀣天氣碧雲深，露白葭蒼好獨尋。未脱樊籬名士恨，飽諳霜雪故交心。地偏自覺塵難涴，香冷從知蝶不侵。欲插滿頭還一嘆，蕭騷客鬢那堪簪？」其他佳句如：「别以蕭疎成性僻，轉從淡泊見情親。」「草因獨秀斯稱傑，花到遲開不藉温。」

孫筠亭云：「詩品孤傲，雅與題稱。」

張小南《在陳州府周家口道上》絶句云：「豆田五月未曾耕，卓午炎炎日又晴。禾黍不堪悴憔甚，愧無霖雨潤蒼生。」

宋思堂云：「足覘小南胸次。」

小南來省，又有《客中九日》詩云：「梁園秋暮晚飛鴉，落木蕭蕭感物華。旅館孤燈摧白髮，空階夜雨對黄花。縱逢佳節偏多興，畢竟他鄉不是家。故國登高兄弟輩，有人應憶到天涯。」楊雨亭亦有《九日獨酌》詩云：「節遇重陽閉户深，繁臺咫尺倦登臨。且傾濁酒成微醉，獨對寒窗發浩吟。萬里凉雲初度雁，千家落照急鳴砧。籬邊菊有凌霜色，寂寞還堪慰素心。」

戴恬園由南陽府教授任致仕歸里，作《宛郡留别》詩云：「董帷馬帳愧風騷，鎮日鄉心托大刀。豈有楷模式流品，尚餘精力訓兒曹。奔蛇赴壑驚年晚，倦鳥投林趁日高。誥教同堂二三子，青雲各自早翔翱。」「苔芩簪盍亦前緣，戴酒題襟事宛然。一笑相逢是何日，十年轉眼各華顛。極憐舊雨難分襼，卻羨春風早著鞭。寄語鶯花休太速，故山待我艷陽天。」「此都情重喜交歡，不贈當歸藥一丸。貪禄何須戀雞肋，累人庶免到猪肝。迴頭雪爪空留印，放手沙痕豈再摶？講樹有情還惜别，曾經親植伴吟壇。」「平生謬欲獻儒珍，命蹇無緣侍紫宸。伊昔雲霄曾夢日，於今草莽致爲臣。蘇門烟樹先迎客，宛葉青山遠送人。亦擬休官同白傅，廿年洛社作閒身。」

楊疏山孝廉名龍泉，字果亭，歷城人。年十六，邑郡院試皆第一，入邑庠，文名藉甚。後以科場蜚語除名。遊京師，與蘭山宋小坡給諫、萊陽趙序堂太史等稱莫逆交。一日，翰詹諸公讌於陶然亭，共擬作門神詩，素重疏山之才，乃折柬邀之。疏山至，操觚立成七律一首，中聯云：「閉户權爲門外漢，啓關誰是個中人？」群公皆擊節稱賞。晚年復以原名應試，中辛酉科山東第十七名舉人。逾年卒。

高密李五星詒經。爲石桐先生高弟。五言如《覺衰》云：「並行常落後，序坐每居先。看字每嫌小，見人常認訛。」七言如《病中遣懷》云：「妻妾漸能通藥性，兒童也解認醫方。」皆有情致。嘗纂定亡友遺詩一卷，皆其同學於石桐及其門弟子之早亡者，同邑單平仲檀。爲付剞劂，皆可謂篤於友誼者也。

宋介侯慶和，濰縣人。嘉慶己巳進士，現任廣西泗城府知府。城踞山頂，四面飛泉流注，亦名蝶城。介侯有詩云：「橘社榕莊四望收，蝶城城在萬峰頭。一圍碧鐵連雲鑄，百道寒泉聒地流。毒霧浣衣龍洞雨，冷風沁骨鬼門秋。自注：西隆有鬼門關。黄堂突兀青天迥，易負窮黎是此州。」其境内皆山民之所居，皆曰峝峝者。四圍山巒中藏膏壤，大者數百頃，小者數十頃，流泉環繞。民居但有屋宇，無墻垣之界，雞犬牛羊散放如一家。不識詩書，亦不知訐訟。太古之風，宛然可想。唯一逕外通，盤嶺上下，蓋其地無鹽，峝民出入覓鹽之路也。官有事至峒，亦必由此路出入。峝各有名，其爲猺民、苗民居者則曰猺峝、苗峝。介侯嘗至禄峝，有詩云：「縋雲深下見柴門，月每遲明日早昏。萬岫環空人坐井，大風吹樹虎投村。偶逢長吏知冠蓋，各糞荒田到子孫。笑領老翁進巵酒，未諳釀法苦言渾。」

膠州冷龍友繡瑞。尊甫彤章先生文煒，工書法，與先大夫交善。乾隆甲午來郡，曾爲先大夫書墓道碑。龍友書法承家學，亦能詩。《咏梅》句云：「不是尋春早，誰知昨夜開。」官海豐場鹽大使。

高密王東野曾疇，邑庠生。有《題公冶長墓》句云：「山近群羊下，林空暮鳥喧。」能泯去用事之跡，不減劉長卿《過賈誼宅》之「秋草獨尋人去後，寒林空見日斜時。」

單子固鼎，余甲寅同年。辛酉同挑，分發直隸，以病請假歸，卒於家，知交莫不悼惜。詩亦學《主客圖》，而天姿超脱，不爲所拘。其佳句如：「樓明背城日，帆趁渡江雲。」《舟行》「但得古人許，不求當路知。」《贈李五星》。在彼派中可謂矯矯者。

李君衡詒珩，少鶴先生子，年二十四卒。其《過賈島墓》句云：「定識近山下，不容凡草生。」真能守其家學，鑄金事之者也。

張鶴亭星煒，乾隆乙卯舉人，與余選拔同年。性醇和，工制藝，詩無稿。録其《過淵澤村訪友》句云：「垂楊通曲徑，落日照高樓。」

乾隆己酉拔貢，萊屬共十一人，高密得三人，單柳橋、張鶴亭、任受淳也。受淳名天桐，以直隸州州判分發廣東。今與鶴亭皆殁矣，披其詩不勝河山之感。其《過流雲峽》句云：「客自雲中出，峰從天上看。」亦可觀。

王子和寧闇，乾隆己亥解元。五言如：「虎留門外跡，雲濕定中身。」《石閣僧》「碑記詩人墓，天無處士星。」《哭外祖紹伯先生》。「鑾縣花連驛，江村樹作橋。」《送單孟樸之南昌》

李梅埜大器，密邑增生。《題舊禪院》句云：「壞塔風來鈴自語，種松人去鳥空啼。」

李德孚詒璠，石桐先生子，詩守家學。五言如：「雁聲來大漠，霜氣擁孤城。」「漸得古人趣，翻教下筆難。」皆佳。

綦樹百中蕙，密邑庠生。有《村居》句云：「牛識過橋路，人歸背嶺村。」

王重甫簡，膠州人。有《關山月》句云：「沙寒萬幕列，關静一輪孤。」

鄧效村廷法，乾隆丙午副貢，高密人。有《立春》句云：「臘去如離嚴保傅，春來似接舊交親。」

河南歸德府，古宋地。郡城外有伐檀處，漢梁孝王即其地建臺，名文雅臺，以誌聖蹟。歲久傾頽。嘉慶己卯，天津王松石掌絲宰商邱，乃倡率紳士重修斯臺，爲一郡觀瞻。其屬縣夏邑，即古下邑，亦宋地。其城北十五里地名東曹村，舊有孔子還鄉祠，《縣誌》稱孔子先世自正考父、孔父嘉、子木金父、睪夷共四代，皆葬於此。睪夷之子防叔避華氏之難，奔魯。孔子至宋，曾於此祀其四代先人，故名還鄉祠。今則墳墓皆無可考，祠中但祀聖人，屢圮屢修。道光辛巳，倪晉三攝篆夏邑，偕邑人重修之，並建正考父以下四代祠，以申聖人祀先之意，俾聖蹟益彰。故並誌之。

吾邑翟星垣凌霄，乾隆己酉舉人。嘉慶戊辰大挑一等，分發豫省。辛未四月，星垣殁，無子。其簉室王氏號泣不食，越日觸墻自盡。一時士大夫高其節，爲之徵詩。宋思堂爲作《烈婦行》云：「妾身若有子，撫孤何敢死？無子主人亡，妾身長已矣。妾命薄，主恩深，汴水洋洋鑒此心。主蓋棺，妾殉節，萊山夜夜啼鵑血。君不見緑珠、關盼皆女流，一矢靡他一墜樓。與其寂寞樓中老，何若相從地下遊？」

宋思堂《題何哲堂二思齋詩稿》云：「嶺南三子舊知名，追琢唐音少抗衡。不分今朝何水部，敲詩又出五羊城。」「耽詩成癖幾經春，嘔出心肝字字新。參得箇中形象幻，李家長吉是前身。」洎哲堂致仕歸里，中途遽賦玉樓。思堂復以詩哭之，云：「記得臨岐索我詩，扶筇將去訪峨眉。如何未到巫山峽，遽化猿聲咽路岐。哲堂臨别索詩送行，云將入蜀訪峨眉諸勝。甫達楚江，即卒。」「二思齋裏苦吟詩，獨抱遺編世少知。我欲與君留片羽，殷勤特爲付袁絲。袁蘭村明府選《中州新雨集》，予手抄哲堂詩數首，交袁入選。」

宋思堂復摘哲堂詩句數聯，俾余録之。思堂篤於交誼如此。哲堂句云：「雨沉四岸樹，風攬一湖雲。」「水兼寒月冷，沙帶晚霜明。」「鐘聲花外寺，竹影水邊樓。」「曉月聞猿嘯，山風帶虎腥。」

楊琢菴得琳，雨亭胞兄也。聞余攝獲嘉篆時，與越南使臣陳伯堅唱和事，因題二絶句，俾雨亭寄余，云：「越南使者解談詩，和得青蓮絶妙詞。小史亦知愛風雅，馳傳吟札不辭疲。」「尼山道脉溯源長，一卷殷勤付越裳。勺洋以所著《古本大學詁略》贈其行。却笑香山聲價遠，未將聖教播遐荒。」

戚鶴泉學標謂《毛詩》泌水「可以樂飢」，「樂」字《韓詩》作「療」，《釋文》本作「瘵」，同「療」。遂以《關雎》「鐘鼓樂之」「樂」字當讀曰「瘵」，以與上文「芼」字相叶。不知「樂飢」、「療飢」義可相通，若作「鐘鼓療之」則不可通矣。按：「樂」字於岳、洛二音外，更有五教反一音。如《論語》「益者三樂，損者三樂」，《大學》「有所好樂」，皆音五教反。是「樂」字原有去聲一讀，本與「芼」字音韵相諧。古人凡一字押入數韵者，皆此字本有此數音，如「涯」字本有宜、崖、牙三音，故支、佳、麻三韵皆可押。「龜」字本有圭、均、丘三音，故支、真、尤三韵皆收之。若吴氏《韵補》任意轉叶之説，不可訓矣。

又按：《南有嘉魚》首章「嘉賓式燕以樂」，與上「罩」字爲韵；《韓奕》第五章「莫如韓樂」，與上「到」字爲韵，皆去聲也。至於《抑》詩第十一章「昊天孔昭，我生靡樂」，平、去爲韵，則《三百篇》原有平仄通押之例也。詩有古韵，余既著《古韵圖説》，附刻於先大夫《詩法易簡録》後矣。詞韵平上去三聲，當以沈氏去矜所定爲準，唯入聲尚有可議。蓋詞曰詩餘，其用韵雖較詩一變，而仍當以詩之古韵爲根源。古韵東、冬、江、陽、庚、青、蒸，既以同收穿鼻音爲一部，去矜《詞韵》因之，分東、冬爲一韵，上去同。江、陽爲一韵，庚、青、蒸爲一韵，較唐人詩韵雖寬，按以古韵則皆在範圍之中，無軼出者。古韵真、文、元、寒、删、先，以其皆收舌齒音，爲一部。去矜《詞韵》因分真、文、元半爲一韵，寒、删、先、元半爲一韵，蓋真、文韵字皆屬臻攝，寒、删、先韵字皆屬山攝，獨元韵字兼臻、山兩攝，故去矜以其半之屬臻、攝者合入真、文，以其半之屬山攝者合入寒、删、先，皆音韵自然諧和，確有至理，非任意妄爲之比。至於入聲屋、沃、覺、藥、陌、錫、職七韵，古韵以其爲東、冬、江七韵之入，故合爲一部，《詞韵》亦宜分屋、沃爲一韵，覺、藥爲一韵，陌、錫、職爲一韵，方不失古韵遺意。今錢塘仲雪亭恒所輯去矜《詞韵》，竟以陌、錫、職與質、緝通用爲一韵，軼出古韵之界，全爲俗音所誤矣，總緣未窺樂府收聲之秘耳。

東坡「大江東去」詞韵用質、物、月、曷、黠、屑一部，而「壁」字軼出錫韵，前人已有議之者。蓋古韵亂於宋，洎吴氏《韵補》出而古韵益失矣。

納蘭容若《飲水詞》、顧梁汾《彈指詞》，平上去三聲皆遵去矜《詞韻》，故鮮失者。入聲亦遵去矜之韵，故不無出入。今人詞韵之誤，莫甚于庚、青、蒸與真、文、侵一概通押，寒、删、先與覃、鹽、咸一概通押。吾鄉趙秋谷、揚州鄭板橋，皆不免此誤。大雅君子所當别裁。

北人無入聲，南人有入聲，而黄、王不分，胡、吴無辨，皆囿于方也。宋詞流而爲元之北曲，北曲之韵當以周德清之《中原音韵》爲凖，以入聲分隸平上去三聲，直作平上去音，其字皆有一定。作平聲者不得混入上、去，作上聲者亦不得混入平聲、去聲，似大亂古韵遺意。然既付梨園歌唱，北人原無入聲，勢不得不以入聲派入平上去三聲，然歌皆、來韵者必收聲於「衣」字，歌尤、侯韵者必收聲於「烏」字，則依然古韵樂府收聲之遺，不能改也。明人南曲則入聲别於平上去三聲，依然自爲韵矣。其歌法遇韵脚之當平者，以入聲吐字，以平聲作腔；遇韵脚之或當上或當去者，以入聲吐字，以上聲、去聲作腔，此南曲有入聲，異於北曲者也。南曲之韵，當以《南曲正韵》爲凖。

蘇墳在今河南郟縣城西北三十里小峨眉山，年久荒穨。癸未冬，吴巢松學憲言於大中丞程公、方伯楊公，相與捐俸重修，誠盛舉也。甲申秋工竣，巢松學憲復以詩紀事，題云：「郟縣峨眉山，乃兩小山也。東西對峙，粲若列眉。蘇文忠、文定兩公，窆其東山之麓中，奉老泉衣冠爲虚塚。迨、過六子咸東西祔墓。西南百步爲蘇墳。寺前殿供佛，後爲祠堂，祀三先生。七百年來，興廢不常。嘉慶癸酉，豫大飢，僧不能守，近村飢民樵林發屋，遂益破壞。墓有田六頃給僧，僧無牛具，不能耕，亦蕪穢不治矣。道光癸未，余按試臨汝，聞其事，歸以告之梓庭中丞、海梁方伯。二公即捐俸千五百金，復募金若干，屬邑宰李心梅明府庀而新之。今年九月工畢，二十日己酉，郲、寶兩邑令俱會於新祠，展祀以妥神，且設供供佛。是日，士女和會羅拜庭下者，蓋數萬人。余方牽率試事，逾十日始齋宿其下。因爲長歌紀其事，以寄中丞、方伯。兼示心梅明府，將爲他日經久之計也。」詩云：「一四天下三普陀，普門偏照無偏頗。峨眉萬古插西極，亦有幻影浮滎波。彎彎翠黛落兩點，剡剡繡陌開微渦。嵩邙骨節幾脱换，到此平地方清和。銅梁玉壘天下秀，代有瓌偉相撑搓。三賢墜地靈氣竭，仙蜕未許還岷嶓。兩公宦跡未嘗合，惟汝先後同折磨。檢校團練雖未到，龍興畫壁仲所呵。天移兩岫作阡竁，詎忍玉骨勞封駝？熊熊奎斗不可遏，如佛舍利光芒多。中間虚塚奉明允，配位六子無淆訛。燔林發窆雖屢劫，樵蘇踐牧猶有科。我來持簜歲再稔，欲訪遺跡迷榛蘿。聞因祲歲僧失守，飢雁嗷集摧堂阿。琳宫破壞替戾哑，翁仲僵卧狐狸過。墓田蕪穢亦已矣，梨花寒食傷如何。我歸覼縷告臺省，兩賢高義何峩峩。俸緡首發千五百，郵界邑宰謀匠柯。輧輜百里輦材石，賁渾一啖燔芀莎。笵金合土天炭烈，雕雲刻鳳神斤劘。先營繚垣限羊馬，甚以扉闔排犍螽。祠堂佛宇近百步，殺核魚磬勞森羅。豐鯨寶月再鏗麗，仙幢壁畫仍僊傞。村民盡喜龍象復，山鬼亦助神靈訶。秋殘月皎正逾望，作大供養開檀那。翩翩鳧舄會祠下，敬薦秋菊陳尊犧。前堂鐘鼓亦雷動，天女花散回蠔蛾。丰昌和會錯綦舄，拜跪無地肩相摩。蚩蚩豈盡識馨烈，亦景賢哲瞻委佗。廢興由天豈人事，雹火小劫誠延俄。鋒車我後十日到，周歷松檜增睎哦。堂隍庖湢位置妥，待買烏犉耕陽坡。故人雖無馬正卿，解事尚有春夢婆。燒畬種秫歲有獲，闔黎何致憂薦瘥。更宜疏鑿功德水，咒虎抉石來滂沱。桔槔近灌畦韭沃，瓶罌免倩村驢馱。兩公雲礽散天下，典守何處尋祝鮀。歲時庀視仗鄰里，試選黄髮求番番。虚空自有兜率天，豈復戀此荒草窠？修禋舉廢後賢責，孔壁丹甕同摩挱。諄諄善後告邑宰，條教落落非煩苛。歸爲三賢謝臺省，天寒酌酒歌九歌。」

倪晉三云：「一時盛舉，足爲千秋佳話矣。」

（姚蓉點校）

茝江詩話

芷江詩話提要

《芷江詩話》八卷補遺一卷，據嘉慶二十四年一卷樓刊本點校。撰者許嗣雲（一七五九—？），字芷江，别號放懷居士，安徽六安人。曾任無錫等地儒學訓導。據卷首嘉慶二十三年自序，自十六年辛未因病歸里以來，七年間即以編撰此書自娱。其旨趣專注雍正以來之「名公鉅卿、高人逸士，或取師資，或籍友益」，於國初人「咸目爲古衣冠之可望不可即者，而概置勿論」，而取「歸愚、簡齋、心餘、夢樓、甌北、雨村六七君子」，此與歷來詩話網羅散軼、表彰隱微之旨不同，轉爲聚焦於詩壇一時之顯達矣。故最服袁枚，以爲高出衆人一籌，録其詩、事最詳，及至於其戚友門生輩之能詩者，有爲人所知者，亦有不甚知者。而其好録人之自壽詩，連篇累牘，初以爲怪，實亦同此旨也。名家之外，亦極力搜求同時人詩，自言於「老到、秀嫩詩句兩種慣入錦囊」，又頗有從《隨園詩話》、《雨村詩話》（話今）等改寫者。録人達數百家之多，庶幾羽翼之也。録詩不拘體格，七古、排律、連章律絶、和詩疊韵乃至雜曲等，皆不吝篇幅，往往全首入録，俾覽其全；作話則一例推許，自詡爲「七級修浮屠」，人亦許爲「傳詩傳人真佳話，一言説法心浮屠」（闕霞生題辭），此固宅心厚道，而往往流於濫俗矣。又亟留意於人之科第得失、科名遲速，津津樂道其詩其事，幾可視爲承平之世讀書人功名心思之專題詩話矣。此亦不免於俗，幸論詩主性靈，所采能稍不帶頭巾氣也。其於六安士流，搜采尤不遺餘力，存本地、本族人詩甚夥。卷七記其嘉慶二十一年丙子放懷書屋落成一事，卷八記其戊寅六十壽辰，盡録戚友唱和之作，竟各充一卷，敝帚自珍，過甚其事，而每人前略作數語，表彰其詩風詩格，則亦可壯本地詩人陣容也。此書自屬《隨園詩話》、《雨村詩話》一路，而流傳則遠遜。卷首列有名録一份，次第多有不符，一人分置重出，而又多漏列，今姑仍其舊。

芷江詩話自序

余自辛未捧檄金斗，告歸養疴，經今七載，花甲周矣。文章功業，百無一就。雖素耽吟咏，而於古詩人源流派別沿溯懵如。敢云聞聲知音，實則見獵心喜。奈樓高文選，既汎濫而莫得指歸；體仰柏梁，復窮詰而無所宗主。惟即近今名公鉅卿、高人逸士，或取師資，或藉友益，性情所寄，會悟因端，信手拈來，游行自在，撫今追昔，聊以自娱。長夏倦餘，每手一編，爲悦目怡情計。顧念余疎慵荒落，唾餘偶拾，其於歸愚、簡齋、心餘、夢樓、甌北、雨村六七君子，無能爲役，矧敢探明索元，研宋究唐，規撫六代以上薄風騷哉！故凡易代諸賢，咸目爲古衣冠之可望不可即，而概置弗録云。嘉慶歲在戊寅春王月中浣古六放懷氏許嗣雲芷江自序。

芷江詩話採選名人目錄

卷一

沈德潛　袁　枚　錢陳群　沈德潛　盧見曾　錢陳群　徐致章
盧見曾　雙　慶　白　鎔　蔣士銓　胡長齡　吳　襄　秦道然
袁　枚　袁　樹　施　潤　潘際雲　袁　樹　袁　枚　趙　翼
陳聲和　錢陳群　袁　枚　袁　樹　王履中　鄭一坊　程虞卿
張蔚春　黃　鉞　裘曰修　竇光鼐　鄂爾泰　史貽直　于敏中
嵇　璜　汪由敦　裘曰修　勵宗萬　金　甡　陳　鏊　朱　筠
馮錫宸　陳　鏊　齊承慶　翁　鼐　胡季堂　丁斯盛　丁　珠
王希湛　黃崇蘭　高士奇　張廷玉　袁　枚　楊曰鯤　袁　樹
李調元　顧仁麟

卷二

劉統勳　陳兆崙　葉觀國　劉　綸　丁田澍　李調元　趙　翼
丁田澍　百　齡　劉　墉　楊志信　張　彤　陳祖范　丁田澍
趙　翼　楊志信　張映漢　龍汝言　傅學沅　張鵬翮　王作謀
張　冰　王振鏞　潘際雲　錢　枚　鐵　保　王文治　袁　枚
閨秀席佩蘭　袁　錡　徐靈胎　韓朝衡　江南士　閨秀周映清　閨秀李含章
閨秀葉儀　閨秀周星薇　閨秀陳　媛　閨秀王玉如　閨秀陳淡宜　楊懌曾　路　德
達　麟　孫世昌　黃鳴傑　姚學瑛　朱方增　楊懌曾　陳用光

卷三

伊湯安　黃　俞　吴永綏　夏之璜　夏廷芳　方貞觀　高奉翰
陳　毅　倪廷模　倪本仁　白　鎔　虞友光　關　簶　程秉銓
李聲清　袁　枚　鐵　保　程虞卿　盧　謨　趙　翼　丁斯盛

王文治　蔣士銓　趙　翼　王朝颺　閨秀王小春　趙　翼　吴永綏

黄之雋　蔡升元　吴永綏　閨秀王柔卿

張超然　關元熙　關元煇　周起瑶　鄭　燮　顔秋水　潘汝誠

程嗣立　朱文震　齊　翀　鄭　燮　趙　翼　童子周　泗　燕以均

曹一士　閨秀屈婉仙　高繼笨　沈德潛　劉文蔚　江寧生　陳奉兹

潘際雲　張士堂　閨秀陳瑛玉　童子王健菴　張道渥　沈德潛　鮑　皋

閨秀顔　玉　閨秀孫雲鳳　閨秀吴定生　閨秀韓淑娟　姚　鼐　閨秀張蓼仙　張大凱

勞之辨　尤　侗

卷四

張　英　惠士奇　錢　琦　趙　翼　廖景文　吴野人　王　瑯

孫　匯　王式濟　李調元　李方膺　李寶曾　徐　嵩　李調元

張懷湝　張邦伸　李調元　彭蕙友　張邦瑄　李調元　張　翯

張　翥　周起瑶　吴　淮　崔筠谷　許　棫　吴文溥　方外釋祖德

嚴海珊　袁　錡　楊　軾　沈德潛　紀　昀　閨秀沈五孃　何如瀚

卷五

陳后山　王　潯　張繼高　閨秀古　雲　吳錫麒　黃惟恭　潘際雲

崔　華　孫稚繩　李驥元　袁　枚　汪　波　吳　鎮

卷六

孫方僅　袁　枚　袁　樹　閨秀席佩蘭　顔希源　孫方僅　呂燕昭

奇豐額　燕以筠　呂燕昭　陳徐源　梅　沖　韓廷秀　陳徐源

鮑爲鯤　趙從雲　鄭光熹　王履中　童子虞仲文　童子王　建　陸心誠

童子袁　枚　祝德麟　吳　垣　青衣何　清　周興岱　袁　枚　青衣琴　書

青衣蔡喜春　張懷淮　李調元　高繼允　青衣薛　筠　外國阮輝僅　方　積

袁　樹　童子吳　模　閨秀張　藻　李　杜　李世錫　虞友光　楊志信

關元煇　劉秉恬　紀　昀　韓　鑅　金士松　趙　佑　梁肯堂

吳省欽　蔣曰綸　莫瞻菉　熊　枚　慶　桂　宜　興　蔣賜棨

衛　謀　汪承霈　鄧宗彝　程魁庭　關世恩　李賡芸　畢　沅

鄭　熒　吳　鍠　王　煜　林汝桐　馮　度　米　倬　關春農

王鳴盛　趙　翼　閻純璽　閻其淵　周　栻　鰲　圖　閨秀袁　棠

卷七

王作霖 鮑方椝 汪　槐 張蔚春 熊一本 關元煇 沈巍皆
黃　江 鄧宗彝 陸心誠 王　潯 楊培曾 黃廣恩 王兆南
楊怡之 楊恪之 關仁輔 徐啓山 王　燮 王正湝 王正堉
張　澄 張天麟 喻本鎔 喻本立 胡鳳綸 孫玉鉉 胡枝蕙
程魁庭 黃廷珍 王履中 黃　江 王　燮 孫玉鉉 王式濟

卷八

黃　曉 駱士憒 于敏中 翁叔元 簡　尚 鄒一桂 張鵬翮
裘曰修 蔣　溥 劉　綸 齊召南 申　甫 莊培因 沈德潛
蔣　溥 梁詩正 劉統勳 錢陳群 陳德華 蔡書升 袁　枚
趙　翼 李　漁 周起瑤 顧承茂 陳永清 阮學溥 曹羽儀
汪守坦 張大勳 楊志信 黃　江 胡枝蕙 熊可象 熊可舉

關元煇　鄧宗彝　王　潯　楊怡之　楊恪之　熊可程　楊愷之
楊惇之　周　合　張天弼　張天麟　關仁輔　喻本鎔　張大凱
程魁庭　楊廷暉　王兆南　王本升　喻心藻　張大凱　王宗徽
閻其淵　王本升
外登　先君子暨家昆季及諸姪諸姪孫詩俱未及列目

補編

陳他山　陳　毅　王陸禔　胡天游　施長春　潘　瑛　袁　枚
錢　棨　王文治　朱子頴　黄　任　黄叔琳　嚴思位　沈德潛
唐昌期　陸寅紹　袁　枚　陳　球　吴偉業　閨秀葉錦章　關元鼎
鄭光燾　汪可舟　錢　棨　楊懌曾　張大凱

芷江詩話卷一

古六許嗣雲芷江手編

本朝制度文爲超越往代，即掄才大典，名公碩彦，應運而生，竟有破常格而膺異數者。吴門沈文慤公德潛，以白髮一諸生應博學鴻辭舉，年已六旬有四矣，猶以命題違式黜落，可見人生遇合皆由前定。迨六七聯捷入詞垣，七二典試兩湖，七六主禮部試，不十年位至宗伯。有《紀恩詩》云：「許親香案稱仙吏，望見紅雲識聖人。」壽至九十有七。詩集編成，恃寵請序，奉旨俞允，特賜弁言於坤寧宫之東閣。年老乞歸，賜詩以寵其行，有云：「清時舊寒士，吴下老詩翁。向每誦新句，猶然見古風。」並敕館閣諸臣依字賡和。恩榮禮備，稽之往牒舊聞，實所罕覯。閒居十餘載，遵旨唱和，中使肩項不絶於道。袁子才輓詩云：「遭際詩人有，如公古未曾。鍾期逢聖主，堯舜作吟朋。上壽百齡届，高官一品膺。青宫太師號，身後尚追稱。」非是矜許太過，真乃曠代難逢。故曰唯君相爲能造命。

沈文慤與錢文端陳群，一時人稱爲江浙二老。錢有和沈《山居雜詠》云：「吴下詩名大，聲華聖主聞。銜恩歸故里，閉户闡微文。每結漁樵侶，閒隨湖海雲。石公山畔路，烟月欲平分。」末二句隱然有自命兩宗主之意。文端又有《題紅葉》云：「一夜流傳霜信遍，早衰多是出頭枝。」可知出仕早者，閒居亦早，熱中人冰冷矣。

歸愚宗伯以詩受特達之知，宇内翕然宗之。所選别裁唐、明二集，家有其書。求序詩文者遍天下，一時壇坫，差媲美漁洋矣。後復進呈《國朝别裁》，適值普天同慶，而開卷即《陸宣公墓道》，被旨切責，詩名稍衰。然平心而論，其詩格律謹嚴，音調諧叶，雖描頭畫角，微帶蘇人習氣，而摹倣太過，反失性情，此其失也。余雅不喜讀其集，以其臺閣氣重也。惟《田家雜興》詩一首，雖擬古而自出新義，實爲可法。詩云：「白雲護山林，紅葉隱茅屋。門前跨板橋，户後羅修竹。牛閒繫道旁，畚積倚古木。是時秋氣高，霜重秔稻熟。老農顔色喜，早晚食新穀。惟苦欠文墨，舉動成鄙俗。今年幸有秋，送子入書塾。」末四句酷是今之田家。

乾隆庚午錢文端公典試西江。事畢，監臨阿公爾衮置宴百花洲。酒半，阿指門前石刻謂錢曰：「此先生三年前詩也，今會不可無詩。」錢援筆和前詩韵，立就。云：「繞砌秋英點點斑，天教勝地占蕭閒。皇恩只許經旬駐，星節何妨一再攀。如掌平湖高士宅，當頭明月故人顔。不須更上滕王閣，已見江城雨後山。」公嘗謂此詩最爲平生得意之作。

德州盧雅雨運使任揚州日，有《紅橋修禊》四章，藝林傳誦，和者千餘人，猶有不愛誦原唱者。迨後致仕，留别三律，實爲絶唱。信乎歡愉之詞難工，感愴之言多妙耶。詩云：「脱却銀黄敢自憐，不才久任受恩偏。齒加孫冕餘三歲，歸後歐公又九年。犬馬有情仍戀主，參苓無效也憑天。養疴得請懸車日，五福誰云尚未全。」「平山回望更關愁，標勝家家醉墨留。十里亭臺通畫舫，一年簫鼓到深秋。每看絳雪迎朱旆，轉似青山戀白頭。爲報先疇墓田在，人生未合死揚州。」「長河一曲繞柴門，荒徑遥憐松菊存。從此風波消宦海，始知烟月足家園。歲時社集牛歌好，鄉里筵開鶴髮尊。癡願無多應易遂，杖朝還有引年恩。」

雅雨先生名見曾。雍正中來守吾六，政簡刑清，士民愛戴。甲寅調署亳州，州人士送行，有《隱賢餞別記》，唱酬佳篇林立，猶記其《留別》四絶云：「霍嶽政成閒刺史，量移又到沛譙間。頭銜略改官仍舊，因得名花失好山。」「離情棖觸棹難前，小峴山青祖帳連。記得樂天詩句好，皇恩祇許駐三年。」「淠河西畔水湲湲，送客連檣未肯還。爲謝逆風留小泊，不教杯酒盡陽關。」「春深穀雨薦新時，盡道劉郎擅竹枝。村女豈知官長換，採茶猶唱舊君詞。」又得其《在州有送新茶者柬諸同人》四絶云：「領取寒芽趁日還，莫教宿火忌陰天。幾番辛苦纔盈掬，博得封題號雨前。」「未許尋常水共煎，曾誇龍穴出天然。歸舟昨向金山泊，品到中泠第一泉。」「雲乘綠脚稱清流，蟹眼星星沸未休。争怪吾家玉川子，慣將紗帽自籠頭。」「少許銀毫每自珍，龍團秘製貢餘新。由來波及從天上，敢忘分甘到故人。」

吾邑前輩徐月鹿考功致章，順治乙未進士。書法、詩學冠絶一時。予求其遺蹟不可得，偶於家藏故篋中得其自書舊作，云：「近郭危樓俯碧湍，倦遊孤客倚朱欄。淮淝山色樽前出，吴楚江流畫裏看。旅思逢秋增短鬢，鄉心隨鴈過長安。黄花白酒登高日，玉笛金笳起暮寒。」又康熙元載壬寅夏四月，渠壽其静生二兄詩二絶，後注「時榷關公路補祝者」，亦係自書，云：「早春將竟柳條新，是我同堂大衍辰。草緑池塘芳晝好，阿連慚愧隔江身。」「署裏花開四月初，仲兄來共浹旬居。楚州城外黄河畔，一曲霓裳頌九如。」予無意獲此奇珍，如饑人得食，曷勝狂喜。

又得雅雨盧公《揚州雜詠》四首之一，云：「萬瓦如霜夜漏殘，小亭明月上欄杆。老來一事真堪恨，好看梅花却怕寒。」真是吉光片羽。

乾隆壬申，長白雙有亭先生慶來試吾邑。《鎖院即事》詩云：「放眼高樓試捲簾，幾家曉夢尚恬恬。獨憐凍筆沉吟苦，今日風簷又雪簷。」「斗室窗明客亦家，消寒閒試霍山茶。到來曾憶春光好，開遍墻頭梓樹花。」俊逸駘宕，敻乎獨絶。後六十年甲戌，潞河白小山學士鎔，科試六安，《采茶詞擬作》十首之四云：「春風緑遍霍山前，兒女辛勤劇可憐。一日晴明一日雨，采茶要趁養花天。」「兩兩三三臂竹筐，女兒低語向孃行。去年嫂比梨花白，今歲儂如茶樹長。」「南山茶比北山多，欲到南山奈遠何。自理紅裙成小坐，看花人曳碧油過。」「采茶功課賽農桑，不似倡條棄路旁。未免亦有離别怨，送人夫壻到浮梁。」可謂後先媲美矣。又《擬試題延和殿觀教駿軍擊毬歌》云：「繡旗森列毬場開，淳熙天子臨高臺。教駿健兒好身手，錦衣窄袖繞場走。麴塵起處跳雙脚，瞥見毬從天上落。宜僚擲却手中丸，付與軍人事蹴博。須臾見毬不見人，左起右拂倍精神。怒鯨吞月月不墜，神龍奪珠珠欲奔。宫漏沉沉日向午，殿前萬朵花争舞。内府未頒白打錢，當場尚擊鑾奴鼓。是時金主豈終和，稱姪外來莫奈何。既然北向無征意，安用宫中健勇多。」淋漓盡致，信知後賢不讓前人。

丙午秋試，余在金陵，聞場屋有交白卷，止題詩一首者，云：「香魂縹緲已多年，今日相逢矮屋邊。遲爾功名污我節，當年誤認作良緣。」有同輩嘆曰：「此君功名但言遲，不言無，終當有分也。」後聞是人乃青浦貴公子尋，數載後，即以一甲第三人及第，位至方伯。又丁卯江右闈中三場畢，有題號舍壁間二絶，云：「殘杯冷炙不能餐，四壁蒼苔擁暮寒。合到瓊樓高處去，此中秋月讓人看。」「巨手能開五鳳樓，九霄雕鶚共盤秋。不知擊節歐陽老，可許門生出一頭。」其人年甫弱冠，何言之春容，不露一點牢騷也。後知爲鉛山蔣子苕生侍御所作，即本科第三名獲雋者。

青陽吴文簡公襄，康熙癸巳翰林，官至宗伯。年八十有六，《應千叟宴》一絶云：「六旬今列千官宴，兩榜原登萬壽科。才薄何緣恩獨厚，九重雨露一身多。」又有錫山秦道然，己丑翰林，亦有詩云：「既忝詞臣又諫臣，昇平無事奏楓宸。生年尚在龍飛後，已並耆年祝聖人。」豈非詞林佳話乎？

鄉會兩闈，有憑無憑，迄無定論，姑摘前人獲雋言懷者，以供嘯詠。袁子才太史枚《舉京兆》云：「信當喜極翻愁悮，物到難求得尚疑。一日姓名京兆舉，十年涕淚桂花知。泥金掛壁春來早，賀客遮門月去遲。想見故園燈火夕，老親望眼正穿時。」又《釋褐》云：「學著宫袍體未安，藍衫轉覺脱時難。呼童好向空箱叠，留作他年故舊看。」《入翰林》云：「弱水蓬山路幾重，今朝身到蕊珠宫。尚無秘省書教讀，已見名箋字不同。斑管潤生紅藥雨，錦袍香散玉堂風。國恩豈是文章報，況復文章尚未工。」《到家》云：「遠望蓬門樹彩竿，舉家相見問平安。同欣閬苑榮歸早，尚説長安得信難。壁上泥金經雨淡，窻前梅柳帶春寒。嬌痴小妹憐兄貴，教把宫袍着與看。」香亭太守樹《捷京兆》云：「偶向燕京試着鞭，桂花竟折一枝鮮。步趨遠繼三千里，衣鉢遲傳廿四年。無學定應驚及第，有梯從此想登天。二毛已見安仁老，難趁蓬萊作小仙。」「區區一第欲如何，回首辛勤已六科。自分無成心久澹，轉因中雋夢方多。詩書故物香還續，湖海秋風志未磨。遥識山中芳信到，泥金帖已掛烟蘿。」《得第寄兄簡齋》云：「弱冠事柔翰，意氣横古今。掉臂揮八極，扣骨期千金。春風不我與，秋水空復吟。懷殘邱遲錦，莫聽成連琴。」「六舉不稱意，短翮嗟浮沉。人生日及條，安能化鄧林。一朝蜩甲脱，宮花拂華襟。顧影尚年少，迺復感我心。」《蒙即用知縣寄兄》云：「鸞坡初拾級，花縣愧鳴琴。未遂登瀛志，差酬捧檄心。繭絲新簿領，棠棣舊碑陰。欲課循良最，還慙嗣德音。」「芳躅竟難步，臨風一惘然。當兄解組歲，是我服官年。出處分朝野，功名矢後先。心書兼縣譜，好示枕中篇。」

上海施秋水潤《戊子獲雋言懷》云：「揺落秋衫比敗荷，短簷受得夜風多。朝來頓訝香生袂，恍踏鶱林見素娥。」「薦鶚曾凌碧宇空，徊徨二十五年中。已知迴隔雲邊路，不分重摶海上風。」「日華萬里寸葵私，舊境春明有夢知。憶覲天顔歸日久，微名今復上彤墀。」「風遠芸香世美傳，帶經未敢老鋤田。承家豈以掄魁重，幸續科名又子年。」《壬辰中式自述》云：「秋闈十度禮闈三，辛苦風簷味久諳。自分白頭終濩落，儘教紅勒備譏談。傳呼信到聞猶惑，賞識恩叨感更慚。看榜向如千佛貴，微名今得附瞿曇。」「家世科名信子辰，不才屢獲巧相因。豈期門第風重振，稍喜詩書澤未湮。一介何能酬聖主，半生此事慰先人。最懷慈望佳音遠，好驗春堂報鵲頻。」《臚唱恭紀》云：「對策先欽殿陛嚴，朝儀晨引肅觀瞻。兩階彩仗龍鸞布，三奏和聲雅頌兼。雲日崇隆臨寶座，草茅悚惕仰彤檐。分班九拜臚傳五，浩蕩恩光一體沾。」「黄榜天垂一色齊，禮臣親捧下雲梯。世承恩澤彌知厚，身列科名那厭低。及第從來分甲乙，同年豈遂判雲泥。孟郊五十看花晚，説甚春風驕馬蹄。」

溧陽潘人龍際雲《殿試恭紀》云：「橐硯螭坳曉露濃，東西分卷日高舂。蓬萊宮闕開三殿，草野文章達九重。報國豈徒憑筆墨，感恩直自寫心胸。管窺亦得邀宸鑒，渥澤如天曠代逢。」《圓明園引見》

云：「薰殿初傳旨，趨蹌禁籞前。日臨丹陛近，雲映衮衣鮮。不聽履聲響，但聞天語傳。歸來香滿袖，身染御爐烟。」《館選紀恩》云：「御河柳色碧於烟，秘省清華尺五天。海内文章推玉局，翰林風月是神仙。圖書乍喜開芸館，筆札深慙給俸錢。自是崇儒恩最渥，菲才亦得入班聯。」

潘公《壬戌下第》詩亦佳，云：「五薦春闈鎩羽還，文章已誤鬢毛斑。勞身漸覺舟車慣，懶性惟耽著述閒。舉足本難争捷徑，回頭及早駐名山。故園三月江村暮，孤負花開晝掩關。」「戍樓柳色碧於絲，依舊當年下第時。好鳥不妨隨路聽，歸雲應笑入山遲。殘燈古驛前因定，遠柝荒雞客路知。我已這般滋味慣，與君聯騎共論詩。」又《自嘲》云：「身如海燕常營壘，口似吴蠶日吐絲。爲有夙根忘讀苦，更無好藥療情癡。春愁難遣多因酒，世味粗嘗半入詩。良友不來芳草緑，厭厭何處説相思。」渺渺深情，洵堪細爲玩想。

香亭太守《己卯下第》詩云：「惆悵簪花事又虚，秋風深巷閉門居。羞看僮僕凄凉色，怕讀親朋慰藉書。自是久荒才恡草，未須深究命何如。江湖千里飄蓬客，贏得三年一返廬。」「紛紛車馬踏街塵，簇簇銀袍過眼新。共説文章原有價，若論僥倖豈無人。狂言好慰紅顔婦，愉色難寛白髮親。三載從頭再相待，少年能得幾時春。」又《庚辰落第再到徐州劉太守館》云：「一路甘棠認手栽，雲龍遥望意徘徊。長歌别鶴乘風去，破帽騎驢下第來。遲到應憐家計累，重逢幸及嶺梅開。西軒再理南州榻，樗木依然愧不才。」

袁簡齋聞香亭以知縣即用，曾賦二律，云：「報捷南宫耳乍聽，再聞臚唱倍心驚。未工楷法難高第，早得花封稱宦情。似子真堪論政事，傳家豈止重科名。江東棠棣碑還在，較勝追隨玉案清。」「三十三時吾致仕，君年如我始排衙。要爲廉吏先留俸，好坐公堂當治家。縣譜昔曾抄夜雨，詩懷此後屬桑麻。雙鳧倘得南飛近，定擬來看滿境花。」香亭以未館選爲恨，又寄一律慰之，云：「蓬山空一過，何必學前人。家累難修史，心柔好牧民。杳殤悲小女，遙至聚窮親。老我無他望，金多早買春。」

趙雲松觀察翼有《壬申北闈下第》四律，大雅春容，絶無寒儉牢騷等語。云：「倦遊情緒峭寒天，人海喧中黯自憐。漫擬穿楊憑一箭，又須刻楮費三年。達摩向壁空參佛，子晉吹笙已得仙。我豈不知歸去好，將行又計買山錢。」「身本高陽一酒徒，無端託業忝爲儒。舉場我嘆魚緣木，敗卷人嗤鬼畫符。羞學空函書咄咄，共推擊缶和嗚嗚。祇應白髮高堂夢，猶問泥金信到無。」「也知得失一鴻毛，舍此將何術改操。親老河難人壽俟，時清星敢少微高。長鳴棧馬還思豆，未解庖牛忍善刀。回首短檠殘炷在，搬薑自笑鼠徒勞。」「閉門仍與一編親，肯便干時踏軟塵。鑄硯終看穿硯日，拆橋多是過橋人。關河倦羽三更鴈，風雪寒衣百結鶉。笑看禰衡名刺在，已經磨滅字都湮。」

錢文端公少年初入鄉闈被落，其時主試者，趙侍郎也，人稱爲長眉公。適演《小尼姑下山》劇，錢調以詩，云：「三寸黄冠綰碧絲，裝成十六女沙彌。無情最是長眉佛，訴盡春愁總不知。」

余弟蓮衣爲諸生十有五年，屢膺房薦不售。後登賢書，又十有四年，始成進士，即用同知。釋褐後有詩四律，云：「引鍼拾芥視科名，煮石摶沙已半生。愚到移山真是幻，事同超海竟能成。風雲灑落千年契，魚鳥飛騰一旦輕。漫説文章今有價，上林何處不遷鶯。」「便欲騎鯨到日邊，横波又隔大羅天。文成白雪名成佛，字不黄庭骨不仙。俗吏風塵消歲月，玉皇香火夢前緣。平生未了詩書債，付與兒曹手一編。」「九十韶光俱化工，别開生面費東風。平分楊柳三分緑，多綴櫻桃一點紅。高會群仙原跨鶴，暫隨五馬亦乘驄。從今漫許無雙士，絶倒頭銜是二同。」「泥首宫門涕泗頻，此生難報是君親。九天花鳥原無分，萬井桑麻也算春。海上星槎都得便，世間舟楫又何人。全憑一念盟幽獨，去到風塵好出塵。」

乾隆癸卯南闈，長洲沈芷生清瑞以第一名中式。吴江陳叶宫聲和秀才以詩賀之，云：「沈郎才調領群仙，手種秋香到月邊。未必重來無我分，已將此着讓君先。榜頭喜得真名士，吴下喧傳最少年。莫到旗亭夸畫壁，霓裳留奏大羅天。」沈次科亦即聯捷。何陳公才思如此艷發，年未三十，兩耳不聰，且至今未售耶。

袁香亭於乾隆辛丑由蜀江别駕擢廣東肇慶太守。兄簡齋送詩四律，云：「太守官從别駕移，五羊城上柳如絲。君恩深處忘途遠，家運隆時惜我衰。得路馬宜加努力，出山雲敢問歸期。不圖焚却西徵賦，依舊仍吟渡海詩。」「日出扶桑自古誇，羨君此去最榮華。吟來紅豆新成讖，生長灘江舊有家。人號香亭入香國，路過梅嶺折梅花。珠娘聽説珍珠似，老我猶思一泛槎。」「曾因親老乞江東，六載塤篪處處同。卜宅衹離三里近，開花分看兩家紅。兒童梨棗交相讓，娣姒笙歌聽未終。底事天風忽吹散，一場春夢又匆匆。」「木落天寒鴈失群，兩家離緒話紛紛。眼前田舍君交我，身後妻孥我託君。甲子已周無可老，荆花重合轉難分。擬登江上高峰送，目極孤篷入斷雲。」香亭到知府任，寄來四律，云：「曾是西泠款段生，居然方面領專城。山通象郡看雲起，水自牂牁到郭青。瘴氣拂衣吹不散，蠻音入耳聽難明。十三州縣無窮事，珍重黄堂一判行。」「堂皇衙署有奇觀，燕寢恢宏後圃寬。陸賈既還誰作使，包公以後敢爲官。烏臺莽莽人聲閉，黑井深深鬼氣寒。不用矜奇誇政績，但能心正即身安。」「異地無朋可奈何，閒情贏得日高歌。廣求石友青花少，試訪珠娘赤足多。戲嚼番瓜酸皓齒，怕斟岑酒泛黄波。衣裳單夾隨宜服，却喜風光四季和。」「朝廷寮屬詢民事，午向中庭課吏胥。偶葺新軒安筆硯，更開别墅弄琴書。錦袍翠翟山中雉，巨口纖鱗峽裏魚。每食未嘗兼兩味，要留口腹暮年餘。」

又在肇任生日口占一律，云：「曉來攬鏡向花前，五袠新開又二年。故我已先隨逝水，問君何事不歸田。空裝金屋虚香夢，濫守巖疆愧俸錢。認得機關終解脱，青山未必竟無緣。」尋以卓薦陛見，欲陞觀察，忽因前任霍邱案，降級南歸。兄簡齋又贈詩云：「聽説君歸喜欲顛，更聽君到峽江邊。去官難得因微罪，行樂公然尚壯年。骨肉兩家人健在，星霜五載夢纏綿。開窗屢探春風色，月照荆花影又圓。」「代謀精舍老身忙，硯北溪南費酌量。陸賈裝雖無巨萬，阿連居要有池塘。水邊斑管高吟處，竹裏棋枰小戰場。准擬安排來告汝，白頭一笑共扶將。」「端江一别淚交流，那料重逢歲兩周。雲路似君真可惜，風帆依我竟須收。門前五柳心思種，海上三山浪打舟。天意玉成知感否，好燒紅燭夜同遊。」「從此青溪水不寒，高風六代有人攀。陸機文史東西屋，何點琴樽大小山。棠棣花雖兩處種，桃源門可一家關。唐生相我言如驗，五載猶能作往還。」

香亭《肇慶解組留别》五律云：「皇恩祇許三年駐，濫守居然閲五年。敢以陽和承惠日，竟無風力化蠻烟。新堤纔築愁農業，宿課難徵愧俸錢。未免關前小惆悵，梅花開候別南天。」「升沉何必異悲歡，易冷由來是熱官。鐫級驚聞功令肅，朝天幸拜聖恩寬。青緺解佩腰雖健，白髮垂星興欲殘。宦海烟江同一險，歸程何怯路何難。」「一級登臨一級愁，置身何級始堪休。花當開處風偏發，颿正颺時水逆流。易得自來還易失，無私豈必遂無尤。漫須悵悒翻陳案，已忝頭銜十二秋。」「導前空自擁雙旌，五馬曾無一馬行。過爲人擔肩更重，權非我握責難輕。雲烟過眼都成幻，恩怨移時那可明。宦況本來蟬翼似，何須官去驗人情。」「珍重元戎愛獨長，滿城歌管送斜陽。花飛七隊雲連蓋，酒飲千軍手進觴。世俗虛文騰口舌，英雄本色是肝腸。鐃他奏盡陽關疊，棠蔭全輪細柳香。」

又香亭《歸舟喪偶》二律云：「幃留遺挂鏡無塵，事事分明記得真。官罷正期資健婦，年衰何可失斯人。六千里外倉皇侶，四十年來愛惜身。不分中途成永訣，斷風殘雨泣江濱。」「也知生死定前緣，不耐情懷百種牽。失意境偏留我在，體心誰更似卿賢。斷無絃可將琴續，那有星能並月圓。空對魂旛傷往事，營齋營奠總徒然。」又五律四首之一云：「慟絶鴛鴦夢，匆匆四十秋。半生貧病累，一味別離愁。幸得餘青鬢，相期共白頭。斷魂收不住，飄渺寄孤舟。」又歸後在金陵，兄弟相離咫尺，簡齋偶遺馳送蕉花甘露，札云：「願即吸之，將來一同白日飛昇也。」香亭賦四絶以謝之。云：「初日曈曨燦曉霞，敲門驚起樹棲鴉。平頭奴子飛箋送，一盒芭蕉帶露花。」「丁寧開盒便須餐，略緩須臾露已乾。自古成仙在頃刻，莫教福薄走金丹。」「莊周何必賦逍遥，一飲醍醐萬念消。分與全家兒女喫，也呼雞犬上雲霄。」「不是神仙已是仙，兄鋤明月弟畊烟。更期三萬六千日，騎二茅龍共上天。」

余蓮衣弟乙卯鄉舉，出績溪令梁公啓讓房。梁爲江西新建人，中辛丑進士，得人于江左稱盛。後調權蕪湖，緣事至六，宋東田太守思楷留閱州試卷，所獲首選即余外甥王禮門履中也。甥謁見，呈詩四律。兹録其一，云：「冰鑒分江表，雲程憶渭陽。棘闈鍼芥合，蕊榜姓名香。宅相羞無忌，群空辱九方。龍門千尺峻，小子亦升堂。」近履中遠館，有《端節假歸》句云：「非關令節辭西席，爲有慈親在北堂。」吐屬雋雅，亦饒至性，懷抱利器，當非久困諸生中者。

英山鄭雨屏孝廉一坊，爲人短小精悍。以歲貢領丁酉鄉薦。學問深邃，詩亦清幽。有《送别邗上晏也堂鼎》句云：「落落邗江士，萍踪到處迎。一身千里客，四載六安城。我愧班荆晚，君何折柳輕。兩情應脉脉，翹首送歸程。」「憶自瞻韓日，風流迥出塵。裁詩驚四座，揮翰辟千人。江上秋濤遠，橋頭夜月新。别來思舊雨，惠我倩雙鱗。」

天長程禹山虞卿，嘉慶丁卯孝廉。余久心傾其人，未一謀面。兹得其《邗上題吾邑張荔珊明府蔚春詩集》一律云：「萍聚天涯愜舊緣，問名耳熟十年前。燕臺草草曾攜手，邗水溶溶共放船。千里歸心驚夜月，一編吟夢入秋天。好從京口沽醇酒，慷慨酬君寶劍篇。」詩頗清雅不俗，未識將來能一晤其人否。

邑中張荔珊，以丁卯優行生考補鑲黄旗教習。戊辰應京兆試，獲雋。三年期滿，需次縣令。其文詞詩賦，名噪都城。著有《倚雲山房詩鈔》。《冬夜》云：「半年貧病故交疎，流水曾無尺鯉魚。今夜劈箋呵凍筆，怯寒又少數行書。」《和友人病暑》云：「風户冰簾共嘯歌，愁思詩緒兩云何。君真摩詰修如佛，我更東陽病欲魔。故事五朝殘簡蠹，黄庭一卷墨池鷲。由來絶妙消炎法，揮塵清談坐薜蘿。」《輓楊叔度鐸曾》云：「六安今歲太穹窒，旱魃爲虐驅無術。萬户饑饉不聊生，又失淮南一枝筆。此筆當年貽文通，中有臨風錦一匹。先生挾此海天狂，萬丈光芒炳星日。談理逕入程朱門，抉經直造鄭孔室。有時作字師歐虞，有時大賦研京都。鍔鍔烈烈倚天劍，喬宇嵬瑣羞凡夫。譬之齊桓歃牲血，登壇載書盟滕薛。當年晉楚一時雄，對此大臣一心折。天若亨厥運，滄海雷出震。人如慰所期，古人風可追。廿載不遇已顛連，如何扼遇又扼年。滿腔熱血灑何處，名世壽世兩渺然。憶昔風雨話老屋，相期努力騰驥足。長安花落多愁吟，那堪爾音閴空谷。此乃劫火降之災，一身一家毋驚猜。歲歉轉瞬春又回，斯人一去不復來。吁嗟乎！人生孰是百年客，先生之死何太迫。一鄉稱善士有幾，如此才盡天不惜。造物生才又忌才，文章何故九命厄。我問蒼天天茫茫，四顧躊躇心痗擗。」又《路經黄村官舍》云：「畿南官舍我師門，萬柳青青護萬村。隔院沙尋龍阜蹟，前津水接鳳河源。風傳棠芾同思愛，人頌茭衣不畏奔。滿路謳歌驚過客，願書輿誦補前恩。」蓋荔衫與熊介臣太史、黄鶴峰茂才同問字於吾弟蓮衣者。鶴峰亦六安宿學，吾弟寄詩，曾有「一枝芳桂待來秋」之句。今不意以憂暫息，而荔衫竟以承重大故回里，旋赴玉樓之召也。傷哉！

荔衫回六，攜有黄左田少司農《西齋集》，蓋視學山右任内舊作也。兹録其《按試潞安贈張小令太守曾獻》云：「卅年曾共賦長楊，落筆輸君戰堵牆。試席研冰寒叵耐，經樓頌酒興偏狂。雲歸別岫成孤往，風送鄉人聚一方。今日春蠶看食葉，劇憐相對鬢皆蒼。」「上黨雲山天下奇，地寒惟與飲相宜。

十年坐鎮風還古，千里行歌樂不支。幕府森嚴唐節度，文章深厚漢經師。却慙不得王褒手，老我難成樂職詩。潞安諸生能詞章者絶少故也。」又《季冬潞安諸生送行七十里大雪》云：「多謝龍公試手新，瓊田萬頃浩無垠。媿他撲面花如掌，一路青衿拱立人。」《過荆中丞道乾墓》云：「駐馬揖公墓，公應知我來。無言對翁仲，太息到輿臺。三至碑仍在，兩行松未栽。不將姑息愛，爲養子孫才。」下注：「公孫炆縣試第一，未予入泮，足見慎重，持節不阿，所好左田先生，風骨尚覺稜稜。」

左田公名鉞，爲部郎時，曾掌教賡颺書院。入都後，有《寄懷六安諸同學》云：「爲憶淮南舊草堂，小窗冉冉緑生香。冬青樹下新移竹，抽笋今年合過牆。」「茅屋牆東月未圓，故人三五坐前檐。而今一例都如夢，茶熟詩成獨捲簾。」

壬申己卯，裘文達公兩主江南試事。有《揭曉日示多士》云：「門外青袍如立鵠，十年前記此間過。自維舊業成荒落，端籍新知與琢磨。卷裏蟲魚催我老，榜中龍虎得人多。只愁結就珊瑚網，別有遺珠可奈何。」竇東皋有《咏貢院》詩，云：「三條燭盡漏深沉，嚼徵含宫費苦吟。誰似賈生能策治，漫希揚子好思深。圭璋有價諮都市，梁棟須材訪鄧林。自古人文關國運，虚公端合體皇心。」言之沉着痛快。裘名曰修，江西新建人，己未進士，户部尚書。竇名光鼐，山東諸城人，壬戌進士，宗人府府丞。

乾隆甲子，重修貢院及翰林院，親臨號舍，乃自來未有之盛典也。御製七律四章，有「志聖賢志須當立，言孔孟言大是難」之句。士咸感奮，一時館閣大臣競和「難」字韻。鄂文端爾泰云：「飽温無意償三代，軾轍稱名匹二難。」史文靖貽直云：「漏殘蠟淚終宵易，筆走蠶聲得意難。」于文襄敏中云：

「若論觀國光容易，語到知人哲最難。」嵇文恭璜云：「五色賦成迷目易，三條燭盡稱心難。」汪文端由敦云：「批沙不道求金易，抱璞應憐獻玉難。」勵少司寇宗萬云：「盡除積弊持衡易，特命新題剿説難。」裘大司農曰修云：「試看雷雨經綸起，未覺風雲際會難。」上科壬戌新殿撰金雨叔甡云：「冰甌雪椀盟心易，月斧雲斤措手難。」各臻其妙。警策之句，真不勝收也。

通州胡印渚宗伯長齡，以己酉覆試第一名，遂爲殿試修撰之先聲。吾郡陳鶴溪鏊，乃癸丑覆試「首夏猶清和」所拔第一名也。詩云：「維夏方稱首，春光駐幾分。清凉猶帶潤，和煦漸含熏。麥隴青浮浪，槐廳緑捧雲。禁烟籠柳淡，宫露著花芬。芍絢龍池燦，波迴鳳沼紋。仍披風冉冉，還愛木欣欣。地有蓬山美，詩從謝客聞。宸遊嘉賞處，恭己奏南薰。」絶不似將終之筆。又闞秋畹進士元鼎，年十四應童子試，受知於朱竹君學士。朱嘗贈以句云：「六蓼逸才大隱在，暹羅慧業小華看。」蓋闞嘗以小華山僧自名。後戊戌科通籍。夫婦俱未滿三旬即下世，臨終自號爲清風使者云。

陳鶴溪自戊申保舉優行，未奉徐條甫學使録取。因以廩入貢，肄業成均，家素貧。陳入都後更憊，壬子北闈幾于背城一戰矣。獲雋後，得句云：「全家灑淚對離筵，生别猶如死别然。豈是背城真背水，不堪回首忽回天。微名詎足稱良貴，肯穫差堪勸力田。料得捷書飛遞處，飢寒兒女笑門前。」陳次歲亦即聯捷，然其心亦良苦矣。

丹徒馮翰廷錫宸，余拙齋夫子垂範之長君也。性磊落，詩尤雋妙。《甲辰公車途次送余友鄭蜀門光圻及顧太史鈺》二絶云：「絶世才華鄭灩江，深慙許我也無雙。同遊梅嶺花千樹，共卧西樓月一窻。」「我愛吴閶顧蓼生，時髦蚤歲擅英名。詩才一種尤清絶，五字天涯兄弟情。」翰廷後中丁未進士，官潁州府教授。

蕪湖齊雲舫承慶，庚申春委署六安學正，與余朝夕把晤，致相得也。本年即舉鄉試，壬戌成進士後辛河南封邱縣。其《曉行》云：「雞聲驚夢短，馬力騁途長。鞍背分殘月，輿肩壓冷霜。孤村晨碓急，遠浦曙帆張。欲再矇曨睡，喧囂滿路旁。」《寒夜》云：「夜竟長于晝，衾翻冷似冰。霜嚴巡巷柝，風閃背窻燈。斷夢猶堪續，殘香尚自疑。年來真淡定，曲枕學枯僧。」

詩有同一意而出自兩人，釐然判然，且亦各臻其妙者。如吾鄉翁實齋明經鼐有句云：「座上賓朋前輩少，貧家子弟故人多。」中州胡雲坡司寇季堂則有句云：「到門賓客無前輩，入座衣冠半後生。」兩爲誦之，不覺有廊廟、山林之别。

灊山丁星墅先生珠有句云：「江心浪險鷗偏穩，船裏人多客自孤。」又云：「日中睡至如相約，酒後詩來似有期。」人多誦之。其《咏淮陰》句，則獨闢蹊徑，得未曾有。云：「淮陰當窮時，乞食一餓殍。及其稱王後，被誅尤草草。窮不能自保，達不能自保。萬古稱人傑，爲之一笑倒。」又《遺懷》云：「我口所欲言，已言古人口。我手所欲書，已書古人手。不生古人前，偏生古人後。一十二萬年，爾我皆無有。等我再來時，還後古人否？」落落數語，真乃目空千古。丁以靈壁訓導庚戌來權六安學事。每酒酣耳熱，議論風生。自云久困童試，訪親白下，以詩受袁大令知，札薦皖守鄭公時慶，拔作府首，本科庚寅即擢高魁。而袁之賞識，實基于《夏日雜吟》一絶。云：「香焚寶鴨客吟哦，萬軸牙籤手遍摩。此事未知何日了，著書翻恨古人多。」

皖懷丁時齋斯盛，丁酉舉京兆試，挑選教職，與同邑黃公崇蘭同年同官。丁莅吾六，黃銓涇邑，垂二十年矣。乙丑歲試宣州，黃以諸生丁艱，誤申病歿。學使戴紫垣閣學聯奎刻以不職，部議鐫級，奉旨留任。丁以素戚遞遣問訊，黃覆以詩，云：「卷册無多孰所司，彈章傳播士林嗤。微銜薄斥非嚴譴，冷席重温屬曠施。自顧深慚形似偶，對人羞見鬢如絲。何當遠道猶存訊，汗滴瑶緘乍啓時。」

嘉慶戊辰，余年屆知非，始見二毛，齒動摇欲脱。丁調以一絶，云：「巧買烏鬚彊自遮，那堪兩鬢點霜華。年來莫怪貧兼病，又脱左車第二牙。」

余業師王露豐夫子希湛，邑增生。爲人嚴重，言笑不苟，年七十八卒。卒之前二日，無疾，忽自書訃狀，年月日皆手自裁定。子羹、孫蒼愷、曾孫芑香輩皆環侍，謂其仙去臨終一絶云：「七十餘年老拙夫，一笻歸化上天衢。問余渺渺棲何處，不在蓬萊在蘂珠。」

高瀹人士奇有《咏風鳶》，句云：「笑伊雙翮本無能，偶藉吹嘘驟乃爾。一朝綫斷風力微，瞥墜塵埃污泥滓。」不如張文和公廷玉《和御製風箏》詩云：「霞舉軒軒五色繒，高危那敢不兢兢。九霄日近增榮彩，四野風多仗寶繩。本是無心舒薄翼，何須着力使長肱。槐烟榆火清明後，應似天池六月鵬。」真金華玉殿人語，而押「繩」字韵更寄託遥深。

康熙十五年丙辰，有廣東粉蝶故事流傳已久，袁簡齋爲賦《神山引》一篇，云：「楊生泛海海風作，千船萬船水中落。楊生抱得一桴浮，閉眼憑他駭浪流。日暮風停桴泊島，上有神山兩字好。金碧參差屋數間，分明玉指彈冰絃。花裏雲鬟驚有客，風中琴響漸闌珊。一人玉貌來相見，説住瓊州説姓晏。喜遇崔盧中表親，速張王母瑶池讌。夫人手整曉霞粧，道是兒姑第十娘。先詢阿母顔何似，再問眉窻樹可長。不仗蛟螭翻海水，那能骨肉會龍荒。山前山後教生到，烟草芬芳花月妙。生言歸去挈家來，姑母姑夫但微笑。取出青琴彼此彈，天風拂拂海漫漫。新成一曲雲仙謫，聽去雖難學不難。夜深珠露凉風竹，兩美雙雙樓上宿。只留小玉伴銀燈，未免偷桃學方朔。忽呼粉蝶聲如惱，驚去雙趺奔悄悄。聽得仙姑苦勸聲，塵心已動緣須了。不如折與小桃花，隨他春向人間老。明朝相見臉先紅，只説歸心一夜濃。仙郎餞别丹三粒，仙女親題信一封。豈不相留情款款，其如人世太匆匆。解下湘裙覆船上，道兒此去應無恙。萬頃琉璃六幅風，蓬萊不忍回頭望。漸漸鄉音入耳聞，迢迢清水變紅塵。滿城親故無多在，已過韶光十六春。衰年大母方愁疾，因由説罷同嗚咽。有壻攜妻採藥行，那知此日人天隔。細看裙是嫁時衣，一片春風捲雪飛。錢家生長初笄女，才説婚姻便相許。迎來果是舊娉婷，苦問三生記不清。偶然彈到雲仙謫，涕淚千行尚怕聽。」

袁簡齋胸襟洒落，一動筆，輒有舉頭天外之槩。偶檢閲集中《遺懷》詩云：「唐時有李叟，行善夫妻偕。朝供千夫膳，暮設八關齋。精修二十年，果然天門開。峩峩金甲神，稱天問所懷。念汝良苦志，償汝所由來。貴可金張位，富可倚頓財。憑汝擇於斯，天意爲安排。叟乃再拜言，均非臣所欲。臣好在讀書，臣志在行樂。堂前羅牙籤，屋後多水竹。掃地浄焚香，侍者顔如玉。如此了一生，雖死臣亦足。金神摇手笑，汝乃大痴矣。此是神仙福，上界貴無比。不比富與貴，擾擾紛紛耳。十洲三島間，賜者能有幾。汝再修三生，來請玉皇旨。」奇情幻想，直是自寫小照耳。

又《對日歌》云：「昨日之日棄我走，明日之日肯來否。走者删除來者難，唯有今日之日爲我有。消除此日須行樂，行樂千年苦不足。縱使朝朝能秉燭，燭殘雞鳴又喔喔。人生行樂貴未來，既來轉眼生悲哀。昨日之事今日憶，有如他人甘苦於我何爲哉。樂既不可過，不樂又恐悲。安得將樂未樂之意境，與我三萬六千之日相追隨。君不見，陶潛李白之日去如風，惟有飲酒之日存詩中。」

又《隨園雜興》云：「君莫笑樓高，樓高固亦好。君來十里外，我已見了了。君來莫乘車，車聲驚我鳥。君來莫騎馬，馬口食我草。君來毋清晨，山人怕起早。君來毋日暮，日暮百花老。」又《赴淮作渡江吟》云：「昔年尹宫保，奏我牧高郵。吏部議阻之，動格相羈留。我今過此邦，一望無田疇。適逢黄水決，赤子生魚頭。使我果牧此，何以佐一籌。慨念今黄河，勢合淮汴流。祗因資轉漕，約束爲疽瘫。人自奪水地，水不與人仇。河身日以高，河防日以周。縱紓一朝患，難免千日憂。何不決使導，慨然棄數州。損所治河費，用爲徙民謀。更置遞運倉，改小運糧舟。水淺過船易，敵淮事可休。路寬趨海捷，汎濫病可瘳。此語雖驚衆，此理良或優。安得陳明堂，並告東諸侯。」此論娓娓言之，或可參治河一籌否。

分宜吴太(安)〔夫〕人，庚戌進士刑部郎楊公曰鯤之母。少工詩。夫亡後，親課其子，嚴過于師，不假顏色。鯤癸卯鄉試，母在園，咏菊云：「西風一夜剪東籬，曉起欣看異昨時。帶露已舒幽女思，迎霜特見丈夫姿。自來未受閒憐惜，從此還應好護持。」尚未續成，聞報鯤中，遂止。至是喜見于色。有

《訓兒》詩，云：「三年飲恨淚難乾，任重于身豈忍安。夜讀幾曾星半落，朝眠每是日三竿。順帆不肯先登岸，逆棹徒勞上急灘。我愧古來賢聖母，也將辛苦和熊丸。」人多傳誦。又有《拜月詞》云：「欲斫月中枝，作個齊天帚。夜夜掃輝光，不使微雲垢。」著有《悟雪草堂集》。

蜀之渠縣寇誨菴侍御賚言，庚子解元，辛丑會魁。初省試録科，年未弱冠，遺才未取，持手板攔輿營求，無有應者。八月八日，將届封門，窘極旁皇。忽見顯者捲簾路過，乃提督桂秀岩夫人謁廟行香也。寇攀輿大呼救命。從者呵叱，夫人問爲誰人，曰秀才寇某，遺才不收，乞爲討情收取。夫人隔簾見爲美少年，命收其呈回。浼桂提臺代爲轉求學憲，且云：「我已許之矣。」桂遂面懇學使，補填入闈。不期兩主試李太常嫈、曹太史錫齡竟拔取榜首。桂夫人得知大喜，遣賀命見。鞠躬時見群嬛翠繞，不敢仰視。夫人贈以花紅表裏荷包，提臺並贈厚貲入都。一時傳爲美談。李雨村調元戲以詩云：「五千科舉竟無名，四望求援絶救兵。窮措誤攀官婦轎，武衛直達考文棚。豈知榜上頭名客，便是輿前目送卿。年少解元誰及汝，珠簾錦帳拜門生。」

袁香亭以太守鐫級，原擬終老林泉，年已六十有六矣。後以家事難支，以通判職入京候補。兄子才業已八旬，不以相告。既别後，復寄《留别》詩，句云：「不忍留行不送行，去留無計共傷情。明知衰朽深憐弟，怕以窮愁更累兄。未歷風波先破膽，欲言離别强吞聲。癡心五載仍尋約，還想重來事耦耕。」「嶺嶠分襟昔已傷，此行霜鬢更蒼凉。人當垂老何堪别，花到殘枝那得香。誓及來生情可想，會期他日夢偏長。殷勤苦囑雙眶淚，不許臨岐灑一行。」後香亭竟終于廣州别駕。

嘉慶己未冬，余在皖城，假榻城北關廟方丈。前我而宿者，不知誰氏。地板縫中遺詩一册，余拾而珍藏之。今偶爾繙閲，頗有可觀。其《舟中春望》云：「一櫂春風送，程程儹客行。冰霜欣歷盡，雨露望敷榮。青眼舒新柳，遷喬吭早鶯。途中景物麗，回首白雲横。」《過揚州》云：「處處鶯花惹客意，家家蘭麝鬬春妍。六朝金粉風流盡，廿四橋邊月尚娟。」《二月初十渡揚子江》云：「薄霧平收曉氣清，布帆飽趁小舟輕。江南江北春纔透，柳眼青青解送迎。」《過高郵》云：「淮水滔滔循岸堤，桃紅柳緑未呈齊。春風吹送高郵近，啞軋一聲日又西。」《京江留别葛奕堂表兄》云：「三年真契闊，匝月喜迎逢。我去如歸晚，君留感别悰。一心雙事絆，兩鬢二毛封。帆影渡江去，漫漫雲路重。」《邵伯早行》云：「篷窗剛欲曙，棹泛春波動。回首望家山，家山曾在夢。」《舟過寶應》云：「西山斜日影初昏，兩岸炊烟近郭門。柳眼垂青青有色，軟風吹浪浪無痕。春隨人去催芳信，夢繞鄉關滯客魂。天意轉時生意遍，郊原緑滿惹王孫。」《月夜淮堤即事》云：「長流隄外水，催浪去家山。滚滚烟波遠，飛飛鷗鷺嫻。旅懷因月動，鄉夢慰春還。歲月堂堂逝，殷勤念急湲。」《題普惠寺禪室即贈遠公上人》云：「禪關得静趣，斗室卧雲深。當户山光入，沿堤野色侵。春花空法界，皓月證明心。最愛簷前柏，森森玩古今。」《舟泊京口普惠寺下即景寫懷兼呈鄭竹坡參軍》云：「野情堪破寂，舟泊碧溪灣。人去花爲伴，僕人劉桂隨至京口而去，適有人送碧桃一枝，閒供伴寂。公留我獨還。竹坡自淮同舟抵京口，兹留寓普會寺僧廡。春深增感重，酒濁暈酡顔。身在蒼茫裏，霞光忽滿山。」《春雨舟次寫懷》云：「春光一路足清幽，春雨霏霏慰客愁。涉世莫嫌從俗好，遣懷聊以佐風流。材樗欲問酬青眼，漕督富公屢詢梗槩，極有提撕之意，故云。摇落何堪慰白頭。家慈望六之年，望余名成甚切。無限芳菲供吟咏，蕭然身逐濕雲浮。」《春雨小芳園即事》云：「嫋嫋東風綰嫩寒，落英舞片過雕欄。樓頭陣陣黄昏雨，報道桃花一樹殘。」《歸途詠楊柳枝》云：「短長堤外雨連綿，一望青青籠暮烟。記得去時黄半吐，長條今復繫歸船。」《淮城春望》云：「連朝風雨釀春寒，旅店蕭條着處難。遊屐閒隨流水去，淮南一半杏花殘。」《過杭州擬遊西湖未果誌悵》云：「不堪行李太倉皇，春日西湖正艷粧。碌碌形骸緣底事，片帆催我過錢塘。」《山陰道中》云：「杜鵑開遍碧山腰，風舞梨雲天際飄。人在春光明鏡裏，兩間菁翠竹蕭蕭。」《望天台山》云：「聞道天台景，今登客裏樓。城環春沼碧，雨霽暮雲收。霞襯山容翠，峰迴石徑幽。赤城遥在望，寧許恣遨遊。」《抵章安呈立堂家兄》云：「落落天涯孰賞音，章安塤篪快追尋。求人不易情多恧，閱世難諳愁轉深。他日如堪博一宦，吾儕豈必擁千金。政成報最欣膺薦，暫爾哦松留贊琴。解署贊琴堂，故云。」《山陰道中》云：「向讀蘭亭記，風光近在兹。花明山有態，柳暗水生姿。碧沼浮烟艇，清風漾釣絲。蓬窗得幽趣，静對日遲遲。」詩前署「途言」二字，面稱丁巳春仲，由淮揚赴浙江台郡道中。幸圖石鐫有顧仁麟印，大約淮陰郡人，出語頗覺清逸，俟晤淮上人，細爲訪之。

芷江詩話卷二

古六許嗣雲芷江手編

圓明園東南有澄懷園，雍正間，内廷侍直諸臣分寓其中，亭林幽邃，水木清華。乾隆丙子，有善畫常姓，繪《八友圖》。有奚奴捧書隨者爲梁礭軒少詹錫璵，捧琴隨者爲周葯欄學士玉章。松間有兩髯翁坐其下，一爲程莘田少司馬景伊，一爲周蘭坡學士發春。又一人執紙筆，若欲作書狀，爲陳月溪副憲德華。有攜畫卷一幅，見白鬚老人從旁指點，爲張西堂編修泰開。峥立諦視者，則觀補亭少司馬保其。由高處揮羽扇而來者，蔡葛山少司寇新也。宫傅汪公由敦爲之記。題詠之人，自王公而下甚夥，真大觀也。僅記劉延清相公統勳云：「久結金蘭契，同殷翊贊心。勤拳分講席，瀟灑共芳林。烟樹瀛洲景，風篁韶濩音。西園圖雅集，應遜此高深。」「自顧成荒落，名賢比屋居。月川晴理棹，花塢夜攤書。分袂趨華省，聯吟到直廬。不須論主客，泉石列簪裾。」陳星齋太史兆崙云：「廿載辭家作散仙，上仙更在九重天。誰云天上多勞苦，静對丹青意惘然。」「文字河南第一流，謂汪公序事。叙來人地稱清幽。畫師倘是閣中令，添箇奇禽唤樹頭。」葉毅菴閣學觀國云：「高齋重選集徐劉，傑直餘閒結勝遊。各有文章傳日下，不同面目總風流。地連禁苑塵氛隔，人住烟霄雨露優。自顧凡身頻却步，披圖真合羡瀛洲。」「雅集西園故事傳，散仙那得比天仙。錦鋪鷺渚風蓮綻，綵展鷗莊露月懸。車笠要盟情易隔，雲龍追逐跡難聯。何如此地題襟日，較似班僚氣誼偏。」惟武進劉繩菴中堂分疏八人，最爲周匝超逸也。詩云:「説經瀾翻梁確軒,字箋句疏蟲魚煩。短童攜載來奔奔,納書才了腹自捫。」「萬卷讀破周叔大,一琴百衲居奇貨。流水高山夐誰和,蠏行時聽牆頭過。」「大言炎炎得兩髯,一濂一洛宗派兼。意氣恰宜膠漆黏,戟張相對閧排籤。」「名德太邱今安州,人中坊表壓輩儔。十五科前老狀頭,臨池尚矜八法遒。」「曲臺高揖張入室,伏鄭源流闚作述。金石遺文羅放失,餘事倪黄評甲乙。」「嶽峙淵停觀補亭,文昌推步身宫星。經師人師均範型,披圖旁睨覆眼青。」「善譚名理蔡夫子,百家貫串窮端委。卻詠循陔待旋里,八友關情不能已。」「此中大佳可澄懷,蜀葵花影同高齋。圖成何爲不我偕,山則有巔水有涯。」遍閲諸作,足見盛世昇平,公卿風雅矣。

陽湖趙雲松先生翼,辛巳探花,官至貴西道。乞養家居,著述自娱。《甌北詩鈔》集首有古風二十首,議論警闢,皆如吾意之所欲出。兹録其三云:「人日住在天,但知住在地。天者積氣成,離地便是氣。氣在斯天在,豈有高下異。蒼蒼非正色,仰望謂天際。試乘高視下,亦復濛濛翠。乃知地與天,相隔不寸計。人生足以上,即天所涵被。譬如魚在水,何處非水味。世惟視天遠,所以肆無忌。」「六朝前祠廟,多祀城陽王。蔣侯加帝稱,享之如明堂。其次項羽神,卞山赫烝嘗。後來時代改,氣燄皆消亡。乃有關壯繆,威靈久始彰。雕繢崇像設,面赤長髯蒼。婦孺盡膜拜,血食徧八荒。惟公秉忠義,固炳日月光。然古烈丈夫,屈指難具詳。彼皆就湮没,此獨垂無疆。鬼神亦聽運,何況人行藏。」「陋巷有一士,每夕露禱天。天神憫其誠,來問所欲言。士也叩頭語,所願殊戔戔。不求拾金紫,不求擁金錢。但期衣食足,了無塵事牽。朝則茅簷曝,夕則布被眠。泛舟水之涯,倚杖山之巔。天神忽大笑，此樂惟真仙。青紫或可覬，金錢亦可權。獨餘清閒福，上界所最慳。世果有此樂，吾亦來世間。」

甌北曾柬錢湘舲棨七古一首云：「三千年桃十丈藕，世間奇事乃竟有。滿街争擁看三元，三元肯來訪衰朽。秀才頭上三重關，何限英雄老此間。禹門登或浪打去，神山到又風引還。至於名冠多士上，尤是人生所不想。偶然得一已足誇，何况連壓黄金榜。歐文忠，王文恪，兩元已在握，臚唱聲中又飄落。君獨連擲得梟若蒲博，國手棋無第二着。母乃真天仙，身騎白鳳凌雲烟。三垣九閽攔不住，直到玉皇香案前。我聞奪標紫宸殿，榮過將軍奏凱宴。恰喘三箭定天山，猶衹了却一場戰。古來惟有蘇定方，手平三國皆擒王。直至前明張英國，三征南交渠必得。君也一書生，竟與二公先後相抗衡。設令國家更有别科目，不知又領幾次鴈塔名。噫嘻乎！讀書誰不望傳世，千氣萬力尚難覬。羨君占盡科名榮，一日聲華滿天地。從此不愁不千秋，衹須建豎堪相侔。累朝如君十一個，事蹟半在青史留。贈君一篇三元考，更期進步百尺竿上頭。」錢後官至閣學，壽終雲南學使任。

皖江丁芷谿田澍，乾隆辛未進士。由編修洊陟禮科給諫掌印，旋以事左遷兵部郎。積學工吟，襟懷灑落。丙申乞假回籍。《留别都門僚友》云：「秋風吹動故園心，引疾今朝竟脱簪。敢以微官高去就，難將衰質久浮沈。鴻文緯國推燕許，逸興尋山慕尚禽。從此東山軟塵隔，羸驂無復曉駸駸。」「人海藏身懶出扃，養疴鎮日坐空廷。静繙蠹簡尋醫術，閒伴蛩吟念道經。入幙凉飔秋摵摵，垂簾細雨夜泠泠。曉鐘催去朝天客，過巷車聲枕畔聽。」「知足遥聞漢二疏，一官五品我何如。曾因獻賦依香案，屢許封章上玉除。門外笥班環馬帳，路旁花縣擁潘輿。魯儒顧此差堪退，莫笑腰間未佩魚。」「行裝檢點别同人，數載曹司憶接茵。論事偶然分洛蜀，交情原自比雷陳。鵷行五夜趨蓉闕，驪唱三秋向柳津。烟水一竿吾願了，諸公努力翊丹宸。」共十二首，僅録其四，已足窺其胸襟矣。其在京時，與韋葯軒謙恒、湯辛齋先甲、王詒堂燕緒、李雨村調元共徵歌唱和無虚日。先生家精肴饌，有糊塗羹一色，尤爲美品，蓋用韲菜山藥爛煮而成。李懷以詩，云：「徵歌興益豪，論詩或强扳。有時同博奕，韲菜咄嗟辦。」

芷谿侍御，五七律工秀絶倫，每覓得佳句，不忍釋手。近得其《漫河阻雨往英山訪親家同年金碧峰進士序珽》一律云：「底事歸家又浪遊，漫河雨急客心愁。半間茆屋通宵漏，十里荒村竟日留。潤起衣襟天未霽，凉生枕簟歲將秋。無聊閒共山翁話，旅邸何曾識馬周。」又《甲午週甲示子寧》云：「忽忽吾將老，兒曹知未知。眼昏書字覺，頭白啓奩窺。宦久貧逾甚，勞多病亦隨。不歸緣底事，爲爾故遲遲。廿年百無就，白髮首重搔。仕蹟餘鴻爪，家聲待鳳毛。景光寧肯駐，燈火莫辭勞。猶記登龍日，傷心馬鬣高。」即身示警，策勵靡窮。寧後舉庚申京兆試，任繁昌司訓。

古名臣隨在題咏，不必倣臺閣體，自然莊重不佻，迥異章句之儒餖飣字句以矜風雅者。昨見兩江制府百菊谿先生齡《甲戌正月九日滁州道中》云：「東風十里雪晴初，馬首春回凍柳虚。野水争流黄入汴，遠山相對翠環滁。難將故事詢遺老，爲祝豐年守舊墟。尚有醉翁游賞處，至今禽鳥樂華胥。」又《癸酉除夕彭城郵館》云：「六軍回馬聽鐃歌，一笑從今賦止戈。時克復滑城，戍兵凱撤。共喜烟村分歲酒，竚看沙岸漾春波。日邊雲樹鄉心切，海内關山轍跡多。昔尚黄童今白髮，等閒六十六年過。」「倥偬雪夜及霜晨，又見桃符萬户新。亂後生涯悲瘠土，歲除風物感羈人。衰遲祇恐君恩負，閱歷方知宦味辛。忙日常多閒日少，此身贏得作勞薪。」後署：「甲戌正月九日，晤朱約齋老友于滁州郵廨，録此詩奉正，可知别來情抱矣。」即此可想見其清風亮節矣。第所謂約齋者，不知何人。

劉石菴中堂墉，立朝五十餘年，侃侃大節，中立不倚，奚啻包公再見。惜其吟咏不可多得。兹得其贈日者、相者二章，已足覘風槩矣。《贈日者》云：「小點從來是大癡，紛紛六合又三奇。人間富貴誰偏有，天上星辰爾獨知。何事一身還作客，更憐八口亦長饑。鴉鳴雀噪原無過，載好其音且聽伊。」《贈相者》云：「把鏡回看便了然，底須骨相問流年。祇應鬢雪將人老，那得心光伴月圓。媿我支離形似鶴，笑渠落拓酒無錢。春風楊柳長河路，認取誰儂待唤船。」

陳亦韓諱祖范，常熟人。以經學名世，不多作詩。有《舟過桐城》一絶云：「雲水和烟淺作春，微風掉破碧粼粼。彌天險手高人筆，如此村墟大有人。」爲歸愚宗伯所劇賞。

吾六楊子蘭如爲諸生時，傲兀不羈士也，而亦和易近人。余自丁酉春始與訂交，越甲辰，八載過從，如飲醇醪，久爲心醉。後由庶常改儀部洊陟東藩，服官清正，綽然有古名臣風節。旋因同官移累獲譴，癸酉由古北口回里。有《奉命放歸紀恩》一律云：「百花千草自離披，留得衝寒冒雪枝。世上春歸多再到，天邊月缺不常虧。明知是事都如夢，未免浮生没了期。寬詔數行來日下，羈臣何以答恩慈。」《呈别兩都院》云：「四年蹤跡落塵埃，子美干間廣厦開。每到花時青鳥過，不愁酒盡白衣來。帳中虎旅擐如練，化外烏桓震若雷。盛府也參僚佐列，受知深處愧非才。」《留别諸同事》云：「友朋聚首最難忘，况是筵收局罷場。老矣吾生何所冀，勉哉公等尚能强。落花雖自隨茵溷，鳴鶴終教麗鳳凰。翹首丹霄雲路近，重承恩紱繼龔黄。」《宣化西太守》云：「巖疆借箸仗賢勞，十屬風光化理操。一障乘邊朝按部，五辭對簿夜焚膏。徙魚不用張弓矢，買犢何妨解劍刀。課最定邀明主鑒，芳銜新列御屏高。」《萬全孟明府》云：「賢名滿耳碧波清，何用謏詞説政成。潘令有花隨處插，孟嘗無客不心傾。虎狼部静鳴琴化，雀鼠風停課子聲。似我飄零同斷梗，頻年已感謝宣城。」《恩太史貴》云：「使君才調本翩翩，入洛機雲正妙年。蓮燭夜歸宫漏永，花磚日暖彩毫鮮。瀛洲東望人如玉，香案西偏吏即仙。老我頽唐雙鬢改，雪鴻猶自話前緣。」《書院生童》云：「我本江南一腐儒，好風吹引到蓬壺。高談經濟遭時謗，論定文章返故吾。好我可知緣有舊，同心差幸德非孤。後先蘭桂亭亭茂，不枉程門立雪趨。」《詹鴻臚英》云：「家近龍眠百里餘，不曾親訪子雲居。何期塞北鸞飄日，正值天南鴈到初。蓉幕春深觴醉月，樹根秋老案攤書。同心幸有蓬萊友，他日聯行耀錦裾。」蘭如在東省以方伯護理撫軍，解組時山東觀察張公彤贈句云：「身如壁立空依傍，笑比河清見性情。」三十載循聲宦績，洵足彪炳旂常。

壬申秋仲，余在丁時齊署中，見掌科丁鏡山先生手録詩册《歸田雜詠》五律十首。《初抵皖城》云：「廿年客京雒，老至返江津。坊市多新第，親朋半後人。敢誇衣著錦，差喜菜嘗蓴。道左昔相識，驚看髮已銀。」《登大觀亭》云：「客棹才停岸，排雲上此亭。曉江浮鑑白，秋嶂入窗青。爽氣挹寥泬，忠魂懷窅冥。余忠宣公墓在亭畔。故鄉萸節近，高會好重經。」《方伯王岷軒前輩招飲》云：「維藩勞績懋，式燕逸情酣。裙屐兼朝野，炰羹間北南。清歌徵李衮，舊事感何戡。時有長安舊伶于署中見之。忽憶柏臺侶，挑燈一一談。」《由皖城歸家途中即目》云：「匹馬出西郭，坡陀石徑斜。秋林初落葉，晚稻正揚花。湖嘴舊漁舍，山腰新酒家。吾廬行漸近，望裏皖公霞。吾家舊住皖公山之陽。」《抵家》云：「久客乍歸里，日斜秋滿林。庭階疑夢入，童穉訝賓臨。夜户見蠨網，晨窗聞鳥音。山松多手植，今已拂雲深。」《謁先王父墓》云：「若堂崇數尺，幾載缺粢酏。空博五花賜，可邀重壤知。孤碑蒼蘚合，荒隴白楊垂。回憶分甘事，臨風一隕洟。」《喜潛山令李生至生爲余壬午典試四川所得士》云：「蒿徑稀人跡，忽傳仙令來。閈門騶從擁，陋室蟻尊開。誼重晨興急，談深夕照頹。戴星殊立雪，起別漫徘徊。」《飲田家》云：「鄰叟具家醞，相邀追故歡。場堆紅穲稏，徑覆碧琅玕。布席臨溝隴，開窻對嶺巒。一杯欣勸客，試與話金鑾。」《題西蓮上人禪房》云：「傍郭尋幽界，穿林到上方。暗燈初祖座，新月遠公房。池古禪心浄，山空梵響長。菟裘營未就，時將卜居皖城。聊此寄繩牀。」《送五姪超北上》云：「朔吹吼枯木，歲寒辭故關。自憂身事窘，寧畏客途艱。密靄黄河岸，陰雲紫塞山。天邊語兒女，時二兒令武、清，合家俱在署中。白首一鷗閒。」鏡山送乃婿金蘭畦司寇光悌對聯云：「學問根深方蒂固，功名水到自渠成。」

本朝百八十年，查三元，止錢湘舲一人。趙雲松觀察贈詩有云：「累朝如君十一個，事蹟半在青史留。」「十一個」者，謂唐張又新、崔元翰，宋孫何、王曾、宋庠、楊寘、王巖叟、馮京，金孟宗獻，元王宗哲，明商輅也。合錢爲十二人。榜後假歸，雲松同諸先達公讌錢于未堂司寇第。出歌姬顧四孃侑酒，乞名于錢，錢贈以「霞娱」二字。雲松即席詩云：「緑酒紅燈紺袖花，江城此會最高華。科名一代尊沂國，絲竹千年屬謝家。拇陣頻催拳似雨，頭銜恰稱臉如霞。無雙才子無雙女，併作人間盛事夸。」可謂昇平佳話。近日皖桐簪纓纍纍，獨無殿元，誠屬憾事。嘉慶甲戌，龍錦珊汝言以第一甲第一人，前此兩應召試，俱蒙擢取壓卷，故龍鐫章有「欽定三元」四字，更屬千古罕見。兹録其《戊辰西巡行在應試有即事舊作》云：「舉頭見白日，晴光正熙恬。既以曜華屋，豈不暄窮簷。寒梅在深谷，孤芳若藏潛。高枝一蒙照，藹此春暉添。匪無向榮意，欣欣復何嫌。冉冉叢生蘭，擢秀窮崕垠。和風汎其際，甘雨沃其根。栽培久且篤，緑葉紛以繁。當春氣初馥，芬芳良獨存。何不披榛莽，採此置軒庭。」

歲乙亥春，蘭如方伯薄遊楚北，與張中丞映漢聚首兩月。張本渠甲辰同年，致相得也。兹記其《留別張公詩》云：「早年索米聚長安，別久重逢各鬢斑。出壑閒雲千里至，當空卿月萬人看。花開晚節香逾遠，樹種甘棠憩自寬。握手未幾分手去，大江東望路漫漫。」「關心舊雨代持籌，如拜香山萬里裘。涸鮒已蘇江漢水，登龍勝躡岳陽樓。欣聞湖上歌新政，時正勸捐粥賑。愧向人前說故侯。烏戀高枝難別去，祝公移督向瓜州。」張公和云：「雙魚數數問平安，此日相逢握手歡。往事思量渾似夢，十年鬚鬢各羞看。蒼生未許東山卧，聖澤於今渤海寬。別後尺書休懶寫，鴈鴻不阻水雲漫。」「本乏王戎持算籌，布衣無意羡文裘。稻粱未飽哀鳴鴈，撫字羞登清德樓。謀婦猶藏桑落酒，與君且作醉鄉侯。山東往歲兵兼旱，聞道人懷元道州。」

張中丞又題云：「蘭如同年前三日以詩惠贈。連朝簿書紛紜，未暇文事。今早起來，夜雨甫歇，廳事寂然，謹依韵奉酬，兼寄一絶。詩云：『細把君詩讀，熊熊李杜光。韵中五個字，窘煞老江郎。』」

諸暨傅莫菴學沆，雍正乙卯鄉闈已擬元矣，後主司得他卷，欲置第二，本房力爭不可，曰：「寧使異日得元。」因而遺之。直至乾隆癸酉浙闈，始獲領解，年已六十一矣。越丁丑，下第南歸。《潞河舟中即事》詩云：「柳色蒼茫黯潞河，南舟歸路客愁多。年華自笑三遺矢，意氣何堪再倒戈。一色晚霞排雁字，半船涼月落漁蓑。從今有錯應須鑄，莫道簪纓勝薜蘿。」其歸老之志已決矣。《贈陶式南》云：「四壁生涯數卷書，倦遊無地曳長裾。罷羅破碎籃輿賣，五柳門前自釣魚。」想見高人風味。

遂寧相國張文端公鵬翮，居官伉直，務持大體，有古大臣風。其詩皆從肺腑中流出。爲吏部尚書時，有《自嘆詩》云：「謬忝銓衡愧此官，白頭垂老息肩難。思親惟有哀年淚，獨寢無如旅夜寒。鬢爲憂民催作雪，心因補過鍊成丹。天恩若許陳情去，菽水承歡也自安。」忠厚悱惻之情，溢于言表。

先輩黄硯亭本田爲州名宿，由丙戌進士任淮安教授。歸病，年餘棄世。歙邑張古井冰以詩輓云：「捽碎牀頭七尺琴，天涯從此乏知音。一千里客風塵老，三十年交氣誼深。把臂每憐詩外趣，剪燈曾話酒邊心。汪汪雅量難重見，鄙吝愁生又自今。」「大厦將傾隻手扶，同根兩世一身孤。含哀籲請旌雙節，發憤雄思敵萬夫。策獻金門高蕊榜，聲傳木鐸振蕭湖。歸來幾度同吟醉，忍過殘陽舊酒罏。」「經年一榻卧維摩，銷減豪情廢嘯歌。擬弄曾孫娱晚景，難求丹藥起沉疴。秋心到此悲吾友，春夢從教唤阿婆。我亦頽齡行自念，病貧而客奈如何。」「召赴修文又及公，文心久信擅雕龍。兩江藝苑推名宿，一代詞壇失正宗。盤膾餘香齋苜蓿，鏡昏殘夢冷芙蓉。鳳毛濟美如林立，含笑雲霄絶懊儂。」後黄次子中庚寅鄉試，長亦膺拔萃科。

癸卯秋試，余同王鏡田作謀、黄星槎海秦淮攬勝。王成竹枝十首，僅記其一，云：「碧水弓彎逶畫檐，扁舟緩蕩酒頻添。一聲檀板輕敲處，十里紅樓盡啓簾。」黄笑曰：「古有趙倚樓，今可稱王啓簾矣。」後十載甲寅，王鄉闈獲雋，爾時例行覆試，鏡田由姑孰赴省。兄己亥孝廉秋崖公振鏞時在病中，猶賦二絶，云：「廿載青衫意已闌，而今始得慶彈冠。撇開席帽西風苦，重把秦淮仔細看。」「吟鞭遥指石城東，紅樹秋風驛路中。待得鴈行歸故里，春光兩兩到南宫。」越日，竟成絶筆。秋崖曾贈黄蘭圃廷珍《新疆省親》詩，云：「風烟黯淡促征輪，絶塞寒銷旅客魂。祇爲八荒歸正朔，不辭萬里奉晨昏。龍沙雪暗關山路，刁斗聲清月夜屯。莫慮投荒羈驥足，君恩行見出都門。」黄省親三次，卒邀恩奉親歸。

嘉善錢公名枚，戊申孝廉。有《題孟廟詩》云：「楊墨風交煽，儀秦辨復騰。斯文天未喪，夫子道相承。浩氣中能養，微言絶更興。齊梁無地主，周孔有雲礽。功業專同禹，經綸小試滕。介應班柳下，醇自過蘭陵。七國知矜式，千秋肅豆登。秩宗昭祀典，廟貌仰觚稜。畫壁前朝古，豐碑歷代增。巖巖泰山色，相對各崚嶒。」錢旋中癸丑進士。

霍山令潘公際雲，過鄒縣謁孟廟，亦有句云：「性善何人溯本原，心傳洙泗有淵源。獨明王霸分途遠，首闡春秋大義尊。抗志不居夷惠列，憂懷空向魏齊論。嶧山高與東山近，自信聞知接聖門。」二君詩皆函蓋一切，工力悉敵，凡作孟廟詩者，皆不能及。

潘著有《清芬堂集》。有《四十自述》二首，云：「閒身祇合伴烟蘿，回首流光歎逝波。每隔三年長若此，便令百歲欲如何。辭家秋燕悽惶慣，半老春蠶吐棄多。縱有雄心當酒後，不堪華髮已婆娑。」「吟詩門酒復年年，落拓襟懷祇信天。中歲漸多兒女累，少時空有父兄賢。秋風夜葺臨江屋，春雨晨耕負郭田。抛却軟紅塵夢裏，讓他群季著先鞭。」《庚申聞弟恩簡中式志喜》云：「青燈與爾共窗前，且喜名場早著鞭。寒士開懷惟此日，老親屬望已多年。五更風雨三條燭，一卷文章萬選錢。同上公車春色好，帝京紅杏正芳妍。」又《乙丑館選假歸自述》云：「去年乞假出長安，寂處江村歲月寬。兼愛異書兼愛酒，不成寒士不成官。詩如好鳥鳴春易，身似閒雲作雨難。祇有懷人倍惆悵，落花風裏畫憑欄。」又《慰三弟榜後南歸》云：「盼過春闈復杳然，命宫磨蝎嘆迍邅。但須楮待三年刻，終見珠能九曲穿。鵠偶退飛風力後，鶴當養翮月明前。夜燈書味寒窗永，我亦公車六次連。」

又《五十自述》云：「長安猶記看花開，綰得銅符下縣來。中歲功名魚上竹，頻年辛苦馬銜枚。浮沉自笑三生業，奔走人誇百里才。兩鬢蒼蒼已如此，斑衣奉母酌春醅。」「敢云雅化學文翁，漸聽絃歌處處同。常念載舟民若水，莫誇偃草爾惟風。對人自覺衷腸熱，作吏休言閱歷工。願比陽城書下下，眼前百姓盡疲癃。」「流鶯已占最高枝，瞥眼春光正及時。對我遠山青似黛，宜人細雨白於絲。民安耕釣風猶古，官愛聲名政可知。桐影滿庭書滿架，由來儒吏本如斯。」「何必官租比户催，忍將民命等蒿萊。考成任列上中下，宦況不忘歸去來。小有餘閒猶覓句，乍逢知己亦銜杯。鏡中白髮垂垂老，迴首神山風引回。」「手板迎官大道旁，五更顛倒著衣裳。鳶肩火色看人貴，馬足車塵笑我忙。客舍杏花紅出屋，書齋薜荔緑沿牆。閒來校士西窗下，猶有風吹翰墨香。」「問舍求田計總非，不如息轍早知幾。何人宦海能回棹，羨彼柴門但掩扉。好鳥聲聲鳴雜樹，落花點點拂春衣。角巾漉酒平生願，倦羽于今已厭飛。」又《縣試》云：「東西列號燭花明，扃户分題正五更。乍考名心從此熱，得官書味較前輕。冬初天氣同秋令，淮北文風雜楚聲。我已舉場經歷慣，吹毛何必過求精。」「咿唔燈下稿初成，總角諸童盡俊英。憐爾未知場屋苦，愧余曾到玉堂清。甲科本是寒儒分，文字當思後世名。目謎寶山休見誇，焚香静夜有公評。」

鐵冶亭侍郎保，號梅菴，有《庚申元旦年四十有九自咏一絶》云：「立功立德願雙違，瞥眼流光去似飛。四十九年無箇是，更從何處驗知非。」又《總督漕運紀恩二首》云：「千里艟艫轉運難，持籌誰解聖心殫。祇承天語初銜命，再拜丹書又改官。八省軍儲資遠略，一時國計委儒官。欲清流弊無長策，良法還宗猛濟寬。」「駐節枚皋舊宅東，淮陰市古尚遺風。輕寒梅蕚迎春早，薄俗椒花獻歲同。百辟政清知宦樂，三江賦減見年豐。何時更濟丁民飽，快睹飛芻雨一篷。」

又《辛酉五十言懷》云：「星星華髮上朝簪，五十年光幾醉吟。一事難償惟筆債，半生未懺是名心。拘墟漫問千秋業，倔强終輸百鍊金。快説壯遊名勝地，枚皋宅傍古淮陰。」「漫作幽燕老將看，卅年前已笑登壇。學疎每咎科名早，任重方知富貴難。未起樓臺供笑詠，多栽桃李徧寒酸。官分中外無殊味，消得磨人墨一丸。」「清茶談話幾幽盟，不覺高歌歲又更。多病未嘗遊宦樂，善忘每悔讀書生。散衙久曠消寒會，垂老偏增餞歲情。稍喜編成桑梓集，十年心事答承明。」「淮甸風清偶建牙，敢將爛醉作生涯。老懷對月難勝酒，久客逢春怕見花。縮項鯿多常入饌，長腰米好不須賒。百年强半叨温飽，合有新詩謝歲華。」

又《内子得天寒人影瘦之句遂率成之》詩云：「一夜霜威肅，蓬窻風怒號。天寒人影瘦，水落月輪高。遠浦沉漁火，孤鐙擁絮袍。笑看小兒女，穩睡放輕篙。」逼真，格律精嚴，氣味渾穆。門人許君鯉躍，信非阿所好云。

丹徒王夢樓侍講文治出守臨安，有《六十自壽》詩，云：「六旬彈指過雲烟，興到初吟自壽篇。身謝萬緣由早退，眼高千古爲通禪。年惟隨分何須假，福已逾涯不在全。好煞瀟湘對明月，須知屈賈未華顛。時客長沙。」「少年孤露泣飄蓬，豪氣生於徹骨窮。匹馬燕京走塵土，横槎滄海溯鴻濛。屋書乞字金樽緑，琉球呼其國王之稱。若秀憐才玉頰紅。貴公子之善歌舞者。奇絶茲遊千古少，至今回首大瀛東。」「嗚梢聲動曉光初，濡墨淋漓上玉除。何意爰居近鐘鼓，深慚鵷鷺點樵漁。貧交特爲文章厚，懶性多嫌禮法疎。自顧華簪原不稱，東籬非是愛吾廬。」「親民有旨選儒臣，萬里遥行六詔春。飯豆羹藜貧太守，支風借月老詩人。自甘宦海輸他巧，偏是蠻鄉愛我真。三載皇恩歸五馬，江湖從此乞閒身。」「應共西湖結契多，五年常住水雲窩。桃含宿雨蒸爲霧，桂引香風釀作波。故友餽金勞致問，門生載酒數相過。閒來自製銷魂曲，笑遣紅兒月下歌。」「千尋泰華穿雲出，四扇潼關向日開。同甲故人持節在，一時名士裹書來。唐陵剪草尋碑板，杜曲看花舉酒杯。乘興洮河還策馬，長城萬里暮徘徊。」「多生知是打包僧，腰雪無從叩上乘。婚宦積塵憑病洗，文詞結習與年增。身攖金網幾三匝，眼障紅沙只一層。一自導師傳海印，洪鑪鎔盡玉壺冰。」「漠漠烟霞渺渺情，端居何必説逃名。頻年蹤跡依山寺，明月生涯付水程。事到過來方悟險，路當難處輒成平。華胥大夢何時覺，爲報晨鐘且莫驚。」

袁簡齋《八十自壽》十首云：「自笑將開九秩筵，輓詩翻在壽詩先。剛修禊事傾三雅，再宴瓊林欠四年。瀟灑一生無我相，逢迎到處有人緣。桑榆晚景休嫌少，日落餘霞尚滿天。」「白雲深處白頭翁，尚記髫年入泮宫。賈誼當朝纔弱冠，趙元叉手揖三公。金蓮花燭家家羨，南國甘棠樹樹紅。一旦慈烏思反哺，摇鞭不待管絃終。」「買得青山號小倉，一邱一壑自平章。梅花繞屋香成國，修竹千雲緑過牆。壁嵌玻璃添世界，燈張星斗落池塘。上公誤聽園林好，來畫雲鴻舊草堂。」「卅載承歡鬢已星，萊衣舞罷此身輕。千重越嶺看山去，兩度天台採藥行。倭國都來購詩稿，佳人相約拜先生。九州不信吾還在，總説陽休古姓名。」「甲乙丹黄萬卷餘，兒孫珍重好家居。但看手澤應思我，莫爲科名始讀書。平子四愁無我分，香山三泰有誰如。此翁事事安排定，生塚營成傍草廬。」「欲爲遲郎賦感婚，即將此日卜良辰。蟠桃會上看新婦，玉鏡臺前祝大椿。白髮粧成三女粲，好風吹滿一家春。畫梁乳燕雙飛處，添箇堂前問字人。」「一枕黄粱夢太長，憑人唤醒亦何妨。烟雲起滅山還在，桃李榮枯松自蒼。不解臯盧呼彦道，愛藏金石學歐陽。竇公他日西河召，擬獻周官樂幾章。」「逢花逢月客誰招，碩果晨星逐漸凋。影逝陸機增感慨，耽遊列子且逍遥。牡丹艷艷開三月，盛世看看歷四朝。若把光陰掄指算，占人多少可憐宵。」「閨中妻老尚齊眉，冷暖常先侍者知。同榜一人惟首相，及門五代見孫枝。詩多幸賴休官早，累少全因得子遲。更喜女嬃還健在，白頭閒坐話兒時。」「尚書小楷尚登樓，滴露研硃事未休。清福已經消半世，虚名遑敢望千秋。貧能行樂仙應妬，老不逃禪佛亦愁。擬乞壽言何處乞，抽毫先向自家求。」一云：「却笑衰翁也知足，明年無復出山遊。」一云：「杖過杖朝無可杖，思量只好上天游。」

又《八十壽詩有未盡之意再賦四律》云：「自家心要自家安，身自頹唐墨未乾。海客忘機鷗便狎，龍門不峻客常懽。孟嘗焚券除煩惱，蕭惠栽楊總達觀。只有平生幾知己，衰年説着淚猶彈。」「不能飲酒厭聞歌，革帶常寬懶著靴。那信陰陽有拘忌，祇憑忠信涉風波。空王殿上香烟少，故友墳邊麥飯多。奴僕亦知安我拙，相隨都已鬢皤皤。」「置驛南陽我不如，客來相見定相於。喜除詩外從無債，愛聽泉聲似啓予。十頃水田生計足，四時風月夜窗虚。何圖將相沙場上，萬里馳書訊起居。」「着到飛棋興偶然，無絃琴好亦空懸。家餘旨蓄鄰分潤，園少墻垣賊見憐。一物有情皆入賞，半生非病不孤眠。休提往日輿人頌，風影訛傳五十年。」一時和作林立，余獨心欽吴門女子席君佩蘭作。席乃常熟孫子瀟先生室也。

子瀟先生諱源湘，鄉、會均列第二名，余弟乙卯同年也。與席詩才俱清妙。聞其丙辰春闈，闈中唱和，竟誤試期。《前癸卯京兆慰外落第》詩云：「君不見，杜陵野老詩中豪，謫仙才子聲價高。能爲騷壇千古推巨手，不待制科一代名爲標。夫子學詩杜與李，不雄即超無綺靡。高唱時時破碧雲，深情渺渺如春水。有時放筆悲憤聲，腕下疑有工部鬼。或逞揮毫逸興飛，太白至今猶未死。豐兹嗇彼理或然，不合天才有如此。今春束裝上長安，自言如芥拾青紫。飄然幾陣鯉魚風，歸家依舊青衫耳。囊中行卷錦繡堆，呼燈轉讀紗窗底。燕晉山河赴眼青，春風秋月藏詩裏。人間試官不敢收，讓與李杜爲弟子。有唐重詩遺二公，况今不以詩取士。作君之詩守君學，有才如此足傳矣。閨中雖無卓識存，頗知乞憐爲可耻。功名最足累學業，當時則榮殁則已。君不見，古來聖賢貧賤起。」《望外逾期不歸》

云：「記得扁舟放槳遲，殷勤問取早歸時。忽看紅樹青山影，已負黄花白酒期。情重料非言惝恍，愁多莫是病支離。一緘手寄難憑准，豈是橋頭賣卜知。」《喜外竟歸》云：「曉窗幽夢忽然驚，破例今朝雀噪晴。指上正輪歸路日，耳邊已聽入門聲。縱憐面目風塵瘦，猶覩襟懷水月清。好向高堂勤慰問，敢先兒女説離情。」後爲隨園女弟子，袁疑或郎君代作。一日拉孫外出，往吴竹橋太史處小飲席，日未暮即贈三律，云：「慕公名字讀公詩，海内人人望見遲。青眼獨來幽閣裏，縞衣無奈辦粧時。蓬門昨夜文星照，嘉客先期喜鵲知。願買杭州絲五色，絲絲親自繡袁絲。」「深閨柔翰學塗鴉，重荷先生借齒牙。漫擬劉公知道韞，直推徐淑勝秦嘉。解圍敢設青綾障，執贄遥褰絳帳紗。聲價自經椽筆定，掃眉筆上也生花。」「南極文昌應一身，幸瞻藜杖拜星辰。一編早定千秋業，片語能生四海春。詩格要煩裁僞體，畫圖敢自秘丰神。問公參透拈花旨，可是空山座下人。」蓋佩蘭時以小照屬題也。又《曲阜詩》云：「杏壇教育至今長，禮讓雍容自一方。道氣尼山瞻藹藹，金聲泗水聽湯湯。冕旒貴且臨天子，巾幗卑難拜素王。他日歸家誇弟妹，也曾親到聖人鄉。」其《和簡齋八十自壽元韵十律》云：「獨占文壇翰墨筵，九州才子讓公先。曾遊蓬苑真名士，愛入花叢老少年。萬里去看山不厭，一生除與酒無緣。古來誰似先生達，三十休官白樂天。」「小謫瀛洲玉局翁，繁華早醒大槐宫。腰惟暫折師陶令，冢已生營傍謝公。花燭人看並頭白，瓊林餅待兩番紅。恰如重演梨園劇，正好登場曲未終。」「金石搜羅富五倉，山房日日費平章。花香每伴書登案，詩句常隨月上牆。避俗客來迂竹徑，彷西湖意闢池塘。名園占却千秋勝，不數橋西舊草堂。」「海内知交落落星，乘舟訪戴獨身輕。西清才子原天謫，南極仙翁却地行。白首還家如寓客，金釵換酒有門生。得公占盡文人福，始覺蒼蒼不忌名。」「點鬼搜神總技餘，文如奇貨賈爭居。人疑陽五前朝士，客購香山近著書。瀟灑風流今未老，聰明福分古誰如。門前問字知多少，立滿袁安雪一廬。」「六十生兒八十婚，阿翁生日是良辰。桃花恰對盤根李，萱草猶纏合抱椿。香茗一編爲贄禮，掃眉寸管祝長春。隨園衣鉢今誰繼，婦替佳兒作替人。」「脱却朝衫野趣長，儒林循吏兩無妨。官聲五十年猶好，詩卷三千首未蒼。愛士群真空冀北，種花人竟老河陽。白頭小吏應相識，曾乞張顛判幾章。」「仙鳧到處萬人招，願識朱顔老未凋。童子亦知迎竹馬，公卿争喜解金貂。官無内外推前輩，集有詩文冠本朝。休道夕陽紅欲盡，奎星如月炤通宵。」「六朝山色展雙眉，花發常輪蝶得知。野外經綸前令尹，閨中文集女連枝。十年作宦休何早，萬事先人子獨遲。天意定教公食報，蒼梧會見阿憑時。」「文心彈指見瓊樓，自叙平生筆未休。習鑿齒名傾四海，魯靈光殿著千秋。論閒可敵公卿貴，比壽應教李杜愁。一管江花常不死，還丹何必海山求。」

簡齋祖名錡，字旦釜，邑庠生。幕遊豫之鞏縣，曾八試秋闈不遇。有《五十自壽·沁園春》二闋云：「自壽三杯，仰天稽首，屈指徘徊。嘆一經糟粕，挂名入泮，八場傀儡，逐隊登臺。漸漸消磨，人生老矣，富貴功名安在哉。休傷感，且搜尋禿管，别作生涯。　　傭書事屬吾儕，權混迹、籓籬學賣獃。任紆青拖紫，名齊山斗，論黄數白，富比長淮。與我無干，事皆前定，何苦攢眉不放開。與君約，在醉鄉深處，不飲休來。」又云：「自壽三杯，從今客邸，追數年華。憶金燈縱飲，呼盧喝雉，雕鞍馳射，問柳尋花。此興非遥，廿年前事，倏忽皤然老缺牙。憂來處，把唾壺敲缺，羯鼓頻撾。　　幾年浪迹天涯，若個是、狂夫不憶家。看零丁弟妹，睁睁望我，嬌柔兒女，悄悄呼爺。恨不乘風，飄然歸去，可奈關河道路賒。黄昏後，問有誰伴我，數點寒鴉。」讀之機趣横生，得未曾有。又吴江布衣徐靈胎有《刺時文》調云：「讀書人，最不齊，爛時文，爛如泥。國家本爲求賢計，誰知道，變做了欺人技。三句承題，兩句破題，擺尾摇頭，便道是聖門高弟。可知道三通四史是何等文章？漢祖、唐宗是那一朝皇帝？案頭放高頭講章，店裏買逢時利器。讀得來肩背高低，口角嘘唏，甘蔗渣兒，嚼了又嚼，有何滋味？孤負光陰，白日昏迷一世。就教他騙得高官，也是百姓朝廷的晦氣。」近又得錢塘韓朝衡有《翰林改部曲》四齣，蓋夫子自道也。韓後仕至廣東惠潮道，却寫得情景如繪。其一齣云：「幾曾見傘扇旗鑼紅黑帽，叫名官却從來不坐轎。只一輛破車兒代腿跑，賸有個跟班的夾墊馱包，傍天明將騾套。再休題遊翰苑三載清標，只落得進司門一聲短道。」二齣云：「大人的聰明洞照，相公的度量容包，小司官登答周旋敢挫撓，從今那復容高傲，少不得講稿時點頭播腦，説堂時垂手呵腰。」三齣云：「公堂事了，拜客去西頭路須先到，借債去東頭路須親造，亟歸家柵閉溝開沿路繞，淡飯兒剛一飽，布被兒剛一覺，怎當得有个人兒細把家常道。」四齣云：「道則道，非絮叨。你清俸無多用度饒，衛門裏租銀絶早，家人的工食嫌少，這一口破鍋兒等米淘，那一隻寒鑪兒待炭燒，且休管小兒索食傍門號，怎當得這啞巴生口無麩草，况明朝幾家分子，典當了没絲毫。」韓謂用牡丹亭末齣曲調，未知的否。又順治丁酉南闈榜後，士子就本題製《黄鶯兒》曲，云：「命意在題中，厭貧儒，喜富翁，詩云子曰皆無用，切磋琢磨枉用功，其斯之謂方能中。來往關節通，告諸公，原來子貢貨殖是家風。」不料是曲遂同《万金記》流布禁中，考試官二十二人俱膺顯斥。主考爲遂安方猷、仁和錢開宗。《万金記》以「方」字去一點，「錢」字去邊旁。其中式者亦半有黜落。惟馬章民世俊、張素存玉書等四十餘人，俱各無恙。余高祖九彰公亦于是科獲雋，故余家知之最詳。九彰公房師葉公名楚槐，湖廣黄岡人。曾賦有絶命辭，亦自經。葉乃崇禎壬午科舉人，任山陽令。

古來閨秀多才，出于大家者甚少。錢塘葉方伯佩蓀前後兩夫人、兩女公子、一兒婦，皆擅吟詠。元配周夫人映清《甲戌禮闈聞捷》云：「雙眉欲展意猶驚，起聽銅鉦屋外聲。不惜雕梁驅乳燕，泥金帖子掛題名。」「秦家上計動經年，閨夢何由向日邊。今日離情暫抛却，知君身到大羅天。」《令阿緗入學》云：「低鬟憐阿姊，與汝亦齊肩。且令抛鍼線，相隨共簡編。雙行知宛轉，坐咏愛清圓。試看俱成誦，今朝若个先。」《春蠶詞》云：「蠶生戢戢滿庭隅，但願蠅無鼠也無。大婦裏鹽呼小婦，前村趁早聘狸奴。」「典衣買葉不論錢，要趁晴明乍暖天。却似靈和殿上柳，春來三起又三眠。」繼配李夫人含章《刺繡詞》云：「朝繡長短橋，暮繡東西嶺。生不識西湖，道是西湖景。」「羅稀不受針，縑密不容線。繡好有人知，繡苦無人見。」《長沙節署感賦》云：「廿年咏絮鳴環地，今日隨君幕府開。時外署中丞事。畫閣乍迎新使節，春風猶憶舊粧臺。殊恩象服慙難稱，遺愛棠陰待補栽。聞道江城輿誦美，如冰檗令又重來。」夫人蓋湖北巡撫鶴峰先生女也。《題李白詩後》云：「千仞翔孤鳳，高歌一代中。在天猶被謫，入世豈能容。瞻落高驃騎，恩深郭令公。再回唐社稷，諸將莫言功。」又《咏始皇》云：「車載轀凉山有鬼，舟行縹緲海無仙。」《常州道中》云：「路已近家翻覺遠，人因垂老漸知秋。」《慰兩兒下第》云：「得失由來露電如，老人爲爾重踟躕。不辭羽鎩三年翮，可有光分十乘車。四海幾人雲得路，諸生多半蠒潛魚。當年蓬矢桑弧意，豈爲科名始讀書。」其女公子令儀《春陰》云：「碧窗人起怯春寒，小立閒庭露未乾。墻外杏花階下草，引人長倚碧闌干。」《初夏偶成》云：「躑躅花開暮雨餘，送春天氣此幽居。棋枰半取殘箋補，詩草時尋退筆書。節序關心殊苦樂，韶華過眼有乘除。年來怕上蘇堤望，愁見垂楊緑映裾。」其長媳爲陳句山先生之女孫。《寄外》云：「弱歲成名志已違，看花人又阻春闈。兩上春官皆迴避。縱教裘敝黃金盡，敢道君來不下機。」「頻年心事託冰紈，絮語煩君仔細看。莫道閨中兒女小，燈前也解憶長安。」《春日信筆》云：「軟紅無數欲成泥，庭草催春緑漸齊。窗外忽聞鸚鵡說，風箏吹落畫檐西。」《春園偶賦》云：「賣餳聲裏日初長，春滿閒庭花事忙。樓外軟風鶯夢暖，籬邊疎雨蝶衣凉。碧桃重似垂頭睡，紅葉殘如半面粧。看盡韶光應不倦，題詩長倚小迴廊。」次媳周星薇早夭，詩多散失。有《悼鸚鵡》云：「羽毛纔就慘奇霜，敲斷銀環恨渺茫。連日誦經知有意，昨宵說夢已非祥。緑衣原自藏金屋，丹詔何時下玉皇。應伴飛瓊充鳥使，綵霞深處任迴翔。」陳夫人有妹淡宜，亦工詩。有《都中寄姊》云：「鴒原分手隔天涯，風雨聯牀願尚賒。兩地空煩詩代簡，三春祇有夢還家。病多漸識君臣藥，別久愁看姊妹花。他日相思勞遠望，五雲深處是京華。」總何詩才萃于一門乃爾。

孫淵如觀察星衍，在雲南任內娶姬人王氏，名玉如，善畫工詩。後告歸金陵，王有《喜弟自滇至》一首，云：「既見翻疑誤，凝眸各審詳。九年雲出岫，一夕雁成行。別後滄桑換，途中歲月長。舊容驚半改，鄉語歎全忘。對月秋垂淚，聽猿夜斷腸。逢人問消息，覓便寄衣裳。剪燭心方慰，回頭意轉傷。

自余離故土，賴爾奉高堂。感逝餐應減，思兒鬢恐霜。弟能支菽水，妹可護温凉。聞已調琴瑟，曾無弄瓦璋。當年送我處，今日遇君場。彼此皆如夢，依依兩渺茫。」此詩置白傅集中，幾不可辨。

吾六楊介坪少廷尉，前由編修歷太常卿。甲子京兆試入闈。戊辰、甲戌兩校禮闈，得人最盛。詩亦金和玉節，大雅不群。兹録其《戊闈和陳石士侍御用光瑣闈即事元韵》云：「春深綺閣日初斜，閒步中庭數落花。品異輿臺難近俗，人如姊妹各宜家。早知緑野能移柳，莫向青門學種瓜。五色正迷真爛熳，絳雲一片認晴霞。」「十年樹木已成陰，新譜重翻續舊吟。滿徑風催啼鳥夢，隔簾人共惜花心。鶯能解語聲猶澀，桃本無言恨轉深。此日多情休悵望，好從嘉蔭結芳林。」將發榜時，收拾遺卷，又倒和前韵。句云：「晚風吹送鳥歸林，指點名花隔院深。落盡繁華空過眼，種成喬木本無心。紅沙作障迷新艷，白紵難抛動舊吟。不信文章真有價，中懷棖觸夕陰陰。」「五雲爛處燦餘霞，領取芳華日已斜。淡墨揮殘憐故紙，泥金飛去到誰家。知君有命空懷璞，愧我無權等繫瓜。惆悵東風何太急，一時吹盡滿園花。」

介坪甲戌本不願入闈，以乃兄吟蕉應試，恐致迴避也。乃以三月五日忽夢人以蟠桃來贈，醒時即悟桃乃十八之兆。及入場，果簽插第十八房，更爲奇驗。路鷺洲農部德時爲内收掌，先紀以詩云：「收拾葠苓入藥籠，却從鐵面識春風。餐桃驗取前宵夢，不數當年十八公。」姚伯昂太史元之，即爲補繪便面。同考諸人皆有題咏。達玉圃儀部麟云：「喜氣偏宜吉夢催，春深三月正花開。新陰待放桃先贈，早卜劉郎再度來。」孫少蘭侍御世昌云：「夢兆比夢松，樹人如樹木。春風着意栽，新陰看歲熟。」潘紅楂給諫恭辰云：「綏山一熟已輪囷，看到靈花第二春。他日元都觀裏過，合教唤作種桃人。」黄季侯侍御鳴傑云：「仙緣舊濕瀛洲雨，好夢重披棘院風。細酌天漿和沆瀣，齊看帝賚畫圖中。」姚鏡塘中翰學塽云：「瑶水崑墟西復西，漫誇棗核與山齊。何如吉夢成佳話，重到仙源路不迷。」陳石士侍御云：「十年樹木計如何，夢醒繁林感慨多。笑我更無前定夢，也同成數數芳柯。」是科每房應分十三人，而陳及介坪房皆僅得十人，因思桃字乃十人之兆，故石士詩云云。又朱虹舫宫允云：「長安笑踏軟紅塵，緑萼歡逢意倍親。爲種碧桃花幾樹，東風又阻問津人。」以吟蕉迴避不得應試也。

介坪又有《題朱宫允春闈分校圖》，紀事詳密，屬對工麗，洵屬一時盛事，共三十四韻。云：「北闕掄材日，南宫校士天。文章推吏部，大總裁冢宰章桐門公。理學重經筵。大司空周廉堂。桃李春官盛，少宗伯王蓮府。菁莪紫閣駢。閣學寶獻山。柯亭符斗宿，翰詹七人。柏府應文躔。科道六人。氣爲雲樓肅，程梓廷比部。詩從水部妍。汪小竹工部。鳳池看獨立，姚鏡海中書。蘭省更誰先。達玉圃儀部。品或稱雙璧，二姚二謝。名兼重八磚。翰詹出身者十六人。豫章三鳳耀，江西三人。皖水六鼇連。安徽六人。益信蘇程好，孫少蘭、姚伯昂爲中表兄弟。還聞裴李賢。黄季侯、謝駿生爲甥舅。皇華追昔詠，曾詹典試者六人。白簡羨重宣。曾膺分校者，六科道得其四。材盡東南美，十八房皆南五省中人。人多翰墨緣。滿漢監試皆翰林出身。誼關蘭譜篤，辛酉同年五人。情共玉堂聯。姓字收千佛，風流紀列仙。春華期並採，樗質愧懷鉛。」

芷江詩話卷三

古六許嗣雲芷江手编

浙江處州府，古括蒼地，山水清佳，而俗嫌樸野。雁宕山在縉雲縣。縣官訟堂時養雞豚，可笑之至。伊小尹太守湯安有句云：「彈丸小邑宰官分，四野誰歌痍纊温。山地畸零休論頃，人家三五便成村。清秋露冷猿啼樹，黑夜風號虎到門。利用厚生當務急，就中俗吏恐難論。」又云：「四面青山秋意早，一城紅葉市聲稀。」地界温之泰順，吾邑先輩黄荼村俞康熙間曾宰是邑，荒凉特甚。黄有《雜言》五章。云：「終日盤餐半甕虀，數椽茅舍苦依棲。亭無曲檻山爲壁，署有危樓石作梯。夜静人喧齊逐鬼，漏殘天曙罕聞雞。只緣性帶烟霞癖，收捲雲巒供滑稽。」「荒郊一望一凄然，水瘦山窮别有天。鵠面秋成猶乏食，鶉衣冬至尚無綿。杉皮蓋屋權當瓦，卵石堆墻不用磚。撫字何由登衽席，青燈挑盡未成眠。」「松聲鳥語日諠譁，不羡蘇門百萬家。田似石梯全靠嶺，堂如農舍亦稱衙。市頭每過生風虎，竈底常聞叫月蛙。獨坐匡牀籌富庶，可憐無地植桑麻。」「繁華自古説甌東，誰信羅陽破格窮。縱目荒城山叠叠，傷心鬧市草芃芃。秧芸喜集雲中雁，稻熟愁聞海上風。正在刈禾驚不定，前村傳語過飛熊。」「偶學披圖便愴神，遺民頭白半無姻。生童慙媿三千字，吏役蕭條四五人。斗室每虞侵雨雪，訟廷恒苦對頑嚚。自來不解遵王制，多士猶冠折角巾。」不知此刻風俗曾一變否。

吾郡吴邵菴太守永綏，蘇州人，蒞任六載，不務煩苛，與民休息，民頗安之。而歸志時露於謳吟。

《辛未秋咏署中盆菊》云：「此花真隱逸，未許俗人看。良會有知己，新栽供夕餐。幽情深似我，清景澹於官。對爾一樽酒，更闌興未闌。」一時同寅暨州人士和者甚多，余和四首，詩載集中。

州前輩夏公之璜，字湘人，號賓傳，又號考夫。義俠重於一時，詩才瀟灑健拔，氣骨亦復蕭森。《庚申從雅雨先生出塞留别同學》云：「此身無復繫高堂，萬里何妨别故鄉。豈以激昂思勵俗，但令忠信守吾常。眼從大漠舒逾闊，骨向堅冰鍊更剛。爲遜龍門千載筆，滿攜巨軸貯歸囊。」《途中對月》云：「撲面每逢風作惡，入懷惟覺月多情。」《塞外除夕放歌》云：「生平四十三除夕，半在皋城半笠澤。就中更憶六年餘，曾向淮陰作羈客。」「客中滋味倍親嘗，未覺他鄉異故鄉。盍簪列炬喧櫪馬，梟盧喝雉催飛觴。」「今年却走燕山道，但有黄沙同白草。晨星幾點毳房烟，萬叠荒山冰浩浩。」「男兒意氣本嵚崎，寂喧冷暖非吾知。穹廬一枕且酣睡，雪壓鬢眉惺自怡。」著有《橐中集》。膠州高西園鳳翰贈夏七絶，云：「傳筆能投事更夸，烏孫相伴走天涯。蘇門不少秦晁客，只喫龍團餅子茶。」蓋夏因盧文字之知，策馬隨行萬里外，孔體仁爲繪《軍臺負笈圖》，浙江學使雷翠廷鋐爲之傳。盧歸後，爲捐訓導一官，以報之，亦足見其高誼也。方貞觀有贈盧詩，云：「才比寇公饒學術，清如包老近人情。」後夏以庚子科，年逾八十，以優行入貢，欽賜舉人。故陳古漁毅有句云：「八旬鄉榜無消息，一紙天書有姓名。」

夏次子廷芳官沂州别駕，亦深于詩。《入山東境》云：「可堪津吏皆齊語，幸有舟人尚楚歌。」《合肥道中》云：「金斗南來初見山，問程百里近鄉關。」《春近》云：「忘形至雪猶存迹，有骨如梅可不香。」《感事》云：「才子何妨當世殺，美人但取一人憐。」《游龍門寺》云：「尚有山家遥吠犬，都無塵侶恰逢僧。」俱佳。

仁和倪春巖先生廷模，庚辰進士，兩任吾六，凡州試月課，皆躬自披點試卷。有鐫章曰「杏苑仙曹」，我輩多膺其識拔。曾記其《和夏寶翁八十自壽》詩云：「門庭如水欲張羅，老友頻來受益多。塞北直教投筆去，橋東不用杖藜過。三千白髮頭猶强，九萬青雲志未磨。聞説武陵遊有約，繫匏如我奈春何。」倪調去，有留别句云：「十里香風茶葉市，一堤春水桔槔人。」又云：「縱有淠河千尺水，情深不及六安民。」後以宦途蹇滯，官終安慶府同知。其嗣君本仁舉丁酉鄉試，後余權太湖學事，渠來掌院，時相過從。猶記其見贈有句云：「少我一齡鬚早白，知君辛苦爲功名。」

甲戌秋仲，白小山先生按臨吾郡，鑒别公明，尤喜獎掖寒雋。有蘇埠農家子程名朝陽，年十三應童子試，背誦經書，取經解第一，拔入州庠。科試即予食餼，賜以書籍法帖及四寶等物。紀以詩云：「長風蹴浪趁高秋，鯉角欣從鐵網收。於此得才成鼎足，就中定汝屬龍頭。揚華自有無雙譽，修業須争第一流。莫使聰明還誤用，壯夫意氣耻雕鎪。」並叙其在桐城得左生鳴岐，績溪得石生芝，皆甫十二齡，均之不可羈勒者。曾賜左生詩云：「春城花柳拂旌旄，選佛來將玉尺操。座上法憑獅子護，江東名讓虎兒高。巾箱小字都成誦，糠火寒窗豈厭勞。轉瞬秋風薦鶚鶚，還期爲解錦絲絛。」三生俱白撫軍送入敬敷書院肄業。

京江虞潤亭友光，甲戌來司賡颺院長，往晤，知爲大京兆鳴球公嗣君。京兆爲余兄慕軒太老師，故渠贈余詩云：「海宇誠寥廓，萍踪任往還。燕瞻伯氏範，六晤叔兮顔。晨夕頻相數，心情若是班。

鱣堂見二子，指點出塵寰。」時予二子鋭、鈉皆從受業，故云。後《暑中對月》又叠前韵，云：「明月淡如許，啁啾栖鳥還。占星心覸面，甚旱汗沾顔。劇羡故人子，能參折桂班。旌陽居絶勝，瀟灑是仙寰。」數日内閲邸抄，聞陝省邪匪滋事，更值荒歲，又《詠懷再叠前韵見寄》云：「脱却朝衫好，欣同倦鳥還。三秦近多故，大吏盡愁顔。屢畫飢民賑，頻聽戰馬班。何如偕好友，詩酒話烟寰。」虞係庚子進士，由助教出任潼關同知，來六時年踰七秩，而神明不衰。今觀三詩，老氣横秋，工力悉敵，余雖勉和，只班門弄斧耳。和詩有云：「科名成碩果，風采尚童顔。」又云：「敢期引兒輩，頭地出人寰。」虞爲首肯，詩存集中。

州先達關筱亭公篠，乾隆庚子舉人，官寶應教諭。爲人嚴重，詩筆俊邁。有《辛丑下第》二律，云：「微雲一抹雨餘天，秋水清漪好放船。去岸荻花明似雪，過橋松色翠于鈿。停橈遲客因沽酒，下第論文不值錢。歸去便須偕石隱，那知負郭已無田。」「得訣文章老益新，要知妙理在推陳。屈原既放吟山鬼，曹植多情賦洛神。顧我無才酬月露，問誰有筆引星辰。六經果足供驅使，餘子紛紛盡後塵。」又《送州廣文范仲愚肯堂回寶山》云：「橋邊折柳晚風餘，怊悵陶潛返舊廬。後會何時重握手，臨岐可爾暫停輿。馬嘶驛路寒雲重，舟泛龍江夜雨疎。解組林泉娱歲月，令人遥憶子雲居。」「江北江南道路難，碧天春樹暮雲殘。山中茗葉供清話，湖上蓴羹進晚餐。莕藻芬芳流教澤，圖書精雅稱閒官。新詩寫出簪花格，應抵明珠十斛看。」「十年友教愴離群，此去誰同理秘文。示我百篇羅萬象，及門諸子冠全軍。春風譚藝花初發，秋月依人色漸曛。浣手微吟留别句，寒梅數點淡香聞。」「湑水清流餞客觴，布帆遥指洞庭張。歲云暮矣衝風雪，歸去來兮蓺稻粱。鴻燕有聲催弱櫓，白雲一片接輕航。他年鄧尉山前過，定訪幽人入海鄉。」

余友程楠村秉銓歷任石埭、寧國兩邑司訓。才華豐艷，詩格高超，梓有《西湖》、《黄山》、《臺灣》、《大梁》等草，人亦風流自賞。兹録其《西湖歸舟即事》，云：「風定潮猶怒，扁舟萬頃中。葦翻殘日白，山浸落霞紅。秋色看如此，鄉心若個同。片帆歸去晚，泊浪捲長空。」庚申初夏，渠又自寫其《宿左君汝和園和蔡薌城九齡題壁詩》贈余，云：「一徑入蒼翠，松陰覆舊家。到門塵已斷，久憇興逾賖。泉瀉東山雨，香煎北苑茶。君謨題壁處，好句最堪誇。」「廿載思投轄，於今遂夙懷。喜多佳子弟，惜少舊朋儕。頓覺愁眉展，還將淚眼揩。狂歌增感歎，遑復問時牌。」今楠村與左君俱已謝世，絡誦遺吟，曷勝今昔之感。

庚申春仲，余在熙湖，下浣九日，李上扶先生聲清邀余同婺源黄公元、山陽葛公美同至東郊萬壽觀。桃林爛熳，泉石清幽。李公首唱二詩，持觥索和。葛以醉扶回，黄揮七古長篇，不能備録，惟余依韵率成，詩存鄙集中。兹録其原唱云：「向日枝頭錦浪横，到來蹊下倍欣榮。頻沾化雨如紅雨，忽訝熙城是赤城。露井烟霞濃復淡，春風鼓蕩送還迎。今番不比元都觀，勝會先傳萬壽名。」「東郊灼灼媚初晴，笑倚春風宛舊盟。迨吉如梅堪託興，無言似李較多情。剪紅不事題根葉，頮面群教賽琇瑩。莫逐楊花流水去，三三節近佐飛觥。」清和圓潤，大雅不群。李後官六合訓導。

壬子江南秋試，鐵冶亭宗伯過訪隨園，談讌兩日，唱酬極夥，洵藝林佳話也。兹得袁贈鐵七絶七首，云：「一自宣公知貢舉，秋闈事事總超群。試成便把關防撤，匹馬傳箋寄白雲。」「炯炯雙眸似電開，不辭辛苦爲憐才。六千生紙硃砂字，都是文星照過來。」「鹿鳴聽罷又雞鳴，到處雲山緩轡行。野老不知天使至，早從花外駐鳴鉦。」「冠飄孔翠一翎風，來看芙蓉萬朵紅。那及公門桃李好，此花身老水雲中。」「許折瓊林第一枝，陳郎路遠渡江遲。文昌雜録添佳話，追到倉山謁座師。」「榜發人争十日留，六朝風景足夷猶。三山二水皆文字，還要先生鐵網收。」「詩呈庾鮑筆鍾王，重叠頒來字字香。愧聆牙琴無以報，鍾期頭上鬢如霜。」

冶亭先生巳未之秋由盛京刑侍調任少宰，挈眷入山海關，艷臨榆海天之勝，輕騎往觀。至則車騎塞途，夫人已先公子望洋凝注，相視大笑。辛酉春，覓善繪華君號芙蓉山人者補圖誌，概得二律。云：「山川氣擁古臨榆，駐馬堪描望海圖。巨浸無從辨中外，壯遊有幾挈妻孥。茫茫雲影隨時變，點點齊烟入望無。我欲攜尊酬海若，長風萬里捲衣繻。」「登臨一笑接蒼茫，却喜元暉侍阿章。自古神仙攜眷屬，不妨山水入奚囊。閨中尚有觀瀾興，我輩寧無駕海方。好趁長河籌輓運，不須回首嘆望洋。」

又《和天長程禹山虞卿冬夜雜感原韵》云：「旅館凄清醉不眠，枯燈擁鼻興翛然。非非想落三千界，兀兀腸迴四十年。落拓詞場休論數，安排名士竟由天。江湖多少飄蓬客，若個能撑逆水船。」「天問無須叩渺茫，才人偃蹇幾心傷。文章莫救馮唐老，湖海誰悲阮籍狂。得失不關真理學，浮沉無準是名場。試看草野聲名貴，華衮榮輸薜荔裳。」「槎枒瘦骨一裘擔，獨夜誰憐草閣寒。杜甫才高猶夢白，孟郊詩苦尚依韓。黄塵十丈埋愁易，廣厦千楹蔽客難。我不冬烘君命蹇，空垂青眼背人看。」「相依袁浦又春暉，留客官衙欲解衣。千里驊騮看捷足，九天雕鶚待高飛。情懷卓犖存吾是，臭味參差與俗違。一語芻蕘堪聽取，窮途有淚莫輕揮。」蓋程以壬子闈中擬元數日，文已付梓，爲人所擯，故第三首末句云云。越十六年丁卯，禹山始舉鄉試。

雅雨先生轉運揚州，賢豪滿座。有少公子名謨，年未弱冠，氣宇峥嶸，名流咸以「小鳳雛」呼之。後二十餘年，家籍没矣。小公子飄泊無依，《上渤海公》二首云：「城旦餘生剩藐孤，十年飄泊到江湖。桐花久墮懷中羽，香飯誰抛屋上烏。踽踽葛衣留凍骨，栖栖蹇足耐征途。年來雞鶩同争食，不是當年小鳳雛。」「拂拭知誰眼獨青，褷褵弱羽許梳翎。量來碧海輸愁淺，嗅到黄粱感涕零。將毋誰憐棲逆旅，忍飢猶勉誦殘經。簫聲吹徹吴門市，敢望山陽舊雨聽。」

丙寅錫山蔣春山嘉爲余寫圖二幅，一爲《趨庭追慕圖》，一爲《椿陰課子圖》。一時題詠甚多，咸以丁時齋廣文四絶爲巨擘。云：「杏墻藜閣古香聞，千歲爲椿植自君。樵客笑將奇字問，慣聽叔重説經文。」「人之患在好爲師，喬梓傳經分所宜。照地參天鐘一撞，從容聲徹最高枝。」「琅玕點筆試蘭芽，舊學風流鄭馬家。老鶴在陰其子和，珠宫無樹不三花。」「睍睆黄鸝聽好音，瑶瑜秀發玉森森。峨嵋父子文章老，朗誦陽山松桂林。」

黄石牧太史官至中允，著有《香屑集》，人稱爲浦東才子。其佳句五言如《夏日》云：「蟬唱風爲句，魚梭水作絲。」《芭蕉》云：「日不紅三伏，天惟緑一菴。」《雪》云：「不雨濕一地，無風飛滿城。」《泊舟》云：「沙色黄雙履，雲陰黑半江。」七言如《菜花》云：「人緣紅紫千般别，蜂不炎凉一例看。」《玫瑰花》云：「生來合是依人命，從不容渠在樹看。」《柳花》云：「不宜雨裏宜風裏，未見開時見落時。風裊裊時難墮地，雪濛濛處不沾衣。」皆佳句也。

袁子才、蔣心餘、趙雲松，時人咸謂其互相標榜。子才題心餘詩云：「名動九重官七品，詩吟一字響千秋。」又題甌北集云：「集如金海自雕搜，滿紙風聲筆未休。生面果然開一代，古人原不占千秋。交非同調情難密，官到殘棋局可收。我倘渡江雙槳便，定來甌北捉閒鷗。」又《挽心餘》詩云：「君家花裏別君時，君起看花力不支。一慟自知無見理，九原還望有交期。應劉並逝空存我，李杜齊名更數誰。教作藏園詩稿序，已成未寄倍淒其。」雲松題隨園集云：「其人與筆兩風流，紅粉青山伴白頭。作宦不曾逾十載，及身早自定千秋。群見漫撼蚍蜉樹，此老能翻鸚鵡洲。相對不禁慚飯顆，杜陵詩句只牢愁。」「舒卷閒雲在絳霄，平生出處亦超超。曾遊閬苑輕三島，愛住金陵爲六朝。富貴豈如閒有味，聰明也要福能消。不須伯道愁無子，此集人間已不祧。」又五律一首，云：「只擬才華艷，誰知鍛鍊深。殺人無寸鐵，惜墨抵兼金。古鬼忽然泣，生龍不可擒。挑燈重相對，想見妙明心。」心餘《懷子才》詩云：「讀書三萬卷，栽花一千樹。誰知錢唐人，却買倉山住。文字見經綸，壯心時一露。」又云：「園林圖畫中，一官如脱屣。著書等身軀，門集天下士。有兒萬事足，碌碌視餘子。」又論袁詩云：「隨園法香山，善道意中語。照影苧蘿村，况復嫻歌舞。麻姑弄狡獪，旁有方平覩。」心餘求子才詩序，又有「六代江山兩寓公」之句。子才又以其集屬心餘校定，並謝詩，云：「自愛詩如百鍊金，多君辛苦賜神針。姓名敢作千秋想，得失先安一寸心。天上月高花照影，海邊絃絶水知音。如何六代江山大，夢裏空存二鳥吟。」袁《論詩》又云：「雲松自負第三人，除却隨園服蔣君。絶似延平兩龍劍，化爲雙管鬬風雲。」袁又有《寄懷王夢樓》詩云：「未踏金鰲頂上行，中華戒外早知名。出疆海水乘風過，入夢宫花繞筆生。才子中年多學道，仙人家法愛吹笙。騷壇旗幟張多少，我覺王維是正聲。」又袁《讀蔣詩》云：「俗儒硜硜界唐宋，未入華胥先作夢。先生有意唤醒之，矯枉張弓力太重。滄溟數子見即嗔，新城一翁頭更痛。我道不如掩其名姓只論詩，能合吾意吾取之。優孟果能歌白雪，滄浪童子皆吾師。不然三百篇中嚼蠟者，聖人雖取吾不知。」袁論詩畢竟高人一層，餘子皆不能及。

雲松、夢樓俱以癸未會試分房，俱稱得人，後俱出爲太守。罷官歸里，相訪於鎮江北固山，置酒江閣，雲松即席賦詩贈夢樓，云：「握别京華十五年，故鄉垂喜履綦連。人曾從海隨星使，家住臨江作水仙。老境風流猶顧曲，儒門淡泊忽逃禪。故應海岳菴邊路，不可無人繼米顛。」「滇嶠歸來鬢未秋，萬籖高擁一窗幽。詩名尚愛稱才子，官位幾忘是故侯。碧海鯨魚傳著作，楊枝駱馬遣閒愁。羡君天與無花眼，燈下蠅頭寫更遒。」語語傳神，直當作贊。

王白齋司農際華，文名、宦績傳播宇内。有一兒一女，年未踰冠，皆以詩名。祝芷塘侍御德麟嘗以秋海棠求題，先生命其子朝颺及女小春題之。朝颺云：「春來八月鎮相當，半殢苔陰半映廊。舊事空憐桃葉渡，新詞合付竹枝孃。淚花輕墮紅千點，眉葉斜分翠幾行。天意恐教太孤寂，故留岩桂伴嬌芳。」小春云：「女夷司令嬗春皇，又見芳叢茁短牆。最愛夕陽無限好，每來曉氣自然香。娉婷尚作生前態，憔悴都爲别後粧。秋意妮人嬌不語，含毫佯揣費思量。」朝颺後爲江寧江防司馬，女公子究未稔結褵誰氏也。

新安程文恭公景伊，趙雲松外舅也。公無子，以姪爲嗣。晚年以恩重，不便乞身。後薨逝，同朝輓章極多，惟雲松最爲親切，能道文恭公立朝風采。詩云：「黄扉方仰贊鴻鈞，何意騎箕遽返真。上殿每陳寬大語，舉朝共服老成人。故鄉屋僅堪容膝，退直書嘗擁等身。欲識蓋棺公論定，早聞嘆息徧朝紳。」「官班台輔壽耆年，寧復餘恫抱九泉。老去香山猶望子，病來疏廣未歸田。孤寒有客傷垂淚，言行何人録作編。慚愧向蒙元獻愛，難將薄劣繼薪傳。」

姑蘇吴邵菴公自戊辰至乙亥，涖六八年，坐理從容。試士凡四次，頗稱得人。余子鋭、姪前軫皆渠所拔識者也。丙子春告歸，有《留别三十二韵》云：「卅年浮宦績，八載盛唐留。到處難爲别，多情此最優。我書慚罕讀，吏治愧先憂。無事民之福，當官願未酬。不生公座草，那有縣門鷗。聽訟無他術，將心獻爾儔。毁譽非所計，得失豈容籌。弭盜才偏拙，催科病在柔。衰庸殊曠職，襄理得兼州。知己和聲應，同人一氣求。新詩惟一唱，賡和有群侯。地以湢瀠勝，靈鍾衡霍幽。山川原不俗，人物自難侔。至性黄香匹，高踪鄭璞流。文章羅巨手，經濟仰宏猷。濟濟真崇品，泠泠爲洗眸。常時希接見，公事始相謀。不謂阿其好，多因覿所由。嗜痂疑有癖，贈别意彌稠。詞並流三峽，珍逾愧百鎰。儼參循吏傳，如聽去思謳。頌不忘規過，箴能勖寡尤。即今誰見賞，得此我何修。去去將耕釣，依依又逗遛。漫驅款段馬，獨上水雲舟。虎阜春生棹，楓江月滿樓。到家容嘯傲，攜杖足優游。縱有田園樂，應添離索愁。琳琊輝素壁，諷詠擊清甌。再勸東山駕，群趨元日騶。宜民書上考，安分服先疇。

茲意余遥祝，長吟聊報投。」向讀其《盆菊》一絶，已識宦情之淡，今果兩袖清風，飄然解組，逸致高踪。自號曰「平江聽楓」，令人不勝景仰云。

雍正改元之歲，掌院奏呈擬祭仁廟文，上甚嘉之，詢爲新科庶常黄之雋筆。未散館即授編修，並賜紫貂一張。黄石牧公有《紀恩》詩云：「草茅從未識賡颺，天子呼來近御床。似與家人相告語，始慙報國是文章。温綸懇摯榮三接，後命從容出九閶。霄漢陸離雲爛熳，豈知身侍日華旁。」又有句云：「丹地尚遲除吉士，玉音已早擢詞臣。」可作聖朝佳話。

大宗伯蔡公升元暨，其姪啓、樽連中康熙壬戌、庚戌狀元，有《紀恩》詩云：「入對彤廷策萬言，臚傳高唱帝臨軒。君恩獨被臣家渥，十二年中兩狀元。」

吴邵菴公將離吾六，既有三十二韵答贈别諸人矣，復作古體四章贈周韵柯司馬。今見其詞，頗有陶意，幾與西堂、歸愚諸前輩抗衡，益信吴門詩學之多也。詩云：「我材如社櫟，匠石置不顧。即物未窮理，那得識時務。獨有周先生，謂我循其故。行乎心所安，守此位之素。」「先生仕巴蜀，歷權牧與令。所至政有聲，能去民之病。但耕方寸田，無用百里鏡。朅來丞六安，不獨閭閻慶。」「聚首甫一年，同官甫五月。與君趨不岐，愧我度未越。隨時啓我明，還以補我缺。交淺已如深，古風未茲歇。」「脚下路萬重，胸中書萬卷。涉獵富且精，出語無不典。讀君贈我詩，深情何宛轉。相交通性命，寧以别離剪。」

王夢樓由侍讀出守臨安，歸即不再出。家有女樂一部，飄然載之，作扁舟五湖之遊。適因畢秋帆爲兩湖總制，以書來逆之。楚中宦場市鎮無不延請奏技，纏頭之費踵相接也。其女伶有輕雲、寶雲，皆袁子才所命名者，最明慧。又有柔卿兼能詩，有《送成嘯崖》句云：「生小原無落雁容，秋風偶覺病身傭。挂帆公子金陵去，望斷青青江上峰。」

閩縣張超然，康熙己卯解元。未遇時，有《登滕王閣》詩，云：「高閣登臨此大觀，四山對面壓龍盤。愧無詞賦驚閻帥，已把文章讓子安。人世百年風浩浩，長江千古水漫漫。南州高士今誰是，有客斜陽獨倚欄。」一時傳誦，遂以詩名。又有《松濤》句云：「月明何處雨，風定數聲鐘。」有味外味。

余中表闞霞生進士，名元煇。爲諸生，詩有《贈桐城姚某》句云：「駐馬梅心驛，相逢細雨中。」談詩名士癖，問菊隱人風。野店寒新重，秋山淡遠空。旗亭拚一醉，話别莫匆匆。」余早知其能詩矣。霞生有伯兄名元熙，字伯元，號恬民。少負異才，未冠即遘奇疾，見人形若癡呆，叩以經史，皆能洞徹源委。嘗有句云：「造物忌才真可惱，妖魔困我到如今。」性耽隱遯，偶有題詠，直追古人。向止得零星斷句，昨霞生檢付兩作，有《述懷三首》之一云：「今非昨更覺非非，良願平生萬事違。苔徑不鋤花放少，柴門深閉燕來稀。量慳疎落新篘酒，身賤追隨舊布衣。一點名心猶未冷，問人秋試與春闈。」又《丙子歲村居閒作》云：「詩書四五卷，可以養吾神。田園四五畝，可以棲吾身。足不出百里，年已周六旬。鏡中添白髮，衣上去緇塵。怡怡懷兄弟，碌碌處鄉鄰。伏臘一壺酒，農家春復春。駟馬離井邑，富貴不如貧。得志負意氣，失志多酸辛。幸哉太璞完，難爲世所珍。所以守愚拙，暢然葆天真。」

江西周韵柯司馬由蜀中調任吾邑，樂其地僻而事簡，政餘多暇，曠然有塵外想。乙亥季春朔，招同余與楊蘭如方伯、熊介臣太史、鄧子裳、汪仲賓、沈樸齋三孝廉及同輩十餘人，泛舟桃花塢，至鏡心禪院，讌集賦詩誌感。首唱云：「短棹桃林外，幽棲入境心。孤城相宛轉，當晝正輕陰。赤壁懸崖字，春衣夾岸砧。公然塵網吏，湃水一題襟。」「林下官無熱，前身佛亦仙。古風生國器，大雅出家絃。僧佛中陪座，星辰引上船。南隆南部縣名。一兩屐，塵洗十三年。」余即席和云：「桃源踪跡杳，訪勝有同心。停棹捫碑刻，參禪憇柳陰。繁聲春破鳥，古岸響聞砧。老我投閒久，何緣此滌襟。」「習氣烏紗慣，全刪即是仙。醉容喧爆仗，笑語雜絲絃。拾翠頻穿塢，尋詩好放船。多情白司馬，相識已經年。」

興化鄭板橋燮，乾隆丙辰進士，官山東濰縣令。爲人瀟灑，善畫蘭，工八分書，自謂七分。日以詩酒爲事，一時名公如于耐圃、德定圃皆見器重，而鄭夷然不屑，狂態如故，遂不合歸。善恢諧，酒間議論風生，故世有鄭驚座之目。詩頗信口而出，而多奇句。如：「雲揉山欲活，潮橫水如奔。」「山茗未賒將菊代，學錢無措喚兒回。」《楊州》云：「千家生女皆教曲，十里栽花當種田。」又云：「盡把黄金通顯要，惟餘白眼到清貧。」又：「得句喜撚花葉寫，看書倦當枕頭眠。」又：「滿街蕉葉兼梧葉，一夜風聲似雨聲。樹裏燈行知客到，竹間烟起喚茶來。」《贈袁子才》云：「家藏美婢鄰誇艷，君有奇才我不貧。」《挽太傅》云：「學並南陽還令主，勳高郭相又佳兒。」其《自遣》云：「嗇彼豐兹信不移，我于困頓已無辭。束狂入世猶嫌放，學拙論文尚厭奇。看月不妨人去盡，對花只恨酒來遲。笑渠縑素求書輩，又要先生爛醉時。」平生所得潤筆頗豐，隨手輒盡。晚依同邑李三鱓宅以終。鱓亦滕縣令，善畫，即鄭懷人句所謂「兩革科名一貶官」者也。

板橋最喜傳人佳句。常云顔秋水前輩句云：「偷臨畫稿奴藏筆，貪看斜陽婢倚樓。」又：「奴潛去志神先阻，鶴有饑容羽不修。」湖州潘公汝龍《西湖》句云：「秋風雁響錢王塔，暮雨人耕賈相園。」程風衣云：「乾坤着意窮吾輩，途路難言仗友生。」又：「書亦醉人何况酒，詩能治瘧不須醫。」又歷城布衣朱青雷文震句云：「蝴蝶有情春入夢，杜鵑無語夜開花。」又婺源齊兩峰翀爲雹白令，有二語自詡爲平生傑作，云：「争道春來花一縣，何如秋熟米三錢。」

乾隆丙寅二月三日，板橋邀三老人、五少年共八人作一桌會，各攜百錢以爲永日歡。三老者，白門程棉莊、閩中黄癭飄與鄭也。五少年者，丹徒王夢樓文治、李蘿村御、燕山于石鄉文濬、全椒金棕亭兆燕、杭州張仲謀賓鶴也。是日爲撇蘭八枝，以肖八人，而誤多一撇，笑曰：「豈有後來者乎？」午後，濟南朱青雷文震果至。鄭大喜，遂繪《九畹蘭花圖》，題詩其上。云：「天上文星與酒星，一時歡聚竹西亭。何勞芍藥誇金帶，自是千秋九畹青。」即交圖與最長之棉莊攜去。

楊誠齋《宿潮州海陽館》云：「蠟前蚊子已成歌，揮去還來奈爾何。一隻攬人終夕睡，此聲原自不須多。」趙雲松用其意作《一蚊》云：「六尺匡牀障皂羅，偶留微罅失譏訶。一蚊便攪人終夕，宵小由來不在多。」

巴縣周泗，字龍文。九歲以神童名，隨諸名公宴黄鶴樓，作詩云：「吾蜀青蓮曾擱筆，今朝黄口敢言詩。長江眼底滔滔去，大冶雲空漠漠馳。」「鸚鵡賦成才子恨，梅花笛斷玉人吹。徘徊落日高樓影，縱不思鄉淚已垂。」年二十餘，依年大將軍幕府，被害，鸚鵡句竟成其讖。

余嫡堂兄嗣傳，字習菴，邑諸生。書法鍾、王，尤善擘窠大字。有《和李蠡塘英遊桃塢詩》云：「蕩槳西河任溯游，新紅吐艷繞汀洲。雲烘花綻春光滿，風動林篩緑野稠。會悟山川供指點，咏歌魚鳥入賡酬。眼前領略韶華遍，識得天機逸趣留。」其長子應翱號蝶莊，亦工詩。性不求聞達，弱冠即不應試。有《弔良常于慕周鐙華殿寺斂葬》云：「連天芳草夕陽陂，中有江南老畫師。一樹桃花伴荒塚，東風猶爲染胭脂。」《題舅氏東郭草廬》云：「林外方塘塘外寺，鐘催明月到疎籬。」後客河南光固間成竹枝辭甚多，有「河橋春市鬧琵琶」之句，同人競以「許琵琶」呼之。

金陵燕以均《詠七夕》云：「相看止隔一條河，鵲不填橋不敢過。作到神仙還怕水，算來有巧也無多。」姑蘇趙同鈺妻屈婉仙云：「花自輕盈露自凄，碧闌干外玉繩低。不知何處凡烏鵲，僥倖雲霄一夜棲。」頗有別致。

青浦曹謂廷一士，雍正庚戌編修，擢給諫。有《閒居》詩云：「樓外輕風落葉乾，一行雁影渡江干。葛衣未疊防秋熱，布被新添護曉寒。寄遠詩成常懶寫，借人書在幾開看。病軀贏得安閒法，訪菊東籬和酒餐。」成都高晴峰繼笨有《感懷》詩云：「風塵荏苒總愁余，盡掩柴門卧蔽廬。家倍艱難僮僕散，身長貧賤友朋疎。空憐賈賦同湘水，誰薦雄文類子虛。四十頭顱仍似昔，只宜踪跡混樵漁。」三四道盡世情。

會稽劉豹君文蔚，歲貢生。著有《詩韵含英》，幾于家有其書。少年以《秋草》詩得名，故人稱爲「劉秋草」。其詩云：「肅肅西風遍陌頭，誰言緑野可忘憂。烟銷鸚鵡洲邊色，露冷鴛鴦枕上秋。布襪青鞋成舊侣，金根翠幄憶前遊。小園門罷渾如夢，女伴相逢話未休。」「病眼逢秋觸處驚，風欺霜壓更關情。愁聯騷客寒無夢，怨入王孫夜有聲。竹徑尚堪留鶴步，芝田何必倩龍耕。不須讀到蕪城賦，早爲興衰涕淚横。」「凄風苦雨滿平蕪，照眼芳姿好在無。自昔曾聞燒不盡，於今休説蔓難圖。客程合處鄉愁重，野艇偎時詩興孤。留得康成舊書帶，蕭齋端可伴清癯。」「朱雀橋邊正繫思，休論薛芷與江蘺。每於落葉平鋪處，却憶飛花小墜時。渡口幾經風颯沓，墻頭猶剩影離披。待他燕掠鶯啼日，依舊青青徧水湄。」一時在浙中膾炙人口。

江寧方伯陳東亭奉兹《咏風箏美人》詩，令人屬和。有一生云：「薄憐妾命風吹紙，瘦到腰肢骨是柴。」陳曰：「此詩雖佳，此生恐不免飢寒。」又一生和韵有句云：「縱目天河窺織錦，回頭月窟聽鳴絃。」意極周匝，後果聯捷，入詞林。

七夕詩佳篇林立，惟沈歸愚四絶莊重不佻。詩云：「銀漢無聲月吐眉，凉風瑟瑟動虚帷。自吟落葉哀蟬後，並忘仙家會合期。」「玉露金風入夜寒，絳河絡角亦生瀾。東西隔斷無由渡，天路從來作合難。」「那堪靈匹又分襟，略似參商悵别深。獨有姮娥無伴侣，此生不起别離心。」「璇宫莫怨渺難攀，地久天長往復還。只有生離無死别，果然天上勝人間。」近又閱霍山令潘人龍《七夕》十二首，僅録其六，云：「聞説天孫夙有緣，明河相望謫年年。金風銀漢秋無價，償得當初貰聘錢。」「世間無那是情癡，相見還思未見時。天上也難常聚首，别離樣子要人知。」「瓜果中庭曳綺羅，相將乞巧望明河。勝於天上無如拙，織女終因巧太多。」「色界從來要達觀，天河空説浪漫漫。雲間果有支機石，底許張騫一個看。」「小姑初嫁殢雲鬟，瓜果中庭月半環。似爾團欒還乞巧，不知天上羨人間。」「莫愁銀漢隔迢迢，天上長生路未遥。青女素娥應羨汝，一年總有可憐宵。」又崑山徐若冰女子瑛玉有句云：「銀漢横斜玉漏催，穿針瓜果釘粧臺。一宵要語經年别，那得工夫送巧來。」又白下布衣張月樓士堂咏云：「聞説今宵會女牛，多情我代數更籌。不知自嫁天孫後，此是千秋第幾秋。銀漢迢迢月影横，人間天上不分明。如何際此團圞樂，不聽雲中笑語聲。」張道渥司馬亦有句云：「待無天地緣方盡，修到神仙會亦難。」俗傳此日雨爲灑淚雨，簡齋甥王健菴有句云：「不解女牛分别意，一年有淚一年無。」亦趣。

凡自壽詩，鮮不露稜角，存冀倖，甚或極矜張之態，又或作寒儉之語，雖賢者亦在所不免。偶檢閱《歸愚詩鈔》《五十舟中咏懷》云：「天地冰霜後，風濤漂泊身。匆匆逢五十，款款話悲辛。同及門諸子。蒿蔚憐衰草，泥沙困涸鱗。篷窻把村酒，遣興轉傷神。」「孤舟去住輕，野宿就荒城。遲暮易增歎，雲山空復情。微軀慙救過，儉歲拙謀生。百感難成寐，長天旅雁聲。」《雍正壬子六十初度》云：「昔我五十時，身留卞山村。與客日賦詩，取樂無昏晨。今年届六十，高枕靈巖雲。中間歲月駛，恍似波流奔。往時羈旅客，半已爲陳人。而我幸好在，鬚髪俱如銀。景短念自長，道藴蘄探真。自傷衰朽質，官骸漸眵昏。世味雖已疎，理趣仍難親。還思假我天，勿使終無聞。弱齡喪慈母，膩垢少完衣。中年罹大故，長爲無父兒。嗚麑隨野鹿，觸目增傷悲。顯揚亦人情，貧賤與心違。前瞻願空結，後顧事尤非。癡兒有童心，稼穡記能知。弱息賦黄鵠，空彈寡女絲。百感集暮年，憂來浩無涯。天運諒如此，悁悁亦奚爲。」「有客晨叩門，挈榼攜樽酒。逢我攬揆辰，置酒爲我壽。自言力貧薄，黽勉具升斗。感客殷勤言，艱難意良厚。今秋海大風，洪濤蕩陵阜。室無釜甑具，路有窮獨叟。吾鄉亦大無，糧粒空畎畝。民窮禮節失，簞豆生讓詬。君今伸情好，何以報瓊玖。襆坐互斟酌，華月上榆柳。醉後起浩歌，爲君鼓瓦缶。味淡聲希直，如太羹元酒。」

丹徒鮑皋號步江，工古樂府。有《荻港曲》云：「荻港女兒花滿額，不重花香重花色。桃花開港南，李花開港北。港南高樓女兒宅，港北花香未相識。年年花落港水流，荻港女兒長在樓。朱顔夭好不早嫁，明日荻花吹上頭。」

嘉興江浩然幕遊南昌，於市上得一銀光牋，楷書云：「妾年十五許嫁君，聞説君情若不聞。十七于歸見君面，春風乍拂心長戀。爲歡半載奈離何，千里江山渺緑波。未成錦字腸先斷，零落胭脂淚更多。西江浙江隔一水，天上銀河亦如此。銀河猶有渡橋時，奈妾奄奄病將死。傷心未見寧馨育，仰負高堂慈莫贖。倘蒙垂念舊時情，有妹長成絃可續。君年喜得正英英，莫更蹉跎無所成。無成豈特違親意，泉下亡人亦不平。要知世事皆前定，明珠一粒遥相贈。非求見物便思人，結褵來世于今定。」後書：「政可夫君。康熙癸酉仲夏，垂死妾顔玉歛衽。」細玩此詩，當是有才女子，但所謂政可者，不知何人。

閨秀七古者甚少，近惟孫碧梧名雲鳳《咏李香君媚香樓》一篇，直可與香山《長恨》、《琵琶》相頡頏。其詞曰：「秦淮烟月板橋春，宿粉殘脂膩水濱。翠黛紅裙競粧裏，垂楊勾惹看花人。香君生長貌無雙，新築紅樓號媚香。春影亂時花弄月，風簾開處燕歸梁。盈盈十五春無主，阿母偏憐小兒女。弄玉雖居引鳳臺，蕭郎未遇吹簫侶。公子侯生求燕好，輸金欲買紅兒笑。桃花春水引漁人，門前繫住遊仙棹。奄黨纖兒想納交，纏頭故遺狡童招。那知西子含顰拒，更比東林結社高。樓中剛耀雙星色，無奈風波生頃刻。易服悲離阿軟行，重房難把臺卿匿。天涯從此别情濃，錦字書憑若个通。桐樹已曾棲彩鳳，繡幃争肯放遊蜂。因愁久已拋歌扇，教坊忽報君王選。啼眉擁髻下粧樓，從今風月憑誰管。柘枝舊譜唱當筵，部曲新翻燕子箋。總爲聖情憐覥靦，桃花宫扇賜簾前。天子不知征戰苦，風前且擊催花鼓。阿監潛傳鐵鎖開，美人猶在瓊臺舞。銀籠聲殘火尚温，君王匹馬出宫門。西陵空自宫人泣，南内誰招帝子魂。最是秦淮古渡頭，傷心無復媚香樓。可憐一片清溪水，猶向門前嗚邑流。」

海虞女子有《詠史》二絶。云：「不學何須詆霍光，託孤寄命報先王。匡張孔馬多經術，青史於今若箇芳。」「更有名儒莽大夫，紫陽書法勝南狐。當年奇字人争問，曾識綱常二字無。」氏吴姓，名定生，嫁項生肇基，年二十六而寡。葬夫後扃户自經。吴竹橋太史爲之立傳。

桐城張文端有兄，臨産時，母夢異人披金甲入門，曰：「吾晉朝大將軍王敦也，來爲夫人子。」既生，名曰敦哥。旋殤，夫人悲甚。未幾，異人又至，曰：「吾被温太真奏我不忠，不許託生人間。我已辨脱，仍來爲夫人子。」遂生文端，故小名敦復。及長，遂以爲字。袁香亭樹有妾吴氏，生子伏官，五歲殤。香亭愛其聰明，殮時以硃點其額。後吴姬亡，丁姬有娠，夢老嫗抱伏官與之，額有硃痕。姚姬傳鼐贈以詩，云：「普門大士感修熏，福德兒童乞細君。正似吾鄉張太傅，再投東晉大將軍。」

國初，州先達韓公碩諱獻，乙酉開科，領鄉薦，學問深邃，著述甚富。僅生一女，教之讀書，素工吟咏。適郡廪生汪公濤。策以詩，云：「牀頭燈盡銀花吐，抛却殘書方二鼓。問君既讀十年書，可曾夜半聞雞舞。」韓後官閩之古田令，三載，罷職歸。耽于詩酒，不修邊幅。女嘲之，有句云：「不知身列郎官貴，鎮日科頭宴草堂。」

又閔夫人亦州人，張姓，號蓼仙，爲州歲貢生而學室。著有《蕉窗遺咏》。閨中時相唱和，有「嘗因讀史忘春去，每爲敲詩却夜眠」之句。《秋暮》云：「山紅柿葉凋，水白蘆花老。野徑無樵人，凉風動秋草。」《送外秋試》云：「一劍向南州，光氣噴牛斗。平生千古心，不勸别離酒。」《春園即事》云：「于飛燕燕穿花喜，荼蘼蹴落霏香雨。紅入幽叢不見衣，蒼苔緑潤弓鞋底。」

同邑張篠園大凱少年清雋，曾肄業余塾中。時以州試六次領批，秦端崖少司成院試復置第一，吴石亭編修歲試優等，即中甲寅副車，旋舉甲子科京兆試，以教習留京。《寄同好》句云：「長安西笑出山林，僂指全非直到今。往日賓朋應念我，故人僮僕亦知音。頻年作客心殊倦，兩地論交思益深。慙愧翻飛猶歛翮，天涯消息總浮沉。」「偶因排悶學行歌，五夜纏綿入睡魔。巧笑未能迷下蔡，名場終許遜陽阿。流年坐失殊容易，白日閒銷奈爾何。觸手牙籤探未了，爲人作嫁忒蹉跎。」篠原後分發廣東，權茂名令。

長洲尤悔菴侗生於前明萬曆己未，至康熙己未鴻博入選，官翰林檢討，年已六十一矣。先是，以順治戊子拔貢，壬辰任永平府推官，丙申以邢可仕一案鐫級去官。著有《西堂集》。年將九秩，神明不衰。繪有圖二十題，曰：「寒宵伴讀，思亡妻也。春山攜友，思故人也。斜塘避難，傷亂也。北平聽訟，紀宦也。盧龍賑飢，憫荒也。榆關觀獵，出塞也。小園偕隱，歸田也。草堂戲綵，思親也。書齋教子，思子也。金門待漏，紀遇也。瀛臺賜宴，誌盛也。玉堂修史，述職也。西湖泛月，紀遊也。西山築壙，壽藏也。蒲團禮佛，參禪也。玉局遊仙，學道也。」外又有《竹林晏坐》、《水亭垂釣》、《萬峰探梅》。茲録晚更有《夢遊三山圖》，蓋寤寐間不時與莊子休、東方曼倩、陶靖節、李供奉、蘇學士五人把晤云。婦來篝燈《寒宵伴讀》云：「吾年十五好讀書，環堵獨坐恒闃如。二十娶婦有伴侶，向晦挾册房中居。婦來篝燈侍其側，常將筆硯供掃除。自刺繡文助勤苦，聽我咿唔增軒渠。夜深時患唇吻渴，每呼小婢烹茶須。街鼓冬冬倦欲睡，婦曰不可姑咨且。鄰雞三喔始就寢，牛衣慰藉還欷歔。此景恍然猶在眼，佳人一去歸邱墟。老來萬卷束高閣，香銷燭落匡牀虚。彳亍一身兼作僕，酒杯茗椀誰相於。今觀此圖重追憶，不覺涕淚沾襟裾。君不見，鹿門偕隱有蒿藜，臯廡舉案與眉齊。雖然窮老必儔匹，小鳥亦愛同林棲。東家粉黛滿翠閣，西家榆翟盈青閨。金釵十二我何有，人生難得糟糠妻。嗚呼！人生難得糟糠妻。」《書齋教子》云：「吾家七業堂，兄弟自成行。顧復生之各有房，踏肩孫子同爺長。我有兩兒珍與瑞，大者長於小六歲。學堂共事一先生，老夫閒來把書背。五經十史舊家藏，制科惟在工文章。居常典衣鬻筆墨，兼勞饋食供茶湯。吾昔讀書終不試，穮蓘豈爲凶年廢。泮宫幸有兩秀才，大兒艱難博一第，小兒志學已成立。文場再輟秋風急，一朝哭母殉終天，短年曾不得三十。君不見，草堂之前雙梧桐，根同地同時又同。一枝向日常青葱，一枝摇落隨霜風。人生賦命有厚薄，難將枯菀問天公。歸來不獨思悲翁，終鮮亦嘆難爲兄。至今夫婦在淺土，念之老淚澆心胸。吁嗟乎！絲綸世掌何足道，可憐生埋玉樹黄泉中。」餘多不能盡録。兹謹録勞公書升之辨《題夢遊三山圖》云：「西堂老人煮白石，前身應是神仙謫。放懷頓使古今空，寓形翻覺乾坤窄。一朝夢到三神山，雲車風馬相往還。金銀宫闕成世界，眼中歷歷皆仙班。莊子南華多託寄，東方金馬時遊戲。陶公飲酒李公詩，蘇公嶺表餐朱荔。世上神仙難紀極，安期羡門不可即。不如落落五君者，睥睨浮雲弄白日。老人忽並五君遊，邈千載兮相匹儔。惝怳靈異非人境，山蒼蒼兮水悠悠。我家二勞在東海，劃分大小由真宰。主人未得老人俱，徒望雲濤白皚皚。」西堂後壽至九旬。子珍由編修陞庶子，告終養歸。至今七八世，科名宦績勿絶云。

芷江詩話卷四

古六許嗣雲芷江手編

余姪星來，性好素愛古。辛未自正定來歸應試，補邑庠生。篋内携有桐城張文端公書册，乃係送伊師梁相國清標者也。録其《送同邑姚龍懷先生擢任副憲旋晉少司寇》前後詩四章。云：「南憲新恩屬鉅公，廿年頭白諫垣中。蒼生潤澤同河海，丹陛勳名比華嵩。獨坐蘭臺羅繡豸，時膺石室領花驄。殊遷自是興朝事，難得歡聲遠近同。」「黄扉啓沃冠群倫，前後封章欲等身。聖主寬仁來讜論，老成忠愛被温綸。事關國體真能諫，誠動天顔若有神。最喜絳騶清路日，手携甘雨柏臺春。」「清時衆望屬姚元，上殿頻傾白獸尊。經國疏成皆密勿，明刑寄重賴平反。朝廷有道昭臣直，天下無冤荷聖恩。常伯同時三定國，北毫秋憲總春温。」「恩波無際海天寬，兩度除書出禁闌。方直真堪爲憲長，慈明端不負刑官。桁楊坐見生塵網，庭樹欣看集鳳鸞。努力太平期不朽，似君知遇古今難。」文端勳業爛然，余寤寐思其言論風采，不可得。今無端獲詩章如許，真愜素懷。

吴縣惠天牧士奇，康熙戊子解元，聯捷館選。雍正間由少詹事督學廣東，專以經學造士，與韓昌黎並祠於潮。著有《南中詩集》，皆學盛唐。有《廣州試院書懷》云：「暫作南中客，淹留歲月徂。鮫人原有淚，野女本無夫。山徑逢樵父，烟波狎釣徒。持竿將入海，直欲拂珊瑚。」末句真不愧學臣者。

名士論詩，如膠似漆。曾記趙喜賦袁過訪云：「我最愛君詩，君亦愛我句。他人豈不賞，不著痛癢處。惟此兩老翁，交融水投乳。情爲成連移，曲經周郎顧。中宵姑婦棋，數著局已悟。徐夫人七首，不待血如注。賞奇意也消，中病手無措。微言澹相對，銀河耿斜度。僮奴侍兩旁，不知是何故。但覺雙白頭，燈前點不住。」錢璵沙獨賞趙云：「忽墮文星下斗台，聲華藉藉冠蓬萊。探花春看長安徧，投筆身從絶域回。風雅名誰争後世，乾坤我欲妬斯才。登壇老將推袁久，不道重逢大敵來。」

安豐布衣吴野人，有壽内生日詩，云：「潦倒邱園二十秋，親炊藜藿慰余愁。絶無暇日臨青鏡，頻過凶年到白頭。海氣荒凉門有燕，溪光蕩漾屋如舟。不能沽酒持相視，依舊歸來向爾謀。」頗饒機趣。

乾隆初，吾鄉王晴嵐前輩文燮，由廩貢授山西平魯縣令。與親家錫山秦味經司寇蕙田往來甚密。在京構有叢菊山房，亭榭園林，讌集殆無虚日。華亭廖古檀景文有《紀事五章》云：「錦幔高張曲徑新，滿庭花放絶紅塵。香風竟日吹襟袖，把盞欣依似菊人。」「鼉鼓聲沉倒玉壺，棋枰酒壘疊喧呼。興來擬倩傳神手，繪出天涯快叙圖。」「安排象管與銀箏，客至清謳喜互賡。記得醉中行小令，朦朧猶唱楚江清。」「侵晨催赴歲寒盟，瀹茗清談意盡傾。歸路踏歌花影亂，鳳樓譙鼓已三更。」「金石交期氣似蘭，雲衢同騁紫騮鞍。他年風雨應相憶，攜取清吟當譜看。」廖尋以甲榜選安徽合肥縣。

桐城王瑯，字芝生，歲貢生。高才積學，鬱鬱不得志。試用廣文二十餘年，歷權休寧、無爲、盱眙、靈壁、巢縣等學。乙卯由靈邑學舍寄伊《閒居八首》，又《叠程公元澤和韵八首》與余及左巽轂潢。云：「苔滋滿院閉門深，鎮日蕭然理素琴。敢以昏鴉矜彩鳳，却慚小草蔭長林。躍淵劍有干霄氣，出岫雲多捧日心。虚擬成連逢海上，撫絃何處覓知音。」「小時了了老無成，静憶從前愧復驚。八歲詩歌陪父執，百篇吟詠動公卿。花香瓊島歸虚夢，壁賭旗亭感薄名。嬴得頭銜狂博士，談經依舊老諸生。」「年華五十隙駒過，將相神仙事若何。傀儡登場聊作劇，揶揄拍手太相苛。恥言阿堵窮偏極，負累良朋愧總多。附郭何時田二頃，歡承菽水守烟蘿。」「泡影曇花那認真，最難恝處是天倫。九原恨抱嗟亡弟，千里書來感故人。飄泊生涯餘筆硯，性靈詩句戀君親。門前桃李將鋪錦，且趁風光度好春。」「愧學揚雄作解嘲，垂簾習静遠塵囂。爲還詩債腸枯索，難破愁城酒倍澆。社鼠目寧窺霧豹，黔驢技漫傲天驕。輕狂却笑當門雪，縱弄陰晴見晛消。」「疎林影上日遲遲，正擬輕寒見燕時。自入春來多中酒，每逢客至便談詩。相逢堤柳都青眼，獨憶梅花逾素知。昨日雙魚傳信到，故園纔放兩三枝。」「小婦空期夫壻侯，平生温飽頗無求。常餐味自甘藜藿，適體衣惟着敝裘。憂樂誰先天下計，簞瓢不切己懷愁。希文平仲俱千古，到底人稱第一流。」「廿年浪跡客爲家，默計浮生慨有涯。鸚鵡能言終是鳥，松筠有葉勝于花。笑他鑽核勞空費，憐爾分香計更差。且自隨緣作行樂，虚襟豁放海天霞。」

又《叠程韵早春閒居彷宋人體八首》云：「錦句酬來屬意深，再爲鍾子一張琴。勞薪燒未成灰燼，斥鷃飛寧盼上林。早解世情俱蝶夢，難除夙抱有葵心。聽君鼓罷雲和瑟，愈動焦桐爨下音。」「結撰樓臺蜃氣成，静中默想倍心驚。伎憐銅雀如羊傅，賦奏凌雲弁馬卿。入市屠沽嗟混跡，上書宰相愧邀名。何當長荷劉伶鍤，風味相親有麴生。」「百年韶景半虚過，賦性疎慵可奈何。交到忘形情轉澹，詩争險句律尤苛。常思種竹安居少，信步看山獨往多。却笑虬枝千尺上，攀援處處是絲蘿。」「輸情吾亦率吾真，不羡豪家石季倫。應手圖書俱故物，垂頭苜蓿作陳人。筆投依舊官如客，檄捧何曾禄養親。滿眼蘪蕪新雨後，也含生意樂逢春。」「掉臂臨風且自嘲，端居那復近浮囂。酒因過飲杯常減，花爲新栽手自澆。漫責頭顱將世玩，休攖貧賤向人驕。門前昨漲山溪水，纔滿溝渠一夜消。」「花事春來放故遲，積陰況復雪飛時。隻身冷伴三間屋，永晝消除一卷詩。枯坐正如僧入定，清懷惟有鶴相知。曾嗤鳩婦營巢拙，趁曉偏棲最上枝。」「珠履人争赴五侯，竭來蒿徑祇羊求。荒署有侯、王二生見過。時防米罄搜空盎，不畏春寒典敝裘。避債有臺何處覓，點金無術總心愁。羡他福命兼全客，湧退偏能向急流。」「蘭交數世自通家，十載相暌天一涯。蓉館喜聯今日袂，瓊林看放舊時花。鳳樓藻繢君才雋，馬磨功名我計差。遥望雲峰三十六，結茅何日共烟霞。」合觀十六首，此公是何等胸襟！

丙子冬仲，盧江孫嘯壑匯來遊吾邑，寓佑聖禪院，年已七十有三矣。其人善鼓琴，詩亦清超。幼曾有「得意水流壑，無心雲出山」之句，梓有《琴餘集》。《咏薔薇》云：「半紅半白裊風條，雨後春光未寂寥。自笑看花人漸老，讓他一歲一回嬌。」《夜吟》云：「竹燈相對好吟詩，準擬今朝睡更遲。不道興長油已没，從今打點未乾時。」結句煞有禪悟妙境，試于無字句中求之，即可領會。

余弟蓮衣，前任國子博士，癸亥歲告養南歸。邑中友人王醒園慰之以詩，云：「二千里外忽思親，一騎歸來性最真。祇有通人爲孝子，斷無國士不忠臣。難兄見弟荆花笑，好鳥呼朋喬木春。更有一番歡幸處，夜深兒女話秋旻。」次年甲子，余兄慕軒公下世，渠又輓七律二章，云：「忽聽空中鶴唳聲，祥雲擁護是先生。世間應少蟲書注，天上豈須月旦評。視膳事歸兩難弟，修文郎選獨吾兄。欷歔猶憶客秋話，嘖嘖文孫詩思清。謂余姪孫恩溥也。」「没世不稱也可羞，信君文學獨居優。纔將好夢隨莊蝶，便御春風到玉樓。一息尚存無愧怍，九京含笑亦風流。我來告奠云胡泣，怕説堂空鑑影收。」三作俱愷惻纏綿，令人心悒。王名式濟，州諸生。

通州李晴江方膺，以合肥令攝滁州牧。曾于朔望行香後謁醉翁亭古梅，伏地再拜。迨罷官，寓金陵項氏花園，與沈補蘿、袁簡齋遊覽山川，人號爲「三仙出洞」。性嗜梅。《畫梅》云：「寫梅未必合時宜，莫怪花前落墨遲。觸目横斜千萬朵，賞心只有兩三枝。」《秋葵》云：「蕭瑟風吹永巷長，采衣非復舊時黄。到頭祇覺君恩重，常自傾心向太陽。」後其子寶曾贈袁有句云：「記得先君交兩友，一子才子一梅花。」

綿州李雨村觀察爲比部郎時，值劉文正公薨逝，吴少司寇垣令作祭文，有「人憚王陵之戇，天憐汲黯之忠」句，吴大加賞贊。尋李以議稿罷斥發遣，吴與弟少宰壇奏對，力辨其誣，竟復原官。九月朔日，吴招飲于邸寓之我堂，諸司皆在。吴索李贈詩，李即席賦云：「群賢畢集我堂東，四面圖書映畫櫳。九月天逢楓葉雨，一時人醉菊花風。却嫌投轄情何重，共説恩波迥不同。好與諸公共努力，玉珂及早響瓏璁。」未幾，李即放粤東學政。

乾隆庚戌，袁簡齋年踰七十，感于相士胡文炳「壽終七六」之言，戲作生挽詩，招同人和之。不料壬子春初，友人王西林遠峰暨徐朗齋嵩咸傳其棄世，皆約爲位以哭。徐輓以詩云：「名滿人間六十年，忽聞騎鶴上青天。騷壇痛失袁臨汝，仙界争迎葛稚川。著作自垂青史後，彭殤早悟黑頭先。望風不敢吞聲哭，但祝遲郎繼後賢。」袁聞之，笑曰：「此范蜀公之哭東坡也。」李雨村年未五旬，以通永道養痾家居。其令坦張子玉溪太史在都，有傳其仙逝者，張聞大慟，爲位祭之，作輓律二首，從家報寄往川中。云：「忽傳凶信淚如絲，命也天乎聽轉疑。方謂高年能健飯，緣何小病竟難醫。倚閭心切恩同父，撫柩情疎愧當兒。西蜀暮雲頻悵望，不堪再讀送行詩。」「去年殘臘記登堂，追憶音容轉渺茫。詩可名家生不負，文能壽世死何妨。篋中書剩三千版，身後田餘八百桑。他日小西湖畔路，童山重拜舊祠堂。」書到時，雨村正與玉溪尊人雲谷親家同遊，漢州之連山湧泉，興高聯句，彼此大笑。雨村即日作詩覆玉溪云：「連綿一病輒經旬，此話傳來亦有因。科第已如祧廟主，姓名都似隔朝人。只愁不死將爲賊，縱使長生也怕貧。從此天公應不管，免教重鑄二回身。」玉溪得詩，復寄云：「書來疑是再生身，細讀瑶函字字春。天地多情留此老，山林有幸着斯人。選樓又見青編富，柱杖遥憐白髮新。手把詩篇如夢寐，不堪回首涕沾巾。」本年玉溪回里，值乃岳病痊初起，玉溪又有詩云：「阿翁病起百花舒，吩咐家童掃舊閭。每仗肩輿代行脚，全憑眼鏡代看書。覓栽榿本少陵似，欲遣楊枝白傅如。著述南村與山等，尚搜萬卷付鈔胥。」「摇尾欣看小犬迎，園林認得玉溪生。似曾相識燕雙至，聽訴離愁鶯一鳴。人到名園思化蝶，天留老樹欲成精。柳條依舊青如許，知我新歸自帝京。」袁李兩家，名士風流，令人神往。

漢州張雲谷邦伸與李雨村己卯同年，歷官襄城、固始二縣。今舉卓異，而淡於仕進。詩工古歌，與童二樹相唱和，有《二樹山人畫梅歌》，甚長。有云：「二樹山人本詩叟，飲吸湖光弄星斗。新題萬紙落人間，奇姿絶艷凌王柳。愛花尤愛雪中花，生綃點綴烟横斜。水邊籬落時一見，暗香突兀飛瓊葩。」末又云：「我坐梁園春已深，玉笛無聲江月沉。請君爲我書半幅，空齋坐對清塵襟。」其次子懷湝，號玉溪，爲雨村快壻。年十八舉甲寅科鄉試。李聞捷，喜甚，先以詩賀雲谷云：「老斲輪原讓若翁，英年獲雋與翁同。怪君頗有譽兒癖，似我方稱擇壻工。陪讌草堂如昨日，攜參棘院又春風。人間樂事無過此，記取烟樓一撞中。」時途間草率，將「同」字誤寫「風」字。雲谷兄綿州廣文藍圃邦瑄笑寄和云：「却笑南村老居士，賀詩重韵一篇中。」時學使係吴公樹萱，先於諸生中决玉溪與丹稜彭蕙友，皆許必雋，及榜發而彭獨落，一憾事也。彭有《贈玉溪歌》云：「張公子，十八春，峨峨清遠貌如玉，下筆早已驚鬼神。世上之書萬萬卷，鎔成一句膏君脣。世上之字箇箇舊，走出君腕無不新。由來操觚大難事，君如此易何術循。或云本家訓，家學媲荀陳。或云厚修脯，廣致賢師賓。豈知有福子弟世非少，未見一一皆軼倫。我愧貢父乏奇夢，不能知君前世因。坐我西堂獻我酒，繞優曇花思千巡。奎宿老而嫩，寧復沾紅塵。仙吏趨庭過，日侍香案親。疑是上帝娜，環玉京所藏。秘書籍通靈，化作君之身。錦韥緗帙爲冠紳，人即是書書即人。」玉溪後官宛平令。

張雲谷梓有《詩彙》。李雨村梓有《蜀雅》。所選成都張鶴林檢討翯詩有四十餘首，其《冬夜書懷六首》可入東坡之室。第一首云：「抗志希古人，志不在青紫。」其餘佳句如：「夕陽殘暑退，虚閣晚凉生」，「牧人驅犢身先跨，釣侶分魚手自攜。」甚多。卒之前一月，書夢中得句云：「碧樹青烟寒食節，淡雲微雨落花風。」竟成詩讖。有弟孝廉翥，字儀庭，任梓潼廣文，坐祁陽陳公輝祖案，謫戍。亦工詩，有

《廣文署》云：「開口真如鶴，寒衙不似蜂。」又云：「岸猿啼夜月，村犬吠寒燈。」亦佳句也。

甲戌冬底，九江周韵柯司馬來涖吾郡。周由戊申孝廉治蜀五載，綽有政聲。暇則與雨村觀察唱酬罔間。有四子，皆蜚聲庠序。長君名焕寓，由廩入貢，任陝之富平丞，乞假歸省，亦耽風雅。曾攜其《尊人癸酉服闋行將謁選北上自題塑像四律》云：「未出山時骨尚輕，自家面目記平生。本無好樣貽孫子，安得分身續弟兄。半刺頭銜荒素業，中年心緒戀閒情。老妻笑指紗籠匣，小築詩龕合供卿。」「一落風塵吏不仙，脱胎换骨是何年。漫勞皮相瓠盛水，倘結神交鳥信天。百事遣懷平躁氣，有時高興聳吟肩。多虧頃刻調泥手，點綴秋毫妙到巔。」「記起從軍短後衣，皂鞋難脱賤軀微。餘生鋒鏑真僥倖，獨坐家園少是非。口自三緘疑入定，耳經一喝早忘機。如何又被人牽去，傀儡登場不肯歸。」「鍊就金剛不壞身，撑持共歷百年春。但教骨節通靈在，未必名場鑄錯頻。諫果去回漿汁出，木鷄静對羽毛馴。歸田他日頻相憶，鬢上霜痕别舊新。」

州前輩吴簪山淮，先君子同案友也。《客淮上寄一排》云：「老妻書至勸還家，細數秋園樂事賒。彭澤黄魚無錫酒，宣州栗子霍山茶。芭茅已補牀頭陋，扁豆猶開屋角花。舊布衣裳新米粥，爲誰留戀滯天涯。」《病中》云：「荒江病榻親禪味，古寺泥神守藥罏。」又「臨文每恨知書淺，入世翻嫌識字多」，「紅雪滿山花入夏，黄雲捲地麥先秋。」俱妙。

簪翁構草室一楹，自署曰「兩不山房」，謂「老者不以筋骨爲禮，貧者不以貨財爲禮」也。又名「三愈齋」，謂「先生愈老，弟子愈小，束脩愈少」也。又《歸思》云：「窮催似浪迭相乘，每自思家暗撫膺。

客緒如焚無待火，人情真冷不殊冰。鄉園路返三更夢，風雨魂銷半壁燈。落得遊囊詩句滿，吟肩已聳類聾丞。」

江寧崔筠谷，工詩畫。有《崑山早發》句云：「雞聲鄉市遠，鷺影水田多。」《與上元陳他山不寐》云：「鼠因人靜鬥，雞爲夜闌鳴。」同工。

秀水諸生吴澹川文溥，曾入畢秋帆制軍幕，足跡幾遍天下，好作詩。與簡齋交往，有《簡袁太史》詩，云：「家住金陵山水清，看山吟遍石頭城。一時豪俊隨車後，到處諸侯倒榻迎。直若松喬在霄漢，不妨猿鶴共平生。人間福地都尋遍，仙骨從今老更輕。」又贈袁句云：「不負碧山張學士，最憐紅粉杜司勳。」真道得出子才生平也。著有《鶴林山人集》。

烏江項王廟題詩最多，然必言弑義帝，又何異面罵。如新安許誠夫棫云：「今古快心三月火，君臣負德一杯羹。」釋竹隱祖德云：「沉舟百戰心猶壯，捲土重來事未知。」皆譏其失。惟烏程嚴海珊有句云：「劍舞鴻門能赦漢，船沉鉅鹿竟亡秦。」説得項王寬仁英傑，所謂尊題格也。

袁香亭尊人健磐公諱（錡）〔鴻〕，係簡齋胞叔。家貧，遊粤，依金中丞珙幕府三十餘年。乾隆壬戌得子才散館改縣信，喜甚。並閱邸抄，知選江蘇沭陽。《寄懷》二律云：「獨向空庭立，詩思入沭陽。才先施簡邑，俸可養高堂。汝豈池中物，吾愁鬢上霜。何時一樽酒，相對話滄桑。」「吾生最飄泊，淚迹滿征衣。紫陌春猶在，青年事已非。池寬魚未活，樹密鳥難依。朽骨埋何處，秋原瘴雨飛。」公殁時，香亭年甫十二，扶櫬回南。子才檢篋中，始得此二作，何幽婉清惻乃爾！

詩有和韵，而原唱之字典本題無涉者，總須就題生發，以臻其至。如歸愚宗伯之《和御製悼亡詩之「亡」字、「兒」字韵》云：「海外三山杳，宫中一鑑亡。普天同洒淚，老耄似童兒。」是也。他如蛺蝶詩限「船」字，可謂難押矣。《西涯詩話》押云：「有時飛到江邊去，跟個賣花人上船。」又雞冠花押「魚」字，餘姚楊軾《在延慶寺》押云：「若教夜半能三唱，驚起山僧打木魚。」綿竹諸生何如瀚《咏海棠》遇元唱限「雞」字韵，和云：「妃子正當春睡足，等閒莫遣亂啼雞。」皆是因難見巧。

長洲沈氏女子娣，姒二人隨父流寓河間，其妹神思朗澈，不類小家女。常私語姊曰：「我不能爲田家婦，高門華族又必不以我爲婦，庶幾其貴家媵乎？」母微聞之，竟如其志，卒歸曉嵐先生。性慧黠，平生未嘗忤一人。初，拜見馬夫人，夫人曰：「聞汝志願爲媵，媵亦殊不易爲。」對曰：「惟不願爲媵，故難爲耳。願則何難？」故馬夫人始終愛之如嬌女。常語曉嵐曰：「女子當以三四十死，人猶悼惜。青裙白髮，作孤雛腐鼠，非我願也。」亦竟如其志，卒于辛亥四月，年甫三十。初僅識字，旋令檢點文籍，頗能以淺語成詩。臨終以小照付其女，口誦一詩，云：「三十年來夢一場，遺容手付女奴藏。他時話我生平事，認取姑蘇沈五孃。」病時適紀侍直圓明園，宿海淀槐西老屋。夢中恍見沈姬姍姍而來，猶以爲結念所致。既而歸，聞沈是夕暈絶，復甦，語其母曰：「適夢至海淀寓所，有大聲如雷霆，因而驚醒。」紀憶是夕，果壁上掛瓶繩斷墮地，始悟其生魂果至也。紀痛絶，題遺照二絶，云：「幾分相似幾分非，可是香魂月下歸。春夢無痕時一瞥，最關情處是依稀。」「到死春蠶尚有絲，離魂倩汝不須疑。一聲驚破梨花夢，恰記銅瓶墜地時。」

會稽潘石舟汝炯，以名進士官西江之廣昌龍泉縣令。有女虛白，名素心。初未教之學詩也。年十二，鋤地得素蘭，植之盆中，忽吟一絶，云：「王者之香别有春，是誰委棄在泥塵。名花自合加培植，莫使芳魂怨主人。」潘縣試數次，命女代閲詩，題二絶云：「墨痕淡處燭花紅，幾度評詩官舍中。莫以金釵輕玉筍，居然頭腦竟冬烘。」「重門啓閉肅官防，五字何人最擅場。巾幗雖然知甲乙，可能獻賦似長楊。」其于歸後《寄家》云：「點點籠燈照淚痕，茶亭分别欲消魂。廿年怙恃千金嫁，回首難忘父母恩。」《贈夫子》云：「瘦影新痕楊柳詞，杏花十里送春詩。須知吟咏無閒筆，那向粧臺更畫眉。」「珍重絲牽一縷紅，青廬拜處有春風。欲知冰上誰人是，兩座輶軒太史公。冰人爲夫子母舅，錢公及家兄蘭垞皆編修。」「猶記屏開孔雀時，不論田宅重書詩。旁人莫漫稱嘉耦，衹恐求名有别離。」夫子爲汪公潤之，己酉中解元，辛酉館選，官侍讀學士，出視福建、雲南學政，氏隨任。詩篇盈帙，著有《不櫛吟》，子同懌付梓行世。

上元陳古愚穀，隱逸工詩，曾選《有所知集》。陳楚筠製錦贈以詩云：「歷落嶔崎自不平，藥鑪茶具一身輕。韓康市上成真隱，諸葛隆中仰大名。貧尚有家容嘯傲，才偏無命到公卿。倦遊我已歸期決，遲爾重尋鷗鷺盟。」陳新婚時，袁子才贈詩云：「摽梅休注鄭康成，春晚花遲最有情。貧士家原需健婦，高人妻亦唤先生。承歡聽唱姑恩曲，擇木看飛谷口鶯。從此蘆簾燈似雪，吟詩决定是雙聲。」又云：「阮修婚費名流助，張祜才華女子聞。」蓋陳婦亦頗能詩也。桐城方綺亭求義，行篋常携《古漁詩》一卷。其佳句如《春草》云：「失路可能無壯士，登樓保處不斜陽。」又「老經舊地都嫌小，畫憶兒時似覺長」、「得句渾疑前輩語，登筵初僭少年人」、「未遊五嶽心雖切，便到重霄事更多」、「年來一事真堪笑，只見來船是順風」，皆苦心孤詣，直追古人。

甲寅臘月五日，李雨村壽日，壻張玉溪懷湍來祝。將以來春公車北上，李預作送别詩，云：「懸弧纔過壽筵期，又賦乘龍北上時。倚馬萬言真快壻，家駒千里當吾兒。讀書目或十行下，得句心參一字師。更擬潺亭春水動，看君破浪上雲逵。」「九重是我舊巢痕，累葉無人繼國恩。此去上林枝定借，應聞大樹號猶存。玉壺冰鑑知非謬，清廟明堂品最尊。倘遇故人相訊問，爲言寂寞老江村。」大樹謂將軍號也。玉溪見之，即和韵。云：「來朝行李訂歸期，送到翻成錦字詩。一劍横腰如健僕，六經使熟似呼兒。西川才子吾推岳，東粤文章衆所師。此去膝前勞想望，五雲深處是天逵。」「和成斧鑿見詩痕，問字常蒙教育恩。冰玉一編佳話在，金鑾萬里故交存。書厨許勝外人看，詩話嚴于老吏尊。多少名卿成碩輔，問翁何故老江村。」玉溪兄雨山懷溥有《京山訪劉虚静和雨村壁間詩》。云：「絶頂來飛塔，臨軒落小城。撥雲穿徑濕，攜杖引風清。花暖蜂巢閣，春深鳥唤名。怪來人寡和，仙骨太峥嶸。」又《馬鞍嶺》云：「微風灑然來，林有碎硃滴。」《松林驛》云：「獨鳥無朋友，哀猿有子孫。」《寧羌》云：「州女解調馬，山童各抱猿。」皆能别開生面，不落恒蹊。又伊所選《柏香書屋彙抄》，有《春日簡弟》一首。云：「玉羅窗格碧蟬紗，磁碗垂雲試露芽。懸桶君臣蜂建國，繞梁夫婦燕成家。杏花漠漠垂簾遠，芳草萋萋一道斜。池上樓臺應有夢，柳棉飛盡欲藏鴉。」異日詢之，始知爲陳蒙仙一佃所作詩也，筆意頗近皮陸。

乙亥九月，丁時齋、張益齋相繼下世。省垣未及委人，州守暫檄周韵柯司馬兼權兩學。周詩人也。喜賦四律，云：「先生從此又升堂，捧檄今朝喜氣揚。吏治好從經術飾，監州敢放戲儒狂。「監州是戲場」，陸放翁語。許丞重聽還無礙，孫復人師却不當。多謝題輿賢刺史，重鞭老驥到宮牆。」「廬山面目幾多存，便擁臯比道不尊。五試春官淹矮屋，十年西蜀别師門。四川曾晤鹿泉、青垣二師。難抛舊日青氈業，每憶鄉關白鹿原。繫馬階前仍俗吏，諸君且莫賦高軒。」「寒士何人展素懷，不官不器屬朋儕。秀才憂樂無分任，教授蘇湖有二齋。苜蓿充庖容易代，文章入律最難諧。傳家自愧春風座，却望登堂士盡佳。」「地接文昌眼較清，儒林兩字稱銜名。衰年漸露冬烘態，治譜先調春誦聲。正好三餘寬歲月，敢因五日負平生。爲參講席師前事，新論桓譚著作成。」抑何風雅絶倫，凡和作皆不能及。

錫山進士顧嗣宗，字立方。與嘉定李書田方伯人品詩格俱超絶。顧有《不雨嘆》，云：「外河水淺今成溝，內河水涸今成邱。螺蚌紛紛雜瓦石，童稚踏歌檣下遊。大船抽却舵，小船沙上過。長年袖手篙師餓，估客篷窗三月坐。清晨婦子喜，濃雲在天雨至矣。雨不來，風颼颼，先訛作鳥尾，後涣作魚鱗，六龍躍出光陸離。朝不雨，夕不雨，老農低頭淚如雨。浮雲閒閒自來去。安得儂家稻，多於原上草，有雨固佳晴亦好。安得儂家田，生近滄海邊，朝潮暮汐高于天。無水不可車，有稻不可割。路逢一士大笑樂，先世薄田令賣却。」書田《贈簡齋》云：「一百八十八徵士，只有先生最少年。風雅偏能兼樂壽，聰明直欲傲神仙。官如抱朴懷勾漏，人指棲霞作洞天。若使懸車須此歲，轉因簪笏誤林泉。」李名賡芸，丙午第四名舉人，庚戌第五名進士，廷試二甲第二名。由德清令官終福建布政使。

嘗摘袁香亭句，如《定遠道中》云：「山頭見塔知城近，樹裏聞鐘覺寺深。」《憶秦淮》云：「月明歌管常無夜，水長燈船直並窗。」《寄隨園》云：「閒猜獨鶴梳翎意，静惜孤雲出岫心。」五言《春晴》云：「雲光烘客路，鳥語碎春懷。」《曉發爐橋》云：「月斜人一行，簾影入清光。微覺馬行滑，不知衣有霜。群鴉低似霧，達水立如墻。漸漸星河淡，村鷄叫樹荒。」洵如并剪哀梨，甘脆有味。常熟王介祉贈詩，有二語足以包其生平。云：「叢叢著述皆千古，草草功名只十年。」蓋香亭居官十年，解組後即以著述爲事云。

渠縣李覍塘驥元，乾隆甲辰進士，官編修。《在都中寄祝兄雨村五十壽》云：「好風隨我潞城隈，報喜還兼獻壽杯。依舊頭銜花誥錫，從新手簡綺筵開。海邊桃李千年植，砌下芝蘭此日栽。合與封翁拚一醉，相看徵召日邊來。」「是吾兄也亦吾師，伯氏風流合在兹。報國文章兄與弟，傳家衣鉢禮兼詩。運河兩載清風播，粵嶺三年藻鑑持。有德自應兼有壽，南山頻願祝期頤。」又雨村《甲午年五月輓大司寇錢文端公》云：「三朝眷遇老成身，頤養林泉二十春。秀水文章名似斗，香山圖畫髮如銀。簡濤世掌三公職，錢沈齊名兩老人。豈謂忽翔雲外駕，傷心驚見邺恩綸。」「簪纓不少聖明時，誰似詞章結主知。御製驪駒頻寄和，迎鑾龍舸每教隨。自慚才豈籠中物，偏許天從井裏窺。我是歐陽最遲弟，瓣香獨自感恩私。」「記得嘉禾侍起居，趨庭剛是學詩初。吟成蠶繭鬚眉喜，引進皋比講論徐。一棹鴛湖春載酒，幾行鴦帖夜臨書。自從忝竊蘭臺選，清夢時猶傍草廬。」「一别春風不與遊，人間無處望仙舟。昔蒙國士曾青眼，今作郎官欲白頭。篋裏卷餘硃筆抹，壁間字尚墨痕留。平生酷有西州痛，不是羊曇也淚流。」

姚江施瞻山滄濤，乾隆壬戌進士。先任諸暨學博，年逾古稀，詩句崛强，迥不由人。著有《石雲樓詩集》。《書懷》云：「人如多恨生何益，鬼果無愁死不難」、「青山曾濕眼中雨，赤日不消頭上霜」、「祇今四海莫相識，更後百年知是誰」。《棲真菴》云：「貪看山色行過路，雅愛溪流坐片時。」《無寐》云：「橫議笑如咻衆楚，除愁難似定三秦。」《題畫》云：「柳岸風波少，維舟下釣絲。羨魚心已淡，一任上鈎遲。」《蜂》云：「官是何銜兩度銜，采糧近遠日紛拏。黄鶯粉蝶依爲命，也合留遺幾瓣花。」《牡丹花》云：「一任西園羯鼓頻，不隨黄紫鬥芳新。輸他饒有鬚眉氣，笑殺群花盡婦人。」饒有閒情逸致。

偶於州學署見署任休寧任自堂元基，有黄左田少司農詩數首。《在篷上》云：「聞君已去荆花館，今我重來椿樹岡。千里空教明月共，三秋猶記去年凉。徘徊蒼檜陰如昨，想像黟山夢未忘。爲語任家好兄弟，幾時風雨復聯牀。」「濕雲解駮日光明，乾鵲檣竿作好聲。笑我滯留掩卷坐，看人次第挂帆行。久知驟雨不終日，始信人間重晚晴。却恐來朝泥没髁，輿丁未免壓肩頳。」又《將近六安城》云：「近州多野寺，佳境在西南。客有曾遊者，閒來就我談。擬乘竹兜子，徑到水晶菴。逃暑過三伏，題詩寄一龕。」信手揮就，殊覺瀟灑自如。與吾邑楊蘭如方伯《和崇研山廣文留别韵》異曲同工。楊句云：「片帆風緊正楊舲，船裏人多櫓暫停。十日代庖氊未煖，廿年需次鬢猶青。鵝湖宗派傳心切，馬帳笙歌側耳聽。此去皖江春色好，浴凫飛燕滿洲汀。」「彩毫飛動墨華浮，小字黄庭甲一州。人似春風吹滿面，詩如新月豁雙眸。印池鴻爪餘痕淺，過隙駒光逝水流。記取三秋鵬翮健，垂雲老向帝鄉游。」「相逢纔得慰平生，楊柳青青唱渭城。捧檄蚤知期不遠，回舟那惜宦無成。文章聲價千金重，身世浮沉一葉輕。不是衆中誇鶴立，過江風度久心傾。」「娱情泉石快投簪，春滿遥岑與近岑。草色一天烟雨重，桃潭千尺水流深。芝蘭氣洽無差味，松柏春長有本心。我是鍾期能識面，不教冷落伯牙琴。」

亥冬子春，吾六兩學乏人，上憲令天長崇君研山一淦來兩兼護。未及一月，而署任胡公鳳綸、任公元基皆到。崇有《留别》四律云：「捧檄南來掉短舲，一雙蠟屐暫留停。虎皮客到丁無白，龍穴山遥午正青。座近春風欣有託，謂蘭如夫子。歌殘舊雨不堪聽。謂直民同年。花前思發知多少，歸雁遲回繞夕汀。」「璧合珠聯瑞氣浮，鸞翔鳳翥冠南州。放舟舊傍崇川棹，拾級新開天柱眸。泮水魯侯徵燕喜，江州司馬最風流。媿余未盡登臨興，悵望名山負勝遊。」「歡娱别恨接時生，淠水流澌繞暮城。廿載期過仍待嫁，十洲遊徧竟何成。宦情浪説臣心淡，勝地難居福分輕。多謝諸公憐駿骨，悲歌未了酒頻傾。」「此去何年簉盍簪，異苔寧自間同岑。席無暖處官原冷，友爲交新思轉深。流水東西終到海，浮雲去住本無心。相期努力青霄近，爲鼓瑶華一曲琴。」崇本龍眠訓導，憂去，念年未補。曾舉乾隆己酉拔萃科，去六赴皖，即委署廣德州之建平。在六曾膺胡中丞檄，委金家寨，拿獲劇盗五人，文武兼優，廣文中所罕見者。詩前尚有小啓，亦並録之，云：「僕本多愁，中年善病，桐山職鐸，五易春秋。皖水攝官，屢司香火。緬鹿洞而難言化雨，搴馬帳而多愧扶風。比者檄傳六國，承乏兩齋。地本盛唐得句，羌無故實。州名開化教人，絶少科條。况復京兆代權，甫逾五日，昌黎攬勝，未及兼旬。席將暖而酒闌，突不黔而瓜代。言懷玉尺，僅雪立于程門；惆悵金蘭，痛月虚于戴舫。半生知己，坐數晨星；

千里聞言，相逢今雨。而乃消寒杯底，頻浮鑿落之光；獻曝樓頭，曉碎𨩲鑼之錦。或雞織鴨柵，美佐雙弓。或鳳淪龍屠，小珍四海。或貫來白饌，或麗惠朱提。王氏諸帬，不恃江東門第；李生遇姥，那矜鏡下才華。何妨著作承明忘形爾。汝幾許經師人表，共訂醇醪。俗敦古處，户有淳風。我何人斯，欣遭良遇。且也心勞撫字陽侯，則久播深仁。吴。政尚廉平濠上，則新移大旆。英。監州文澤，實爲前事之師。周。贊府神仙，早負過江之秀。紅蓮緑水，美盡東南。綰綬分符，宦多寄寓。每懷報稱，愧對長官。載酒惟清，多慚寅好。柳依依以欲放，日冉冉其方長。坡老詩成屬和，而難諧競病；鄭虔癡絶留題，而用答驪駒。天柱高擎，曳行雲而無盡；淠河北去，憶潭水以彌深。敢賦長言，先疏短引。」

雲南張月槎名漢，係康熙癸巳編修，乾隆丙辰考取鴻博，重入詞館，年已七十餘矣。僅記其《秋夜迴文》一首，云：「烟深卧閣草凝愁，冷夢驚回幾樹秋。懸壁四山雲上下，隔簾一水月沉浮。翩翩影落飛鴻雁，皎皎光寒静斗牛。前路客歸螢點點，邊城夜火似星流。」相傳迴文詩始于蘇若蘭，而竇滔温太真已先有之，究竟不知始于何時，俟爲詳考。

皖懷諸生李嘯村葂，詩清警。相傳有「楊柳晚風深巷酒，桃花春水隔簾人」，猶少作也。《酬真州方鑑齋》云：「無成鹿鹿已華顛，又到生辰意惘然。諱老偏逢人叙齒，已窮猶自聳吟肩。倦眠蕭寺春風榻，放浪桃花夜月船。此際多君慰岑寂，一樽郊外集群賢。」又《金山》云：「鰲背連雲未易攀，塵心到此覺全删。空中樓閣無多地，海上蓬萊有數山。天遠帆隨春樹没，潮平鐘送夕陽還。當年不解坡公帶，長此横腰亦等閒。」皆工整流麗。亦工七絶。《廢園》云：「誰家庭院自成春，窗有莓苔案有塵。

偏是關心鄰舍犬，隔牆猶吠折花人。」李爲學使于耐圃所拔士。按試皖江時，筆不停揮，立成《春江詩》，上下平七律三十韵。于大驚，有國士之目。李亦矯矯不可一世。未幾卒，可惜也。

善作詩者，往往于詩中琢出名句，深可艷羡。魯星村云：「酒中萬愁散，詩外一言無。」邳州王天潤云：「世味隨雲淡，詩思到枕工。」歸安徐溥云：「交論古道原求淡，詩到能傳不在多。」合肥高卓云：「花當極盛愁風雨，詩到于名失性情。」舒城闕蘿村云：「老猶多累難言達，詩未能工早得窮。」又云：「病緣戒酒偏思飲，窮不工詩亦費吟。」含山嚴之熊云：「昔年酒怕人前減，近日詩從病後多。」巢縣釋覺珍云：「縱然山水能醫俗，其奈詩文不療飢。」皆是也。

近來皋城風雅特盛，英流濟濟。如汪漱芳書勳《藝菊》云：「九月風光開爲我，一年辛苦瘦如君。」李蕊宫若桂《金陵雜咏》云：「渡蘆清梵臨江寺，照水紅燈近郭樓。」鄧瑞軒述曾云：「亂鴉投樹客投店，殘月在天人在途。」李南莜邦寧云：「白沙千尺浪，紅蓼一江秋。」汪浣雲哲《春柳》云：「牆頭青眼欲窺誰。」黄海鷗惟懋《秋閨》云：「妾本多愁不爲秋。」王野苹兆南《采桑詞》云：「春風一路粉痕香。」又乾隆丁酉秋闈，余中表黄星槎海在江寧得長兄凶問，口占云：「誰知近日家園事，袖底書開竟失聲。」又：「自是重泉依二老，可憐何地置諸孤。」孝友悱惻，溢于言表。

深於經學者，多不能詩，如前明歸震川、茅鹿門，及我朝方望溪、王牆東諸公，間一爲之，亦蹇澀不成家數。吴門張匠門大受，其經學極爲汪鈍翁、韓慕廬、朱竹垞所賞識。故《秋懷》云：「堯峰許領東南雋，吏部容先弟子行。更感白頭朱檢討，苦將塵劍拭光芒。」然《匠門集》三十卷，各體皆工。嘗召至御舟賦詩。可知學究一科，亦不足以牢籠大雅也。曾典試四川，《八月十五夜題衡鑒堂》云：「衡鑑堂開月色澄，臣心敢擬玉壺冰。鄉科類萃奇難得，文字銓量老尚能。蜀國山川如錦列，皇朝館閣若雲蒸。分明露溢蟾宮近，桂子清香此夜凝。」

錢塘桑民部弢甫調元，才華豐艷。人亦放達不羈，性喜遊覽名山。有《遊嵩洛詩》，云：「獨客因依青豆房，月臺乘興縱清狂。醉中憤把龜茲笛，吹裂龍門萬仞岡。」歸里後，廣收書籍。偶購得《元人百家詩》一部，展閱之下，見尾幅有黏牋，云：「乾隆丁巳，又九月九日，厨下乏米，手檢《元人百家詩》付賣，以供饘粥之費。手不忍釋，因賦一律云：『典及琴書事可知，又從案上檢元詩。先人手澤飄零盡，世族生涯落魄悲。此去雞林求易得，他年鄴架借應癡。亦知長別無由見，珍重寒閨伴我時。』媵之陳氏坤維題。」蓋故家才婦以貧鬻書者，惜不知其里居顛末。弢甫有次韵詩，並徵同人步和。厲徵君大鴻和作有句云：「難追寫韵仙家事，應共牽蘿絶代悲。」亦可哀矣。

弢甫性孤介，棄主事官，裹糧遊五嶽，能日行百餘里。《留别同官》云：「莫定畸人物外踪，夢魂飛入碧霞重。浮雲形似世情幻，秋樹色添遊興濃。白練横過天際馬，烏藤直上嶺頭龍。憑將一斗喻糜汁，洒遍天門日觀峰。」又《嵩洛遊》詩有云：「世外多情一明月，直陪孤影到三更。」

五六胡秀田觀察枝蕙，由趙州牧歷任鳳邠鹽道，自西安官署寄余《書懷》四律。云：「綰符幾載近京華，馬絡風塵客路賒。擊筑尚懷燕市酒，停車曾吃趙州茶。鵷班舊忝隨鴻羽，豸繡今膺壯虎牙。雄塞監司慙報稱，勉將七事勵官衙。」「崇關百二俯層巒，皇子陂頭備一官。敢道褰帷齊正笶，也曾持斧劾登壇。地連巴蜀摩崔曲，蜀語云崔、屈屹如雪山，二人齊名也。人擁旌旛式范韓。謂朱虛舟中丞。近聽角樓喧鼓角，幾回抒寫寸心丹。衙近撫署。」「蛩行蹙負憶猖狂，怒掃攙槍逐隊忙。棧裏雲連盤赤蟻，峽中火熾換紅羊。癸酉匪徒滋事，余從軍，故云。功成雅咏投壺樂，策定端資聚米良。微績也叨褒鄂薦，絲綸重賁玉函光。」「安定家風溯典型，文章政事仰寒廳。寅清恰把箕裘紹，辛苦能貽翰墨馨。述祖篇先傳德永，思親句每憶雲停。衙齋時起鄉關望，回首桑麻繞郭青。」余知秀田喜寄情吟咏，亟爲依韵和就。云：「偉人雅度擅風華，數載賢勞興未賒。羔雁資先心似水，蓴鱸情寄癖惟茶。拊循舊績知銘鼎，報最新聲業建牙。關隴仍敷燕趙澤，手籠詩草肅官衙。」「一壑一邱拱一巒，弛張祇辦十年官。得民到處歌生佛，肆武頻年蒞將壇。冀北循良思借寇，關中節鉞又瞻韓。頃聞竭已輸公志，猶是葵心向日丹。」「政成言退喜先狂，吟咏偷閒措置忙。治績萑苻消甲帳，民風朋酒樂羔羊。刀藏善久稱家督，璞獻人今識國良。出處真堪追往哲，傳來鄉里亦生光。」「六郡君家足典型，累傳積善久名廳。傾囊利物葭莩悉，鎖院遴才縞紵馨。尊府與廬江孫公維祺通世好。簪笏滿牀洵絡繹，鳳鸞盈軸未留停。金昆並竹林同時官內外者五人。眼看後起承先澤，得路雲程一望青。」

古名臣有得人殘章斷句而珍賞不置者。尹文端公開府兩江，曾派上元主簿王發桂管理行宮。王有句云：「愧我衙官無一事，宮門持帚掃閒花。」即擢陞縣佐。江寧秀才解中發有句云：「多讀詩書命亦佳。」公于箑上見之，即聘爲西席。乾隆甲辰三月，袁簡齋至南昌，蔣心餘病風，口不能言，猶以左手書何在田詩數句相贈，以爲可傳。《偶成》云：「月借日光成半面，雨收雲氣泛餘絲。」《郊外》云：「野徑無人問，隨牛自得村」、「樵室薪爲榻，漁舟網作帆」、「近市原非隱，能詩豈是才」。先輩之愛才如此。

德州高西園奉翰，詩畫俱精，臨池復得鍾、王遺法。爲人縱逸不羈，由諸生薦舉方正，官歙縣丞，調泰壩河工。適同邑雅雨先生作運使，題擢儀徵令。有搆盧者以爲結黨，參刻罷職。高《題泰州寓壁》云：「十年江上奉恩光，一夕春臺變曉霜。鳶墮無端逢腐鼠，觸來那信有神羊。幾曾連茹茅同拔，却爲鋤蘭蕙並傷。祝網幸逢寬大日，上書不用學鄒陽。」「呼牛呼馬總非真，别有悲歌泣鬼神。功過難憑從信史，恩讐無故哭前因。不妨李固終成黨，到底曾參未殺人。莫怪書生輕涉險，世間坎坷本來深。」盧亦有詩，云：「晚上徵車遇已遲，賢良異等聖君知。王陽况已臨方面，柳下寧宜老士師。自古薦賢膺上賞，不知對簿有何辭。憐才惟羨凌雲客，狗監偏能識不羈。」及事得白，高已病廢，旋卒。盧復哭以句，云：「最風流處却如癡，顛米迂倪未足奇。再散千金因託鉢，已殘右腕更臨池。殷生瀟洒談元日，戴掾昂藏對簿時。見説淮西傳故事，遺文争患少人知。」曷勝才命相妨之感。

歙人汪修齡喬年所居繡園，庭樹清幽，竹樹蓊翳，日與詩人唱和其中。年八十時，至金陵訪袁子才不遇，題詩隨園壁上云：「無人不識元才子，今我來尋李謫仙。底事閒雲無處捉，教儂空蕩釣魚船。」著有《繡園集》。五言云：「驅寒非愛酒，無伴始憐燈。」又云：「移栽花盡活，學試鳥争飛。」七言云：「信手拈書還復倦，無心舉酒忽成頽」、「還鄉有夢偏難覓，作客尋人每不逢。」皆佳。

排句如三韓劉玉衡廷璣曾有句云：「雁將天作路，雀以樹爲家。」與宋人「柳間黄鳥路，波底白鷗天」相似。此皆從楊誠齋「青天以水爲明鏡，白鷺前身是釣翁」得來者也。再作五言詩，必須有奇句，首句尤要。偶見徐芬若《松山》起句云：「一峰飛入雲，雲故推之出。一峰飛出雲，雲故攫之入。」抑何奇警乃爾。

袁簡齋《咏桂林山》起句云：「奇山不入中原界，走入窮邊才逞怪。桂林天小青山大，山山都立青天外。」又張太史惠言作《高麗貢山歌》，起句云：「巨靈開荒劃世界，奇峰驅出中原外。走人窮邊絶徼中，掀天負地逞雄怪。」意雖相同，均之奇特。又簡齋《咏宋子京》云：「人不風流空富貴，兩行紅燭狀元家。」香亭《贈張船山問陶》云：「天因著作生才子，人不風流枉少年。」雖經脱化乃兄，已覺青出於藍矣。

徐靈胎《打曲刺時文》一篇，前已採入鄙箧矣。兹得其子榆村爔《甲寅送其兒秋試又度曲贈隨園》，云：「千山萬水，裝點了吴越規模。天地又躊躇，須生個奇才異質，風雅超殊。放在中間，空前絶後，著出些三教同參萬古書。更不讓他才華埋没，又把月中丹桂，天街紅杏，閬苑瓊林，一一都教攀住。略展經綸，便使那萬户黎民爭稱慈父。纔許他脱却朝衫，芒鞋竹杖，歷盡了層巒疊嶂，游遍了四海五湖。方曉得花月神仙，斯文宗主，赢得隨園才子，處處家家個個呼。端的是，菩薩重來，現身説法，度盡凡夫。咱也乞灑楊枝一滴，洗盡塵心，跳出迷途。」

芷江詩話卷五

古六許嗣雲芷江手編

昔袁簡齋在維揚見《宏濟寺題壁》，云：「隨着鐘聲入梵宮，憑誰一喝耳雙聾。柒欏不解無言旨，孤負拈花一笑中。」「山水争留文字緣，脚跟猶帶九州烟。現身莫問三生事，我到人間廿四年。」後署「茗生」二字，訪之年餘，始知爲蔣公士銓。由編修陞侍御，詩名冠世。又因公過良鄉縣，見旅店題詩，止注「篁村」二字，詩云：「滿地榆錢莫療貧，垂楊難繫轉篷身。離懷未飲先如醉，客邸無花不算春。欲語性情羞骨肉，偶談山水悔風塵。謀生消盡輪蹄鐵，輸與成都賣卜人。」袁和韵，有「好叠花箋書稿去，天涯沿路訪斯人」之句。後十五年，方知爲會稽陶公元藻。叠相唱酬，尋以甲榜縣令，詩名噪宇内矣。余以己未客皖寓邸，拾得詩幅三十餘首，署曰「途言」，不知名氏。業爲珍藏，前已載入詩話。兹復得詩卷内又有草稿兩大幅，印鐫「紡庭」二字，究未訪爲何人。詩特俊逸清新，實有不可一世之概。題寫《擬古樂府》曰：《復古篇》，注曰：「慶世運復上古之初也。」其詞云：「儒生稽古資書史，書史斷自有熊氏。至今四千五百五十年，統週七十六甲子。周秦治亂若循環，由漢迄明總一班。天心篤眷古初復，時雍光被何神速。勝國之季黄河清，長白山中聖人生。王迹肇基符稷契，太祖太宗起瀋京。世祖首出四海一，一十八載聲教訖。煌煌聖祖謨訓宣，久道化成六十年。世宗登極十三祀，恩澤淪肌兼浹髓。純皇繼治功十全，拓地極西三萬里。伏思一代六朝六聖邁中天，顯然直追五帝無比肩。洪惟道統治統集大成，於胥樂兮我皇御宇親政熙皡氓。盛德大業數之難，僕更漫羨景星明。不數鳳皇鳴，寧誇芝草榮。祇慶歲功成一切，謁陵臨雍巡狩蠲。賑安瀾耕籍，舉次行順則。黄童兼白叟，百六十年恩澤厚。立乎本朝溯古皇，綜計元會管蠡量。中間興衰升降誰短長，德高嶢嶢仰陶唐，敻乎聖清後先望。」又《美女篇》注云：「君子有美行，非徵求不出也。」其詞云：「碧玉貧家女，生小浣溪沙。心情比湖水，臉色亂桃花。條桑采擷頻，袖薄興偏賒。蠶功昨告成，敢詡文綺嘉。日暮棲遲修竹裏，幽閒無語對明霞。回憶鄰女昔聯袂，蘭皋金屋各天涯。若個金吾歸去速，若個深貯侍中家。突兀有人更貴顯，芳齡業已侍琅琊。情不移，紈扇底；心不繫，七香車。紡績女紅供素職，空房寂處志寧差。涉大川，終有楫。渡明河，總有槎。時未來兮儂莫損，運已亨兮儂莫加。勿使懷瑾掩以瑕，詎令陟遡期以遐。禮義周防敢自誇，最珍重處是年華。」又《白馬篇》注云：「見人當立功立事，盡力爲國也。」其詞云：「古稱腰裹志千里，周王八駿寧止此。縱横意氣慣嘶風，師集百萬皆披靡。馳騁伊吾潔白姿，光采結束參差是。生辰冀北獵南山，奔騰徵逐隨移徙。伯樂一過聲名張，名隸羽林震遠邇。策鞭喧吼百風生，整裝浩往塞雲紫。或爲短馭受羈勒，直如英雄肉生髀。忽聞防邊召貳師，長驅寧復顧妻子。鏑聲歷歷逞龍媒，世惟虎將知源委。馘俘酋長慶探囊，削平疏勒等封豕。挽勁弓，挾强矢，長鳴直欲酬知己。出處士，堅貞女，曰知曰悦恒一理。肯隨都護定天山，燕臺一顧憑指使。吁嗟乎！燕臺一顧憑指使。」細玩其詞，當是懷抱利器，即景抒寫，而不落恒蹊者。不知何日方晤其人。

姑蘇吴壽庭樹萱，乃余慕軒兄甲午同年，亦戈太僕房中中式者。兄屢稱其詩筆雋妙，惜總未得一觀。後中庚子進士，由吏部騐封司郎中，視學蜀中。曾刊有《花溪吟勝集》，乃在蜀與石梅溪作瑞、徐玉崖長發兩觀察唱和諸作，王秋汀啓焜爲之序。余曾購得全本，不知爲誰何攜去。今只記其《懷李雨村觀察》七古一篇，云：「官職本非有生有，棄之奚翅却敝帚。江山風月作主人，詩名獨佔于古後。挂斗大印不足奇，破萬卷書真不朽。慕先生名卅載前，識先生面雙桂右。升菴故里暫停車，名紙忽枉驚抖擻。此邦文獻溯丹鉛，後二百年傳薺臼。几几之舄峩峩冠，六十鬚眉較我黝。三載相思欲往從，咫尺南村竟虚負。傾蓋略伸茶荈香，匆匆車騎復東走。我來看遍蜀山春，蜀山盡入先生手。以樓函海海函胸，開闢天地共長久。曾經玉潤問冰清，曾于其壻處訪之。洪鐘却笑以梃叩。撫卷能窺意匠真，夏雲之峰晚春柳。莊耶佛耶兼有之，此福此慧誰與友。西川江水六朝山，醒園隨園差並偶。後學逡巡乏羔雁，獻以長謠供覆瓿。木瓜何敢望瓊瑶，但乞先生詩一首。」聞雨村亦有不勝其矜許之意。又有《泛舟草堂》句云：「水激橋唇吹雨白，日銜城角見山青。」

孫補山相國士毅與袁子才誼雖同鄉，素未識面。袁弟香亭守肇慶，以書邀子才赴粤，孫爲制府，聞之甚喜，遣人饋問不絶，並先寄詩，云：「不遞鄉書不遣媒，闖然直爲荔枝來。文章澤國蛟龍避，裙屐仙山蛺蝶陪。當日登場誰不識，衹今此事更交推。自慙海上孫賓石，瘴霧憑公一掃開。」子才答曰：「正投巴曲到軍門，忽聽鈞韶到野濱。汲鄭果然能禮士，臯夔原本是詩人。筆揮强弩堪穿札，氣吐秋雲不染塵。病裏瑶箋當靈藥，一回雒誦一精神。」「舟泊羚羊峽口邊，早聞父老説公賢。官如子弟人人見，政比秋霜樹樹鮮。渡海輕裝常載石，焚香諸事不瞞天。嶺南元氣非難復，只望旌旗駐十年。」

既見，禮待甚優，並遣人送遊羅浮諸山。臨別出其所書《紀恩圖》，屬題其第十六幅，名《珠江轉舵》。子才題云：「此行真不負衰弱，得識羅浮又識公。同館敢叨前輩禮，虛懷真見大臣風。憐才心在官階外，知己情深落照中。料得紀恩圖未了，珠江轉舵督江東。」次年，公果由珠江移督兩江。補山將抵境，亦先以書問訊。子才復答云：「果然轉舵督江東，人意天心往往同。千里莪眉來紫氣，一朝南國有春風。争聽野老呼生佛，勝説詞臣爵上公。不是孤忠能格主，幾人恩眷極初終。」

王夢樓劇賞魯星村瓚「貓迎落花戲，魚負小萍移」之句，魯遂得重名。其五言如：「酒盡僕無望，詩狂夜不眠」、「聞犬知過縣，眠檣欲度橋」、「衆山爲竹有，一徑入林無」、「遠岸疑高樹，遥帆挂半天。」七言如：「文章奇不出天外，風月閒常來筆端」、「城低窗裏見江水，屋小座邊圍菊花」。皆佳句也。

子才全集編成，自題四絶云：「不負人間過一回，編成六十卷書開。莫嫌覆瓿些些物，多少功勛換得來。」「幾年學道斂心情，幾度删除仗友生。到底難消才子氣，霜毫觸處怒花生。」「七齡上學解吟哦，垂老燈窗墨尚磨。除却神仙與富貴，此生原不算蹉跎。」「學問原知止境難，其如雙鬢已凋殘。强顔且付麻沙木，一任千秋萬目看。」自道生平，却是目空一世。潘人龍亦有《自編詩稿》一律，云：「散稿分編次第成，校書常愛北窗晴。文章下筆有奇氣，風月入簾非世情。宦况得閒惟著作，人生消福是聰明。未知擔石儲何處，得句先誇冰雪清。」

潘公有《題袁子才集後》二律。云：「文章弱歲即登瀛，解組林泉享盛名。卿月使星皆後輩，美人才子半門生。六朝花草供吟賞，一代風騷賴主盟。我到隨園增太息，蕭蕭寒雪黯江城。」「閒居獨構草元亭，著述琳瑯足汗青。萬口交推兼作吏，一生所歉是窮經。遊能忘老耽山水，詩必驚人擅性靈。門巷蕭條無過客，梅花如雨落空庭。」後又題袁集後二律。云：「一官江上幾曾遷，才大能令宰相憐。作手文章開後輩，鍾情風月到殘年。獨争司馬終南徑，未買東坡陽羨田。若使玉堂容著述，豈真蔣趙得隨肩。」「落花一曲獨傷春，只合園林老此身。望重不妨官七品，筆强能挽弩千鈞。胸中人物無瑕少，眼底江山得句真。我惜公才多霸氣，翻令時輩律先民。」矜寵亦不爲不甚。而第二首二聯、第四首尾聯，倘存齋九泉有知，亦當爲首肯。尋又三題袁集一首，則極形折服景仰之志矣。云：「草緑瀛洲後輩新，風流誰領玉堂春。作官亦自殊群吏，此筆何曾有替人。宦海抽帆收慧福，名山把酒得閒身。文章勳業男兒事，輸爾園林樂趣真。」

江陰翁霽堂照，少以蓑衣詩得名。有「烟波雙鬢老，風雨一身秋」之句。獻嵇錫山相公云：「此生得遇裴中令，不向香山老一生。」嵇大喜，即薦舉博學鴻辭，後召試放歸。有《漂母祠》云：「漂母祠前老樹枯，欲尋遺跡半荒蕪。士甘餓死今還有，女識英雄古所無。野屋三間風荏苒，殘碑一片雨糢糊。可憐韓信功成後，不復歸來作釣徒。」足見傲岸有丰骨。其佳句如：「水當蠟去平浮岸，山到春來緑進城。」又：「友如作畫須求淡，山似論文不許平。」俱無常語。

趙雲松作詩千變萬化，不落恒蹊，而筆舌所奮，如諧如莊，令人驚心動魄。其五律如《曉行》云：「曉星明似月，古堠立如人。」《鎮安》云：「四時無落葉，一雨或披裘。」《江行》云：「遠帆如不動，寒月故相隨。」《送馬亭》云：「詩多成筍束，人瘦比梅花。」《舟夜》云：「孤燈殘夢蝶，落月滿村雞。」《渡太湖》云：「漁歌秋水杳，人影夕陽高。」《東皋》云：「蛙鬧當更鼓，螢多似火城。」《即事》云：「人少將兒使，家空恣犬眠。」《屏跡》云：「杜門閒客散，攤卷古人來。」《大風》云：「信有魚皆立，兼疑山亦摇。」七律如《哭友人》云：「久客不歸無異死，故人入夢尚如生。」《洛陽梓澤園》云：「美人絶色原妖物，亂世多財亦禍根。」《江于》云：「枯樹萬鴉棲似葉，荒蘆群雁宿爲家。」《歸田》云：「詩就多兼唐小説，客來與作晉清談。」《故居》云：「老再來時惟後輩，舊曾遊處似前生。」《落花》云：「過客也驚停屐齒，小鬟猶悞覓枝頭。」《漫興》云：「看戲人歸談古事，負暄叟坐述前聞」、「詩不與人争險韵，字常倚老作行書」、「家貧婦或勞兼婢，身老兒還小似孫」、「身到罷官如敗將，詩因遇敵想交兵」，皆工。又《青燈》云：「爲人嘗盡寒窻味，有女曾分夜績明。」《汪文端由敦師》云：「先生在日曾青眼，弟子如今也白頭。」《村舍》云：「老猶束帶見生客，貧尚典衣求異書。」《歸里》云：「散遣僕僮佳處住，收藏袍帶祭時披」、「科老將如祧廟主，官休已似退堂僧」。《哭蔣心餘》云：「屢移家去無黔突，再出山來已白頭。」又：「久將身作千秋想，如此才應幾代生。」《六十》云：「尚未成僧緣食肉，久辭作吏且伸腰。」《汴梁雜詩》云：「得國也從孤寡手，傳家難料弟兄賜。」而《咏美人風箏》則尤妙，如云：「直上似追奔月女，孤行肯逐馭風仙」、「但愁神女來行雨，恰喜封姨肯借風」、「挽住尚煩紅線手，倦飛或墜緑珠樓」，俱工麗可學。

巢縣湯君名懋綱，官禮部郎中。風懷高淡，喬梓。俱耽吟咏。有《早起》詩云：「老杏着東風，紅芳幾回變。何必遠尋春，日日牆頭見。昨夜雨無聲，地上青苔徧。早起快登樓，鈎簾進雙燕。」又有句云：「溪清山影入，風動竹陰移」、「遊山心在山，合眼飛嵐繞」。子名擴祖，有《訪袁簡齋不遇寄隨園》云：「花含宿雨柳含烟，隱士園林別有天。高卧白雲人不見，一家鷄犬翠微巔。」又維揚布衣汪可舟《送人之白下兼懷隨園》云：「此邦賴有舊神君，除却斯人孰與群。久卧林泉猶未老，只談風月別無聞。山中白石同誰煮，座上名香待爾焚。聽説扁舟去吴會，料應歸看早秋雲。」俱清妙。

余中表黄澣亭江，少負異才，老困諸生，品學爲一郡楷模。余三子皆從受業，詩亦清絶。乙亥春正七十誕辰有《自嘲》一律。云：「七十衰翁霜葉凋，况逢凶歲逼今朝。似教歷盡諸艱險，特遣長生試寂寥。麥飯乍炊薰里舍，菜羹大嚼馥簞瓢。老夫欲酌樽無酒，説甚稱觴桂與椒。」又《自壽》一律云：「無酒何妨也琢詩，强顔含笑快摛辭。功名報我非云薄，事業酬君恨已遲。驥老神猶思蹴踏，虬蟠氣不受籠羈。梅花依舊來相伴，煮酒烹菘當壽巵。」蓋君壽辰爲新正三日，適當甲戌被旱之後。余元旦即屬和云：「喬松不解歲寒凋，况復今朝勝昨朝。值此陽光韶景麗，知君心事碧天寥。烟雲筆底花縈夢，塊壘胸中酒飲瓢。歉盡轉豐人七十，稀齡好共索春椒。」「介壽難敲儉歲詩，完人宿學樂陳辭。桂蘭有種傳經早，圭璧無瑕食報遲。到底珠光終莫掩，誰云驥足竟能羈。老成自古龍頭屬，擬比桓榮進一巵。」

丙子仲夏，長白敬廉階先生文來攝州牧。三月卸任。寬嚴相濟，清慎居心。去之日，州人士以詩頌者居多，志不忘也。敬有謝啓云：「庖代皋城，小留珂里。九旬鞅掌，何曾栽召伯之棠；三月鈎稽，遑敢擬文翁之化。衙齋初放，深憂民隱難伸；案牘晨披，竊慮官方未飭。荷匾聯之先逮，舉首多慚；

復歌頌之重頒，捫心有媿。琅琅炳炳，如聞金玉之聲；浩浩煌煌，似挾秋霜之氣。倘使播問四野，益恐實不副名。若教稍易數言，又恐金點成鐵。盛情心誌，敬謝不遑。敬文謹啓。」敬又有《留別》四律，云：「從政難言吏即仙，此邦景物足留連。龍湫日麗開天柱，淠水風和瀉玉泉。民識刑章皆畏法，士多揖讓盡名賢。催科撫字慙無術，空負琳瑯韵百篇。」「下車三月小盤桓，政拙遑求片刻安。奉職敢云稱職易，得名轉慮副名難。才疏廣設陳蕃榻，交厚頻彈貢禹冠。此去龍山重回首，蘭橈共濟藉同官。」「殷勤祖餞意何隆，斑馬蕭蕭夕照中。迎拜已經慙郭伋，擁留真復媿元崇。敢言美錦絲絲燦，那得甘棠樹樹紅。爲謝珂鄉諸彦士，新詩儘貯碧紗籠。」「汝曹分職有專司，莫謂予嚴起怨咨。常以仁心存厚道，慎毋細故去求疵。民雖可虐官難掩，天不容欺爾試思。臨別丁寧相誥誡，公門隨處好修持。」

熊介臣太史《送行》詩云：「聖朝察吏重循良，天下民牧凜官常。就中真僞各有辨，公論時時話短長。今年我公來六國，捧檄權司刺史職。道旁父老各駢肩，瞻望風儀不敢測。僉曰公爲貴公子，弱冠登朝紆金紫。民之情僞民之依，灼見克知非易耳。誰知我公冰玉姿，真堅真白不磷緇。卓犖觀書識治體，襲黄杜召是所師。下車即與士夫見，外則春風内鐵面。簿書錢穀悉精心，旦晝勤勞色無倦。闔郡聞之走相告，如此清官今始到。熙熙攘攘爲公來，日詣琴堂聽教誥。見公愷悌若慈親，撫卹老幼憐孤貧。見公廉明如老將，脅服强禦化頑嚚。桁楊桎梏不輕用，用時語長心鄭重。一片至誠惻怛情，能令受者默默頌。忽聞我公瓜代至，行將膏車去此地。此地之人心皇皇，共欲攀轅縶公轡。明知縶轡不可留，又難詣闕上書求。遂將芼羹與秫酒，稽首馬前丐公收。公見斯民涕欲出，自謂當官無巧術。

胡爲庖代數十朝，遽令詉詞幾失實。愚民不識公心悲，惟問重來是何日。公言再至不可期，民乃怏怏如有失。吁嗟乎！國家承平二百年，商賈牽車農服田。近來吏治縱稍怠，豈至情形如倒懸。自非公之德感至，安得如此情纏綿。我於公庭僅一往，聽公清言覺神爽。後來未嘗輕造門，頻聞治效捷於響。今日送公爲公贈，芻蕘數言請公聽。公愛我民民不忘，民頌我公公須稱。古人作吏貴清操，平生道力宜堅定。治民獲上理固然，仕宦從來無捷徑。」通首頌不忘規，實爲合作。熊旋改比部江蘇清吏司。

張荔珊明府天機活潑，跌宕風流。有《頌廉船》詞八首。一《竹馬謠》云：「爾騎竹馬游，我乘泥車去。相與郡尊迎，渥沾新雨露。竹馬自徐行，泥中轆轆聲。驅車還策馬，相與郡尊迎。郡尊從東來，霓旌懸五綵。稽首郡尊前，云是神明宰。霓旌駐六安，輿誦萬民歡。父老爲予言，此官真好官。」一《放衙鼓》云：「曉聲隆隆催首沭，暮聲隆隆催舉燭。案頭三尺理刑書，片言分撥咸傾服。觀者如堵環嘉石，鹿角平排禁不得。登臺衆凛秋霜色，喜對公堂冤皆雪。朝朝暮暮察民情，鼓聲相將無歇絶。」一《豐年歌》云：「銀河曉漢秋澄鮮，高林風静時清妍。嘉穀萬頃雲駢聯，公車倭遲聽早蟬。拖錦佩兮揚絲鞭，雨露沛兮同蒼天。隨車應瑞歌豐年，稻蒸今日尚芊綿。」一《種茶曲》云：「種茶早，種茶早，今歲年豐官又好，仔細鋤山莫潦草。早種茶，早種茶，今年官好物亦華，試看老樹已著花。茶早種，茶早種，今朝入城晚息訟，官念山居茶事重。」一《機聲和》云：「軋軋機聲相和梭，貧家兒女夜功多。沿街梆欜更應鼉，殘檠滉影飛燈蛾。□憐母子飢無炊，簷外嚴霜皆倒飛。明星晳晳東方陲，紅雲斜照西南簃。郡尊繞郭揚春爔。」一《晷漏唱》云：「我鄰之東，晷漏重重。書聲啞匝，韵與之通。我鄰之西，晷漏齊齊。山高落木，寒鴉不啼。我鄰之南，晷漏三三。夜無厖吠，高枕而酣。我鄰之北，晷漏刻刻。高樓望遠，萬家安息。」一《進酒行》云：「争酌公堂兕觥酒，萬民奉觴祝公壽。公駕瀕行不忍離，依依道上懷楊柳。吾聞賢守昔作青雲客，名臣世胄人欽識。今秋剖竹蒞皋封，湑水澄鮮感施澤。三月迴輿留不得，霜雪滿山留清白。甘棠重蔭期何時，悽我幽寒自吁呃。」一《靈椿吟》云：「靈椿吟，靈椿吟，所思百尺枝，能蔽一院陰。靈椿吟，靈椿吟，所思千年椿，煩勞太守心。昔我思靈椿，乃在公堂西。堂西聞鼓音，令人顔色齊。今我思靈椿，乃在黌宫東。銘恩與紀功，長短詠歌同。悲亦不在聲，歡亦不在聲。昔聲與今聲，不是兩靈椿。」蓋吾邑公堂下大椿合抱，萬民聽政，憩此樹陰，比之甘棠。後敬公解組，移住學宫東南民舍，故云。

吾邑劉西垣樞，名諸生也。爲吴邵菴先生首拔士。兹録其《和吴留别詩三十二韵》，大雅春容，亦復一絲不亂。其詞云：「清慎勤兼備，徽猷八載留。掛牀今日去，敷政曩時優。此地紛離緒，群情益隱憂。送劉錢入選，借寇願難酬。化被前車鵠，心盟白水鷗。兹爲龔杜侣，昔與柳韓儔。書久酣三味，文奚遜一籌。鄉闈淹遇合，吏治濟剛柔。霖雨周千户，仁風扇六州。冰心昭若揭，鐵面抑何求。麥秀躋張氏，芹香傚魯侯。慇懃興學校，理贊判明幽。桃李門多植，菁莪教孰侔。鱣堂垂道範，蛾術育儒流。一切髦斯士，都因遠乃猷。人皆遊絳帳，我亦入青眸。愧獲盧前譽，慚從隗始謀。自維殊碌碌，却幸與由由。苜蓿羅盤長，珊瑚結網稠。鑄人顔不惰，雕木宰含羞。玉尺量無算，瑶章韵又謳。

每懷嘉丕績，恐負拔其尤。心已潛同臭，思應永慎修。如何春脚去，難把別驂遛。楓驛雲歸樹，蓉湖月滿舟。天涯芳草地，古道夕陽樓。到處添新契，隨時溯舊游。鴻泥容寄託，鯉素釋牢愁。琢玉需調燭，鎔金俟獻甌。當年曾渡虎，指日再鳴騶。康阜勤熙載，經綸懋惠疇。濡毫先頌禱，敢報木瓜投。」細玩此詩，恰如出水芙蓉，秀嫩有致。再閱關霞生明府和詩，則更爲老到矣。詩云：「官好投簪去，民愚卧轍留。一方情戀戀，九載政優優。拔薤成遺愛，攀楊不解憂。更摹雙壁贈，那選一錢酬。膺爵曾持豸，飛舄即近鷗。歸心閒有伴，壯志夙無儔。關塞三秦遠，星霜一箸籌。寬才先濟猛，剛性外能柔。碌碌塵連牘，兢兢鐵鑄州。微員勤弩負，大吏絶干求。度嶺桓司馬，過江郭細侯。静繩民道直，虚鑑物情幽。廉正龔黄匹，仁慈召杜侔。事偏牽物議，品却重儒流。以我初登仕，從公景大猷。蠟宜顔阮屐，屢輒眩蘇眸。家乏茶場税，身添肉食謀。半袁窺不易，一寇借何由。嘉胏官銜肅，農桑井邑稠。公能希丕績，余尚凜包羞。盥手吟公句，傾心聽野謳。爲名先爲實，無悔自無尤。久宦容身退，前生苦行修。羊腸艱閲歷，蝸角謝拘遛。梅外輕騎馬，菱中小放舟。彈碁頻掃石，望月獨登樓。蓼嶺辭迢遞，蘇門任遨遊。秋深中沚思，春隔暮雲愁。酒滿陶潛榼，茶香陸羽甌。吟情遲別駕，離思擁前騶。蠢本分黄絹，棠陰語緑疇。幸當珠未去，瓊玖一相投。」關以己巳通籍，爲吾邑風雅主持。余閲諸作，固屬極妍盡態，亦邵菴公德政有以致之也。不揣固陋，亦爲傚顰步和。云：「去就名賢重，聲華到處留。深情誠惓惓，布政本優優。長孺由來戇，希文竟日憂。敷施寬濟猛，歌嘯唱還酬。興逸隨琴鶴，官閒狎鷺鷗。清風攜兩袖，碩望羡同儔。吴會早鍾秀，秦關甫展籌。循良歸静鎮，廉正協温柔。報最兼三縣，恩綸畀一州。八年方考陟，片念不營求。介節羊興祖，高踪郭細侯。政成忱可達，坐理暇偏幽。賦就歐陽匹，香焚白傅侔。扃闈襄大典，精鑑拔時流。環帳皆英俊，持衡仰駿猷。論文惟一是，得士豁雙眸。全泯師生誼，毋容進退謀。疑鍼明與度，窺管測無由。雪或程門立，人寧偃室稠。殷拳勤訓廸，指點比珍羞。士氣咸思奮，民愚也解謳。漢疏原引退，魯惠乃招尤。睠懷千里月，想望幾層樓。簪紱從今謝，鄉園着意修。轅攀猶眷戀，轍卧勉拘遛。迹似遠行客，心如不繫舟。未容終愛菊，恐又聽鳴騶。豈有林泉任釣游。陟山常在念，淠水亦生愁。公餞争先酌，離情盡此甌。未容終愛菊，恐又聽鳴騶。豈有龔黄器，而安沮溺疇。權將韓愈惜，瓊玖暫相投。」筆墨久踈，情不自禁，奚暇計其工拙耶。

金陵王金英，字淡人，號菊莊。性愛菊，嘗作《種菊圖》，海内諸公題詠近百人。所輯《友聲集》，詩句美不勝收。以紀曉嵐先生爲最，時爲翰林侍讀學士。詩云：「東籬千載後，癖嗜似君無。以菊爲名字，隨花入畫圖。秋深人共淡，香晚韵逾孤。可要王宏輩，重陽送一壺。」實能包括一切。又山陽阮吾山葵生一絶最佳，云：「雙丫奴子灌清泉，秋在笆籬老樹邊。一卷殘書數枝菊，南山不見也悠然。」更新穎。

州先達程杏牆公諱峻，號小峰。由壬申孝廉官閩之臺灣司馬十餘年。後值林匪滋事，盡瘁竭忠。詩亦清矯拔俗，惜多散失。兹録其《雪後登望岳樓》，云：「林間雪霽鳥聲遒，乘興來登望岳樓。近市遠村同色相，新詩舊雨各風流。座中玉屑消塵想，檻外雲光醒倦眸。强語最嫌僵卧客，烟霞寧識眼前收。」「刹倚城隅載酒臨，庭堅遺蹟渺難尋。山僧不解樽前述，我輩聊耽物外吟。螺髻春來殘雪閉，瑶房高處凍雲深。啣杯欲散重回首，一片斜陽照玉岑。」公族兄文球公策蹇入都，中丁丑進士。有《放驢》詩二首。和云：「長鳴曾記逐春風，十載馳驅賴汝同。伏櫪已知非故態，駐鞍應許恤前功。好依白業歸空外，從此紅衫是夢中。回首野橋孤店路，崎嶇何倖脱牢籠。」「禪關寂歷絶風塵，放去重歸别有因。料是主恩難遽却，更何遠志尚求伸。傳燈休笑騎還覓，飾象終愁假當真。但得聽經棲鹿院，蕭然散譽樂餘旬。」

乾隆乙卯萬壽恩科，天下入場士子以壽得官者一百一十七人。其賜檢討者三十一人，内川省巴縣張玉屏名孔訓與焉。張少即以詩受知于學使羅凝園典。家有蒙子園，即前明倪大司農之巴子園。擴而充之，手植梅花數百餘株，皆翳然成林。日夕讀書其中，自號梅花主人。湖北中丞惠瑶圃齡聞其名，造門訪之。曾贈句云：「一溪流水幽人宅，半塢梅花處士園。」名重如此。有《留鴻草堂落成》詩云：「將老方爲娱老計，替梅作屋住梅間。舉杯邀得月同坐，出户多疑雪滿山。苦甚于人偏作樂，忙無如我且偷閒。還須典盡裘兼葛，多釀醇醪醉客顏。」頗清新不俗。其《謝恩》有句云：「不會編書名檢討，未曾散館授頭銜。」亦趣。

又檢得席佩蘭字韵芬者。《南歸題上黨官署》云：「一回頭處一凄然，弱質曾經駐兩年。呼婢留心檢粧合，莫教人拾舊花鈿。雨後棠梨片片殘，飛來和淚濕闌干。一花一草尋常見，到得離時却耐看。」《惜春》云：「十樹花開九樹空，一番疎雨一番風。蜘蛛也解留春住，宛轉抽絲網落紅。」《陸行》云：「脱却風波踏地平，穿將珠顆數郵程。明明馬鐸車前響，錯認闈中鐵馬聲。」《酸酒》云：「个中滋味誰嘗遍，下第才人被放官。」《楊花》云：「迎風欲舞佳人態，到處爲家蕩子心。」《送外入都》云：「打疊輕裝一月遲，今朝真是送行時。風花有句憑誰賞，寒煖無人要自知。情重料應非久別，名成翻恐悞歸期。養親課子君休念，若寄家書只寄詩。」《十五夜月》云：「萬古不磨惟此月，百年幾度是今宵。」《十四夜月》云：「天無表裏皆澄澈，月在中間是性靈。萬事將圓未圓好，此情説與素娥聽。」清麗芊眠。著有《長真閣詩稿》。

前明八賊流毒四川，蜀王遇害。遂寧張氏有《闈幽録》，專列《宮中四女傳》，蓋紀其被難節略也。華陽諸生王松麓端爲樂府，以詠其事。一曰《荷池》，引弔宮人嚴蘭珍也。珍爲舞陽廪生松茂女，工書法，年十六選入宮中。甲申十一月賊破成都，蘭珍投西苑荷池死。其詞曰：「宮中書法誰第一，嚴家女有鍾王筆。麗春軒裏最承恩，繭紙鸞箋紛絡繹。競渡詩成寫未終，驚天鞞鼓王城急。國將亡，生何益？妾身殞，妾事畢。行過風梭東鬢橋，回頭東望烟塵偪。不受賊奴污，願作魚兒食。浣河池水深幾尺，明年花開色應碧。」二曰《御溝怨》，弔近侍齊飛鸞也。王同周貴妃自縊端和殿，飛鸞躍入御溝死。其詞曰：「外城開，内城開，蜀地河山何有哉。國君縊，王妃縊，魂與烈皇悲社稷。君王殉國妾殉君，仰天一痛慘烟雲。御溝水深情瀰瀰，中有玉人眠水底。君不見，美人頭，桃花面，酒可消，色不變。」三爲《銀瓶擊》，弔侍女許若瓊也。王歿，賊入宮，逆閹王宣執瓊見獻賊。賊喜，僞封皇后。夜伴寢宴宮中，瓊持席上銀瓶擊中獻賊額。賊大怒，戕瓊右臂。瓊復以左手撻賊，賊又戕瓊左臂。罵不絶口，賊衆臠之。其詞曰：「錦官城頭鼓聲死，鐵礮如靁地中起，山嶽崩頽悲徹耳。宮門開，黄虎來，殿庭格喋屍盈階，嗚呼蜀王安在哉？阿瓊倉皇逢惡監，拔以獻賊賊稱艷。趨立宫中陪夜宴，包羞忍耻受賊封。決計殺賊酒筵中，眼底已無張獻忠。自顧手中無寸鐵，審視國仇心膽烈。隱孃驤首提銀瓶，奮力擊賊賊腦裂。賊雖未死魂已攝，群賊顧之咸廐鮠。右臂折，左臂折，倒地罵聲猶未絶，肉虀肉碑飛香血。香血飛，貞心烈性誰與歸。荆軻難把秦王袖，豫讓徒擊趙襄衣，都亭殺賊今古稀。君不見，司農執笏擊朱泚，忠義之氣堪比擬。堂堂大節屬蛾眉，荆軻豫讓空男子。吁嗟乎！荆軻豫讓空男子。」四爲《漢殿仙》，弔宫女李麗華也。麗華幼慧，父友許寬義嘗以「吴江冷」令對，即應聲曰：「漢殿秋」，人因呼爲「漢殿仙」。賊既破蜀宫，幽華密處，華絶粒五日不死，十二月六日吞金卒。卒時與齊許李三人皆二十歲。其詞曰：「漢殿仙，蜀王宣，直何處，麗春軒。五日浣花溪上渡。王有賦，誰能步，字裏風霜含諷諭。龍舟酣宴正傳杯，錦求爲竭寇忽來。殺聲賊燄日爲隤，案頭黄紙隨劫灰。念君王，美人傷，絶粒不死吞金亡。何物黠賊逞披狂，争殘玉體舞郎當。豈知烈女骨，萬古猶馨香。」

邵菴太守前以五古贈韵柯司馬，韵柯復和五首贈之。吴置行篋以去，罕有見者。余與司馬席間談及，出稿示余。嶔崎歷落，亦復跌宕風流，與吴作工力悉敵，誠傑構也。詩云：「賤子不面諛，先生無貌僞。落落五月來，乃得和衷濟。方枘礙圓機，脂韋墮士氣。一見出天懷，畢竟是真意。坐久忘言辭，何況矜名勢。高高南嶽峰，眷言托遐契。」「此邦重弼教，循吏簡自秦。以兹感恩遇，表正先一身。八年雖盤錯，心術醇乎醇。是時余在蜀，叱馭瀘河濱。自來參末座，治理豁然陳。始知一德朝，明良會有真。」「六計弊廉能，或者志深刻。但善體物情，渾渾見清德。下交及散材，直如培士脉。處贈反復言，要不外精白。一一見子孫，勉以青箱業。廣庇天下心，大度抑何越。」「文莊情不禁，唱和走群才。輿論倘未愜，豈得招之來。一着大家手，長言展鴻裁。灑灑三百字，如讀峴山碑。我本師其道，風雅亦所推。安能維縶住，白首永徘徊。」「征鴻飛冥冥，桂樹淮南老。秋風落洞庭，鱸魚肥滿腦。已不負生平，矍鑠還鄉好。天恩既放歸，進退非草草。仰視卷舒雲，羅羅散晴昊。令德公日崇，賤軀我自保。」

李雨村先生云：「凡官居林下者，當以袁簡齋爲法，雖遇感恩知己，亦不常與往來。非但避嫌，兼之損名。」尹文端公總督兩江，雖師生相得，而有招多辭不往。尹頗怪之。子才寄詩言志，云：「不是師門愛懶行，尚書應諒此中情。聽來官鼓心終怯，換到朝靴足便驚。老眼書銜愁小字，詩人得寵怕虚名。閒時每看青天月，長恐孤雲累太清。」

袁子才入泮之年，又逢丁未，戲仿重赴鹿鳴故事，作《重赴泮宫》詩。云：「記得垂髫泮水遊，一時佳話遍杭州。青衿乍著心雖喜，紅粉争看臉尚羞。夢裏榮華如頃刻，人間花甲已重周。諸公可當同年看，替採芹香插白頭。」其時同入學者，尚有錢璵沙方伯琦一人。和云：「歲歲黌門文運開，劉郎老去又重來。壺中日轉前丁未，册上名存舊秀才。兩領青衫真法物，一頭白髮笑于思。平生幾枕邯鄲夢，屈指黄粱第一回。」此外和者百餘人。如泗州毛俟園藻云：「久於館閣推前輩，又向宫牆領後生。」梅衷源沖云：「錦袍笑赴青衿會，似把靈光照泮宫。」盧元珩云：「子衿一賦年週甲，聖闕重來歲又丁。」趣語皆妙。

越中有布衣詩一卷，不知誰人所輯，名氏亦隱而不彰。爲存其佳句。《晚村》云：「帶聲鴉易樹，偶語客歸村。」《種菜》云：「慘淡斯民色，艱難老圃心。」《不寐》云：「犬聲争巷黑，蛾影狎燈陰。」《鼓樓街》云：「數家吹餅肆，一椀賣漿燈。」《曉步》云：「傍曉步墟落，朝暾隔疎雨。谷口不逢人，山禽學人語。」《山村》云：「山銜茅屋竹籬斜，一逕苔深野老家。溪畔幾株紅柏子，自横疎影學梅花。」《秋亭》云：「涼風瑟瑟捲簾波，隔院榆花雨後多。卍字竹欄閒倚徧，一池春水浴雛鵞。」

乾隆乙卯，余姪蘭坡入監肄業，性耽畫蘭。有朝鮮使臣親造伊寓，以高麗之紙易蘭。並時相和，成帙藏余姪孫恩溥處。余姪孫又亡。稍遲再爲檢出付梓。兹録邑人夏名日長有《喜晤蘭坡回里》，句云：「渴悰四稔逢歸騎，談笑于今總性真。不似長安輕薄少，騰騰香艷帶京塵。」「阿兄家信仗君郵，得箇平安讌九秋。醉把茱萸思抱李，一枝簪擬插君頭。」夏亦少年英異，詩字俱佳，惜以名途蹭蹬，旋得狂易之疾十有餘年。邇聞舊恙已瘳，雖未獲的音，令人不勝欣慰。

詩有見到之言，如梁元帝之「不疑行舫往，惟看達樹來」，庾子山之「只認已身往，翻疑彼岸移」，兩意相同，俱是悟境。陳古愚之「昔我未生時，冥冥無所知。天公忽生我，生我復何爲？無衣使我寒，無食使我飢。還你天公我，還我未生時」八句，乃禪家上乘。陳后山云：「美人梳洗時，滿頭間珠翠。豈知兩片雲，戴着幾村税。」四語則小雅正風也。

州南七十里，有同山冲張瓊峰繼高易園别墅在焉。林木幽邃，亭臺、池沼、花木皆異尋常，王葯坡潯設帳其中。王亦州之名諸生，工古隸，詩尤清妙。《春興》云：「沿堤古木聳槎枒，隱約雕欄未盡遮。

行客過門常駐馬，主人長日喜栽花。青分野茗一旗短，白墜溪禽雙練斜。有異鳥名拖白練。最愛蕭晨清立處，露含新翠滴簷牙。」張君亦喜吟咏，有姻家少年過訪，貽蘭花、杜鵑數種，一宿即去。張調以詩云：「半畝荒園水竹阿，探幽仙客此經過。苦無佳景供青眼，可有新詩付綠蘿。眉宇照人光磊落，山光壓擔影婆娑。須知未洽烟嵐願，遽向東風轉玉珂。」葯坡又有三絶句，云：「同山清景易園佳，越歲重遊路不差。香雪滿庭開爛熳，隔林先認女郎花。」「層欄曲折俯迴塘，新漲痕添瀊浪牆。擲水魚兒任撥刺，釣艭閒煞小橋旁。」「嫩寒天氣綠陰纔，石徑斑斕已上苔。嬌鳥似迎曾識客，數聲啼過繚垣來。」

我六自順治己丑徐莘叟太史通籍後，直至乾隆辛丑，百三十餘年，雖科名冠蓋相望，獨缺館選。彼時州人士雅好敦請乩仙，藉詳科目。適有女仙自稱「雲窩仙史」，言事多奇中，詩亦清婉。因共詢將來人士得館選否，批云：「有問姓名云，五行皆可剛。」與蘭如方伯字行可恰合，真玄機也。猶憶爾時同人有藏一火刀求判者，批云：「爐火千番鍊始成，還看烈燄個中生。無端鑄出干將樣，午夜空聞擊石聲。」真是靈慧異常。

科名遲速，總有定分，不得以躁心嘗也。兹又得武林吴穀人司成錫麒《秋闈報罷感懷》四律云：「又是孤舟上瀨時，一燈讀罷故人詩。鄞程細雨和愁織，水枕新寒有夢知。潮到回頭隨岸曲，帆當轉脚怕風欹。傷心同作悲秋客，可奈天涯更别離。」「霜信寒催一鴈鳴，稻粱辛苦感吾生。且抛席帽看山色，已悟霓裳是水聲。可惜此來紅葉落，所思不見大江横。平生出岫心原懶，合伴閒雲緩緩行。」「洗濯塵纓向水涯，鸕鷀港口數峰斜。樵人斧爛收殘奕，漁子船歸賸落花。莫倚竹弓能射鴨，且思草屬學撈蝦。阻風中酒何曾慣，强自題詩答晚霞。」「一樣斜陽下學天，堆盤梨栗憶從前。與鷗同白依然我，此鬢能青更幾年。楊柳蕭疎臨水驛，琵琶憔悴渡江船。鯉魚今日將書去，流到樽邊定黯然。」吴後中乙未進士，與吾邑黄牧原本騏同年至好。黄官廬陽教授，品學爲闔郡楷模，詩亦清超，惜多散佚。其第五子鶴峰，惟恭名諸生也。屢薦未售，昨有《四十自述》詩，安命待時之意溢于言表。詩云：「年符强仕一聞無，剩有琴書足可娱。持己終妨無是處，爲人總怕入歧途。論文動説新花樣，講學常懷舊楷模。風雨三椽真意味，囂囂自得守吾迂。」「漫嗤腐氣老頭巾，别有天真遠俗塵。事到煩心休怨命，交非知己莫言貧。箇中有味皆由我，此外無求肯附人。鎮日茆廬差快意，談經問字不嫌頻。」

轂人先生《春闈獲雋》詩云：「驚雷一夜魚燒尾，矯首龍門許共飛。豈有奇文高輩行，遥知喜氣動庭闈。嚴親憶遠方占夢，老母憐寒欲寄衣。今日天涯差慰藉，三千里外捷書歸。」《館選》云：「御苑先期回鳳輦，彤墀咫尺覲龍顔。何圖白屋單寒士，得入丹毫點注間。仙露飛來沾小草，天風引到即三山。祇慙未竟詩書業，便許叨陪侍從班。」《武英殿分校》云：「五月薰風拂玉除，校讐身喜傍宸居。青氊舊是臣家物，善本今窺秘府書。自愧冷螢光有限，敢矜落葉掃無餘。花間每聽傳清漏，賜食鑾坡正午初。」

又《禮闈分校即事》云：「江南春共詔書來，蕊榜掄英特許陪。刮自金篦皆慧眼，量經玉尺定長才。群公衮衮扶輪手，此地明明市駿臺。多少英雄齊吐氣，星文天上耀魁台。」「若個朱衣暗主張，端憑白水矢心腸。文章漫説新花樣，閲歷方知古戰場。能結我緣收鐵網，欲登彼岸待慈航。者番也得傳衣鉢，重向師門爇瓣香。」「升沉争此一須臾，黑白分明局上俱。三尺積成埋筆冢，幾人證到選仙圖。天吴紫鳳愁顛倒，木葉山花漫覬覦。拚得荒莊同陸氏，當年爲問有莊無。」「姓名誰稱碧紗籠，無限淒涼爨下桐。食葉聲消嗚咽裏，落花風緊夢魂中。媒勞枉費氤氲使，情斷俄成亡是公。我亦者般滋味熟，肯教輕易葬殘紅。」「蕊榜旋看淡墨標，城南尺五即雲霄。名繙梵夾成千佛，箭激蓮花仗一驍。寒士幾回頭欲白，神魚昨夜尾新燒。門前詎教私桃李，培植梗楠答聖朝。」又《哭程魚門》有云：「逋負雅稱名士債，清華老博翰林官」、「百年天地誰非客，六代江山欠此人。」俱精警。

潘人龍太史贈吴云：「豈但詩篇萬口傳，更聞解組愛林泉。一時走卒知司馬，到處屏風畫樂天。萬頃烟波收腕底，六朝金粉出毫顛。心餘已没隨園老，鴻筆如公孰敢先。」「槐廳前輩仰風流，名士東南絳帳收。官燭兩行隨史局，珠簾十里在揚州。文無鳳閣舍人樣，詩有雞林賈客求。如黛青山如鏡水，攜樽到處作閒遊。」

潘贈阮芸臺中丞元云：「燕許文章在石渠，春風兩浙望旌旟。境中群吏無留牘，門下諸生盡著書。愛士早開丞相閣，得名争御李膺車。不由公作林泉計，多少經綸待展舒。」「輶軒著録手編摩，文選樓高足嘯歌。玉筍班聯登第早，寶刀家世活人多。公祖昭勇將軍藏有寶刀。客來舊雨登堂滿，政比春風著物和。未到嫏嬛仙館内，嗟余羈滯恨如何。」

紀曉嵐宗伯曾蓄一琴硯，自言係揚州張桂巖所贈。斑駁疎落，古色黝然，右側近下鐫「西涯」二篆字，蓋懷麓堂故物也。中鐫行書一絶，云：「如以文章論，公原勝謝劉。玉堂揮翰手，對此憶風流。」款曰「稚繩」，乃高陽孫相國字也。左側鐫小楷一詩云：「草緑湘江叫子規，茶陵青史有微詞。流傳此硯人猶惜，應爲高陽五字詩。」款曰「不凋」，乃太倉崔華之字。華即王新城門人，論詩絶句所謂：「溪水碧於前渡日，桃花紅似去年時。江南腸斷何人會，只有崔郎七字詩。」真希世之寶。後李鳧塘太史云：「此硯已送慶丹年相國矣。」

蜀江李鳧塘編修驥元，乾隆甲辰進士。詩格清蒼奇傑，筆力排奡，能縋幽鑿險。兹爲摘録數首。如《野墅》云：「霜凋秋樹瘦，雲補遠山肥。」《山行》云：「風狂石相鬭，雨猛山有聲。」《晚步》云：「不飲書堪醉，無朋僕共遊。」《送乃兄雨村》云：「還家三畝宅，送老五車書。」又云：「少壯何曾苦進甘，惟兄惜别歲經三。書來一紙兼心寄，人隔三秋若面談。往共看雲延月久，興逢賭酒鬥詩酣。而今鬢髮聞如昔，著述真疑似海函。一錢不愛吏猶嫌，誰坐槐廳執法嚴。衆議如蜂排寇老，皇恩似海赦蘇髯。馬回邊外途經坎，龜卜齋前卦守謙。漫道蜀才多蹭蹬，抽身終得返閭閻。」一種蒼老之氣溢于紙墨。王述菴先生以爲不減少陵。

袁子才無子，乾隆乙未三月，年已周甲，乃於十月十四日始嗣弟香亭子爲己子，取名阿通。賦詩云：「筵開湯餅舉家懽，晚景桑榆自覺寬。妻妾無功兄弟補，園林有主水雲安。關心野鶴聲相和，回首斜陽影不單。只是翁衰兒太小，客來强半當孫看。」次年丙申七月二十三日即舉一子，名曰阿遲，鍾姬所生也。鍾入門前一日夢人以桂子與之，至是果驗。賦詩志喜，云：「六十生兒太覺遲，即將遲字喚吾兒。高禖久祀心都倦，燕姞初來夢恰奇。悔賣琴書還想贖，怕看湯餅轉生悲。萱堂握手彌留際，猶問懸弧是幾時。」「海内争傳伯道名，今朝湔雪賦添丁。長成未必衰翁見，有後姑教薄俗聽。老樹著花秋色好，餘霞返照暮山青。豆盧寧傳分明在，合授雙雛各一經。」雙雛謂阿通、阿遲。今二人一爲中州縣佐，一爲淮上鹽運分司，各擅詩詞，著述甚富。

桐城令汪公名波，四川棉竹孝廉。有《咏梅》詩數十首，内有一七律，爲近今所罕覯。詩云：「托跡孤山耐雪霜，疎疎落落別行藏。忽風忽雨渾無恙，宜淡宜濃自有粧。任是摧殘無改色，縱然憔悴也生香。春回仰視浮雲散，可許冰心見太陽。」言外別有寄託，不同泛賦梅花。後告歸，以詩自娱。有句云：「拈花偶笑人稱佛，戴笠行吟自謂仙」、「甕面常留親漉酒，案頭時有自圈詩」、「不能飲却常求醉，略解棋偏自説高。」張雲谷極贊之，常爲人書聯。

甘肅臨洮進士吴鎮，字信辰。歷官山左、楚北縣令。《咏懷》云：「阿婆經歲撫嬰孩，飢飽寒暄總費猜。才識呱呱真痛癢，家人又報乳娘來。」《韓城行》云：「良人遠賈妾心哀，秋月春花眼倦開。忍死待郎三十載，歸鞍馱得小妻來。」《木蘭女》云：「絶塞春深草不青，女郎經久戍龍庭。軍中萬馬如撾鼓，只當當窻促織聽。」《咏蠟梅》云：「陽春如開闢，盤古即梅花。牡丹僭稱王，富貴何足誇。群芳訴天帝，鵝雁紛喧譁。乃呼羅浮仙，冒雪詣殿衙。帝曰咨爾梅，首出冠群葩。白袷與絳襦，何以懲奇邪。梅花未及對，黄袍已身加。」《榆錢曲》云：「桃花笑老榆，汝是摇錢樹。不解濟王孫，飛來復飛去。」《午夢》云：「竹徑凉颸入，芸窗午夢遲。偶然高枕處，便是到家時。」或訾其存詩太多，乃答云：「詩自心源出，妍媸惑愛憎。譬如不才子，摑殺竟誰能。」或訾其存詩太少，又答云：「詩似朱門宴，誰甘草具餐。三千隨趙勝，選俊一毛難。」信手拈來，真乃異樣精警。

芷江詩話卷六

古六許嗣雲芷江手編

乾隆乙卯，余伯兄慕軒公任通州學博，至嘉慶庚申告養回籍，先後六載。在通時，即耳詩人孫杞園方僅名，時孫以廩生應恩貢。越十五載，其嗣君王鉉來任吾六訓導，攜其尊人《五琅山房集》索題。余與哲嗣爲壬子同門友，爰取其集諷誦之，真風格雋上，美不勝收。《客中長至》云：「人生樂事在天親，佳節團圞景最真。莫説日長如線引，從來爲客總無春。」《憶母》云：「欲歸停轡更依違，寂寂寒林映晚暉。記得别時頻囑咐，吾今無恙莫輕歸。」《悼一弟二姪》云：「客散燈殘月半横，空牀展轉夢難成。一家弟姪元來少，舊歲猶多笑語聲。」《悼亡女》云：「傾杯欲飲淚先零，漏轉鐘鳴不可聽。夢裏不知身是客，殷勤猶望汝歸寧。」《燕語》云：「花深柳暗畫堂高，幾度啣泥敢告勞。簾外無聲風細細，巢中有乳語嘈嘈。殷勤似欲驚春夢，瑣碎曾經入綵毫。舊主更貧猶眷戀，蒼苔滿徑絶塵囂。」「何來絮語似翻瀾，簾幙高居一羽翰。自是有辭聽不得，公然呈辨出無端。謀身策在依門户，啓口人先見肺肝。未識清談王謝宅，終朝聒耳幾曾安。」《歲杪詠懷》云：「頻年作客太無端，老坐青氈耐歲寒。歷盡炎凉居處静，撇開窮達夢魂安。春風不久來蓬户，愛日初長過畫欄。對景聯吟多白雪，梅花深處罄交歡。」《闈會試録寄鉉兒》云：「春半辭家後，關心又幾旬。貧無身外事，老望眼中人。雨過知梅綻，窗虚念竹新。平林一飛鳥，展翮到雲津。」《客中立冬》云：「書劍飄零數十春，到今猶剩此閒身。不逢時序幾忘老，但到收藏始覺貧。荒徑尚餘松菊在，白頭偏與雪霜親。東方蚤歲誇文史，太息虚爲盛世民。」《辭人勸鄉試》云：「驚心已是夕陽天，潦倒於今四十年。夢想大羅成畫餅，栖遲荒徑自前緣。老鶯弄舌誰能聽，枯管生花更可憐。青眼放歌餘盻望，不辭顔巷日高眠。」《鋐兒三十詩以勖之》云：「道立在方剛，鬚眉欲老蒼。承家先長厚，入世戒疎狂。望豈科名重，人惟姓字香。三冬今已届，努力騐行藏。」

簡齋《咏鏡》詩一首，一時傳爲絶唱。詩云：「盈盈一水寫風神，惆悵山雞舞罷身。望去空堂疑有路，照來如我竟無人。得知宜稱粧應改，解共悲歡爾最真。願取蟠龍安四角，滿林花影盡横陳。」杞園和作云：「曾傳照膽儼通神，借得清光見此身。自愧白頭甘没世，君開青眼看何人。相逢如面偏無語，到老修容莫認真。悟却虚空忘我相，願藏寶匣免横陳。」香亭雖未和韵，亦覺異曲同工。詩云：「盤龍字古舊時銘，漫説飛精似水平。顧我忽然悲老大，恨君何苦太分明。未聞醜女知嫌貌，徒使孤鸞感别情。楪子面皮容不得，只宜蟾閣照雙清。」又席佩蘭《女子古鏡詩》亦佳。詩云：「一片秦時月，清光萬古新。對君原是我，知爾閲多人。難使年華駐，翻嫌面目真。深藏如不露，何處着纖塵。」

偶檢得簡齋《醉歌》一首，不忍釋手，亟録之，不嫌阿所好也。詩曰：「蒼蒼者天，悠悠者土。夷齊思黄農，黄生薄湯武。漢後無文章，唐後無詩賦。一言以蔽之，今人不如古。天何爲兮，必使古人亡今人補，滄海横流至何所。我欲排閶闔，奪雷斧，向天言之天毋怒。死者吾欲追，生者吾欲阻。西施毛妲常爲妻，后夔師曠仍擊鼓。但生牛，莫産虎。寧無孫，莫棄祖。時則春王，樂則韶舞。將見五行調，八荒撫，皇天安安享牛脯。又何必擾擾紛紛，更十二萬年，而换一盤古。」真奇想天開，令人聞所未聞也。

又《杞園除日》詩云：「生平每□居人後，誕降原來在歲終。但有梅花明眼底，更無歸客到庭中。冰霜歷盡春風轉，老病兼催俗慮空。最是醉卿滋味好，欲消良夜索詩筒。」《送竈神歌》詞云：「歲云暮兮夜未央，天無月兮星煌煌。駕驪駒兮適紫府，被盛服兮佩琳琅。陳糕果兮挹清漿，儀不腆兮品□芳。志齋肅兮意彷徨，神其享兮一瓣香。具青詞兮告上蒼，無迴曲兮列否臧。司中饋兮皆婦女，恕媟慢兮宥疎狂。愧凉德兮玷寶籙，敢違心兮望降祥。」《迎竈神歌》詞云：「九天開兮閶闔，七日復兮壽宫。神陟降兮肅穆，辭殿陛兮餘恭。爨室掃兮清塵，水滿甕兮柴充。□□□兮潔白，奠椒漿兮殷紅。靈棲息兮康樂，迎新歲兮福攸。」同逸致閒情，抑何動與古會也。

又《七十自壽》云：「一從鳳曆祀年長，四海耆英盡樂康。七秩豈能稱上壽，于春猶幸沐休光。回頭歲月皆虚擲，此後行藏更渺茫。嬴得雲烟頻過眼，不煩仙老説滄桑。」「少壯常憂二竪侵，誰知荏苒到于今。筭來樂境雖無幾，竟號長生喜不禁。閒步疾趨都舍杖，尋花對酒尚高吟。漫誇獨擅延生訣，得荷天憐或此心。」「卅載芸窗午夢清，名心已淡此身輕。逢人不作虚車飾，無力偏懷濟物情。愛學淵明留輓句，笑隨馬援乞鄉評。知交久比晨星少，茗椀蘆烟話舊盟。」「購得名花手自栽，丹鉛倦後向蒼苔。三餐饘粥由來慣，四序風光一任催。若有奇書還可讀，雖多拂意豁然開。野人扶杖觀仁化，炙背晴軒亦快哉。」《赴鋐兒儀徵學舍》云：「微官初得地，恰是古真州。境繞江山勝，人逢靈秀收。爾如獲美館，吾得及秋游。温飽慚儒術，尚應素志酬。」「此亦居南面，毋將躁率嘗。謹身端士習，細意論文章。暫作魚鹽隱，還占經術光。長安新榜動，竚想詠霓裳。」《歲杪署中發貧生米》云：「原憲居環堵，甕牖户無樞。獨有金石聲，隱隱出蔽廬。爲宰得九百，以供鄰里需。書生營一飽，既飽不望餘。輦之徒在我，缺者將何如。歲杪風雪厲，貧士無斗儲。爾今蒞茲邑，歲取學田租。家屬罕食指，分潤及寒儒。向例雖未舉，創行自爾初。爾儕韙吾言，唱和遍宦途。於心始覺安，不是爲名譽。倘或滋物議，謂解囊中蚨。願宣諸同官，並告爾生徒。」《穀日用少陵人日韵》云：「穀日嚴冬盡，飄飄雨雪時。陽回希病減，老去願春遲。酌酒寒方散，離鄉心更悲。誰憐一老叟，氣促命如絲。」後聞此作竟成絶筆，可傷也。

其《五琅山館詩集小序》亦頗可觀，因並録之，云：「青雲失路，白髮頻催。比年獻賦，不異塗鴉。决意科名，徒成畫餅。卅載芸窗，自揣都非壯志；五陵裘馬，相看盡是髫年。類刻鵠之無成，遂因噎而廢食。况乃遭家不造，死别傷懷；欲寫離憂，雅宜篇什。作客魚灣，不乏風騷之士；竄身硯北，殊多暇豫之時。春花秋草，盡入罏錘；夜月寒風，偏勞記注。是耶非耶，奚必傳之奕禩；小好大好，更何恤乎人言。聊弁數言，以當一噱。己酉八月既望，杞園主人自識。」丙子初冬，余爲題其集後云：「袁清趙麗蔣雕鎪，雋上應居第一流。偶爾談經皆跌宕，即當咏物亦夷猶。奇才莫漫悲潦倒，妙語真多愜誦謳。因余選其詩多，故云。遥想魚灣覓佳句，烟波浩渺大江秋。」「藻采翩翩直欲仙，承恩未到鳳池邊。公恩貢生。老來名士多風雅，時尚陳言悉棄捐。才湧潘興流講席，興酣馬帳聳吟肩。何當杜韵追摹後，人望經師竟惘然。」

粵東顔鑑堂希源有《百美新咏圖》，題咏佳句，頗多可採。《啓母》云：「候野歡歌謝未遑，八年三過感臺桑。宫闈欲换唐虞局，生得佳兒嗣夏王。」《妲己》云：「百尺璇臺帝寵新，牝鷄莫漫怨司晨。宫中也愛歌樛木，曾許宜生進美人。」《魯仲子》云：「倘教掌上文都有，世上應無悮嫁人。」《齊姜》云：「伯業全開一醉中，美人殺妾遺英雄。如何盡迓嬴隗返，不見齊姜入晉宫。」其總題者，則吕仲篤太守《燕昭》云：「娉婷玉貌是耶非，絶代風姿見亦稀。我欲呼來談往事，春風盡化彩雲飛。」《杞園》云：「天生佳麗盡堪傳，遺臭流芳本較然。漫説貞淫編失次，《新臺》猶列《柏舟》前。」尤爲隨園老人所劇賞。

仲篤詩格高超，又有《夜坐》云：「秋入暮天碧，衣沾白露冷。不知山月高，先見梧桐影。」

盧湘艖元璨有《美人寶劍圖》，奇麗川中丞題云：「美人如玉劍如虹，平等相看理亦同。筆上眉痕刀上血，用來不錯是英雄。」

金陵燕以筠，字山南，工詩，專尚雕刻一派。消夏詩如《補竹》云：「小樓西畔曲欄東，新舊琅玕補幾叢。天向墻頭加倍緑，日從窻上不教紅。有林便入真高士，乍到還歆是醉翁。畢竟心空能解事，進門先帶一身風。」《采蓮》云：「兒女也知香解暑，不争蓮子只争花。」《辭客》云：「就是嫦娥辭不去，囑他來也要黄昏。」鞭辟「消」字甚警。又消寒詩《袖手》云：「嚴寒無事不蹉跎，有手難伸唤奈何。伏案書頻將口揭，吟詩墨亦倩人磨。雖然善舞情都減，未免旁觀事太多。欲折梅花還忍俊，空從樹下一婆掌。」《糊窻》云：「驚飄小雪沙沙響，醜替寒家事事遮。小女戲將針刺破，要從隙裏嗅梅花。」《曝背》云：「晒倦坐幾頭近膝，生寒愁把面朝天。衰年自笑難擔荷，梅影松痕壓一肩。」

嘉善古檇李地，名流輩出。有陳君崙伯徐源來遊我六，日相過從者二載。知其懷才不遇，以選拔生屢困棘闈。臨行時以素册詩章見贈，多自吐塊壘之言。《擬昌黎秋懷》云：「橘華覆北渚，結實何蕤蕤。璀瑰奪秋目，芬馥濺寒齒。是物誠足貢，爰以供祭祀。孤負作頌心，踰淮化爲枳。地氣固使然，薄植在根柢。素質改厥初，媿彼蒲與杞。」「中庭何所有，秋桐森垂陰。下有離離實，上有九苞禽。中郎偶過此，持桐裁作琴。被以清直絃，調以雅頌音。貯以綺絲囊，重之若璆琳。掄別豈不貴，雕琢非素心。嶧陽有孤桐，寂寞在高岑。」

上元梅抱村冲爲隨園高弟子，詩學名家。録其《錢塘江觀潮》云：「乾坤曶霍排雷硠，長空萬里沉青光。陰風猋馳雲怒翔，觀潮今日登錢塘。錢江澄澈明虚境，叠嶂涵青秋影浄。咄哉靈潮應候來，萬怪頃刻争喧豗。我來按信懸漏刻，端倪未動聲先迫。耳中隱隱酣千鐘，飛光一閃混沌拆。銀綫劃匝天半壁，一罅中藏萬霹靂。凝眸遠注各屏息，疋練忽作千山立。愕然動魄避莫及，壓頭撲落長鯨脊。駭絶蛟螭脚底入，面勒馬銜拂鮫客。引手欲攬駒過隙，銀山推走飛廉疾。怒馬追之僅咫尺，轉瞬已訝千峰隔。斯時抖覺天地窄，陰陽軒豁漫闔闢。倏然怒解風雨消，萬籟無聲大江碧。嗟兹幻態騰須臾，果然忿怒加斯乎。伍胥文種真丈夫，我知天地意有餘。江河日下將何如，用是倒挽翻歸墟。一呼一吸争扶輿，瀾迴既倒同吾儒。出奇力破常格拘，水作山立山能趨。經營慘淡何勤歟，笑予奔走淹長途。敢效河伯詩區區，海若弄技將起予。文如海若真吾徒，嗚呼！文如海若真吾徒。」

嵛伯又有《京口阻風登金山》云：「大風落江聲潺潺，白銀堆盤擁青鬟。泊舟山足試游屐，蠡旋層折窮躋攀。長江四面快奔赴，半面屏障惟青山。風檣歷亂馳且駛，一瀉千里指顧間。妙高臺上更北顧，焦蒜對峙雙花鬟。春烟一碧入瓜步，石簰九曲通沙灣。江山如此豁懷抱，登覽翻欲嗟塵顔。鬧花斯地限南北，衣塵行上車斑斑。鐘聲斷續出蒼靄，心事牢落慙白鷳。夕陽催客下山麓，相與得句嗤寒慳。東風轉峭那得泊，驚濤似吾不暫閒。匆匆直北挂帆去，來朝又度維揚關。」

金陵韓紹真廷秀，丙午中式第三名，登庚戌進士，即用知縣。始執贄隨園，有《題劉霞裳茂才兩粵遊草》云：「隨園弟子半天下，提筆人人講性情。讀到君詩忽驚絶，每逢佳處見先生。經年共領江山趣，一點真傳法乳清。努力更成三百首，小倉集定不單行。」韓本博學，詩亦温厚。旋宰廣西馬平縣，七日而亡，惜哉！

吾邑鮑閬苑爲鯤，才華豐艷，詩字信筆揮就，自然合拍。曩甲戌，曾哭其師王春谷公有句云：「口授不忘經四載，心喪何止在三年。自緣梁木悲夫子，也爲科名哭鄭虔。」其冬，白小山觀風，題古松古梅，嘗作上下平韵三十律，磅礴駘宕。丙子賈學憲月課其及門，趙名從雲，亦饒有師風，賈首拔之。有《水邊籬落忽横枝》四律，云：「幾回消息問梅花，清淺池塘水一涯。高士別來經歲月，美人何處度年華。安排老屋清如許，惆悵疎籬整復斜。止道今年風雪大，風姿應減瘦應加。」「忽地横斜一兩枝，輕冰小雪慰相思。翻驚竹外人行少，每到花期我未知。小蕾搴挲曾幾日，幽香醞釀已多時。只緣識得林和靖，及至相逢轉恨遲。」「逋老今吾即故吾，一琴一鶴久相扶。舊時傍水三三徑，新晝消寒九九圖。姑射真人冰作骨，九嶷仙子雪爲膚。尋常一樣泠泠水，纔照梅花色已殊。」「曾記揮鋤月下陰，關心芳信到于今。相期本在風塵外，數點旋存天地心。籬下便看來粉蝶，水邊突已到霜禽。勾留最是閒行處，莫向松林酒肆尋。」淡遠夷猶，矯矯若雲中白鶴。第二名鄭君光燾，詩亦跌宕多姿。云：「踏遍溪橋舊緑苔，南枝却早北枝開。偶尋春自湖邊過，忽覺香從竹外來。夾岸有花雲澹蕩，巡簷索笑月徘徊。東風信息無人問，寄語江城笛漫催。」「環溪凍破古雲根，雪滿前村復後村。幾曲欄杆春有信，者番烟雨月無痕。孤山以外常相憶，流水之間欲斷魂。家住西泠名勝處，幽香繚繞到寒門。」「料峭東風過嶺來，孤村老樹拂雲堆。雪消籬落春何處，水繞羅浮夢幾回。隔着斷橋疏影亂，環將曲檻暗香催。冰霜滿徑憑誰主，好趁斜陽獨自開。」「疎疎落落總相宜，雪後園林幾樹垂。三尺短牆流水抱，一枝横笛倚欄吹。春浮橋畔冰初釋，香壓林端鶴未知。處士情懷相對好，珊珊玉骨自參差。」第五名陸愛古心誠云：「牆上無苔千點緑，水中有影十分春。瘦惟我共何嫌冷，清畏人知不厭貧。疎影不隨流水去，香心祇許白雲知。破屋香痕應補密，斷橋清影欲填平。」又余甥王履中有「鴨頭波未盈三尺，麑眼芳先綴一枝。」點染「忽」字，俱妙。

童子能詩，古今頗多。遼相虞仲文字質夫，四歲賦《雪花》詩。云：「瓊英與玉蕊，片片落階墀。問著花來處，東君也不知。」金初授同平章事，封濮國公。明王陽明十一歲賦《金山寺》，云：「金山一點大如拳，打破維揚水底天。醉倚妙高臺上月，玉簫吹徹洞龍眠。」又賦《蔽月山房》，云：「山近月遠覺月小，便道此山大于月。若人有眼大于天，還見山小月更闊。」後封新建伯。袁子才九歲遊杭州吴山，云：「眼前三兩級，足下萬千家。」又《偶成》云：「月因司夜終嫌冷，山到成名畢竟高。」後以庶常改知三縣。近蘇州常熟縣試，詩題《野含時雨潤》。某童有一聯云：「青沾沽酒肆，紅滴賣花籃。」吴竹橋太史拔爲第二。長洲縣試，童生題《緑滿窗前草不除》。某童有一聯云：「秀色三分雨，春痕一抹烟。」祝芷塘給諫見之，亦拔爲第二。二人皆非看卷之人，因與縣令至好，故能愛才如此。即此決兩童他日必以文名。

奴僕能詩，古今所少，從未有皂隸能詩者。周東屏司寇興岱告假回蜀，路過歸州，刺史王小山鍾岱招遊楚北諸山。有州捕役何清自言能詩。周面試之，令賦灘聲，限「歸」字韻。清即應聲云：「天上鑾坡清貴客，彝陵留跡古今稀。怪來昨夜灘聲吼，萬里鵬程到秭歸。」周大奇之，贈以詩，云：「爾竟知詩者，而胡爲隸乎。狄青初配籍，欒布肯爲奴。世上如公等，招之即我徒。撫膺增太息，吾道豈云孤。」亦韵事也。

奴子能詩，恰是趣事，往往多出于名士之家，遂令千古傳爲佳話。袁子才小僕名琴書，事之八載，忽贖券去，跪辭淚下。袁作詩送之，云：「都兒灑淚别陽城，來是垂髫去長成。人好纔能八年任，春歸那忍一朝行。交還鎖鑰知誰託，欲掃樓臺誤唤名。總爲香山居士老，楊枝駱馬倍關情。」琴書答之云：「畫梁春燕去猶悲，况是奴星别主時。洒掃應教新隸學，性情惟有舊人知。書防起蠹勤翻頁，花爲宜瓶巧折枝。交代兒家諸火伴，婆娑莫怪出門遲。」張玉溪有僕蔡喜春，河南商城人，少頗癡，嘗以靧面湯潑山茶盆。張有句嘲之，云：「從此花經添種法，日將滾水灌山茶。」嘉慶己未，隨主至岳翁李雨村家，已能詩矣。時又值山茶盛開，李限「紅」字試之，即應聲云：「山茶照得滿軒紅，爛熳争開小苑中。莫笑當年澆滾水，湯花人怕灌花翁。」時李有僕名恩濤，姓劉，能背袁子才詩。令喜春以詩嘲之，即云：「小友恩濤我輩人，浩然堂上識君臣。口吟袁句身隨李，勝似西園蔡喜春。」「西園」乃張園，「浩然」即李堂名也。李因贈以二絶。云：「山茶鋪白復鋪紅，人在天生錦繡中。映得席間誰醉色，主詩翁與僕詩翁。」「仍是花澆滾水人，偏如蜂蟻識君臣。浩然一句堪垂古，唤醒綱常萬萬春。」

上元高澗南繼允有青衣薛筠，吴縣人，善歌，有殊色，能詩。《曉行》云：「風烟初接塞垣秋，曉日籠鞭過驛樓。並馬忽驚人在後，貪看山色不回頭。」《望都道中》云：「野風吹落芰荷香，一片孤城送晚凉。仿佛湖心亭畔路，滿簾秋水泛斜陽。」甚清雋。隨澗南官晉省，未幾病歿。澗南痛悼特甚。一日宴客，有小童自庭中出，忽仆。良久起，自稱：「我是薛筠。」索紙筆，大書云：「一入風輪三紀多，雪泥鴻爪又來過。不須更作悲思曲，千載紅兒總逝波。」「綺語新詞記昔年，而今懺悔隔人天。自從别却芙蓉主，心事分明白玉蓮。」「剗除不斷是情根，清夢冰天裊裊魂。删盡亂絲留一縷，難忘還是主人恩。」「藕絲衫子薄於紈，萬里罡風也不寒。施我金錢渾不用，散他幽犴補盂籃。」「嚴城峻嶺不須遮，行向山涯又水涯。昨夜美人林下過，輕彈清淚洗梅花。」「手披青縷下晴嵐，來往鄉關路再三。旅櫬何時歸故國，孤烟一片是江南。」書畢，復仆，尋愈如常。客詢其故，童不知也。澗南愈思之不置，效唐人《比紅兒詩》，作《比筠兒詩》百首。兹録其一，云：「嫣然一笑頰潮紅，斜倚闌干拂蕙風。絶似翩翩周小史，芙蓉開處日初東。」

國朝聲教所訖，無遠弗届，而安南修貢尤謹，俗且文明。有探花阮輝𠐓，修身銀面，烏鬚飄然，峩冠博帶，衣闊領長，翩翩欲仙，儼然圖畫中人。近見蒲城雷松舟國楫所著《燕遊日記》，有《題濟寧州閘璫神廟壁上》云：「四序分司造化功，元冥戒令已成冬。朱提染出江湖色，白玉妝來世界中。插漢蒼松偏傲雪，迎風柔柳欲鞭空。春光走漏好消息，先到梅梢露粉容。」又《題淮陰漂母祠》云：「咄嗟一飯進王孫，何似晨炊不耐煩。立志本無關望態，千金難買怒時言。」乾隆甲午，李雨村典試廣東，路過涿州，見店壁題云：「遠捧芝綸萬里來，烟雲繞向馬頭開。客囊衣在縫仍密，帶得平安兩字回。」又《題恩縣壁間》云：「仲春烟景柳絲斜，宵雅三章荷拜嘉。舜目重瞳瞻舞罷，中原穩駕指南車。」後署：「乾隆丁亥三月二十五日回程，安南阮輝𠐓題。」

定遠方有堂方伯積，乾隆己酉選拔生，分發州判。不十載，由軍功晉秩蜀藩，隨福勒兩經略所至克捷。詩亦悲壯淋漓，著有《敬恕堂詩》，存六卷。《猓夷投誠》云：「椎髻花衣拜下風，巢山窟海算都窮。百年應悔螳螂怒，三箭真傳汗馬功。使者但求千斛薏，將軍早挽六鈞弓。漫將職貢圖王會，萬國車書本大同。」《隨大軍赴松瑰》云：「一綫羊腸萬馬争，書生橐筆也從行。山川偶爲旌旗暗，花草全隨劍戟明。八部龍蛇歸上將，六州風雨護金城。軍中自有平戎策，十五終童漫請纓。」《軍中曲》云：「刀疑秋水月如霜，刀月團成一片光。夜半磨刀刀不響，回頭看月月生芒。」「五溪淫毒沉舟渡，三州士馬提戈怒。斫得人頭帶血懸，腥風千顆白楊樹。」「吹笳打鼓軍門開，歡聲動地如春雷。九重天子念戰士，七月寒衣天上來。」《庚申七月十一日官兵大捷》云：「三軍擐甲馬，項項掛人頭。如虎擒生手，環管待死囚。長戈隨地折，戰血入河流。列帳軍聲壯，風雲向晚愁。」《感賦》云：「十年作宦蜀江濱，非分偏叨雨露頻。裘馬漸都榮到僕，瘡痍難問感斯民。身應湖海聊全拙，傳閱龔黄更愧人。烟水子規詩句在，一回吟望一逡巡。」《留住昌都寄内》云：「見説西征遠，高堂齧指無。全師過藏衛，一旅滯昌都。氣候仍中土，山川入畫圖。登高望細柳，迢遞五千途。更向高堂白，男兒貴立名。不羈才固愧，有志事應成。定遠新投筆，燕然舊勒銘。深愁怒温嶠，好語仗卿卿。痛我無兄弟，晨昏獨汝身。最難風雨夕，調護白頭人。兩舅行俱遠，諸姨伴更親。團圞他日坐，相與話艱辛。」閲此數首，忠孝之意真溢于言表。又有《招李雪坪小飲不至復此促之》一首，又何瀟灑也。詩云：「不朽成何事，舉世競浮名。或以道義勝，或以文字鳴。謂仲尼不死，謂莊老猶生。試思盤古前，豈無聖與賢。倏忽萬歲餘，竟無一人傳。此後再萬歲，羲黄不足貴。荒烟蔓草中，典墳胥泯晦。先生何鬱鬱，終歲在茅屋。三萬六千日，逝者已難續。春筵花底開，春酒甕頭熟。試覓醉中歡，姑忘身後欲。」

新安吴元理模，從父僑寓金陵。年十三入泮，即好吟咏。旋入贅詩人沈瘦岑家，而學大進。《迎秋》一律云：「碧天靄靄暮山晴，一片秋心趁月明。暑退漸教葵扇棄，風高已覺葛衫輕。繞階草色籠烟淡，隔樹蟬聲咽露清。爲讀離騷更漏永，幽蘭時有暗香迎。」旋膺乙酉選拔，戊子舉鄉試，官大埔令。告歸，《贈簡齋》云：「陶令無官通刺易，崔儦有室入門難。」又曰：「傳有其人應久待，我生雖晚未嫌遲。」有孫坦，亦以癸酉拔貢，子丑聯捷，選入庶常。假歸過六，越宿即行，未得深敘爲悵。

簡齋三十之年即解組，奉母承歡。侍膳之餘，内子諸姬輪流置酒，太夫人亦設席作答，袁詩所傳「高堂戒我無他出，阿母明朝作主人」是也，洵屬天倫樂事。香亭同賞梅花，有句云：「爲愛梅花敞綺筵，合家春聚畫堂前。忽憐香氣傳風外，却喜花開在雨先。人影共分千竹翠，簾光高捲一山烟。知他萬片隨雲去，還赴瑤樓讌列仙。」真曠然有雲外想矣。

梅花詩之莊重不佻者，以畢太夫人句爲第一。云：「出身首荷東皇賜，點額親添帝女裝。」未幾，秋帆尚書即以一甲一名及第。迨尚書出撫秦中，復長言以箴之。後迎養，《抵署》云：「驂騑乍解路三千，風物琴川慰眼前。到處聽來人語好，頻年豐樂使君賢。」「連朝話舊到更深，不盡婁江望遠心。莫怪老人添白髮，兒童幾輩换鄉音。」「周遭竹嶼與花潭，檻外雲光映翠嵐。儘有瑣窗詩料在，不須回首憶江南。」著有《培遠堂詩集》，佳句美不勝收。如《小園》云：「小園半畝寄西城，每到春深信有情。花裏簾櫳晴放燕，柳邊樓閣曉聞鶯。漢書舊讀文猶熟，晉帖初臨手尚生。自笑爭心仍未忘，閒招鄰女對棋枰。」《松徑》云：「曲徑彎環石級高，滿亭山色緑周遭。松風似厭泉聲小，自寫雲門百尺濤。」其他佳句如《望華》云：「日生常夜半，雲到祇山腰。」《江村寓目》云：「山吞將落日，風抵欲來潮。」《嘗新茶》云：「未乾春露氣，猶帶曉雲香。」《野望》云：「雨餘霜葉紅于染，風定炊烟白欲凝。」《登澄觀樓》云：「積雪明多能淡日，遠山寒極不生烟。」皆妙。

山陰布衣李雲帆杜，貧乏不能自存，流落燕趙吴楚三十餘年，卒于都中。性喜吟咏。嘗有「黄河水闊秋飛鴈，銀漢風疎夜墮星」之句。有毘陵顧姓者，深加愛重，因厚贈之。又有《客懷》云：「一江涼月呼同載，到處名山恨獨看。」皆有逸氣。

膠州李進士世錫《咏甘草》云：「歷事五朝長樂老，未曾獨將漢留侯。」又《咏菊枕》云：「野人枕此增顔色，似有牀頭未盡金。」皆能確切不浮。

嘉慶乙亥仲春，京江虞潤亭司馬重來吾六掌教賡颺書院。時值重修落成，賦詩志盛。云：「依舊墉崇櫚翼然，彌堅從此歷千年。棟移南嶽名材壯，堊挹西溪藻采鮮。興事作人由郡伯，任勞啓後賴時賢。英才濟濟堪游息，國士襟期共勉旃。」楊蘭如方伯和云：「魯殿靈光一焕然，皋比坐擁已經年。賡歌快覩明良遇，樑棟欣瞻藻繪鮮。自古樹人如樹木，於今興學即興賢。鶩湖陸洞心傳久，性道文章各勉旃。」關霞生進士和云：「炯炯藜光乙夜然，圖書辛苦校多年。品如圭璧連城重，詩似芙蓉出水鮮。作宦三秦陪別駕，談經兩漢繼諸賢。先生久樹文壇幟，何福吾鄉作表旃。」「門多奇字問疑然，講帳淹留可判年。大屋千間須廣庇，古書三味有餘鮮。姓名韋杜通家貴，師友荀陳一郡賢。自笑不才同瓦礫，瓊瑶投我報如旃。」「功名早不勒燕然，塗抹歸來又七年。書斷幾行鴻雁杳，秋添一箸鱠鱸鮮。文章大筆推前輩，江左聲華盼後賢。學舍東西新結構，鴻都古訓共聞旃。」余亦步韵云：「嶽麓龍津迹杳然，賡颺剥蝕又多年。何當白鹿皋比擁，恰值丹楹藻繢鮮。蓼國笄班環絳帳，京江筏渡藉名賢。仰瞻輪奂工良苦，賁勉山成尚慎旃。」「講筵重整興悠然，況復主持近二年。陶冶曲成欣樂育，雲山經用始新鮮。雕鎪技各呈花樣，羽翼功全仗大賢。料得心清聞妙處，瞿曇擬比協檀旃。」虞再叠前韵云：「講院佳哉奕奕然，堂高巍焕勝當年。陰森古木參天碧，爛熳名花帶雨鮮。迪德勉思希往哲，賡歌誰可望前賢。忝司長善逢嘉會，引翼鴻儒日凜旃。」「兩奉珠璣洵斐然，聯吟疊韵憶前年。句將輪奐同誇美，思擬丹青欲競鮮。武陟只今惟曲磴，龍津無復説宗賢。鳩工重整真堪幸，載筆毋忘歲在旃。」余亦四疊前韵云：「吾道終成一喟然，門牆瞻顧幸年年。階迎桃李春風煖，籠入參苓化雨鮮。意匠全憑宗匠巧，掄材都藉達材賢。好培梁棟資丹雘，莫比荒榛竟舍旃。」「叨承賡和已常然，五疊瑶章異往年。錦句應隨繩墨就，筆花遥映閣甍鮮。鍊才共樂顔回鑄，雕木能全宰我賢。其羽養成王國用，爲儀不是帛爲旃。」虞又六疊前韵云：「瞻仰程朱神肅然，規條敬謹法當年。飭躬惟望成鴻寶，臨政期如烹小鮮。幸覩翬飛新院宇，惟將鳳翽勖英賢。喬皇廣厦儲才地，文行諄諄話細旃。」「君句工如王冷然，慚余難紹盛唐年。皋城老宿璇源湧，淠水英多霞采鮮。有此振興培後進，不教創造負前賢。宏璉祇貴供佔畢，豈效何郎門侈旃。景福殿賦云：「將何以乎侈旃。」」

潤軒先生七疊《重修賡颺書院》韵，以索八和。某以和韵太繁，又不敢方命，爰敬陳先兄通博公暨尊太翁大京兆公世誼，及兩小兒之在院極承訓誨，敬步元韵，以示不忘。和云：「追維往事倍凄然，卌載塤篪正妙年。誼篤蘭交三世重，花探桂蕊一枝鮮。先兄甲午鄉雋出戈太僕門。太僕即京兆公門生，謁太老師時，深蒙奬勵。隨時談笑皆經濟，遇事箴規必聖賢。家學相承宏奬掖，講堂訓迪共聞旃。」「至此兒曹尚凜然，金鍼明度在先年。兩兒客歲在院，蒙贈詩，有「指點出塵寰」之句。每云瑚璉磨方出，也説胭脂染更鮮。曾蒙致書示塲屋文法。横溢才思追六代，切劘道義步三賢。院奉二程子及朱子。而今心領兼神會，兩兒以將赴皖，未獲應課，而心目中如親函丈。老我猶欣作表旃。」虞以八月歸去，約來春復臨。至次歲丙子春末，忽接訃音。撫今追昔，曷勝人琴之感。

嘉慶戊午二月初八、初九兩日，京師同人小集洪洞劉公秉恬寓邸。在座者紀曉嵐宗伯年七十五，梁春淙司寇年八十二，趙鹿泉少宰年七十二，吴白華少宰、韓蘭亭少司農、蔣霽園大廷尉俱年七十，金聽濤司馬年六十九，衛松厓侍御年六十八，蔣戟門少司農、熊蔚亭少司寇俱年六十五，慶丹年司馬年六十四，汪時齋中丞年六十二，莫青友大京兆年五十六，宜桂圃少司農年五十二，劉亦六十四，合一千零四歲。時當國家慶衍期頤屬在，臣工仰承庥眷，是以得同登壽寓，共享大年也。劉因賦長律一首誌事。云：「輕暖輕寒二月天，盍簪喜看德星聯。知敦舊雨殊今雨，誰辨賓筵與主筵。初八日，同人款梁春淙大司寇。初九日，春淙復邀集諸同人就飲劉寓。獻酬交錯，幾于忘形，竟不知誰賓誰主矣。序齒人思登百歲，合交壽準過千年。遭逢景運勤相勵，聖主遴臣貴得賢。」河間紀曉嵐昀云：「小集城南尺五天，壽星互映似珠聯。一千歲尚饒餘算，十五人同聚此筵。丞相原容登洛社，耆英會皆年七十以上，惟司馬温公年六十四得與，與今日之會相同。侍中應記在堯年。官曹事少多清暇，點綴昇平也自賢。」是夕，歸途先成一首，僅録求和。多云：「原非有意會耆英，偶爾相逢皆老成。白髮蒼顔偏自詫，座中多以强健相矜。紅鐙緑酒尚關情。多年雨露經培養，何日涓埃答聖明。歸路沉吟閒屈指，可憐滿座盡書生。」畢節韓蘭亭鑅云：「艷陽時節養花天，華髮相逢轡乍連。梁灝齒應推上座，春淙司寇最長。韓瞻今得預芳筵。風流不減西園集，星聚偶殊洛社年。更喜三人同杖國，白華少宰、霽園大廷尉與余俱七十。勝遊堪許逐群賢。」「詞鋒料揀必精英，隔歲慙余句始成。形迹都忘新舊雨，談諧自見古今情。青樽恰借輕風送，白袷偏宜澹月明。欣際太平無一事，會聯真率過餘生。」吴江金聽濤士松云：「弦月宵燈雪霽天，招邀朋好喜情聯。紀群交接東西序，主客形忘監史筵。二老風流推祭酒，六人先後是同年。座中諸公惟鹿泉、曉嵐兩先生爲前輩。春淙、霽園白華、竹軒、松厓爲同年。餘諸公亦俱交在紀群之間。日邊盛事誰圖繪，佳話應追洛社賢。」仁和趙鹿泉佑云：「藹藹停雲咫尺天，朋來快覩璧奎聯。盛時皆得躋崇秩，華景端宜作勝筵。十五人分千四歲，九重春洽萬斯年。相依壽宇多清賞，酬答何如洛社賢。」「司農首唱擬韶英，宗伯高華韵繼成。老去鬢顔頻感遇，春深杯斝各縈情。占星合向丁方驗，積筭分標亥字明。馬齒居然指三屈，還追同舍話平生。時惟春淙司寇長予十年，次則曉嵐宗伯長予五年，同丁丑散館授職。而余與春淙共一師傅，最爲久交。」錢唐梁春淙肯堂云：「捧袂追隨尺五天，獻酬交錯主賓聯。十分和氣催花信，一曲清歌泥酒筵。數到月圓齊大耋，分來星聚是同年。相期退食尋嘉會，雅集西園仿昔賢。」「黃髮居然洛社英，瑶章更迭好詩成。籍分南北詞人合，坐列東西觴詠情。高會漫詡前輩少，遥天應見壽星明。延洪聖澤春風溥，精力猶堪薄後生。」南滙吴白華省欽云：「中和時候傍光天，置杖招邀轡並聯。觀禮有懷依講案，承恩何幸話耆筵。事同飲醵須洪飲，人到年高那諱年。若向東平紬掌故，窮經得路勝前賢。」「桃花幾樹點春英，排日賓酬主獻成。松柏老蒼纔見性，絲簧錯雜且陶情。一堂笑語歸仁壽，八座傳呼際聖明。十五人年千又四，靈椿長此證莊生。」睢州蔣霽園曰綸云：「香山即在五雲天，式燕春風齒序聯。主客花前開畫幛，詠觴日下敞詩筵。鴻齡羨合千餘歲，鶴筭欣同七十年。勝彼富韓居洛後，始追耆德會高賢。」「花朝節近滿繁英，金谷詩慚第七成。梁園席上賦，劉孝威第七方成。余正如孝威云。騁健誇張前輩韵，率真聚會昔賢情。帽簪側座心相許，杯盞横波眼倍明。沐浴聖涯滋露久，何須丹訣鍊長生。」盧氏莫韵亭瞻菉云：「勝會相招社後天，是月初四日社。數參星聚唱酬聯。國風各擅人殊地，華月初升夜對筵。五十六慙書亥字，余生于癸亥。一千四忝序庚年。憑誰更續名臣集，壽世文章繼晉賢。宋乾道中，選刻晉十五名臣集。」「追趨愧説後來英，師友當前盡宦成。丙現今還徵壽兆，寅恭久乃見交情。紅牙試聽神如醉，白髮相看眼倍明。鐵石同心梅並賦，老年逸趣各横生。」存甫熊枚云：「也附星垣拱極天，參差杖履後先聯。人同幾望初圓月，主客十五人。笑説差逾白傅筵。元老壯猷稱尹甫，一時千載比松年。皤皤鬚髮交酬處，細認尊前酒聖賢。」「五雲深處遇耆英，却是年華閲歷成。日下見聞關典禮，尊前談笑入詩情。幾回度曲新鶯早，休負當場老眼明。共戴堯天登壽域，好隨仙侣樂長生。」慶聽泉桂云：「菉竹猗猗好洞天，正宜知己共情聯。忘形不論誰爲客，遣興何妨互設筵。幸際皇王開壽寓，養成我輩盡高年。饒君更有周行示，深感偏勞地主賢。兩日戲筵俱竹軒四兄代辦。」「益壽何須採菊英，得天最厚仰裁成。樽前華髮都相似，眼底春光更繫情。歲月昇平占矍鑠，賡歌風雅慶休明。揮毫勉步諸公後，愧乏江花夢裏生。」宜桂圃興云：「雲融風藹日中天，茗椀爐香几席聯。少小忝容居末座，趨蹌今又侍賓筵。早承雨露多耆彦，都荷昇平享大年。十五人成千四歲，陽春首唱主翁賢。」「高會重逢洛社英，更看麗句若天成。盍簪列炬非關飲，把袂聯吟倍有情。入話誰知喧鼓吹，占星人卜聚文明。冠裳濟濟皆前輩，無德無才愧後生。」蔣戟門賜棨云：「朗朗弧光現丙天，城南尺五德星聯。耆英集客添三座，文潞公耆英會只十二人。真率慙余占一筵。司馬温公作真率會，時亦年六十五。長史今移司寇席，白香山以司寇作九老會，劉益州在客坐。

今劉竹軒倉場司農却爲主席。尚書適序狀元年。春淙司寇年八十二，適合梁灝之年。聯詩應易吾何敢，唐九老張渾詩云：「詩聯六韵猶應易，酒飲三杯未見難。」酒飲差堪辨聖賢。」「引年焉敢附耆英，觸目師資足老成。觴詠風流和暢地，簪纓香火古今情。置身端賴叨恩養，努力相期答聖明。三萬六千如此日，更須何處説長生。」衛松厓謀云：「風塵歷遍到雲天，臺省欣看鷺序聯。顧影定知增老態，賞心何幸與華筵。星辰變幻遊河客，文酒從容燕洛年。努力人生好行樂，區區服食未云賢。」「曾聞七老集朝英，佳會今看接跡成。蔡葛山中堂、曹地山尚書嘗邀諸老爲七老會。青眼合教逢勝侶，白頭何必減歡情。談鋒得酒當筵健，歌管隨風到耳明。剩欲據鞍誇矍鑠，憑君莫笑太憨生。」汪菊叟承霈云：「吹徹錫簫料峭天，冠裳嘉會喜蟬聯。頻指霧裏看花眼，余有目眚。笑對風前度曲筵。潞國精神推上座，春淙大寇年最高。香山丰采半齊年。同座七人皆六十餘。主賓誼盡東南美，酒力難分聖與賢。」「入座知皆洛下英，計年應許問容成。青雲謬附鵷鸞侶，白首欣聯翰墨情。三月風光春蘊釀，一堂花影月分明。良辰莫負啣盃約，及取餘閒友鞠生。」金聽濤士松又和云：「吟箋擘處看聯卷，首句不用韵，避家諱也。畢竟風流屬老成。絲竹逢場聊作達，文章報國有深情。不辭泥飲當盃盡，肯負花枝照眼明。歸路尚餘詩境好，拈鬚坐待月華生。」後注：「竹軒同年首唱索和，松既賡韵，書卷中矣。今竹軒以此卷歸曉嵐先生，因復次先生韵呈正。」余閱此卷，不啻與諸老晤對，快何如之。今又廿年，不識魯靈光殿尚有幾人。

丙子秋季，八九老人程臨皋寄余一律。云：「無風無雨度重陽，策杖逍遥出草堂。訪菊何如今日好，登山不似去年强。持螯把酒憑人樂，帶月巡城任我狂。乘興歸來猶未已，拈毫得句墨花香。」老筆紛披，亟思步和，旋以事冗忘却。今君已作古人，可傷也。

余友鄧君子裳號六舟，其伯兄鑄岩，余親家也。性倜儻豪邁，以明經學博。早逝，藝林惜之。六舟少負異才，甲子南闈舉第四名，公車屢薦未售。教授家居，議論風生，有籠罩一世之槩。曾記其《和友人六律》云：「流光似水等閒過，争奈軒然水又波。志士書空將瘞硯，佳人補屋自牽蘿。味當回美甘原少，時到中年感最多。何事儒生耽積習，一丸翠墨半丸磨。」「戰歸免胄逐風趨，擺脱名繮一自娱。家有藏書籤插架，門無熱客酒盈壺。才華竟爾應投筆，經濟輸人敢棄繻。却笑稻孫新擢潁，襁褓老鳳又將雛。時添一子一孫。」「少小心居第一流，看花懶上曲江樓。空行萬里關何事，屢散千金未解愁。生計頻年增馬齒，科名幾輩屬龍頭。由來榮悴皆前定，桃李春芳菊有秋。」「莫訝身牽上水船，一生受用只隨緣。經傳絳帳如僑寓，畫賣青山當力田。猶有童心常自樂，本無柔骨倩誰憐。知他造化能同視，河畔何曾餓信天。」「六上公車指帝城，每逢匠氏亦心傾。野人分合隨漁父，天子名曾問馬卿。甲子頭二場進呈。歸向萱堂稱壽母，願從茅屋老書生。請看鏡裏星星逼，白髮原來也世情。」「明年五十更何爲，檢點今非知未知。鮑叔莫酬虚歲月，彭宣已老負恩私。微名那敢忘根本，大雅長留作主持。衡霍以南淮海北，一齊争誦少陵詩。」

余中表關君廉臣英年績學，試輒冠軍。癸酉落第，口占一律云：「才疎落第本尋常，孤負今生際遇良。六秩雙親甘澹泊，九旬大母尚康强。弟雖無目憂思切，妻自同聲歎息長。況有外家恩最厚，將來何以慰期望。」蓋廉臣舅氏即楊介坪少廷尉。曾信寄勉步青雲以圖用世也。越乙亥，哭余姪孫雨堂詩上下平三十絶，哀痛愴淒，令人不忍卒讀。兹録其半，云：「别居山館號留紅，種竹栽花一院中。石磴半和苔蘚坐，吟哦每到月朦朧。」「婉容愉色侍萱幃，芹藻香中樂采歸。不肯輕離紗幔去，永朝永夕繞牽衣。」「猶憶看花問後湖，他鄉握手立斯須。爾來同作登高賦，第一先傳九九圖。雨堂試九九消寒圖冠軍。」「畫船兩度泛秦淮，弦索笙簫處處皆。獨有新詩吟不得，六朝風景寫無涯。」「莫愁湖水鏡奩開，愛濯清流日日來。倘得來生如所願，英雄兒女合輪迴。雨堂《遊莫愁湖》詩有「佛前祝我來生願，不願將軍願美人」句。」「一代儒宗賞識真，曾從勝地拜經神。鍾山鍾毓多英俊，如此才華有幾人。雨堂受知於姬傳夫子。」「茗爐宛轉動烟雲，間隔蝦鬚認篆紋。勸客時常過七椀，清譚忘却到斜曛。雨堂嗜茶。」「臨池妙格善評論，筆格先將舊樣翻。直溯當年王大令，珍藏道德五千言。善臨《道德經》。」「商量繪事展齊紈，一檢浮香點石欄。囊裹猶留垂露筆，幽人慣學畫幽蘭。」「忽遺巫陽召謫仙，古今真有忌才天。不如常住清虚府，免却勞勞四七年。卒年二十八。」「麗句迴環蘊曲包，風簷一字費推敲。雨堂《霓裳譜賦》云：「玉環玉笛，伊州涼州。」《消寒圖賦》云「寒隨白盡，煖逐紅生。」余最愛誦。可憐將合如星眼，猶認前賢未忍抛。臨終猶説唐宋人不絶口。」「六月興師唤奈何，一腔熱血未消磨。入學之年，以六月六日試幾濱于死。問君此去歸何處，繞遍諸天住大羅。」「青箱未斷斷黄粱，不惜金錢倍價償。收買書籍，每倍價不吝。往哲有靈憐此意，定教引與共馨香。」「道義千年重友生，孔顔生死見交情。撫棺一哭誰真慟，有鄭康成陸士衡。雨堂事鄭霽園、陸愛古二師最久。」「人共殘年不肯留，除夕前一日仙逝。春風計日到瀛洲。心隨渭水過淮海，合入清流遠濁流。」「何處重聞金玉音，故人惆悵對衣衾。余往唁，見僕衣衾捧燒。奇文若再同欣賞，容我長從夢裏尋。」「淚雨紛余亦有紛濕布衫，葭莩恩誼本難芟。須臾破涕翻爲笑，我亦君流偶落凡。」讀之懇摯纏綿，令人心悒。余亦有《哭姪孫恩溥十二絶句》，存鄙集中。

畢秋帆先生以鎮洋一諸生，年二十四，癸酉舉京兆試，補中翰，旋中庚辰第一名進士，大魁天下。丙戌分校禮闈。丁亥擢鞏秦階道，調安肅。辛卯任陜臬，壬辰癸巳由藩晉撫。乙巳調河南，賞戴花翎。戊申總督兩湖。又十餘年，志伸才展，績著考終。政暇，逍遥洞庭、岳陽，載酒徵歌無虚日。一時名士皆從其遊。故袁子才贈句云：「不是騷人領旌節，肯將湯沐賜瀟湘。」乃閱閒遺諸作，夷猶澹逸，初不料其如彼赫赫者。《祀竈》云：「紅鐙緑酒青松枝，盤列園蔬佐以飴。鑪香一炷烟霏微，再拜稽首前致詞。終年善惡勞記録，明晨彙報陳天墀。自揣功無過亦細，應荷玉皇詢姓字。伏乞神君進一言，斯人但以詩爲事。十年已積三千首，勞勞未免風塵走。夜夢神君有所述，述帝云爾情甚逸，勅賜生花一枝筆。」《遣興四首》之一云：「二客不期至，書窗訴懷抱。一願呼小龍，耕烟種瑶草。手拍洪厓肩，口噉安期棗。清晨遊蒼梧，黄昏宿蓬島。一願居華堂，青年歌得寶。白撰堆房廊，明珠貯栲栳。入則據南面，出則建大纛。因問我何如，我云不同道。飢食紅稻飯，寒襲青霓襖。有月夜眠遲，有花春起早。時獲琴書歡，而無離别惱。摩撫膝下兒，删定等身稿。百年無疾終，安然投富媪。二客相視笑，庭柯日杲杲。」更《觀臚傳》四律云：「仙樂鏗鍧霽景初，五雲閶闔敞皇居。同披毳褐朝金闕，先躡紅雲拜玉虚。下士忽登千佛首，名山未竟十年書。高逵雖已鴻飛漸，自顧爲儀倍凜如。」「宣豪江硯集承明，思湧文慚翻水成。敢冀茂才居異等，恐嘲名士總虚聲。幸繙虎觀書應徧，相對龍池骨亦清。豈有春城寒食句，九重何自識韓翃。」「主知特達謝圭璋，柳染宫袍數異常。温飽毋求行易勉，科名不愧道争光。書生敢擅通經譽，邊務虚叨對策詳。廷試經學屯田二策，上親擢第一。聖代崇儒兼奮武，漫云報國僅文章。」「海上神山許寄栖，故鄉幾日見金泥。詩書少荷慈闈訓，姓字今叨御筆題。私愧名同恩並麗，敢言文與福俱齊。退朝身率群仙下，回望層霄意尚迷。」又《瓊林四絶》云：「簪花絶席有成規，雲裏詔咸下玉墀。彩仗忽傳天使至，上公親爲酌金卮。」「將士西征卸鐵衣，武成宴罷接文闈。虎頭主席金貂客，定遠新從絶域歸。時西域底定凱旋，大將軍兆公奉旨主宴。」「禁柳籠烟覆玉池，酒波紅映石榴枝。廣筵叨飫天厨饌，莫忘空山晝粥時。端午日殿試。」「龍頭人羡領群仙，文錦宫衣錫九天。莫訝舉朝名氏熟，西清珥筆已多年。直機廷已五年矣。」又《前聞鄉捷》云：「瓊樓惝恍記遊仙，小謫人間夢又圓。丹桂露溥叨一第，白楊雨冷隔三年。羽儀鴻漸占初吉，燈火雞鳴感舊緣。遥喜萱堂眉暫展，簷前靈鵲好音傳。」可稱大含細入，籠罩一切。後終湖督任内，年六十八。世襲輕車都尉。

嘉定李書田先生太翁名夢璁，由壬戌進士作令西江，循聲懋著。書田亦以德清知縣卓異，洊陟閩藩，洵稱克紹前烈者。兹録其《庚戌登第紀恩》八律。《放榜》云：「翹首雲梯碧落邊，今朝身到大羅天。泥金報去人皆後，瀋墨書來我獨先。填榜從第六名起，五魁最後。三禮專門穿札易，本科輪試禮記。八仙同譜拔茅連。回思舊日寒窻苦，幾瓮黄虀半席氊。」《覆試》云：「離宫覆試近科添，恭竢回鑾日改簷。梯好上天重走怯，船逢下水衆謀僉。試兩文一詩，日旰皆出。爲防東郭吹竽濫，特較南宫扃鑰嚴。數典記曾唐宋有，殿中席地異風簷。」《殿試》云：「三殿深嚴屏息登，龍門那許比崚嶒。班聯玉筍成林進，地近丹霄絶頂層。黄紙題分肝欲鏤，紅綾餅賜手親承。天涯多少窮經侣，頭白雞窗夢到曾。」《引見》云：「待詔齊來金馬門，賢良策進帝親掄。築壇將以爲皆得，揚觶人真僅有存。鼎足三分須厚福，奎纏五緯已承恩。孫山名第非容易，頻占前茅感可言。鄉試第四會試第六，今殿試二甲第二名，合算第五。」《傳臚》云：「珠斗鈎陳翌紫宸，早隨冠珮集初寅。心殷就日瞻雙闕，耳聽轟雷唱九賓。詄濩曉流音繚繞，旌旆晴耀影璘彬。小臣初自田間出，喜覩朝儀舞蹈新。」《賜宴》云：「不徒饜飫拜恩深，盛事從來未有今。聖主八旬開蕊榜，元臣兩度宴瓊林。無錫嵇相國重噴宴。大官法酒休教醉，上苑名花好取簪。廿載萱庭羞菽水，烏私還切遺羹心。」《釋褐》云：「黄瓦紅丸蔭翠衫，成均氣象自巖巖。辟癰鸞藻規模焕，石鼓魚斿籀篆嵌。去冬御製集石鼓文已刻，就在櫺星門外。禮仿大胥行釋菜，衣偕多士换朝衫。先人舊有題名在，擬辨氈帷拓作函。」《授職》云：「第二流中第一流，押班晝接覲垂旒。新進士引見，鼎甲自爲一班。賡芸爲江蘇省之冠。帝心頗重人民寄，臣分期將政事酬。父有廉名思勉繼，家傳老譜或能修。只憐頃刻鴻溝畫，仙籍蓬萊不肯收。」

維揚鄭克柔明府年三十餘，猶貧困無聊。有《除夕前一日自遣》云：「瑣事貧家日萬端，破裘雖補不禁寒。鉼中白水供先祀，窗外梅花當早餐。結網縱勤河又沍，賣書無主歲偏闌。明年又值掄才會，願向秋風借羽翰。」後中丙辰進士，親亡自悼，云：「忽漫泥金入破籬，舉家歡樂又增悲。一枝桂影功名小，十載征途發達遲。何處寧親惟哭墓，無人對鏡懶窺帷。他年縱有毛公檄，捧入華堂却慰誰。」讀其詞，亦可傷已。

余己未秋到皖，尚未稔寒氊情况，沉思獨坐。忽廬江吴四兄鍠携所製《自嘲》五律。云：「寒窗辛苦幾經年，今日居然八品員。檢點起程多債負，安排住省少盤纏。祭丁難遇無膰肉，送考何時有俸錢。自悔不如教館好，折腰摇尾復誰憐。」「草野生成質性愚，忽登仕籍進身初。衣冠古怪形容陋，言語癡呆禮節疎。掛號只須投手本，赴轅從未用肩輿。遥遥署事無期在，典史巡司總不如。」「功名且慢熱衷腸，補缺悠悠歲月長。出入尚難跟小僕，起居寧復侍偏房。兩間茅屋書公館，一个燈籠貼正堂。者也之乎消遣事，無庸躁進學荒唐。」「本省雖云路不賒，抛妻棄子揔離家。並無實惠沾微禄，空有虛名叫老爺。憲眷惟推三作揖，庭參竟賜一清茶。若逢報滿咨題後，即便還鄉莫怨嗟。」「貧窮迂拙更衰殘，不似官來恰是官。豆腐常賒真澹泊，緼袍全當實單寒。早遲投到相争易，新舊分班派委難。尚有出頭聯捷日，何須中夜起長歎。」讀畢，渠同鄉王君正藻自外入，不覺掀髯大笑。余亦興到，亟磨墨屬和。曾記有句云：「叠荷憲恩欣目闊，劇憐房費乏腰纏。」「僧寺消閒無個事，百端交集實堪憐。」「到底趨承諸未諳，致合定省轉多疎。」「回首鄉關欲斷腸，舒桐迤邐路偏長。」「行踪羈滯留三月，魂夢團圞聚一堂。」「何堪捧檄長驅遠，深恨飛騰上達難。」同聚諸人咸爲絶倒。

學使試牘一刻，所以著程式，示鼓勵也。所録各卷，恒多騰達，足徵衡鑒之不爽。然究未可先幾豫决。余戊寅春杪，偶閲副憲賈公試卷，有滁陽王君煜七律。如「江月何年初照人」四首，云：「只此空中一輪月，古今長得照滄江。去三千里浪相搏，圓十二回天不降。幾度西風荒漢闕，依然寒影蕩吴艘。瓊樓誰問幾時有，鐵板豪歌水調腔。」「大江東去月西落，人即此中更换多。鯨浪酒邀三太白，鶴舟夢散百東坡。欲窮元兔未生事，争奈碧翁無語何。縱是南中盤古國，遺書應也盡消磨。」「非非想天非想天，有疑年者使之年。不知素女鬢成雪，幾見麻姑海變田。風景片時南去鵲，劫塵彈指北來鞭。秦淮舊事復何有，玉樹後庭花一篇。」「此江此月此人人，中各各生浄浄因。琴意泬漻遊太古，詩心洗鍊證前身。無論魏晉諸朝事，况及齊梁以後春。八萬三千户安在，所生庶與古爲鄰。」又李君如蘭卷云：「千里有人原共夜，九霄何夜始依人。生明生魄生何日，獨古獨今獨對時。莫隨流水東西去，會憶嫦娥未入先。」林君汝桐句云：「擬向青天聊借問，轉愁瓊宇不勝寒。却憶小時渾不識，漫疑花下説前身。天長不老古猶今，懸得清輝久照臨。世上年華何冉冉，江邊月色總森森。却因此夜多光耀，欲向從前細究尋。」馮君度第三律云：「誰被蟾光屬意先，一輪離海至今圓。想從媧后摶泥日，豈自嫦娥竊藥年。有客舉杯邀素魄，何人搔首問青天。他時倘與吴剛遇，説到鴻濛未闢前。」又云：「初開世界寧無月，乍入清光定有人。」又米君倬集唐四律，更匠心獨運，不能備録。轉瞬必皆破壁飛去，信文章必有神也。

再檢閲王、李二君「民生在勤」二賦，淵懿古茂，卓然大觀。後刻松風水月十二韵，王有云：「畫意更無煊染處，禪宗只在寂寥中。冷然善也仙凡判，客亦知乎問答窮。」米有句云：「濤喧屋角高低應，鏡到波心上下同。耳目之間形即道，江山以外色皆空。」皆妙。

余姪坦闢君楓墀仁甫，懷才不遇，隱于丞倅。其第四子春農，余外孫也。年未弱冠，詩文清雋，郡尊徐約之先生拔置第二名，學憲賈試即冠軍。余尤愛其《鶯出谷》四律，清新秀潤，不蔓不支。詩云：

「風光百五近清明，喜遇遷喬出谷鶯。毛羽已豐饒綵繪，雲霞有路接蓬瀛。低飛緩趁林花舞，遐舉還瞻曉日迎。翹首鳳城春色滿，一枝可借足娱情。」「三月韶光何處盈，半歸楊柳半啼鶯。來經幽谷風初軟，飛入華林語更清。籬鷃何嘗關景物，桑鳩那復辨雲程。一從起向梁園注，錦帶金衣自有名。」「萬柳堤邊聽曉鶯，清于風笛静于笙。直將深淺三春色，寫出高低一段聲。傍水常憐歌宛轉，隔花尤惜意輕盈。雙柑莫舍湖邊路，鼓吹詩腸别有情。」「番番花信叠相更，時有殷勤百囀鶯。聽去必除箏笛耳，坐來仍洗綺羅情。東風楊柳村村靄，明月樓臺處處晴。從此高遷留上苑，建章雲物望中清。」鄙性見老到、秀嫩詩句兩種，慣入錦囊。兹合上滁陽三作，實獲我心。

瞜城王西莊宗伯鳴盛，以乾隆甲戌一甲第二人及第。越戊寅，即陞補禮部侍郎。猶記余總角時，曾聞先慕軒兄誦其志喜語云：「一介書生，未及五年，官至二品。心疑王公，遭際之隆，何緣至此。」後稔其乙亥隨圍，御製詩有押「扶」字韵，諸臣和無佳者。王適先赴行在，聖駕未臨，席地之頃，有數鹿呦呦栖息其旁。王撫弄移時，屹立不動，因得句：「稱旨久覓，佳篇不可得。」戊寅中秋之夕，偶與蘭如方伯道及，楊僅誌一聯，隨笑吟云：「鹿馴簷下當童扶。」

余中表閻鑑波，其淵祖誠齋公官粤西臬使，内陞京堂。暫假回六，贈予先王父半園公七十壽，有句云：「聞君新得長生訣，家住蓬萊第幾山。」鑑波少負異才，思承先緒，乃以名諸生，五十不第。子善慶甫踰冠即館選。憶庚午鄉舉時，乃翁口占云：「孫山落後渾無事，閒看兒童赴鹿鳴。」悲喜交集，時誦于人。丁丑過我，題我玻璃書室，有云：「薄於剡紙明於鏡，祇隔春風不隔花。」抒寫情景，可稱曲肖。

鑑波亟賞諸暨周生棫《菜花》句云：「野田籬落曾春雨，茅舍人家慣夕陽。」妙在「曾」、「慣」二字。其人庚午已雋浙闈矣。余謂總不如太倉牧鰲滄來圖：「繞村種菜春環屋，鋪地黃金人住家。」若論生材能濟世，萬花都合讓斯花。」鰲又有《偶成》云：「薄宦頻年鬢欲斑，平生心在水雲間。天憐衰吏無他樂，許看東南一帶山。」聞鰲本三韓鉅族，詩恰何等襟懷。

余所見迴文詩甚尠，昨得袁秋卿《春興》云：「沉沉緑柳和風暖，艷艷紅桃曉日晴。深苑春鶯啼舌巧，林花亂蝶舞風輕。」秋卿名棠，爲秀水汪公楷亭孟翊室。汪故世族，渠姪如洋又以第一甲一名及第。故寄兄香亭云：「鵬程人與白雲齊，君獨年年借一枝。聞道故交多及第，更憐羈客尚無期。琴書別後遥相憶，雪月窻前寄所思。常對芙蓉染衣鏡，堪嗟儂不是男兒。」又題香亭書後云：「滿樹夕陽千里夢，幾行殘墨十年心。」寄兄簡齋云：「菊留殘蕊秋將澹，人到中年意倍親。」又云：「一家休怪我情真，手足寥寥幾弟昆。」又《寄懷夫子》云：「秋逼畫堂親鬢老，雪飛荻港客舟凉。休憎蕊榜功名薄，且喜詩囊姓字香。」又云：「清夜不堪閒裏坐，秋風多在樹中生。忙煞隨隄輕薄柳，年來那管別離情。」纏綿悱惻之情溢于言表。

芷江詩話卷七

古六許嗣雲芷江手編

嘉慶壬申，余蓮衣弟由正定司馬調牧深州。時當封篆，有《懷故園成二十咏》，中表楊君召林業，爲付梓傳送矣。内有《寄懷友人王春谷》一絶，云：「聯步文壇記曩時，年來鬚鬢各絲絲。無雙經學千金賦，幾日重逢慰所思。」春谷名作霖，爲州名宿，由歲薦候銓學博。與余兄弟至好，胸襟瀟洒。甫啓緘即和二絶。云：「功成名立在清時，欲繡平原倩買絲。今日知君真命世，羞言剪燭話文思。」「豈有經綸翼聖時，空餘兩鬢白如絲。熙朝合有康衢士，一曲酣歌暢所思。」

本年孟秋，春谷有《六十自壽》二律。云：「虚度無聞又十年，曾何學術異從前。娱親但願身難老，翼子羞稱業象賢。衾影獨憎名勝實，鑽研欲讓後居先。人言伯玉耆而化，心跡全存寡過篇。」「不敢徵詩慶六旬，桑榆空剩老頭巾。常思静者能修壽，祇與幽人共食貧。數甲既周知更復，待時久屈想容伸。會應講席叨天澤，拄杖閒看隼出塵。」此詩温柔敦厚，意味深長。脱稿未肯示人，余子皆從受業，特以質余。余當和云：「兀坐窮經六十年，英懷一往揔無前。主司闊目全軍冠，從者傾心繼序賢。絳帳傳薪人漸老，萱庭承志意猶先。會看甲子週而始，再構同堂五世篇。」「薰帷勵志尚兼旬，抵掌文壇一幅巾。謝傅經猷終欲展，陳平好美豈長貧。懸弧節屆欣酬唱，祝嘏杯傾嘆屈伸。轉瞬帝京傳鬮籲，暫抛講席歷風塵。」蓋王屢困南北闈，今又有志北上，不料越歲即行辭世，傷已。其次子德潤，詩文清矯拔俗。由增生甫釋服，即舉戊寅恩科鄉試。

紅葉題詠，自「霜葉紅於二月花」後，余所見罕有佳者。近得天都鮑君方棨上下平三十律，有云：「老能絢爛關榮福，淡轉紛華亦化功。」「天將綵筆傳秋士，人道豪華讓素封。」「別夢不堪懷楚塞，詩才何必盡吳江。」「老去英雄能賈勇，過來花樣又逢時。」「位置最宜鄰古渡，光陰豈合伴斜暉。」又《青女朝天許賜緋》：「九十風光勞點綴，三千劫火未消除。却笑江干太岑寂，短蘆瑟瑟柳疎疎。誤我遊蹤花躑躅，配他老眼霧糢糊。客路豈知逢勝境，人家多愛住前谿。又似姑蘇舟泊夜，晚鐘時候聽烏啼。風霜歷盡百千回，縱有清寒慣耐來。壽相居然能不朽，文心到此未終灰。堆來火齊渾難夜，買盡胭脂不當春。無端落木正紛紛，爲殿秋光獨賴君。格調宛逢粧晚啓，風情恰似酒初醺。得句似應摹賈島，買絲恰欲繡平原。從知身世韜光久，始信人才歷鍊難。臣心豈止清如水，到老終明一寸丹。著來點點復斑斑，春借年華酒借顔。殿陛久承濃雨露，林亭新染好溪山。結箇草堂西向好，柴門盡日不須關。豈爲見才聊復爾，若論媚世恐非然。酒家邀我去題壁，樵客引人來過橋。底須清節尚孤高，才未能華枉自豪。得地最宜丹穴種，受封端合紫泥褒。自來湛露爲光遍，從此西風得意多。莫共寒蘆怨頭白，僅餘老態舞婆娑。記取晚燈初上候，隔林隱約酒帘斜。未見全開惟見落，但知有色不知香。好風時送打窻聲，處處山光處處晴。但有天真都爛漫，最難文陣此縱横。剪裁有術攤新藁，醖釀多方駐大齡。迎來倚杖聽泉叟，著箇打包行脚僧。一樹臨崖更綿密，枯枝纏繞紫花藤。天無黯淡不成秋，到底繁華未肯休。繞郭幾家成絳縣，當門一帶起朱樓。晚烟鐙影明孤店，淺水蘋花卧小舟。叢菊漫揮他日淚，古松相抱少年心。匹馬短衣人塞外，斷橋孤艇客江南。」又《野徑挑歸露一擔》：「品評豈必色香兼，妙義天成赤手拈。但使著花翻覺贅，果然有艷不同凡。」内《三肴》全首云：「不是雲梢與露梢，如人老幹立叢坳。身將瓔珞重重裹，手把珊瑚細細敲。出色奇文青眼賞，忘年故友熱心交。等閒欲問春消息，却被西風一葉抛。」似此盡態極妍，老手紛披，知是騷壇宿將。

科場兼試經藝，自前明開科已然。其改入二場，則在乾隆己卯後。至戊申奉部頒示五經，輪試一周。至癸丑復行合試此。余自丁酉赴試以來，皆所親歷，今後輩已間有不知者矣。粤稽分經之始，士子家各專經。吾六勝國之季，吴專《周易》，徐專《毛詩》，汪專麟經，黄專戴記。憶余太高祖桂亭公，由德清令解組歸，獨與楊畏生侍御兩姓，專以書教後人。逮先高祖九彰公，順治丁酉中副車。時值鄉闈案發，株累多人，惟副榜得無恙。因製門首一聯云：「家世有書窺孔壁，江鄉無事樂堯天。」後先曾祖霜肅公以明經應京兆試，累薦未售。今家藏手録經旨，猶盈箱叠笥也。顧念寒家，世守青緗。至乾隆末，始獲通籍。故先祖半園公由歲薦入都，途遇賣茶者，遂口占一聯。云：「我亦輩來期售主，可能膾炙遍江南。」庚午南闈，先君子奉政公業，蒙主司莊容可殿撰擬元。數日，批以「絢爛之後歸于平淡矣」，仍然得而復失。以故盼予兄弟科名甚殷。甲午望捷，曾有句云：「忙占卦體爻難斷，熟算星書數莫知。」又云：「蟾宫問有幾多桂，可許吾兒借一枝？」是科伯兄竟中副榜第一名，人以爲讖語云。

唐温飛卿《春日偶成》有句云：「自欲放懷猶未得，不知經世竟如何。」庚申仲春，余備員熙湖司鐸，讌集同人。偶爾道及家園蕪圮，適李竹醉太守時爲諸生，以歲試第二名食餼，凂詳學憲擬以「放懷」二字贈顔書室。後余回里修葺，落成即用題額。因口占四律，云：「放懷豁壑亦須才，略敞軒庭費檢裁。牖啓玻璃新境出，垣留罅隙遠山來。平安竹久當風静，富貴花寧爲我開。到底讀書真有味，月門上顔「讀書有味」四字。商量果否美於回。」「棟宇方新湯餅呈，即將輪奂錫嘉名。時適舉第七孫，即以奂命名。課孫别有三間朗，留客旁營一榻清。密布深林招隱意，頻堆卷石學山情。堪嗤小試經綸處，猶是因仍性懶更。」「曾顔自謂侍高堂，忽忽於今二十霜。伯季偕來成往事，後先屢建傍斯廊。乙卯余構自謂軒。越甲子伯兄下世。今季弟又遠宦，七載未歸。趨庭追慕圖常展，抱膝長吟癖漸狂。撇却迂迴闢宏敞，文章蹊徑本無方。」「十三間屋詎玲瓏，喜接南薰到處通。平步秋光迎月魄，廣收春色入簾櫳。孤松手植凌霄漢，雙桂心期列蕊宫丙辰，余手植松一株，已干雲矣。際此落成萸節近，菊黄遍插任西東。」比時見李君氣宇，預卜爲當代偉人。本年即以選拔生中式。旋由編修主試兩浙，今出爲陳州太守。

余性本魯鈍，尤不工詩。丙子秋中，偶因葺整書舍，率成數語，祇自娱悦，未敢示人。忽張荔衫世講過訪，索觀。首先依韵揮就，諸大吟壇從而和之，佳篇林立，字字珠璣，有令人不得不奉爲拱璧者。爰即收到之先後爲序次，並款式亦依來樣珍而存之。張君以優行生應戊辰北闈，中式，教習知縣。詩則氣味深醇，風格遒上。不料即于冬底謝世，此篇竟成絶筆矣。載諷遺文爲之於邑。

荔珊首先屬和。款稱：「丙子重陽先二日，勉和芷江三世叔大人《重修放懷書室》元韵四章，即請鈞正。荔衫世愚姪張蔚春呈。」稿云：「内儲外應兩兼才，自闢園林自取裁。多拓半弓隨月到，數添小牖讓風來。一行翡翠重簾捲，五色琉璃四扇開。中有隱囊先位置，宣城新看遠山回。落成時，值主人郊遊初返。」「洞天真景妙兼呈，富貴能閒更有名。擁坐自生虚室白，開襟常覺大江清。曾官皖之太湖學博。湖山春色曾經眼，雲壑秋光幾叙情。歸作卧遊遊愈樂，舊時堂構又新更。」「兒孫聲滿讀書堂，仲雪霏和伯霜。松健愛扶新種樹，花開忙過小迴廊。秋來爽極神逾静，詩到情多興轉狂。料有池塘春草夢，錦囊裝好貯遐方。四叔夫子遠宦八載，元韵惓惓不置，因並及之。」「入門指點碧烟籠，妙處全從曲處通。細數花枝添竹本，平分山色撲巖櫳。予懷渺渺尋谿壑，人誦聲聲應徵宫。識得泉明真意永，菊黄酒緑趁籬東。」

熊介臣比部，時猶庶常，假歸旋里。聞張步韵，亦即信筆揮就。其詩語語從性靈流出，所謂真氣驚户牖者。款稱：「丙子菊秋，奉和芷江三世叔大人書室落成元唱，即請斧政。介臣愚姪熊一本未定草。」云：「昔年老屋聚群才，我與諸郎共受裁。入座未容狂客至，到門時有故人來。椿堂笑看萊衣舞，蕊榜欣看棣蕚開。憶乙卯就學尊塾。秋，值四叔鄉捷報到。轉眼風光已廿載，再遊新院重低迴。」「分明一幅畫圖呈，勝地原非浪得名。花擁四圍詩味雋，風來三面酒腸清。輞川欲作遊仙想，鄴架還多好古情。到此却教人意戀，不知香篆幾回更。」「撮土成山列紀堂，水如明鏡月如霜。數竿竹影侵書幌，一夜書聲繞堞廊。叔重風流原大雅，汝南月旦豈真狂。卧遊即是蓬壺境，不用人間却老方。」「琉璃一座色璁瓏，十二闌干面面通。草長緑茵鋪錦砌，簾垂碧玉護雕櫳。開樽何事千間厦，拓地依然半畝宫。自謂羲皇成大隱，飛塵那得到墻東。」

沈講虞世講高才績學，以選拔生膺癸酉鄉薦第一。越丁丑，始成進士，改庶吉士。先是，甲戌下第，歸，應聘主霍邱書院講席。聞余有書室落成之咏，亟索原稿，即于燈下和成，郵寄。捧讀，覺異樣新鮮，直如出水芙蓉。款稱：「里句恭和芷江三叔大人重修放懷書屋七律四首，即次元韵，録請誨政。愚姪沈巍皆拜呈。」云：「學富陳王八斗才，剬詩緝頌見鴻裁。棘闈酣戰秋風勁，巍童時讀先生壬科薦卷，即欽慕焉。松徑頻招舊雨來。怕聽惱公初唱罷，常因歡伯好懷開。優游林下無他事，展翫圖書日幾回。」「一席青氈講舍呈，豈甘域外學逃名。山林廊廟身兼占，富貴神仙品獨清。館築廣文酬帝澤，洞稱大隱協風清。不嫌近市囂塵雜，晏子何須宅屢更。」「歸從蓼浦謁華堂，巍秋季自霍邑返里。棟宇初經五夜霜。簾捲蝦鬚開曲徑，籬排麂眼對迴廊。品題月旦原非癖，儒雅風流豈是狂。促膝縱談今古事，一州文獻屬通方。」「名花艷艷葉瓏瓏，堆石成山四面通。重砌芝蘭森玉蕊，滿門桃李傍朱櫳。庇寒待築千間厦，環堵寧同一畝宫。詩酒橐中無限樂，幽棲應勝瀼西東。」

近世詩人覺能品多，逸品少。逸品者，仙品也。闞子霞生少負雋才，夙承庭訓，久噪名于淮揚間。己巳釋褐，以二甲需次縣令。乞養歸里，而詩益工。是秋將有遠行，留贈二律。款稱：「芷江老中表大人放懷書室新成，志喜四章索和，謹依二韵步之。嘉慶丙子八月之十六日，德卿闞元煇初稿。」云：「小有家園大雅才，吟箋幅又自量裁。買山只伴閒雲住，掃徑多逢舊雨來。予家有舊雨山房。地得樓臺三面敞，天教花木四時開。汝南月旦添餘話，一日評詩十二回。先生著有《芷江詩話》。」「吾家舊宅住斯堂，予家舊住此宅。乾隆壬寅歲，予十齡，遷居于南門。卅載重來鬢欲霜。列宿文星羅四座，良宵明月下迴廊。宦從遊從情原懶，先生任太湖歸，今廿年矣。交到深時語亦狂。放眼古今懷抱事，讀書真得養心方。月門上有「讀書有味」四字。」

筆以曲而能達，識以老而愈精。論文如是，爲詩亦然。若縱筆所至，而珠圓玉潤，深人自無淺語者，其子裳三兄乎。子裳自甲子魁江南，屢躓禮闈，得而復失者數次。豈天之欲老其材？何詣與年進，卓然名家也。贈余款稱：「芷江三兄親家大人以山房落工四律索和，珠玉在前，令人奪氣。而折柬邀飲，不勝追呼之迫矣。勉步奉正，未堪疥壁也。姻愚弟鄧宗彝未定草。」云：「手筆争誇造鳳才，拓將亭榭妙心裁。定知邱壑胸中具，疑自琉璃世界來。麝墨滿池詩早就，牙籤壓架卷初開。羡君獨擅清閒福，乘興從游日幾回。」「山林佳境豁然呈，題額先生自署名。别具襟懷雙眼放，不求聞達一心清。桂蘭添種都成蔭，花鳥閒看覺有情。兀坐垂簾從此慣，好香焚到月三更。」「詞人跋履滿高堂，天氣秋深屋有霜。緑字題多張素壁，黄花開處繞迴廊。酒兵制勝心餘勇，詩債償完興覺狂。要會此中尋樂處，偷閒即是駐顔方。」「幽人山館號玲瓏，字字珠穿九曲通。襖曝黄綿堆屋角，錢鋪白玉滿房櫳。消愁只合傾三雅，顧誤應從辨九宫。主人精詞曲。勝會清時原未易，采芝高韵想園東。」

吾六近年老成凋謝，惟瀞亭先生以名諸生，學邃養醇。年登七六，矍鑠堪欽。州人士多出其門。居平高視闊步，有不可一世之槩。詩篇經緯秩如，不異老吏斷獄。和詩款稱：「勉和芷江棣臺大人書室落成元韵，愚表兄瀞亭黄江禿筆書。」云：「安樂窩傳曠世才，幽居部署匠心裁。豪華景象閒中却，瀟洒襟懷静裏來。室少樓臺仍舊貫，地留宏敞待君開。其間澹泊餘真味，步一回時嚼一回。」「放懷機趣畫圖呈，久已拋除世上名。紅友暫邀歡輒醉，黑酣高枕夢餘清。於今略點灣環樣，便覺平添曠遠情。逸興無端隨領略，疎林好待月三更。」「記得皋比坐講堂，而今曾閱幾星霜。余曾假館于此。時隨薛鳳閒來往，久別韓維近廟廊。四表弟宦遊京邸。丙舍旁營何太爽，南薰乍領不嫌狂。良朋勝境洵難遇，自憾飢馳各一方。」「初經入眼便玲瓏，爽塏還從曲處通。書味滿庭薰院宇，天花五色燦簾櫳。何須玉照千竿竹，欲傲袁豐半畝宮。況復熊羆徵瑞應，從斯蘭蕙遍堂東。君于是時生孫，故云。」

澣亭令姪闓卿亦以不羈才，文章詩賦冠絕儕偶。嘉慶庚午秋試獲雋，雖暫就職縣令，而騰達之志猶且不亘千里。步韵款稱：「恭和芷江表叔大人重修書室落成元韵四律。即以申賀，録呈教政。愚表姪黄廣恩頓首拜稿。」云：「舊是扶輪大雅才，等閒結構見鴻裁。四時佳景延緣入，一徑清光窈窕來。白木榻曾高士下，碧紗窗爲好風開。階前宜種梅花樹，擬待詩人笑幾回。」「饒多風景接時呈，蹊徑重開署舊名。竹圃緣垂千个秀，花茵紅坐一庭清。囂塵近市齊卿宅，霖雨東山太傅情。雅量端應超月旦，評無臧否未容更。」「冷署曾經坐講堂，別來已閱幾星霜。盤盛苜蓿思芹署，砌長芝蘭繞畫廊。日降庚寅誇燕翼，橋通丁卯集詩狂。好將瑞應徵龍爪，聞尊齋掘地得龍爪石，亦奇。焦氏聲名信可芳。」「欄于曲曲護玲瓏，屏障琉璃四面通。風度桂香清几席，月移桐蔭上簾櫳。愛山點石排丁甲，適性調琴叶羽宮。到此令人情更遠，周迴渾莫辨西東。」

士有好素愛古，深情渺渺而風骨稜稜，如王君葯坡者乎。幼即名噪膠庠，迨隨任雲間十餘年，學愈精，品愈峻。不得以屢困棘闈，謂終非金華玉殿中人也。詩則追風掣電，機趣横生。款稱：「芷江三先生書室落成，敬步元韵四律，録呈郢削。葯坡王溽未定草。」云：「如椽手筆鳳樓才，小拓園林見別裁。徑轉雕闌都曲到，山堆文石亦飛來。檀欒竹好干霄植，窈窕窗宜映月開。試問綠坳苔長未，彥章日盼幾多回。」「熙湖講幄記經呈，歸卧如耽大隱名。先生曾任太湖學博。地闢桐階秋思爽，人來桂苑午風清。鳳毛濟美看新澤，令似新勉、金臺皆即選學博。馬帳高懸愴舊情。輪奐忽崇蹊徑改，居然滄海一籌更。先君子自京都回，曾館尊齋二載。」「清潔應稱大雅堂，重簾邃室不知霜。能耽真味書盈架，爲愛寒香菊繞廊。笛接花茵情自永，詩成元度興尤狂。持衡近採騷壇玉，學步曾先愧九方。近著《芷江詩話》。潯向亦有《鈒鏤堂詩話》。」「筵排綺席總玲瓏，花裏傳樽路四通。時以落成招飲，因得元唱奉和。春意自然生杖履，纖塵未許到房櫳。案陳彝鼎思秦漢，壁滿琳琅振羽宮。和章先至者甚夥。醉倒風簷聽鐵馬，恍疑仙佩玉丁東。」

每見深于詩者，必脱去尋常窠臼，始能力追古人。陸君愛古詩賦，爲一州壇坫。元箸超超，久儲臺閣之選。偶一酬答，悉用力争上流法也。款稱：「丙子秋季，恭和芷江老世叔大人書室落成元韵，即請郢削。愛古姪陸心誠未定草。」云：「先生本是謫仙才，臺閣文章著意裁。五鳳樓高添客坐，三槐廳敞待君來。縱教虎胄牽羊至，不止鱣堂爲雀開。玉署好探星斗勝，近天雲漢倬昭回。」「緣何苜蓿菜羹呈，蝴蝶飛階句擅名。厦廣不如文自廣，官清直與水同清。懷居堪笑奢華習，安宅休談世俗情。況復肯堂兼肯構，不須杞梓任重更。」「貽謀重有讀書堂，未許抛殘瓦積霜。花萼當年池草夢，稻孫今日月迴廊。倚天拔地文瀾壯，錯采鏤金詩興狂。堂聚德星皆玉柱，季方豈肯讓元方。」「玻瓈塊塊玉璁瓏，心有靈犀四面通。大筆如椽輝棟宇，小山似蓋接窗櫳。階前花木榮青簡，眼底烟霞耀紫宮。佇看簪纓宏甲第，門環棨戟樹西東。」

凡詩文老筆紛披而有嫩光者，卜其晚遇。王子野苹積學儲才，縱筆所如，不惜盡態極妍，而已神與古會矣。款稱：「嘉慶丙子初冬，里言恭和芷江表母舅大人書室落成元韵，録呈郢正。愚表甥王兆南未定稿。」云：「又一金華命世才，懸規植矩見心裁。窗虚特引清風入，徑曲時邀皓月來。燕語簾前巢最爽，鯉趨庭外塾常開。不離不飾存吾素，笑彼廊腰侈繚回。」「天然一幅畫圖呈，坡老襟期早署名。懷到放時居益廣，書於讀後味逾清。自成邱壑閒閒趣，相與摩挲款款情。近市囂塵都滌盡，艷傳爽塏是新更。」「此地應題聚德堂，一門錦字挾風霜。薛家鳴鳳聲盈墅，謝氏芳蘭韵遶廊。室有琴書真極樂，人無渣滓不嫌狂。鐸司世世傳經遠，争問臯比仰大方。」「何來龍爪石璁瓏，瑞兆他年桂籍通。築室應教容駟馬，興門豈止慶房櫳。落成日適舉七孫，志喜。欣看望重三經席，怎似儒終一畝宫。猶憶此甥勞月旦，早歲就學翁家塾中，蒙姑外祖獎許。閲今幾五十年，老大徒傷，猶然故吾。於今徒笑老墻東。」

笙簧六籍，肴饌百家，古艷稱之。如我楊子嵩泉沉酣卷軸，書味盈胸。故其摛詞也，磊磊明明，不懈而及于古。款稱：「恭和芷江表叔大人放懷書室落成元韵，即請鈞誨。愚表姪楊培曾拜呈。」云：「邱園豈合溷長才，作室權因裕後裁。曲折全從文境得，高堅都自道心來。地偏特闢東堂勝，風好時逢北牖開。領略酸鹹梅子味，詩人原有賀方回。」「無邊景物一時呈，遠水遥山指顧名。已向智仁探妙契，好憑心跡證雙清。欹斜路入蘭成賦，江漢秋高杜老情。時蓮衣表叔遠宦。一榻經神隨意設，拜龐有願是滕更。」「玉樹瓊枝列滿堂，護持心重遠風霜。千尋竹養排雲筍，四照花榮響屧廊。執卷自饒君厚福，譚詩不闋季真狂。掾曹風月汝南評，安樂須知有禁方。」「龍文品久重雕龍，求志無妨吏隱通。已布春風吹廣坐，前秉鐸太湖、定遠、廬郡等處。更饒秋興寫芳櫳。杜陵懷抱千間厦，沂水襟期半畝宫。直恐比鄰鶖鴨嫋，阮分南北屋西東。」

世稱清華妙選者，其非勞神苦思、句雕字琢之謂，其謂清心爲君，雅音相輔乎。如我楊君西餘，夙擅著作才，揮毫落紙，大含細入，餘味曲包。置之館閣中，非最上乘與。款稱：「里言四章，敬叠芷江姻叔大人重修放懷書室原韵，並請教政。愚姪楊怡之頓首拜稿。」云：「夙仰前型大匠才，偶營爾室見心裁。徑通曲彔延風過，軒敞琉璃待月來。問竹平安多好報，看花次第盡新開。何修攬勝清華境，日踏廊腰繞縵回。」「讀書便是福星呈，堂構貽謀襲令名。鐸振家聲誇兩美，齋居心跡喜雙清。自無俗客來侵舍，每有高人與結情。坐久忘言渾不擾，静中謝却事紛更。」「亭榭纔成謁蔣堂，春風滿面少秋霜。先生書策兼琴瑟，達者山林即廟廊。經手栽培機悉暢，率情歌嘯興非狂。何須太素逍遥館，自謂軒中又一方。」「窗櫺新樣逗玲瓏，連闥沉沉路可通。愛日清光烘玉座，靈禽巧語噪珠櫳。寬懷似有千間厦，闢地寧拘一畝宫。我愧半弓無隙地，望衡遥向畫樓東。」

西餘令弟謹堂，英姿颯爽，健筆縱横，信手拈來，是人人意中所欲言，而正非人人筆下所能有。此在作家爲超詣。庾清鮑俊安見，今必異于古所云耶。款稱：「里言勉步芷江姻叔大人重修放懷書屋元韵，即請誨正。姻愚姪楊恪之拜稿。」云：「本是文壇製錦才，霤山精舍此重裁。晉許邁帖静不慕仕進，立精舍于餘杭縣霤山，與王羲之爲世外交。三三徑曲憑風入，六六窻虚透月來。遠樹排青春廣納，半弓蹟步境新開。先生長日吟懷放，自聳山肩合幾回。」「花木參差面面呈，隔簾了了易知名。露團庭緑松林浄，風度天香桂宇清。即境幽芳饒雅趣，惟公爽氣並雄情。《世説》：桓宣武素有爽氣雄情。若循先業消佳日，定有真評月旦更。《後漢》：許子將嚴論鄉黨人物，每月旦輒更其品題。」「曾記經師闢講堂，流光屈指十餘霜。先生司鐸太湖，迄今約十七八年。者番隨意親泉石，合許多情戀廟廊。入第占將雙璧貴，誘人賀比次公狂。漢蓋饒寬賀許伯入第，曰：「無多酌我，倘一酌，醉必狂。」丞相魏侯曰：「次公醒而狂，何必酒也。」他年鐸振江南北，就養官衙各一方。淡鄰、覓塘二兄，約數年内即補廣文實缺。」「頻添家寶器玲瓏。杜孟謂子孫曰：「忠孝吾家之寶。」聰慧心機卜四通。王慧龍幼即聰慧，其祖即以命名。年十二，經史子集滿腹。今先生適舉第七孫，故云。暇日承歡盈繡座，斜陽流影滿雕櫳。三秋清景三間屋，一樹繁花一畝宮。曠達更希陶靖節，又栽黄菊遍籬東。」

萬古騷人嘔肺肝，乾坤清氣得來難。若擺脱恒蹊，風姿岸異，楓墀闕君其殆合于風人之旨，麗以則者與。其詩款稱：「嘉慶丙子仲秋，敬和芷江表叔大人書齋落成元韵，即請誨正。愚表姪闕仁輔拜草。」云：「高秋卜築敞虚堂，風物清華報早霜。一逕薄雲連曲樹，半林紅葉點長廊。小樓延月心如水，石磴留詩興欲狂。擬向倪黄乞粉本，天然邱壑不須方。」「分明一幅畫圖呈，意匠經營久著名。竹裏茶烟朝日暖，松根琴韵晚風清。好山入座空塵慮，細水通池浄客情。爲數幽閒絶佳處，賞心絡繹僕頻更。」

楓墀比時以事冗，僅賦二律。旋又補成，云：「高陽學士壇鴻才，出處因時妙取裁。苜蓿風清曾勸駕，蒓鱸約定早歸來。一囊詩卷逢秋滿，三徑烟蘿爲客開。笑我耽書猶有癖，每過庭院首重回。齋壁上鐫「讀書有味」四字，原唱及之，故云。」「軒齋高敞復玲瓏，曲檻周迴面面通。隔座山光列棐几，沁人花氣入雕櫳。鏡中樹色排濃淡，階下泉聲辨羽宫。閉户著書追往哲，銘詞應亦□□東。」

詩必窮而後工，斯言豈篤論哉。徐君晉希弱冠即領鄉薦，而思沉力厚，情深文明，殆□躬于班香□□之林，知他日必膺著作之選者。款稱：「芷江表外祖大人重修放懷書室，落成首唱命和，即次元韵，録請誨正。愚表外孫希琴徐啓山初稿。」云：「絲竹聲傳公幹才，東山亭石稱心裁。青簾波捲千峰出，紅桂花疎一蝶來。廿載宦名成舊蹟，百年生面特重開。新詩吟罷茶初熟，凉月東升鶴夢回。」「清詞古調接時呈，江左人傳柳七名。秋老絃琴同客聽，宵深孤篴出花清。蒼生不换青山色，紅袖能知白傳情。一曲雪兒歌未了，滿窗梅影打鵝更。」「當筵驥子侍鱣堂，三徑成時葉有霜。雲匝千林迷月榭，陰圍萬竹響風廊。登樓句憶當年夢，採菊人如去歲狂。老去風流誰似此，餌松不仗玉函方。」「一邱一壑自玲瓏，曳柳依花一徑通。畠飯液濃招玉局，緑醽香暖襲珠櫳。駢筵座上驚飛藻，雙鏁彈成自譜宫。獨有徐熙年最少，缶西寧敢和琴東。」

吾鄉文運日上，磊落英多。梅園王君年逾古稀，鄙夷一切，詩酒怡情，日手一編。課其兩孫正淮、正埥，廣延名師益友，涵育而薰陶之。故皆年未踰冠，績學工文，並韵語亦燦然可觀。吾又烏能測其所至耶。款稱：「芷江三兄先生放懷書屋落成，原唱四律，殷殷索和，勉遂報瓊，實慚弄斧。孫雛正淮、正埥甫識之無，未工競病，亦命其依韵奉酬，敢厠吟壇，即請玉誨。寄園愚弟王爕拜草。」云：「結構因心稱逸才，種花移石聽君裁。傳家夙有詩書富，賀厦今看燕雀來。月地雲階三面敞，晶簾綺箔八窻開。從容小立欄干外，道味尋腴日幾回。」「吉祥止止瑞光呈，中有文章班馬名。意匠能兼花匠巧，書聲時和鳥聲清。培成華實春秋器，養得芝蘭子弟情。氣象峥嵘谿徑闢，方知舊境在新更。」「合比裴公緑野堂，稜稜風骨傲嚴霜。無才愧我甘求遯，有句憑君索繞廊。煮茗敲棋真曠達，高歌縱酒亦疎狂。製銘應學商山館，四季咸宜各取方。」「鈎心門角總瓏瓏，宛轉階楹四面通。叢竹陰深連筆格，高梧葉落到窻櫳。何須杜老三重屋，不數原思半畝宫。況復囂塵俱絶點，幽居如到瀼西東。」

正淮句云：「本屬宗工哲匠才，此番作室費心裁。花光拂檻風扶出，竹影摇窗月送來。幾疊假山依蘚積，四時講席向陽開。料因六十辭官早，博愛園林涉趣回。」「生機物態趁時呈，花木叢栽不記名。紫蟹黄雞添酒興，紅萸緑柚助秋清。詩書坐滿人前輩，風月懷餘宦薄情。舊境新開皆學問，規模聊爲後人更。」「頓改花潭舊草堂，一園秋葉帶微霜。欄園卍字周長廈，榻擁琅函映曲廊。隨處琴棋增逸樂，驟來賓客聚詩狂。棕鞋桐帽高人隱，纔信安心别有方。」「个字新添竹韵瓏，高簾曲牖互相通。茶烟裊裊浮幽檻，香篆絲絲出翠櫳。博學何難齊叔重，聽經應不拒承宫。芝蘭玉桂盈階發，豈獨康成道在東。」

正堉句云：「楝樑原寄不凡才，工度何難任取裁。雕就瓊欄飛墖去，鈎將軟幕好風來。蔣家草徑林間闢，陶氏園門竹裏開。漸送菊花明老眼，籬邊應帶晚香回。」「鄴侯插架玉籤呈，萬軸千函舊有名。邱壑在胸人絶俗，霜華滿眼徑殊清。最饒賓客傳觴詠，猶愛詩書悦性情。中有下帷潛學在，閉門寧問歲華更。」「錯雜秋芳繞鱣堂，秋芳婉婉傲秋霜。冷蟲語切依苔砌，睡鴨香濃出畫廊。講院營成頤自解，詩壇築就喜猶狂。　一家會萃真文藪，景慕能無仰大方。」「承接參差碧瓦瓏，梧桐院落盡交通。　朱簾繡柱圍香榻，紅葉青山映綺櫳。　藻井最堪連荔壁，蕭齋直欲抵蘭宮。　明窗浄几千秋業，勉學能忘日影東。」

宜僚之弄丸，公孫之舞劍，妙無過熟也。　張子映清和詩信筆揮成，興往情來，實令讀者心目俱爽。款稱：「芷江老親翁大人放懷書室落成賦詩，囑和，晚不揣固陋，謹依韵次恭和四律，録呈鈞誨。　練江姻晚生張澄百拜草。」云：「小構園亭見大才，春花秋月入詩裁。　研思直上風雲去，得句擬從牛斗來。金菊芙蓉三徑曉，玉蘭仙杏一堤開。　箇中滋味誰消受，供應騷人往復回。」「絡繹珠璣次第呈，洛陽紙貴悉争名。　種松漸作成龍勢，栽竹旋看待鳳清。　懷抱經綸期濟世，放觀山水足怡情。　夜深草閣擁書坐，入耳銅壺第幾更。」「放懷端不亞西堂，氣吐烟雲筆飽霜。　黄菊秋風縈曲徑，芙蓉夜月繞迴廊。　直將抱膝成吟癖，不讓登山落帽狂。　嘉釀熟時知己至，醉忘矩矱與圓方。」「曉窗曙色漸璁瓏，曲檻長廊取次通。　紫燕飛翔穿閬苑，金爐香裊透珠櫳。　會心泉石由清痪，得意瑶琴協徵宫。　暢好開懷天地闊，金烏玉兔任西東。」

莊叟恢奇，韓非深峭，文思所至，寧有終窮。　張子東橋神致悠揚，英懷倜儻，一以宕逸之筆行之，鄴侯風度於斯爲近，矧復托足仙曹，驤首雲路，九萬鵬程，翹足以待。　款稱：「書和芷江姻叔大人重修放懷書屋元韵，録呈斧政。　東橋愚姪張天麟拜草。」云：「夙誇修鳳是仙才，繩墨今還妙檢裁。　蹊徑獨超生面得，文章殊老大光來。　醉吞北海杯杯滿，狂咀南華卷卷開。　書味偏嘗真有福，諷吟端覺美於回。」「斯干歌叶夢熊呈，繩武欣添第七名。奂采倍覘堂構肯，呱聲轉續誦絃清。謀貽燕壘承新澤，學積雞窻愜素情。繞檻森森蘭桂茁，烟樓衝破幾回更。」「取次趨庭去講堂，養終弟雪與兄霜。漫追往事談滄海，且暢幽懷索畫廊。冒雨芟桐邀月碎，披烟補竹避風狂。宦情詩思清如水，輝映元方與季方。」「智囊謀築倍玲瓏，五柳門開三徑通。信是騷人懷雅趣，端營精舍逗雕櫳。蒼松翠已凌霄漢，叢桂香還滿玉宫。寄語花朝和月夕，莫辭紅友召橋東。」

席珍待聘，安命待時，古也志之。余表姪喻子陶生即余坦也，英年績學。偶因郡尊徐約之先生州試第一覆卷，旋易他氏，嗒焉神沮。余心大不謂然，所期修綆益深，力追古昔，遇合會有時耳。其詩款稱：「芷江岳父大人重修放懷書室落成，謹依元韵恭賦四律呈政。子壻喻本鎔頓首百拜。」云：「學富當年號偉才，獨營書室騐鴻裁。恒蹊詎有天工助，巧構都從意匠來。花木精神疑倍振，雲山景象亦新開。俗氛到此無端滌，幾度趨承未肯回。」「曲徑交通異景呈，軒題不愧放懷名。洞開窗牖邀光遠，廣闢庭階挹氣清。賓友坐來添雅興，琴書擁處助遥情。竹枝恰又生新笋，濟濟頃看門户更。」「鳩工彌月構虚堂，成日園林半飽霜。怪石嵯岈撑古砌，孤松蒼翠廕長廊。偶因寄慨情難已，爲憶豪吟喜欲狂。境静自知堪養性，何須却老别尋方。」「新詞叠叠韵玲瓏，雅叶軒亭面面通。桂蕊馥將分月窟，蘭芽秀已簇房櫳。貽謀好罄五經笥，遺興應憑一畝宫。迭和琳瑯窺滿壁，巴音却愧綴楹東。」

陶生令兄道生，亦以粹美之資，思振雲霄之翮。乃時會未至，雋而仍遺。今則清麗芊眠，造詣益上，知用功深者，收名遠矣。款稱：「丁丑秋日，勉步芷翁表叔大人放懷書室落成元韵，並請斧政。愚表姪喻本立未定稿。」云：「鈞命偶承愧乏才，敢因書室騐鴻裁。一番佳構塵俱滌，數點清光興早來。好竹新栽邀月至，名花纔種對窗開。此中幽致宜誰共，問字尋幽日幾回。」「講席當年善誘呈，而今獨著放懷名。牙籤滿架風偏古，錦字填胸味自清。一局閒彈餘別趣，七言偶賦最多情。尤欣家學淵源久，翹首軒亭制又更。」「匠心獨運構新堂，鍵户高標直傲霜。豈老年華甘木石，每存風趣向巖廊。半弓拓處人俱爽，一卷拈來興欲狂。贏得有窗何用掩，山山景色快無方。」「丹崖翠壁好玲瓏，記得來遊曲徑通。點點閒雲歸畫几，遥遥暮靄映珠櫳。蕭疎不讓陶三徑，高尚堪同憲一宫。書味盎然疇領略，願甘饜飫老牆東。」

余姪蝶莊，性情恬退。弱冠即不應試。薄遊中州，吟哦勿輟。時放浪于光黄間，今年已週甲矣。詩稱：「敬步芷江叔父大人重修放懷書室落成元韵四律，謹呈改正。姪應翺肅稿。」云：「經綸承造鳳樓才，家塾林亭入化裁。闢地二分明月近，移花百和御香來。簾非珠玉容舒卷，窗有玻璃省闔開。剛對南山供介壽，年年春酒慶春回。」「繞榻熙然衆景呈，放懷端合自題名。羲皇以上何人到，水石之間一鶴清。滿谷篔簹風雨態，半牆薜荔綺羅情。座中心學如春靄，釀得詩書味幾更。」「輪奂思齊畫錦堂，程功不待易星霜。松風坐久浮香檻，桐月歸遲響屧廊。豈事林泉耽隱癖，何妨樽酒結詩狂。新裁料有真仙訣，别具丹罏火候方。」「小山三五峙玲瓏，仿佛匡廬面面通。苔蘚暗留蝸篆隸，棟梁高任燕榜櫳。勤思研究千秋業，隨意周旋十畝宫。桂蕊蘭芽同獻瑞，大椿精悍日生東。」

姪孫黼宸年甫踰冠，于試帖煞有體會。間有酬應之作，亦揮洒自如，意義周匝。詩稱：「丙子秋季，芷江三叔祖大人重修書室，命步元韵，録請誨政。姪孫恩浚沐手呈稿。」云：「放懷軒敞毓鴻才，堂構營成有別裁。南面百城消晝永，北窗一榻任風來。雨餘山欲留雲住，花裏門因問字開。我亦趨庭聆雅訓，聞詩聞禮日徘回。」「粉壁丹崖畫已呈，譎雲波詭實難名。文章花樣原無定，風月襟懷徹底清。結構便堪容小住，經營亦足見詩情。輞川圖裏多幽趣，妙景年來幾變更。」「三徑營成晝錦堂，淵源家學重千霜。乍開講舍依層嶂，忽聽書聲到曲廊。自爾箕裘堪步武，共承燕翼戒清狂。吾宗月旦當時事，世世相承有義方。」「數重結構本玲瓏，十二闌干曲彔通。簹簹竹竿垂綺幕，叢叢花影壓雕櫳。蓺蘭正好隨山石，植桂還須傍月宮。最是落成當令節，遍栽黄菊綴籬東。」

丙子秋杪，新安胡君昭岐來權吾邑學篆。其人恂恂純樸，初不知其能詩也。踰年瓜代瀕行，坐談之頃，議論風生，英采煥發，竟索拙作和之，援筆立就，真無意而得一詩人矣。款稱：「奉和芷江寅長三兄大人原韵，録請誨政。祁閶愚弟胡鳳綸拜稿。」云：「雅望原欽抱異才，而今別墅見新裁。疎欞遠敞招雲入，曲檻斜通竚月來。花外看山塵不到，竹間飼鶴徑誰開。知公夙具耽書癖，放眼披吟日幾回。」「充閭瑞靄喜初呈，繩武堪邀肇錫名。遍覽林巒幽趣溢，遥超闠俗夢魂清。都忘結構依人境，只有圖書稱我情。如此棲遲看締造，也徵經濟不紛更。」「一紀前曾築小堂，軒題自謂閲飛霜。階苔細雨輕沾履，庭樹輕風緑滿廊。舊事圖中猶仿佛，新詞句裏轉清狂。池塘有夢生春草，天末懷人在一方。」「玻璃作障玉璁瓏，山石堆成曲徑通。書檢三餘擬棐几，花開四照傍雕櫳。種松擎蓋皆虬幹，栽桂分行宛兔宫。芝室蘭言良足羨，莫將高隱話牆東。」

壬子秋試，余與通州孫君牧渚，同出巢令莫公宗蔭之房。後廿載，渠銓得六學，日相過從，唱酬極夥。今爲檢出，疎宕磊落，高挹群言，洵不懈而及于古者。款稱：「奉和重修放懷書室落成元韻，即呈芷江寅掌兄大人斧政。牧渚愚弟孫玉鉉率草。」云：「廿載前欽博雅才，今憑谿壑見丰裁。安排仍自寰中得，設想疑從天外來。環珮喧時看鳳集，玻璨敞處撥雲開。琳瑯滿壁皆傾倒，一韵拈成一溯回。」「遠山如畫隔櫨呈，人傑由來地著名。正味顔齋誰取義，放翁專集許同清。月門額與吴穀人先生集小異。廣開文讌招多士，屢劈吟箋慰客情。爲賦添丁報第七，課孫朗朗又三更。」「及時行樂繪華堂，術者曾云九十霜。別業連家當緑野，鶯花成隊照迴廊。老能知足何妨懶，人到無求不礙狂。絶好棟梁添潤色，匠心規矩任員方。」「文心入妙便玲瓏，知水仁山觸處通。颯颯秋華標爛漫，渠渠夏屋牖簾櫳。薰琴協律題紈扇，懷月凝香住桂宮。半榻常懸爲誰設，宦遊人唱大江東。」

仕優則學，學優則仕，古有明訓。如我秀田五兄，處簿書鞅掌之間，始終不廢吟咏。於丁丑夏由鳳邠節署信寄索詩，叠爲酬和，筆老氣蒼，來愈遲而思愈新，情餘于文，不啻千里一室也。款稱：「勉和芷江三兄親家放懷書室落成元韵四章，即請粲政。姻愚弟胡枝蕙拜。」稿云：「文選樓多奪錦才，添修芸閣費心裁。堂檐屢見三鱣集，篁籜新招七鳳來。落成時，聞君生第七孫。插架牙籤經笥富，種花欄檻茗旗開。放懷地共心如此，鳩杖逍遥日幾回。」「新詩披似畫圖呈，信是除詩盡强名。藻室仍從三徑緑，槐芽重護午陰清。到門秋水無塵涴，入座春風不世情。料想趨庭敦訓切，琅琅時坐月三更。」「記得分襟絳雪堂，别來秦隴判星霜。遥聞舊貫資佳構，何計聯吟韵繞廊。鱸鱠擬追張翰遠，瓶罍休笑次公狂。予久有歸志。年來鄙吝消何處，待叩元方與季方。謂令弟司馮。」「瑶環瑜珥看璁瓏，榮願君應付馬通。萸菊秋光供色笑，芝蘭香味撲窗櫳。等身書廣千間厦，問字人登一畝宫。親戚況經情話悦，吾家原在瀼西東。」

秀田再疊前韻云：「里閈群推曠代才，文章詩思見心裁。秋風未遂逵鴻去，化雨曾傳魯鐸來。陸氏一莊經久闢，蔣生三徑又新開。放懷高處令人想，長日巡簷定幾回。」「由來哲匠智能呈，堂構親承夙擅名。棣鄂穠芬姜被暖，桐陰密布鳳雛清。胸羅邱壑寧諧俗，眼拓烟霞自寫情。聞道故園風景異，幾家臺榭已頻更。」「五年前幸一登堂，快接丰標鬢未霜。適性但教隨位置，立身何必定巖廊。廣搜金石誇宏富，君家藏前人名蹟及藝苑考據甚夥。秀毓芝蘭樂簡狂。君有丈夫子四，文孫七。羨煞同人常雅集，塵纓愧我滯西方。原擬三年即行投簪，今以宦累未果。」「過江山館數玲瓏，刊水迢遥路不通。江北園亭之盛，以維揚馬氏玲瓏山館爲第一。即此當軒風入座，應知方夜月臨櫳。多君甫里三椽屋，憶我菟裘一畝宫。他日言歸遂初服，相期重訪到城東。」

耄而好學，自古難之。若年登大耋，而命意遣詞迥不猶人，且臨池俱不假他手，老氣横秋，臨皋叟真有仙骨也。款稱：「奉和放懷書屋落成元韻四首之二，録呈芷江姻翁三兄大人清鑑，並請教正。臨皋弟程魁廷拜草。」時年八十有九。云：「高陽門第擅英才，錦繡文章自檢裁。化雨盈齋沾澤久，春風繞座及時來。放懷書屋松常伴，入圃秋容菊正開。我誦新詩難著筆，月明窻夜夢中回。」「盈庭新似畫圖呈，仿佛湖山集盛名。點景無痕知學邃，讀書有味覺心清。羨君著作多佳話，爲君著有《芷江詩話》。愧我閒吟有俗情。無數知音頻入座，論文不厭到深更。」

言者，心之聲也。凡人具侃侃大節，爲文恒不事雕飾，自發爲和平中正之音。如我黄蘭圃中表，萬里省親，孝行昭著。曾梓有《省西草》。晚尤瀟洒曠達，殆放浪形骸以玩世者。款稱：「芷江表弟書室落成，句以志喜，書以請教。愚表兄黄廷珍草。」時年七十有四。云：「眄彼庭柯，郁郁峩峩。于焉成室，佳蔭婆娑。媿非張老，頌禱云何。美輪美奂，堂構靡囮。于斯也哭，于斯也歌。一世百世，子孫孔多。可以嬉嬉，可以呵呵。大吉大吉，千古不磨。」讀竟可浮一大白。

余宅相王四禮門，以高才生，下筆千言立就，看書獨具隻眼，尤喜得問。故讀予《放懷》四律，獨神注「讀書有味」門額，長言而賡和之。其詩款稱：「芷江母舅大人自嘉慶庚申由太湖學博乞養家居，訓子課孫，士林矜式。丙子秋重修放懷書室，以『讀書有味』顔其壁。落成自占四律，鄉先達咸爲屬和，滿壁琳琅，誠盛事也。甥履中欲爲勉步，恐言之無文，謹呈五古二十五韵，用申讚頌，並期與中表兄弟同饜飫于斯室云。」爾詩曰：「結廬祛俗慮，思古發幽情。三味咀愈出，夙好終不更。有几朗然净，有窻豁然明。握卷少涵泳，奚以慰父兄。憶昔先君子，絳帷授群英。壬子至乙卯，先嚴俱設帳于此。不才叨侍側，愧非何氏甥。夏楚懲頑鈍，凛凛心猶驚。自維惲努力，至味忘太羹。今如夢初覺，瞥爾雷霆鳴。墳典耐咀嚼，豈必宦途營。百家六籍列，笙簧殽饌横。沉浸穠郁處，石室金匱呈。含英復咀華，俎豆馨香生。笑他肉食鄙，安望此大烹。我聞大人訓，怡然心神清。放懷溯典籍，置身居蓬瀛。圖書東壁燦，薈蔚西園榮。分甘零玉露，冲漢下金莖。持贈雨外翰，時新勉、金臺兩弟俱以學博赴皖。飽飫騰雲程。

追隨憐宅相，趨步酌兕觥。況蒙葑菲采，客歲西席迎。癸酉，延履來館，督課弟鈐。酸鹹期共濟，辛苦罔弗成。丁寧進叔度，勿輟吟哦聲。口爽五味具，氣華六經盈。自有膏粱奉，與世何所争。好尋味外味，調燮此心盟。」

丙子中秋後二日，寂處無聊，信步郊原，倦餘始返。忽爾瞀亂昏迷，家人惶遽延醫。予亦不自知欲危。閫室盡營身後事，終宵猶理腹中詩。清癯慣向秋風怯，幻渺聊同春夢癡。寄語平生最知己，且逍遥何所也，口中猶吟咏喃喃。越宿即痊，漫成二律，聊以自嘲。云：「無端一夕病離奇，觸緒悲酸倦令銘誄略遲遲。蘭如方伯每與予戲争先作祭文，故云。」「人生恒苦俗情牽，倘此歸真恰惘然。月下低回三日内，星家推測卅年邊。中秋猶步月至漏四下，而術者王天閣曾推余造，云壽至九每有奇。撫衷循省鏡中鏡，伏枕旁搜天外天。一載光陰週甲子，談何將相與神僊。」

瀞亭姊丈聞余遘疾，亟來問訊。索觀病起詩句，即事酬答。款稱：「勉和芷江三棣臺大人更生元韻，即請哂政。愚表兄瀞亭黄江稿。」云：「看穿生死有何奇，況復身經訖命危。蝴蝶任翻莊老夢，春蠶應削李公詩。千般景色都成幻，一著安排總是癡。江上清風山上月，笑他赤壁望來遲。」「説甚名韁利鎖牽，一經撒手竟蕭然。人逢樂極猶迷岸，海到枯時亦有邊。六秩已拋烏兔影，百年安問短長天。棋枰一局詩千首，半學村翁半學仙。」

梅園王君問疾歸之，次日即持贈和作。款稱：「奉和芷江三兄先生病起遣興二律元韻，即請郢削。寄園愚弟王燮未定草。」云：「欹枕真成一段奇，微茫夢境覺瀕危。鑿疑混沌新添語，事儗參寥悟後詩。解脱法從天女説，通靈畫類虎頭癡。華胥遊遍歸來緩，栩栩何嫌得句遲。」「已謝盧綸宦網牽，花茵闢地意陶然。放懷今古風塵外，得意詩書几案邊。博望乘槎書鑿空，張公論事語回天。須知勿藥終能喜，仍許人間作散仙。」

孫牧渚廣文時將擬公車，假歸，來舍話别，亦隨賦贈。款稱：「奉和步月染疾之韵二首，呈芷江寅長大吟壇郢政。牧渚愚弟孫玉鉉率草。」云：「龍門聲望久居奇，偶爾微痒豈慮危。月旦愛評千腋集，風流自賞百花詩。斷無名士相知晚，難免姮娥笑汝癡。杜牧清暉今咫尺，疎狂阮籍悔來遲。」「每譚知遇倍情牽，伯樂同逢仍寂然。壬子同膺莫樸齋夫子房薦。棣蕚喜題鴻雁塔，乙卯，令弟保城先生與曉塘兄同年。琪花親種鳳池邊。讀金臺世兄癸酉薦卷。熙湖講席風生座，吟榻高懸月在天。惟羡群英歡聚處，楊藺如方伯、熊介臣太史、關霞生進士諸公。此邦人指地行仙。」

王君醒園亦以佳構屬余甥禮門轉寄。款稱：「芷江三兄，余老友也。近以六旬，敕斷家事，付之諸郎。新建書屋，顔其額曰：『讀書有味。』二三知己，詩酒言歡。此種風趣，與向平等方之老至耄，及而猶斤斤錙銖者，不大相逕庭哉！詩以賀之（二首存一），醒園愚弟王式濟未定稿。」云：「泡影何須太認真，如君畢願已超倫。直教書味盎於背，肯把浮名累此身。無事採詩評月旦，有時邀客坐花茵。明知寡欲存多少，不用黄金遺後人。」

芷江詩話卷八

古六許嗣雲芷江手編

古來咏明妃者，杜少陵、白香山外，佳篇林立。有曰：「妾身雖苦免主憂，猶勝專寵亡人國。」有曰：「冶容若使留漢宫，未必卜年盈四百。」又云：「一自蛾眉入漢宫，琵琶聲斷戍樓空。金錢買取龍泉劍，寄與君王斬畫工。」總不如黄虞淵曉云：「無情漢月解隨人，羞向天涯照妾身。聞道將軍侯萬户，已將功業畫麒麟。」柳州太守駱公士憤云：「驪山舉火因褒氏，蜀道蒙塵爲太真。能使明妃嫁胡虜，畫師應是漢功臣。」則工力悉敵矣。又七夕詩余多所採録，近見京江于文襄公詩獨函蓋一切。云：「銀河清淺鎮相望，咫尺何妨一葦航。好事紛紛勞鵲使，無情胍胍笑牛郎。人間漫記雙星節，天上那知隔歲長。自己嫁衣猶未了，七襄終日爲誰忙。」

駱公明季爲諸生時，壬午遇賊，頸項被傷。俗傳賊見黄傘，因釋之。後爲柳州太守。年七十餘，有新任粤西提督陳公，席間驚問傷痕，駱告以故。陳備陳幼年混迹緑林，猶憶在六官田畈手戮一生，實有所見而止，乃即君耶？相視大笑。駱在粤頗著循聲，門人翁公叔元曾贈句云：「獨鶴峰前真太守，雙龍橋畔舊名家。」

余檢閲家傳，先曾王父霜肅公，康熙丁巳以廪貢應京兆試。遵例挾貲報捐别駕，路遇四、五同輩，皆江省人應試北上者。咸以途梗同舟即一家相警惕，記有耿、殷、焦、王各姓，沿途唱酬，頗多樂趣。

内耿姓且喜談理學，沿溯陽明良知之説甚詳。後經汶上黄河岸側，渠于黎明促起浄面，雜以迷藥，盡囊括之，置公主奴兩岸而去。越二日，奴趙姓先醒，急奔投嶧令黄公茶村，公至契也。黄差迎，給資赴京應試。長白簡大司成尚乃前食餼座師也，嘗贈句云：「最憐風雨黄河夕，主僕迷離兩岸邊。」又云：「涸迹萑苻人博雅，滿懷叵測話儒先。」真幻境也。後先伯父寄廬公、先慕軒兄進京，俱有過先人被難處，詩追溯前聞，曷勝愴感。

簡齋翰林歸娶，送行詩極夥。略採數篇，詞意清新，令人曷勝艷羨。鄒泰和學士云：「菊黄楓紫小春天，送爾南歸是錦旋。才子斂眉宜赤手，洞房停燭有金蓮。歸鞍尚帶同文課，吟篋新添却扇篇。此日和鳴誰不羨，鳳皇山下著神仙。」張南華宫詹云：「艷雪飛新句，紅絲繫宿緣。人間留玉杵，天上撤金蓮。宫柳縈袍緑，宫花壓帽鮮。君恩許歸娶，仍彈五雲邊。遥識催粧日，金花艷劈箋。湖山留粉黛，豪墨亂雲烟。兩美應空越，雙飛伫入燕。緑窻眉畫早，銀燭看朝天。」魏允廸中翰云：「争傳才子擅文詞，頃刻千言不構思。若使畫眉須緩款，那容横掃筆尖兒。」裘文達時爲庶常，云：「袁郎走馬出京華，折得東風上苑花。一路香塵南國近，苧蘿村是阿儂家。」「畫壁旗亭句浪傳，藍橋歸去會神仙。從今厭看閒花草，新種湖頭並蒂蓮。」蔣文恪時爲學士，乃座師也。詩云：「群仙艷羨送天涯，重叠詩箋壓小車。馬上玉郎春應醉，滿身香雪落梅花。」「我聞堂上兩親居，劃荻含丸廿載餘。此日江南花燭好，承歡同上紫泥書。」

後改縣令，發往江蘇。送行詩又多佳作，摘録數首。劉文定公綸云：「弱水神仙少定居，詞頭草罷領除書。蔣山南去秦淮路，好雨翛翛梅熟初。」「三載頭銜共冷官，幾人鄉夢出長安。君行若過吾廬外，五月江深草閣寒。」「定子當筵唱石城，離堂燭跋不勝情。芰荷香動三千里，誰共編詩紀水程。」宗伯齊息園云：「尊前言别重踟躕，一向推袁話豈虚。才子何妨爲外吏，名山况可讀奇書。攜將嘉偶花同笑，吟得新詩錦不如。轉眼蒲帆催北上，未容風物戀鱸魚。」「官河柳色雨餘新，故里風光更絶倫。書畫一船烟外月，湖光十里鏡中人。浣衣香裛芙蓉露，評史清澆竹葉春。回首同時趨直客，蓬萊猶是在紅塵。」莊容可殿撰云：「廬陵事業起夷陵，眼界原從閲歷增。况有文章堪潤色，不妨風骨露崚嶒。廉分杯水余同况，明徹晶籠爾獨能。儒吏風流政多暇，新詩好與寄吴綾。」申副憲甫時爲孝廉。云：「鵷行驚失鳳池春，百里初除墨綬新。簿領竟須煩史筆，朝廷原自重詞臣。交情未免憐今别，公論尤應惜此人。終是讀書能有用，他時端不負斯民。」「鶴書到日廣求賢，殿上揮毫各少年。遭遇未嘗非盛事，滯留或恐是前緣。公卿譽滿君猶出，僕婢詩成我自憐。可憶燈窗風雨夕，燈花只爲一人妍。」「平臺縹緲見烟巒，客至能令眼界寬。談笑每欣多舊雨，杯盤常愧累貧官。由來氣類關偏切，此後風流繼必難。説與能詩姚秘監，豪情略爲洗儒酸。」「臨期草草話難窮，高柳凉飄弄袖風。客裏驚心多聚散，酒邊分手又西東。對衙山色濃於染，繞郭溪光淡若空。此景江南曾不少，有人時在夢魂中。」

乾隆己巳四月，歸愚宗伯年七十有七，予告回南，奉旨贈詩，以寵其行。有云：「高尚特教還故國，清標終惜去朝班。」「爾自一舟歸浩蕩，望窮潞水暮川虚。」「笑予結習多難遣，嘉汝臨文不忘箴。」「儘有烟霞堪供養，正賒歲月入謳歌。」「許卿望九還康健，祝壽重來拜玉坡。」誠異數也。一時同朝和韵送行者數十人。余劇愛誦者，大司農蔣文恪公、大司馬梁文莊公、總憲劉文正公、大司寇錢香樹公、少詹金慕齋公、大司空陳月溪公五六人句，與元唱實相頡頏。今録歸愚《紀恩陛辭》四律云：「蓬蘽數載貳春官，趨侍承華道孔顔。身老蹉跎難稱職，主恩優渥許還山。此行就日辭丹鳳，敢擬臨風放白鷴。五夜夢魂餘眷戀，早朝猶入紫宸班。」「傳來天藻下衡廬，異數猶頒去國餘。寒士舊曾依潤壑，詩人老矣注蟲魚。遺榮疏廣同歸里，解組知章並遂初。應有白虹千丈起，賜書光氣燭空虛。」「皇言披閲倍心欽，糺縵卿雲共朗吟。法祖敬天隨感觸，勤民求士入規箴。登臨岱頂山俱小，泛涉瀛洲瀆未深。一十三年宵旰意，金和王節總愔愔。」「輕舠一葉返烟蘿，回首紅雲憶馺娑。常諭鄉鄰天子聖，不忘寤寐碩人薖。太平日月扶笻杖，無恙筋骸足嘯歌。萬壽五旬臣望九，還期隨衆拜鑾坡。」

蔣文恪公溥詩云：「歸去依然是達官，鬢毛未改舊時顔。天留健筆歌昭代，帝許初衣返故山。風格清於凌漢鶴，性情逸似出籠鷴。詩壇一額傳佳事，千載名高供奉班。」「天問紅日啓周廬，知遇頻邀賦咏餘。殿角每依温室樹，苑西容釣錦鱗魚。神功奏凱登歌後，御藻開函校字初。次第田間相告語，太平盛事紀非虛。」「耆舊中朝夙所欽，春闈猶記日聯吟。清談共剪中宵燭，莊語交陳在位箴。鴛鷺高班恩並渥，枌榆舊社誼俱深。他時雲樹遥相憶，一爲援琴頌德愔。」「江邊小築指烟蘿，水色澄空樹影娑。賀監重承明主詔，考槃新紀碩人薖。最宜吳苑寬閒地，難忘虞廷糺縵歌。珍重加餐十年事，珮聲還聽到鑾坡。」

梁文莊公詩正詩云：「夙夜寅清佐禮官，詞壇領袖尚蒼顔。十年荷橐依香案，一棹歸篁指舊山。

稽古久看榮組綬，乞身還聽狎鷗鷳。到家盛事從堪數，白首初登供奉班。」「七衮依天到直廬，綆深猶自惜三餘。即今逸興同翔鶴，每憶恩光解佩魚。柳岸風摇帆引遠，松門蔭合月來初。採芝不羨商顔客，萬頃湖光映碧虚。」「清華侍從職惟欽，韵事濡毫時一吟。九列功名承帝眷，三休才分恪官箴。賜來歲月閒中好，徑入烟霞曲處深。高會耆英風尚在，鄉園歸卧正愔愔。」「望裏吴山長薜蘿，近修初服任婆娑。田廬歸去榮疏廣，詩派傳來擬謝薖。尚憶鴛鷺同待漏，偶逢烟水足行歌。雅音賦就南山什，拜獻還看上玉坡。」

劉文正公統勳云：「幾年丹禁領仙官，香案身依得駐顔。特許歸田辭北闕，應憐託興在東山。朝衫舊著袍留鶻，里第新開客是鷳。多少篇章供睿賞，豈惟傳頌滿清班。」「聖藻宣來徧直廬，紀恩垂和出幾餘。皇情尚睠南飛鶴，佳句仍傳北上魚。獻頌纔聞烽静後，授經已見學成初。却思晚遇終殊遇，不羨相如賦子虚。」「曉日瑶階拜賜欽，奇珍種種入謳吟。和調齒髮知逾健，被服光榮好自箴。已覺驪珠揮把握，何嫌霜鬢照清深。吴江烟雨蒲帆轉，古調成餘得静愔。」「御筆金文映緑蘿，常瞻鳳翥羽婆娑。詩壇縱老鋒猶鋭，耆壽方長興愈薖。某樹某邱隨步屧，一裘一葛樂弦歌。重來擬上南山祝，却杖看升玉殿坡。」

錢大司寇陳群云：「福地清時冰檬官，天家終惠駐蒼顔。方資化雨培嘉樹，其奈高雲戀故山。乍脱韁羈迴老驥，漫裁書札寄飛鷳。吴趨父老來相迓，白髮詞人供奉班。」「衡宇春風對結廬，過從每愛自公餘。早朝同引千牛仗，强飯還憑雙鯉魚。敢以文章論報稱，直教風俗返元初。皇恩特許重來約，千里蒲輪諒不虛。」「老踐容臺凜式欽，惟將本性托微吟。進文張泳邀真賞，舉筆歐陽獻古箴。爝火有明依日月，細流不擇益高深。居然晚遇抽身早，辭拜尊官笑尹愔。」「清夢依稀指遠蘿，輕帆歸路影婆娑。寢興要自酬明聖，姓氏何妨挂澗薖。溪畔偶成招鶴咏，山中新譜采茶歌。豐眠稻熟昇平事，會見風謡到掖坡。」

金大司空德瑛詩云：「贈言豈獨徧同官，宸翰頻頒慰別顏。賜與壺中新日月，占來杖底舊湖山。瞻雲夢合縈丹鳳，如水心宜對白鷴。恩遇歸途人艷説，諸生十載位通班。」「詔許歸田出禁廬，于今老矣七旬餘。庾郎春雨常懷韭，張掾秋風不爲魚。報國尚期垂白後，致身難忘受恩初。五湖便是賡吟地，橐筆從教陋子虛。」「二疏遺躅古同欽，老景清標入睿吟。詩豈窮人前語妄，榮因稽古後生箴。鷗馴聖澤烟波闊，草識春暉雨露深。此去江南圖畫裏，幽栖山澤似楊愔。」「乞得閒身返薜蘿，龍樓欲別更婆娑。已傳鄉信先魚鳥，未肯臣心冷軸薖。靈壽齊眉扶鶴髮，熏絃應律動驪歌。還山倘就郊居賦，早晚封題達禁坡。」

陳大司成悳華詩云：「萬卷胸羅最洽聞，東陽才地久空群。三唐派正名流服，八咏詩傳衆口芬。獨振宗風追雅頌，別裁僞體辨蕕薰。即今紺髮尊耆舊，猶向騷壇壯一軍。」「銛鍔終難匣底藏，昔年暗索得干將。戊午余典試江左，翁雋第二。晚香原愛陶家菊，碩果交推陸氏莊。人似香山真澹宕，筆如玉局想汪洋。近來更喜同經席，並挹爐烟禁籞旁。」「十年通籍到彤墀，歇歷春卿鬢已絲。冰雪文留一卷在，松筠節荷九重知。螭坳蓮撤歸家候，鳳閣藜輝落筆時。睿藻頻頒光玉軸，恩榮不數謫仙奇。」「年過懸車晝錦還，柳堤陰罨水潺潺。得尋釣舫鷗盟遂，交羨仙裝鶴夢閒。璐戺低徊情戀闕，龍文炳蔚寵歸山。具區巾履應難老，况得丹砂更駐顔。」

又同寅蔡公書升贈行十絶，謹録其四。云：「皓首青雲未覺遲，桓榮稽古遇偏奇。角巾歸里人争羡，捧得君王餞送詩。」「金門受賜早歸田，日暮懸車手一編。榆莢滿庭長不掃，任教人説沈郎錢。」「握手京華憶昔年，新詩倡和總雲烟。高文典册今充棟，難續明堂寶鼎篇。」「心跡雙清葑水灣，塵埃不到軸薖間。比鄰尚有彭司寇，芝庭先生。壁立南天萬仞山。」

慶壽詩佳者絶少。近惟見三人《六十自述》之作，際遇絶不相同，而各道閲歷，幾于題無剩義，筆有餘妍。簡齋以庶常改縣令，告養解組，優游林下卅餘年。詩云：「六十華年轉眼更，萬般往事撫心驚。儘憑朝士呼前輩，尚有慈親唤小名。早到蓬山春夢短，老歸邱壑舉家清。他人祝我非知我，自叠雲箋寫一生。」「卅載青溪奉板輿，揚雄文可似相如。安排歲月歸清福，笑看雲烟過太虚。若肯經綸原解事，偶看花竹竟閒居。年來剩有驕人處，九十萱堂萬卷書。」「懸弧時節百花嬌，三月初三柳正飄。客采碧桃來插帽，天教黄鳥替吹簫。稱觴禮古儀文俗，扶杖身輕鬢影凋。寄語諸公休勸酒，醉人何必定今宵。」「語兒亭上斷前因，想爲香山作後身。腰脚幸同猿鳥健，鶯花還比子孫親。百年再算無多日，一代能傳有幾人。從此光陰倍珍重，高歌樂府乞餘春。」甌北由詞臣擢觀察，隨大經略平定海疆，亦未四旬即告歸。詩云：「流年俄届杖鄉期，樗散生平概可知。傳世料無青史分，歸田曾及黑頭時。閒增手録書頻校，瘦解腰圍帶屢移。老嫗縱然思再嫁，頽慚面已皺生皮。」「十年屏跡卧江村，往事真堪目笑存。才子聲名徒嚇鼠，好官滋味略嘗黿。篝燈一穗寒無談，木榻雙趺隱有痕。子晉吹笙已仙去，此翁當守藥爐温。」「生平游跡遍天涯，塞北交南萬里賒。人羡見聞增宦轍，天如成就作詩家。翻來笳板傳紅粉，繡入弓衣抵碧紗。一卷風烟紀行什，頗同海客泛星槎。」「鬢絲禪榻影飄蕭，看盡人間覆鹿蕉。尚未成僧緣食肉，久辭作吏且伸腰。所愁原壤無稱述，若比黔婁已富饒。消遣殘年復何事，江天風物寫漁樵。」「平山堂似繡屏開，好友相招月幾回。地有歐陽遺跡在，人疑杜牧後身來。樓臺兩岸名園接，燈火中流畫舫迴。他日紅橋誌修禊，老夫曾此屢啣杯。」「頗思隨俗一稱觥，儉歲家家食藿羹。安得點金施小惠，自嫌畫餅剩空名。身無半畝憂天下，眼有千秋愧此生。米貴恰宜師辟穀，好教年老漸成精。」湖上笠翁以一布衣抵掌公卿間，著述等身，韵語詞曲，冠絶一代。《六十自壽》云：「門多佳客爲生辰，滿軸題詩總未真。諱醜必教人飾面，摹痴須用自傳神。滿頭霜雪風流子，盡日詼諧凍餒身。只有桃花能笑我，但譏落拓不嫌貧。」「自知不是濟川材，早棄儒冠辟草萊。才難致忌命招來。忘憂祇賴歌三疊，不飲惟耽茗數杯。何處可容青白眼，柴荆日日對山開。」「歷週甲子歲華盈，面目雖除性未更。易醉易醒蕉葉量，忽悲忽喜小兒情。頭顱可惜欺難受，争戰雖輸守獨羸。祈假十年增著述，古稀希古並留聲。」「晚來客去自稱觴，不飲還須醉一場。五十無兒鄧伯道，六旬多子郭汾陽。君親造命天加歲，妻妾憐才友恕狂。眼底無人開笑口，讓儂姑作夜郎王。」

余于戊寅孟春虚度週甲，亦傚顰擬作四律。初不計其工拙，因一時戚友賜和者我，謹依收到先後次序存之，原唱亦不忍捨棄也。《六十自述》云：「華齡六十等閒過，屈指名場感慨多。那有奇才終濩落，於今豪氣久消磨。天懷淡不因頤養，俗慮空原足嘯歌。甲子初週生逸興，莫教貽悔負烟蘿。」「回首趨庭屬望深，筵開九秩至今欽。癸亥桂月，先君子九秩，演劇稱觴。樽中有酒春常在，命裏無官病屢侵。囊捧檄金斗，告假在籍。鵾鵬摶風千里目，余文場得而復失，兒輩又然，心終惓惓。池塘夢草十年心。余弟蓮衣遊宦約十載，歸聞已在告，尚未返里。百端交集懸弧日，展卷聊將樂趣尋。」「羞稱啓後與光前，四子分攜守簡編。客秋家務業，分授諸子。會友亟思揮玉麈，耽吟差比咽秋蟬。園亭略敞琳瑯滿，風雅相商剞劂鐫。客歲新構林園，同人唱和成集，已附入拙刻《芷江詩話》七卷。堪笑含飴説繩武，家傳祇此一寒氊。」「遐想五旬苫塊間，依依在目淚猶潸。予五十誕辰正居憂服之中。始和布令剛正月，萬象回春又轉關。每幸八傳均六袠，予先君奉政公年九十，先祖歲薦公七十五，曾祖廩監公六十九，高祖副榜公六十六，太高祖德清公七十二，太高高祖省祭公並以上中憲公皆七十八，及先兄學博公亦六十七，合八世竟無不六十者。那堪數載歷諸艱。近年數遭刑尅。拚將酩酊延嘉客，霞彩雲光正滿山。」

韻柯司馬，西江名宿。乾隆戊申領鄉薦，歷官蜀郡，有政聲。以憂去官服，闋補六安丞，下車三載，案牘一清。嘯歌不輟，聞其在川詩名與李雨村相伯仲。予一見如故，時承教益。和詩款稱：「長律四章，奉和芷江三兄大人《六十自述》詩韻，即祝大慶。時戊寅歲正月，韻柯愚弟周起瑶拜稿。」云：「鶴步何曾拄杖過，閒心健骨得天多。淺嘗宦味冰同澹，偶憶名場墨又磨。春氣藹如開口笑，夏聲詩好暢懷歌。卧遊領略山林趣，那有清時隱薜蘿。」「通德名家世澤深，淵源流派久相欽。聚星里有天倫樂，種壽泉忘歲月侵。安宅正當南嶽面，壯懷猶動北溟心。偶然丁卯橋邊立，春草池塘夢欲尋。令弟蓮衣先生假歸，恰及壽日。」「著書仰屋目無前，詩話丹黃手自編。吏隱半生原老鳳，經師兩代又連蟬。高才筆可蟲魚注，名士心先姓字鐫。我是講堂僧退院，至今猶愧廣文氊。余曾兼攝學篆兩月。」「一笑高談咫尺間，天花如雨落潸潸。老來作達痴無礙，心到忘機事不關。白髮年華憑屢换，青樽歲酒莫辭艱。迎春風惹紅梅信，香滿林逋放鶴山。」

漁莊顧君疁城，庚申孝廉。來司六學甫二載，與州人士相接見，咸謂如坐春風中。詩宗王孟，專主性情。和作款稱：「奉和芷江三兄先生自壽元韵，愚弟顧承茂草。」云：「一從捧袂喜經過，入座春風笑語多。叔度澄波淵不測，延平新月鏡初磨。林泉攬勝中年樂，薖軸矢音在澗歌。清趣自來仙佛看，人間蓬島即烟蘿。」「經術傳恭舊甚深，肝腸冰雪望彌欽。詩書恰有前型在，塵壒何從入抱侵。大雅扶輪推作手，小山叢桂契幽心。君家自近淮南地，鴻烈重繙日幾尋。」「羲皇以上漢唐前，長日南楹手一編。地拓雙弓招舞鶴，琴調七軫引鳴蟬。評留月旦先賢志，話比珊瑚舊例鐫。新著《芷江詩話》發刻。冷趣笑同嘗况味，與君分據鄭虔氊。」「一髮江南窈窕間，里門征淚客春潸。去春辭里。鵬飛身隔三千水，雁度心驚百二關。余于戊辰計偕後，即不赴公車。張翰秋來多遠思，蒼舒年少閱奇艱。匝旬以長蘭襟洽，天合岑苔共此山。」

己未、庚申間，余在皖江，得交宣州陳君虚齋，知其學邃養醇。今廿載，來權我學，舊雨重逢，風儀如昨。賜和佳篇，抑何思愈精而律愈細也。款稱：「依韵奉和藉祝芷江三兄寅丈大人六十榮慶，即請正句。愚弟陳永清拜稿。」云：「記得扁舟皖口過，相逢傾蓋最情多。同時作宦年俱少，説到吟詩志不磨。壁水橋門聊卒歲，金樽銀燭且高歌。羡君花甲身偏健，肯把簪纓悮薜蘿。」「廿年離緒隔江深，今夕登堂慰所欽。冰署屢經腰懶折，寶山雖入手難侵。剛逢九老圖開日，始見千秋論定心。翹首飛瓊天際下，雲璈一曲好相尋。」「良辰恰在百花前，預把新詩贈一編。東閣香濃浮緑蟻，南園春曉集貂蟬。階盈蘭桂辛勤種，句琢瓊瑶仔細鐫。愧我年華當錦瑟，負他風月老青氈。」「新拓藏書屋數間，淠西日暖水潸潸。稱觴花發初開徑，問字車停不掩關。玉軸牙籤抽獨秘，陽春白雪和維艱。耆番共醉華堂酒，滿樹紅梅正出山。」

敬敷阮君，亦虚齋同鄉，壬子舉人，補霍山學博十餘載。人純愨，而詩特清新。和韵款稱：「皋城旅次恭和芷江寅三兄大人六十華誕元韵，即以奉祝。敬敷弟阮學溥拜藁。」云：「年華荏苒總輕過，落落高人雅趣多。繫馬櫰曾從昔捧，雕龍鐵豈自今磨。詩文消受原清福，風雨流連足浩歌。我亦閒官無個事，常將古壁補藤蘿。」「地構瑯嬛樹色深，放懷自謂久神欽。餐花夢裏春常住，醉月樽前俗不侵。棟牖有雲曾洗眼，池塘無草不縈心。等閒著述多如許，門外龍鱗結幾尋。」「騰驤驥足亦超前，累世書香守舊編。脱俗清才從月浣，鑿空妙手倩雲鐫。羡君有子斑如豹，愧我非秋鬢似蟬。同辨江心無別味，十年燈火一青氈。」「一周花甲孟春間，慷慨何須老淚潸。名士宴多開北社，長庚星已燦東關。大都頤養能延壽，未有磋磨不歷艱。於此介眉還介福，好將椒酒頌南山。」

在園曹君，任英山學六年，篤實君子也。曾舉戊午鄉試。詩則興致蹁躚，才華斐亹。款稱：「恭和許芷江先生六十大壽元韵。在園曹羽儀未定稿。」云：「皋城幾載客中過，春雨秋風恨轉多。自有琴書堪入聽，何妨墨盾早争磨。人情疎冷憑誰領，世事迷陽爲我歌。最苦匆匆嗟即次，嘗同補屋待牽蘿。」「舊雨新知認淺深，白雲風度最堪欽。君方電閃雙瞳炯，我漸霜欺兩鬢侵。甲子詩編名士目，丁朋書晤故人心。一官獨自慚匏繫，林下何時結伴尋。」「曲奏南飛祝椵前，聯翩佳句附新編。精神老健欺松鶴，氣宇清高飲露蟬。塵隔名園心自遠，石從好賦手頻鐫。孝廉早信家聲舊，不數江郎割半氊。」「閒偷半日座談間，話到名場淚欲潸。但攝詩魔降淨域，頻從酒陣破愁關。曾承羽檄旋歸養，又值花齡尚試艱。愧未春觴添鶴算，多因迢遞隔雲山。」曹公滁之全椒人。

碧山汪君古黟，宿學，舉己酉拔萃科。客冬署英山訓導。其贈句思若泉湧，筆如軸轉。款稱：「恭和芷江寅老先生六十自壽原韵四章，即請斧政。戊寅孟春碧山汪守坦未定稿。」云：「覓得詩筒逐水過，紅箋坐劈此中多。如椽筆格方争握，似劍談鋒不待磨。顧我初留鳥止愛，羨君早奏鶴飛歌。從來大隱歸仁壽，好把簪纓易薜蘿。」「醇醪相飲入人深，公瑾交時合共欽。世事網羅隨爾幻，詩家壁壘許誰侵。辦香自屬生花手，寸燭猶勞夢筆心。慚愧微詞薰艾葉，錦囊尚唤小奚尋。」「曾從春酒祝筵前，更詡名流盛簡編。彩誥即今看鷟鷟，斑衣由此屬貂蟬。風情直上求金繡，花樣翻新待石鐫。老鳳將雛誇後起，知君原有舊青氊。」「芝蘭馥郁謝階前，底事青衫淚尚潸。自有元卿開竹徑，何妨叔夜卧柴關。和風披拂應知遍，夜月推敲不憚艱。最是陽春難屬和，聊將一曲頌南山。」

弋江張君劬堂，亦余廿年前在皖中所訂交者。今任霍訓。送試來六，索其和章。年已七十矣，老手紛披，異樣精采。款稱：「歲己未，余與芷江三兄大人訂交于皖城旅邸，得見風儀懷抱，卓越恒流。

未幾，弟北兄南，蒼茫雲樹。丙子仲秋，署篆霍學，送試臯封，重尋舊雨。今春上元節後十日爲兄週甲攬揆之辰，又因考務獲登堂拜祝，乃手出自壽四章，讀之磊落有奇氣。爰不揣固陋，依韵和呈教正。劬堂愚弟張大勳拜藳。」云：「一帆西上皖城過，別有風流晉代多。金自爲鋼何待鍊，玉原無玷不須磨。峰青淮北看雲出，樹黯江南聽鳥歌。客歲秋林香桂放，而今松上忽春蘿。」「華胄衣冠甲第深，君家管領一時欽。朱樓日映朝華爛，畫棟烟籠宿雨侵。八代齊登同甲會，九旬未屧綵衣心。翩翩風度梅修到，竹外斜枝那易尋。」「臯城文苑自從前，家有傳經架滿編。春閣香梅爭白雪，秋園珠露飲新蟬。文章日並雲霞燦，梨棗時將炳蔚鐫。長嘆鳳皇池上客，朝朝染翰一青氈。」「北轍南轅到此間，洟珠不爲別離潸。兩經秋月明如鏡，一任春風暖透關。惠我琳琅仙句好，同君況味世途艱。躋堂適值嵩辰祝，高詠南山並陟山。」

蘭如方伯由侍御晉秩東藩，敭歷垂三十年，多所建白，世以清節名臣目之。詩篇清剛雋上，卓爾不群。和作信筆揮成，直抒胸臆。款稱：「里言奉步芷江三兄親家《六十自述》元唱，即請雅政。姻愚弟楊志信拜稿。」云：「六旬强半客中過，荏苒韶華歷又多。垂耄不教塵網縛，餘閒猶與硯田磨。五年以長隨肩並，卅載重逢拍手歌。最羡菟裘新築就，春風秋月伴烟蘿。」「膠漆雷陳結契深，少年同學各知欽。每將旗鼓壇前立，不道風霜鬢裏侵。詩有性情兼畫意，門無剥啄静禪心。笑看碌碌塵驅客，枉尺何嘗竟直尋。」「偶將踪跡憶從前，歷歷如繙舊簡編。幾輩浮沉譏仗馬，何人丰度珥貂蟬。天閶振履星辰近，太學看碑姓字鐫。春夢而今誇獨醒，與君共坐一青氈。」「居近門庭咫尺間，蓼莪茹恨淚同潸。

君讀禮之次年，余丁先太夫人艱。閒搜韵語編詩話，悔聽胡笳出漢關。世路原難期合轍，丈夫何惜試多艱。八傳壽者君家擅，一角還應矗遠山。」

秀田觀察菸任鳳邠之年，留別、寫懷諸作久播藝林。近聞詩格屢變，蓋前則雋雅，今更深醇，愈變而愈上也。款稱：「奉和芷江三兄親家大人《六十自壽》元韵。秀田姻愚弟胡枝蕙拜稿。」云：「莫惜流光鼎鼎過，逍遥頤養得天多。烟霞邱壑原全福，金石文章自不磨。叢桂小山留逸興，幽蘭空谷足清歌。新年花甲欣開衮，背把簪纓易薜蘿。」「總角交遊氣誼深，枌榆鄉範久神欽。羡君高致眠雲穩，感我勞人鬢雪侵。鴻雁江湖新寄東，琴樽風雨舊盟心。故園杞菊秋山好，他日相攜策杖尋。」「孝思友愛錦堂前，詩禮型家手一編。競爽連枝輝棣萼，争榮累葉著貂蟬。朱藤古杖欣初試，緑茗新泉喜自煎。前所寄原唱本云「先春花愛沿溪覓，遲客茶添活火煎。」後始改「鐫」字韵。積德門楣看鵲起，烏衣世澤本青氊。」「勞塵鞅掌簿書間，念舊懷鄉睠顧潸。一夕蓬飛思皖水，七年梗泛滯秦關。鹺緡聊自勤商権，戎馬還曾歷險艱。余曾辦岐郡匪徒軍務。那及故人清福好，優游笑傲看青山。」

姊丈澥亭黄君年逾古稀，持贈之什悉一氣呵成，不假雕飾，所謂「老樹著花無醜枝」者。款稱：「奉和芷江棣臺大人《六十自壽》元韵，録塵諸大吟壇哂政。愚表弟澥亭黄江稿。」云：「逝水年華碌碌過，每逢誕日繫心多。君思繩武情猶曠，我憶趨庭玷未磨。豪興侈談懷綬若，轅才難鼓飯牛歌。相將散髮含飴弄，不管簪纓與薜蘿。」「記得髫齡氣誼深，曠譚今古兩神欽。如君豪上青雲杳，况我蕭疎白髮侵。塞雁圖南年少事，沙鷗泛水老人心。敝廬不少閒花草，每到良辰待客尋。」「逍遥月下與花前，無事南窗手一編。興到狂吟酬墨客，碁敲几坐化枯禪。細思老輩晨星散，僅閲青年姓字鐫。自謂軒中饒逸韵，水仙開候願分氈。」「元夕經旬節候間，天街潤帶雨潸潸。雪花白解藏春壑，梅蕊紅知度暖關。壽字料應賓從滿，龍鍾肯謝步趨艱。與君預訂十年約，七秩重來詠北山。」

江皋熊丈，書法鍾王，詩宗漢魏。一以真誠相流貫，自無浮詞支語犯其筆端。款稱：「戊寅孟春，恭祝芷江三兄大人六十大慶，勉步元韵，兼請斧政。愚弟熊可象頓首拜稿。」云：「荏苒韶光甲子過，功名未遂古今多。文章華國原非偶，孝友傳家自不磨。共仰達人膺錦綬，群吟耆士採芝歌。試看霞泛稱觴日，春暖風和映薜蘿。」「耄耋堂高德望深，亭蔭世伯大人壽登九秩，德重鄉邦。而今獻壽復堪欽。朱顔不藉桃花映，緑醑寧緣柳色侵。蘭桂凝香欣茁秀，壎篪叶奏慶同心。昔年捧檄榮金斗，秉鐸時還秉燭尋。」「斑衣戲綵萃庭前，啓後承先手自編。教澤遠敷沾化雨，書聲近播起鳴蟬。園儲景物情思溢，室滿琳琅棗栗鐫。著作細敲春晝永，躋堂獻壽立青氈。」「杖履追陪几席間，瞬經十載淚猶潸。猶記世伯大人曾子寄衡王六兄處宴會，適予侍側，面聆箴規，音容如昨。羨君禄養除冰署，愧我樗蒲守蓽關。望重藝林徵學博，經傳絳帳聿思艱。椒花既獻長生酒，八世綿延壽比山。」

江皋令弟壽堂與余總角至交，其人醇古淡泊，藹然可親。時與剪燭論文，淋漓酣嬉，顛倒而不厭，知我最深宜乎。贈句之唱嘆低徊，文情欲絶也。款稱：「嘉慶戊寅孟春，奉步芷江三表兄大人《六十自述》元韵，即請斧正。蕊春愚弟熊可舉拜稿。」云：「望衡對宇數相過，此日稱觴樂更多。酒出黄柑春色駐，人登絳甲玉光磨。氍毹席上蠻腰舞，玳瑁筵前素口歌。白傅而今真洒落，簪纓無復易烟蘿。」

「池館逶迤徑曲深，壽眉修養世同欽。冰桃蕊值千年綻，丹藥顔回二髪侵。繞膝鳳龍誇捷足，令嗣新勉等才器過人，伫羡青雲直上。對牀風雨慰初心。令弟蓮衣今適告假回籍。更番獻頌人文盛，擬似君家何處尋。」「把臂論文後與前，兩家世業一韋編。自知吾老同衰驥，誰得君狂等噪蟬。君今業將家務分授諸令嗣。山水不妨依舊管，文章應是許同鐫。他年貽厥蒙恩眷，總爲咿唔守一氊。」「春光荏苒駐壺間，一憶高堂淚共潸。好向桑榆娛暮景，休懷寵利鎖柴關。君家世有長生訣，我輩今非附驥艱。客歲丁丑，小兒位垣、舍姪介臣初度二百四十甲子，小岩舍弟閲三百甲子，篤齋家兄閲四百二十甲子，余亦閲三百六十甲子。觴詠相從堪不朽，高風直繼采芝山。」

詩有遺詞高妙，設想高妙，又自然高妙。如霞生關君者，其爲一州之壇坫也，固宜贈句。款稱：「嘉慶戊寅正月，敬步芷江表兄大人自壽元韵。德卿關元煇拜手。」云：「平生且喜放懷過，天讓餘閒歲月多。壽者一門年並耄，文章千古志難磨。每拈奇字分音校，自寫新詩擊節歌。却向午橋重結構，溪山依舊護雲蘿。」「公門桃李艷春深，品學人師久佩欽。座上古風青簡列，階前老雨緑苔侵。束身那有糊塗事，洗耳原無富貴心。夙望直同山斗並，大名豈止仰千尋。」「與君戰藝廿年前，自愧薑芽縮手編。隱隱一斑窺是豹，疎疎兩鬢薄于蟬。輪蹄千里風塵瘁，鐘鼎何時姓字鐫。好飲醇醪春壽酒，客來同坐五花氊。」「富擁圖書屋數間，小窻聽慣雨潸潸。人傳白雁才歸舍，我識青牛未出關。老輩獻文真足重，蚤年稼穡已知艱。里人漫上黄金壽，願祝詩人壽比山。」

偶一命筆，悉能空諸所有，包諸所有，更如鄴侯披一品衣，望者皆目爲神仙中人。子裳鄧君之骨秀神清，庶乎近之。款稱：「敬步芷江三兄親家大人《六十自述》原唱，即以奉介，並希郢政。姻愚弟鄧宗彝頓首拜稿。」云：「通德門庭早歲過，天倫樂事羡君多。舞衣稱壽觴同進，布席分題墨共磨。伯仲登科聯甲乙，祖孫服政聽絃歌。一家文福誇齊茂，喜得喬松施蔦蘿。」「胸中蘊蓄自深深，教澤熙湖多士欽。職在文章官自樂，癖由泉石夢相侵。經傳孔壁原家學，風到羲皇是賞心。軒名自謂。從此烟雲長供養，春花秋月好追尋。」「騰驤驥子氣無前，六籍分教手一編。庭有四花生玉樹，門開七葉繼金蟬。已看薦牘名同列，佇見賢書姓共鐫。手植楝樑材可用，彤廷事業出青氊。」「雪瘦春來武陟間，浬流漸覺緑潸潸。徑因延客時初掃，門爲懸弧偶不關。丹竈莫燒顔自駐，笻杖未試步非艱。徵來詩句閒評騭，笑看城南萬叠山。」

咳唾九天，隨風珠玉，不必炫異矜奇，而自有黝然之光，蒼然之色，其葯坡王君乎。款稱：「里句恭祝芷江三先生六十榮慶，即步自述元韵，録呈斧政。從吉月波王潯拜稿。」云：「才名籍籍許誰過，瀟洒風情老更多。絳甲周逢春正好，碧天晴比鏡新磨。放懷今古供陶寫，得意林泉恣詠歌。細柳拂檐梅映屋，儘收烟月貯藤蘿。」「縹緗世業溯源深，八葉尤將壽耈欽。立脚自堅松柏操，燕毛不慮雪霜侵。花飞麈座談經口，秀啓蘭階裕後心。十載鴒原思更慰，對床風雨樂重尋。令弟四先主冬假歸。」「宏開精舍迥非前，拓地多因插架編。翠篠千竿知待鳳，修梧百尺愛栖蟬。詩成珠玉人争羨，話擬滄浪手自鐫。近刻所著詩話。客到清談常不倦，花茵小坐當青氊。」「客秋一棹返雲間，回首麻衣淚尚潸。枉我菲才隨宦轍，多君古誼重鄉關。探奇春暖忘迢遠，分韵宵深鬭險艱。躋祝蕪詞聊學步，長教仰止切高山。」

楊君酉餘世講，天質粹美，日汜濫于李、杜、韓、蘇諸集，秀骨天成，矯矯若雲中白鶴。款稱：「里句恭步芷江姻叔大人《六十自述》元韵，即以奉介，並請鈞政。姻愚姪楊怡之頓首拜稿。」云：「迢迢歲月屢經過，令甲週時閲歷多。觀物好將青鏡拭，束身肯使白圭磨。却無騷客行吟態，殊有英雄對酒歌。豁達胸襟何皎潔，一輪冰魄映松蘿。」「孝友相循德意深，門庭雍睦使人欽。八傳壽考天加篤，六秩光華物不侵。月旦品題前哲口，漁樵身世昔賢心。君家自古稱名族，頤養應將樂事尋。」「舊歲筵開綺席前，徵詩手訂彙成編。春風簾幙窺新燕，秋日園林噪夕蟬。佳句自應登集選，拙章深愧入雕鐫。扶輪大雅堪爲式，卷帙紛披坐擁氈。」「名場争逐廿年間，故我依然淚暗潸。科第自疑無分際，文章正欲問津關。雄心未遂寧甘退，壯志猶存豈畏艱。今日梅花凝壽斝，秋風一瞬桂馨山。」

古稱下語如鑄者，謂句必經鍾鍊而成也。酉餘令弟謹堂意在筆先，又必斟酌飽滿以出之，足令才人學人一齊頫首。款稱：「里言恭步芷江姻叔大人《六十自述》原唱，即以誌慶。姻愚姪楊恪之頓首拜稿。」云：「光陰都付隙駒過，禹寸陶分積許多。入爨焦桐供客聽，倚天長劍倩誰磨。畸人手把芙蓉朵，詞丈工爲曼衍歌。樂事輪公全占盡，名山勝業寄衡蘿。」「沆瀣金莖醖釀深，全無畦畛一時欽。山中仙局春常駐，天上霜華鬢不侵。笑語圖先真率會，交遊人見葛懷心。嫏環福地芸窻静，妙諦都從此處尋。」「名争王後與盧前，大集仍從甲子編。月旦無愁門有鳳，頭銜定識珥垂蟬。先生甫一試仕，即終養歸里。盤堆苜蓿三春富，書比龍威一例鐫。誰笑鄭虔官獨冷，歸來世業有青氈。」「曾庀經生厦萬間，何戛茅屋雨潸潸。鶴翔壽寓開松徑，鳳集華堂掃竹關。六衮光榮誰媲美，卌年閱歷我知艱。恪今秋亦四十。賢良博士無聞子，兩兩閒情對遠山。」

「平遠山如藴藉人」，其蓬源熊君之謂乎！君之爲詩，磅礴駘宕，縱使横使，無不如志者，豪邁之氣爲之也。款稱：「里言恭祝芷江三先生六十榮壽，即步自述元韵，録呈誨訂，蓬源熊可程頓首拜藁。」云：「卅載光陰一瞬過，絳帷曾記教思多。花茵竊幸容游息，麈座兼欣藉琢磨。乙卯丙辰，程從晴洲夫子肄業，尊館時兼得教益。壯志君真誇卓犖，弱齡我愧學謳歌。躋堂此日經回想，風景依稀尚薜蘿。」「千頃汪洋度量深，論交壇坫客争欽。清襟不畏塵氛染，雅抱寧虞俗慮侵。自古英雄忘顯晦，由來仙佛判身心。抗懷即是羲皇上，自謂軒中樂可尋。」「花竹叢叢小院前，芸窗新闢貯遺編。飛飛頻見啣泥燕，嘒嘒常聞浥露蟬。珠玉興來供吐屬，珊瑚採得愛雕鐫。君所著詩話近已發刊。知君裕後無長物，總在青燈一席氊。」「肫誠至性邁人間，話到天倫淚欲潸。馬帳談經徵仕蹟，鯉庭繼軌見賢關。君歷秉鐸太湖、定遠、廬州。今新勉、金臺昆玉亦皆即選學博。康强自可占逢吉，和易從來足濟艱。周甲筵開盈瑞靄，稱觴疇不頌南山。」

楊子虞臣性情恬淡，以辛酉選拔生，不樂仕進。詩格高超，匡坐鼓歌，不動聲色。其殆兼夫嵇旨清峻、阮旨遥深者與。款稱：「里言敬步芷江姻叔大人《六十自述》元唱，即請誨政。愚姪楊愷之頓首拜稿。」云：「六街燈火上元過，周甲筵開樂事多。室有藏書城坐擁，胸無纖翳鏡新磨。放懷今古留真賞，適意林泉及嘯歌。佳句吟成囊貯滿，關情風月綰藤蘿。」「皖水曾敷化雨深，鐘聲隨叩聽欽欽。姻叔秉鐸太湖，諸生請業者，皆問無不答。歸田暫賦閒居樂，展卷寧教俗慮侵。棣蕚增榮歌遠枚，蓮衣四叔畿輔佐治，疊奏賢聲。蘭枝啓秀見同心。新勉、金臺兩兄均入仕籍。前光克紹思天錫，景慶圖應次第尋。」「月旦評歸叔度前，瑶章競採入詩編。鏗鏘調叶皆鳴鳳，風雅人多半珥蟬。愧乏鴻才誇卓犖，敢因蟲技望雕鐫。君家舊物餘三具，穩坐攤書試擁氊。」「玉樹柯交倚望間，獨驚萸插淚猶潸。姻叔令嗣四人皆一堂稱慶，豈有兩弟已缺其一。龍文驥子君兼蓄，世網塵機念不關。健步人還推矍鑠，仔肩任豈憚辛艱。隨行恰幸椿同茂，頌祝相期壽比山。」

情生文耶，文生情耶，惟以性靈爲主者知之。虞臣令弟和軒，人恂恂而詩特惓惓，纏綿悱惻之衷，吾欲以「落花無言，人澹如菊」贶之。款稱：「戊寅初春，芷江姻叔大人以《六十自述》元唱索和，勉步四章，録呈斧政。愚姪楊惇之頓首拜稿。」云：「春回周甲未輕過，富有經綸運用多。報國文章推老宿，等身著作豈消磨。精勤曾効聞雞舞，曠達初無扣角歌。爲祝先生松柏茂，攀援猶是舊絲蘿。」「皋比坐擁教思深，專席談經士類欽。學舍獨教千厦庇，靈臺不著一塵侵。鵠鴻未遂沖霄志，葵藿常餘向日心。構得園亭容嘯傲，四時風景快追尋。」「玉筍班聯繞膝前，一經傳德守遺編。才徵哲嗣皆翔鳳，瑞卜儒冠合附蟬。念切蓼莪篇載咏，情深花蕚集同鐫。姻叔詩話載入四叔佳什頗多。新詩賦就裁心錦，幾度敲唫坐擁氊。」「豪傑生從扼抑間，途窮不效淚潸潸。馬卿抗節詞題柱，終子捐繻氣奪關。建樹獨宜誇遠略，亨貞强半歷諸艱。邇來壽耇皆名彦，慶溢當年四皓山。」

「青霞錬得玲瓏骨，玉乳調成細膩霜」，純熟之謂也。周君繻同之詩，醇而後肆，亦復擺脱恒蹊。

古云：「清言霏玉屑。」又曰：「游絲裊晴空。」吾即以二語贈之。款稱：「恭和芷江三叔大人六十榮壽元韵。愚姪周合頓首拜稿。」云：「漫説年華荏苒過，德門指使福偏多。文章有骨何嫌老，品行無瑕自不磨。五色階前三祝嘏，九如堂上一齊歌。從來劍氣終難掩，聊把詩情寄薜蘿。」「天懷淡定學彌深，江左交遊士共欽。宦海不驚風浪湧，名山那許俗塵侵。泮林落落羞凡侶，池草青青愜素心。孝友一家春意滿，荆花庭樹喜相尋。」「四美交輝繞膝前，天倫樂事萃芸編。桐陰疎密來雛鳳，琴韵悠揚勝嘒蟬。得句亟拈花葉寫，遺經還訝石苔鐫。鯉庭不墜承先澤，燕翼貽謀擁一氊。」「玳瑁鋪陳綺苑間，風飛紅瓣雨潸潸。雲璈樂奏天倪得，甲第花開樂意關。玉子手談爭賭快，金甌拇戰漫辭艱。梅花釀就春前酒，歲歲觴稱不老山。」

詞餘于意非詩也。習故蹈常，不能自出手眼，其詩又人云亦云也。張君東橋含英咀華，風神諧暢，且多于閒處著筆，亦推陳出新之意乎，未可爲外人道此詣也。款稱：「歲次戊寅孟春，里句恭步芷江許姻叔大人《六十自述》元韵，兼以介祝。姻愚姪香國張天麟頓首拜。」云：「古今花月等駒過，利鎖名韁眷戀多。惟有仙才終隱逸，不教儒氣略消磨。晚菘早韭供頤養，夜雨朝晴足嘯歌。瑞啓霞觥稱介祝，永言松柏施垂蘿。麟叨戚末，願叨壽蔭。」「福履駢臻德望深，後先濟美令人欽。常將愛日心頭捧，姻伯作述，無憂不忘孺慕。不惜繁霜鬢裏侵。膝下雁行聯彩序，樓前花蕚遂初心。姻伯令弟蓮衣公宦遊適歸。春風玉柄揮如意，漫把安期海上尋。」「夙窺文壁善光前，又授科文刻舊編。玉樹森庭趨對鯉，絳綃圍館聽吟蟬。芹榮泮水勞親植，姻伯代有廣文，世授儒職。貂續剞人槧厠鐫。向構寶齋拙作附刻。博採縹緗綿燕翼，恩榮緋袋襲青氊。」「花甲新逢杯酒間，靈椿孺慕涕猶潸。史青囊括承先澤，雲白堂開敞舊關。飲菊蔓延綿介秩，芟荆節次試多艱。羨君拚醉耆英宴，福海籌添永壽山。」

東橋令兄右垣，以博雅才，戊申武闈領解，丙辰成進士，守備邠州。旋告歸，曠然有塵外想。時亦寄興謳吟，天機洋溢，所謂「清詞麗句必爲鄰」者。越夏仲，和章始由乃弟處郵寄。款稱：「戊寅五月朔，接舍弟馨廡步和芷江姻叔大人六十大慶賀章，並稱索詩，姪不揣鄙陋，依韵次和，寄呈誨正，聊當華封之祝云爾。陟江自在村散人右垣姻愚姪張天弼百拜和稿。」云：「華誕人遥未及過，科名或恐患才多。文章直欲超今古，經濟誰知費琢磨。湑水隔遲封祝頌，高山遥聽採芝歌。童顔鶴髮工頤養，早把閒情賦薜蘿。」「筵開耳順酒杯深，賓主交歡罔不欽。獻賦呈詩春正艷，此酧彼酢月頻侵。晉熙玉尺猶傳口，金斗才名早降心。十載暌違疎道範，高山景仰壁千尋。」「文瀾所向更無前，叠掌文衡執簡編。蘭桂盈階衣錦繡，埙篪滿座戴貂蟬。放懷室就烟霞貯，得意詩成梨棗鎸。遥憶躋堂稱壽日，花磚移影上花氊。」「群仙高會五雲間，孺慕猶將淚暗潸。參透利名知命定，耽吟風月特心關。安車白馬初登級，皓首青雲始覺艱。敢擬洛中遺一李，籌添海屋叠成山。」

余姪坦闢君楓墀，家學淵源，日沉酣于典籍，故命意遣詞不煩繩削而自合。步和二律，款稱：「嘉慶戊寅正月下浣，次韵恭祝芷江表叔大人六十榮慶，即請誨政。愚姪闢仁輔頓首拜呈。」云：「卅年詩酒必相過，輔自弱冠謁公，今歷卅年。頤養如公樂意多。胸有珠璣堪照乘，行無圭角不須磨。牀頭卷帙饒今古，檻外雲山足咏歌。去歲新構園林，邑人題詠，今已成集。杖履追陪春正永，慚予弱質附絲蘿。」「彩仗高懸花滿前，琳瑯一一進新編。春懷暢比魚投壑，詩令嚴于校捕蟬。雅化昔曾傳孔壁，公曾兩署廣文篆。鴻章今已重周鐫。公著詩話，今已付梓。安車他日求文獻，六國應推論道氊。」

陶生天姿穎異，心靈手敏，兹作于清思雋旨之中，更饒深醇意味，會心正不遠耳。詩云：「鯉庭逐隊幾經過，譽望非誣佩服多。行悉有恒洵可法，言曾無玷不須磨。胸中邱壑憑游憩，筆底烟雲恣詠歌。自古名流饒養晦，寧誇簪笏薄松蘿。」「珠光劍氣鬱深深，秉鐸從教郡縣欽。化雨沾濡欣澤永，春風披拂少塵侵。萊衣旋服成初志，姜被重同慰遠心。杖履優游周絳甲，陶然真樂更奚尋。」「鴻才軼後並超前，垂老詩文喜自編。妙諦多從花月悟，名言直過鼎鐘鐫。最憐玉煥盈階樹，佇見金輝滿座蟬。堂上即今齊拜祝，歡承錦綬絢青氊。」「長此終身孺慕間，知公重念淚還潸。推恩悉本肫誠結，錫類無非痛癢關。羡却冰清懷抱遠，慚深玉潤步趨艱。洋洋自述情彌摯，晉祝祇期壽比山。」

黼宸姪孫前作專以雕鏤爲工，此則夷猶跌宕，揮洒自如，可以觀其進境矣。詩云：「戲綵堂前問字過，筵開六秩得春多。堯天沛澤恩常注，孔壁傳經志不磨。壯志難羈千里足，高懷先唱百年歌。熙朝定有蒲輪錫，莫把金章易薜蘿。」「柔茵小坐落花深，月旦家聲梓里欽。夢草常懷風雨夜，喬松獨耐雪霜侵。官齋苜蓿留春永，朋好芳蘭接素心。閒把詩篇開説部，遺珠碎玉費搜尋。」「吾家世德足光前，遺澤芳徽手一編。兒戲漫勞誇蠟鳳，時蒙叔祖大人獎諭。君恩應許著貂蟬。書傳庭誥芬芳襲，墨妙苕華次第鐫。群從定能繩祖武，欣看舊物有青氊。」「家住廉泉讓水間，園林紅雨落潸潸。杏花得意春開徑，芳草多情晝掩關。杖履優游聊自適，田廬授受歷諸艱。稱觴迭進長生酒，五色斑衣映碧山。」

臨臯九十叟，覽揆之後，手書大福字幅見贈，並繫以詩，如百鍊鋼，如繞指柔，字字著紙欲飛。今覆按之，曷勝碩果晨星之感。款稱：「丁丑孟冬，僕虛度九旬，復將有維揚之行，因先占二律，爲芷江三兄大人六十壽。九十老人臨臯弟程魁庭頓首拜稿。」云：「長庚星燦五雲翔，朱履紛紛集錦堂。介壽我援山作句，開筵人倩斗爲觴。上元節近詩先咏，梅雪春催景漸芳。一片燈紅迎絳甲，萊階五采慶如岡。」「天中琪樹拔千尋，日暖芝蘭愜素心。燈火街衢連夜永，兒童簫鼓鬧更深。南窗宴設延賓客，北苑風和憶士林。化雨常敷春不老，聖朝人瑞許同岑。」玩其詩詞，蓋高年善忘，誤以余誕爲上元日也。

張君篠原自揀發粤東十餘年，歷宰茂名、揭陽諸邑，鳴琴坐理，聞有召杜之稱。今忽千里郵詩見寄，一唱三歎，「揮毫落紙如雲烟」，此僊吏也。款稱：「郵祝芷江三先生六十榮慶。晚張大凱拜稿。」云：「自謂軒中歲月長，主人境欲傲羲皇。傳家受有延年術，報國儲多校士方。舊匯茍龍能作雨，新培謝樹列成行。松齡鶴算無窮紀，我輩當凝一辦香。」「貯滿韶光足大千，霞觴捧祝願年年。鄉邦自此崇文獻，嶺海遥知奏管絃。句得郵庚隨驛遞，花開綺甲報春先。何當補入耆英傳，會使前賢接後賢。」

老友楊子庚垣，少余一齡，人則不可一世。詩亦思堅筆鋭，踔厲無前，「剛健婀娜」、「端莊流麗」兩言堪以贈之。款稱：「里言恭祝芷江三兄大人六秩榮慶。愚弟楊廷暉頓首拜。」藁云：「晝錦堂開敞玳筵，草萌蟲振小春天。弧南星建庚寅紀，硯北詩編甲子年。苜蓿官閒曾貯月，歷署太湖、廬州。梅花香冷合生烟。九如齊進岡陵頌，寫盡巴東十萬箋。」「在昔人高月旦評，車停問字飲香名。十年雁影相思慰，蓮衣四兄回籍祝嘏。萬里鴻文到眼明。王右圃、張篠圃皆有壽章。滿紙烟雲開説部，著有詩話。論心風雨話平生。程門立雪當時事，回首髫齡各自驚。」「五十年前共絳帷，于今小謝又聯枝。三王衣鉢千秋話，梁王儉三世祭酒，尊喬梓亦三廣文。五夜辛勤一卷詩。別有風騷應入序，是真儒雅自堪師。閒將篇什都題品，數徧微之與牧之。」「新築名園曲徑幽，枕流傍石起岑樓。桐高百尺清陰潤，竹種千竿翠影修。扶老杖因芸草植，課兒燈是隔窗留。胎禽舞向春風裏，海屋今銜第八籌。八傳皆壽至六十以上。」

野芉長余三齡，余表宅相，而實同硯友也。筆如游龍，氣若長虹，慨贈五律六十韻，軒然大波，復有篇如股、股如句之妙，當其下筆風雨快，筆所未到氣已吞，抑何神妙乃爾。款稱：「歲在著雍，攝提格陬月下浣，五言一篇恭祝芷江表母舅大人六十榮慶。埜平愚表甥王兆南頓首拜稿。」云：「高陽多壽者，累葉慶綿綿。既拓辛家印，還呼亥字山。九旬基裕後，八代緒承先。慎德推奇彥，謙衷近古賢。鯉庭儀肅穆，雁序致翩躚。秀擬王恭柳，清于庾杲蓮。詩題紅杏句，孝感蓼莪篇。勵志囊丹鳥，虛心肖碧鮮。無疆爻取益，不息象占乾。品重千尋玉，文擒萬選錢。采芹由膝授，食餼仰衣傳。蛾正乘時術，鶯將上苑遷。槐黄忙驥足，紵白困鳶肩。錦讓阿兄奪，科教予季聯。縱邀宗閔薦，難著祖生鞭。小就成均席，平分博士氊。酒因奇字進，羊爲束脩牽。苜蓿先生饌，芝蘭弟子員。儘堪娱冷宦，遮莫樂歸田。養道惟修福，存誠足破堅。仁漿兼義粟，讓水即廉泉。好使頑夫起，非徒乞者憐。春桑壺士飽，夏樾暍人眠。惠溥心原廣，居閒地不偏。益開元亮徑，巧斲禹偁椽。苔砌供幽趣，蕉窗結静緣。三休佳境闢，五斗俗塵捐。劍氣仍冲漢，珠光愈媚川。邵窩聊爾爾，邊笥總便便。武庫曹倉備，潘江陸海全。池塘增舊夢，風雨訂新編。適性拈壺馬，怡情玩笛船。牙籤應匹李，手筆久侔燕。況復鍾麟鳳，都能習誦絃。肯堂排四傑，報國發雙蓮。丙舍爭鳴盛，寅階喜象前。鐸聲揚世世，萊彩舞翩翩。丹桂誠芳矣，蒼松豈偶然。祥徵蓬矢志，輝應極星縣。周甲神尤健，先庚律己宣。羡翁真矍鑠，愧我亦華顛。拄杖宜今日，横經溯昔年。齔髫無復計，耄耋尚堪延。祝嘏調金液，稱觥賦錦箋。蝸童齊磬折，鶴叟共舟旋。蟲振融融日，風和艷艷天。寒梅舒凍蕚，火樹剩餘烟。雪藕陳鈞座，冰桃燦玳筵。耆英尊潞國，真訣紹彭籛。試問山中客，靈椿歲幾千。」

吴門可堂王君，余中表行也。其人博學多才，以名家子，少隨其外祖閻誠齋觀察來六，風姿濯濯，如春月柳長。乃遨遊公卿間，遍歷名山大川，故筆之所至，頗得江山之助。和作收得稍遲，而愷惻真摯，老輩典型，于今未墜。款稱：「伏讀芷江老表弟大人六秩生申自述壽言佳什四章，余老病維艱，勉强傚顰學步原韵，不能計其工拙耳，録請斧政。時嘉慶戊寅仲春，七十六老人王本升拜手呈稿。」並書云：「初聽黄鸝柳外過，園林新景别情多。雅人深致能瀟洒，名士高才費琢磨。珠玉盈軒難續唱，琳瑯滿壁强爲歌。忻逢花甲蟠桃會，舊日交情是蔦蘿。余與希翁本舊戚中表兄弟也。」「舅氏當年眷顧深，期頤德望里人欽。誥封奉政大夫，尊甫二母舅大人年登九十壽，升幕遊齊魯、大梁、閩浙，未獲趨回祝嘏。筵開壽域霞光燦，酒釀長生翠色侵。今祝希翁華誕，此雙關之意云。敏妙新詞同醒目，超凡仙品共論心。懸弧正值迎祥候，白雪陽春和復尋。佳什見遺，讀罷又讀，故稱頌之。」「官居學博十年前，乞假歸來集手編。一院紅梅朝露蝶，幾行緑柳夕陽蟬。新亭小築春秋畫，舊宇重輝金石鐫。題得放懷軒名風采額，嘉賓醉倒卧華氈。」「大衍年逢讀禮閒，思親純孝淚潸潸。四環桂子朝金闕，諸公郎學富五車，皆挨次候選入仕。八愷蘭孫掩玉關。文孫輩立品，俱閉户讀書。世代傳家增壽祉，公原注：「先八代皆壽至六七十外，母舅奉政公年登九秩。」幾番歷幕廢時艱。余幕山左時，承國拙齋中丞相延在署。復蒙陸朗甫方伯盟伯約于藩署辦事。再承葛臨溪觀察請至德州糧署佐理糧儲總務。于四十五年承德州牧伯劉公延請辦理南巡大差總局。是年春，隨班接駕，得以再覲天顏。升以一介寒微，蒙欽賜辦差人員各黄辮小荷包一對，秋色花宫綢一疋。當赴宫門謝恩，奉旨好好辦理回差。此在山東之況。後蒙豫撫何大中丞差人來德，請先府君掌鄢陵書院，約升至撫署佐理書記。又承蔣一亭表伯邀至河道署中，協辦河工事務。後回南到閩，初承慶五世叔將軍荐館，汀、漳、龍道程東軒，賓主相待。年半而程公作古。後任景公接請管總，景公即陞貴撫而終。新任海公來延辦軍工事件，而海公旋陞安臬，隨擢河南藩司。進京陛見，復奉恩旨内用京堂，未久而歿。此四十餘年遊幕各省之大槩也。七旬白髮青衫破，慚愧無成對陟山。」

老友喻君錦泉，亦即余中表行也。爲人品端學粹，落落寡儔，久困諸生中，年七十有三矣。設帳州北，去城三十里。偶接晤言，互相傾倒，所謂人之相知，貴相知心也。和韵稍遲，措語悉性真之流露。款稱：「恭和芷江表棣臺大人《六十自壽》元韵，即請斧政。愚表兄喻心藻頓首拜稿。」詩云：「韶華漫説隙駒過，海屋籌添鶴筭多。壯志早期鵬翅展，雄心不爲馬肝磨。放懷詩酒能尋樂，到眼雲山足晤歌。清況未應花下減，抽簪準擬對衫蘿。」「聯牀兄弟寄情深，有約歸來意倍欽。舊雨難忘池草夢，新霜纔見鬢絲侵。藏書莫負龍頭望，築室都成燕翼心。杖履優游欣自適，一邱一壑快幽尋。」「弧辰喜占百花前，壁上琳瑯韵滿編。愧我菲才覊勒馬，羨君高樹噪鳴蟬。新篇甲乙供閒評，合卷丹黄任細鐫。膝下更多名下士，象賢濟濟繼青氈。」「數載衡文絳帳間，講堂花雨墜潸潸。鴻才咳唾傾珠斗，鹿隱來歸閉竹關。家有田園惟食舊，兒承弓冶克思艱。南陔戲綵稱觴祝，紅醞梅花映滿山。」

丙子、丁丑、戊寅三載間，放懷酬韵，周甲贈言，佳篇林立。惟覺掠美處多，心終耿耿。至戚友贈聯不下數十幅，率皆岡陵海屋之詞，且多散失。兹檢得張篠原明府云：「清契崇蘭茂臨修竹，亭當永日座有長春。」王右圃明府云：「孝友和光蒸爲瑞氣，春秋佳日永以天年。」抑何落落詞高，飄飄意遠。至王可堂徵君云：「過客下□詢甲子，先生有道出羲皇。」閻鑑波封翁云：「學到戊寅真伯玉，詩成丁卯即丹陽。」乃覺揚詡過情，矜許踰分，余竊恧焉。

話餘採選名人目録

共詩一百一十五首

題辭目録

共詩三十一首

通共詩一百四十六首

芷江詩話補遺卷一

古六許嗣雲芷江手編

古云：「至諴感神。」又曰：「和氣致祥。」人生窮通顯晦自天定，而天究不能定也。商賓意詩云：「造物豈憑翻覆手，窺天難用揣摩心。」蔣心餘填詞有云：「恁你忒聰明，猜不出天情性。」屈翁山更放言云：「我向大羅看世界，世界不過手掌大。當時衹爲上昇忙，不及提向瀛洲賣。」

烟草製由吕宋，古無咏者。向惟慕廬宗伯詩膾炙人口。近閱武林翟晴江灝、吾邑黄牧原本騏兩進士作，典雅清新，直出韓公之上。翟警句云：「藉艾頻敲石，圍灰尚撥爐。乍疑伶秉籥，復効雁銜蘆。墨飲三升盡，烟騰一縷孤。似矛驚燄發，如筆見花敷。吻燥寧嫌渴，唇津漸得腴。清禪參鼻觀，沆瀣潤嚨胡。幻訝吞刀並，寒能舉口驅。餐霞方孰秘，厭火國非誣。繞鬢霧徐結，蕩胸雲叠鋪。含來思渺渺，策去步于于。」黄警句云：「紫羅囊繡葡萄錦，翠竹筒鑲玳瑁斑。繚繞薜衣松杖裏，傳呼茶竈藥爐間。供客不妨茶未熟，可人最是酒初醒。噴雲吐霧原多幻，弄月吟風幾暫停。吐氣頓瞻眉宇霽，吹嘘多襲齒牙馨。曾經病起還供嗽，正爲愁多不廢餐。對雨吹開秦嶺月，浮烟散入楚天秋。定同蘭結腰間佩，可有蓮從舌上生。風雅於今憑吐納，伴吟好句最關情。漫説無情芳意淺，也隨紅豆號相思。」皆妙。

山陰胡稚威天游，乾隆初落拓揚州，屢謁盧雅雨轉運，門不爲通。除夕呈一律，云：「莽莽乾坤歲又闌，蕭蕭白髮老江干。布金地暖回春易，列戟門高再拜難。庾信生涯最蕭瑟，孟郊詩骨劇清寒。自憐七字香無力，封上梅花閣下看。」盧得詩，元旦即鳴騶往顧，贈朱提數笏。

乾隆丙辰，安徽有《七子文選》，如丁鏡山、陳對池、盛篤周諸人，皆掇科第去。惟蕪湖施曼郎長春年最少，早卒，吟咏亦多悲憤愁苦之音。有《上塚歌》云：「白楊樹，城東路，野草萋萋葬人處。挈榼提壺出郭行，可憐今日又清明。富家塚高高傍嶺，貧家塚低低亞畛。塚中貧富人不同，一樣酒澆不能飲。暝烟慘淡日西斜，挈榼提壺還返家。一線陰風旋不定，紙錢飛上棠梨花。」憶余姪孫恩溥，年十二隨往湃西祭掃，歸舟亦有句云：「片帆歸去急，兩岸暮烟生。」雖均弱歲遊庠食餼，兩人俱非永年之兆。

皖江潘蘭如瑛，年少清雋，懷人句曾有「萬念如塵都掃盡，祇留一點爲思君」之句，江左詩人咸物色之。《秋夜》云：「秋宵無月亦清澂，漸覺新凉體不勝。一院竹陰生露氣，半樓河影奪窗燈。病餘心似當風燭，夢醒身如出定僧。忽聽啼聲兒索乳，隔帷遥唤小妻譍。」《隨園觀燈》云：「青娥皓齒曲初終，光吐金枝歷亂紅。樓壓星辰天在下，池摇烟樹地浮空。東山絲竹歸名士，六代風流讓寓公。回望後湖漁火散，荒陵秋草月朦朦。」又《大鏡歌》云：「三年不到倉山房，山靈現怪驚我狂。有客似我登君堂，先時已立君之旁。低頭長揖忽大笑，認我七尺軀昂藏。幾時搜海得此月，割截邊幅形模方。先生謂此希世有，贈自故人方伯張。銅山萬仞鑄不得，二十四尺玻璃光。百夫移送山水窟，收攝崖岫吞林塘。晚來歸鳥急投樹，往往誤觸聲鏗鏘。我謂先生之胸亦有鏡，萬丈光芒秋宇淨。八十年來照不疲，澂澈萬象真空性。弟子門前半美人，穠桃艷李花嬌映。留取春光認六朝，白頭從此添佳興。」似此彈丸脱手，機趣横生，吾知爲胎息隨園者。

隨園偶一命筆，心花怒發，老手紛披，盡致竭情，實無一言不鞭辟近裹。吾劇愛其《費宫人刺虎行》，云：「九殿鼕鼕鳴戰鼓，萬朵花迎一隻虎。女兒中有有心人，詭説儂家是公主。公主姿容世寡雙，色能伏虎虎心降。笑捋虎鬚向虎語，洞房請解軍中裝。一杯勸一杯，沉沉虎竟醉。刃此小於菟，下報先皇帝。紅燭千條撤帳光，白虹一道衝天氣。妾手纖纖軟玉枝，事成不成未可知。妾心耿耿精金鍊，刺虎還如刺繡時。一刀初刺虎猶縱，三刀四刀虎不動。帶血抽刀啼向天，可惜大才還小用。吁嗟乎！城可傾，山可平，總是區區一點誠。君不見，滔天狂寇是誰斬，霹靂不能美人敢。」

三試皆元，商文毅後垂五百年，惟湘舲侍郎獨有千古，宜吾山司寇嘗致慨于待之不及待，而雲松觀察以爲世間奇事，乃竟有從此不愁不千秋也。余久心慕其人，乃謦咳無聞，聲華亦漸就衰歇，良用惻然。近得《皇華吟》一卷，乃試滇途中所作，已見一斑。旋終學使任内，惜未付梓。《武陵道中》云：「翠屏環列簇烟低，徑轉千盤路欲迷。洞古不知秦甲子，祠荒猶説晉東西。山山落日跳松鼠，樹樹藏雲叫竹雞。訊問仙源何處所，桃花落盡水流溪。」《老鷹崖》云：「壯哉此老鷹，何年摩巨翮。高鳥不敢窠，妖狐悉竄穴。韝脱飈輪馳，爪攫雲根齧。啄斷黔陽山，俯瞰皆螘垤。毛血灑秋旻，化作蒼崖列。」《澧州贈涂令躍龍》云：「傳聞雅化似文翁，刺史風流孰與同。有客不教吟澤畔，何人更爲怨蘭叢。開樽好和郢中雪，擊楫偕乘江上風。此去祇愁千里隔，月明沙渚蓼花紅。」《普安亦資孔驛與副考官陳夢湖廷桂夜話》云：「建章北望玉繩低，行盡青山見碧雞。與爾高吟倚牛斗，不知身在夜郎西。」「仙郎詩思逼清秋，得助江山氣更遒。今夜月明笳吹近，無人解爲唱凉州。」《白水村舍初見桂花》二首云：「駬亭露氣鬱蒼凉，馥郁疑聞鷲嶺香。可惜仰攀天路杳，一枝落影到南荒。」「前身月府記親栽，幾度珠宫夢往回。慙愧十年塵土面，天葩曾不向人開。」湘舲任修撰時，無所附麗，十年不調，其自處抑何泰然也。癸丑擢贊善，有四六謝摺，余向由邸抄閲誦，今亦無從復得矣。後恭紀有「十載依光，優容四荷」等語，蓋謂甲寅典試，粤東擢侍講、侍讀，及滇任，凡四也。又有句云：「書生胸臆憑開拓，聞説東南氣象森。」又《板橋驛得諸同年出使信》云：「纔過楊林復板橋，天南停旆一身遥。故人意氣何飛越，吾輩聲華未寂寥。冠蓋分馳星使驛，霓裳同聽月明宵。却思隔隴連雲棧，尚有王褒合駐軺。」

三元公向有《秋詠》三十首，余亦未之見也。兹録其途次和前韵十二首。其《秋雨》云：「暮鴉疎柳點平湖，雨蹴寒潮濺岸蕪。秦隴鴈聲隨靄没，巴陵山色入烟無。吟殘别館摇紅燭，聽到空階冷碧梧。檢點行幐添宿潤，嫩凉趁曉問征途。」《秋風》云：「洞庭嫋嫋水雲稀，吹入寒林葉葉飛。楓冷半江鱸正美，稻香八月蟹添肥。昆池夜半翻鱗甲，穹帳更殘卧鐵衣。我欲傳書滄海去，聞風指點遠山微。」《秋烟》云：「野田漠漠似雲屯，一抹烟飛欲到門。樹抄風疎低漸暝，鞭絲人去裊無痕。淡迷沙渚菰蒲岸，寒逼江南橘柚村。最是溪橋歸路遠，隔籬晻靄近黄昏。」《秋柳》云：「毿毿無復掛前津，重憶章臺舊日春。瘦馬征衫餘别緒，亂鴉斜日半行塵。道旁愁對離情客，江上寒依病酒人。若向靈和題品格，也教思曼一愴神。」《秋竹》云：「寒色依依上草叢，池塘一帶碧痕空。芳心半老蛩吟外，冷翠都消雨洗中。青塚夜凉人泣露，紫臺天遠馬嘶風。關河滿眼蕭颯，踏遍黄塵悵未窮。」《秋蟬》云：「禪榻西風吹夢醒，病蟬曳響過窗櫺。咽迴溪水痕猶碧，翳入寒烟照更青。古道平林黄葉寺，野橋疎柳夕陽亭。此間儘有閒居者，薄暮柴門倚杖聽。」《秋燕》云：「玉殿依稀見兩行，紫釵化去影微茫。也知繡户春風改，宜傍珠簾絮語長。荒草蘼蕪辭故壘，舊家門巷冷斜陽。一從海闊無消息，留取芹泥認杏梁。」《秋鴈》云：「白竹黄沙遍地陰，帛書將去度遥林。曾經冰雪三邊路，長此江湖萬里心。湘水月明飛隱隱，塞垣星迴望沉沉。不須調入哀絃裏，中夜還聞嘹嚦音。」《秋隼》云：「晴皋萬里趁霜嚴，得意摩空健翮添。陡出風塵如電掣，直凌華岳並峰尖。飛狐塞北乘雲望，射雉場西露爪銛。不是臂鷹同角力，那知機準兩能兼。」《秋寺》云：「琳宫爽氣挹層巒，秋入前朝寺裏看。野樹吟蟬移佛座，繡旛落葉颺林端。風生古刹雲霞動，霜落諸天鐘磬寒。欲向維摩參妙旨，松梢涼露點蒲團。」《秋戍》云：「嚴城鼓角起青霄，古戍秋深木葉凋。壯士倚看天外劍，將軍閑駐月中軺。關寒細草游群馬，風響琱弓落皂鵰。自是漢廷無一事，賜衣猶爲解金貂。」《秋柝》云：「鄰雞遮莫聽喈喈，柝響重門次第排。半夜露寒槐葉市，一聲人在月明街。城隅銜鼓遥相和，屋角霜鐘動與偕。最是更闌燈欲燼，清喧觸撥旅人懷。」按十二章，風格高騫，其秀在骨，且輕描淡寫，不即不離，氣吐春雲，神凝秋水，可想見其爲人。雖未窺全豹，吉光片羽，願與海内同志之士共珍之。

夢樓太守詩奇情壯采，卓然可傳。其隨全穆齋魁出使琉球，過海，經大洋，舟覆，賓主各附一木汛浮，賴琉球海艘救起，以終使事。其歸也，國王選貴戚子弟，皆傅脂粉，錦衣玉貌，歌以餞之。曾有《留別詩》二律，云：「一行金埒響瓊琚，公子群過水竹居。丱髮也須千萬值，綺年多是十三餘。將離更唱紅蘭曲，相憶應看青李書。鸚鵡香醪斟酌遍，不知凉月透交疏。」「那霸清江接海門，每隨殘照望中原。東風未與歸舟便，北里空銷旅客魂。盡夜華燈舞鸜鵒，三秋荒島狎鯨鯤。他時若話悲歡事，衣上濤痕並酒痕。」迨由侍讀出守臨安，有納樓夷民李鶴齡獻詩。云：「玉堂老鳳留衣鉢，滄海長虹卷釣絲。」夢樓喜，即用爲起句以續之。云：「舊事都隨雲變滅，新詩喜見錦紛披。殊方那易逢佳士，識面無如是別時。自負平生能説項，珊瑚幾失網中枝。」厥後去臨安東歸，掌教西湖。《寄都中同年》云：「星河雲影海迢迢，八度花朝又雪朝。徼外蠻烟空目極，楚南芳草易魂銷。抽身我本疎慵慣，奮翅君方搏擊遥。豈是升沉關氣類，輕舟相繼返林皋。」「增城瓊院蕊珠宫，香案西偏紫閣東。夢裏似曾聞廣樂，歸來但覺任樵風。蓬瀛消息無青鳥，烟水生涯有雪鴻。近日愈諳禪悦味，繁華清浄兩俱空。」「每向東華散玉珂，相於花下酌紅螺。歐梅自許賢豪聚，蘇李偏教闊別多。棋局居然更甲子，酒壚真自邈山河。何戡解話當年事，也與樽前唤奈何。公有兩歌童瑶生、鈿郎。」「棧道連雲粤海飛，星軺先後有光輝。芷塘典試四川，竹虚廣東。吟詩喜得江山助，問字新添玉筍圍。舊雨應知縈遠夢，野雲端不耐高飛。年來自署西湖長，占取蘇堤作釣磯。」夢樓遇時賢，尤喜奬掖。嘗誦揚州轉運朱子潁佳句，云：「一水漲喧人語外，萬山青到馬蹄前。」

人生科名遲速，皆由天定，然往往早發先萎。若少年登第，又一週甲爲鹿鳴瓊林重宴者，前代罕見。近惟黄莘田詩云：「得染新香本舊栽，桂花重爲故人開。月宫不是元都觀，也學劉郎去復來。」「雲階月地事如何，誰共霓裳詠大羅。未免被他猿鶴怨，小山連日有笙歌。」庚午宛平黄崑圃詩云：

「蕊榜新開敞盛筵，漫勞車馬問衰年。雀羅門巷群相訝，鶴髮重聯桂籍仙。」《辛未瓊林》云：「天鼓聲喧曉漏餘，春風吹雨灑庭除。婆娑老眼看新榜，髣髴青雲接敝廬。」「鶴返故巢無宿侶，花開仙洞見新枝。輶軒南國追疇昔，風雨橋山愴夢思。」蓋先生巡撫兩浙，追感兩朝恩遇，因並及之。康熙丁酉，東莞尹之達重赴鹿鳴，主試嚴思位贈詩云：「六十年前攀桂客，天留碩果到今時。已從石室傳丹訣，復與瓊筵泛玉巵。金粟山頭清白吏，珊瑚淵畔去來辭。非潛非見窮經術，百歲常爲後輩師。」乙卯，松江唐昌期重來白下，或贈詩云：「鷹揚杖履追前哲，鶚薦科名接後賢。」己未沈歸愚贈趙秋谷云：「後先己未亦同年。」余考自壬午闈中黄莘田後，順天丙子有吴大煒，甲午有孟琇，雲南己酉有賽璵賽，年百歲，特賜進士。又壬子湖北萬年茂，福建陳材、邱理德，湖南譚昌明，庚午江南趙翼、姚鼐，漢軍施奕學，浙江周春，福建林田培，皆會先後同年。庚辰、庚戌史文靖貽直、嵇文恭璜兩相國，辛未黄崑圃少宰叔琳，皆重宴瓊林。外梁同書、翁方綱皆重赴丁卯。崑圃詩稱王文恭重赴癸卯。崑圃又有同年上海副榜陸秉紹，和其會先後同年詩云：「車騎聯鑣赴綺筵，鹿鳴歌後謁高年。恰誇蕊榜題名外，添得三朝一地仙。」「週甲科名曾有幾，鄉邦舊事欲重新。東山久繫蒼生望，六十年前榜上人。」

袁簡齋戊午、己未已擬重會同年，乃于丁巳冬末下世。曾擬兩作，自謂詩登集上，則願了心中。《鹿鳴》云：「丁未年重赴泮宫，鹿鳴筵又宴衰翁。分明六十年前事，聽到呦呦耳尚聰。」「折桂蟾宫幾度秋，婆娑還伴少年遊。不愁月裏嫦娥笑，只恐嫦娥也白頭。」「當年意氣似雷顛，頃刻風吹欲上天。今日萬般心事了，僅留一杖傲群仙。」「主試共將前輩唤，同年多把歲星猜。偏教一路珠簾捲，錯認當年梁灝來。」「小醉華堂酒漸消，金鞍扶上馬蹄驕。奈他多少簪花客，攔住衰翁説四朝。」「代請熊公赴鹿鳴，一篇駢體最風情。不圖我亦修能到，追繼前賢有後生。」「記得長安利市街，平原巷裏小徘徊。幸虧叔寶無風貌，不被紅裙看殺來。」「泥金名紙久模糊，落落晨星影太孤。不識上公憐譜誼，宫門還問簡齋無。」「宴罷高歌詩八章，諸公莫笑老夫狂。世間幾个盧生在，能作邯鄲夢兩場。」「萬事輪迴若轉轆，光陰飛去在須臾。他年花甲重周日，更有何人繼老夫。」《瓊林》云：「羽衣人掃大羅天，道有重來老謫仙。不料桑田變滄海，瓊花一朵尚新鮮。」「記得曾騎白鼻騧，路旁人指少年夸。而今舉眼誰相識，認得袁絲只杏花。」「車如流水馬如龍，回首天街似夢中。愁向金明池上照，緑衣郎變白頭翁。」「新貴森森玉筍班，探花折柳各憑欄。老夫别有閒心相，獨自摩挲銅狄看。」「九霄臚唱會群仙，仙樂嘹嘈送耳邊。絶似當年趙簡子，重尋殘夢到鈞天。」「五雲深處幾輪車，西抹東塗笑語譁。越是阿婆人越看，蟠桃一樹古時花。」「史先嵇後兩平章，同撤金蓮進洞房。他日熙朝紀人瑞，鷦鷯也得附鸞鳳。」「咏罷霓裳廿五科，春明門外邈山河。白頭宫女儂相似，記得開元舊事多。」「開箱難覓舊冠巾，借得宫袍未稱身。轉悔當年燒尾宴，不曾想作再來人。」「歡場回首易消魂，世上榮華水上雲。三百銀袍何處去，天留一叟伴諸君。」

余友陳茗園球，以孝廉任晉之芮城令，有政聲。始爲諸生，秦端崖少司成試六，曾于演武廳校藝，時亟贊其紅葉警句于倪春巖太守。倪詢之，秦即朗吟一語云：「一樹斜陽淡有痕。」

吴江葉民部季女錦章，字小鸞。幼工詩，母沈宛君嘗口占云：「桂寒清露濕」，鸞應聲云：「楓冷亂紅凋」。笄年入道，受教于月郎師。師曰：「既願受戒，先須自陳平生過惡，方許懺悔。身三惡業，曾犯殺否？」曰：「曾呼小玉除花虱，偶遣輕紈壞蝶衣。」「犯盜否？」曰：「眼看新緑誰家樹，耳徹清簫何處聲。」「犯淫否？」曰：「晚鏡偷窺眉曲曲，春裙慣繡鳥雙雙。」一云：「徵歌愛唱求凰曲，展畫羞看出浴圖。」「口四惡業，曾妄言否？」曰：「自謂生前歡喜地，詭云今世辨才天。」「曾綺語否？」曰：「團香製就夫人字，鏤雪裁成幼婦詩。」「曾兩舌否？」曰：「對月詠添愁喜句，拈詩評出短長謠。」「曾惡口否？」曰：「生怕泥污嗤燕子，爲憐花謝罵東風。」「意三惡業，曾犯貪否？」曰：「經營缭帙成千軸，辛苦鶯花滿一庭。」「犯嗔否？」曰：「怪他道韞敲枯硯，薄彼崔徽撲玉釵。」「犯痴否？」曰：「勉棄珠環收漢玉，戲捐粉盒葬花魂。」師遂授記，予戒名曰「智斷」。

尤西堂有《反恨賦》，予最愛誦。近山陰毛聲山宗崗曾擬「雪恨」數種，曰：《汨羅江屈子還魂，博浪沙始皇中擊》、《太子丹蕩秦雪耻，丞相亮滅魏班師》、《鄧伯道父子團圓，荀奉倩夫妻偕老》、《李陵重歸故國，昭君復入漢關》、《南霽雲誅殺賀蘭，宋德昭勘問趙普》。或爲廣其説，曰：《關壯繆直搗許昌，孫傅庭盡殲流寇》、《反間計曹操火燒致斃，靖難師燕王馬蹶被擒》。吴梅村嘗有句云：「無限不平今古事，唾壺擊碎恨難消。」

余中表關君藻軒，年十八領賢書，越八載登第，旋即謝世。兹録少作數首，以廣其傳。《遺興》云：「漢家飛將出龍城，蠢爾蠻羌尚阻征。萬里王師屯絶域，三軍大纛護中營。霜沉鼓角官威肅，月滿弓刀虜騎輕。安得卧龍操勝略，瀘江一掃瘴烟平。」「憶昨祥雲覆帝居，諸生稽首拜恩初。峥嶸齊對賢良策，痛哭誰陳災異書。近世懷才應不乏，累朝養士竟何如。蕭蕭一枕南窗下，暮雨秋風暗草廬。」「競道潛龍不久藏，驚看此夕吐光芒。一天麟甲翻空赤，萬里星河照夜黄。當代雨暘休告警，高秋雲物早呈祥。蒼生望歲年來切，應遣飛霖入帝鄉。」「滿目秋原百感增，荒簷破壁影層層。誰能廣厦庇寒士，獨對西風憶少陵。近市人烟疎落日，隔林秋色隱殘燈。囊中亦有茱萸種，欲駐朱顔竟未能。」《孝陵》云：「野老何知悲往事，摩挲故物認前朝。」《懷楊公浣初》云：「男兒出塞尋常事，莫爲崎嶇怨薊門。」《寄黄君牧原》云：「每因感遇悲同調，遥憶窮愁賦索居。」《寄都中人》云：「病榻經年常近藥，幽窻無事倦臨書。」《黄河》云：「記到中流曾擊楫，空教歲月暗蹉跎。」又《文昌閣登高》云：「可憐病骨支離久，欲向梵宫問華陀。」公素善病，釋褐後遂不起，豈造物者真忌才耶！

同邑鄭君光燾，弱冠即飆于庠。昨持《梅花回文賦》來質，覺描摹有致，順遞倒裝一體，情景如繪。賦云：「空山杳杳，老樹蒼蒼。叢松點翠，嶺竹流芳。風香繞遍，扉柴雨疎。烟細雪艷，融消砌玉。雲淡月凉，東嶺曉春。渲染北窗，殘臘點妝。村前向暖，冷摇斜整。影疏嶺北，生春香透。寂寥心素，根盤石古。水月延闢，幹撲霜寒。雲烟覓路，魂斷水流。夢殘天暮，昏黄月淡。題詩渺杳，山深得句。清莫清兮俗塵捐，淡復淡兮香艷滅。横斜幹老，處處烘晴；亂雜香餘，枝枝墜雪。明月寒，美酒熱。嗚鶴逸情幽，睡仙古趣拙。漫漫雪夜，玉以魂招；寂寂晴春，冰于骨鏤。殘笛弄兮夢魂銷，舊曲歌兮清冷透。寒圖九九，度盡春微；冷徑三三，摇驚影瘦。烟溪淺寫香痕淡，雪徑深含玉色新。傳其妙兮，詩成上閣；寫其神兮，月作前身。仙癯伴侣，鶴瘦比鄰；天寒破臘，地暖回春。」

余偶採得湘舲雜咏，輯入詩話。艷羨三元，未嘗不穆然神往。乃長夏倦餘，忽見頎然而長者，肅衣冠來謁，口吟二詩，其聲清越。驚寤之頃，亟爲録出。云：「白雪陽春曲慣聽，鴻飛絶迹笑冥冥。雲光洗眼空塵世，底事浮名衆口馨。」「玉皇香案渺烟寰，謫去蓬萊往復還。乃遇傳神阿堵者，又留泥爪在人間。」豈其氣類相感耶。

張篠原明府歷宰高、潮兩郡劇邑，頗著循聲。介坪廷尉贈詩，有「嶺南人愛長官清」之句。昨寄《政餘讀史雜咏》。《陳王》云：「袒臂右，發閭左，陳勝爲王不殺我。嗚野狐，構夜火，陳勝爲王殺者夥。沉沉不可親，王能殺故人。王自爲王傭自傭，汝陰兵敗不如農。」《項王》云：「不學書，姓名記。敵萬人，奇其意。重瞳家法喜談兵，壁上諸侯等兒戲。喑啞叱咤逞威彊，湛船破釜三日糧。殺人十萬填睢水，大軍不得通滎陽。秦焦土，楚三户。刻印刓，忍弗予。失去居鄛人，迎來司馬吕。」《淮陰》云：「生不嫌與絳灌伍，死不至爲女子詐。」《留侯》云：「進退如公亦大難，帝垂清問據雕峰。三人犄角能亡楚，五世心情卒報韓。秘授有無書奥妙，神仙依託境高寒。祖龍地下應回首，莫作東遊博浪看。」《趙陀舊城》云：「老去車書尊漢鼎，初來官職受秦封。」《登樓》云：「身無羽翼諸天迥，筆有雕鐫到處留。」《魚鷹》云：「日狎波濤勤搶攘，胡爲親下不親上。君不見，蜣螂垂緌變新蟬，努力雲霄發清響。」俱妙。

袁薌亭箍室吴氏香宜，名蕙。有《咏梅》句云：「爲受春寒花放遲，遊人偏採未開時。儂心恰愛天然好，不忍臨風折一枝。」《春晴》云：「細雨連宵濕軟塵，今朝晴放一窻春。柳絲低舞花添笑，都似風前得意人。」簡齋稱其清妙，採入詩話。吴謝詩云：「有志紅窻學咏詩，絳帷深倖侍良師。微名也許登詩話，榮似兒夫及第時。」邵壽民葆祺謝云：「奇才不料人還在，妙論都如我欲言。賴有奚囊收拾盡，世間多少未招魂。」蔣觀察爲光《題古檀詩話》云：「二百年來少此作，八千里外見斯人。」關霞生題余《詩話》云：「傳詩傳人真佳話，一言説法心浮屠。」余好拾人殘編斷句，惓惓深衷，不意被君一語道破。

芷江詩話題辭

臯城乍晤，快聆麈譚，惠示鴻編，不啻珠玉。邇惟閣下延鼇集慶爲頌。弟皖省往還，征塵乍拂，公私鹿鹿，硯水久乾，寄題詩話一首，藉致傾慕，即希郢政。

論詩乍喜接名流，多少珊瑚鐵網收。自有烟雲生筆底，衹憑風月到齋頭。花開漢畤聽鶯去，草緑虞祠載酒遊。安得與君聯榻話，一空皮相辨驊騮。

溧陽寅愚弟潘際雲春洲稿

承惠錦囊，如獲珍寶。吟咏則宫商一片，偃息則魂夢交縈。惜乎壯不如人，既有同於燭武；耄而好學，恐難比乎衛公。藉柬抒懷，俚言求政。

著作名山富，新編光陸離。有閒必展讀，竟曰不知疲。鉛槧半君友，賢仁盡我師。文明鳴盛世，獻頌擬安期。

旌邑教弟汪浩孟亭拜稿

戊寅冬底，公車途次，得讀新著近今詩話。獨開生面，經緯秩如，視他手摭拾前代陳言者，直不當一噱矣。亟繞道貴州，造訪未值。迨返寓，頃接手教，並賜全本，旋聆面譚，奚止撲去俗塵三斗。爰臨摹襄陽所拜石一朵報之，綴以小詩，敬請鈞正。

公採琳琅作家珍，開函朵朵生祥雲。中有尺書長跪讀，何以報之須碔砆。我本含山一拳之頑石，瘦骨無理髮無文。飢腸雷鳴鞭之走，餐風踏雪來河濱。聞公登壇大説法，半天顫落花紛紛。諸峰皆作兒孫拜，使我竊聽點頭頻。還有四十二件事，請公一一向我頭上畫指痕。

含山後學張開來引生呈稿

僕不工詩，又性疎懶，捧讀大集，實愜素心。僭仿遺山論詩體，率成十絶。録呈斧政，幸惠教焉。

擺脱恒蹊放眼寬，探奇撇却古衣冠。羨君腕底開生面，羅得珍珠集滿盤。

一番展卷一番新，肯把前賢壓後人。各有箇中真意味，花開何必定三春。

平奇濃淡本天成，珪璧方圓一任情。空際烟雲隨地起，水中波浪逐時生。集中詩格不一。

才子端應屬子才，清風朗月入詩懷。家常瑣屑都成料，信手拈來字字佳。

情到真時景亦真，口頭言語自鮮新。點蒼仙品何修到，本色風流最可人。集中多袁作。

蘭如方伯老詩翁，丰骨稜稜孰與同。漫説心腸如鐵石，偏于平淡得天工。

楊公風度更蹁躚，詩格東川又輞川。會擬一言生百媚，那知意在筆之先。集中多楊作。

共説詩家屬和難，人人拾取唾餘殘。而今始識真才子，叠韵重重興未闌。集中多步韵詩。

騷人忽寫意中思，怪怪奇奇衹自嬉。石破天驚勤縋鑿，問渠履險總如夷。集中有奇崛之作。
舉世何人識禰衡，胸中磊磊復明明。風懷雲譎兼波詭，聊假詼嘲寫不平。集中有調笑之作。

毘陵年愚弟蔣鴻漸鵲溪拜草

奉題芷江詩話續集

詞場各各樹旌旗，誰向騷壇整六師。獨具性情抒妙諦，別開生面見精思。百花釀蜜都成味，千錦裁雲不厭奇。四海才人如晤對，一編風雨鎮相隨。

同邑媚愚弟楊志信蘭如拜稿

書芷江詩話後

九天咳唾風生珠，海底直欲鈎珊瑚。搜才自古無人無，玉尺樓頭有女子。何况主持風雅稱通儒，平生得意亦偶耳，文章嗜好殊齟齬。先生天懷騁豪放，書城富積倉與厨。案頭新詩一千首，纍纍摘句編成圖。海内諸先達，風格垂金朱。藏家舊手澤，月旦留遺模。吁嗟乎！山林者流烟霞徒，羈人遷客各天隅。闈闥有名姝，又有緇衣羽士識字之小婢。負詩之老奴，零詞斷句寫慷慨，姓氏不傳荒榛蕪。縱有耆儒挂人口，遺藁剥落如斷壺。魯靈光殿韓陵石，詩城堅衛衆説郛。君房言語妙天下，一代大雅輪可扶。歐陽司馬既已遠，姜吴游陸亦拘迂。今人津津話詩者，不失太嚴即失誣。那有考槃在阿澗，解頤直達情區區。我本散人寄嘯傲，詎知不掩何瑕瑜。先生此編乃寶笈，霏來玉屑清言俱。尤幸群才列名字，粲花綴若錦繡鋪。宵供隱囊夕茗椀，夏揮羽扇冬圍爐。讀餘拍手欲叫絶，對此閣筆長囈吁。

同邑愚表弟關元煇德卿初稿

復題詩話漫成四律統希教政

三話何人冠古今，品詩難似入繁林。空山小鳥時傳語，流水孤琴舊賞音。萬斛珍珠才子傳，匹機錦繡美人心。文章海内多同調，幾卷長吟雜短吟。

風雅雄談動四筵，熙朝詩格又新編。讀書竟作山中相，覓句如求海上仙。無礙辨才非白馬，多情妙舌有青蓮。遥知辛苦雞窗夜，挑盡燈花細雨天。

天上文昌近北辰，珠遺滄海亦沉淪。拈將一指花皆色，添入三毫畫有神。當代風流鍾間氣，名山譚笑付才人。何時茅屋拚樽酒，開府參軍細與論。

百遍吟哦不肯休，持來珍重錦囊收。未刊遺稿酬阡隴，猶拓蠻箋寄益州。一詠偶陪修褉座，十年難下讀書樓。解頤曾説來匡鼎，頑石如今也點頭。卷中多先君子及愚昆季作。

俚句奉題詩話即請郢削

談詩幾輩任縱横，旗鼓紛紛孰主盟。不立專門收衆美，獨扛健筆發幽情。酸鹹以外尋真味，月旦于今有定評。爛熳百花開似錦，一經拂拭倍鮮明。

優游終日伴烟蘿，風雨流連足嘯歌。一代詞章勞點勘，六州文獻苦搜羅。才人傳世原非易，好語移情不厭多。入手莫辭千遍讀，頻揩醉眼爲摩挲。

吴淞寅愚弟顧承茂漁莊呈稿

年伯大人芷江詩話刊行小詩紀事

幾年辛苦費裁量，薈萃名篇貯錦囊。快意杏花紅一色紀遇，愴懷楊柳緑千行送别。香生南國佳人口閨秀，酒盡西園雅集觴讌集。遠勝西青成散紀，吟壇不數史梧岡。

陽湖年愚姪蔣邦蕃鳴軒百拜

芷江母舅大人詩話告成詩以志之

僂指詞壇證性靈，時賢秀發得新硎。百年風雅融成液，一霎珠璣集滿庭。大抵才人多落拓，可傳佳句半零星。老懷説法搜遺稿，枯骨沉埋欲唤醒。

同邑愚甥王履中禮門百拜草

寅伯大人芷江詩話刊行率填水調歌頭一闋以紀其盛

天下才幾斗，君獨網羅之。織出天孫雲錦，五色不迷離。我借梅花細嚼，想是文章機杼，吞吐許地有多絲。夢花生綵筆，酌水浣清思。　暢新歡，陪舊友，訴情癡。天機到處，月露風雲總是詩。
林泉臺閣，事有歡愉悲戚，甘苦自家知。如入山陰道，一步一驚奇。

寶山寅愚姪顧金簡小彦百拜

奉題芷江先生詩話即請教正

襄陽耆舊傳，昭明文選樓。不解干何事，珊瑚一網收。天與無花眼，不教迷五色。作家和選家，字字心窠血。

江州寅愚弟周起瑶韵柯初稿

讀竟詩話題詞戲成四絶

乾坤何莽莽，結習成孤往。欲尋天外天，姑作天邊想。
開卷不釋手，掩卷不停口。瀟洒笑華顛，妄期千載後。
古徽且遠攄，大雅輪可扶。笑他談陰騭，七級修浮屠。
兀坐形木雞，聳肩搜散失。羅列皆傳人，惜少傳神筆。

己卯閏月朔日放懷居士漫題

（嚴明點校）

蕅舲詩話

蒍舲詩話提要

《蒍舲詩話》一卷，據青島市圖書館藏稿本點校。撰者王瑋慶（一七八七—一八四二），字襲玉，一字藕唐，又作藕舲，山東諸城人。嘉慶十九年進士，授翰林院庶吉士，歷官至禮部、刑部、吏部右侍郎。此書無序跋，卷末數則中有記嘉慶十五年庚午在濟南事。論詩大抵主性情，而薄漁洋之不真。故頗許隨園，乃及於張船山夫婦詩。又喜李義山，爲「無題」詩張目，至謂「七律當法西崑」，全録滇南扶乩「陳圓圓」降壇詩七古一首、七律一首、七絶二十首，庶幾吴梅村《圓圓曲》之變體，又録其表兄《無題》八首，後半卷更多録閨秀詩，皆不外此旨也。

蕅舲詩話

琅琊山樵著

許彦周曰：「詩話者，辯句法、備古今、紀盛德、録異事、正訛誤也。若含譏諷、著過惡、誚紕繆者，皆所不取。」斯語可爲作詩話之圭臬。

漢魏之詩，閎博絶粗，下至六朝，亦華茂情兼，斷不可不熟讀。而韓退之謂「齊梁及陳隋，衆作等蟬噪」，此論余謂過當。謝元暉之奇章秀句，范元龍之清便宛轉，邱希範之點綴暎媚，江文通之體兼衆善，任彦昇之拓體淵雅，沈休文之縝密清怨，徐孝穆之風華綺錯，庾子山之俊逸清新，何可一舉而廢之？

七言古必有雄渾飛揚之勢，奇警排奡，始足以驚人，故當宗李杜。七言律必有纏綿斐惻之情，抑揚往復，始足以感人，故當法西崑。

嚴滄浪曰：「詩之法有五：曰體製，曰格力，曰氣象，曰興趣，曰音節。詩之品有九：曰高，曰古，曰深，曰遠，曰長，曰雄渾，曰飄逸，曰悲壯，曰凄婉。其用工有三：曰起結，曰句法，曰字眼。其大概有二：曰優游不迫，曰沉著痛快。詩之極致有一，曰入神。」夫入神者，任天籟之自然，發人情之極致，體物理之至趣。辟如畫工設色，形容曲肖；惠風入懷，感人彌深，其微妙可以意會而不可力求也。

詩有至當恰好處，氣高而不怒，力勁而不露，情多而不暗，才贍而不疏，寫景物而不著色象，運詞藻而不落言筌。

古人論詩，必本於情。蓋人生所處君臣、父子、夫婦、兄弟、朋友之倫，莫不有情。人而無情，可爲人乎？故詩，言情之至者，必篤於人倫者也。

或曰：「詩不可空言情也，必須敷以文藻，駢以典籍，始斐然可觀。」余曰：「此欲飾以虚詞矣。然則處君臣、父子、夫婦、兄弟、朋友之倫者，亦可以虚辭相周旋耶？」

或又曰：「詩第言情，詩可不讀書作矣。」余曰：「詩亦不可廢文，斷不可使文掩其情耳。必令讀者不知文生於情、情生於文，方爲得之。」

王戎曰：「聖人忘情，最下不及情。情之所鍾，正在我輩。」我輩作詩，何可抛却情字？

理賦於天，情具於人。善作詩者止乎理而不涉乎理，發乎情而不過乎情。

錢唐袁簡齋太史論王新城詩，謂「一代正宗才力薄」，誠確評也。然袁翁才力雖富，終不可爲一代正宗。近來譏之者曰「風流宗主」、「名教罪人」，亦是定論。

作詩與注書不同，注書者所以考據古人之成迹，作詩則以抒寫自己之性靈。若徒事摭實，競尚獺祭，適足汩没其性靈耳。袁簡齋有句云：「天涯有客大詅癡，錯把抄書當作詩。抄到鍾嶸《詩品》日，該他知道性靈時。」堪作一則箴銘。

杜詩無一字無來歷。余謂凡作詩者，不可使一字無來歷，尤不可使後之讀者得字字尋其來歷。

白香山樂府雖老嫗亦能解。凡作詩者，必使鄉塾小儒、閨門婦女聽其音即知其意，方足以動人，方足以感人。

詩不外情、景二字。情中有景，景中有情，方爲佳詩。作者奈何捨當前之情景，而抄已往之卷軸乎？

《古今詩話》云：「作詩用事，如水中著鹽，飲食乃知鹽味。杜少陵詩如『五更鼓角聲悲壯，三峽星河影動摇』，人徒見凌轢造化之工，不知乃用事也。《禰衡傳》：『《漁陽操》，聲悲壯。』《漢武故事》：『星辰影動摇。』東方朔謂『民勞之應』。則善用故事者，如繫風捕影，豈有迹耶？」《西清詩話》云：「梁蕭文奂善畫。於扇上圖山水，咫尺之内，便覺萬里爲遥。老杜云：『尤工遠勢古莫比，咫尺應須論萬里。』乍讀似非用事。」然則用事者亦當以不露痕迹爲妙。「百葉芙蓉，菡萏照水」，皎然之《詩式・品藻》也；「落花無言，人淡如菊」，司空之《詩品・典雅》也。得斯意者，便能藴氣味於書卷之中，超色相於書卷之外。

江北之風土純而厚，故其人爲詩，多深思沉鬱，而或失之粗；江南之風土清而秀，故其人爲詩，多綺麗新刻，而或失之薄。

山左詩人，國初最盛。萊陽宋荔裳琬，新城王西樵士禄、阮亭士正，淄川高葱佩珩，博山趙秋谷執信，安邱曹實菴貞吉，曲阜顔修來光敏，德州謝方山重輝、田山薑雯，此其最著者。德州盧雅雨選《山左詩鈔》，可爲山左詩學之大成。

諸城詩人亦復不少。丁野鶴耀亢《陸舫詩草》五卷、《椒邱詩》二卷、《江干草》一卷、《歸山草》一卷、

《聽山亭草》一卷。劉子羽翼明《鏡菴詩選》五卷。邱楚村石常《楚村詩集》六卷。邱慎清元武《柯村遺稿》八卷、《邱氏詩乘》一卷。李漁村澄中《卧象山房詩集》七卷。李遜卿讓中《秋畫齋詩集》一卷。徐若木田《栩野詩集》八卷。張溯西衍《漸山閣草》四卷。張同人侗《其樓詩集》、《酒中有所思詩》各一卷。家樸齋公鏌《破夢齋詩草》一卷，仲威公鉞《世德堂詩集》二卷，汝敬公沛思《經進詩文草》一卷，汝如公沛恂《匡山詩集》一卷，聖木公樫《松籟詩草》、《粤遊詩草》各一卷。他若高齊光璿、劉淡明壕、竇東皋光鼐、王木舟中孚，後先並起，競秀一時。

諸城自古閨秀絶少。惟宋趙明誠之妻李清照，自號易安居士，濟南李格非女。明誠少夢誦一書，覺憶三句云：「言與司合，安上已脱，芝芙草拔。」以告挺之。挺之曰：「汝當爲詞女之夫也。」清照博雅有雋才，爲詞家大宗。明誠在太學時，每朔望告謁出，質衣，取半千錢，步入相國寺，市碑文果實歸，相對咀嚼展玩。有持徐熙牡丹圖，求錢二十萬。留信宿，計無所得，卷還之。夫婦相向惋悵者數日。及連守兩郡，竭俸入以事鉛槧。每獲一書，即日勘校裝輯。得名畫彝器，亦摩玩舒卷，指摘疵病，盡一燭爲率。故紙札精緻，字畫全整，冠於諸家。每飯罷，坐歸來堂烹茶，指堆積書史，言某事在某書、某卷、第幾葉、第幾行，以中否勝負，爲飲茶先後。中則舉杯大笑，或至茶覆懷中，不得飲而起。著《易安居士集》七卷、《易安詞》六卷、《漱玉集》一卷、《打馬圖》一卷。今惟《漱玉集》行於世。其《聲聲慢》一詞尤婉妙，詞云：「尋尋覓覓，冷冷清清，凄凄慘慘戚戚。乍暖還寒時候，最難將息。三盃兩盞淡酒，怎敵他、晚來風急。雁過也，正傷心，却是舊時相識。滿地黄花堆積。憔悴損，如今有誰忺摘？

守著窗兒，獨自怎生得黑！梧桐更兼細雨，到黄昏、點點滴滴。這次第，怎千箇愁字了得！」或謂柳絮隨風、桃花逐水，易安蒙不潔之誚焉。盧雅雨駁之，誠是也。

讀李太白詩，如丹崖紫霞間手控仙轡；讀李長吉詩，如秋郊深林外耳聽鬼哭。

詩之有杜子美，猶文之有韓昌黎，俱砥柱中流者。

詩貴自然，不可矯揉造作。鼓刀爲雄，倚門爲艷，皆可卑也。膠州王無竟詩調淡雅，筆墨空靈。其《溪上》云：「水浸天光浄，吾心亦淡如。臨流忽得句，折草向沙書。」《石門寺同岩上人小遊》云：「何處尋春好，登臨野寺邊。浩然思太古，原是此山川。樹静嵐光徹，人幽慧性圓。看花題不盡，又渡一溪烟。」他若「泉聲深澗雨，月照滿山秋」，「春冷花如寐，人逢劍欲鳴」，「情淡人如菊，庭空月似霜」，「花前圍故友，燈下點殘評」，「鳥宿深林静，山空古殿寒」，「樓臺影浸花千畝，烟水晴歸鷺一洲」，「數畝白雲松徑滿，一天凉月竹庭幽」，字句不假藻飾，澹蕩中自饒神韵。

詩之最忌者一「庸」字。詩之至要者一「真」字。

凡作七古，必須如天馬行空、長鯨掣海，縱不可落一凡字。

王子猷曰：「昂昂若千里之駒，泛泛如水中之鳧。」此語得七言三昧。

王木舟太史十二歲即能舉禮經疑義十餘條，質於方望溪。兼能詩，好爲歌行大篇。嘗曰：「爲詩如作史，須兼才、學、識三者。日取風、花、雪、月數十字顛倒之，雖工，不足傳也。」《夜讀史記》云：「丈夫生不能伏闕請長纓，十萬銕衣西海行。安能埋頭文字裏，却與蠹魚結死生。十歲耽書若求寶，夜光亦滿珊瑚老。只今拋却不欲觀，雞催星斗春闌干。南中山水天下無，青天芙蓉削匡廬。天台四萬八千丈，杯水欲乾愁太湖。君不見龍門太史奇更奇，足跡幾遍天南陲。行路不難君莫笑，男兒何處無同調。」即此詩可以覘其氣概矣。庚辰會試第一，入翰林。辛江峰刻其《蓼溪詩略》二卷，惜增減未當也。

吾師莪原先生紳旦，木舟長子。自幼苦學。爲文幽微深邃，故終身不遇。詩亦有根柢。《落葉》云：「霜雪不歸華表鶴，風波獨上洞庭船。」「曲徑踏將新月碎，荒郊堆與暮雲平。」「彩筆罷題秋水渺，木魚纔動晚山空。」《曉行》云：「海立霞標支日脚，霜鏤石骨露山稜。」《旅次》云：「薄寒對酒人難醉，片月投林影不圓。」《送弟赴陝》云：「三晉雲山懸馬首，一天風雪絮征袍。」皆宏深排奡，上能繼其家學。

韓詩有「羞澀佯牽伴」，前人以謂摹盡小女子情態。余尤喜孟浩然《春怨》詩。云：「照水空自愛，折花將遺誰？」恰是女子待嫁景象，恰是待嫁思春景象，恰是思春而非淫邪景象。

毛檢討大可有小妻曼殊。大婦頗嚴，欲誘而嫁之。曼誓死不從，君子哀之。李漁村作《曼殊詩》，爲曼殊寫照云：「毛郎家計薄，四壁常蕭疏。既乏明月璫，又少大秦珠。更聞內子嚴，頗喜隔江湖。食貧二三載，兩情如斯須。何意大婦來，事變出不虞。舉家色慘悽，丞相謂曼殊：毛郎年遲暮，官貧徒區區。改圖便爾爲，作計莫太迂。曼殊一無語，淚落繡羅襦。賤妾薄禄相，誓必嫁通儒。一朝紉蒲葦，得與毛郎俱。不願明月璫，不願大秦珠。遲暮付天命，委身在勤劬。女子行事人，安能棄半途。丞相太息去，出門重嗟吁。」爲其大妻寫照云：「大婦延惡媪，妒忌非良謨。耳語互諾諾，老媪趍通衢。

始至相逼迫，還復相揶揄。貞妾何名義，此事古所無。郎意久異同，計事一何愚。曼殊大號咷，天乎我何辜。郎今負義信，慟哭聲嗚嗚。氣結腸欲斷，死生在須臾。」静女心情，獅吼行徑，摹寫俱肖。

司空《詩品》云：「采采流水，蓬蓬遠春。窈窕深谷，時見美人。」會此意者，詩必仙艷而非凡艷。詩有風趣，方可解頤。《東山》之篇曰：「其新孔嘉，其舊如之何？」姬公至聖，亦説趣語。

七夕渡河之説，固屬荒唐。然此等詩料斷不可少，何必膠柱而辨其真僞乎？故詩家皆賦之。王木舟《七夕雨中》云：「織罷天機飲罷牛，一年别恨一時休。争知人世無期别，幾箇相看到白頭？」「宵來又作雨紛紛，道是天孫淚點新。一語勸君君聽取，天涯多少盼歸人。」「解識從來會面稀，故應珍重隔年期。若教不隔明河水，那信人間有别離？」神韵宛然而情深矣。

陳六峰年伯廷慶與先伯芳圃公辛丑同年也。工詩。《咏簾鈎》云：「象箆麟毫製樣工，一規分約玉玲瓏。半垂闌檻春風裏，斜掛樓臺落日中。燕子穿迷珠乙乙，美人揭印屧弓弓。几番翡翠屏前望，曾長河映，畫舫彎環曲水流。好是珊瑚籠網底，横波偃影總夷猶。」「掩映紗窗了鳥紋，玉纖慣與致殷勤。掃眉彎近綺櫳。」「不應唤作釣詩鈎，也動新愁與舊愁。誤聽吴宫傳獻劍，若教漢苑試藏鬮。綺寮絡角搴回湘水波三折，卷上揚州月二分。翠羽自摇環佩入，麝香微度桂枝聞。内人斜憶勾留處，空擿屏山一片雲。」「草痕金屈上階初，風雨相關識卷舒。掛影忽來宜倒鳳，臨流不墮亦驚魚。燭房溺霧連行綴，鏡檻留雲一桁疏。何事銀牀冰簟外，瓊枝戍削更愁予。」後以二千石歸田，放跡江湖間。

地不親到，物不親見，説來便多錯訛。如蘇詩「試掃北臺看馬耳」，馬耳臺，南山也。注者以爲野菜名。宋荔裳《憶故鄉銀刀》云：「千載專諸留俠骨，至今匕箸尚飛霜。」銀刀，魚名。身長而皙，壯若銀刀。漁洋爲一名「八帶魚」。八帶魚，則身小而團，四圍如帶。二物大不相侔。覽之令人失笑。

天下之險莫過於秦中。秦中之險，又莫險於潼關。南倚終南，北臨大河，東西惟一綫相通。余十五歲過其地，有句云：「東西橐籥重門鏁，南北山河對面來。」

青州雲門山有大「壽」字在峭壁上，相傳雪簑道人所書。雪簑舉動譎怪，能譜一絃琴。《題陳摶詞》云：「野宿石牀類洞天，簑衣脱放海東邊。夜深熟睡白雲起，不管龍來榻下眠。」

辛酉冬，家大人于役滇南，緣途紀程，有《南行吟草》一卷。《早霧》云：「一帆迷白日，兩岸失青山。」《舟行》云：「山排同雁齒，水蹙似魚鱗。」《自漢口渡江》云：「浪平三尺湧，日淡一江寒。」《灘河》云：「纜從山半立，雪捲水波横。」《半坡塘》云：「馬行層嶂外，人度落花前。」《文山道中》云：「設榻聯牛棧，文牀近馬蹄。」《蜈蚣塘》云：「草深全礙路，石滑盡成苔。」《剥隘舟中》云：「山色歸篷外，灘聲聒夢中。」《武關》云：「山色嶔崎思漢主，水聲幽咽訴懷王。」《泊舟樊城》云：「爲政風流羊叔子，賦詩清曠孟襄陽。」《發漢口》云：「繞岸有村皆種竹，飛雲作霰自成花。」《拉邦坡》云：「瘴雨時從天際落，蠻烟故向馬蹄生。」《花貢道中》云：「螺髻有情知送客，岩花無主識迎人。」《老鷹岩》云：「著脚每從忙裏錯，保身須向敬中求。」《壽佛寺》云：「浮生變滅元非幻，鍊性長存却是真。」《登蛇山》云：「特壓滇池頭是黑，回拖蜀地尾全青。」《次洞庭湖》云：「花事闌珊三月半，櫓聲蕭颯一天秋。」《發廣南》云：「來時猶是秧針雨，去日全涼耳後風。庾信平生蕭瑟甚，可堪秋思在霜楓。」「鱸鱠江東思季鷹，天高寥泬春江且往曉寒凝。故園秋菊花應笑，飄泊雲山去未能。」《漫成》云：「得酒不妨一醉，有錢可買雙魚。佳耳，何必亟賦歸與。」「無勞鳩婦喚雨，且看燕兒隨風。送我自南自北，那知爲雌爲雄？」《見桃花》云：「瞥爾見紅粧，含情對夕陽。故園花發未，忽悟是他鄉。」《新塘》云：「連日濛濛雨，時逢梅子黄。關心農事晚，駐馬問栽秧。」越三載，銅差事竣，回秦中。

竹枝詞，本出巴渝。劉禹錫在沅湘，以俚歌鄙陋，乃依騷人《九歌》作辭九章，教里中兒歌之。其音協黄鐘羽末，如吴聲含思宛轉，有淇濮之艷。賈明府菊岩作《滇南竹枝》云：「碧雞山上日初生，金馬祠前雨正晴。小轎烏油簾影動，姊攜小妹踏清明。」「百千女伴鬥新妝，五十三參選佛場。不畏夜深風露冷，紅燈十里占頭香。」「小婦攜筐笠影圓，秧針畦畔水淪漣。堪憐兩足如霜白，也向桑陰去插田。」「臨風妖孃綴明璫，淡抹胭脂膩粉香。百襉紅裙生不用，斜拖三尺小羅裳。」「野花插鬢趁新涼，十五當壚新嫁娘。瞥見幾星紅雨落，櫻唇半啓唾檳榔。」「花鬘赤脚逐群來，紫袴斑斕五色裁。滿口喁予渾莫辨，偏宜一笑對人開。」讀之可想見滇南風景。

詩本於性情，故誦其詩即可知其人。詩能明爽者，其人必正直。詩能豪放者，其人必曠達。詩能淡遠者，其人必高雅。詩能俊逸者，其人必秀麗。

詩涉誇張者，其人必浮淺。詩涉險怪者，其人必乖僻。詩涉晦澀者，其人必隱闇。詩涉尖刻者，其人必嚚薄。吴修齡云：「詩中須有人在。」此語爲詩家要訣。

高密單萊鷗先生可玉，余岳丈也。工書法。幼學詩於李少鶴昆季。久宦中州，未得識面。曾寄余一扇，題《博山道中雜咏》云：「漠漠輕陰淡淡烟，溪橋如畫草芊綿。筍輿安穩前山去，一路春風響杜鵑。」「振衣飛上緑天樓，萬壑蒼茫宿霧收。我欲乘風問仙去，憑虚直到海東頭。」「路出靈岩第幾重，天風颯颯響春松。行人已在寒雲外，猶聽空山薄暮鐘。」

詩有比體，而諷刺或寓其中。莪原先生少時有句云：「蓮藏水底方成藕，香在枝頭未放梅。」上句刺新娶者，下句刺領鄉薦而未仕者。語傷尖刻，而終不失爲佳句。

單縣時筠石式玉，辛酉選拔。余之年家子也。辛未會於都中，年逾余一旬而執弟子禮甚恭。曾誦其《重游青原山》六首，中有「四圍松似帳，一路草如簑」、「水簾排澗立，山翠撲人生」、「曲徑平如掌，方池潤似油」等句，皆清淺穩雅。

余幼在塾，見先生案頭有二詩。其一《咏相思草》云：「懨懨情思春晝長，嬌酣無力着衣裳。玉枝界破櫻桃粒，檀口吹來蘭麝香。嫩笋倚腮低粉黛，輕烟飛枕罩鴛鴦。迷離引入陽台路，十二巫山夢楚王。」其一《咏凌波韈》云：「洛浦凌波小可憐，載將春思步花前。苔痕淺印一灣月，裙水輕摇兩辦蓮。紈扇撲螢應倒躲，鳳頭著露小俄延。尋芳倦後殘紅褪，款把雙鈎着意搴。」綺麗纏綿，不減前人「一灣暖玉凌波小，兩瓣秋蓮落地輕」之句矣。

詩套前人，作者間有。然須運化靈通，不可拘於迹象也。若白香山「襟上杭州舊酒痕」之句，而王阮亭易以「衣上明湖舊酒痕」，只更三字，便板滯，少飄洒之致。袁簡齋《揚州即事》云：「班班衣上香痕滿，都是揚州酒未消。」亦從此處脱胎，然運用無迹矣。

詩本性情，有不假學力者。雖牧豎、婦女，偶吟一二，即老宿亦莫能及。吾鄉牧童劉某能詩，然目前無直風景，便不能措一字。常於雨後見農翁築場，恨朝雨之連綿也，因成一句云「農翁築圃嫌朝雨」，數日不能對。一日牧牛河上，見漁人垂釣。言魚不上鈎，因無風也。遂對云：「漁子垂綸愛晚風。」真能曲體人情物理之至矣。

劉金門先生督學山左，余初出試即蒙其賞拔。嘗游大明湖，得句云：「四面荷花三面柳，一城山色半城湖。」鐵中丞治亭，書作對聯，懸於鐵公祠。

古人無題詩皆有寄托，不可統以艷詞目之。初南舟表兄有《無題》詩八首，俱用玉谿韵。其一云：「七香車子木蘭舟，風月雖佳命不猶。擔病怕逢三月暮，着衣難向五更留。滴殘蕉雨偏侵夜，飄盡梨雲已是秋。問取姚家孤燕子，幾時重上玉搔頭？」其二云：「西風吹夢冷桃笙，隙月飛光枕畔明。隔院呼人常錯應，後庭開鎖却潛驚。机中錦字傳書遠，鏡裏花枝比畫清。幾度欲抛抛不得，生來天縱與多情。」其三云：「卸頭無賴掩房櫳，虚製羅囊貯諾龍。茶到盡頭餘得苦，香將殘處突然濃。春花落更先秋葉，夜烏啼來接曙鐘。莫道蓬山無路到，夢中偷度兩三峰。」其四云：「石城艇子過長干，羅袖當風怯峭寒。妙手難撈潭底月，良緣不偶鏡中鸞。浣裙信爽嫌醫問，題帶詩成避母看。節物春厨空報喜，字婁如雪瀉銀盤。」其五云：「解趁韶光不解憐，輕紈追蝶過花田。纖眉宛宛長侵鬢，逋髮差差短蓋腐。齒印嚼殘龍鳳餅，瓜鋒兜迸琵琶絃。雛年有甚閑心事，貼翠粘紅夜未眠。」其六云：「烏頭馬角杳無期，銀蒜摇風鎮日垂。塞外書來惟雁影，窗前人到只梅枝。青天碧海難相見，渭樹江雲不是思。瘦盡腰肢拋盡淚，薄情知也未曾知。」其七云：「前程杳杳都難必，後會遥遥總是賒。麝火蘭釭陪短夢，玉簫金管替長嗟。鬻緣春淺啼還咽，柳爲風多舞易斜。檻内綱桃紅勝錦，冶游貪看路旁華。」其八云：「嘆罷惟應燕子聞，憂多難遣侍兒分。圓裁玉爪開蛟剪，横拔金釵撥麝熏。頰暈暖烘眉尾翠，鬢油香潤領頭雲。無聊偶向苔階立，十幅湘裙蕩水紋。」此庚申年作，下第後而兼悼亡也。

詩可以怨，以其怨而不怒也。方明府維翰《咏姑惡鳥》云：「林間喚姑惡，樓上蹙雙蛾。便是姑不惡，其如命薄何？」「今日妾作婦，他時妾作姑。作姑思作婦，惡意當何如？」「人人皆有姑，姑豈人人惡？妾自不如人，唯有勤操作。」三篇之意愈轉愈深。而一種哀艷之思，沁人心脾，感均頑艷。

又《即事》中二聯云：「筆驚鬼神供書券，思妙机雲但鑄愁。」才人不遇，千古同慨。

歐陽文忠曰：「詩原乎心者也。富貴愁怨，見於所處。如『紅錦地衣隨步皺，佳人舞徹金釵溜』，此富人詩也。『時挑野菜和根煮，旋斫生柴帶葉燒』，此貧人詩也。」甲子余年十八，肄業濼源書院。時中丞銕冶亭愛才育士，偶有吟咏，必令諸生和。猶記其游大明湖起四句云：「秋稼如雲數載無，蒼生真箇起泥塗。後天下樂余何敢，得一日閒且自娱。」儼然中丞氣象。

座主張南崧先生典試山左，力返清真。謁見時，自言在闈中校閲，不問晝夜。有句云：「自慙蠡勺臨溟漲，每對琴材惜燒痕。」又云：「焚香未必無多過，泣玉應添幾許痕。」宗匠憐才，苦心備露。

詞以神氣爲主，取韵者次也，鏤金錯綵其末耳。本朝士大夫詞筆風流，幾上追南唐、北宋。彭、王、鄒、董之後，安邱曹實菴貞吉特起並峙。所著《珂雪詞》婉麗纖媚，無一語無寄托也。

柳生敬亭以評話聞公卿。入都時，邀致接踵。一日過石林，許曰：「薄技必得諸君子贈言以不朽。」實菴首贈以《沁園春》詞二闋，云：「席帽單衫，繫缶嗚嗚，豈不快哉。况玉樹聲銷，低迷禾黍，梁園客散，清淺蓬萊。蕩子辭家，羈人遠戍，耐可逢場作戲來。掀髯笑，謂浮雲富貴，麴糵都埋。縱横四座嘲詼。歎歷落嶔崎是辨才。想黄鶴樓邊，旌旗半捲，青油幕下，罇俎常陪。江水空流，師兒安在，六代興亡無限哀。君休矣，且扶同古今，共此銜杯。」合淝尚書、顧安叔學士皆和之。敬亭名由此增重。

家樸齋方伯公所著《破夢齋詩草》，浩瀚雄渾，多類滄溟。余獨愛其《雪梅十咏》，用唐伯虎「花月體」，綺麗新奇，巧不傷雅，惜不能備載。後附《閨詞》四首，仍用前體，以「花」字押。其一云：「梅粧雪鈿出天家，雪臉梅裳玉一丫。行過雪邊梅褪影，問郎雪瘦比梅花。」其二云：「鐺烹雪水點梅茶，香透梅肌暎雪紗。渾是梅妃新浴雪，羞梅羞雪竝羞花。」其三云：「梅枝雪酒鼓輕撾，梅作輸籌雪不賒。起看紅梅暈素雪，月明雪裏醉梅花。」其四云：「君飄雪意梅無主，妾駐梅邊雪當家。梅嶺人傳三尺雪，雪箋何處寄梅花。」

莊君復旦，字卿珊。由召試入爲舍人。有詩名。家先伯芳圃公由部曹出守興安，莊君送以詩，云：「仙郎雅望重朝端，典郡行騰竹馬歡。名宦盡推新太守，壯遊合到古長安。曲江風景搴帷問，太華雲烟立馬看。此去雄關經子午，槐花猶未落秋闈。」「最難雁序並才華，官職科名聚一家。百里已成吴地錦，謂二伯春溪。一枝又折上林花。家大人是歲捷禮闈。家聲洵稱珠連樹，新澤尤欣鹿夾車。劇羡板輿迎到候，含飴喜有邵平瓜。」後莊君改官淮南，有「黄鶯啼爲辭宫爵，紅藥吟空負筆花」，「折腰始覺難爲吏，束髮私憐浪得名」之句，蓋自傷不遇也。詩有矢口吟成便爲佳句。他日繙閲籤帙，或在前人集中。余因得句云：「詩每無心襲舊句，文多奇處異前人。」

石菴劉文清公詩集多擬古作，格調和平，少深沉奇警之句。余愛其《遊仙》四首，云：「年年小苑種瓊花，散與龍宫作海霞。爲怕初平羊喫却，儘抛白石落金華。」「隊隊金庭試舞腰，鮫人新戲海中綃。夜涼不轉丹房寢，偷下瑶池弄玉簫。」「昨歲初來阿母家，雙鬟學插碧桃花。不知海上風波惡，笑蹋金鼇上鳳車。」「石室金庭久未開，玉書百軸秘生埃。洞門童子新相識，私借靈文數種回。」

張船山年伯問陶天才放逸。有詩云：「春風春雨耐春寒，閲盡塵勞夢轉安。冷暖宦情如榾柮，蕭閒詩味在闌干。酒香略許同心對，花好還宜慧眼看。笑謝南園雙蛺蝶，莫扇金粉上蒲團。」由御史迴避爲部曹，有句云：「官如詩草何妨改，身似曇花未解愁。」可想見其放達之槩。

夫人林韵徵名頎，居匀紅閣，亦能詩。嘗見其《題浄香居詩草與船山先生聯句》云：「清絶詩人配船山，逌然鸞鳳音。一空脂粉氣韵徵，獨證妙明心。點筆晨留畫船山，收絃夜倚琴。塵勞修浄業韵徵，鴻案對沉吟船山。」文福雙齊，誠佳偶也。

明崇禎間，石砫女官秦良玉帥師勤王。召見，策楊嗣昌、邵捷春必敗。御製詩旌之，云：「從此凌烟高閣上，功臣先畫美人圖。」船山先生《陳倉題壁十八首》内一首云：「婺也横行起禍胎，桃花馬上看春來。不遺巾幗先逢怒，欲决雌雄已自猜。黄鵠時翻貞女調，白蓮都爲美人開。請纓便是秦良玉，可惜征苗失此才。」語不甚莊，然亦憐才之意。

諸城李姓善扶乩，有《夏子降壇詩》，極狀麗。如《秋曉》云：「底事旅魂愁，清砧響未休。烟雲斂庭樹，星斗轉高樓。長笛一聲月，天涯萬里秋。餘園好風景，何處覓營邱？」《小酌》云：「夕陽已漸沉，風勢起長林。忽憶生前事，轉增感慨深。死豈酬聖主，官亦解勞心。搔首柴門外，烏啼緑樹陰。」尤工於叠韵，如「空亭人萬里，午夜燭雙燒」、「香緣長話爇，絮爲苦吟燒」、「花影藏春色，鳥聲碎客心」、「微風醒酒病，殘月静禪心」、「孤客天涯淚，良朋別後心」、「閒雲侵户冷，明月照窻深」、「野寺曉鐘歇，半城烟樹深」、「白雲天外散，青草望中深」、「客愁春共老，離緒醉同深」，皆高雅有唐人風趣。其七律如「野水空留千古恨，浮雲不盡百年愁」、「廿日酒樽邀夜月，一生詩思老清秋」、「愁破古今原是夢，醉來天地不曾秋」、「砧杵幾聲敲夜月，夢魂千里怯殘秋」、「愁埋地下黄金骨，賦就天家白玉樓」、「稻粱幾飯御蘆雁，雲路堪傳尺素書」、「曲徑香殘春寂寂，客亭人去月娟娟」，終不言其爲何如人。觀其「有懷回帝力，無計化民心」、「回首鄉關非故我，傷心不化彩雲歸」等句，其明末仕於諸而遇難者歟？

後又引一輕紅仙子降壇，自言姓雷氏，字焕娘，四川成都府人，隸仙籍已四百餘年矣。初降壇詩云：「來路偏逢九九秋，雲車飛度碧溪頭。餘園閒寫新詩句，又是人間一度遊。」《答半村主人》云：「紅塵小別幾經秋，家住清虚最上頭。昨日唤陪王母駕，瑶池已是七回遊。」「水晶宫闕浄如秋，鎮日黄庭寫案頭。九地洞天諸姊妹，輕紅第一樂清秋。」「秖住人間廿四秋，丹成飛上碧雲頭。芝丸靈碧新承賜，濁酒紅塵懶再遊。」「風光到處不成秋，寒雁高飛古渡頭。路轉丹山風更急，五銖衣冷爲重遊。」「乍到紅塵便覺秋，寒霜吹上玉搔頭。空亭聊酌人間酒，萬字香燒兩度遊。」「弱質畏寒不耐秋，青鸞已駐小齋頭。廣寒歸去乘明月，好共嫦娥話適遊。」《再到餘園》云：「近日兒居近上清，紙窗深處百花馨。情懷久與紅塵遠，一炷香消兩卷經。」「野航門對數峰青，庭樹花開到處馨。風靜筠篇春晝永，紫茸聞煮細談經。」詩有仙骨，不同夏子之詩帶鬼氣。

逆藩吴三桂歌姬陳圓圓，前明甲子之變爲賊所得。三桂聞之，乃走乞王師滅賊。吴梅村所謂「衝冠一怒爲紅顔」者，誅心也。厥後三桂以功往滇，圓圓隨之。未幾病死，墓瘞商山。滇南王鄭二生，善扶乩。圓圓降壇詩俱宛轉凄怨，纏綿幽咽，備録於左。其初次降筆云：「舊日繁華事未删，春來愁鎖兩眉灣。珠襦已分藏棺底，金盌猶能出世間。離合驚心悲畫角，興亡遺恨記紅顔。看他跋扈終何益，寶殿飄零翠瓦斑。」二次降筆：「落花芳逕夜還開，有約何妨首再回。小大隔籬空吠影，一鈎新月破雲來。」「東風輕拂海棠梢，香霧空濛濕絳綃。一縷游魂嬌欲化，倩誰紅袖夜相招？」「憶昔深藏田竇家，侯門歌舞艷如花。而今多作殘宵夢，隧道魚燈掩碧紗。」「英雄其奈太情多，戰鼓聲中奪翠蛾。莫怪當年吴祭酒，誚儂夫壻爲儂歌。」「春來纔聽鷓鴣啼，又見空梁燕燕泥。寒食飛花心事亂，任他斜日下樓西。」「芳草芊芊没故宫，夜深重過掖門東。踏青數試新羅襪，底樣新裁一瓣紅。」「素馨開遍舊時花，小雨飛紅映淺沙。蛺蝶倦尋芳徑宿，雙雙飛過玉鈎斜。」「花有幽香月有痕，夜臺春色更銷魂。尋詩不覺歸來晚，燐火熒熒照墓門。」「釵鈿空切舊承恩，金屋春深掩淚痕。做鬼有情天亦恕，任吹玉笛向黄昏。」三次降筆：「又是春三二月天，陌頭楊柳盡含烟。一坯荒塚斜陽晚，遍處青山泣杜鵑。」「珠箔銀屏手自開，鳳鞋紅印破蒼苔。難忘昨夜題詩處，重過仙家舊講臺。」「新詩臨徧薛濤箋，無限春愁秖自憐。花影一瓶香一榻，粧成小舞獨娙娟。」「爲怕春寒不捲簾，金爐香燼手重添。梨花院落溶溶月，夜夜清光照畫簷。」「蕩蕩春山烟爵濛，離離禾黍月明中。憑君欲話當年事，淚染胭脂辱井空。」又賦長歌自叙生平之大槩云：「我本吴門浣紗女，圓圓小字嬌白苧。自幼深閨秀出群，妝成多厭鉛華御。稍長舁藏貴戚家，珠圍翠繞擅歌舞。當時名譽動京華，能使王侯屢延佇。一朝蟻賊擾南枝，孩兒十八焚鐘虡。鼎湖龍已去深淵，萬里分封來蠻宇。碧雞山色映瑶窗，翠海波光環珠户。後宫倩麗盡如花，獨妾承恩嬌不語。星移物换彩雲收，傷心瘞玉歸黄土。環珮難從月夜歸，故園姊妹空愁予。」長歌恐有未盡，再申以六絶云：「嘆息滄桑易變遷，西郊風雨自年年。諸君弔我青山下，冷落何曾有墓田？」「盡將樽酒奠荒阡，點滴真難到九泉。赢得新詩傳絶域，一回含笑一淒然。」「爐烟一碧透窗紗，符使重迎油壁車。又是一番寒食節，落花飛絮正無涯。」「傷心黄土百年墳，新火遥從隔院分。冷落自甘還自惜，翠裙香燼手重薰。」「王君豪俠異凡庸，鄭子殷勤義氣鍾。肯爲夜臺人作賦，墨濃情篤感吴儂。」「鋃管新詩手自裁，多君珍重甚瓊瑰。夜深燭影摇紅處，應有啼粧襝衽來。」清才妙辭。其於三桂則微刺其跋扈何益，蓋猶有不忍斥言者。要其心跡，具見於此。採詩者可摘取，與飛瓊、彩鸞同傳於世。

詩有讖語。余庚午春夢賦悼花長歌，起四句云：「東風一夜珠簾透，烟愁露泫紅消瘦。階下殘花覆草深，匆匆人面倏非舊。」未幾，果有悼亡之痛。

先室單氏，號紉香，淑而慧，工詩。適余六載而亡，年二十五。余故有「二十五弦弦太促，空將錦瑟憶華年」之句。著有《碧香閣詩藁》一卷，余已付諸梓矣，勿庸再録。偶憶其遺事數條，記於左。

居室曰「碧香閣」。日與余攤書其中，香篆輕裊，花光滿院。墻外垂碧柳三株，綽約自紗窗窺人。紉香有句云：「緑窗紗映三株樹，繡閣香薰兩架書。」

筆墨之外即針黹，亦多韵事。在家時，有叔公車北上。繡《杏林春燕圖》，預爲上苑探花之祝。其弟爲鎴題以詩云：「春風淡沱日遲遲，薄粉輕紅漸滿枝。十里春堤花影外，翩翩雙燕恰來時。」

嘗製一詩囊，上綉並蒂蓮花以贈余。余題詩云：「君能解語如花樣，我有情絲似藕連。」後嫌語涉輕佻，改作：「雨後分紅雙臉潤，池邊不語兩心同。」

余赴鄉闈，綉蟾宫折桂佩囊以寄余。勸余保重讀書，所以望余者至矣。余悼亡詩故云：「蟾宫丹桂繡囊工，争奈蓬山隔萬重。對卧牛衣聽報罷，文章何處哭秋風？」

余多病。值余生日，又繡九如印譜一册以爲余壽。

夏日炎熱，揀素牋剪各色花様，羃窗櫺間紋之，細緻勝羅紗百倍矣。余故有句云：「窗櫺不借團紗羃，柳色遥分滿閣青。」

又製麥秸扇以拂暑，其叔次山有詩云：「鏤雲裁月厭繁華，麥秸亭亭勝碧紗。也似蒲葵稱雅絶，惠風拂處憶山家。」

冬大雪，搓雪作雪蓮燈。琉璃四照，萬點紅尖，恍似光明世界湧出千葉金蓮。立其間者，如坐寶華中。萊鷗岳丈故有「鏤冰刻玉一層層，雪裏青蓮見未曾」之句也。

潘安仁悼亡三章，字字神傷，不忍卒讀。若王新城之二十餘章，皆泛填虚詞耳。惟結句云「夢殘酒渴五更時」，領略者知爲真境也。王太史木舟有句云：「青山有分先埋骨，白髮無情不上頭。」讀之令人淚下。

袁簡齋銘金纖纖墓曰：「女子有三不祥：有才者不祥，兼貌者不祥，有才貌而所適與相當者尤不祥。」余曰：「更有一大不祥，幽静賢淑，天更使之不永於世。」富貴有命，死生有命，讀書亦有命。方先室未亡之時，互相唱酬以爲樂。因廣購名人詩集，方欲深求其藴。未幾而花落烟銷，卷帙飄零。余故有「螙齧香消銅篆燼，亂書堆向碧牙床」之歎。

李義山詩云：「古來才命兩相妨。」丈夫與女子皆然。隨園女弟子二十餘人，非早夭即早寡，才命全者只數人而已。造物妒才，理或有之。然余謂既妒之，何爲生之？故嘗有句云：「豈是懷才即見妒，此才未有何必生。」豈懷激之辭哉！

桐州沈飛霞名珮，工詩，著有《繡餘殘稿》。其七絶如《夜坐》云：「徘徊獨自倚闌干，寂寂簾櫳夜未闌。香冷玉爐深院静，風吹銀燭鏁窗寒。」「空階月色臨芳草，曲徑花陰護小欄。最是五更風裏恨，落紅無語暗香殘。」《新秋》云：「梧影參差映碧紗，小樓殘日欲生霞。簾垂莫礙歸巢燕，雨後還看落砌花。」「秋思漸侵香匣冷，月痕初上玉鈎斜。深閨寂静無聊處，悄步閒庭獨聽鴉。」七絶如《春閨》云：「纔罷新粧貼翠鈿，倚欄無語自堪憐。却嫌啼鳥牽愁住，戲折梅枝射杜鵑。」《秋夜》云：「繡户風輕玉簟秋，小欄人静月如鈎。莫教半夜聞吹笛，夢斷燈昏人倚樓。」《採蓮曲》云：「柳妬蛾眉葉妬裾，輕移畫槳步徐徐。背人偷向花深處，爲看雙雙比目魚。」工於琴，故《七夕染指》云：「明月凄清映碧紗，玉纖和露染晴霞。朝來試向冰絃裏，疑是春深舞落花。」年二十一而亡。

琴川席孺人養卿，名仲田，屈友叔焕發妻也。二十三而夭。著有《緑窗小咏》，詞頗清潤。《寄外》云：「寂寞粧樓獨倚，悶試茶甌無味。不見阮郎歸，簷雀朝朝報喜。何意？何意？添得離愁又幾？」《寄姊》云：「十五年來儔侣，江上片雲難駐。頻有錦書來，知我滿懷别緒。無語，無語，香管將情題句。」其姊名亦恒，後跋四六一首，悽婉流麗，才更勝於其妹。

浙東才媛潘虚白，名素心，石舟明府女也。隨其父官龍泉。小試童子，代閱詩詞，有句云：「莫以金釵輕玉筍，居然頭腦竟冬烘。」又云：「巾幗雖然知甲乙，可能獻賦似長楊？」真閨閣韵事。後適汪聽舫解元潤之。聞其秋榜第一，有詩云：「著得青袍穩稱身，馬蹄踏遍六街塵。樓頭士女簾齊捲，争認秋風第一人。」汪辛酉成進士，入翰林。

女子有才者所遇必不偶。虚白《七夕同聽舫陳花果分賦拈得藕字》有句云：「試看蓮心心獨苦，祇緣根本太玲瓏。」而虚白獨才福雙全。著有《不櫛吟》，多閨秀題詞。仁和金采江蓉題云：「少小蘭臺屬典墳，吟壇獨張鸛鵝軍。剪紅刻翠尋常事，詩史詩豪合讓君。」「承歡甘旨奉姑慈，井臼辛勤總自持。謝女才華班女則，顯名誰道必男兒。」錢塘陳秋穀長生題云：「幽蘭四座伴哦詩，黄絹争傳幼婦辭。只合水晶簾子下，細研薇露寫烏絲。」「東越群誇咏絮才，新詞百疊總清裁。教儂應接渾無暇，真箇山陰道上來。」「折桂名高到處聞，郎君早歲氣如雲。明年撤得金蓮燭，同咏霓裳有細君。」武進錢浣青孟鈿題云：「多少錦囊麗句，不減落霞孤鶩。曠代清才，輸他香閣，綵筆分將去。試聽謝家閒咏絮，恰在柳衙深處。看心既玲瓏，人應婉娩，待把黄金鑄。」余喜其詞綺麗芊綿，俱録於此。

余有劉石菴墨跡一册，皆和御製題金廷標仿女史陳書畫册之作也，後誌其緣起。陳書女史乃尚書錢陳群之母，侍郎汝誠之祖母。舊有畫册一本，尚書進御，蒙恩賜題。旋命院工金廷標摹作一册，復用前韵題之，以存内府，而歸其原畫於錢氏，榮世守也。卷内有尚書之父所題詩句，蒙恩以趙孟頫夫婦爲比，可爲千古之佳話。

閨閣中詩有絶不染脂粉氣者。金香甦宜人夢蘭工詩畫，善鼓琴，司馬米人之妻。其《寫懷》云：「元中境界存靈府，静裏工夫見化城。」詩通禪也。《與妹弈》云：「一局未完殘劫在，此中歧路誤人多。」詩悟道也。《詠白牡丹》曰：「富貴須知本色難。」則學者涵養，淡寧之候也。《題文竹石峰》曰：「那肯藏身萬緣中。」則君子持躬立品之端也。他若《和漱芳女史白桃花》云：「輕粧應入劉郎夢，薄命真離倩女魂。悟到色空寧有相，開時香澹欲無痕。」《送春步梅軒女史韵》云：「飛絮生涯隨逝水，落花消息問香塵。」《答瑶圃夫人》云：「消寒分韵情如舊，只有栽花却俸錢。」《和漱芳女史》云：「才高柳絮文成錦，品重梅花骨有香。半世賞音惟玉軫，十年佐政賸詩囊。」詩皆清空妙麗。有《浄香居詩草》。

山左閨秀不及江南。蓋南方之山川氣多清淑，北方之山川氣多粗豪也。即偶有一二成章者，亦多隱没不彰。

膠州高梅仙女史工詩，《嘲染指甲》云：「金盆盛曉露，争搗鳳仙花。纖指渾如玉，何須使有瑕。」

《松屋》云：「松樹蓋作屋，屋上碧如玉。中有讀書聲，聲聲生寒緑。」《間步》云：「深閨不覺梅凋盡，閒步橋頭春已生。夾岸桃花雙蛺蝶，對門楊柳小啼鶯。心從摩詰詩中悟，身在范寬畫裏行。學得前人輕折草，向沙書罷倩春評。」《送妹》云：「分韵題詩尚未就，蕭蕭車馬門前候。門外風寒不可當，與君携手出閨房。去去莫回顧，回顧生情緒。車聲軋軋人已遥，依門猶看夕陽樹。」他若「微風驚柳夢，細雨潤花魂」、「雪光迷野徑，日色下寒山」、「露滲桐消月，風皴水面天」、「蒲刀擎翠葉，荷筆吐紅尖」等句，亦皆新穎可愛。惜乎適非其偶，常咏敗砌中拾得真珠一顆云：「一顆明珠落砌圓，拾來映日彩光寒。可憐此地無人識，只作尋常魚目看。」婉而多諷矣。

梅仙之妹名月娟，詩亞於姊，亦綽有風致。《暮春晚眺》云：「人在暮春間，晚來心自閒。歸禽斜度日，古樹倒垂山。花徑因風掃，柴門帶月關。詩成猶未穩，留待阿姊删。」《懷姊》云：「新晴欲縱目，獨立小園東。楊柳拖烟翠，蓮花浸水紅。草深三徑雨，雲捲一天風。對景懷人切，遥知兩地同。」《偶成》云：「門抱一溪緑水，霜殘兩岸丹楓。不寫范寬畫裏，應題摩詰詩中。」《有感》云：「乍雨乍晴天氣，乍明乍滅秋螢。乍去乍來燕子，乍冷乍暖人情。」

碧秋女史高苑，張鼎元秀才調妻也。其《寄外》一絶云：「幾日歸來又別離，雲山咫尺暗魂癡。非緣妾意關楊柳，最苦思親獨坐時。」意真摯而詞清婉。

婦人有貌無才，猶花之有色無香也，終是一大憾。故婦人所貴者，一曰「德」，二曰「才」，三曰「貌」。

擇妻如擇友。故得一佳偶，朝夕談論，不惟有益於詩詞，並且有裨於禮義，如獲良友焉。若娶一目不識丁者，粗言俚語，如對一俗友，豈能終日？李箬亭有句云：「妻真益我三分俗，子又同余一樣癡。」

婦女出於世家，多嫻禮義。蓋其所見所聞者，多詩書之澤、廉耻之行也。袁子才云：「美人終竟大家多，非獨錦繡、粉黛能爲華麗之助而已。」

余入泮，年已十八。又七載喪偶，始得領鄉薦。故《聞報口號》云：「白首三生盟有待，青衫七載脱嫌遲」。

三代而上，雜體互出。晉宋以降，又有回文反覆寓憂思展轉之情，雙聲叠韵狀連駢嬉戲之態。郡縣、藥石名，六甲、八卦之屬，奇出不窮。梅仙女史《和御製閨怨韵限溪西雞齊啼内用一二三四五六七八九十百千萬兩雙半丈尺等字》云：「一去征人隔六溪，雙琴七尺掛墻西。半輪月冷三更夢，四處聲傳五夜雞。萬丈情同千里遠，十分恩並九天齊。嬌容二八今何在，百子池邊兩淚啼。」「萬丈情深水一溪，何無尺素到遼西。雙眉蹙損三春柳，兩地愁聞五夜雞。花發四時人易懶，腸回九曲夢難齊。百千離緒憑誰語，十二欄前暗自啼。」新工穩而無穿鑿之痕。

艷體詩自徐孝穆《玉臺新咏》後，有西崑體，有香奩體。本朝王次回有《疑雨集》，黄唐堂集唐爲《香屑集》，綺羅脂粉，芬芳艷麗。余素愛此體，然不敢多擬。有《春緒》一律云：「春緒如絲倦臉紅，倚闌偷盼畫墻東。海棠睡起初經雨，楊柳情多不耐風。銀蒜雙垂珠錯落，竹枝低亞玉玲瓏。隔窗聞放金釵響，十二巫峰憶夢中。」亦有識感發也。

李箬亭秀才過齊河橋頭旅舍，見壁上有美人圖一幅，號曰「瘦吟樓思藴」。詢其上人，乃一東昌郡名妓，工詞賦，絶非烟花者比。其詩云：「海棠紅瘦芙蓉老，緑窗眉黛無人掃。爲吟團箑感班姬，含毫頻嘆西風早。」「往事關情無復情，枕中幽夢尚分明。巡檐摘盡芭蕉葉，怕聽夜來秋雨聲。」後有楞嵓道人題詩四首，曰：「柳烟深巷翠垣斜，西向門闌第一家。不分此身藏螘穴，生增多口鬧蜂衙。丁香已結連枝蕊，荳蔻初開二月花。繡幕春寒燈似雪，青衫無淚泣琵琶。」「海棠風裏可憐宵，擁髻深閨坐寂寥。淚眼雙波成恨海，芳心一寸種愁苗。山非帶翠常如睡，花不聞香分外嬌。我是三生狂杜牧，竹西吹斷紫雲簫。」「欲從花底認真真，彷佛風前賦洛神。宫柳情多偏送别，幽蘭心冷不宜春。題牋倩捧紅絲硯，就抱剛回碧玉身。欲向卿卿低語問，意中誰是畫眉人？」「燕嬾鶯嬌上巳天，佩環聲隔落花烟。愁來恰與春潮滿，病起驚看海月圓。好種梧桐棲彩鳳，聊憑絲竹寫中年。尋芳幸隊游仙侣，爲譜香詞當聘錢。」風塵之中有如此佳麗，多情者何不拔於苦海也？劉明府詩麗官旋里，道經富莊驛。妓女玉淑風格清越，不類烟花者流。初猶强爲歡笑，比少與狎，則含情歛怨，戚戚然悲不自勝。疑而詰之，本書香女，家中落，爲匪人所鬻，遂失身。言之泣下。明府亦自傷淪落，贈詩三十首，題曰《對鏡寫生》。惜不能盡録，摘其尤佳者録之：「心曲憑君妙語傳，總非同病也相憐。殷勤别有關情處，細檢紅箋倍黯然。」「菱花相對賞孤芳，雅秀天成厭巧粧。人説崔盧門第好，雙雙媒妁日商量。」「獸爐烟暖試添香，解識春風意味長。自負自憐須自重，未容輕許嫁王昌。」「隔幔雙雙燕子飛，年年仍復送春歸。好風良月何時了，著破從前待嫁衣。」「良媒往返意何如，屢説佳期盡子虚。前歲阿姨曾嫁妹，來書曾得鳳凰雛。」「望斷朱門甲第高，誰家井臼待親操。玉顔不分爲身累，且學風流賽薛濤。」「淚向東風哭杜鵑，王孫芳草記年年。明知未了風流債，且抱琵琶上别船。」「王孫髣髴識芳容，此日何緣月下逢。認取舊鄰佳子弟，呼儂小字最憐儂。」「賞識風塵自古難，座中有客鎮相看。當年未遂成佳偶，此日含羞拜長官。」「紅裙翠袖謁朱門，永夕言歡色笑温。猶有鄉人不相識，道儂新嫁小王孫。」「强隨時派逞風流，斜抱雲和倚畫樓。畢竟宦家風格在，向人羞説要纏頭。」「風透疎簾月影篩，舞衣重换門腰肢。妾心已愧喬粧了，阿母猶嫌不合時。」通篇三復，如聞潯陽琵琶，令人濕盡青衫。

詩句中隱妓名，如「楊柳小蠻腰」等句皆是。庚午，余在濟南，有萊陽趙君即席口占二律，中有句云：「琴上絃音贏好鳥，釵頭蟬影戰輕紗。生非錦瑟非同調，不是金釵不上頭。」句句隱一妓名。又有蘭陵楊七書一對聯云：「寶劍不逢雷令尹，琴心解識馬相如。」二句隱一妓名。

狀元錢鶴灘福已歸田，有客言江都張妓動人，公速治裝訪之。既至，已屬鹽賈矣。公即日往叩，賈重其才名留飲。公就酒，語求見，賈出妓。衣裳縞素，皎若秋月。復令妓出白綾帕，請題新句。公即題云：「淡羅衫子淡羅裙，淡掃蛾眉淡點唇。可惜一身都是淡，如何嫁與賣鹽人？」余年少時有事類此，不能無詩，有句云：「青蛾皓齒怨生春，羅扇輕摇約素身。底是紅絲偶錯繫，淡粧人嫁賣鹽人。」事相似，故詩亦仿其詞。

嫁女擇富家，人情恒然。近來素嫻詩書之女，亦多嫁於商賈，實爲憾事。家蓉塘兄有句云：「阿母何曾能擇壻，玉顔輸於富家兒。」又云：「縱使才華能絶世，不如納粟却爲郎。」吾願選壻者，紗縵横窗，任其紅絲自繫，勿貪戀富家兒，爲天地造難補之缺陷也。

魚玄機《寄鄰女》云：「易求無價寶，難得有心郎。」此亦勸人當擇佳壻，勿徒貪無價之寶乎？

卓王孫係臨邛巨富，爲女擇壻必亦擇一富家翁始相匹配，則文君始嫁之夫定是程、鄭之流，其富與卓氏等者。乃相如琴心一挑，而文君遽舍臣萬之富，而隨四壁徒立之貧士而奔，此豈「見金夫，不有躬」者所能哉。余故有詩云：「文君嬌長卓王孫，選壻臨邛定富門。解識琴心彈別調，罏頭貰酒鷫裘温。」

詩有興、比、賦三體。一章之中，先後互異，始有虚實變化之妙。余《却媒詩》中有句云：「娜婀園中李，花滿珊瑚株。整冠轉避嫌，春風任吹嘘。翩翩袁氏妹，金翠耀纖軀。腕繞雙跳脱，耳垂大秦珠。要我白玉佩，結我青霞裾。新人雖言好，未若故人姝。」一比而一賦也。

（姚蓉點校）

滄浪詩話補注

滄浪詩話補注提要

《滄浪詩話補注》一卷，據嘉慶間東武王氏蕉葉山房刊本點校。撰者王瑋慶，生平見《蕅舲詩話》提要。卷首有嘉慶二十四年自序。乃取嚴羽《詩體》一篇，略作案語，補他家相關之說於各體之下，所取除「八病」一則稍詳外，餘皆寥寥，無甚可觀也。

序

余少時喜讀《滄浪詩話》，而尤愛其「詩體」一則，謂其包括衆有、牢籠百家，誠論詩者之星宿海矣。既，復蒐輯諸家詩説、詩評，取其與此書相發明者，遂即簽出，鈔録成帙。己卯冬杪封篆後，公吏稍暇，偶繙舊篋，删其舛駁，汰其瑣屑，存四十餘條，以申滄浪之説，而兼補其原注所未詳，或可啓初學畲徑。而覞脛之續，知未免貽笑大疋耳。除夕前一日，薖唐氏自識於京邸之序。

滄浪詩話補注

宋嚴羽儀卿著　溝唐王瑋慶

詩體

《風》《雅》《頌》既亡，一變而爲《離騷》，再變而爲西漢五言，三變而爲歌行雜體，四變而爲沈宋律詩。五言起於李陵、蘇武。或云枚乘。○案：始於李陵、蘇武河梁之吟。七言起於漢武柏梁。○案：楚狂《接輿歌》、甯戚《飯牛歌》、項羽《垓下歌》、漢武《大風歌》，皆七言之濫觴矣。四言起於漢楚王傅韋孟。六言起於漢司農谷永。○案：《文選注》引董仲舒《琴歌》二句，亦六言也。則任昉云始於谷永，又不足據。三言起於晉夏侯湛。九言起於高貴鄉公。

以時而論，則有建安體、漢末年號。曹子建及鄴中七子之詩。○案：七子：魯國孔融、廣陵陳琳、山陽王粲、北海徐幹、陳留阮瑀、汝南應瑒、東平劉楨。黄初體、魏年號，與建安相接。其體一也。正始體、魏年號。嵇阮諸公之詩。太康體、晉年號。左思、潘岳、二張、二陸諸公之詩。元嘉體、宋年號。顔、鮑、謝諸公之詩。永明體、齊年號。齊諸公之詩。齊梁體、通兩朝而言之。南北朝體、通魏、周而言之，與齊梁體一也。唐初體、唐初猶襲陳、隋之體。○案：儀卿及明高棅分爲四唐：武德至太極爲初唐，開元至大曆爲盛唐，建中至長慶爲中唐，實曆至天祐爲晚唐。盛唐體、景雲以後開元、天寶諸公之詩。大曆體、大曆十才子之詩。○案：十才子：盧綸、錢起、郎士元、司空曙、李端、李益、苗發、皇甫曾、耿湋、李嘉祐。又曰：吉頊、夏侯審、崔峒。或云：錢起、盧綸、司空曙、皇甫曾、李嘉祐、吉中孚、苗發、郎士元、李益、耿湋、李端。元和體、元白諸公。晚唐體、本朝體、通前後而言之。元祐體、蘇、黄、陳諸公。江西宗派體、山谷爲之宗。○案：吕紫微作《江西宗派》，自山谷而下凡二十六人。内三(二)人袁(何)顒、潘仲達大觀有姓名而無詩。詩存者凡二十四家云云。其次第則首山谷，次后山，韓子蒼，徐師川，潘邠老，三洪龜父、駒父、玉父，夏均父，二謝無逸、幼槃，二林子仁、子來，晁叔用，汪信民，李商老，三僧如壁即饒德操，祖可，善權，高子勉，江子之，李希聲，楊信祖，吕紫微，合山谷爲二十四人。

以人而論，則有蘇李體、李陵、蘇武也。曹劉體、子建、公幹也。陶體、淵明。謝體、靈運。徐庾體、徐陵、庾信。沈宋體、佺期、之問。陳拾遺體、陳子昂也。王楊盧駱體、王勃、楊炯、盧照鄰、駱賓王。○案：四公號唐初四傑。○又有上官體，上官儀工詩，傚之者稱此體。張曲江體、始興文獻公九齡也。少陵體、太白體、高達夫體、高常侍適也。孟浩然體、岑嘉州體、岑參也。王右丞體、王維也。韋蘇州體、韋應物也。韓昌黎體、柳子厚體、韋柳體、蘇州與儀曹合言之。李長吉體、李商隱體、即西崑體也。盧仝體、白樂天體、元白體、微之、樂天，其體一也。杜牧之體、張籍王建體、謂樂府之體同也。賈浪仙體、孟東野體、杜荀鶴體、東坡體、山谷體、后山體后山本學杜，其語似之者但數篇。他或似而不全。又其他則本其自體耳。王荆公體、公絶句最高，其得意處高出蘇、黄、陳之上，而與唐人尚隔一關。邵康節體、陳簡齋體、陳去非與義也。亦江西之派而小異。楊誠齋體。其初學半山、后山，最後亦學絶句於唐人，已而盡棄諸家之體而別出機杼，蓋其自序如此也。又有所謂選體、選詩時代不同，體製隨異。今人例謂五言古詩爲選體，非也。柏梁體、漢武帝與群臣共賦七言，每句用韻，後人謂此體爲「柏梁體」。玉臺體、《玉臺集》乃徐陵所序，漢魏六朝之詩皆有之，或者但謂纖艷者爲玉臺體，其實則不然。○案：唐天寶間李康成著《玉臺後集》。西崑體、即李商隱體。然兼温庭筠及本朝楊劉諸公而名之也。○案：楊大年，名億。錢文僖，名惟演。晏元獻，名殊。劉子儀，名筠。諸公爲「西崑體」，推尚温庭筠、李商隱、段成式爲「西崑三十六」，以三人各行十六也。唐彦謙、曹唐輩佐之。香奩體、韓偓之詩，皆裾裙脂粉之語，有《香奩集》。宫體、梁簡文傷於輕靡，時號「宫體」。其他體製尚或不一，然大槩不出此耳。有古詩、有近體、即律詩也。○案：五言律始於沈約《八詠》。七言律原於沈君攸七言儷句。排律原於顔謝諸人，唐始專此體。有絶句、○案：絶句者，一句一絶也。起於「春水滿泗澤，夏雲多奇峰。秋月揚明輝，冬嶺秀孤松」。或以爲淵明詩，非也。有雜言、有三五七言、自三字而終以七言，隋鄭世翼有此詩。○案：太白詩：「秋風清，秋月明。落葉聚還散，寒鴉棲復驚。相思相見知何日？此時此夜難爲情。即此體也。」有半五六言、晉傅玄《鴻雁生塞北》之篇是也。有一字至七字、唐張南史《雪》、《月》、《花》、《草》等篇是也。又隋人應詔有三十字，凡三句七言，一句九言，不足爲法，故不列於此也。有三句之歌、高祖《大風歌》是也。古《華山畿》二十五首，多三句之詞，其他古人詩多如此者。有兩句之歌、荆卿《易水歌》是也。又古詩有《青驄白馬》、《共戲樂》、《女兒子》之類，皆兩句之詞也。有一句之歌、《漢書》「枹鼓不鳴董少平」，一句之歌也。又漢童謡「千乘萬騎上北邙」，梁童謡「青絲白馬壽陽來」，皆一句也。有口號、或四句，或八句。有歌行、古有《鞠歌行》、《放歌行》、《長歌行》、《短歌行》。又有單以「歌」名者、「行」名者，不可枚述。有樂府、漢成帝定郊祀立樂府，採齊、楚、趙、魏之聲以入樂府，以其音詞可被於絃歌也。樂府俱備衆體，兼統衆名也。○案：樂府數句後則曰「一解」，又數句曰「二解」，蓋即古人之一段，義終則於瑟上解一柱馬也。其體則郭茂倩《樂府》備矣。有楚詞、屈原以下倣楚詞者，皆謂之楚詞。有琴操、古有《水仙操》，辛德源所作。《别鶴操》，高陵牧子所作。有謡、沈炯有《獨酌謡》，王昌齡有《箜篌謡》，穆天子之傳有《白雲謡》也。曰吟、古詞有《隴頭吟》。孔明有《梁父吟》。相如有《白頭吟》。曰詞、《選》有漢武《秋風詞》。樂府有《木蘭詞》。曰引、古曲有《霹靂引》、《走馬引》、《飛龍引》。曰詠、《選》有《五君詠》。唐儲光羲有《群鴻詠》。曰曲、古有《大堤曲》。梁簡文有《烏棲曲》。曰篇、《選》有《名都篇》、《京洛篇》、《白馬篇》。曰唱、魏武帝有《氣出唱》。曰弄、古樂府有《江南弄》。曰長調、曰短調、有四聲、○案：周顒作《四聲切韵》。沈約撰《四聲譜》。有八病。四聲設於周顒，八病嚴於沈約。八病謂平頭、上尾、蜂腰、鶴膝、大韵、小韵、旁紐、正紐之辯。作詩正不必拘此，蔽法不足據也。○案：平頭者，前句上二字與後句上二字同聲，如古詩：「今日良宴會，歡樂難具陳。」「日」、「樂」同聲，是平頭也。又如：「朝雲晦初景，丹池晚飛雪。飄披聚還散，吹揚凝其威。」四句上二字皆平聲，是平頭也。又如周王褒詩：「高箱照雲母，壯馬飾當顱。單衣火浣布，利劍水精珠。」四句疊用四物而每物各用一虛一實，字面亦平頭也。又如杜摯詩：「伊摯爲媵臣，吕望身操竿。夷吾困商販，甯戚對牛歎。」疊引古人，皆在句首，亦平頭也。上尾者，上句尾字與下句尾字俱用平聲。雖韵異而聲則同，是犯上尾。如古詩：「西北有高樓，上與浮雲齊。」「樓」與「齊」皆平聲也。又一句尾字與三句尾字連用同聲，是亦上尾。如古詩「客從遠方來」及「上有長相思」，「來」、「思」皆平聲。又如「新製齊紈素」及「裁爲合歡扇」，「素」、「扇」皆去聲，亦犯上尾矣。其在七律如杜詩「春酒杯濃琥珀薄」與「誤疑茅堂入江麓」，同係入聲；王維詩「新豐樹裏行人度」與「聞道甘泉能獻賦」，去聲同韵，皆犯上尾也。又如杜詩：「西望瑶池降王母，東來紫氣滿函關。雲移雉尾開宫扇，日繞龍鱗識聖顔。」「王母」、「函關」、「宫扇」、「聖顔」俱在句尾，未免叠足，亦犯上尾也。蜂腰、鶴膝者，蓋出於雙聲之變。若五字首尾皆濁音，中一字獨清，則兩頭大而中間小，即爲蜂腰。若五字首尾皆清，音中一字獨濁，則兩頭細而中間粗，即爲鶴膝。如張衡詩「邂逅承際會」，是以濁夾清，爲蜂腰也。如傅元詩「徽音冠青雲」，是以清夾濁，爲鶴膝也。大韵者，如「微」、「暉」同韵，上句第一字不得與下句第五字相犯。阮籍詩「微風吹羅袂，明月揚清輝」是也。小韵者，如「清」、「明」同韵，上句第四字不得與下句第一字相犯。阮籍詩「薄帷鑒明月，清風吹我襟」是也。正紐者，如「溪」、「起」、「憩」三字爲一紐，上句有「溪」字，下句再用「憩」字。庾闡詩「朝濟清溪岸，夕憩五龍泉」是正紐也。旁紐者，如「長」、「梁」同韵，

「長」上聲爲「丈」，上句首用「丈」字，下句首用「粱」字，是亦相犯。詩云：「丈夫且安坐，粱塵將欲起。」此旁紐也。雙聲、叠韵者，「互」、「護」爲雙聲，「礅」、「碻」爲叠韵。「互」、「護」同爲唇音，而二字不同韵，曰雙聲。「礅」、「碻」同爲牙音，而二字又同韵，曰叠韵。如李群玉詩：「方穿詰曲崎嶇路，又聽鉤輈格磔聲。」「詰曲」、「崎嶇」乃雙聲也。「鉤輈」、「格磔」乃叠韵也。余謂此説學者不可不知，而斷不可泥。僧皎然謂其使「後人天機不高，風雅殆盡」之論，誠然。

又有以嘆名者、古詞有《楚妃嘆》、《明君嘆》。以愁名者、《文選》有《四愁》。樂府有《獨處愁》。以哀名者、《選》有《七哀》。少陵有《八哀》。以怨名者、古詞有《寒夜怨》、《玉階怨》。以思名者、太白有《静夜思》。以樂名者、齊武帝有《估客樂》。宋臧質有《石城樂》。以別名者、子美有《無家別》、《垂老別》、《新婚別》。有全篇雙聲叠韵者、東坡「經」字韵詩是也。有全篇字皆平聲者、天隨子《夏日》詩四十字皆是平。又有一句全平、一句全仄者。有全篇字皆仄聲者、梅聖俞「酌酒與婦飲」之詩是也。有律詩上下句雙用韵者、第一句，第三、五、七句，押一仄韵；第二句，第四、六、八句，押一平韵者。唐章碣有此體。不足爲法，謾列於此，以備其體耳。又有四句平入之體，四句仄入之體，無關詩道，今皆不取。有轆轤韵者、雙出雙入。○案：轆轤韵格有單轆轤者，單出單入，兩句一換韵也；雙轆轤者，雙出雙入，四句一換韵也。○又有葫蘆韵者，先二後四也。有進退韵者、一進一退。○案：進退者，兩韵並用，一前一後也。如李師中詩：「孤忠自許衆不與，獨立敢言人所難。去國一身輕似葉，高名千古重於山。並游英俊顔何厚，未死姦諛骨已寒。天爲吾君扶社稷，肯教夫子不生還？」案：「難」字在十四寒而「山」字在十五删，「寒」字在十四寒而「還」字又在十五删，此一進一退也，不知者謂落韵矣。有古詩一韵兩用者、《文選》曹子建《美女篇》有兩「難」字。謝康樂《述祖德》詩有兩「人」字。後多有之。有古詩一韵三用者、《文選》任彦昇《哭范僕射》詩三用「情」字也。有古詩三韵六七用者、《古焦仲卿妻》詩是也。有古詩重用二十許韻者、《焦仲卿妻》詩是也。有古詩旁取六七許韻者、韓退之「此日足可惜」篇是也。凡雜用東、冬、江、陽、庚、青六韻。歐陽公謂退之遇寬韻則故旁入他韻，非也。此乃用古韻耳，於集韻自見之。有古詩全不押韻者、古《採蓮曲》是也。有律詩至百五十韻者、少陵有古韻律詩，白樂天亦有之，而本朝王黄州有百五十韻五言律。有律詩止三韻、唐人有六句五言律，如李益詩「漢家今上郡，秦塞古長城。有日雲常慘，無風沙自驚。當今天子聖，不戰四方平」是也。有律詩徹首尾對者、少陵多此體，不可槩舉。有律詩徹首尾不對者、盛唐諸公有此體，如孟浩然詩：「掛席東南望，青山水國遥。舳艫争利涉，來往接風潮。問我今何適，天台訪石橋。坐看霞色晚，疑是赤城標。」又「水國無邊際」之篇，又太白「牛渚西江夜」之篇，皆文從字順，音韻鏗鏘，八句皆無對偶。有後章字接前章者、曹子建《贈白馬王彪》之詩是也。有四句通義者、如少陵「神女峰娟妙，昭君宅有無。曲留明怨惜，夢盡失歡娱」是也。有絶句折腰者、○案：謂中失粘而意不斷，如王維「渭城朝雨裛輕塵」一首是也。○又有折句，六一居士詩「静愛竹時來野寺，獨尋春偶過溪橋」，盧贊元詩「想行客過梅橋滑，免老農憂麥隴乾」之句是也。有八句折腰者、有擬古、有連句、有集句、○案：始于石曼卿，而王文公益工于此。有分題、古人分題或各賦一物，如云「送某人分題得某物」也。或曰「探題」。有分韻、有用韻、有和韻、○案：和韻有三體：一曰依韻，謂同在一韻中，不必用其字也；二曰次韻，謂和其原韻而先後次第皆用之也；三曰用韻，謂用其韻而先後不必次也。有借韻、如押四支韻，可借八微或十二齊韻是也。有協韻、《楚詞》及《選》詩多用協韻。○案：今人協韻，即古人之本音，如「毋」讀「牟」、「馬」讀「姥」、「京」讀「疆」、「旛」讀「偪」，悉本人聲之自然也。○有叠韻，如温飛卿「廢砌翳薜荔，枯湖無菰蒲」之詩是也。○有平頭换韻法，一韻七句方换韻，又是平聲，其法不得雙殺。如東坡《太白贊》是也。○有促句换韻法，三句一换韻，三叠而止，如魯直《觀伯時畫馬》詩是也。有今韻、有古韻、如退之《此日足可惜》詩用古韻也。蓋《選》詩多如此。有古律、陳子昂及盛唐諸公多此體。有今律、有頷聯、有頸聯、有發端、有落句、結句也。有十字對、劉春虛「滄浪千萬里，日落一孤舟」。有十字句、常建「曲徑通幽處，禪房花木深」等是也。有十四字對、劉長卿「江客不堪頻北望，塞鴻何事又南飛」是也。有十四字句、崔顥「黄鶴一去不復返，白雲千載空悠悠」，又太白「鸚鵡西飛隴山去，芳洲之樹何青青」是也。有扇對、又謂之隔句對。如鄭都官「昔年共照松溪影，松折碑荒僧已無。今日還思錦城事，雪銷花謝夢何如」是也。蓋以第一句對第三句，第二句對第四句。○案：律詩首四句扇對，五六以下如律者居多，又有中聯扇對，及首尾中聯俱扇對者。有借對、孟浩然「厨人具鷄黍，稚子摘楊梅」，太白「水春雲母碓，風掃石楠花」，少陵「竹葉於人既無分，菊花從此不須開」是也。○案：「鷄黍」對「楊梅」，以「楊」作「羊」也。又如「根非生下土，葉不墜秋風」，「下」作「夏」，對「秋」字。「子雲清自守，今日起爲官」，以「雲」對「日」也。有就句對。又曰當句有對。如少陵「小院迴廊春寂寂，浴鳧飛鷺晚悠悠」，李嘉祐「孤雲獨鳥川光暮，萬井千山海氣秋」是也。前輩於文亦多此體，如王勃「龍光射牛斗之墟，徐孺下陳蕃之榻」，乃就句對也。○案：有蹉對法，亦曰交股對，如「春殘葉密花枝少，睡起茶多酒盞疎」，以「多」對「少」、「密」對「疎」也。○有離對法，如「繡羽銜花他自得，紅顔騎竹我無緣」，「繡羽」本鳥，却以人對也。○有巧對法，如「關塞極天唯鳥道，江湖滿地一漁翁」，以「天」對「地」、「鳥」對「漁」也。

論雜體則有風人、上句述其語，下句釋其義。如古《子夜歌》、《續曲歌》之類則多用此體。藁砧、古樂府：「藁砧今何在？山上復安山。何當大刀頭，破鏡飛上天。」僻辭、隱語也。五雜俎、見樂府。兩頭纖纖、亦見樂府。盤中、《玉臺集》有此詩，蘇伯玉妻作。寫之盤中，屈曲成文也。迴文、起於竇滔之妻織錦以寄其夫也。○案：迴文，倒讀亦成文也。蘇玉局《題金山寺》詩即此體。反覆、舉一字而誦皆成句，無不押韵，反覆成文也。李公詩格有此二十一字詩。離合、字相拆合成文，孔融「漁父屈節」之詩是也。○案：孔融詩二十四句，每章四句，離合一字。如首章云：「漁父屈節，水潛匿方。與時進止，出寺弛張。」第一句「漁」字，第二句「水」字，漁犯水，而去水則存者爲「魚」。第三句有「時」字，第四句有「寺」字，時犯寺，而去寺則存者爲「日」。離「魚」與「日」而合之則爲「魯」字。下四章倣此。古人好奇之過也。雖不關詩道之重輕，其體製亦古。至如建除、鮑明遠有《建除》詩，每句首冠以「建」、「除」、「平」、「滿」等字。其詩雖佳，蓋鮑本工詩，非因建除之體而佳也。字謎、人名、○案：以古人姓名藏句中，如權德輿「藩宣秉戎寄，衡石崇勢位」一篇，及王荆公「莫嫌柳渾青，終恨李太白」之句是也。卦名、○案：以卦名對也。數名、○案：以數目對也。藥名、○案：藥名隱於詩中，如「四海無遠志，一溪甘遂心」，「遠志」、「甘遂」，二藥名也。○又有禽言，如「喚起窗全曙，催歸日未西」，「喚起」、「催歸」，二禽名也。及梅聖俞「泥滑滑，苦竹岡」之句皆是也。州名之詩只成戲論，不足爲法也。

又有六甲、十屬之類，及藏頭、歇後等體，今皆削之。近世有李公《詩格》，泛而不備；惠洪《天厨禁臠》，最爲誤人。今此卷有旁參二書者，蓋其是處不可易也。

（姚蓉點校）

青溪風雨録

青溪風雨録提要

《青溪風雨録》二卷，據嘉慶己卯一枝山房刊本點校。撰者雪樵居士，未詳何人。卷内記其冶游行跡，與平康校書贈答，屢有「不是劉郎是阮郎」、「劉郎重到鬢添霜」等句，「阮郎」乃其友人阮醒石，故其人或劉姓。書中屢有「嘉慶初」、「丙子人日」、「丁丑夏五之四日」、「戊寅春初」等紀年，最晚爲「己卯春仲」，即刊刻之年也。青溪即指秦淮，全書記與秦淮衆歌妓之交往，並無輕侮之態，且不止於憐香惜玉，兼能著其清懷潔志，如不出「某姬」之名而從其「安民之請」之類。及嘉慶十六年秦淮逐妓一事，諸妓流離，粉黛失色，作者多有撫慰之舉，吟咏亦細。全書每則皆録詩，詩皆爲七律、七絶，於此可見七言近體紀事道情之便捷，此時人運用之嫻熟，佳不佳則無論矣。清初以來咏秦淮聲色之名篇，無過於杜于皇之《秦淮燈船鼓吹歌》七古長篇，袁簡齋之故園小倉山房亦近在咫尺，自皆有詩道及，此亦其近雅者也。

竇持菴書

蟬嘒桐陰，鷺鬣荷翠，凭欄凝睇，若有所思。而瑶函適至，並寄《青溪風雨録》一册。焚香煮茗，朗誦微吟，如行山陰道上，應接不暇。彌月以來，無此快也。徐藏山與陳伯璣書云：「天部所轄數種，雨最無情，使人冷落凄清。與花相妒，與月爲仇。與離人遷客爲惡緣，與竹杖奚囊爲敵國。我輩韶光，强半負此，若天路可梯，當霄愬上帝，一意晴和，永遣此物。」今足下於風摇檐鐸、雨濕簾旌之際，藉筆墨以消閒愁，且十二金釵，恍勸盡尊中酒緑。廿五雲和，直聽到江上峰青。其曠懷逸致，視怨雨僽風之士，不居然加人一等哉。更何恨窗前葉裏之滴破故鄉心、愁人耳也。但足下老矣，繡虎才高，亡羊運蹇，頻年碌碌，銷盡輪蹄。弱柳長亭，孤鴻短堠，不轉瞬而三千丈髮，鏡裏星星，雖徵歌選舞，擊劍狂歌，此皆古來奇邁之士使酒駡坐、呼盧陸博之意，人以爲習氣未除，不知才士失志則用以自穢，而寧有真乎？僕於邇日一切懺除，如水在井，如絮沾泥。閲録中諸什，又觸我狂奴故態，橙黄橘緑之候，將鼓棹白門，尋舊雨，訪朝雲。一則曰勞我按圖思索驥，與君携酒又聽鶯。再則曰昔年紅豆抛殘處，只恐風吹子又生。君其掃榻以待。持菴頓首。

李子雨亭將《青溪風雨録》付之梨棗，欲得弁言。自揣生平嬾於酬應，無從告乞題跋。因檢舊篋中，得持菴書一道，即袁簡齋太史所謂我意中之語，不知何時走入先生腹中，奔出先生腕下。快讀一過，實獲我心。較諸諛語浮詞，寧有此親切而有味乎！即舉以冠諸卷首。雪樵自識。

自題

夢中昨夜誰訶責，高冠鶴氅雙瞳碧。
道我前身住紫虚，鞭撻風騷遭忌刻。
罡風浩劫墮塵寰，落魄飄零誰愛惜。
不豪不富不公卿，非賈非儒亦非墨。
驥子鴻妻並遠離，派作江南老孤客。
江南舊地本繁華，雙槳青溪尋舊迹。
人間天上一般狂，逃入温柔衆香國。
長歌慢舞恍雲璈，風鬟霧鬢同蟬翼。
中有飛瓊與絳綃，原是當時舊相識。
三生不復記前因，一枕惟知永今夕。
竹枝自譜教紅兒，新詞疥盡秦淮壁。
歡笑年年欲白頭，佳境翻同爾自擇。
邇來游戲更猖狂，扶筇慣著東山屐。

西湖看遍兩堤花，虎丘坐冷千人石。
翻令閬苑散仙官，不愛瑶池想遷謫。
誰知本性久沉迷，閶闔天高萬重隔。
白玉樓成聘別人，到底清虚容不得。
我聞仙語醒如癡，歷歷狂跡憶舊時。
從此緑楊休繫馬，而今綺語戒吟詩。
檢出香奩千百首，忽付秦灰作烏有。
漸披漸讀聲漸高，恍若璠璵難釋手。
古意新聲百衲琴，巴人下里千金帚。
鐘期欲遇古來難，藏之名山或不朽。
北里烟花記者誰，我生幸落古人後。
黄爐野店浣花翁，十年一夢樊川叟。
叮嚀翠黛不須留，想見香山恩亦厚。
謂予沉湎彼陶情，不百步耳同一走。
豈有泥犁械詩人，直向層城繫吟缶。
驚人佳句在囊中，試問青天能聽否？

災梨禍棗更伊誰，嗜痂恰遇金蘭友。
憐憐惜惜喜同傳，將來膾炙何人口？
九轉丹成不計年，幾人成佛幾生天？
庭前青鳥煩傳語，願作鴛鴦不羡仙。結用舊句。

青溪風雨録上卷

雪樵居士

初余倚棹石頭城，舍館未定，即换輕船，問桃葉舊渡，尋邀笛遺蹤。十里烟波，六朝金粉，殊令人情移志逸。曾閲余曼翁《板橋雜記》，載南朝遺事甚悉。爰口占七律云：「打槳青溪趁落霞，不堪回憶舊繁華。中興善政先歌舞，亂世憐才止狹斜。燕子春燈都誤國，美人名士並無家。至今丁字簾前水，嗚咽猶聞引暮笳。」

滇南張雨篁賦秦淮，偶成一律。予次其韵，即柬雨篁云：「桃花春水正生烟，葉葉輕舠緑樹邊。兩岸樓臺全入畫，中流蘭槳小游仙。急催檀板歌金縷，盡捲湘簾看玉娟。我亦乘槎銀漢裏，客星夜夜有張騫。」

小住秦淮，經過趙李，燕燕鶯鶯，遂多熟識。友人阮醒石與宫金福校書往來綦密。偶同過訪，適午睡未醒，爲賦七律云：「冰簟輕羅壓繡牀，無聊情緒睡魔長。化爲粉蝶尋芳徑，打起黄鶯過短牆。鴛枕色紅腮有暈，熏籠篆碧夢都香。此時爲雨爲雲客，不是劉郎是阮郎。」

夏梅丰，崇明人。家居瀕海，曾遭海匪，掠至島上。晤其婦，爲擊洋琴，歌《思歸引》。婦亦中土人，聞之感泣，得放歸。陳明府某贈以詩云：「簪花人住散花天，海氣涼生碧樹烟。夜月偶貽公子珮，春潮曾上水仙船。鏡中蟬鬢真如此，劫後蛾眉更可憐。誰與玉梅留小影，畫簾秋雨怨湘弦。」其「春潮」、「劫後」之句，或謂是與？久居姑蘇之菊花亭，攜其女湘雲、仙雲來游白下，小住青溪，登燕子磯，訪莫愁湖，盤桓三月而去，亦可想見其風致矣。

仙雲爲梅丰所出，湘雲其養女也。予初見時年皆十三，婉若孿生姊妹，臨風顧盼，瓊樹交柯。每愛兩人度曲如黄鶯對語，攜雙柑斗酒聽之，覺温柔鄉裏又闢一小洞天矣。尤工演《琴挑》、《思凡》諸雜劇，結束登場，盡態極妍，雖老優伶勿瑕疵也。即席贈五古云：「我本非措大，寒酸猶未置。清歌妙舞時，忽然動吟思。紅兒與雪兒，嬌小無拘忌。婉轉欲泥人，清歌饒嫵媚。不信春鶯鳴，反讓歌喉脆。孃孃上氍毹，四座神皆寄。能以歌者情，傳出作者意。相對如飲醇，觸目心先醉。縱有小瑕疵，愛之不求備。人人欲獻諛，强我以詩記。我雖江郎裔，夢筆才難嗣。當此好華筵，咬文而嚼字。書罷一回眸，翠袖熏香侍。」

六月二十六日乃胡蓮漪誕辰，李霞軒、劉芝亭約届期往訪，因口占一絶云：「空齋習静意蕭蕭，何事秦淮問畫橈。隔夜選衣兼選饌，有人生日是明朝。」蓮本蘇州人，幼至金陵，原名雙喜，住釣魚巷，性情温慧，喜怒不形。但身材短小，予亦如龍友之戲香君，以香扇墜目之。

高玉林行四，桂林之妹也，豐肌白皙，秀外慧中，其崑曲之妙，名擅一時，能以銅絃鐵板唱「大江東去」。俄頃收聲，即如鶯鳴燕語。度生旦諸曲，聽者疑出兩人，初不知爲十數齡雛姬也。生長烟花，頗知自愛，故常侍宴游，而玉洞桃花，葳蕤自守。聞有大賈以重金啖其母，欲謀一夕歡，母以勢相迫，玉林誓不受污，殆所謂蓮出淤泥中含净果者乎。然一縷芳心，亦太苦矣。嗣爲某氏繼室，予贈以詩云：

「閬苑瓊葩第幾株，罡風吹落墮泥塗。爲憐越女原如玉，從此羅敷自有夫。月下吹簫還引鳳，窗前垂柳未棲烏。一場春夢休回首，簾幙東風燕引雛。」

涼颸夕霽，小恙初痊，與王香亭、李雨亭過蓮漪閒話。香亭調予曰：「若君疾勿瘳，竟登鬼録，試問蓮漪可臨棺一慟否？」予因作自挽詩云：「生無知己死堪憐，此恨相將入九原。縱有紅顔兩行淚，臨風灑不到墳前。」「盤金半臂錦腰圍，不惜纏頭任意揮。此際荒塋枯骨冷，有誰剪紙送寒衣。」「行行須到孟婆莊，好飲迷魂一口湯。恩怨一齊都不記，何來愁恨斷人腸。」蓮漪不識解嘲，而真爲不豫，邀其姊寶珠、妹雙福、蘭英輩，作迎涼雅集。歌殘落月，彈盡秋聲，遂不覺東方之既白。

《河亭即事》云：「咄咄書空怪事多，秦淮蛺蝶亦情魔。妙香一醉渾難醒，跟定簪花客渡河。斗酒雙柑踏緑莎，嫩晴天氣恰温和。流鶯百囀多情甚，争奈游人只買歌。」

針筵乞巧之俗，院中爲盛。新秋月朗，偶過張大官家，其養女秀華眉目秀曼，意態娟麗，炫服濃妝，深深拜禱。戲題四絶云：「雪藕冰桃並玉醅，家家兒女禱層臺。雙星不是天邊會，乞巧人來鬧不開。」「相逢莫恨别經年，廿載深閨怨各天。下界相思真苦惱，可能乞個巧團圓。」「年年辛苦鵲填橋，一隔銀河路便遥。到是塵寰無阻滯，輕帆不怕水迢迢。」「中庭露白夜悠悠，坐代天孫記曉籌。聽到雞聲心欲碎，人間天上一般愁。」

秋陰欲雨，買醉囊空。偶過楊月娟水閣，適值購菊百本，芬芳五色，位置咸宜。酒緑燈紅，歌清絃潤，遂使旅恨羈愁，化作閒雲飛去。爰賦七律四首云：「野圃移來瘦影新，階前佳色勝三春。十分雅淡宜高隱，百種斑斕現化身。聽到秋聲同作客，看來晚節獨驚人。素娥青女年年好，相伴雕欄問夙因。」「繁華風景近重陽，鴻雁聲中夜有霜。甘谷泉香人不老，陶家酒熟客初嘗。偶來北里尋幽夢，久別東籬想故鄉。一自饑驅隨去住，非關繫馬愛垂楊。」「春光買盡又秋光，歌管樓臺競舉觴。不爲黃金堆畫檻，纔邀青眼到華堂。雨餘恰似泉明醉，風過真同阮籍狂。五色曼陀花萬朵，維摩天女一宵忙。」「朱履黃裳白練帬，一時齊到孟嘗門。落英餐後柔腸馥，古艷迎來綺席尊。半晌閒吟慚白雪，隔簾疎雨又黃昏。盤桓三徑饒寒態，未敢樽前説斷魂。」

聞有侯雙齡者，與某生善，相約偕老。奈各梗於母議，志勿克遂，以死共誓。一日某生來，衣服麗都，欣欣自喜，催促命觴。更令歌以侑酒。半酣，起曰：「今乃良辰，請與子赴前約，其許我乎？」雙齡謂其紿己也，首肯至再。某即出藥一裹，復問曰：「果否何如？竊無後悔。」雙齡毅然請從。某致鴆於酒，連仰巨觥。雙齡見無難色，真爲紿己，亦滿飲一杯，便令撤去。某乃淚涔涔而言曰：「事已至此，夫復何辭。我飲鴆多，必先子而行。泉路茫茫，請待子於碧桐花下。」遂急遽登輿以去。無何雙齡毒作，淚如泉湧，死無一語。旋聞某亦就斃。噫，若某者，誠所謂情愚，然亦可悲也。因弔以詩云：「不信情多命即危，雙雙樽酒速行期。泉臺更有誰拘束，塵世難容爾唱隨。每到花殘與月缺，應憐骨醉又魂癡。年年寒食棠梨雨，誰酹芳墳酒一巵。」

明經桑君詠莫愁湖一聯云：「願將湖内清泠水，洗盡人間懊惱腸。」予愛其詩有憂樂同人之意，因書此十四字，命蓮漪繡作香囊，轉寄桑君，並佐以詩云：「欲繡平原念轉深，先將佳句壓金針。解人應識佳人意，不繡芳容繡錦心。」

將之吴門，留別諸姬，得雜詩四首云：「聚首多依戀，遠別長相思。最是腸欲斷，將別未別時。決計不少住，臨發又遲遲。無言各相向，風帆葉葉吹。旁觀與僮僕，無乃群相嗤。共疑親骨肉，久別漸置之。何爲苦惆悵，戀此牆外枝。此理人易曉，此情難自持。其所薄者厚，厚者更可知。試看西方佛，亦是大情癡。絶不關痛癢，救苦常孜孜。」一「遊子如蘋梗，飄泊任風吹。翻羡鴻與燕，來往有程期。雛姬不解事，絮語問來時。感彼真誠意，不忍復相欺。輾轉情難吐，亂之以他辭。慧心如默悟，反面淚滋滋。」二「桐葉聲疎疎，涼風吹鬢後。美人獨關情，側耳聽遍久。低徊欲有詞，殷勤傍腋肘。爲問雨絲絲，明朝還去否？詭言雨則留，暫時仍聚首。歡喜出門看，明月當窗牖。」三「金閶舊繁華，華璫及繡襖。玉釧翠翹明，何物爲鄉寶。殷勤寄兩端，聊以將懷抱。攢眉更低首，持杯向人道。喜好君稔知，何須窮探討。物來人未來，中情已如搗。遠寄感君情，不寄亦良好。」四

姑蘇之役，蓮漪手製扇袋贈行，匆匆解纜，未遑把玩。舟中檢閲，乃繡絶句一首云：「送君今日獨揚舲，虎阜靈巖我舊經。恨煞寒山鐘一杵，兩人夜半不同聽。」

偶閲《畫舫續録》，載高玉英之妹玉霞，年十四，垂髫嚲雲，修眉連黛。學琴於木石山人，學書於雙樹生，學詩於碧城外史。因思玉霞舊籍秦淮，幼工度曲，兹有志琴書，進乎技矣。恐文人筆墨，好爲溢美，買舟往訪，欣然道故。問「學詩乎」，對曰「未也」。然吐屬風雅，亦殷殷以詩學致詢。予即答以詩云：「情深詠絮嬾調絃，長傍琉璃硯匣邊。夙慧自然心是錦，真詮須識意如錢。鴛鴦繡出皆新譜，珠

玉揮殘落彩箋。曾記詩仙留妙訣，三分人事七分天。」盤桓鎮日，夜漏三終，復持紈扇索贈，爲題轉韵《一剪梅》云：「仙源曲折路通幽。牆外紅榴，窗外芭蕉。賣花人去恰梳頭。鬢壓金翹，臉暈紅潮。將誰比擬不争差。不是梨花，竟是梅花。風雅依稀學謝家。只門尖叉，不門琵琶。」「天台别後恨偏長。人也茫茫，路也茫茫。劉郎重到鬢添霜。桃花又芳，胡麻又嘗。從今容易慰相思，一會情癡，一首新詩。艷體香匳寄莫遲，魚有游時，雁有翔時。」

秦淮某姬，冲和恬澹，膚如凝脂。一夕雨窗閒話起，謂余曰：「聞君《青溪風雨録》備載諸姬，然妾有安民之請，乞免著名，可乎？」予問其故，復愀然曰：「我輩墮落苦海，既無顧横波之遭逢，又無柳如是之奇烈，徒以賤質庸姿，留人齒頰，益滋愧恨。反不若速朽之爲愈也。」予頷領之，故諱以某姬云。曾爲畫蘭一幅，並題二絶句云：「細雨濃陰透碧紗，含毫吮墨寫蘭芽。非關妙訣傳春谷，自是江郎筆有花。」「生綃染罷淚偏滋，拍馬明朝欲别時。展向妝樓供静玩，枝枝葉葉起相思。」

泊舟太湖，寄某姬三絶云：「輕舟凍住太湖邊，五寸堅冰打不穿。記得有人曾囑咐，苦寒休上夜航船。」「蟾魄冰光夜不分，推蓬極目暗消魂。此時看月惟愁客，兩岸村莊早閉門。」「十日吴鄉又越鄉，輕帆葉葉指南翔。前身應是辭巢燕，每到天寒别畫梁。」

胡蘭珍昔居淮清橋之水巷，曾聽其徹夜清歌，座中擊節嘆賞。聞有所歸，睽隔八載。丙子春莫，適遇於吴門之丁家巷，悲喜交集，盤桓竟日，爲賦七律云：「八載重逢各自驚，傷離惜别夜三更。事如春夢尋還記，愁似秋雲散又生。殘月曉風名士曲，桃花流水美人筝。而今都作樽前話，紅袖青衫兩淚盈。」

丙子午日，滯迹胥江，適高玉霞返秦淮，玉英往維揚，過其舊巷，苔封徑冷，賦七律云：「荏苒韶光客旅消，每逢佳節轉蕭條。越兒誰惜秦人瘠，吴市空吹楚客簫。艾虎懸時朱户閉，酒龍飛去碧天遥。玉英善飲。年年恨别兼懷遠，魂似三閭斷未招。」

余居金陵，寓朱氏水閣，愛其垂柳當簷，清流見底。居停朱雙壽官風流雋雅，名噪江城。每於夜月簾櫳，春風庭院，調絲品竹，讀畫評碁，殆所謂「門外囂塵深，門内洞天古」，洵不誣也。予遊胥臺，餞於水榭，即席感賦七律云：「風光明媚好簾櫳，何處香飄隔岸風。九曲水從春漲緑，六朝山對夕陽紅。英雄末路惟詩酒，遊子行踪問梗蓬。歌管樓臺今夜客，明朝溝水又西東。」

丙子人日，胡蓮漪書至。三月春蠶，愁思萬縷。並云紀意珠已歸某明府爲篷室，油壁未至之先，以予舊贈詩扇存付蓮漪。蓋詩皆即事，未可攜爲便面。今物在人遥，能無昔日青青之感。賦七律一首云：「征雁嘹嘹夜向闌，傳來錦字隔年看。書因忙折封嫌固，話到長辭讀不完。陌路從今甘冷落，侯門何處問平安。東風吹醒揚州夢，手把雙魚淚似丸。」

越日接艷秋書，並附二絶句云：「底事關心夜不眠，爲憐清恙久纏綿。予時患右臂。岐黄未必無靈藥，不用歸身總不痊。」「燈花開落本無憑，恰好修書蕊又生。到底癡情還愛惜，不敲棋子向孤檠。」

黄固齋爲周芷香校書畫反面看梅圖，囑題長句云：「美人愛梅情獨厚，翹首迎風寒入袖。髻挽巫山一段雲，纍人看遍巫山後。曾瞻花貌雪肌膚，圖成背面影模糊。何事畫師弄狡獪，心知誰某難相呼。徘徊把卷揣卿意，識得深心真黠慧。仙骨姗姗小謫來，自信横波終必貴。譬如相士相淮陰，欲識其奇相其背。美人掩卷動相嗔，生憎下筆解嘲人。粉本無心偶然耳，何須疑鬼復疑神。眉峰黛影痕長皺，肯把愁顔添小照。縱有旁人問妾容，爲言人似梅花瘦。」

寓齋中偶檢出諸姬手書，各題後一律云：「乍展琅函淚濕裾，從前領略事皆虚。妝成清瘦梅同病，歌到輕圓鳥不如。怪我離多常懊惱，因人憐極轉生疎。於今遠隔雲山外，腸斷蕭娘一紙書。舊句」「紅燈孤幌又宵深，旅館蕭條百感侵。風雨頻添遊子淚，寒暄苦繫美人心。歡場散後衷還熱，幽恨多時夢怕尋。兩鬢星星搔更短，相思一度一沈吟。」

訪馬湘蘭故宅，感賦云：「湘蘭遺址板橋頭，徐國園東起暮愁。兒女英雄都往事，游人誰問世恩樓。」東花園内舊有世恩樓，徐髯仙篆額，見周雪客詩注。

重遊白下，胡蓮漪詢予近狀，集時賢句以舉似云：「照影驚看鬢有霜陸稼雲，近來踪跡更頹唐李雨亭。賣漿屠狗論交久板橋逸詩，舞榭歌臺乞食忙查亦山。换酒搜殘新畫稿俞滄川，補衣想到舊琴囊失名。長齋蘇晉尋常事姚鐵舟，欲向空堂禮法王僧印川。」向晚授餐，菜羹蔬食，精潔甘芳。蓮漪進曰：「居士既愛長齋，兒不敢犯殺戒，玉版冰絲，聊充清供。」予喜曰：「此護世城中美膳也。」復題一絶云：「不是琴操解悟禪，口頭初學語初圓。若逢天女應相笑，花影依稀落水田。」

偕張書紳、潘穆如二君同抵金陵。穆如三住青溪，固多舊識。越日同訪，芳徑苔封，重門蛛網。再過淮清橋僻巷中，雖燕子雙棲，而堂非王謝，不勝惘惘。穆如賦《落花》四律，感舊情深，纏綿清麗，詩爲友人携去。予亦有觸於懷，即和其原韵四首云：「樓頭帘影酒還温，漸少青苔屐齒痕。紅雨飄殘鶯不語，香泥踏遍客歸村。飛來綺閣疑尋夢，吹上高枝似返魂。半晌低徊情不捨，癡心仍叩舊園門。」「催放催飛孰責成，東皇也覺不分明。閒園野圃還遭妬，落日輕風又送行。隔歲相逢同再世，多情自古少長生。於今薄倖休饒舌，低首巡檐數落英。」「冷淡春光院宇荒，化爲蝴蝶也凄涼。栽培默媿功原薄，飄蕩休嗤性本狂。無語自然終有恨，辭家豈是慣離鄉。深紅淺碧枝枝好，好景從今夢一場。」「散盡瞿曇喚奈何，無聊最是病維摩。緑章草就天難乞，青帝瓜期運已過。雨濕乍隨風去重，香留猶怪蝶來多。惜花兼惜花前客，幾度花飛鬢已皤。」

秣陵重到，時事都非，若吴馥林、張素琴輩皆厭棄風塵，各有所歸。馥林行三，揚州人，静默寡言，矜持自愛。襁保中育於姨氏，幼住東水關徐宅，予親見其調絃理曲，响遏行雲。與李生善。辛未秋，有故而去，李未之知也。爲致一緘，並寄以詩云：「自恨多情我獨癡，愁風愁雨惜花枝。而今悟得飄零諦，柳絮原無結果時。」「爲雨爲雲總是空，巫峰十二暮烟籠。塵心一染渾無定，豈獨襄王入夢中。」「愁煞分離淚欲傾，多君太上竟忘情。此行好似當頭棒，不遣相思誤此生。」馥林裁答，委曲纏綿，芳衷盡吐，並和前詩，有「秋士秋娘同一夢，斷腸宛轉薄衾中」之句。予再爲叠前韵云：「尋香莫怪蝶魂癡，難得芳林第一枝。冷雨凄風摇落後，可能紅似去年時。」「繡佛持齋萬念空，慈雲座上篆烟籠。何來寶筏能超渡，斷送青春孽海中。」「錦字傳來意盡傾，多情枉怪是無情。從今私向神前誓，不是連枝不再生。」馥林喜持齋禮佛，故次首及之。近已歸於某氏。去之前夕，猶與李生話别，並詢予行蹤云。

辛未七月，制府逐妓甚嚴，十里秦淮，粉黛烟銷，笙歌雲散。予作紀事十絶云：「鳳笛鸞笙送玉杯，群仙高會好樓臺。無端電影飛蓬島，五百年間劫運來。」「水流花謝太匆忙，賸粉遺脂引恨長。急浪狂風眠不穩，從今莫作野鴛鴦。」「六扇紗窗盡日關，晚風殘照水潺潺。輕舠遥望腸堪斷，薄暮何人更倚欄。」「費盡工夫教玉簫，風流雲散是今宵。徐娘多半閒中老，金屋誰家貯阿嬌。」「異蕊奇葩艷更穠，栽培一樣費天工。緣何夜半罡風急，不遣枝頭有斷紅。」「粉黛紛紛散暮鴉，垂楊不繫渡頭槎。天台一别應難見，神女從來住碧霞。」「條條深巷響秋蟲，門掩燈殘一院空。檻外烟波誰打槳，畫船閒煞板橋東。」「幾時還唱大刀頭，難覓枝棲淚暗流。縱使搴蘿能補屋，溪山何處有妝樓。」「倒影青溪望晚潮，經過一度一魂消。多情只有門前柳，猶向西風鬥舞腰。」「勳名意氣久消磨，聊向花前載酒過。太息旗亭人寂寞，新詞那有雪兒歌。」

李玉娘腰肢綽約，工於顰笑。其女雙林年甫十二，即工度曲，皓齒明眸，以疾夭殤。予弔以詩云：「蘭心蕙質總堪憐，墮落塵寰十二年。自恨托根非净土，秋風先殞玉階前。」「阿娘零落已神傷，可有人間七七香。到是泉臺愁恨少，秦淮此際更凄涼。時有驅逐之令。」「樽前曾聽一聲歌，每對芳容唤奈何。此去縱非仙與佛，尚然完璧付荆和。」「水關東畔再經過，弔死憐生淚欲沱。從此舞裙歌扇裏，有時感觸恨偏多。」

高秀英、高慎華於辛未秋間遭故，别後杳無消息。歲暮，與李雨亭偶步東水關，適遇李玉娘，而秀英輩先與同居，予初未之知也。一夕幸會，欣然爲賦長句云：「逆旅遺愁愁更加，懷人感舊思如麻。

偶過舊院搴簾入，欣逢逐客初來家。譬之尋芳春雨後，空林猶賸一枝花。琪葩瓊蕊多零落，記名一一空咨嗟。不料主人解予意，詭説近來新受秘。臨卭道士術偏奇，管教群芳一時聚。心知作謔且開顔，乞傳仙女到人間。禹步喃喃如絮語，遥聞窗外叩雙鐶。排闥紛紛誼問訊，果然劍合與珠還。此際哀腸難具述，含情都在兩眉彎。有客尊前憂問樂，謂雨亭。天外離愁苦蕭索。欲煩仙客爲重尋，殷勤再跨揚州鶴。時吴馥林寓邦上。」

予寓姑蘇，陳佛奴寄二截句云：「記得秋江送曉行，烏啼月落早揚舲。何堪望斷孤帆影，遠樹烟濃看不明。」「幾年離恨夢都虚，秋到江南感索居。細雨寒蛩眠不得，燈前又寄一函書。」予極愛此二詩，疑爲胡春泉借筯。迨至金陵，佛奴已隨其母别揀枝棲。經過水榭，門掩鶯啼，春泉亦歸秋浦，無從詢問。前度劉郎，不勝惆悵。

院中絲竹，競尚琵琶、洋琴，若朱絃緑綺，響絶音沈，客亦無過而問者。惟張素琴妙指深心，雅稱獨詣於胡笳，《塞鴻》諸曲尤佳。人亦性情簡默，肌里豐瑩，相對終朝，如飲醇自醉。久厭囂塵，思超苦海，予爲賦《聽琴曲》云：「秦淮十里皆清流，何來潮汐怒吼聲横秋。更無茂林與山麓，松濤不斷風蕭飀。明月一窗蟲四壁，垂簾篆影香悠悠。凝神寂聽聲更作，倏爾風狂雨急飛滄洲。不聞號令聞鐵騎，中有銜枚疾走萬貔貅。金歌漸遠聲漸息，使我魂驚魄悸心夷猶。回眸瞥見柔荑手，湘紋斜挂珊瑚鈎。入室相看惟緑綺，斷紋焦尾枕床頭。珠徽剥落遺音嫋，衆籟茫茫何處求。曾聞昔有文君寡，一曲求凰嫁司馬。又聞中郎女少孤，桐君亦是知音者。從來琴肯伴佳人，佳人今在風塵下。誰同魏武贖文姬，併少相如擅風雅。春月秋風擲等閒，江上琵琶淚如瀉。爲卿轉語卿勿悲，朱絃自古是紅絲。獨憐他日凰依鳳，人琴俱遠空相思。」未逾年，歸某氏爲簉室，院中殊爲減色。此固素琴之幸而院中不幸也。

袁簡齋太史云：《西樓傳奇》乃袁鳧公水部所作，虞叔夜即鳧公之託名，事在康熙初年。王子堅先生曾親見鳧公，短身赤鼻，長於詞曲。莫素輝亦中人之姿，面微麻而性耽於筆墨，故兩人交好云。西樓舊址，前臨牛市，後俯秦淮。嘉慶初，楚南許公兆桂構而葺之，亭臺窈折，水木清華，自號西樓寓公。今許公已歸道山，燕子重來，堂更王謝，不禁感慨係之，賦七律一首云：「風流舊地久消磨，哲匠經營補碧蘿。十載寓公游屐盛，六朝才子渡江多。後堂絲竹蕉邊鹿，回首笙歌春夢婆。畫舫烟波猶視昔，也應化鶴又重過。」

附録《過小倉山房弔簡齋太史》二律云：「高下樓臺隱薜蘿，清涼山畔好岩阿。十年爲政留歌頌，四海論文仰岳河。袍笏閒時萊服麗，門牆寬處美人多。公有女弟子詩數卷。及身早定千秋論，文苑編中自不磨。」「一生心事問花知，清福能消老藥師。山水最忙冠帶懶，功名極早子孫遲。空埋白玉憐長吉，誰鑄黄金似牧之。我是禰生未投刺，不登公閣愛公詩。」

凃長卿逢豫《秦淮曲》云：「燈船歌吹酒船遲，天鼓聲閒唱柘枝。石上暗潮嗚咽語，無人肯拜侍中祠。」此詩取義生新，曲終雅奏，可以興者，是殆近歟？侍中黄文忠公祠在鈔庫街祠旁水閣，與貢院相對。祠後供血影石一片，乃翁夫人盡節時，血濺此石。每際陰雨，石潤尚存遺影，歷歷不磨。予亦有《過黄侍中祠用阮亭原韵》一律云：「誰問金川捷幟懸，侍中壯烈總堪傳。自從石上留遺血，不忍祠前看杜鵑。白帽偏衫皆宿草，紫袍棕笠尚當年。一門貞節無遺憾，終古行人拜昔賢。」公盡節於羅刹磯，紫袍棕笠，載本傳中。

冬日渡河，寄沈江蘋校書云：「鬢上堅冰凍不開，雪深一尺馬蹄埋。多君生就梅花骨，占定江南暖處栽。」

《秦淮春曉》云：「帆開夜半月沈江，吹落秦淮槳一雙。十里紅樓春夢好，曈曈旭影未開窗。」「雕梁紫燕語呢喃，不管流蘇睡正甜。喚起玉人緣底事，春寒未必捲湘簾。」

馮雙官住武定橋，纖弱柔媚，人多愛之。重到金陵，過其妝次，見壁間有蠟絹箋，界烏絲闌，作小楷書云：「金錢夜夜卜歸期，撥盡爐烟月影移。何事鄰家門剥啄，撩人倚枕聽多時。」「簷鐸聲中百感生，三眠三起正三更。此時誰畫春愁影，坐擁香衾看鼠行。」「分明窗外似人行，牽動簾鉤暗有聲。誰識心煩眠未穩，誤將金釧觸床鳴。」予反覆吟哦，問爲誰作。雙官笑曰：「偶以曩昔情事語諸其人，遂不禁其伸紙饒舌。」詩成而雨止，復自笑曰：「真是雨催詩，頗記憶否？」予恍然悟爲舊句，蓋晴岩顧君。易紙更書。詩雖不佳，而語意纏綿，已畫出美人情態矣。

朱雙壽官招飲河亭，口占絶句云：「勞勞亭外最堪哀，水驛風郵老散才。銀燭畫堂歌管夜，又添思量與將來。」

《秦淮竹枝詞》十首云：「秦淮春柳緑成堆，閲盡興亡劇可哀。但賞鶯花休弔古，六朝山不帶愁來。」「粼粼雁齒繫蘭橈，歷歷鶯聲教玉簫。日落凭欄簾半捲，謝娘微醉泰娘嬌。」「湘簾掩映走艙船，道是良家笑語諠。看盡玉人心自寫，老奴何怪我猶憐。」「溽暑炎蒸唤奈何，揭來河上晚凉多。不信畫船人不熱，紅燈多處鬭笙歌。」「青樓遊罷又梨園，小部清音最可憐。吴語自操歌一曲，座中齊賞蕩湖船。」「誰家畫閣鬭歌喉，聽到彈詞韵更饒。按罷紅牙搴繡箔，李龜年是董嬌嬈。院中諸姬喜唱闊口大曲。胡雙喜之彈詞，人競賞之。隔簾傾聽，不啻老伶工也。」「昨夜藏鬮數漏長，晨興旭影上東墻。狹斜門巷無清晝，返照梳頭説曉妝。」「膽缾添水供金粟，緑鬢堆鴉壓素馨。莫怪横陳香沁骨，美人原是百花熏。」「孟秋月晦上清凉，熏沐虔誠叩上方。爇罷沈檀長頂禮，不聞私祝但聞香。」「竹枝譜就夜迢迢，五十年來老雪樵。自教紅兒歌半熟，隔簾誰和一枝簫？」

附録《虎丘竹枝詞》十首云：「浪迹今年是勝遊，輕寒薄暖住蘇州。劇憐人影同魚貫，迎着鶯聲上虎丘。」「七里山塘説舊聞，真娘芳塚五人墳。紅顔俠骨俱黄土，消受清樽日又曛。」「儂有心香好去燒，花神廟裏正花朝。休傷遲暮悲雙鬢，一樣花神也白頭。」「帆影斜陽莫浪催，畫船簫鼓正銜杯。大倉絃索崑山笛，短簿祠前合一回。」「一字船排密似鱗，好同戰艦艤河濱。酒兵報道新降敵，娘子軍擒薄倖人。」「羅漢莊嚴不二門，篆烟芬馥繞花旛。癡兒嬌女從頭數，算到來庚第幾尊。蘇俗數羅漢，如左足進門則從左數至右，右亦如之，算至自己年庚即止。視羅漢之容儀，卜一年之休咎焉。」「新裙百裥繡鴛鴦，對鏡嫤妍自忖量。纔下香輿齊屬目，看人還是看衣裳。」「白公祠畔偶經過，士女尋春鬭綺羅。崔護重來休悵望，桃花人面一般多。」「技藝山塘妙莫過，香泥捏像肖偏多。一身自恨同瘤贅，添個愁人做甚麽。」「千人石上説生公，留得經臺表梵宫。此外全無山色相，樓臺盡處塔淩空。」

《夜抵白門喜晤某姬》云：「聲聲漏鼓夜沈沈，扣户還能識舊音。不速客來驚路遠，相思人坐正更深。別離已久慚容瘦，歡喜無多省夢尋。最怕尊前提宿話，爲雲爲月總傷心。」某姬昔有句云：「不願君爲雲，但願君爲月。月缺有圓時，雲散長分別。」

偶集釣魚巷馮氏河亭，坐中姬有名緑竹者，爲賦絶句云：「雙鬟堆鴉黛影新，佳石誰錫愛青箕。我生似有王猷癖，一日何堪失此君。」又有別字梅魂者，亦贈一絶云：「香色由來徹骨清，羅浮夢醒黯傷情。前身已嫁林和靖，何事人間又再生。」旁嫗語予曰：「姬名緑珠，非緑竹也。」予更題一絶云：「墜樓紅粉怨花殘，金谷園中血影寒。争似緑筠同比美，階前日日報平安。」姬得詩，欣然改名緑竹，字曰修篁。

馮月香一字月窗，神清骨瘦，詞簡態妍。曾於文士宴集之際，出詩扇一柄，詡爲名士題贈。席上傳觀，皆稱佳構。小霞方生後至，覽詩笑曰：「此甌北集中《散花曲》也。自道其暮年情景，掠以贈卿，殊不相侔。」衆皆大噱。月香自慚，轉請題贈。小霞於日中昃得七律八首，頗多佳句，惜述者未能全記。時有某公子豪於貲，而好遊，適欲挾月香登舟。月以座客爲辭，公子隔院喧譁，意欲發難，月終不顧，添酒回燈，與諸客盡歡而散。予艷其事，而愛小霞之才，作長句以張之云：「腐儒闌入烟花地，耳目鼻口皆寒氣。縱然豪舉假翩翩，傾囊難買終宵醉。何來磨蝎退命宫，三生石上逢奇遇。有美人兮迥出群，不愛纏頭愛佳句。自出宫紈把示人，彼哦此誦如蜂聚。座中有客笑難持，乞鄰而與有誰知。甌北詩中《散花曲》，掠來貽贈殊堪嗤。共聆此語齊錯愕，紅粉胸中猶作惡。轉乞新詞賦洛神，從此金箟刮雙暵。爾時措大故誇張，秃筆如椽鼎可扛。不屑郊寒與島瘦，群推宋艷並班香。典數家珍誇富麗，艷體香匳饒嫵媚。書殘羅帕未停揮，繡上弓衣方得意。滿座俱從壁上觀，筆尖横掃膽猶寒。自操赤幟登壇易，直使紅妝下拜難。一日青樓名藉藉，美人争欲識方干。買絲繡出還嫌褻，擬結詩龕供杜韓。院中專祀惟財帛，炙手威靈常赫赫。此際微聞太息聲，篡吾位者乃詩伯。詰朝五路定興師，旌旗直逼雞壇側。不聞漳水久分流，師出無名多敗北。名山不朽銅山高，各家保障都難克。陸海潘江阻且深，五字長城誰破得。」

邀笛步在鈔庫街，去黄文貞公祠不遠，左右皆麗人所居。予和雨亭七律云：「地以人傳結伴尋，非關笛韵感情深。只緣雅量忘尊賤，留得芳名自古今。草色斜侵高士屐，梅花吹出美人心。流風染盡青溪水，檻外簾前盡賞音。」

爲胡蓮漪填《閨曉》一闋，調寄《滿庭芳》云：「香繞柔魂，暖侵鴛枕，黑甜鄉路情濃。半醒半醉，帶睡整鞋弓。夢裏不知何事，起腮渦、笑暈雙紅。床寬處，空中暗抱，金釧響惺忪。隔窗，人喚道，宵來囈語，漏洩春風。慧心珠樣轉，粉飾偏工。道是閒教鸚鵡，莫猜疑、別有情鍾。從今後，三緘玉頰，夜半休鬆。」蓮漪與江右熊生備極綢繆，適值江頭送別，未免夢裏呼卿，余爲誦「春蠶」、「蠟燭」之句，而愛蓮漪之人短情長，因填此闋。

趙小篠於辛未禁逐之後，住東花園之僻巷，頗不濫交，亦間有真情流露。常囑予題十絶寄嶺南白生，録五首云：「閒庭月冷照蒼苔，風捲湘簾暗自開。怪道鄰家喧笑語，輕帆送得遠人回。」「亦園曾記看新荷，幽夢宵來偶一過。行到中庭人不見，舊琴囊上落花多。」「蕭郎蹤跡滯天涯，望斷歸舟日又斜。我已經年無淚酒，牆陰猶發海棠花。」「未敢臨流便倚欄，低頭不似舊紅顏。情同春水濃於酒，影人秋波瘦似山。」「雞聲月色又前邨，短驛長亭客斷魂。此時應憶秦淮好，日上花梢尚掩門。」爾時白生往汝南伯氏署中也。

秋暑未除，宵來煩悶，陸姬餉予以藕，飽飫老饕，心清神爽，爲賦七律云：「因荷思藕久情濃，玉液流芳勝碧筩。把臂真堪媲皎潔，捫心誰似此玲瓏。嚼殘冰雪腸都净，想到根苗意盡通。爲解相如秋夜渴，一宵餘味在胸中。」

正月十三日，行役京口，適苑蓉書來，附寄《十五夜對月》一絶云：「清輝皎皎浸階墀，第一回圓見別離。自掩幽窗憑月去，鄰家好照合歡幃。」

《得某姬書題後卻寄》云：「鐵甕城頭畫角悲，一簾紅雨正相思。何堪蕭寺傷春客，展誦空庭怨月詩。愁極不禁終日醉，情多自帶一分癡。杏花風冷寒猶峭，莫更凭欄薄暮時。」

《代馬巧齡寄劉芝亭》云：「花落柴門晝不開，凄凄草色上空階。清明風暖如中酒，楊柳樓高易感懷。不怨遠離長祝健，自憐薄命近修齋。傷心月下燈前話，未必驅車意便乖。」巧娘，蘇州人，天性謹厚，誠樸無華，擬以花中之琇球，洵不謬也。

趙蓉香，原名如意，幼隨其母桐華住丁官營。憶初見時，年甫十二，姿同玉潔，性似珠圓。嘗謂桐華曰：「小則小，心腸兒轉關。」蓉香未解，私相詢曰：「譽兒乎，殆誚吾也？」予爲譯其詞。其母又曰：「君愛蓉香，殆彈詞三曲之末句也。」予笑，而蓉更茫然。桐華直誦曰：「評跋做昭陽第一花。」蓉香喜，調弦度曲，一似酬予獎詡之意。又記曩時，冬日偶過桐華妝次，賦即事四絶贈蓉香云：「三竿日上叩雙鐶，欲語聲遲喚小鬟。怪道缾梅風落盡，紗窗掩映未全關。」「一聲清響轉頭看，玉筯簷冰落畫欄。含笑問娘曾記得，今年寒比去年寒。」「欲超苦海仗空門，雪塑慈悲像一尊。凍得春蔥紅似血，探人懷袖要人温。」「偷得工夫半晌頑，天寒鍼黹愈加難。歲除屈指無多日，生怕弓鞋繡不完。」四詩語語紀實，而清新秀麗，差可與玉人比似。今復遇於東水關，皎如玉樹臨風，較昔之含葩嫩蕊，尤覺艷冶無倫。「天公怕斷烟花種，又出人間討五郎。」欲移爲蓉香誦也。

釣魚巷馮氏河亭頗稱幽曲，旁構小閣。落成，爲題七律云：「結個幽亭傍水濱，經營意匠費精神。一方補空先栽竹，三面臨流自絶塵。遠岫通窗眉對畫，流鶯當檻曲翻新。屋如舟小波光動，我欲鈎簾理釣綸。」

陸艷秋愛養水仙，殷勤灌溉，旭影當窗，移花就日。戊寅春初，行有期矣，指謂余曰：「俟盆花盡放，方行解纜，慎勿負此花意也。」予諾之。越日，以口占持覽爲補綴，録之云：「要盟歷歷記尊前，花未全開莫放船。祝得花神差解意，春寒勒住兩三天。」

胡綺齡幼與胡蓮漪同居，其丱角時，予即目爲靈苗異蕊。今年十四，嚲袖垂髫，媚麗欲絶，與趙蓉香可稱雙璧。但蓉香則空谷幽香，綺齡則芙渠曉日，分道揚鑣，未容等亞。客歲春莫，屢約踏青，而每爲陰雨所阻，爲賦絶句云：「垂簾兀坐翠眉攢，後日清明花要殘。不是春陰與春病，何來情緒倚欄杆。」「暖入缾花香更幽，無聊閒看玉搔頭。紙窗劃個冰絞影，好放蜂兒入畫樓。」「宵來枕上怨東風，簷鐸悠悠晌未終。明日陰晴難計較，風筝閒煞畫屏東。」出游不果，真難寧耐。女兒情性，煞費揣摩。若非親見，雖吴道子亦何能寫生入妙。

訪洪雙官校書，即事題壁云：「重重水閣掩窗紗，曲徑雕欄羡狹斜。柳眼暗窺人未起，蓮房雖好蝶爲家。笙歌客顧當筵曲，枕簟香留隔夜花。鸚鵡簾前如較熟，幾回催唤六班茶。」雙官原住鈔庫街，今移武定橋，其周旋晉接，全避院中陋習。骨肉停勻，風華秀曼，亦時輩中之翹楚者。

青溪風雨録下卷

雪樵居士

惟王桂娘家本揚州，流離豫章、楚北，轉徙金陵，住牡蠣園之委巷中。言談瀟灑，喜道曲衷，慣操作如貧家婦。其風流秀曼，人服媚之。予與雨亭偶過其室，適柳絮盈庭，閒情難遣，因賦《楊花》四律，即贈桂娘云：「幾回憐我我憐卿，怕看楊花入短楹。生便辭家春不管，狂原可愛世無情。三眠漢苑真纖弱，二月雷塘苦送迎。茵溷悞頭誰太惜，燕銜輕影上雕甍。」「一春幽恨總難平，柳絮當筵酒又醒。自古飛仙稱解脱，由來名士感飄零。芳鄰乍别思陶里，雅韵初賡憶謝庭。細雨鶯聲寒食後，相逢短驛又長亭。」「命薄桃花是弟兄，枝頭不許暫敷榮。吹來荒沼魚争影，飄上眠鷗夢不驚。自分驅馳如逐客，全無根蒂果浮生。前身猶憶靈和殿，冉冉何緣出鳳城。」「窗前夜雨不堪聽，鄭婢泥中那慣經。因傍章臺難結子，得隨鴛侣願爲萍。殘霞照處顔如赭，愁客沾來鬢不青。回首可憐生長地，纖腰舞到幾時停。」

「戲罷曾無理曲時，妝成止是熏香坐。」舉此一聯，恰爲院中之諸姬寫照。

解抱珠年十四，纖弱清麗，流光動人。於五月五日覆舟落水，人多以詩弔之。余有七律云：「照影臨流每自憐，傷心競渡落重泉。門雖剪虎猶多難，人到騎鯨即是仙。白璧共傳仍返璞，明珠原自愛投淵。秦淮從此添嗚咽，半爲三閒半翠鈿。」

蓮亭周君宗濂，沭陽人。詩畫兼工，名重一時。凡篆隸飛白，亦無不入妙。性情真摯，愛友如命。

同客吳門二載。予再游秦淮，書來規諷，備極懇切。裁箋作答，並寄七律二首云：「鶴瘦猿饑空自愁，六朝舊地且遨遊。我生坎壈添蛇足，君擅風流似虎頭。蒲柳霜催人共老，稻粱秋盡雁難謀。仙人尚有丹砂訣，未必淇匡不可求。」「長鑱托命苦閒吟，知己天涯恨轉深。紫燕黄鶯催短鬢，婦人醇酒豈初心。樹猶如此何堪我，山不能移誤到今。吳下與君同弔古，闔廬霸氣亦銷沈。」

謝蓉秋，蘇州人，久住秦淮。玉骨冰肌，態濃意遠，與豫章曾寅谷相得甚歡。丙子秋初，寅谷返棹漳江，蓉秋餞於江滸，別恨離愁，抽刀割水。後夜過訪，適止菴先在，啜茗閒談，涼生衣袖。蓉秋曰：「城中院落尚爾早涼，若江上風寒，殆更有甚焉。」俄而淡雲疎雨，幾點霏微，蓉秋又曰：「此雨無聊，沾人襟裾，恰好似點點淚痕也。」予愛其語有詩意，引紙磨墨，成二絶句云：「酒冷燈殘畫鷁飛，傷心南浦送將歸。秋風昨夜涼初至，先上儂衣上客衣。」「檢點征衫與薄襦，杭羅顔色似西湖。前襟若染江邊雨，莫道臨歧淚點污。」書畢，語蓉秋曰：「倘遇鱗鴻，即以此寄寅谷可也。」

范綺春，年纔十三，人物清麗，歌聲繞梁。喜作男妝，箭衣纓帽，若小優伶。顧坦齋極憐愛之，爲製翠羽春衫，出入乘以香輿。盤桓三月，其母攜往揚州，未五旬而綺春之凶問至矣。坦齋不勝悲悼，予爲弔以詩云：「曾伴離筵與綺筵，傷心紫玉早成烟。清歌妙舞纔三月，小別長眠共一年。翠袖生憎纏白骨，香輿難送到黄泉。而今休買虹橋棹，鬼哭孤墳暮雨天。」

高秀英，慧麗宜人，姿容韻媚。遷徙數四，其舊居妝閣後小院十餘弓，雜植梧柳。每當秋夜，感慨殊深。雖氣候使然，亦由胸多磊塊。爲賦《秋夜雜感》云：「不管風寒倚畫廊，半輪秋月照芳塘。怕翻荷葉傾珠露，驚醒鴛鴦夢不長。」「秋聲滿院不堪聽，攪亂閒愁欲二更。酹酒階前酬蟋蟀，凄風冷月別家鳴。」「樹猶如此妾心傷，冷露無聲欲化霜。曾是梧桐曾是柳，如何不似乳鵝黄。」

曾與某姬圍爐夜話，共訂明秋登金焦山，即放舟虎丘，直抵西湖，盡興而返。不意春初揚帆鐵甕，直維舟金山之湄，乘興獨登，懷人意遠，賦七律二首，即寄某姬云：「飛閣層巒白浪間，中流砥柱快躋攀。俯看白日翻沈水，倒轉青天托住山。吴楚波濤收眼界，蓬萊宫闕在人寰。同游有約輕孤負，料得詩來怨命慳。」「泉愛中泠試茗新，江天一覽絶纖塵。塔如欲去摇青藹，山似無根寄白蘋。夜月潮聲喧北固，夕陽人影亂西津。維舟不訪焦先宅，好待秋來證舊因。」

謝四官別字野航，好藏書畫卷册，不擇精粗，以多爲富。予獨愛其《美人十咏》一册，字學《聖教序》，而風骨相似。詩猶清麗，書家作家俱未署名。余後題一律云：「閨閣閒情體會真，香奩佳咏又翻新。一枝彩筆修眉譜，八斗雄才賦洛神。把卷誰憐心是錦，長歌空羨玉爲人。環肥燕瘦尋常事，收入吟箋亦苦辛。」四官心性靈敏，丰神絶俗，與胡謀野善，故字野航。予每誦「秋水纔添」二句，即怒以目，復相與大噱。

附録《美人十咏》。其咏《學書》云：「簪花初學格難成，免潁龍賓事事精。最愛含毫微笑春，口脂香共墨花清。」《撫琴》云：「高山流水幾知音，静拂朱絃理素琴。一曲求鳳彈未穩，解嘲又譜白頭吟。」《寫照》云：「秋波易寫盈盈淚，黛影難描曲曲顰。展卷凝眸佯不語，自開奩鏡認前身。」《朝盥》云：「寶鴨搜殘心字香，手拈脂盒倚空牀。從頭記取前宵夢，冷卻金盆荳蔻湯。」《出浴》云：「試罷蘭湯竟體香，迎風無力倚疎廊。生憎簾外花陰薄，自掩湘裙避月光。」《午睡》云：「流黄簟滑金釵卸，午夢蘧蘧隨蝶化。不道緑窗人唤醒，起來錯把鸚哥罵。」《奇逢》云：「天假奇緣邂逅中，衣香人影太匆匆。他時妾面朱門隔，記取桃花一樣紅。」《幽會》云：「卺杯交罷卸宫妝，燭影摇紅映海棠。私剪吴綾同雪色，背燈暗擲與檀郎。」《理曲》云：「銀筝檀板啓朱脣，宛轉新腔調逼真。莫再高歌河滿子，至今悽惋孟才人。」《走馬》云：「裝成百寶控花驄，一路桃花掩映紅。不是朝天矜素面，玉鞭銀凳笑春風。」

倦游懷歸，擬二十八字，留别蓮漪。某姬云：「春風一棹倚江城，頭白歸人千里征。來語含愁先淚落，相逢恐是隔今生。」詩意悲愴，蓮漪不悦，勸予改作一絶云：「門外征輪曙色催，臨歧一語最堪哀。相隨莫道真無計，君到家時夢也來。」某姬曰：「末二語猶令人不忍卒讀。」蓮漪復授以己意，乞敷衍成絶句云：「最難分手畫簾前，況是相依八九年。竊藥可能奔月府，天涯隨處向君圓。」

《咏桃葉渡》云：「渡頭楊柳緑如絲，幾度尋春憶獻之。名士風流聊寄意，美人芳艷起相思。猶聞畫舫迎桃葉，不斷高樓唱竹枝。莫怪繁華偏勝昔，冶遊舊地太平時。」渡在利涉橋二百餘步，昔有坊表，今皆泯滅。是耶非耶，聊存佳話云爾。

春晦日，同僧石雲放舟秦淮，口占六言云：「春風游子天涯，緑楊繫馬誰家。就此簾前沽酒，閒看岸上桃花。」「偶然提起堪悲，莫教酒琖乾遲。多送一番春去，少他一遍來時。」

火雲如炙，夜不成寐，聞友人談周晴嵐姿容艷冶，瀟灑詼諧，即往訪於釣魚東巷。剥啄叩門，老嫗前導，書齋月色如積水空明，令母爇炬，但對影閒談，便不减清涼散也。晴嵐未出，又報客來，年甫弱冠，翩翩佳公子也。入座寒暄，語類京都。問：「訪晴嵐來乎？」予對曰：「然。」問：「晤晴嵐乎？」予曰：「未也。」客如熟識，飄然入室。俄而晴嵐獨至，辮髮雲烏，羅衫翠碧，吐屬清新，屏除習氣。予問前客爲誰，晴嵐笑而不答。嫗亦作意揶揄。予固問之，晴嵐起曰：「坐間張禄，簾内范睢。是一是二，請君度之。」予訝曰：「客即卿耶？何聲音不類之甚也。」蓋院中雛姬競尚男服，予至之頃，晴嵐鄰宴外歸，即衣冠入見，詭稱北客。更衣復出，仍然蠻語參軍，亦聊以相戲耳。竊嘆老眼看花，原如霧裏，況又月色昏黄，迷離撲朔，亦誰知兔之雌雄？然晴嵐之詼諧，一班已具見矣。越日再訪，即席贈二律云：「檻外鶯哥格外喧，驚呼客到畫簾前。半醒黛影雙彎蹙，一笑桃渦兩暈圓。薄福難消歌錦瑟，斷魂何處覓藍田。拈來諫果頻相勸，遊子思歸解意先。予有歸志，晴嵐以橄欖進曰：『此物味美于回，請試啖之。』」「愛煞樽前韵絶殊，玲瓏心性少迂疎。折花年響摇雙釧，賭酒微喧卸五銖。對鏡似尋嬌伴侣，刺羅聊破睡工夫。閒中事事多風趣，只怕狂生領略麤。」

余畫竹一幅，贈玉寶珠校書，懸於小閣。越日再過，見題絶句云：「紙窗昨夜對冰輪，竹影横斜个个匀。漫展雲箋臨一幅，知君明月是前身。」末署：「丙子秋日，秦淮女子停雲題並書。」蓋寶珠別字停雲。予笑謂曰：「詩則佳矣，捉刀者誰？」停雲亦笑曰：「此畫傳之百年，必謂真女子所題，或有愛詩與人而畫，亦藉以久傳，更何須絮絮也。」余微哂而首肯。

張喜林，素琴之同居姊妹也，丰姿昭秀，喜笑善陝，頗有晚風楊柳之致。於素琴去後，益知院中之非樂土，有志未遂，居恒感嘆。丁丑夏五之四日，投繯而逝。余弔以詩云：「目成曾記凭欄杆，新柳垂簷正好看。自愧勞薪長落拓，生來小草易凋殘。彩雲聲斷簫閒鳳，壁月塵封鏡掩鸞。悵望天台難再到，到來凄絶洞門寒。」

《重過喜林舊居有感》二絶云：「新柳纔舒略掛絲，畫樓雖隔未全迷。夜深遥聽紅窗裏，唱徹梁州不是伊。」「深巷層層長緑苔，此門此日怕重來。自從人面無尋處，滿院桃花也不開。」

六月六日喜林誕辰，予友某與喜林善，其内子即與同庚，並同月日，届期共集於喜林妝次，戲題一絶云：「牡丹芍藥共生辰，忙煞花前舊主人。釀得葡萄千日酒，與誰先飲祝長生。」

壬申季夏，與秦立軒、劉芝亭、李雨亭共集於釣魚巷之趙氏河亭，凭欄遥矚，適高桂林、玉林、秀英、舜華輩自選輕船，遨遊河上，酒氣花香，淺斟低唱。余口占七絶云：「人影衣香柳浪中，畫船雙槳去匆匆。尊前酒政如軍令，玉手雙開不許空。」芝亭云：「腮邊共愛桃花滿，席上旋看玉斝空。」雨亭云：「買個蓮蓬持賭酒，倩人猜到幾房空。」立軒云：「醉來小膽偏生怯，杯似深閨不喜空。」三押「空」字俱妙。兹與雨亭重過舊地，而芝亭滯迹中州，立軒株守家園，予又久棲吴下，興懷舊雨，散似晨星，曷勝悼嘆。

陸銀娘女史，一字荷塘，囑余賦荷花以贈。云：「朱華掩映緑雲濃，想像西湖六月中。疎柳輕摇半池月，亂荷冷送一身風。只憐有子心先苦，看到成房色即空。不嫁東皇緣底事，怕隨桃李早飄蓬。」「石欄斜倚對芳塘，紅影枝枝勝艷妝。花未開時葉亦好，風來吹處水都香。皈衣寶座供千佛，慚媿嬌容似六郎。最愛亭亭深夜影，不辭辛苦蓋鴛鴦。」銀娘稍長而丰韵獨佳，予每謂脱綿翠柳，較勝於成陰之桃李也。

秦淮燈船之盛，殆無過於明季。讀杜于皇長歌，使人心迷目炫。予於丙寅丁卯間，亦曾見游艇盈河，笙歌鼎沸。夜則銀花萬朵，火樹千枝，畫舫歌樓，光鉒一片，而城名不夜矣。《咏燈船》七律云：「夕陽簫鼓太匆匆，入夜鼈燈漾碧空。十里光騰星宿海，千層焰映蕊珠宫。可憐春水波難緑，或有游魚眼亦紅。浪静蛟龍潛不起，恐燃犀照水當中。」

某姬患瘧，寒熱方消而情殊困頓，遣侍兒索予《一半兒》曲。覔之行勝，已爲烏有。因過其妝閣，爲填《秦淮雜曲》十段云：「玉容未見見春衫，愛煞歌聲傍畫欄，望斷癡魂詎等閒。眼耽耽，一半兒湘簾，一半兒檻。」「千金一刻兩和諧，羞上鴛衾鳳枕來，初破瓜時轉似呆。搵香腮，一半兒佯推，一半兒耐。」「君如春水妾如魚，無奈秋風苦别離，玉腕擎來琥珀杯。不須疑，一半兒香醪，一半兒淚。」「檀郎低語問卿卿，玉珮胸前照眼明，割愛何妨解贈行。緩摸稜，一半兒慳留，一半兒肯。」「當歌還歇喘吁吁，粉暈雙紅眼又低，曲未全完不忍催。意迷離，一半兒嬌癡，一半兒醉。」「低頭轉側看弓鞋，新製洋貂稱體裁，爲要矜奇特地來。笑相猜，一半兒明錢，一半兒債。」「清明原説早還家，秋雁書來約又差，讀罷鸞箋恨轉加。莫信他，一半兒猜疑，一半兒駡。」「小鬟昨夜教新腔，一曲聞鈴百板長，紅豆拈來煞易忘。隔紗窗，一半兒輕謳，一半兒想。」「情多自古是寃家，盲女新聞唱不差，練鎖香喉血濺花。小娃娃，一半兒要聽，一半兒怕。盲女唱秦淮近事。」「翻來新曲解人頤，自己傷心訴與誰，試把親朋數一回。暗攢眉，一半兒衰翁，一半兒鬼。」甫脱稿，催付院中老曲師。誦讀數過，即拍板高歌，歌罷而姬神稍暢。予笑曰：「藥頗對症。異日酬儀，慎勿草草。」姬亦笑曰：「曾於朱氏水閣通宵絃管，以解君心煩脾倦。是君和我緩，何自伐爲也。」復啜茗噱談而散。

春日與殷止哉集紀昭齡家，簷前紅嫣緑嚲，淑氣宜人。止哉以「柳眼桃腮」分咏。時昭齡方送某生，神傷意懶，予賦《柳眼》一絶云：「曉岸烟籠眉欲鎖，芳塘雨過淚猶垂。干卿何事傷情甚，不忍郵亭看别離。」

《夏夜宿張氏水閣偶成》云：「竹牀籐枕卧前楹，鼓角嚴城已二更。四壁蟲聲吹夢短，一庭花影壓身輕。啾啾蟰眼當爐沸，臭臭龍涎入夜清。風弄簾鈎時暗響，錯疑金釧隔窗鳴。」「玉蟾清影碧琉璃，我與嫦娥兩不迷。銀燭燒殘花半睡，畫簾垂地燕雙棲。中年哀樂誰能遣，隔院笙歌不肯低。差信一心同止水，何妨幽夢落青溪。」

王三保，南通州人。目剪秋波，眉横遠黛，兼攻搏擊之技。予愧無拾遺之才，不能爲公孫大娘弟子賦舞劍器，而友人霞軒極珍愛之。初居鈔庫街，移居東水關頭，院内絳桃二株，花開艷極，爲賦《桃花》二律以贈云：「天台洞口武陵中，不是仙山不寄踪。一自艷根生下土，可憐薄命嫁東風。錦城春雨魂都冷，野寺斜陽影更紅。妬煞垂頭檐外柳，由來嬌小有誰同。」「清明風暖態逾濃，潑盡臙脂染未工。曾與誰争人面好，至今客憶此門中。千年自笑逃秦劫，鎮日無言怨楚宫。莫怪花前常酩酊，石梁回首路難通。」自辛未七月以大府之禁，匆匆南旋，至今水流雲散，未語其詩讖乎。

陳古漁先生《水閣偶成》云：「秦淮十里畫船輕，水月燈光一片明。家在畫中渾不覺，夜闌翻厭玉簫聲。」久住秦淮，真有此情景，但一別金陵，又覺常縈懷抱。予有寄陳慶官一絶云：「雞聲帆影苦相催，燕子磯邊首重回。酒舫燈船明月夜，舊曾遊處夢常來。」

吴茗薌，天長人，寄居釣魚巷張玉娘家。秀外慧中，工愁善病。與某生相得，欲托以終身，囑予友王生左右玉成。明晨致覆，月猶在天，王邀余同往，成即事三絶云：「侵曉風涼帶露行，雙扉初啓小猧迎。幾番侍婢催難起，昨夜酣歌到五更。」「微聞小語費疑猜，誰帶春星踏緑苔。簾外忽聞青鳥至，雲鬟不整下牀來。」「倦眼朦朧倚畫屏，枕痕腮暈總傾城。忙將心事藏頭問，燕語鶯聲聽不清。」

胡蓮漪、趙蓉香、馬綺齡、梅巧齡輩，作消寒雅集，折柬招邀。予因雪滿簷楹，適作袁安閉户，聞茲勝舉，魂與俘馳。入簾含笑，握袖圍爐，止覺滿座春生，不知千山萬徑，絶無鳥跡人蹤也。歸來酒氣詩情，拂拂從十指間出，因賦紀事四律云：「寒袖雙攏孰叩關，鸞箋傳到是鴉鬟。旗亭報道人初集，錦句忙將稿自删。簾外有花皆白戰，座中無客不紅顔。玲瓏樓角風前倚，失却青青一桁山。」「華堂徹夜管絃聲，層層繡幙護雕楹。冷如避敵離三舍，酒可攻愁破一城。共喜當筵俱國色，若猶高卧豈人情。天台聽説桃花艷，争似茗華別樣清。」「驢背年年踏灞橋，奚囊清詠盡瓊瑶。吟成柳絮誰酬唱，修到梅花也寂寥。今夜綺樓容我醉，此生寒氣者回消。夜光杯酌葡萄釀，不管窗前雪意驕。」「歷碌風塵俗又庸，頭銜此日號仙翁。一庭琪樹疑蓬島，滿座姮娥勝月宫。曲奏雲璈聲似鳳，苔封玉屑瓜留鴻。好花天上多奇種，開落無由問化工。」次日復大雪，予與李子雨亭、蕭君瓢庵飲於秦淮酒樓。隔岸沈金珠輩開窗遥矚，笑語微聞，真不啻蓬萊仙子共話於瑶池玉闕間也。酒酣賦長句一首云：「瓊臺昨夜鬬笙歌，美人競唱金叵羅。冬烘先生樂欲死，今年破例成天魔。玉龍酣鬭猶未已，冰花亂落空中多。磊塊積胸難自遣，青帘青處來消磨。此地舊鄰王謝宅，果然玉樹生庭柯。酒闌擊碎鐵如意，狂歌隔岸驚雙娥。漫天匝地本無際，檐前眉影堆青螺。恰如遠山露遥翠，醉中老眼頻摩抄。遥看愛河飛練影，絶無釣艇披漁蓑。衣帶盈盈疑弱水，望洋徒嘆將如何。旁觀起舞群歡謔，其云此景君知麽。牛郎織女空悵望，秦淮渺渺真銀河。千山烏鵲都飛絶，誰架長橋渡爾過？」

張夢蘭，小字花使，素琴之女也。髫年嫵媚，慧麗宜人，有母風焉。纔十一齡，即工四條弦。己卯春仲，攜遊莫愁湖上，倚欄度曲，座中無不擊節。爲賦七律題壁云：「挈榼攜壺打槳行，雛鬟閒伴出西城。一堤柳困春猶倦，四壁詩多客有情。山當青處疑横黛，歌到圓時嬾聽鶯。鬱金堂上佳人影，除卻明湖記不清。」

聞句容竇君有《青溪賸墨》一册，極爲企慕，欲求賜讀，通款無由。友人王竹軒云：「秦淮某姬與竇君有素。」浼致芳函，今更鴻燕，虚望雲霓，爰賦一律，以誌翹企云：「班香宋艷競相誇，白雪歌成點不加。賸墨淋漓飛翰藻，芳思點綴到情芽。筆花自覺慚宗令，錦字何時到竇家。君是華陽山畔客，欲求换骨問丹砂。」

代蓮漪答豫章熊生書云：「竊蓮風塵陋質，苦海愁人，如花命薄，憔悴東風，似水流年，飄零北里。嗟斷梗之無依，抱孤芳而誰惜。有懷莫吐，纏綿好比春蠶；顧影自憐，凄切有同夜雁。此所以月下吹簫，寄悲聲於哀竹；燈邊織錦，抽愁緒於冰絲。去歲冬殘，前楹雪霽，適迎高士之軒，得傍清談之客。

二水三山，名士來遊；一笑千金，佳人難得。何期偶寄閒情，獨鍾小草。始而竹葉齊斟，繼乃梅花同夢。君真嗜棗，兒便傾葵。水晶簾下，儘看梳頭；玳瑁筵前，頻催擫笛。三更酒醒，重伸連理之盟；一穗花開，預占同心之讖。寸衷自問，巾櫛難司；青眼獨憐，衾裯許抱。是以繡佛幢邊，同下生生之拜；璧月階上，私燒夜夜之香。無何青蓮望月，故國興懷；王粲登樓，歸思倍切。唱到驪歌，腸内不堪。輪轉難留錦纜，門前即是天涯。影已斷於西樓，魂更銷於南浦。所痛者夢尋無路，背人輒憶潘安。所嘆者知己何人，舉世誰爲杜牧？忽爾雙魚遥傳尺素，睹字字之傷心，封來珠淚；每時時而在手，想見犀心。許我瓜期，望切青油之幌；自慚桃葉，迎來白玉之檣。翻雲覆雨，諒無慮於卿卿；恩海情河，行當填於夜夜。下頒茗椀，何時活火同煎？報以荷囊，難把深情盡貯。惟是炎蒸暴戾，珍重爲佳；秋氣蕭疏，護持宜謹。再到廬山雪滿，可能鏡裏雙棲？佇看巫峽雲深，同倚屏前一笑。是誠切禱，無任瞻依。」

秋夜集牡蠣園，席中姬有同名桂娘者，口占七絶云：「移樽誤入廣寒來，金粟霏霏落酒杯。怪道夜深香更滿，一輪明處兩枝開。」别後寄王桂娘截句六首云：「征帆輕掛大江濱，燕子磯邊客恨新。回首石城看不見，憑誰更問隔城人。」「畫角依然月下聽，女牛同數夜三更。七夕夜坐，指認雙星。鐘聲百八驚初醒，秋夢翻嫌記得清。」「口脂芬馥語如簧，調笑尊前態轉狂。爲道先生師柳下，果然學得坐懷方。」「雁歸彭蠡燕歸梁，觸物憐卿惹恨長。行盡郵亭七十五，不知何處是家鄉。」「青衫何事濕偏多，爲聽秋江一曲過。自把流離含淚説，琵琶亭下兩經過。」「相見時難别又忙，牽衣唧唧斷柔腸。一寸眉峰愁萬疊，此時光景怕思量。」又《中秋對月有懷桂娘》七律云：「蟋蟀聲中客未眠，淒涼孤負好嬋娟。滿城塔影催燈火，隔院歌聲沸管絃。時寓維揚。誰惜路長秋夢短，不堪人別月輪圓。前身若果依瓊砌，今夕清虛影倍妍。姬名桂娘，別字香輪。」

余與李子雨亭久棲白下，每於春秋佳日，把臂同遊，綠楊繫馬，遑問誰家。紅影當門，同看人面。迨予役金閶，三更裘葛，舊雨多疎，新聲罕御，遂不勝天涯淪落之感。茲又滯迹廣陵，夜月簾櫳，曉風簷鐸，追思往事，不堪回首。賦七律八首，即寄雨亭云：「風塵誰識趙知微，書劍飄零事已非。道路空慚增馬齒，鄉園悔不卧牛衣。江山奇處扶筇到，骨肉圓時有夢歸。仙佛英雄成底事，鬢絲禪榻闔雙扉。」「十州鐵鑄錯何辭，難把愁腸付酒卮。生賦《九歌》天莫問，死憐三拜鬼焉知。由來弄巧翻多拙，未必能狂果勝癡。小草自應丘壑老，傷心孤負少年時。」「鼓棹胥江復浪游，繁華舊地怕勾留。錦帆涇冷漁歌遠，響屧廊空澗草秋。小住原同吴市乞，狂吟難避楚人咻。長洲滿院花如繡，不解中年以後憂。」「二分明月正當頭，直上蘭陵酒樓名。舊酒樓。近水亭臺都入畫，過江山色恰宜秋。瓊花久厭繁華夢，隋柳空懷故國愁。自恨書生生較晚，玲瓏山館不曾遊。」「秣陵仍是客天涯，賈島并州卻似家。綠上簾衣春水漲，紅穿柳影夕陽斜。美人一去遺香草，謂馥林、素琴、喜林輩。遊子重來怨落花。珍重遺簪兼斷粉，小窗追憶舊情芽。」「瓊臺絲管散天花，僂指于今幾歲華。人爲苦寒宵戀酒，雪夜集李玉娘家。雪疑殘月曉侵紗。夢中神女清如玉，邀集秀英、慎華、玉林在座。座上狂奴散似鴉。六出年年填古道，圍爐空憶舊琵琶。」「舊交零落問新知，雲影天香此一時。謂繡雲、香輪。杜牧揚州春夢斷，高唐巫峽楚雲低。青衫誰惜紅顔命，檀口親歌白紵詞。欲斷情根無慧劍，合歡花下又相思。」「雲林三十六高峰，夜夜飛來到眼中。白日精神消畫虎，青溪泥雪認征鴻。得歸不礙身猶客，對鏡空慚髮是翁。爲語紅兒多記曲，秋來餞我板橋東。」

（朱洪舉點校）

批本隨園詩話

批本隨園詩話提要

《批本隨園詩話》不分卷，據民國五年上海中國圖書公司鉛印本點校。此批本由冒廣生發見於滿洲某侍郎家，卷十六末按語略考批者爲乾隆末閩督伍拉納之子。後鄧之誠又續考爲伍氏諸子中之仲山，然亦不能定也。批文中屢言嘉慶己卯年事，爲署年最晚者，姑置於嘉慶期末。此人曾數過隨園，卷九一則云到隨園三次，十一歲時首訪，兩次見到主人；卷十一又云十二歲時隨家母訪隨園三次，衆妻妾齊聲抱怨生活不便；最末一次在嘉慶己卯，隨園時「荒爲茶肆」，距主人之逝已二十二年矣。《隨園詩話》以録詩爲介，頗記與官場中人之交往。而此人詳悉官場底細，揭弊不假辭色，既斥《詩話》所記直爲權貴作犬馬耳，然亦能同情「子才性情厚處」，故其批語頗存佚事，尚非一味丑詆而陷於惡趣，於讀《詩話》「官場人詩」部分不無助益。此人自云不會作詩，然亦非全不知詩，如謂尹繼善諸子中以慶三爺兩峰詩最好，即與隨園同識。又屢言傅文忠不識字，何由知詩；畢秋帆太夫人詩既不佳，事無可記，選之何爲；高文良詩如何駕新城之上之類，駁隨園皆有當。此人學識不足道，竟不知考亭爲朱子，然於《詩話》偶涉之滿蒙習俗、方言俚語如「三投酒」、「鷄毛炕」等每有解釋，此則亦不宜一筆抹殺也。

題批本隨園詩話

往年見滿洲某侍郎家，有批本《隨園詩話》一部，不知出何人手。其第十六卷後，有跋語，引崇雨舲恩爲其父所作墓志，證爲伍拉納之子，但不知爲舒某云云。余按，伍拉納官閩督，以事伏法，諸子照王亶望例，悉戍伊犂。（伍拉納及王亶望之獄余別有記。）今批語中，言其父曾爲閩督；又屢言其在伊犂；又言己未十月，與浦、錢兩家兄弟，自塞外歸，浦、錢兄弟，即浦霖、錢受椿之子，與伍拉納同案獲罪。則其爲伍拉納之子，當可信。伍誅在乾隆六十年十月，和珅方當國，與伍拉納爲戚畹，當檻解入京時，故緩其行，以解上怒。上計不至，則命乾清門侍衛某，飛騎召入，於豐澤園庭訊。伏法之日，天氣和暖，人以爲刑中云。今批語中於和珅乃多醜詞，不可解。其人筆下亦不甚通順，且滿紙別字，以其所書多遺聞軼事，爲刪潤之，入吾《草間記》。疚齋冒廣生。

卷一

批本　鄂西林以寒士起家，深於閲歷，能容衆，能知人。由舉人初爲拜唐阿，貧甚，因世宗在藩邸相識，爲心膂中第一人。其督雲貴，改土歸流一事，非君臣俱有大本領，而又深相知合者，不能辦到。曾見其小照，身長骨大，方面長髯。生五子，四爲督撫，最少者鄂炘，爲侍郎。晚年不爲高宗所喜，今已式微。其孫雖襲伯爵，一無出息，不免凍餓。高宗云：「是皆鄂爾泰之造孽所致也。」

（原文）古英雄未遇時，都無大志，非止鄧禹希文學、馬武望督郵也。晉文公有妻有馬，不肯去齊。光武貧時與李通訟，逋租於嚴尤，尤奇而目之，光武歸謂李通曰：「嚴公寧目君耶？」窺其意，以得嚴君一盼爲榮。韓蘄王爲小卒時，相士言其日後封王，韓大怒，以爲侮己，奮拳毆之。都是一般見解。鄂西林相公《辛丑元日》云：「攬鏡人將老，開門草未生。」《詠懷》云：「看來四十猶如此，便到百年已可知。」皆作郎中時詩也。玩其詞，若不料此後之出將入相者。及其爲七省經略，《在金中丞席上》云：「問心都是酬恩客，屈指誰爲濟世才。」《登甲秀樓》絶句云：「炊烟卓午散輕絲，十萬人家飯熟時。問訊何年招濟火，斜陽滿樹武鄉祠。」居然以武侯自命。皆與未得志時氣象迥異。張桐城相公，則自翰林至作首相，詩皆一格。最清妙者：「柳陰春水曲，花外暮山多。」「葉底花開人不見，一雙蝴蝶已先知。」「臨水種花知有意，一枝化作兩枝看。」《扈蹕》云：「誰憐七十龍鍾叟，騎馬踏冰星滿天。」《和皇上風箏》云：「九霄日近增華色，四野風多仗竇繩。」押「繩」字韵，寄託遥深。

批本　冢宰廂黄旗人，富察氏，於忠勇公爲疏族姪。

（原文）託冢宰庸，字師健。作江寧方伯時，潘明府涵極言公風雅，强余入謁，果一見如平生歡。讀其送人赴陝詩云：「潞河冰合悲風生，欲曙不曙烏飛鳴。寒山歷歷路不盡，班馬蕭蕭君獨行。公孫閣下正延士，博望關西方用兵。此去知君未即返，月明空有相思情。」音節可愛。遂獻公二律，前四句云：「七十神仙海鶴姿，六年人悔見公遲。學窮宋理談偏妙，詩合唐音自不知。」次日，公過訪隨園。坐定，忽正色曰：「吾欲借君一貴重之物，未知肯否？」余愕然，問何物。公笑出袖中和韵詩，第二句仍是「六年人悔見公遲」七字耳，彼此囅然。兩人詩都遺失，余只記押「心」字韵。尹相國和云：「若非元老憐才意，争動閒雲出岫心。」

批本　蔣心餘與其同年彭芸楣，皆江西人，一時才名並稱。彭性奸巧，有口才，又善事當道，遂置身協辦。蔣性恃才驕物，又爲彭嫉，鬱鬱不起。

（原文）余甲戌春往揚州，過宏濟寺，見題壁云：「隨著鐘聲入梵宫，憑誰一喝耳雙聾。渠檋不解無言旨，辜負拈花一笑中。」「山水争留文字緣，脚跟猶帶九州烟。現身莫問三生事，我到人間念四年。」末無姓名，但著「茗生」二字。余録其詩歸，訪年餘。熊滌齋先生以茗生姓蔣，名士銓，江西才子也，且爲通其意。茗生乃寄余詩云：「鴻爪春泥跡偶存，三生文字繫精魂。神交豈但同傾蓋，知己從來勝感恩。」已而入丁丑翰林，假歸僑寓金陵，與余交好。壬申春，余過良鄉，見旅店題詩云：「滿地榆錢莫療貧，垂楊難繫轉蓬身。離懷未飲常如醉，客邸無花不算春。欲語性情思骨肉，偶談山水悔風塵。謀生消盡輪蹄鐵，輸與成都賣卜人。」末亦無姓名，但書「篁村」二字。余和其詩，有「好疊花箋抄稿去，天涯沿路訪斯人」之句。隔十三年，勞宗發觀察來江南，云渠宰良鄉時，見店壁有此二詩。爲館欽差故，主人將圬去。心甚愛之，抄詩請於制府方敏慤公，方亦欣賞，諭令勿圬。然彼此不知篁村何許人。壬辰，在梁瑶峰方伯署中晤篁村，方知姓陶，名元藻，會稽諸生也。以此語告陶，陶感三人之知己，而傷方、勞二公之已亡，重賦云：「馬匹曾從燕薊趨，橋霜店月已模糊。人如曠世星難聚，詩有同聲德未孤。自笑長吟忘歲月，翻勞相訪徧江湖。秦淮河上敦槃會，應識今吾即故吾。」「三間老屋夕陽村，底是高軒過此門。飛蓋翠揺新蘸墨，華燈紅照舊題痕。不教畫墁傭奴易，便勝紗籠佛殿尊。惆悵憐才青眼客，幾番翦紙爲招魂。」

批本　蔡將軍毓榮所娶，即吴三桂妾。

（原文）高文良公夫人名琬，字季玉，蔡將軍毓榮之女，尚書珽之妹也。其母國色，相傳爲吴宫舊人。夫人生而明艷，嫻雅能詩。公巡撫蘇州，與總督某不合，屢爲所傾，而公卓然孤立。《詠白燕》第五句云：「有色何曾相假借。」沈思未對，適夫人至，代握筆曰：「不群仍恐太分明。」蓋規之也。夫人博極群書，兼通政治，文良公之奏疏文檄等作，每與商定。詩集不傳，記其《詠九華峰寺》云：「蘿壁松門一徑深，題名猶記舊鋪金。苔生塵鼎無香火，經蝕僧廚有蠹蟫。赤手屠鯨千載事，白頭歸佛一生心。征南部曲今誰是，剩有枯禪守故林。」此爲其父平吴逆後，獲咎歸空門而作也。

批本　勇本寧夏人，叛臣王輔臣之將，棄王來歸，入正黄旗漢軍籍。英王者，太宗第八子，名阿濟格。

（原文）靖逆侯張勇，字非熊。國初定鼎，即仗劍出關，求見英王，王大奇之。提督甘肅，知吴三桂將反，命子雲翼間道入都，首發其姦。聖祖親解御袍賜之。功成後，謚襄壯。相傳其封公夢夏侯惇而生侯，薨後，葬坟掘地，得夏侯碑碣，亦一奇也。性好吟詩，《過崆峒》云：「蚩尤戰後久消兵，此處猶存訪道名。萬里山河塵不起，松風常帶鳳鸞聲。」

批本　某相國者，明珠也。

（原文）余長姑嫁慈溪姚氏。姚母能詩，出外爲女傅。康熙間，某相國以千金聘往教女公子。到府，住花園中，極珠簾玉屏之麗。出拜，兩姝容態絶世。與之語，皆吴音，年十六七，學琴、學詩，頗聰穎。夜伴女傅眠，方知待年之女，尚未侍寢於相公也。忽一夕，二女從内出，面微紅。問之，曰：「堂上夫人賜飲。」隨解衣寢。未二鼓，從帳内躍出，搶地呼天，語呶呶不可辨，顛仆片時，七竅流血而死。蓋夫人賜酒時，業已酖之矣。姚母踉蹌棄資裝，即夜逃歸。常告人云：「二女年長者尤可惜。」有自嘲一聯云：「量淺酒痕先上面，興高琴曲不和絃。」

批本　清端，山西人。襄勤，廂紅旗漢軍人。

（原文）康熙間，于清端公總督江南，舉其族弟襄勤公來守江寧。二人俱名成龍，不以爲嫌，且俱以清節卓行名震海内，洵聖朝佳話也。襄勤撫京畿，不避權貴，故演戲者。有「紅門寺誅姦僧」一節。事雖附會，非無因也。其孫紫亭先生名宗瑛者，甲戌翰林，人品高逸，善畫工詩。余戊申游虞山，紫亭之子静夫明府適宰昭文，以《來鶴堂詩》見示。如《題畫》云：「寒聲兩岸蟲，秋懷千頃荻。雨斷月初明，孤篷猶滴瀝。」《遊馬氏園》云：「隔樹未知處，緣溪已到門。」折杏花贈某云：「燈紅人影摇芳樹，手動花陰落滿身。」《歸車》云：「急雨驚風翻碧沼，歸雲學水亦東流。」皆超超元箸，不食人間烟火。静夫云：清端、襄勤二公亦有詩集，他時檢出，爲余寄來。

卷二

批本　乾隆五十五、六年間，見有鈔本《紅樓夢》一書。或云指明珠家，或云指傅恒家。書中内有皇后，外有王妃，則指忠勇公家爲近是。

（原文）康熙間，曹楝亭爲江寧織造，每出，擁八騶，必攜書一本，觀玩不輟。人問：「公何好學？」曰：「非也。我非地方官，而百姓見我必起立，我心不安，故藉此遮目耳。」素與江寧太守陳鵬年不相中，及陳獲罪，乃密疏薦陳，人以此重之。其子雪芹撰《紅樓夢》一部，備記風月繁華之盛。中有所謂大觀園者，即余之隨園也。當時紅樓中有某校書尤艷，雪芹贈云：「病容憔悴勝桃花，午汗潮回熱轉加。猶恐意中人看出，强言今日較差些。」「威儀棣棣若山河，應把風流奪綺羅。不似小家拘束態，笑時偏少默時多。」

批本　乾隆辛亥，余省親福建，見夢樓於京口。留飯聽戲，三日而別。其演戲用家樂約三十人，外有女子四人，所演《西樓記》、《長生殿》，俱精。而夢樓僧帽儒衣朱履，興復不淺。

（原文）王夢樓太守精於音律，家中歌姬輕雲、寶雲，皆余所取名也。有柔卿者，兼工吟詠。成嘯厓公子贈以詩云：「侍兒原是紀離容，紅豆拈來意轉慵。（時方示疾。）一曲未終人不見，可堪江上對青峰。」柔卿和云：「生小原無落雁容，秋風偶覺病身慵。挂帆公子金陵去，望斷青青江上峰。」

批本　李香林，名奉翰，其尊人名洪。

（原文）余過袁江，蒙河督李香林尚書將所坐船親送渡河。席間讀尚書詩，《野行》云：「香聞春酒熟茅店，紅惜秋花開野塘。」《宿永平》云：「樹樹鳥相語，山山水上看。」皆佳句也。又見贈二律，已梓入集中矣。其尊人湛亭尚書先督南河，《遥灣夜泊》云：「風雪荆山道，春帆滯水涯。幾聲深夜犬，知近野人家。」《赴南河》云：「過顙應知因搏致，徹桑須及未陰時。」用《孟子》語，而治河之道，思過半矣。

批本　方敏慤爲簡親王府書記，後隨征，奏保中書，遂遭大用。

（原文）敏慤公未遇時，祖父俱以罪戍塞外。公南北奔走，備極流離。清涼寺僧號中州者，知爲偉人，時周恤之。公贈詩云：「須知世上逃名易，只有城中乞食難。」後官制府，爲中州弟子麗雅重建清涼寺，殿宇焕然。余過而有感，亦題詩云：「細讀紗籠數首詩，尚書回首憶前期。英雄第一開心事，揮手千金報德時。」蘇州薛皆三進士有句云：「人生只有修行好，天下無如喫飯難。」意與方公相似。

批本　劉侍郎，山西洪洞進士。家資巨萬，以布商起家，至今人呼之爲「梭布劉」。

（原文）《紅鶴山莊詩》，乃王菊莊孝廉爲之刊行。玉亭作詞謝云：「多謝詩人，深蒙才士，不憎戚末堪因倚。吴頭楚尾一相逢，白雲紅鶴傳千里。南浦悲吟，西窗閒技，居然卷附秋香裏。寸心從此莫言愁，人間已有人知己。」其女思慧，嫁劉侍郎秉恬，亦才女也。《過嶺南》云：「半嶺梅花成故舊，兩肩書本是行裝。」

批本　余見曹子建自書《豐樂碑》墨跡，半隸半真，成容若家藏物也。

（原文）周少司空青原，未遇時，夢人召至一處，金字榜云「九天玄女之府」。周入拜，見玄女霞帔珠冠，南面坐。以手平扶之，曰：「無他相屬，小女有像，求先生詩。」出一卷，漢魏名人筆墨俱在。淮南王劉安隸書最工，自曹子建以下，稍近鍾、王風格。周題五律四首，玄女喜，命女出拜。神光照耀，周不敢仰視。女曰：「周先生富貴中人，何以身帶暗疾？我爲君除之，作潤筆資。」解裙帶，授藥一丸。周幼時誤吞鐵針，著腸胃間，時作隱痛。服後霍然。醒來，詩不能記，惟記一聯云：「冰雪消無質，星辰繫滿頭。」

卷三

批本　尹太保性寬厚，四督江南，民情貼服。繼之者高公晉，亦得民心，然屢患河決。再繼之者薩公載，以同知陞至總督，日惟飲酒鬥牌而已。後革職，死於河工。

（原文）賢者多情，每離所官之地，動致留連。韓魏公離黃州，依依不捨。尹太保四督江南，三十餘年。乙酉入相，正值重九之時，先別棲霞，再辭蜀阜，凄然泣下。公不能捨江南，猶江南之人亦不能捨公也。余送至清江浦，每晚必見。及渡黃河，公猶教以明晨作別。臨期，余乍盥面，而公遣家人來云：「公已上馬行矣。」蓋恐面別之難爲情耳。後從京師寄詩云：「歌到離亭聲斷續，人分淮浦影東西。」又曰：「三年只覺流光速，一別方知見面難。」

批本　某侍郎，蓋謂朱石君也。

（原文）某侍郎督學江蘇，羅致知名之士，所選五古最佳，七古則不拘何題，動輒千言，引典證書，如塗塗附，杳不知其命意之所在。程魚門閱之，掀髯笑曰：「欲嚇人耶？此楊子雲所謂『鴻文無範』也，吾不受其嚇矣。」

批本　歸愚嘗選《國朝詩別裁》，第一首即登錢謙益《團扇篇》，詩既不佳，人又不可，至遭純廟嚴旨切責。

（原文）沈歸愚選《明詩别裁》，有劉永錫《行路難》一首云：「雲漫漫兮白日寒，天荆地棘行路難。」批云：「只此數字，抵人千百。」予不覺大笑。「風蕭蕭兮白日寒」，是《國策》語，「行路難」三字是題目，此人所作，只「天荆地棘」四字而已。以此爲佳，全無意義。須知《三百篇》如「采采芣苢，薄言采之」之類，均非後人所當效法。聖人存之，采南國之風，尊文王之化，非如後人選讀本，教人摹倣也。今人附會聖經，極力讚嘆，章艧齋戲倣云：「點點蠟燭，薄言點之。點點蠟燭，薄言翦之。」注云：「翦，翦去其煤也。」聞者絶倒。余嘗疑孔子删詩之説，本屬附會。今不見於《三百篇》中，而見於他書者，如《左氏》之「翹翹車乘，招我以弓」、「雖有姬姜，無棄憔悴」，《表記》之「昔吾有先正，其言明且清」，古詩之「雨無其極，傷我稼穡」之類，皆無愧於《三百篇》，而何以全删？要知聖人述而不作，《三百篇》者，魯國方策舊存之詩，聖人正之，使《雅》《頌》各得其所而已，非删之也。後儒王魯齋欲删《國風》淫詞五十章，陳少南欲删《魯頌》，何迂妄乃爾？

卷四

批本　噶禮後竟以母訟忤逆賜死。至今俗云：「噶禮媽亂兒達。」

（原文）陳滄洲先生守蘇州，《重遊虎丘》詩云：「雪艇松龕閱歲時，念年蹤跡鳥魚知。春風再掃生公石，落照仍銜短簿祠。雨後萬松全還匝，雲中雙塔半迷離。夕佳亭上憑闌處，紅葉空山繞夢思。」「塵鞅删餘半晌閒，青鞋布襪也看山。離宮路出雲霄上，法駕春留紫翠間。代謝已憐金氣盡，再來偏笑石頭頑。楝花風後遊人歇，一任鷗盟數往還。」其時總督噶禮，以詩爲誹謗，句句旁注而劾奏之，摘印下獄。聖祖詔云：「詩人諷詠，各有寄託，豈可有意羅織，以入人罪？」命復其官，尋擢霸昌道。

批本　康親王即禮親王。

（原文）康熙中年，金陵詩人有三布衣，一馬秋田、一袁古香、一芮瀛客。古香年老，在都中館康親王府。芮年少，後至，意頗輕之，常短袁於王前。一日，王命宦者封一紙，出付客，題是賀人新婚，韵限「階」、「乖」、「骸」、「埋」四字。外銀二封，一重一輕，能作此詩者，取重封，留邸，不能者，持輕封作路費歸。芮辭不能。而袁獨詠云：「裴航得踐遊仙約，簇擁紅燈上緑階。此夕雙星成好會，百年偕老莫相乖。芝蘭氣吐香爲骨，冰雪心清玉作骸。更喜來宵明月滿，團圓不爲白雲埋。」王大欣賞。

芮慚沮，即日辭歸。馬客中有句云：「二更聞雁月在水，半夜打鐘天有霜。」

批本　通榜法，自康熙中年至乾隆三、四十年間，仍效用之。

（原文）《唐書》載：賀知章在禮部選輓郎，取捨不公，門蔭子弟喧鬧盈門。知章不敢出，乃於後園舁一梯，出頭牆外以決事。康熙辛丑會試，李穆堂先生用通榜法，所取皆一時名士。落第者糾衆作鬧，新進士無由入謁。或呈一詩云：「門生未必敢升堂，道路紛紛鬧未央。我獻一梯兼一策，牆頭高立賀知章。」丙辰，予在都中，見先生白鬚偉貌，有泰山巖巖氣象。待後輩當面必訓斥，逢人必讚揚，人以故畏而服之。余謂此張乖厓待彭公乘法也。前輩率真，亦可不必。

卷五

批本　初之朴，亦山東人，其始元朝色目也。作江西糧道，與巡撫陳淮不睦，遂告病歸。其子彭齡，後以御史試差，路經山東，據鄉親典吏之言，風聞入奏，陳淮至抄家革職，罰銀十萬，無力完繳，遂發伊犂四年。至嘉慶親政，始赦回。初彭齡者，寓險詐於正直之小人也。

（原文）余素慕山左高鳳翰之名，不得一見。初之朴太守爲誦其《送人》一首云：「君胡爲者昨日來，青燈緑酒歡無涯。君胡爲者今日去，挽斷征鞭留不住。君來君去總傷神，不如悠悠陌路人。」高字南阜，晚年病臂，以左手作書。盧雅雨哭之云：「再散千金仍託鉢，已殘一臂尚臨池。」高珍藏衛青印一方，臨終贈陝中劉介石刺史。斗紐方寸，篆法雖佳，而玉已經火炙。余見之，頗不當意。按，《明史》亦有衛青，此印未必便是漢大將軍之物。

批本　無耻淫婦，余所深知。

（原文）將軍三娶名媛，皆見逐於姑，有放翁之恨。最後娶都統常公季女，伉儷甚篤。征緬時，夫人送行詩有「但願同凋並蒂蓮」之句。公果死節，而夫人亦自縊。

批本　繙譯《金瓶梅》，即出徐蝶園手。其滿漢文爲本朝第一。蝶園姓舒穆魯，滿洲正白旗人。然於開國功臣正黄旗之楊古利，雖亦姓舒穆魯，非一族也。

（原文）京師故事，凡縉紳陪弔於喪家者，聞前輩至，則易吉服相見。然有易有不易者，以來客之未必皆前輩也。余陪弔於座主甘大司馬家，忽聞徐蝶園相公來，則滿堂盡吉服矣。公名元夢，康熙癸丑進士，與韓慕廬同年，滿朝公卿，皆其後輩。時年九十餘，短身赤鼻，面少鬚髯。詩宗盛唐，《送人出塞》云：「君到居庸北，應憐一雁回。沙平疑地盡，山豁訝天開。落日重關閉，秋風萬馬來。勉旃從此役，莫上望鄉臺。」大學士舒公赫德，其孫也。

批本　孫淵如學問甚博，而品行不佳。

（原文）毘陵王藝山明府女玉瑛，字采薇，嫁孫星衍秀才，伉儷甚篤。年二十四而夭，秀才求予志墓。其《舟過丹徒》云：「幽行已百里，村落半柴扉。隻鳥時依樹，孤螢不上衣。月高人影小，潮定櫓聲稀。沿水星星火，歸鷺宿鷺飛。」其他佳句如：「户低交葉暗，徑小受花深。」「研墨污羅袖，看魚落翠鈿。」「蟲依香影垂簾網，蛾怯晨光墮帳紗。」「一院露光團作雨，四山花影下如潮。」皆妙絶也。秀才後中丁未榜眼，采薇竟不及見。悲夫！

批本　朱詩名《海禺》。詩集甚多，而皆平平。紀曉嵐、王夢樓盛推之，是皆錢之所使也。

（原文）揚州轉運使朱子穎，工畫能詩。王夢樓爲誦其佳句云：「一水漲喧人語外，萬山青到馬蹄前。」

卷六

批本　程魚門家世業鹽，擁資巨萬，晚歲家中落。余猶及見之，長髯細目，磊落瀟灑，實正人也。

（原文）程魚門多鬚，納妾，尹公子璞齋戲賀云：「鶯囀一聲紅袖近，長髯三尺老奴來。」文端公笑曰：「阿三該打。」

批本　李，江西人。時吾近族巴延三爲粵督，李見其忠厚無能，遂一意以地方事自任。公正廉明，廣東大治。上以爲巴公之能，大見寵用。

（原文）同年李湖，字又川。巡撫廣東，以清嚴爲政。輿人歌云：「廣東真樂土，來了李巡撫。」巡撫貴州，入境，口號云：「雙旌遥指貴陽城，紫蓋紅旗夾道迎。自愧書生當重任，不知何以報昇平。」

聖眷甚隆，而積勞成疾。薨時，香亭往送入殮，見公面目手足，作黄金色，光耀照人，亦一奇也。巡

批本　開山通河，費數百萬，江南民力，三十年未能復元。此尹公之弊政也。

（原文）尹公三次迎鑾，幽居庵、紫峰閣諸奇峰，皆從地底搜出，刷沙去土，至三四丈之深。所用朱龍鑑、莊經畬、潘涵等州縣官，皆一時名士。又嫌攝山水少，故於寺門外開兩湖，題曰「彩虹」、「明鏡」。余戲呈詩云：「尚書抱負何曾展，展盡經綸在此山。」

批本　高溥、盧見曾也。

（原文）揚州四十年前，平山樓閣寥寥，溝水一泓而已。自高、盧兩榷使，費帑無算，浚池簣山，别開生面，而前次遊人幾不相識矣。劉春池有句云：「兩隄花柳全依水，一路樓臺直到山。」

卷七

批本　尹文端有子十餘人，似村係奏明隨任幫辦家務者。明我齋義自幼至老，充當侍衛，並未隱退。環溪别墅在西直門外，俗呼三貝子花園，即我齋之岳也。

（原文）《南史》言：阮孝緒之門閥，諸葛璩之學術，使其好仕，何官不可爲？乃各安於隱退。豈非性之所近，不可强歟？近今吾見二人焉，一爲尹文端公之六公子似村，一爲傅文忠公從子我齋。似村舉秀才，日終閉户吟詩。我齋雖官參領，司馬政，而意思蕭散，不希榮利。有人從都中來，誦其《環溪别墅》詩云：「將官當隱稱畸吏，未老先衰號半翁。」又曰：「不是門前騎馬過，幾忘身現作何官。」

批本　嘉慶十七年，西北有星一片，雜碎不辨，其光芒拖長數尺。欽天監亦不以聞。至次年九月十五日，忽有林清之變，繼以滑縣之逆。迨平定後，此星没矣。

（原文）人言通天文者不祥。四川高太史名辰，字白雲，向爲岳大將軍西席。常在金陵觀星象，言山東有事。次年，果有王倫之逆，而太史已先亡矣。過隨園，命其子受業門下，贈詩云：「名重隨園詎偶然，興來神妙寫毫顛。已知葛井來勾漏，豈但香山數樂天。入座嵐光時拱揖，依人鶴影自翩翻。荀香近處瞻先輩，慰我調饑三十年。」《過定軍山弔武侯》云：「三代而還論出處，兩朝之際見權宜。」

批本　乾隆年間，書法首推成親王。由趙而王而歐米，放浪不平，迄於不佳。次則劉石庵。學趙最深，次學鍾繇，全是皮毛，遠不如介菴和尚及梁巘也。此外羅原漢、梁同書，均能自立一幟者。

（原文）從古講六書者，多不工書。歐、虞、褚、薛，不硜硜於《説文》、《凡將》。講韵學者，多不工詩。李、杜、韓、蘇，不斤斤於分音列譜。何也？空諸一切，而後能以神氣孤行，一涉箋注，趣便索然。

批本　明仁係明我齋之胞兄。

（原文）香亭宰南陽，大將軍明公瑞之弟諱仁者，領軍征西川，路過其邑。於未到前三日，飛羽檄寄香亭，合署大駭。拆視，乃詩一首，云：「雙丁二陸聞名久，今日相逢在道途。寄問南陽賢令尹，風流得似子才無？」嗚呼！枚與公絶無一面，蒙其推挹如此。因公在京時，曾託尹似村索詩，枚書扇奉寄，而公已殁軍中，故哭公云：「團扇詩纔從北寄，雕弓人已賦西征。」

批本　古剌水余家藏頗多，亦不甚貴重。其罐則外鐵而内金。此西洋貢物，即花露水之流。尚有古剌油，亦與丁香薄荷油等。其水並非一色，有可飲者，有可浴者，且有真假之分。大約貢自西洋者爲真，永樂朝命天主堂倣造者爲假。

（原文）余家藏古剌水一罐，上鎸「永樂六年古剌國熬造」。重一斤十三兩，五十年來，分量如故。鑽開試水，其臭香，色黄而濃，裹面皆黄金包裹。方知水歷數百年而分量不減者，金生水故也。《池北偶談》：「左蘿石咏古剌水云：『瓶中古剌水，製自文皇年。列皇飲祖澤，旨之如羹然。』又曰：『再拜嘗此水，含之不忍咽。』」似乎古刺水可飲也。明人《宫詞》云：「聞道内人新浴罷，一杯古刺水横陳。」似乎宫人浴罷染體之水也。厲太鴻詩曰：「一灑羅衣常不滅，氤氲願與君恩終。」又似乎熏洒衣服之用矣。三君子者，不知何攷耶？嚴分宜籍没時，其家有古刺水十三罐，人以爲奇。則此水之貴重可知。

批本　越窑、柴窑之色，俱未恰可。惟明宣窑之霽藍，則真有雨過天青色矣。然尚不及霽紅爲佳。當日只成一次，聖祖嘗倣之，名曰郎窑，今不可得。至雍正之年窑，則年希堯監造，遜郎窑甚遠。

（原文）骨董家相傳，雨過天青色磁，始於柴世宗。按，晚唐早有之。陸龜蒙詩曰：「九天風露越窑開，奪得千峰翠色來。」

批本　朱孝純運使之次子朱爾松額，以中書在軍機處行走。因漏言於總督岳勒保，致出軍機。日與和九爺遊，（吏部郎中和積額。）將田園悉數换與和九爺，代捐知府。次年，選得廣東知府，而家貧矣。行至揚州，客死。適淮安有知府王伸漢謀殺李毓昌之案，地方官不敢承擔，遂至驗尸停柩半年，始得歸。此亦自取苦也。

（原文）常州陳明善，字亦園，鄉居甚富，家有園亭，姓好吟詠。《種蔬》云：「閒種半畦蔬，芳葉紛滿目。天意答小勤，盤餐遂余欲。」亦清才也。錫山邵辰焕主其家，有《柳枝詞》云：「前溪烟雨後溪晴，桃葉桃根慣送迎。誰似小紅橋畔柳，繫儂畫舫過清明。」亦園忽有仕宦之志，盡賣其田，出仕遠方，家業蕩然，園歸他姓。余爲誦白傅詩曰：「我有一言君應記，世間自取苦人多。」

卷八

批本　中丞阿公者，阿思哈也。阿官廣東日，嘗買一妾。妾攜女年方四五歲，甚美，遂留養之。後十餘年，而和珅有女，醜，且眇一目，欲婚於德定圃之子英和，恐其不願，求上爲主婚。德因馳赴阿公，求此養女爲子婦。明日，上果召見，問及婚事，奏云：「已與阿思哈有成議矣。」乃已。其後定圃官禮部尚書，因祭天壇，天燈不起，革職。蓋和珅之修怨也。

（原文）錢文端公庚午典江西試，寫榜吏陳巨儒，鬚鬢如雪，求公贈手迹爲榮。自陳年七十，手寫文武試三十二榜。公贈詩云：「桂籍憑伊腕力傳，白頭從事地行仙。自言作吏中書省，曾侍朱衣四十年。」十月復寫武榜，解首則其孫騰蛟也。名初唱，掀髯一笑，筆墮於地。中丞阿公喜極，遣牙校馳箋索藩司彭公家屏贈詩。彭方有劇務，幕中客擬數首，不稱公意，遣吏飛馬請蔣苕生來。蔣方與友飲酒肆，戀不肯行。吏敦促至再，扶鞭上馬。比至，則促召之使已四輩矣。彭公遽起，告以中丞索詩之使立馬簷下，蔣笑曰：「某不知公有此急也。」濡筆立題一絶云：「榜頭題處笑開眉，六十年來鬢若絲。官燭兩行人第一，夜闌回憶抱孫時。」彭公得詩狂喜，復酌苕生，送輕紗四端。

批本　總憲，邵自昌之父也。

（原文）山陰邵太守大業，字厚庵，治蘇有惠政，以忤大府罷官。有口號一聯云：「江山見慣新詩少，世味深嘗感慨多。」又「老來兒女費周旋」七字，亦頗是人情。

批本　春臺一窮翰林，即任試差，不過得一二千金。遽買南妾一人，日日食鮮魚活蝦，瓦鴨火腿，紹興酒，龍井茶，何以養之？余見漢軍蔣攸銛，本籍寶坻，其先人因田文鏡提拔，遂登仕版。由甲辰翰林起家，至總督。其家婦女，纏足，飲食日用悉倣南人。調任直隸，以原籍寶坻辭，內用尚書。例兼都統，以不識清文辭。此尤縱欲喪心者也。

（原文）學士春臺，典試福建，過吴下，買妾方大英。貌美能詩，以南北地殊，服食不慣，雉經而亡。搜其遺稿，有句云：「户閉新蛛網，梁空舊燕泥。」

批本　補山奔走和珅、福康安兩家之門，遂至富貴。二人勢敗，仁宗御極，立即抄家革爵，逐出旗籍。一子貧無所歸。

（原文）孫補山尚書，先以中翰從傅文忠公征緬甸，見虜氛日惡，口號一首，付諸同事云：「軍容茶火盛，不戢便成災。水土本來惡，烏鳶曉便來。功成原有數，我死愧無才。腰下防身劍，摩挲日幾回。」嗚呼！先生當艱險時，賦詩如此，豈料日後之總督兩廣，晉爵宫保，世襲輕車都尉哉？孟子云：「天之將降大任。」信然。

批本　大將軍者，兆惠也。

（原文）尹文端公妾張氏，封一品夫人，與内廷恩宴。大將軍某與忠勇公在上前戲尹云：「張有貴相，十指皆箕斗，無羅紋。」會伊犂平定，諸功臣畫像内廷，例有贊語。上命公自爲張夫人贊，尹應聲云：「繼善小妻，事臣最久。貌雖不都，亦不甚醜。恰有貴相，十指箕斗。遭際天恩，公然命婦。上相簪花，元戎進酒。同畫凌烟，一齊不朽。」忠勇公曰：「欲戲尹某，反爲尹某戲耶。」上大笑。

批本　尹公諸子，慶三爺實爲通才。其子文鶴充鑾儀侍衛，貧極而亡。

（原文）丁酉七月，慶雨峰赴湖北臬司之便，過隨園留别云：「天外飛鴻迹又過，衡門深處叩烟蘿。交情共指青山在，别意相看白髮多。祖帳一杯江上酒，秋風八月洞庭波。才人老去須珍重，漫把遺編日苦摩。」到湖北後，又寄紅抹肚與阿遲，繫以詩云：「一個錦兜寄兒着，要他包裹五車書。」

批本　自此一别，雨峰出鎮塞外，遂永訣矣。余哭之云：「平原自是佳公子，劉秩終非曳落河。」傷其不耐塞外之風霜也。其詩集甚多，不知流落何所。

（原文）滿洲永公，名福，字用五。守湖州，作《吴興竹枝》云：「香雪西崦處處栽，終朝結社賞梅來。兒家門户敲不得，留待月明人静開。」「練裙如雪浣中單，二月風多草色寒。片雨過窗紅日現，家家樓上晒衣竿。」公禮賢愛士，蒙見訪杭州。於公事如麻時，苦留宴飲，遣人以手版到大府處，乞假談詩。

批本　永公官臺灣道，甚貧。乾隆丙午林爽文之亂，因公伏法。時臺灣府楊廷理以萬金饋福康安，竟得逍遥事外。

（原文）楊刺史潮觀，字笠湖，與予在長安交好。以運四州皇木，故再見於白門，垂四十年矣。

批本　其後刺史見子才所選《子不語》，有「李香薦卷」一段，彼此口角可笑。

《山行遇雨》云：「廣厦千萬間，不免炎暑熱。蓋頭一把茅，亦避風雨雪。」《馬跑泉》云：「十月冰霜潔，真陽坎内全。任教無底涑，不到有源泉。」所言皆有道氣。笠湖在中州作宰，鄉試分房，夢淡妝女子，搴簾私語曰：「桂花香卷子，千萬留意。」醒而大驚，搜落卷，有「杏花時節桂花香」一卷，蓋謝恩科表聯，其年移秋試在二月故也。主司是錢東麓司農，見之大喜，遂取中焉。拆卷，乃侯元標，是侯朝宗之孫也。楊悚然笑白：「入夢求請者，得非李香君乎？」一時傳李香君薦卷，以爲佳話。

批本　田文鏡，賨坻人，世宗藩邸莊頭也。

（原文）己未，余在孫文定公署中，見亮儕先生。其時觀察清河，年七十餘，銀髯垂腹，口若懸河。向制府述水利，娓娓萬言，無一澀語閒字。使屏後侍史録之，即可作奏疏讀也。初從河南縣令起家，忤總督田文鏡，每被劾一次，世宗召見，必陞一官，真奇士也。作令不用牌票書，片紙召吏民。作府道不用文檄書，尺牘諭下屬，有令必行，無情不燭。《登黄鶴樓》云：「名勝跡隨頹浪捲，孤危身託畫欄憑。好把江波成地醴，偏教溝瘠飲天漿。」其抱負可想。

批本　南塘居士，相城人。

（原文）遊仙詩，大半出於寄託。方南塘居士云：「到底劉安未絶塵，昨宵相與共朝真。漫將富貴夸同列，手版横腰道寡人。」此刺暴貴兒作態者也。陸陸堂太史云：「尋真臺上紫雲高，阿母宵分降節旄。臣朔讀書破萬卷，不甘呵叱小兒曹。」此刺妄庸人傲士者也。方近雯觀察云：「一痕輕緑畫春山，冰翦雙眸玉煉顔。不解大羅天上事，蘭香何過謫人間。」此惜詞臣外用之詩也。桐城姚康伯有《閨怨》云：「分明賺得兩眉開，手折黄花上鏡臺。侍女無端忙報道，鄰家昨夜遠人回。」

卷九

批本　歸愚受知，皆因鄂中堂之《南邦黎獻集》。

（原文）沈歸愚尚書，晚年受上知遇之隆，從古詩人所未有。作秀才時，七夕悼亡云：「但有生離無死別，果然天上勝人間。」落第，詠昭君云：「無金贈延壽，妾自誤平生。」深婉有味。皆集中最出色詩。六十七歲，與余同入詞林。《紀恩》詩云：「許隨香案稱仙吏，望見紅雲識聖人。」

批本　所生子名維甸。

（原文）方敏恪公六十一歲生兒，當八月十四日，賦得子詩云：「與翁同甲子，添汝作中秋。」

批本　傅文忠本不識字，何由知詩。子才《詩話》中之與鄂文端、傅文忠論交，皆借以嚇騙江浙酸丁寒士，以自重聲氣耳。鄭板橋、趙雪松作文賤之，不足取也。

（原文）余哭鄂制撫虛亭死節詩云：「男兒欲報君恩重，死到沙場是善終。」乙酉天子南巡，傅文忠公向莊滋圃新參誦此二句，曰：「我不料袁某才人，竟有此心胸。」聞係公同年，我欲見之，希轉告之。」余雖不能往謁，而心中知己之感，惻惻不忘。第念平生詩頗多，公何以稱愛此二句？後公往緬甸，受瘴得病，歸薨。方知一時感觸，未嘗非讖云。鄂公拈香清涼山，過隨園門外，指示人曰：「風景殊佳，恐此中人必爲山林所誤。」有告余者，余不解所謂。後見宋人題吕仙一絶曰：「覓官千里赴神京，得遇鍾離蓋便傾。未必無心唐社稷，金丹一粒誤先生。」方悟鄂公誤字之意。

批本　宣城梅生，秋闈下第。以阮亭銘硯及成親王臨《争坐位論》一册，售二十金於余。余族人桂香東攜以示王，王大驚，爲跋於後，凡千餘言。有云：「此册之妙，勝我十倍。使我再寫十年，未必能及。乃仍假我名，慚不可忍。」香東來告，且云成王有留之意，遂因香東與之。此亦假名之奇遇也。

（原文）陶貞白云：「仙人九障，名居一焉。」余不幸負虚名。丁丑，過書肆，見有作《金陵懷古》詩者，姓王，名顛客，假余序文。詩既不佳，序亦相稱，余一笑置之。後三年，再過書肆，見《清溪唱酬集》一本，載上海彭金度、碭山汪元琛、太倉畢瀧等共三十餘人，前駢體序，亦假我姓名。詩、序俱佳，不能無訝。因買歸，示程魚門。程笑曰：「名之累人如此。雖然，如魚門之名，求其一假，尚未可得。」後十年，集中王陸禔、曹錫辰、徐德諒、范雲鵬四人，都來相見，而諸君子則終未謀面。姑録數首，以志暗中因緣。范《采菱曲》云：「采蓮莫采菱，菱角刺儂手。采菱莫采蓮，蓮心苦儂口。刺手苦儂苦不深，苦口兼欲苦儂心。」汪《金陵雜詩》云：「清江一曲鴨頭波，相約湔裙踏淺莎。雙漿月明桃葉渡，但聞人語不聞歌。」

批本　板橋時文新奇，畫並不佳，詩却在子才之上。惟好男風，是其劣跡。

（原文）興化鄭板橋作宰山東，與余從未識面。有誤傳余死者，板橋大哭，以足蹋地。余聞而感焉。後二十年，與余相見於盧雅雨席間。板橋言天下雖大，人才屈指不過數人。余故贈詩云：「聞死誤抛千點淚，論才不覺九州寬。」板橋亦深於時文，工畫，詩非所長。佳句云：「月來滿地水，雲起一天山。」「五更上馬披風露，曉月隨人出樹林。」「奴藏去志神先沮，鶴有饑容羽不修。」皆可誦也。板橋多外寵，常言欲改律文笞臀爲笞背，聞者笑之。

批本　余記十一歲時，家君方任江寧藩司。一日，隨業師黄望庭先生，往隱仙庵上吃桂花栗子。道士善弈，先生與對局。弈竟，同到隨園。子才出迎，款待甚周。時年六十餘，康健如少壯。面麻而長，微鬚，已半白，身高五尺餘。園中窗嵌玻璃，皆紫藍各色。餚饌精雅，吃麵四碗而散。乾隆辛亥，余年二十歲，以三等侍衛乞假省家君於閩督任，再過隨園，子才時往蘇州。比到蘇州相見，子才已七十六歲。向余索詩，答以不會作詩，深爲惋惜。令伊女弟子作點心兩盤、醬葱蒸鴨一盤、蟶乾爛肉一盤爲贈，余饋以四十金而别。比嘉慶己卯，三過隨園，則荒爲茶肆矣。

（原文）隱仙庵道士周明先，善琴能詩，離隨園甚近，年未五十亡。余録其佳句云：「神仙樂事君知否，只比人間多笑聲。」「竹間樓小窗三面，山裏人稀樹四鄰。」「壁琴風過聞天籟，香椀灰深裊篆烟。」「雨中破壁蝸留篆，醉後餘腥蟻起兵。」又「新筍成時白晝長」七字亦妙。

批本　余自落魄以來，落職遠謫，沿途受恩者，如宜四制軍、書六中堂、永六制軍、廣九中丞，皆念舊雨。至若保三中堂，則更若慈母之護惜嬰兒，使萬里生還，骨肉完聚。每一念及，望空拜叩不已。

（原文）偶見晚唐人辭某節度七律一首，前四句云：「去違知己住違親，欲策羸驂屢逡巡。萬里家山歸養志，十年門館受恩身。」讀之，一往情深，必士君子中有至性者也，恨不友其人於千載以上。惜不能記其全首與其姓名，他日翻擷《全唐詩》，自能遇之。

卷十

批本　乾隆五十六年，余飲於高廟，正值菊花盛開。據云當年能月月見花，自亮一去世，止自八月至臘月有花，他月不能矣。

（原文）江寧高廟僧亮一，工栽菊，能使月月有花。戊辰秋，席武山别駕招予，同蔣用庵侍御、姚雲岫觀察同往賞花。用庵分得「有」字韵，詩云：「天地之大何不有，造化乃出山僧手。山僧一手種菊花，花高十尺大如斗。四時群卉遞凋殘，僧寮月月如重九。石頭城外普陀庵，相思半載遊終負。初冬髯八書相招，盍簪花下中山酒。座客呼僧相瞟眙，問訊神方乞誰某。僧云我絶尠師傳，蘊祟袛在三時厚。料寒量燠細鋤泥，剔穢芟蕪重縛帚。雨無苦溼晴無乾，如期各有神明壽。此言雖小可喻大，士夫身世宜遵守。萬物從來栽者培，枯菀紛紛都自取。東風桃李劇芳妍，此時可保穠華否。經得冰霜受得春，畢竟此花能耐久。坐中聽者太軒渠，花亦從旁如點首。街鼓催人月到窗，籃輿還帶餘香走。」

批本　趙損之之子秉冲，官户部侍郎，在南書房多年。生二子，長趙榮，官編修，次趙林，捐知縣。其後秉冲與榮相繼殁，林得狂病，一貧如洗，四處依人，竟不知流落何所也。

又秉冲有姪炳，官御史，巡視東城。城外某廟中，住旗人某甲父子，其子事父極孝。會夏日父病死，子告僧曰：「我將入城領恩賞銀，並向碓坊貸錢，以辦喪事。」又以天氣炎熱，停尸廟中，無人看守，遂於井旁淺土埋之。事爲炳聞，竟以某甲活埋其父入奏，凌遲處死。炳旋升給事中，次年典試福建。歸，甫入户，自批其頰，口稱某甲索命，夜半而卒。

（原文）吴中七子中，趙文哲損之詩筆最健。丁丑召試，與吴竹嶼同集隨園，愛誦予「無情何必生斯世，有好都能累此身」一聯。後從温將軍征金川，死難軍中。過襄陽時，以《懷諸葛故居》詩四首見寄云：「洵美躬耕地，千秋一草廬。勛名微管亞，出處有莘如。巾服漁樵裏，川原戰陣餘。西風渭濱路，尚憶沔南居。」「四海占龍卧，蕭條一畝宫。泊如明厥志，行矣慎吾躬。變化遭非偶，栖遲道豈窮。可知出師表，慷慨本隆中。」「崔徐二三子，來往定欣然。逸事風塵外，高評月旦前。襟期梁甫曲，生計漢陰田。當日如終隱，鴻妻亦最賢。」「宇宙聲名大，遺蹤錦水長。人歌千尺柏，公念百枝桑。涕尚沾遺老，魂應戀故鄉。溪毛如可薦，此地合祠堂。」

批本　承恩寺瓶兒辣菜極佳，蘿蔔鮝尤妙。

（原文）金陵承恩寺僧行犖能詩，有句云：「雨晴雲有態，風定水無痕。」其師闡乘，有五絶云：「香氣透窗紗，風輕日未斜。午堂春睡起，雙燕下含花。」又有句云：「纔展金剛經了了，金剛經夾小吟箋。」余嘗云：「凡詩之傳，雖藉詩佳，亦藉其人所居之位分。如女子青樓、山僧野道，苟成一首，人皆有味乎其言，較士大夫最易流布。」

批本　魚門人品重，較江、洪、汪、鮑諸商，有主僕之分。

（原文）魚門太史，於學無所不窺，而一生以詩爲最。予寄懷云：「平生絶學都參徧，第一詩功海樣深。」寄未一月，而魚門自京師信來，亦云所學惟詩自信，不謀而合，可謂知己自知，心心相印矣。屢託余買屋金陵，爲結鄰計。不料在廣州，孫補山中丞招飲，告以魚門殁於陝西畢撫軍署中，彼此泣下，銜杯無歡。因思畢公一代宗工，必能收其遺稿。然魚門所刻《蕺園集》，僅十分之三耳。計其未梓者，《書懷》云：「才難問生産，氣不識金銀。」《題阮吾山行卷》云：「無勞歎行役，行役是閒時。」《對雪》云：「鬧市收聲歸闃寂，虚堂斂抱對寒清。」《乞假》云：「官書百卷從擔去，病牒三行有印鈐。」嗚呼！此乾隆三十五年，假歸寓隨園，以近作見示，而予所抄存者也，不意竟成永訣。

批本　己未，余同浦、錢兩家兄弟共九人，自塞外歸。至洛陽，盤桓五日。浦、錢兩家，由開封回南，余兄弟渡孟津北歸京師。時十月，惜非牡丹時耳。

（原文）杭州吴飛池，學詩於樊榭先生。先生愛其「紅蓼花深冷葛衣」一句，謂可鐫入印章。其《澶州雜詩》云：「晨光黯黯樹稀微，雲帶炊烟溼不飛。多少人家秋色裏，滿天白露漫柴扉。」《過洛陽問牡丹》云：「花濃洛下種應真，我却來時不是春。到耳盡誇顔色好，未開先賞斷無人。」他如：「林間一鳥過，池面數花欹。」「岸仄疑無路，燈明似有村。」「曉月光微難辨樹，西風吹冷不知衣。」皆清脆可喜。

卷十一

批本　此等詩話，直是富貴人家作犬馬耳。畢秋帆家本棉花巨商，以乾隆年中通榜中舉，由中書值軍機處，繼至大魁，皆于敏中等之力。（通榜之弊，至嘉慶中朱珪、汪延珍主試始減。）畢太夫人詩既不佳，事無可記，選之何爲？所以鄭板橋、趙松雪斥袁子才爲斯文走狗，作記駡之，不謬也。

（原文）古陶太尉、歐陽少師之母，俱以教子貴顯，名傳千古。然兩母之著述不傳。即宣文夫人講解經義，幾與孔子並稱，而吟詠亦無聞焉。近惟畢太夫人兼而有之。夫人名藻，字于湘，印江令笠亭先生之女，余同徵友少儀觀察之妹也。《偶詠梅》云：「出身首荷東皇賜，點額親添帝女裝。」首句本出無心，未幾秋帆尚書果殿試第一，繼王沂公而起。吉人之詞，便成詩讖，事亦奇矣。太夫人雖在閨閣，而通達政體。尚書出撫陝西，太夫人作詩箴之云：「讀書裕經綸，學古法政治。功業與文章，斯道非有二。汝宦久秦中，洊膺封圻寄。仰沐聖主慈，寵命九重賁。日夕爲汝祈，冰淵慎惕厲。譬諸構櫨材，斲小則恐敝。又如任載車，失誡則懼躓。捫心五夜慚，報答奚所自。我聞經緯才，持重戒輕易。教勑無煩苛，廉察無猥細。勿膠柱糾纏，勿模稜附麗。端己勵清操，儉德風下位。大法則小廉，積誠以去僞。西土民氣淳，質樸鮮糜費。豐鎬有遺音，人文鬱炳蔚。況逢郅治隆，陶鈞綜萬類。民力久普存，愛養在大吏。潤澤因時宜，撙節善調理。古人樹聲名，根柢性情地。一一踐履真，實心見實事。千秋照汗青，今古合符契。不負平生學，不存温飽志。上酬高厚恩，下爲家門庇。我家祖德詒，箕裘罔或墜。痛汝早失怙，遺教幸勿棄。嘆我就衰年，垂老筋力瘁。曳杖看飛雲，目斷秦山翠。」讀其詩，可謂訓詞深厚，不減顏家庭誥。未幾，太夫人就養官署，一路關心，訪察政聲。聞長安父老俱稱尚書之賢，太夫人喜。抵署，又賦詩曰：「驂騑乍解路三千，風物琴川慰眼前。到處聽來人語好，頻年豐樂使君賢。」「連明話舊到更深，不盡婁江望遠心。莫怪老人添白髮，兒童幾輩换鄉音。」「周遭竹嶼與花潭，檻外雲光映翠嵐。儘有瑣窗詩料在，不須回首憶江南。」太夫人受封極品，考終官署。庚子，上巡江浙，尚書居憂里門，謁于行在。具陳母氏賢行，上賜「經訓克家」四字。尚書建樓於靈巖别業，以奉宸章，當世榮之。有《培遠堂詩集》行世。《培遠堂集》中，美不勝收，摘其尤者。五古如《靈巖山館夜坐》云：「圓景下絶壁，山館忽已暝。石磴静張琴，雪泉清瀹茗。不知夜已深，月上青松頂。」五律如《正月十二夜》云：「銀釭暗畫堂，坐數漏偏長。雁影半牆月，鷄聲萬瓦霜。夜吟多遺興，春夢不離鄉。庭下微風起，梅花入幕香。」《落葉》云：「微霜零木葉，秋氣乍蕭森。亂逐西風下，多隨涼雨深。紙窗延皓月，苔磴失層陰。偶爾憑欄立，平林露遠岑。」七律如《小園》云：「小園半畝寄西城，每到春深信有情。花裏簾櫳晴放燕，柳邊樓閣曉聞鶯。漢書舊讀文猶熟，晉帖初臨手尚生。自笑争心猶未忘，閒招鄰女對棋枰。」七絶如《探梅》云：「光福寺前日欲曛，上陽村外望絪緼。千林萬壑浩無際，不辨湖光與白雲。」《春殘》云：「斐几薰鑪百衲琴，緑陰門巷晝沈沈。春來小苑無人掃，花落窗前一寸深。」《松徑》云：「曲徑彎環石級高，滿亭山色緑周遭。松風似厭泉聲小，自寫雲門百尺濤。」五排如《雁字》云：「一片雲藍紙，鴻文絶點瑕。禽經殊古雅，羽檄等紛拏。每作纏聯起，何曾敍次差。銜蘆如運筆，游霧類塗鴉。凡鳥徒貽誚，家雞詎用誇。緘情來塞北，傳信向天涯。四出驚風急，低横遠岫遮。諧聲呼伴侣，破體遇弓韜。行斷疑從缺，書空點不加。奇姿多縹緲，取勢故欹斜。斂翰停摛藻，臨池戲劃沙。鵝群猶遜巧，鳳策足聯華。水映騰清稿，烟籠護碧紗。揆天才不愧，逸興寄雲霞。」五言絶如《雨夜》云：「向晚花冥冥，獨坐理琴譜。一縷茶烟生，疏簾散春雨。」六言絶如《夏日作》云：「撥火爐香颺來，卷簾梁燕飛去。吴門六月猶寒，雨在江南何處。」皆有清微淡遠之音，真合作也。其他名句，五言如《望華》云：「日生常夜半，雲到祇山腰。」《嘗新茶》云：「未乾春露氣，猶帶曉雲香。」《虎丘》云：「隔花皆有閣，入寺始知山。」《江村寓目》云：「山吞將落日，風抵欲來潮。」七言如《梅花》云：「獨與白雲如有約，遥疑積雪亦生香。」《聞蟲》云：「花徑雨過苔乍冷，豆棚風定月初明。」《野望》云：「雨餘霜葉紅於染，風定炊烟白欲凝。」《靈巖懷古》云：「香徑花開人去後，屧廊風響月明中。」《登澄觀樓》云：「積雪明多能淡日，遠山寒極不生烟。」

批本　畢秋帆高身長面，類山東人。最愛演劇，暑中僕從官親，即戲班脚色，而小旦尤多，皆其姬妾之戚也。秋帆爲人却渾厚，善於應酬，風流則有之，功勳則不敢許也。其先世以棉花賣買起家，出于相國敏中門下，後又寄和相國珅門下，遂至督撫。和珅敗後，抄家奪謚，一敗塗地。後人亦無繼起。子才稱其詩比梅村，奉承太過，秋帆亦必不敢當。

（原文）吴中詩學，婁東爲盛。二百年來，前有鳳洲，繼有梅村，今繼之者，其弇山尚書乎？《過吴祭酒舊邸》詩云：「我是婁東吟社客，瓣香私淑不勝情。」其以兩公自命可知。然兩公僅有文學，而無功勳，則尚書過之遠矣。尚書雖擁節鉞，勤王事，未嘗一日釋書不觀，手披口誦，刻苦過於諸生。詩編三十二卷，曰《靈巖山人詩集》。靈巖者，尚書早歲讀書地也。

批本　荆州水患，係乾隆己酉年事。秋帆荆州述事詩，不敍水患之由，其於梅調元之寃獄，未知若何也。

（原文）蔣用庵有句云：「花以春秋分早晚，天於才命各升沉。」斯言是也。然有才無命，終不能展布經綸。徐英公遺將，必用方面大耳者，曰：「取彼福力，成我功名。」予按，嵩陽，毒地也，代公到而龍遠徙。樂陽，苦泉也，房豹臨而味變甘。此其明效也。天子知弇山尚書最深，故中州奇荒，移公於秦中，荆州水災，移公於楚省。公所到處，便能變酺養瘠，元氣昭回，古今人若合一轍。然非有至誠惨怛之懷，亦不能上格天心，而下孚民望。公有《荆州述事詩》十首，仁人之言，不愧次山《春陵行》。今録其八云：「一色長天接混茫，登高無地問蒼蒼。突如禍比焚巢慘，蠢爾危於破釜忙。海市應開新聚落，渚宫重見小滄桑。最憐豸繡烏臺客，披髮何由訴大荒。（魯侍御贊之全家陷没。）」「涼飈日暮暗凄其，棺槥縱横滿路歧。饑鼠伏倉餐腐粟，亂魚吹浪逐浮屍。神燈示現天開網，（聞水患前數日，江上時有神燈來往。）息壤難堙地絶維。那料存亡關片刻，萬家骨肉痛流離。」「浪頭高壓望江樓，眷屬都羈水府囚。人鬼黄泉争路出，蛟龍白日上城游。悲哉極目秋爲氣，逝者傷心淚迸流。不是乘桴便升屋，此身始信即浮漚。」「生生死死萬情牽，騷客酸吟哀郢篇。慈筏津迷登彼岸，濫觴勢蹶竟滔天。不知骨化泥塗内，祇道身經降割前。此去江流分九派，魂歸何處識窮泉。」「雲夢蒼茫八九吞，半皆餓口半遊魂。鮫綃有淚珠應滴，鰲足無功極恐翻。救急城填成死劫，劈空刀落得生門。若非帝力宏慈福，十萬蒼靈幾個存。」「手勅親封遣上公，勤民堂陛一心通。金錢内府催加賑，版築冬官記考工。直欲犀然窮罔象，肯教鶉結哭鴻濛。宵衣五夜批章奏，饑溺真如一己同。」「大工重議築方城，免使蚩氓祝癸庚。涼月千家嫠婦淚，清霜萬杵役夫聲。蟻聲漸整新槐穴，虎旅重開舊柳營。我有孝侯三尺劍，誓將踏浪斬長鯨。」「江水茫茫烟靄深，紙錢吹滿挂楓林。冤埋魚腹彈湘怨，哀譜鴻鳴寫楚吟。南國鄭圖膏雨逮，西風潘鬢鏡霜侵。莫嗟病骨支離甚，康濟儒生本素心。」

批本　胡雲坡原不能詩。

（原文）唐開元之治，輔之者，宋璟以德，姚崇以才，張説以文，皆稱賢相。本朝巡撫蘇州者，湯潛庵以德，宋牧仲以文，皆中州人也。近日中州胡雲坡司寇，秉臬蘇州，繼二公而起，政簡刑清，屢開文宴。一時名士，如平瑶海太史、顧星橋進士，時時過從。予至吴門，必招赴會。公領尚書後，都中猶寄懷云：「過江名士久推袁，吴下相逢月滿軒。鸞掖文章留舊價，倉山著述綜群言。平生契合惟元老，半世栖遲爲壽萱。我上燕臺每南望，最關情處是隨園。」後又寄《扈從紀事詩》十二首來，不作頌揚泛語，自出心裁。《從園》云：「一望燈光列星斗，始知身在五雲邊。」想見待漏晨趨身傍九霄之光景。「策馬上山尋別路，忽聞絕壑響松濤。」想見熱處冷行不爭衡要之識力。至於「纔過殘日又新月，幾度排班看打圍」，則又明寫湛露龍光，晝日三接之恩榮焉。有札命余和韵，余以詩貴清真，目所未瞻，身所未到，不敢牙牙學語，婢作夫人，故不敢作也。

批本　法時帆係蒙古人，非滿洲人。乾隆庚子進士，初名運昌，因用國書書之，與雲長同，奉旨改今名。其人詩學甚佳，而人品却不佳。鐵冶亭輯八旗人詩，爲《熙朝雅頌集》，使時帆董其事。其前半部，全是《白山詩選》，後半部則竟當作賣買做。凡我旗人中有勢力者，其子孫爲其祖父要求，或爲改作，或爲代作，皆得入選。竟有目不識丁，以及小兒女子，莫不濫厠其間。

（原文）《毛詩·伐木》章，有「求其友聲」之語，杜陵有「文章有神」之句。余初不信此言，後歷名場五十年，方知古人非欺我也。戊申八月，年家子許香巖告余云：「其同鄉程薌園明府，宰武進。六月望後，苦熱，移榻桑影山房，讀小倉山房詩而愛之。夜夢題後云：『吟壇甌北及新畬，盟主當時讓本初。摶土爲丸知力大，愛才若命見心虛。仙人偶戲蓬壺頂，下士爭酣墨瀋餘。格調不能名一體，香山竊比意何如。』」程之同年法時帆學士，與書云：「自惠《小倉山房集》，一時都中同人，借閱無虛日，現在已鈔副本。洛陽紙貴，索詩稿者坌集，幾不可當。可否再惠一部，何如？」外題拙集後云：「萬事看如水，一情生作春。公卿多後輩，湖海有幽人。筆陣驅裙屐，詞鋒怖鬼神。莫驚才力猛，今世有誰倫。」此二人者，素不識面，皆因詩句流傳，牽連而至，豈非文字之緣，比骨肉妻孥尤爲真切邪？又有皖江魯沂者，見贈云：「此地在城如在野，其人非佛亦非仙。」却切隨園。薌園名明愫，孝感人。時帆名式善，滿洲人。

批本　鄂文端云：「學問閲歷，皆能治世。惟從學問中來者細，從閲歷中來者粗。」此語每每以之入奏。

（原文）虞山趙再白孝廉，作詩如武侯出師，志吞吴魏，而氣力不足。摘其中秋呈鄂文端公云：「樓虚貯月光常滿，水闊涵星影自稀。」可謂頌揚得體。《真州朝陽樓》云：「萬重山去圍如海，千里江來折倒樓。」《自嘲》云：「名士本來如畫餅，古人原不好真龍。」又《渡江》有「水立不動天無容」，七字殊奇。曾爲余誦鄂公未遇時句云：「一飯便留客，得錢仍與人。」相公氣局之大，早可想見。

批本　余十二歲隨家母到隨園三次，飯後見其太夫人，並其妾四人，皆不美。同聲報怨：此處不好，四面無牆，鬧鬼，鬧賊。人家又遠，買食物皆不方便。鴟鴞豺狼，徹夜叫唤，不能安睡云云。亦可笑也。

（原文）隨園四面無牆，以山勢高低，難加磚石故也。每至春秋佳日，士女如雲，主人亦聽其往來，全無遮闌。惟緣浄軒環房二十三間，非相識者不能遽到。因摘晚唐人詩句作對聯云：「放鶴去尋山島客，任人來看四時花。」

卷十二

批本　吾親友中如鄂二爺祥，乃祖乃父，及其本身，皆司户部銀庫。家資百萬，惟知養鷹養馬，飲食嬉遊，從不顧恤親友。未及十年，産業一空。與余堂兄志書行爲相似。志書年未五十以貧死，有子六人，無所得食，惟作賊而已。

（原文）六合彭厚村家資百萬，慷慨好施，年六十而家資罄矣。不得已辭家遠出，卒於乃弟孝豐署中。葛筠亭哭以詩云：「頭盈白髮翻爲客，手散黄金可築臺。」又曰：「俠傳衆口難爲富，患在無錢不認貧。」真厚村小傳。其弟迪庵，葛弟子也。葛往訪之，贈詩云：「笑隨童叟來聽政，要借雲山去賦詩。」《在西湖夜望》云：「月光山色静窗扉，夜景空明水四圍。多少漁燈風不定，滿湖心裏作螢飛。」葛詩筆絶佳，半生爲時文所累，然高達夫五十吟詩，故未遲也。

批本　雅雨爲人，目空一切，江南才藪，其許可者寥寥。尹制軍深忌之。其後得禍，亦尹之力也。

余嘗在紀曉嵐家見其全集，用筆靈動，學力極深。雅雨深鄙子才，故子才亦恨之。

（原文）盧雅雨先生轉運揚州，以漁洋山人自命。嘗賦《紅橋修禊》四章，一時和者千餘人，余俱未見，而先生原唱，余亦不甚愛誦也。及其致仕，《留别揚州》詩，竟成絶調。真所謂歡愉之詞難工，感愴之言多妙邪？其詞曰：「脱却銀黄敢自憐，不才久任受恩偏。齒加孫冕餘三歲，歸後歐公又九年。犬馬有情仍戀主，參苓無效也憑天。養疴得請懸車日，五福誰云尚未全。」「平山迴望更關愁，標勝家家醉墨留。十里亭臺通畫舫，一年簫鼓到深秋。每看絳雪迎朱旆，轉似青山戀白頭。爲報先疇墓田在，人生未合死揚州。」「長河一曲繞柴門，荒徑遥憐松菊存。從此風波消宦海，始知烟月足家園。歲時社集牛歌好，鄉里筵開鶴髮尊。癡願無多應易遂，杖朝還有引年恩。」嗚呼！後公果將杖朝矣，乃竟不得考終。余弔之曰：「潘岳閒居竟不終，褚淵高壽真非福。」《列子》云：「當生而生，福也。當死而死，福也。」其信然與？

批本　己卯，余過高郵，曾至文遊臺及秦家花園。

（原文）余泊高郵，邑中詩人孫芳湖、沈少岑、吴螺峰招遊文遊臺，是東坡、莘老、少游、定國四人遺迹。席間沈自誦其《春草》云：「山經燒後痕猶淺，雪到消時色已濃。」余甚賞之。屏上有王樓村詩云：「落日倒懸雙塔影，晚風吹散萬家烟。」真臺上光景。螺峰云：「樓村以七律一聯，受知于宋商丘中丞，遂聘在門牆，列江左十五子中，大魁天下。」詩云：「樽中臘酒翻花熟，案上春聯帶草書。」不過對仗巧耳，前輩之愛才如此。十五子中，宰相、尚書，不一而足。惟李百藥一人，以諸生終，而詩尤超絶。

批本　總憲幼時，曾在西湖爲僧。

（原文）沈總憲近思，在都無眷屬，項霜泉嘲之云：「三間無佛殿，一個有毛僧。」魯觀察之裕，性粗豪，而屋小，署門曰：「兩間東倒西歪屋，一個南腔北調人。」薛徵士雪，善醫而性傲，署門曰：「且喜無人爲狗監，不妨喚我作牛醫。」

批本　春圃名鑑。

（原文）余六十三歲方生阿遲。時家弟春圃觀察在蘇州勾當公事，接江寧方伯陶公飛檄文書，意頗驚駭。拆之，但有紅牋十字云：「令兄隨園先生已得子矣。」常州趙映川舍人詩云：「佳問有人馳驛報，賀詩經月把杯聽。」

批本　己卯，余詢温州太守劉公，坐筵之風，已禁二十餘年矣。

（原文）温州風俗，新婚有坐筵之禮，余久聞其説。壬寅四月到永嘉，次日有王氏娶婦，余往觀焉。新婦南面坐，旁設四席，珠翠照耀，分已嫁未嫁，爲東西班。重門洞開，雖素不識面者，聽其入視，了無嫌猜。心羨其美，則直前勸酒。女亦答禮，飲畢，回敬來客。其時向西坐第三位者，貌最佳。余不能飲，不敢前。霞裳欣然揖而釂焉。女起立，俠拜。飲畢，斟酒回敬霞裳，一時忘却，將酒自飲。儐呼曰：「此敬客酒也。」女大慚，嫣然而笑，即手授霞裳。霞裳得沾美人餘瀝，以爲榮。大抵所延皆鄉城粲者，不美不請，請亦不肯來也。太守鄭公以爲非禮，將出示禁之。余曰：「禮從宜，事從俗，此亦亡於禮者之禮也。」乃賦《竹枝詞》六章，有句云：「不是月宫無界限，嫦娥原許萬人看。」太守笑曰：「且留此陋俗，作先生詩料可也。」詩載集中。

批本　李侍堯，漢軍人，前明最初迎降總兵李永芳之後，由驍騎校陞至督撫。身不滿五尺，勇敢有爲，到處貪婪，犯斬罪者三次。以背瘡發，終於閩督，年七十餘。

（原文）羅浮祇華首臺、五龍潭數處，景尚幽渺。其餘如梅花村、冲虚觀，平衍散漫，頗無足觀。不知何以洞天福地，負此盛名。節相李侍堯勒石云：「黄土卧黑石，此外一無有。祇可一回來，不堪再回首。」

卷十三

批本　兩主試者，禮部侍郎鄧鍾岳，山東東昌人，辛丑狀元。詹事府詹事葉一棟，江西新建人，丙辰進士。

（原文）余甲子分校南闈，題「樂則韶舞」。有一卷云：「一人奏琯，而八伯歌風。」愛其文有賦心，薦而未售。出榜後，遇外監試商寶意先生曰：「我收卷，見一文絶麗，問之，乃吴梅村先生孫也。我告之曰：『此文若遇袁太史，必能賞識。』」因誦此二句。予告以果力薦矣。彼此大喜，覺論文有心心相印之奇。未幾，吴到沭來謁，貌如美女，年才弱冠，益器重之。癸酉，予從秦中歸隨園，而吴已中經魁。來見，則嘔血失音，非復曩時玉貌。予心憂之。赴都會試，竟死場中，年二十七。其時同薦者，有松江稟生陳邁晴，亦奇才也。場後賦百韻詩來謁，惜未存其稿。先吴卒。吴在席上題盆中飛白竹云：「渭水清風譜，流傳有别支。出藍誇逸品，飛白擅奇姿。名以中郎重，根從子敬移。森然一筆起，曖若八分披。捲葉輕於縠，抽枝弱比絲。映花風獨轉，拂草露俱垂。細細分龍節，輕輕洗玉肌。生來鳳尾貴，不怕雀頭癡。影落屏風小，香傳棐几遲。恰添承旨石，同上伯英池。專室居何媿，登牀賞自奇。地依蕭寺好，人在晚晴宜。擢彼東南秀，珍逾十二時。品題無與可，篤好有羲之。北館承家學，南宫得畫師。緑窗窺窈窕，紅燭照參差。蘭墨傳新樣，魚箋寫折枝。好將端獻筆，追取順陵碑。」吴諱維鶚，太倉人。佳句尚多，僅録其吉光片羽者，不料其即赴玉樓也。陳生五策，博引群書，兩主試愕然不知來歷。余爾時年少氣盛，語侵主司，以故愈不得售，亦其命運使然耶？有《哀兩生》詩，存集中。

批本　似村直不會作詩，較慶三爺有天淵之隔。

（原文）尹似村詩雖經付梓，而非其全集也。集外佳句云：「鵲非報喜何妨少，雨縱澆花也怕多。」「欲穿竹筍泥先破，纔放春花蝶便忙。」「水去硯池防夜凍，春生布被藉爐温。」「買將花種分兒女，試驗誰栽出最多。」《接尚方伯書》云：「惹得妻孥來笑我，柴門那説没人敲。」數聯可謂專寫性情，獨近劍南矣。

批本　義園方正人，其子亶望，乃一紈袴，卒陷大禍。

（原文）山右王峨園先生，名師，爲江蘇方伯，爲巡撫安公所劾，奪職歸。余時宰江寧，賦詩送行云：「他日終爲黄閣老，此時權作白雲夫。」公見答云：「期君遠作中流柱，愧我曾爲上大夫。」嘗題書舍云：「曲院迴廊留月久，中庭老樹閲人多。」

批本　凡石中有水者，皆謂之空青。余見之甚多。舊藏水晶空青，内有魚形，爲慶十爺持去，送皇八於儀親王。慶十爺爲尹文端公第十子。

（原文）相傳世有空青，人無瞽目。其真者，予未之見也。惟南蘭張天池家藏一顆，石巔趾僅寸許，面帶波痕，光采空靈，中伏一兔，兔腹下藏銀母漿，摇蕩有聲。據云其先人得自海上，傳家已三世矣。同年儲梅夫太史題七古云：「白雲縹渺太素合，波光隱現細浪蹙。入水能教霞采生，舟行怕有饞龍逐。」（《博物志》：「龍嗜空青燕肉。」）

批本　錢千秋，即蘇班中所演鑽狗洞者也。千秋爲牧齋弟子。

（原文）海鹽馬世榮，字煥如，墨林觀察之祖，與陸稼書先生交好。所著詩集有《白生歌》云：白生者，蛇精也。化美男子，爲錢千秋孝廉所狎。孝廉謫戍出塞，白與偕行，情好綢繆。後遇赦歸。錢官司李，白以手帕託錢求張真人用印，事破受誅。乃乞錢以玉瓶裝其骨，道百年後，可仍還原身。事甚詭誕，而馬乃理學人，非誑語者。惜詩有百韵，不能備録。

批本　三投酒者，即今蒙古所謂波爾打拉酥是也。初投者，謂之阿爾占。再投者，謂之廓爾占。三投者，謂之波爾打拉酥。其法以羊胎和高粱造者，今亦不易也。見喀爾喀王成衮札卜所進《元史源流》。

（原文）蘇州老紅豆惠周迪先生有句云：「花浮小盞三投酒，乳撥深爐七品茶。」人疑「七品」當是「七碗」之誤。余曰：「非也。金人七品官纔許飲茶，事見《金史》。惟『三投酒』未詳所出，或是三辰酒之訛。」先生有《香城驛》一絶云：「繞田乘雨破春耕，落日柴車帶犢行。繞屋馬通高一尺，地名還自號香城。」

批本　江鶴亭名春，爲揚州鹽商，牌號廣達。以上四次南巡，報効，賞布政司銜。

（原文）凡詠險峻山川，不宜近體。余遊黃山，攜曹震亭、江鶴亭兩詩本作印證。以爲江乃巨商，曹故宿學，以故置江而觀曹。讀之，不甚慊意，乃擷江詩，大爲歎賞。如《雨行許村》云：「昨朝方戒途，雨阻欲無路。今晨思啓行，開門滿晴煦。雨若拒客來，晴若招客赴。山靈本無心，招拒詎有故。」又曰：「非是山行剛遇雨，實因自入雨中來。」皆有妙境。《雲海》云：「白雲倒海忽平鋪，三十六峰遭吞屠。風帆烟艇雖不見，點點螺髻時有無。一笑塵中局縮轅下駒，曷不來此登斯須？垣遮瓦壓胡爲乎？」《雲谷》云：「領妙如悟禪，搜祕等尋讎。看山得是法，善刃無全牛。」其心胸筆力，迥異尋常，宜其隱於禺筴，而能勢傾公侯，晉爵方伯也。卒無子，年逾六十而終。嗚呼！非予與交四十年，又誰知其能詩哉？

批本　茅名元銘，丹徒人，壬辰進士。

（原文）丙戌三月，予過京口，宿茅耕亭秀才家。庭宇幽邃，饍飲精妙。燈下出詩稿見示，余爲加墨。記其佳句云：「鄰船通客語，虛枕納潮聲。」「千里月明天不夜，五更風急海初潮。」《官亭道上》一絶云：「細道繞平疇，時聽農歌起。回頭不見人，聲在禾麻裏。」未數年，秀才入詞林。丁酉鄉試，作吾鄉副主考。

批本　國初，鄭親王平江南，擄來女子以百計，皆福主宫人及教坊中人，非民間婦女也。

（原文）明季用兵時，有女子劉素素者，被掠，題詩店壁云：「天明吹角數聲殘，將士傳呼上玉鞍。恰憶當時閨閣裏，曉妝猶怯露桃寒。」

批本　蔣二爺豆腐，余亦吃過。其中火腿雜物，不必言矣，而以油炸鬼炒者爲最奇。

（原文）蔣戟門觀察招飲，珍羞羅列。忽問余：「曾喫我手製豆腐乎？」曰：「未也。」公即着犢鼻裙，親赴廚下。良久擎出，果一切盤餐盡廢。因求公賜烹飪法，公命向上三揖，如其言，始口授方。歸家試作，賓客咸誇。毛俟園廣文調余云：「珍味群推郇令庖，黎祈尤似易牙調。誰知解組陶元亮，爲此曾經三折腰。」

卷十四

批本　壬戌，余得一硯，背有小字真書云：「好物堅留七百載，墨磨人去又磨來。」款署：「北宋硯，爲香光宗伯所贈。崇禎壬申四月，權齋識。」

（原文）周月東游海潮庵，得謝文節公小方硯，額鐫「橋亭卜卦硯」五字，背有元人程文海銘。周珍重之，抱硯以寢。臨死，乃贈查恂叔。一時題者如雲，錢辛楣云：「眼中只有石丈人，江南更無廝養卒。」紀心齋云：「遠過一片寒陵石，留伴千秋玉帶生。」

批本　公滋介休一任三十萬，飽則遠颺，何必再出。

（原文）中州吕公滋，字樹村。宰介休歸，因從子仲篤宰上元，來遊白下。見贈云：「地兼白下三山勝，詩比黄初七子工。」《讀三妹集》云：「鴛鳥飛來因繡好，蠹魚仙去爲香多。」年未老而乞病，有勸其再出者，乃作《老女嫁》云：「自製羅紈五色裳，晶簾低捲繡鴛鴦。不如小妹于歸日，阿母殷勤爲理妝。」「檢點新妝轉自思，於今花樣不相宜。嫁衣肥瘦憑誰剪，羞問鄰家小女兒。」《戲仲篤》云：「憐余增馬齒，看爾奏牛刀。」《潼關》云：「三峰天外立，一騎雨中行。」

批本　冬友先生與余嘗會於汴撫畢秋帆座上，面赤，身不高，鬚髮全白，説言爽快。嘗問余愛聽戲否，余答以愛聽撫臺班戲。先生怫然曰：「這都聽得俗極了。」秋帆隨云：「我新排《長生殿》戲，中秋節接爾來聽。」時余年十二歲，家君方官汴藩。

（原文）嚴冬友常誦厲太鴻《感舊》云：「『朱欄今已朽，何況倚欄人。』可謂情深。」余曰：「此有所本也。歐陽詹《懷妓》云：『高城不可見，何況城中人。』」或稱東坡「凍合玉樓寒起粟，光摇銀海炫生花。」余曰：「此亦有所本也。晚唐裴説詩：『瘦肌寒起粟，病眼餒生花。』」

批本　子才此語太覺荒唐，高詩如何駕新城而上？

（原文）本朝高文良公詩，爲勳業所掩，不知一代作手，直駕新城而上。如《值夜》云：「一蓦新寒雨後生，宫槐黄葉下重城。意中故國偏無夢，風裏銀河似有聲。萬馬夜嘶秋待獵，一封宵奏遠論兵。杞人孤坐聽殘角，落月光中太白明。」其他佳句，雄壯則：「宴罷白沈千帳月，獵回紅上六街燈。」「自在騎牛今豎子，苦辛逐鹿昔英雄。」奇警則：「風鐸閒同山魅語，鬼燈紅出寺門遊。」「萬點城烏警曙鼓，一爐村酒閃風燈。」綿麗則：「白蘋風細魚苗長，紅杏花深燕子低。」「老樹無花三月半，舊遊如夢六年餘。」委婉則：「白月無聲秋漏永，紅燈有影夜樓深。」「天涯日日思歸日，覺有歸期日倍長。」淡宕則：「長河暫伏潛仍出，高嶺遥看到恰平。」「纔穿雲過捫衣潤，欲覓詩行任馬遲。」至於「東南生意偕誰計，數仰江雲掉白頭」，則又大臣報國憂民，深情若揭矣。

批本　慶四爺一生糊塗，惟「見人喫蓮子有感」一語尚趣。

（原文）尹氏昆季皆能詩，而推三郎兩峰爲最。一日，文端公退朝，召兩峰曰：「今日我憊矣，皇上命和《春雨》詩，我不及作，汝速擬一稿，我明早要帶去。」兩峰構成送上，公已酣寢。黎明，公盛服將朝，諸公子侍立階下，兩峰惴惴，慮有嗔喝。忽見公向之拱手曰：「拜服拜服，不料汝詩大好。」回頭呼婢曰：「速煨我所喫蓮子，與三哥兒喫。」兩峰大喜過望。四公子樹齋笑曰：「我今日却又得一詩題。」諸公子問何題，曰：「見人喫蓮子有感。」兩峰名慶玉。

批本　趙蔣二人，胸襟學力，均不及王夢樓，而趙又不如蔣。

（原文）趙雲松觀察謂余曰：「我本欲占人間第一流，而無如總作第三人。」蓋雲松辛巳探花，而於詩只推服心餘與隨園也。雲松才氣橫絶一代，獨王夢樓不以爲然，嘗謂余曰：「佛家重正法眼藏，不重神通。心餘、雲松詩，專顯神通，非正法眼藏。惟隨園能兼二義，故我獨頭低，而彼二公亦心折也。」余有愧其言。然吾鄉錢璵沙前輩，讀《甌北集》而奇賞之，寄以詩云：「忽墮文星下斗台，聲華藉藉冠蓬萊。探花春看長安徧，投筆身從絶域回。風雅名誰争後世，乾坤我欲妒斯才。登壇老將推袁久，不道重逢大敵來。」

批本　十四公子名慶禧，慶保係十三公子。慶禧官至總兵，與余同歲。

（原文）解中發秀才，館尹文端公家。一日，鮑雅堂來訪，見十四公子慶保，問年幾何，曰：「十四歲。」鮑戲出對云：「十四世兄年十四。」解應聲曰：「三千弟子路三千。」杭州沈既堂，在高相公署中，公出對云：「可能子面如吾面。」沈應聲曰：「未必他心印我心。」

卷十五

批本　蒙古風俗，每辰熬茶畢，將一勺出户，向東南奠之，跪誦經語一句，謂之哈拉哈烏敦，譯言天門星也，即靈星。

（原文）程綿莊云：孔子廟有櫺星門，其誤已久，不可不知。《詩經》小序云：「絲衣，繹賓尸也。」高子曰：「靈星之尸也。」漢高祖始令天下祀靈星。《後漢書》注云：「靈星，天田星也。欲祭天者，先祭靈星。」《風俗通》：「縣令問主簿：『靈星在城東南，何法？』曰：『惟靈星所以在東南者，亦不知也。』」《宋史·禮志》云：「仁宗天聖六年，築南郊壇，外壝周以短垣，置靈星門。」夫以郊壇外垣爲靈星門者，所以象天之體，用之於聖廟，蓋以尊天者尊聖也。其移用之始，始於宋。《景定建康志》、《金陵新志》並言：聖廟立靈星門。惟元志誤以「靈」作「櫺」，後人承而用之，則不知義之所在矣。晉史《天文志》云：「東方角二星爲天關，其間天門也。左角爲天田，其南爲太陽道，右角爲將，其北爲太陰道，蓋天之三門也。」與《後漢書》注語正相印證。俗儒曲解，以爲養先于教，蓋猶知「櫺」之爲「靈」也。或曰：「義取於疏通。」則直以爲窗櫺之櫺，豈不大誤？余戲題云：「繹祭靈星有樂章，故將聖廟比天閶。如何能作疏通義，鑽入窗櫺上講堂。」

批本　京師雞毛炕，專爲乞丐而設。冬夜無火，以鷄毛圍身，相倚而睡。鷄毛每筐值一二文，店錢則四文而已。

（原文）詩能令人笑者必佳。雲松《詠眼鏡》云：「長繩雙目繫，横橋一鼻跨。」古漁《客邸》云：「近來翻厭夢，夜夜到家鄉。」張文端公云：「姑作欺人語，報國在文章。」尹似村《詠貧》云：「筍能有幾，衣頻典，錢值無多畫幸存。」劉春池《立春》云：「門前久已無車馬，尚有人來送土牛。」古漁《哭陳楚筠》云：「才可閉門身便死，書生强健要飢寒。」蔣心餘《詠京師鷄毛炕》云：「天明出街寒蟲號，自恨不如鷄有毛。」

批本　余聞高文良酸俗異常。

（原文）高文良公巡撫江蘇，爲制府某所凌勢，岌岌乎殆矣。而公聲色不動，《詠天平山》云：「倚天峭壁無塵玉，墮地孤留不動雲。」其時沈子大先生在幕府，和云：「白浪静教翻石下，碧雲高不受風移。」

批本　乾隆丙午，臺灣之役，趙雲松在李侍郎幕，並未到臺。

（原文）趙雲松太史入闈分校，作《雜詠》十餘章，足以解頤。《封門》云：「官封恰似懸符禁，人望居然入海深。」《聘牌》云：「金鎔應識披沙苦，禮重真同納采虔。」《供給單》云：「日有雙鷄公膳半，夜無斗酒客談孤。」《分經》云：「多士未遑談虎觀，攷官恰似劃鴻溝。」《薦條》云：「品題未便無雙士，遇合先成得半功。」佛海漸登超度筏，神仙猶怕引迴風。」《落卷》云：「落花退筆全無艷，食葉春蠶尚有聲。沉命法嚴難自訴，返魂香到或重生。」《撥房》云：「未妨蜾蠃螟生子，笑比琵琶別過船。」

批本　王大司農名際華。

（原文）余自幼聞月華之説，終未見也。同年王大司農秋瑞夢月華而生，故小字華官。後見平湖陸睦堂先生云：「康熙辛酉八月十四夜，曾見月當正午，輪之西南角，忽吐白光一道。已而紅黄紺碧，約有二十餘條，下垂至地，良久，結輪三匝，見月不見天矣。」先生賦云：「今宵纔見月華圓，織女張機也失妍。五色流蘇齊著地，三重輪廓欲彌天。」先生名奎勳，掌教桂林，作《禮經解義》，請序於金中丞。中丞命余代作，先生誇之不已。中丞以實告之，先生曰：「此古文老手，不似少年人所作也。」記先生有句云：「簷低絲網蛛常斷，沼淺蓮房子半空。」

卷十六

批本　嘉慶初，廚子陳德，乘上入宫，持刀直奔御轎前，亦大奇事。

（原文）明季士大夫，學問空疏，見解迂淺，而好名特甚。今所傳三大案，惟移宫略有關係，然擁護天啓，童昏瞀亂，遂致亡國，殊覺無謂。楊慎大禮一議，本朝毛西河、程綿莊兩先生，引經據古，駁之甚詳。挺擊一事，則漢、晉《五行志》中，此類狂人，不一而足。焉有一妄男子，白日持棍，便可打殺一太子之理？蘄州顧黄公詩云：「天倫關至性，張桂未全非。」又曰：「深文論宫閫，習氣惱書生。」議論深得大體。黄公與杜茶村齊名，而今人知有茶村，不知有黄公，因《白茅堂詩集》貪多，稍近於雜，閲者寥寥。然較《變雅堂集》，已高倍蓰矣。

批本　本朝入關，其迎降者，豈獨芝麓一人？且當李自成破北京時，馮銓領班，已先叩降闖賊於武英殿矣。

（原文）龔芝麓尚書，失節本朝，又娶顧横波夫人，物論輕之。顧黄公爲昭雪云：「天壽還陵寢，龍輀葬大行。義聲歸御史，疏稿出先生。浮議千秋白，餘生七尺輕。當年溝瀆死，苦志竟誰明？」「憐才到紅粉，此意不難知。禮法憎多口，君恩許畫眉。王戎終死孝，江令苦先衰。名教原瀟灑，迂儒莫浪訾。」文士筆墨，能爲人補過飾非，往往如是。

批本　子未，山東德州人。

（原文）孫子未先生襄，幼孤貧，鬻某家爲青衣。聰穎非凡，伴主人之子讀書。代其作文，塾師大奇之。告知主人，養爲己子。遂中康熙乙丑進士，官至通政司參議。一時文名重天下，詩亦清超，有《鶴侶齋集》。《次漁洋謝公村》云：「荒涼九龍口，寂寞謝公村。溪水空浮岸，風帆不到門。」馬墨麟維翰與盧抱孫見曾，未第時出公門，公贈云：「盧同馬異總能詩，韓夢雲龍意可師。交比芝蘭投臭味，韵將絲竹迭參差。古人不作原無恨，此日齊名更勿疑。老去自憐才力盡，恰欣二妙正同時。」

批本　程中丞，河南上蔡縣人，康熙辛丑探花。

（原文）徐公士林巡撫蘇州，凡讞決，先摘定案大略，牌示於外，而後發繕文册，所以杜書吏之影射也。世宗謂曰：「爾風格凝重，當爲名臣。」程中丞元章薦三人，一公，一盧雅雨，一陳文恭公也，後皆稱職。盧贈云：「賢名久訝龍圖近，異相應從麟閣看。」

批本　朱考亭，名栻。

（原文）李遠敬太史，以剛直將被劾，惠半農先生救之得免。或謂曰：「何不勸以和柔？」曰：「渠尚不肯爲朱考亭折腰，何能降心當道耶？」其《詠懷》云：「臨風一杯酒，對水一曲琴。嵇生禽鹿性，莊叟濠魚心。」自成冲淡一家。注書與朱子不合。

批本　王午堂，名集，漢軍正紅旗人。並無世襲，且世職中，亦無冠軍之官。午堂爲人極酸俗。

（原文）功臣子孫，封蔭多襲武職，其中頗多文學之士，用違其才。然唐以前，文武原無分途，具韜略者，未嘗不雅歌投壺也。吾所交好者，如威信公岳公之三子濬，昭武將軍楊公之玄孫大壯，皆官參戎，彬彬好學。現任贛州總鎮王午堂先生，世襲冠軍侯，尤好吟詩。《登鷄母澳演砲》云：「小隊來秋閱，窮崖出石陘。沙喧山雨白，龍過海天青。遠舶千帆挂，蒼溟一氣停。自慚非鎖鑰，烽静仰皇靈。」又《黄岡即事》云：「賈船風是路，蛋户水爲家。」俱有唐音。公諱集，正紅旗人。楊巡海云：「欲回刁悍俗，將吏先和衷。多謝良守令，君子之德風。」其胸次可想。

批本　余五弟先患肋下一癰，月餘，奇渴，飲水數石，竟於十一月十五日卒。

（按，崇雨舲中丞爲其先人舒石舫撰墓志，有云：「偶患右肋。」又云：「于十一月十五日見背。」且石舫行五，與此脗合，然則此公即伍利軍拉納之子無疑，第不知其名爲舒某也。）

（原文）杭州錢進士圮，號北庭。過隨園，余晨卧未起，乃題壁而去。亡何患奇疾，一日夜飲三石水，猶道渴甚，遂卒。其詩云：「三徑亭臺水一隈，蕭蕭落葉點莓苔。小舟隔岸穿花出，怪樹當門揖客來。看竹何妨人竟入，題詩好是雨先催。袁安穩卧雲深處，怕引西風户未開。」北庭乃璵沙方伯之族弟，在隨園賞梅，一見陳梅岑，即妻以女。梅岑大父省齋，向作江寧司馬，余舊長官也。梅岑年十五，即攜至山中，命受業門下，曰：「此兒聰明跳蕩，非隨園不能爲之師。」果一見相得。爲取名曰熙，梅岑，則渠所自號也。性愛吟詩，不愛時文。余每見其詩必喜，見其文必嗔。嘗規之曰：「此事無關學問，而有係科名，奈何勿習耶？」卒以此屢困場屋。後受知於李香林河督，得官河廳司馬，亦以詩也。

補遺卷一

批本　昆明湖活魚活蝦，較江南尤美。夜夜有人竊取，須五更往買，家中先一日預備鷄汁。余住班西苑，飽嘗此味。湖旁有青龍橋，上有茶肆，今則不許閑人到矣。

（原文）凡菱筍魚蝦從水中采得，過半個時辰，則色味俱變。其爲菱筍魚蝦之形質依然尚在，而其天則已失矣。諺云：「死蛟龍不若活老鼠。」可悟作詩文之旨。然人莫不飲食也，鮮能知味也。作者難，知者尤難。

批本　皇八子儀親王正妃，即張氏所生女。

（原文）尹文端公出將入相垂四十年，常謙謙然不自喜。惟小妻張氏，以所生女入宮爲皇子妃，誥封一品夫人，逢人必夸。故《紀恩詩》曰：「瑞日曈曨展翠屏，環階拜舞祝慈寧。争傳王母瑶池會，竟見仙班列小星。」

批本　余五歲，隨先大人任江寧鹽道，先後八年。其後先君在蘇州、安慶署理藩臬。余日隨老僕馬五出遊，金陵名勝，無處不到。

（原文）金陵山川之氣，散而不聚，以故土著者絶少傳人。王謝渡江，多作寄公，亦復門户不久，此其證也。然街衢宏闊，民氣淳静，至今士大夫外來者，猶喜家焉。桐城姚姬傳太史，掌教鍾山，有移居之志，賦詩云：「又向金陵十日留，依然雙闕望牛頭。交遊聚處思移宅，衰病行時愛掉舟。蕭寺風多疑作雨，後湖烟淡總如秋。僧書擬共舒王讀，不弔興亡惹淚流。」余謂第四句尤合余意。余當未衰時，亦喜舟行，畏陸行也。

批本　此蓋鹽商作俑。近日都中，惟内務府中人多效之。

（原文）近來習尚，丈夫多臂纏金鐲，手弄椰珠，余頗以爲嫌。而謹厚者亦復爲之。陸作詩刺之云：「我聞遠賈多艱虞，纏金或以資窮途。途窮未必非懷寶，慢藏亦足來萑苻。世人金多揮不足，舉袖滿堂黄映肉。指環臂釧乃女子，男化女兒何日始。南方草木椰最久，實大如瓜漿作酒。何年落子比元珠，一串摩尼時在手。有手不弄琴與書，有手不把犂與鋤。可惜白日空摩挲，不有博弈猶賢乎？」

批本　望之中丞，善氣迎人，天真爛熳。謫伊犂四年，嘉慶登極召還。其第四子懿本，間關隨侍，人亦通脱。

（原文）余嘗求陳望之先生詩而不得，《詩話》中所載甚少。近日王夢樓從楚中歸，誦其《月夜登黄鶴樓》云：「丹樓天外峙，皓月空中行。銀濤與玉魄，相迸出光明。樹暗漢陽渡，雲低鄂渚城。不知何處笛，解作落梅聲。」《泛舟登伯牙臺》云：「伯牙臺畔曉鶯飛，梅子山前緑漸肥。舟共鳧鷖聊泛泛，柳遮樓閣似依依。人琴千古知誰在，江漢殘春照鬢稀。我欲臨風彈一曲，落紅成陣亂斜暉。」

批本　籜石在京，有「錢老相公」之稱。

（原文）丙辰召試者二百餘人，今五十五年矣，存者惟錢籜石閣學與余兩人耳。庚戌五月，相訪嘉禾，則已中風，半身不遂。年八十有三，猶能醰醰清談。家徒壁立，賣畫爲生。官至二品，屢掌文衡，而清貧如此，真古人哉。刻《籜石齋詩集》四十九卷。最後《題春圃弟茶舫圖》云：「清涼山後阿兄題，大令名看小令齊。三月柳遮江路永，十年人隔夕陽低。」拳拳念舊，蓋物稀爲貴，理應然也。先生吟詩多率真任意，有夫子自道之樂。其《村居》云：「村居誰爲閉門高，夜雨頻添水半篙。楊柳初絲亞文杏，木蘭如玉照櫻桃。王官谷小雲同住，華子岡深犬夜嗥。短杖一枝扶便出，西軒北陌又東皋。」《先人别業》云：「屋於高處非忘世，志欲終焉此讀書。」皆有駘宕之致。先生名載，嘉興人。

批本　唐，内務府人。人極無味，詩亦不好。

（原文）瀋陽唐俊公英，司關九江，四方詩人遊者，必有唱和。余於《詩話》中已詳言其壇坫之盛，先生詩尚未見也。近始得其《歸舟即景》云：「逸興忙中減，兹遊片刻清。岸蟲隨櫓急，漁火貼波明。山暗殘陽滅，江寒夜氣生。莫教驚野浦，恐散白鷗盟。」《環翠亭納涼》云：「古亭雅集趁新涼，明月依人照異鄉。老樹静風鴉睡穩，山衙報漏鼓聲忙。向平心事誰知己，庾亮襟期自笑狂。白雪陽春歌滿座，不堪回首少年場。」讀之想見盛世昇平，官領閒曹之樂。其子名寅保，貌如冠玉，早入翰林，出錫山嵇公之門。人以爲先生禮士尊賢之報也。

批本　己卯，余到蕪湖，曾過胡氏如園。花竹稀疏，亭台亦不大。

（原文）丙子，年家子陶時行，以胡氏《一房山詩集》見示，作者六七人。壬寅秋，余過蕪湖，主人漱泉(淳)邀遊其處，屋不甚多，而窗對赭山，門臨湖水，洵鳩江一勝景也。集中管松厓太史(幹珍)云：「日夕山水碧，泠然秋更清。微風湖面至，初月竹稍生。排鷹銀箏柱，躍魚玉尺聲。不愁歸路晚，村火似星明。」淡霞山明府(如水)云：「入室菊排三徑秀，開窗風送一山秋。」仲燭亭(綿槩)秀才云：「小閣乍開雙白板，秋山剛借一屏風。」宋笠田明府(樹穀)云：「沙外鷗眠閒勝客，竹間禽語妙於詩。」主人《曉起》云：「殘月林中挂，晴雲空際生。北窗幽夢覺，天色欲微明。露浥蕉花重，烟凝竹葉清。迎風傾兩耳，恰好一蟬鳴。」

批本　蘭泉嘗與覺羅吉慶往山東查辦事件，其請訓時，吉在前，王在後，此滿漢召對舊例。上令王前吉後。時吉官閣學，年三十餘，王年則六旬矣。上顧吉語王曰：「令他隨爾一路學習。」及差旋，王使人饋吉金五萬，曰：「收之可也，不必怕。」

(原文)王蘭泉方伯，詩多清微平遠之音。擬古樂府及初唐人體最擅長。自隨阿將軍征金川，在路間寄《南斗集》一册，讀之，俶詭奇險，大得江山之助。方信古人云：「讀萬卷書，行萬里路。」缺一不可也。《過甕子洞》二首云：「急溜從東來，鋭石忽西拒。水爲石所搏，奔流竟回注。豈知限坡拖，欲走不得去。回旋蹴浪花，蓄勢作馳騖。何爲一葉舟，竟往殺其怒。舟水相撞舂，進退屢猶豫。乘間突而前，奇絶詫徑度。」「大石如覆舟，小石如斷臼。其色侔赭肝，其狀肖熊首。其積累重甗，其裂豁破缶。譎詭非一形，争出扼溪口。三石更頎然，似結烟霞友。臨空出竅穴，大小靡不有。俾受篙帥篙，真宰信非偶。」《舁輿短歌》云：「下山走坂九，上山逆水船。下用四人夾，上用四人牽。長繩繫板當胸穿，舁者二耦趨而前。二十四足相後先，如魚逐隊蝗附羶。如羊倒挂禽齊騫，我身託輿輿託肩。肩上尺木絙以緣，莫怪侁侁走不前，脚底千峰方刺天。」

批本　童二樹梅，見之多矣，一幅不過三兩枝，無盤根大幹，萬朵槎枒者。

（原文）余丁巳流落長安，館高怡園先生家三月。後四十餘年，先生亡矣，余感其德，爲撰墓志以報。不料又隔數年，張蒙泉（果）寄《夢中緣》一册來，云：「先生亡時，貧甚，家有九棺未葬。夜見夢於童君二樹，以箋紙索畫梅十幅。童素不相識，驚醒，則案上有余所作墓志存焉。所謂短而癯者，即其貌也。以告蒙泉，蒙泉曰：『得毋高公欲借君畫以歸土耶？』蓋其時二人同客中州，而童畫甚貴重故也。童欣然握筆。及畫成，買者無人。適河南施我真太守來，見之，嘆曰：『畫梅助葬，真盛德事。』乃取其畫，而助葬資二百金。題詩曰：『十幅梅花十萬錢，詩中之伯畫中仙。耶溪太守捐清俸，了却幽人夢裏緣。』張招同人和其詩，號《夢中緣》云。」（高公景藩，官至觀察。）

批本　隨園之先，故屬吴姓。

（原文）余買小倉山廢園，舊爲康熙間織造隋公之園，故仍其姓，易「隋」爲「隨」，取「隨之時義大矣哉」之意。居四十餘年矣，忽於小市上，購得前朝顧尚書東橋先生手書詩幅，題云：「茂慈詞丈，就北山之麓，構園名隨園，索余賦詩，因贈云：霜松雪竹憶歸初，千載猶堪借客居。雨過泉聲飛卷幔，雲生嵐翠擁行裾。金樽座對賢人酒，石室山藏太史書。共説高情丘壑在，蒼生凝望意何如。」又曰：「誰向山居同揆詠，主人原是謝公才。」讀其詩，想見主人亦是詞館文學之士而歸隱者。北山之麓，當即在小倉山左右。末署「天啓五年，友弟顧起元書」。事隔二百年，而園名與余先後相同，事亦奇矣。惜「茂慈」二字，是字非名，終不知其爲誰也。（後考邑志，茂慈名潤生，焦弱侯之長子，守雲南，殉節。）

批本　乾隆間，有江西知縣邊學海者。其衙署之前，有民人設鮮果地攤，見官不起，吏役呵之，不服。邊自以理諭之，仍不服。邊怒，立斃此民於杖下。巡撫海威大驚，具疏劾之。上官稱賞，謂民之所服者官也，民不服官，將何爲政？遂將邊交軍機處記名，未一年，擢道員。

（原文）桐城張映沙若瀛，倜儻負氣。作熱河巡檢，鑾輿横臨，有太監某横索金帛，其勢洶洶。知縣遁矣，張以理論之，太監大罵，張命役擒下，重杖二十。總督方公大驚，以爲癲，據實參奏。上嘉其官卑而能執法，將太監登時充發，而擢張爲河北同知。余按，唐敬宗五坊小兒騷擾百姓，長安令崔發遣人拘之。尚未訊也，中官率百餘人持棒直入，毆崔幾斃。敬宗猶怒其擅拘中人，下崔於獄。以今較昔，聖主之聖，庸主之庸，豈不相懸萬萬哉？映沙恃聖明在上，得行其志。在北路時，有上公莊頭强贖民田，戴花翎來説情者數輩，映沙盡行揮去，拘强贖者杖之，衆爲讋伏。映沙雖剛正，而喜恢諧。桐城土俗呼叔叔爲椒椒，其時族弟曾敞編修，鄉試分房，有叔某爲大興縣丞，遵例迎送。榜後，門生有獻狐裘二襲者，映沙賦詩嘲之云：「恩旨分房第一遭，馬前迎送有椒椒。鹿鳴宴罷懷銀器，虎榜人來捏紙包。白髮門生雙膝屈，藍圈文字七篇高。莫言分校無他樂，夫婦司時着大毛。」

批本　康方伯名基田，山西人。身材瘦長，連鬢鬚三縷，疏而長。先君官豫臬時，康爲河北道，嘗贈余宋板《四書》一部。

（原文）人有以詩重者，亦有詩以人重者。古李、杜、韓、蘇俱以詩名千古，然李、杜無功業，不得不以詩傳。韓、蘇有功業，雖無詩其人亦傳也，而況其有詩乎？金陵方伯康茂園先生，清風惠政，人所共知。在睢寧治河，落水中，神扶以起，余記其事載文集中。公豈藉詩以傳者哉？然重其人，則其詩亦因人而重。今春三月，詩弟子陳熙爲抄一册見寄。録其《繁峙學署有懷》云：「吾懷仲夫子，負米欣然歸。吾愛楚老萊，蹁躚舞班衣。人生離膝下，忽忽欲何之。憶我少年時，甫壯營薄禄，出門意遲遲。一官爲親喜，山城復羈縻。官冷飯不足，嗟哉無鮓遺。感此傷客心，晨昏忍暫違。寒風生四壁，瑟瑟砭人肌。以我念母日，知母憶兒時。憶兒憐其少，憶母慮其衰。人生願爲兒，結念常在兹。」《登焦山》云：「浮玉摇天碧，迴瀾障海門。人從初地入，峰到上方尊。吴楚當軒合，雲山遠水吞。我尋高士宅，三詔石猶存。」此兩首，一徵仁孝之思，一存清妙之旨，讀者如食綏山桃，雖不得仙，亦足以豪矣。公諱基田，丁丑科進士，山西興縣人。

批本　時江、甘二縣，有「二圖」之稱，一鰲圖，一懋圖也。鰲圖愛文，懋圖愛錢，皆不洽輿情。至揚州太守恒豫，惟知作樂而已。

（原文）鰲滄來明府有妹名潔，爲紫庭太史之女，性愛吟詩。年十六，適四品宗室魁明，年二十而寡，守志撫孤。常寄滄來云：「識盡人間寡女絲，三更涕淚一燈知。近來焚卻從前稿，不爲懷兄不作詩。」「兒女乾啼溼哭餘，偷閒才得寄家書。望兄好繼襄勤業，莫使官聲竟不如。」滄來，襄勤公成龍之曾孫也。歷宰吴下，清慎勤敏，綽有祖風。

批本　丁卯，浙江正主考熊賜瓚，副主考劉迪，一湖北人，一四川人。

（原文）梁山舟侍講南山掃墓，見方姓人家張壁一幀，乃康熙二十六年丁卯科題名録一紙，即市賣之物。完好如故且刻板精潔，比近日百倍。正榜僅五十名，副榜十名，同考官十二房，并主司官爵、表字、鄉貫，一一詳載於尺幅。又監臨、提調、三場題目皆全。解元於潛伍涵芬，第七名即查聲山先生也。榜姓丘，百餘年故紙，居然不毁，亦一奇也。梁中乾隆丁卯舉人，是科有重預鹿鳴之周名天相者，因題其後云：「我年二十五，卯歲領鄉薦。再上六十年，此榜實羔雁。憶余鄉賦時，群集隨諸彦。領袖鶴髮翁，（謂録中第四十二名周翁天相，錢唐人。）巍然靈光殿，風貌既甚古，章服亦不賤。私竊問姓名，愛蓮分一瓣。少年曾筮仕，秩視諸侯半。歸卧田里間，後生蔑由見。恭逢盛典舉，重預嘉賓宴。今後卅年餘，翁久隨物變。即余同年生，八九已露電。乃於山人廬，忽覯紙半片。上鐫千佛名，一佛曾識面。當年取士嚴，額解纔大衍。主司及同考，一一載鄉貫。字迹頗工整，首尾無漫漶。想見詅賣時，狼籍坊市遍。此紙逾百年，獨再優曇現。賢哉方山子，拾得常自玩。藏弆比吟箋，裝背作畫卷。某也後進人，彰美在所先。率書五字詩，留下一重案。」余道此與康熙年間吴麟潭祭酒在啓聖祠掘得元人題名三碑，一蒙古，一色目，一漢人，皆有正副，余買得紹興十八年朱子題名碑相倣。朱子中五甲進士，小名沈郎。

補遺卷二

批本　錢南園爲御史時，好彈劾人，幾爲和珅治死。

（原文）少鵬同舟，有蘇君名棉者，亦詩人也。《昆明旅次》云：「山光臨坐暗，湖氣入門涼。」《冬夕》云：「舉步霜月中，人寒影亦瀅。」又有昆明翰林錢君名澧者，《留宿李氏小飲》云：「二麥將枯老卻春，南郊徧訪葛天民。九年不共尊前飲，再宿猶疑夢裏身。門接山光來異縣，牆分花氣與芳鄰。蓬瀛故事休夸説，看取風前兩鬢新。」

批本　尹文端公不愛錢，而善用人，實是好官。惟於上之南巡，有意迎合，傷耗三吴元氣。此通人之一蔽。然非此尹，不得四督江南。

（原文）吾鄉倪春巖司馬（廷謨）有吏才，兩宰桐城，謳歌載道，詩亦清新拔俗。尹文端公督兩江時，最爲賞識。尹公晚年好平章肴饌之事，封篆餘閒，命余遍嘗諸當事羹湯，開單密薦。余因得終日醉飽，頗有所稱引。惟於春巖治具之日，攢眉不薦。蓋春巖但知靡費金銀，而平素不曾訓迪庖人故也。春巖知之，作書與余，末署「菜榜劉蕡」四字，余爲大笑。今年來金陵，讀《隨園詩話》，嗜曰：「何獨無我？豈詩榜亦作劉蕡乎？」余因索其從前呈獻尹公之詩，云：「都已遺失。」惟抄近作數首見寄。余讀之，嘆曰：「此護世城中美饍也，加人一等矣。」《辛丑元旦》云：「斗柄纔回欲曙天，歲朝風物喜澄鮮。閏隨蓂莢推重午，人共梅花老一年。椒酒莫辭元日醉，爐香猶篆昨宵烟。江城柳色看初動，已覺春光到眼前。」《上元觀燈》云：「羅綺香風拂面來，星橋燈火滿樓臺。十分桂魄如春曉，萬朵蓮花不水開。寶馬傾城金作絡，綵虹匝地錦成堆。縱難一閏元宵夜，玉漏何須故故催。」《紅梅》云：「東風爲汝洗鉛華，又點胭脂學畫家。似笑絳桃無骨格，卻憐紅杏少橫斜。新妝照水窺明鏡，薄醉當春鬥綺霞。蜂蝶未知芳信早，清高到底是梅花。」余年過六十，屢次戒詩，而屢有吟詠，因自號「詩中馮婦」，正可對「菜榜劉蕡」，聞者囅然。

批本　曉嵐父曾官太守。少年紈絝，無惡不作，嘗考四等，爲乃父所逐出。中年狡猾，爲和珅文字走狗。所著《閱微草堂》諸種，大抵懺悔平生，懼有報應。

（原文）紀曉嵐先生在烏魯木齊數年，辛卯賜環東歸。畜一黑犬，名曰四兒，戀戀隨行，揮之不去，竟同至京師。途中守行篋甚嚴，非主人至前，雖童僕不能取一物。一日，過七達坂，車四輛，半在嶺北，半在嶺南。日已曛黑，不能全度。犬乃獨卧嶺顛，左右望護視之。先生爲賦詩曰：「歸路無煩汝寄書，風餐露宿且隨予。夜深奴子酣眠後，爲守東行數輛車。空山日日忍饑行，冰雪崎嶇百廿程。我已無官何所戀，可憐汝亦太癡生。」後被人毒死，先生爲冢祀之，題曰「義犬四兒」之墓。

批本　健磬一段醜事，何苦編入《詩話》。因憶常熟歸方伯云：乃翁死日，有鄰婦來吊，哭甚痛。舉家愕然，詢之，乃云：「曾於尊人有姦。」滿座大笑，而方伯竟恬然。若非余親耳所聞，絕不信也。方伯父爲少宗伯，方伯由佐貳起家，爲人憨直，以事成伊犁，與同居伊犁者四載，後赦歸。

（原文）康熙間，叔父健磬公訪戚鎮江，寓某鐵匠家。與其妻張淑儀有文字之知，彼此暗投箋札，唱和甚歡，而終不及於亂。微言挑之，則正色曰：「妾故老秀才某之女，幼嗜文墨。父亡，爲媒者所誑，誤嫁賤工。一字不識，彼方熾炭，我自吟詩，爲此鬱鬱。得遇君子，聆音識曲，使我幾句荒言，得傳播於士大夫之口，足矣。至於情欲之感，發乎情，止乎禮義可也。」再三言，則涕泣立誓，以來生爲訂。健磬公心敬之，不忍强也。歸家後，誦其佳句云：「嬾妝撩鬢易，私泣拭痕難。」《送健磬公歸》云：「三月桃花憐妾命，六橋烟柳夢君家。」逾兩年，再過京口，訪之，則鐵鋪不開，全家不知何往矣。後二十年，在粤中，又遇一劉鐵匠者，不能作字，而能吟詩。每得句，教人代寫。《月夜聞歌》云：「朱闌幾曲人何處，銀漢一泓秋更清。笑我寄懷仍寄迹，與人同聽不同情。」健磬公常笑謂余曰：「同一鐵匠也，使張女當初得嫁劉某，便稱佳耦矣。」

補遺卷三

批本　余自嘉峪關外至烏魯木齊，見所屬州縣，皆清淨無事。倉不貯糧，庫不貯銀，監獄無罪犯，真世外仙源也。若趙雲松官鎮安太守，日嫌其寂，及調廣州太守，又日嫌其煩，則又存乎其人矣。

（原文）辛亥端陽後二日，廣西劉明府大觀，袖詩來見。方知官桂林十餘年，與比部李松圃、岑溪令李少鶴諸詩人，皆至好也。席間談及廣西官況清苦，獨宰天保三年，爲極樂世界。其地離桂林二千餘里，乾隆四年，改土歸流，方設府縣。歲有三秋，獄無一犯。每月收公牒一二紙，胥吏辰來聽役，午即歸耕。縣中無乞丐、娼優、盜賊，亦不知有摴蒲、海菜、綢緞等物。養廉八百金，而每歲薪米雞豚皆父老兒童背負以供。月下秧歌四起，方知桃源風景，尚在人間。劉《率郡人種花》云：「鋤雲植嘉卉，人力助天工。此樂真吾有，分春與衆同。暮烟生遠水，樵唱散遥空。領得山中趣，横琴坐遠風。」《甘棠渡》云：「渡頭溪水繫漁船，細雨濛濛叫杜鵑。花片打門春已暮，牧童猶枕老牛眠。」

批本　《燕蘭小譜》，作於乾隆三、四十年間。迨至五十五年，舉行萬壽，浙江鹽務承辦皇會，先大人命帶三慶班入京。自此繼來者，又有四喜、啓秀、霓翠、和春、春台等班。各班小旦不下百人，大半見諸士夫歌詠。若春台班小旦陸健橋（蘇州人）爲廣十二爺收屍一事，尤爲難得。（廣名興，官侍郎，與陸最昵。侍郎遭事棄市，親族中無敢收其屍者。）

（原文）吾鄉安樂山樵著《燕蘭小譜》，皆南北伶人之有色藝者。蓋在古人《南部烟花録》、《北里志》之外，别創一格。余采一二，以備佳話。其節義可風者，如張柯亭爲某明府所暱，某以罪被誅，柯亭在戲場，奔赴市曹，一慟幾絶。詩美之云：「樹覆巢傾事可哀，感恩相伴逐輿臺。不知金鳳分飛後，曾爲東樓一慟來。」徐雙喜身長，嘲之云：「阿那多姿柳帶牽，臨風摇颺玉樓前。若教嫁作曹交婦，縱不齊眉也及肩。」嘲留鬚而復剃者云：「兒童瞥見多相笑，西子麻胡兩失真。」贈最佳者云：「如意館中春萬樹，一時都讓鄭櫻桃。」

批本　黄文襄名廷桂。圖敏，係内務府人。乾隆壬辰進士，嘗充己酉科順天鄉試副主考。

（原文）乾隆辛未，余送黄文襄公至浦口，見隨行一員，疑爲把總，與之談，方知戊午同年，姓福，名安，字仁山。品端而性爽，遂成莫逆。累官至贛南道，率其幼子來隨園作别，余止而觴之。嗣後不通消息矣。庚戌春間，余掃墓杭州，歸見几上有詩扇一柄，云是祭陵欽差圖大人留贈。初不知爲誰，閲札方知即當年福公之子圖敏，字時泉，官禮部侍郎。事隔四十餘年，尚能念舊。欲修書作謝，而公竟卒於路，爲凄然者久之。扇上詩云：「憶昔兒時此地過，卌年重到鬢雙皤。先生歸日應驚笑，來唱皇華即是他。」

批本　山舟書法，在董、米之間。乾隆癸丑，余奉父命送山舟信物，山舟以手書楹帖直幅各一爲報。

（原文）梁山舟侍講，以書名重海内。余過其家，見箋絹塞滿兩屋。余笑云：「君須有彭祖八百年之壽，纔還清此債。」梁爲一笑，賦詩自懺云：「誓墓歸來王右軍，暮年都付代書人。小生那敢希前哲，只合從人役苦辛。」「可笑塗鴉逾四紀，半生白日此中頽。書家縱有凌烟閣，恥把千秋託麝煤。」「我自無心結蛇蚓，錯傳韋陟五雲如。世間到底無真賞，認煞題名一字書。」「從來得失寸心知，無佛稱尊或有之。未必西家勝東宅，卻教屈了傚顰施。」「手未支離眼未昏，業緣欲斷竟何因。從今誓齧工倕指，懶作供官設客人。」語似謙而實傲。

批本　乾隆丙午，余在福州，畫師姚根雲贈硯一方，刻七絶一首云：「繡出端州石一方，纖纖玉指耐春涼。摩挲細膩玲瓏處，多謝吴門顧二娘。」余所藏製硯，尚有六方，其託名顧製者，有二十一方。

（原文）春巢在金陵得端硯，背有劉慈絶句云：「一寸干將切紫泥，專諸門巷日初西。如何軋軋鳴機手，割徧端州十里溪。」跋云：「吴門顧二娘爲製斯硯，贈之以詩。顧家於專諸舊里。時康熙戊戌秋日。」後晤顧竹亭，云：「顧二娘製硯，能以鞋尖試石之好醜，人故以顧小足稱之。」春巢因調《一剪梅》云：「玉指金蓮爲底忙，昔贈劉郎，今遇何郎。墨花猶帶粉花香。製自蘭房，佐我文房。片石摩挲古色蒼，顧也茫茫，劉也茫茫。何時攜取過吴閶。喚起情郎，吊爾秋娘。」

批本　阿林保，亦和琳之流，不通之至。一群狗吠，辱没原唱多矣。

（原文）山左任城東關外有泉，相傳李白浣筆處也。上有祠堂，祀太白及賀監、少陵三賢。乾隆辛亥，沈清齋觀察啓震葺而新之。土中得詩碣，署「木蘭山人劉浦題」，不知何時人。其詞曰：「蘚蝕殘碑枕廢池，開元吟客剩荒祠。空庭古柏吹風處，秋草寒泉落日時。誰采澗毛修冷寺，我沽村酒讀遺詩。唐宮漢寢無人記，獨有才名到處知。」未幾，巡漕使者和希齋琳閣學入都，河帥李香林尚書祖餞於祠中，希齋和云：「太白樓臨杜老池，此間合祀有專祠。林泉竟屬先生地，風雅剛逢我輩時。梁繞驪歌將進酒，壁留鴻爪共題詩。他年重過應相訪，直與三公作舊知。」香林云：「當年浣筆有清池，此日名泉葺舊祠。花竹新栽遊賞地，歌筵初敞餞行時。標題不亞羲之序，（重修浣筆泉，和希齋作記。）賡韵如吟白也詩。文水堂前風月好，幾人惆悵爲心知。」漕帥管公幹珍云：「謫仙人去剩空池，剔蘚疏泉認古祠。宦跡已沈靈武後，筆花猶及盛唐時。入門合進臨波酒，立石重摹出土詩。拊景漫增興廢感，好將觴詠記新知。」中丞惠公齡云：「女牆東處甃方池，上有雲烟罨古祠。誰向寒泉談舊蹟，空餘文藻憶當時。低徊不少飛觴飲，感慨爭留過客詩。拍檻欲狂呼太白，要從曠世結心知。」進士顧禮琥云：「仙在高樓月在池，池光千載抱遺祠。幸逢元老重開宴，轉惜先生不並時。綠水瀾洄沈彩筆，舊碑林立待新詩。吳都狂客今初到，未要尋常賀令知。」轉運阿公林保云：「謫仙遺蹟賸荒池，合祀於今拜古祠。蓋世才名猶在耳，斯人重聚復何時。難尋縹渺神仙路，誰補蒼茫客恨詩。愧我毫端塵未浣，空憑流水寄心知。」陳公蘭森云：「泗水源流故有池，泉開浣筆闢叢祠。風雲餘墨人千古，仙聖同龕祀一時。勝地從今頻集讌，殘碑自昔紀題詩。漫言興寄形骸外，大雅欣逢盡舊知。」觀察沈公啓震云：「源分泗水闢方池，坐列三賢葺舊祠。人地廢興原有數，主賓今古宛同時。新移竹影亭前畫，細辨苔痕壁上詩。樽酒落成兼送別，高情留與後來知。」諸詩俱各清妙，輯而存之，後世想見聖世昇平，公卿風雅矣。

補遺卷四

批本　尹文端少年封疆，以官爲家，清廉自愛，除詩書以外，别無嗜好。結親皇子，以致應酬浩大，身後蕭條。公子十人，所分家産無幾。其中最貴者，爲慶樹齋，歷任都統、將軍，均在口外。及任軍機大臣兼兵部尚書，依然不事生産。慶十爺與余同充鑾儀衛之職，家無應門之僕，常因衣冠不周，不能當差。其他公子皆可知矣。不二十年，式微已甚，覩之凄然。

（原文）偶理舊書，得尹似村斷句云：「有月燈常緩，多餐睡偶遲。愁添雙鬢雪，怕憶少年時。」蓋是似村在京師寄詩囑批，余就其五律一首，摘而存之者也。又摘其《贖出典裘》斷句云：「老妻見故衣，開箱色先喜。姬人持熱升，殷勤熨袖底。無奈縐痕深，熨之不肯起。」獨寫性靈，清妙乃爾。嗚呼！似村爲尹文端公第六子，祖、父宰相，兄弟皆侍郎、尚書，而似村自號「殿試秀才」，不就官職，賦詩種竹，以林泉終，豈非漢之張長公一流人乎？殿試秀才者，以丁卯科試諸生鬧場，上惡之，親自監試，似村獨蒙欽取故也。熨斗名熱升，見《庶物異名疏》。

批本　香林名瀚，漢軍正藍旗人，原任河帥李宏之子。其子李亨特，嘉慶間亦任河帥。香林是愛作詩而不通者，愈是不通之人，愈愛作詩，奇極。

（原文）李香林尚書愛才如命，督南河時，詩弟子陳熙，從州倅薦用至銅沛同知。而公移督河東矣，猶書扇寄之。云：「握手河梁別緒縈，忽驚月琯已頻更。語憑尺素書難盡，意似層波去又生。風静珠湖應有夢，雲横岱岳總關情。水窗此夕君何處，重展鸞箋對短檠。」又尚書在蘭陽行館，題竹云：「干霄修竹自漪漪，十載相違每擊思。笑我塵勞鬚鬢改，羡君青翠尚如斯。」亦復有纏綿之旨。昔人云：「不俗即仙骨，多情乃佛心。」其公之謂歟？

批本　秦漢印如何能動輒百方？其贋可知。乾隆三、四十年，純皇帝搜羅骨董太甚，假者極多，後始稍稍鑒別。

（原文）吾鄉金秀才霖，眼旁青色，自號青眼山人。幕遊金陵，執贄隨園，搨漢印百方而去。詩古峭可喜，《西塞山》云：「志和揮手去，冷落少微星。蓑笠高風遠，魚龍夜氣腥。江雲走虛白，石壁斷空青。獨有金湖月，年年照翠屏。」《江浪餘生歌贈萬別駕》云：「海莊別駕量如海，生死關頭氣不改。飆風促浪高百尺，別駕氣穩如鼎鼐。風狂浪急船不支，舵工水師無所爲。排風挾浪未頃刻，磅礴一聲桅下垂。從人狂叫齊涕泣，船尾向天如壁立。別駕遲徊步慢移，顧謂諸君莫惶急。以手指浪浪即摧，江上風迴水倒開。斯須江水幾及膝，艇子恍從天上來。嗟哉海莊性篤厚，先唤從人上岸走。筍輿無恙亦相隨，有如嫂溺能援手。回眸獨剩檣梢動，片舫低昂浪輕送。歸來歌嘯月滿樓，蛟龍影滅秋江空。」他如《郊外》云：「宿雲平接地，新漲遠浮天。」《畫鷹》云：「風邊秋影静，堂下鳥聲空。」《夜坐》云：「花影一庭蟲四壁，江聲千里月三更。」《春冷》云：「鳥聲著意試空谷，雲影有心低漢江。」皆妙。

批本　陳大用，甘肅寧夏人。其祖陳孚，乃叛臣王輔臣舊將，以投誠封子爵。孚死，大用襲封。大用爲人極酸俗。

（原文）武臣能文，皆太平盛事。「公侯干城」，見於《周南》。「郤縠悦禮樂而敦詩書」，見於《左傳》。余遊貴池齊山，見壁上鐫岳武穆詩云：「年來塵土滿征衣，得得閒吟上翠微。好水好山看不盡，馬蹄催趁月明歸。」想見名臣落筆，自然超妙，不止曹景宗之能諧競病也。近余又得二人焉。鎮江都統陽公儉齋春保《登北固山用唐人孫魴韵》云：「古屋倚蒼冥，岧嶢聳地形。波連湘浦闊，山抱潤城青。遠樹迷江驛，寒烟淡晚汀。故人不可見，嵐翠滿空庭。」《詠敝裘》云：「自是一腔春意滿，故教兩袖盡開花。」可稱趣絶。松江提督陳公樹齋大用《閱兵皖江登大觀亭》云：「浩浩長江天際横，地連吴楚一波平。蒼茫草樹迷遥浦，歷落帆檣趁晚征。斜日墮城千堞迥，漁燈點水亂星生。不知多少英雄事，都付潮聲徹夜鳴。」《寄懷程也園》云：「今宵夜氣劇清寒，底事逡巡欲睡難。明月滿庭花樹静，料應詞客也憑欄。」兩公位登極品，而風貌秀整，謙若書生，皆蒙其先來見訪。《毛詩》曰：「惟其有之，是以似之。」其斯之謂與？

批本　「銅鼓金川自古多，也當軍樂也當鍋。偶承瀑布疑兵響，嚇倒蠻兵退太阿。」此詩載王陽明《征南日記》。余從阿廣廷中堂處借閲，世間孤本也。

（原文）番人最重銅鼓，即剥蝕而聲硿硿者，可易牛千頭。相傳爲諸葛亮征蠻所鑄，不知《後漢書·馬援傳》已載之矣。余丙辰至粤，金中丞得鼓二面，命余作賦，大加稱賞，即命刻廣西志書中。

甲辰歲，余重遊桂林，閱省志《藝文》一門，國朝首載此賦。且驚且感，題一絶云：「五十年前銅鼓賦，自家披覽自家憐。不圖灘水崇文目，竟冠熙朝第一篇。」

批本　一部《詩話》，助刻資者，豈但畢秋帆、孫稆田二人？有替人求入選者，或十金、或三五金不等。雖門生寒士，亦不免有飲食細微之敬。皇皇巨帙，可擇而存者，十不及一，然子才已致富矣。

（原文）余編《詩話》，爲助刻資者，畢弇山尚書、孫稆田慰祖司馬也。畢公詩采録甚多，而孫公不幸早卒。余向其家昆仲搜得遺稿二卷，《歲暮感懷》云：「雪積千里鎖翠霞，寒宵戢影悵摶沙。雲中怕聽回峰雁，風裏驚聞過市車。慣趁慵身勤剗草，强扶凍足去尋花。捲簾小閣熏香坐，更向晴窗曬畫叉。」《杏花》云：「十里輕紅罨畫樓，柳絲牽雨作春愁。催花一片東風起，村裏人歸壓滿頭。」調寄《意難忘》贈人云：「日暮雲遮，聽聲聲孤雁，點點棲鴉。添香燒馝馞，拈韵鬥尖叉。風蕭索，月横斜。臨别轉含嗟。憶舊游，不如歸去，我亦久離家。湘江未許乘槎。漫挑燈夜坐，同話桑麻。輕盈低竹葉，屈曲小梅花。三盞酒，一杯茶。這清味堪夸。恨殺了片帆早掛，腸斷天涯。」

批本　京師並不知有「十家香」之名。

（原文）汪研香司馬，攝上海縣篆。臨去，同官餞别江滸，村童以馬攔頭獻。某守備賦詩云：「欲識黎民攀戀意，村童争獻馬攔頭。」馬攔頭者，野菜名，京師所謂十家香也。用之贈行篇，便爾有情。

批本　朱子穎云：「一水漲喧人語外，萬山青到馬蹄前。」直從此詩作賊，且傷事主。而王夢樓、紀曉嵐，因運使而兼門生，遂以爲奇創。

（原文）「白水遥連郭，青山直到門。」畏壘山人詩也。「野水白連郭，亂山青到門。」王子乘詩也。二詩各臻其妙。然觀楊誠齋「江欲浮天去，山疑渡水來」，則又瞠乎後矣。

批本　蔣三與余同歲，腰肢細軟，眉目如畫。有《詠花》云：「蝶蜂不解花香色，徒採花心爲自甘。」余戲云：「蜂來不採閒花草，多在三春桃李場。」

（原文）蔣于野莘《初夏》云：「小山如畫仿眉青，已潤莓苔雨乍晴。滿户風來潮未退，卷簾飛入兩蜻蜓。」《詠殘柳》云：「無物可爲長壽客，多情難作後凋身。」陳春華暉見贈云：「花無可戀香難捨，書有何讎校不休。」余謂「校讎」二字，能如此分開用，可稱妙手。又《詠春信》云：「天上若無雙鯉至，人間那有萬花知。」亦善做「信」字。與蔣生皆少年，詩筆如此，他時何可限量。

批本　高麗書賈來京，凡遇廠肆新出詩文小説，無不購歸，不論美惡，本無名動外國之足言。即琉球、安南國人，來購書者，無不如是。隨園之詩，或尚指名購取，至云以重價購劉霞裳詩不得，怏怏而去，則真臆説也。

（原文）方明府於禮從京師來，説高麗國使臣樸齊家，以重價購《小倉山房集》及劉霞裳詩，竟不可得，怏怏而去。亡何，金畹香秀才來，又説此事，與前年方公維翰所云相同，但使者姓名不同耳。余按，史稱新羅國請馮定撰《黑水碑》，吐谷渾有温子昇文集，外夷慕化，往往有之，况高麗原有箕子之餘風乎？霞裳聞之，喜賦詩曰：「劉攽何幸侍歐公，姓氏居然海外通。蟬附高枝聲易遠，鶯初調舌語難工。毛萇詩自傳門下，闞澤名疑在月中。多謝蠻姬能識曲，弓衣繡勝碧紗籠。」

補遺卷五

批本　生平最怕受虚名而有實害。名曰作官，而毫無名利。（如侍衛等官皆是。）名曰赴席，而萬難下咽。名曰看花，而怪狀欲嘔。名曰聽戲，而二簧、高腔，喧聒不入耳。欲留不可，欲去不能，每每歸來，病倒數日或半月，胸次猶作惡也。余有詠高腔詩云：「臉漲筋紅唱未全，後場鑼鼓鬧喧天。主人傾耳摇頭讚，今日來聽戲有緣。」「小旦俱過强仕年，鬑鬑黑影滿腮邊。依然打扮行筵畔，羶氣通身敬鼻烟。」又《赴妓席》云：「作意濃妝敬酒杯，教人眼見已心灰。鯫生豈但心無妓，祇恨嬲人走不開。」

（原文）余中年以後，遇妓席無歡，人疑遁入理學，而不知看花當意之難也。偶讀祝芷塘一絶，爲之莞然。詞云：「自笑眉愁遞酒波，厭厭長夜奈卿何。摩登伽自無神咒，不是阿難定力多。」

批本　魁林係孝賢純皇后之姪，忠勇公傅恒從子。

（原文）將軍魁林，提兵塞外，别其兄傅公云：「君去松林莫回首，夕陽天外有孤鴻。」同年成城謫戍塞外，寄詩家人云：「令威縱有歸來日，只恐人民半已非。」讀者皆爲愴然。

批本　施鐵如官四川知府，因公遣戍。其寓所曰醒園池館，頗雅。撰敍者，明珠之子也。

（原文）真州太常卿施朝幹，字鐵如，與余有世誼。自幼吟詩，熟精《文選》，于漢魏源流，最爲淹貫。《聞曲》云：「琵琶絃急對秋清，彈出關山離别情。借問黄河東去水，幾時流盡斷腸聲。」真唐人高調也。余尤愛其《倚枕》詩，有「平世受凡才」五字，真乃包括十七史。試觀三國南北朝人才，略差一籌，立形優拙，何也？用人之際，那容濫竽，不比太平時尸位者多也。又有句云：「山水清音自幽獨，英雄末路即文章。」

批本　陳方伯名奉滋，江西進士。陳鵬即方伯之姪。子才以鵬爲武昌人，蓋諱之也。

（原文）紅粉能詩者多，青衣能詩者最少。近江寧陳方伯有侍者陳鵬，投詩求見。《端午》云：「羈遊當令節，隨俗采蘭芽。鑄盡平生錯，飄零何處家。吟看松雨細，醉倚竹風斜。插艾兒時事，而今兩鬢華。」又：「殘蟬過雨急，疎磬度風遲。」亦五言佳句。詢其蹤迹，故是舊家子弟。（字儀庭，號賓來，武昌人也。）

批本　謝山名夢麟。

（原文）夢謝山侍郎，詩亦奇偉，惜多累句，由中年殂謝，未盡其才故也。惟《廣武原》一首最佳，詞云：「秋高廣武原，日落斷雲奔。天地一龍門，風塵千里昏。平沙生朔氣，殘壘駐征魂。撥馬尋遺跡，荒郊戰骨存。」

批本　曹劍亭名錫寶。

（原文）松江李硯會，刻其亡姊一銘心敬及子婦歸懋儀佩珊二人詩，號《二餘集》，曹劍亭給諫爲之作序。一銘嫁常熟歸氏，早卒。懋儀乃一銘所生，仍歸李氏。集中《晚眺》云：「垂柳斜陽外，如眉媚態生。因憐雙黛薄，羞對遠山横。」懋儀《贈玉亭四姑于歸》云：「聞道雲英下九天，翠蛾新掃倍生妍。定知茂苑無雙士，始配瑤華第一仙。玉鏡曉妝花並笑，金樽夜泛月同圓。徵蘭他日符佳夢，應見雲芝茁玉田。」「詠絮清才擬謝家，神爭秋水貌爭花。雞晨問寢常攜手，雨夜聯詩共品茶。君在瀟湘吟水月，我歸江海玩烟霞。萍蹤重聚知何日，回首鄉關感歲華。」《夜泊》云：「曠野秋清夜寂寥，明星幾點望迢遥。雙輪歷碌纔停響，又向江頭聽暮潮。」《送糧艘出海》云：「無事量沙成萬斛，但聞挾纊遍三軍。」雄偉絶不似閨閣語。劍亭有女洪珍，《詠月中桂》云：「萬古此秋色，一天生異香。」亦有奇氣，惜不永年。

批本　明太守者，明保也。

（原文）壬子春，余在西湖，徐謹菴大櫺以詩來謁。有佳句云：「燕語只因尋舊壘，鶯啼却爲別春風。」「自能免俗方知樂，總不關心便是仙。」「世間亦有閒於我，江上輕雲水上鷗。」俱可愛也。又有陳春嘘昶明府，誦其《寶石湖樓與明太守夜飲》云：「畫樓窈窕鏡波清，良會無多趁晚晴。北海有容天下量，西湖端爲我曹生。梅花香泛林中酒，楊柳絲牽醉裏情。飲罷不須燒燭照，卷簾春月萬山明。」

批本　明保係和珅繼母之堂弟，原係漕督嘉謨之子，滿洲正紅旗人。善於謀利，江南及口外，皆有其買賣。在杭州太守任内，養美姬十數人，專爲應酬權貴之用，與張朝縉、蔣賜棨同。然爲人却通脱風雅，以事落職家居，園亭歌舞，無一不精絶。所蓄蘇州戲班，名迎福。歿後數年，今亦一敗塗地矣。

（原文）近得鄂筠亭敏守杭州修禊西湖詩，首唱云：「修禊三春好，風花二月天。黄堂無底事，白髮有諸賢。筆濯西湖水，花摇鷲嶺烟。風光徵往事，不減永和年。」一時作者如雲。四十年來，風流歇絶。今年余在湖樓，招女弟子七人作詩會。太守明希哲先生保從清波門打槳見訪，與諸女士茶話良久，知是大家閨秀，與公皆有世誼，乃留所坐玻璃畫船、繡褥珠簾，爲群女遊山之用，而獨自騎馬還衙。少頃，遣人送華筵二席、玉如意七枝，及紙筆香珠等物，分贈香閨爲潤筆。一時紳士艷傳韵事，以爲昔日筠亭太守所未有也。汪解元潤之之夫人潘素心賦排律三十韵，其略曰：「欲話天台勝，西湖折簡忙。傳經來繡谷，設帳指山莊。雲母先生座，金釵弟子行。詞宗新染翰，郡伯遠貽筐。白璧先如許，紅裙禮未將。天當桐葉閏，閏四月。人豈竹林狂。來者七人。畫舫玻璃嵌，輕簪翡翠妝。逍遥孤嶼外，容與斷橋旁。送别憑圓月，催歸帶夕陽。千秋傳韵事，佳話在錢塘。」孫臬使女雲鳳亦有「羲之虚左推前輩，坡老留船泛夕暉」之句。太守有十二金釵，能琴者名悟桐，能詩者名袖香，最小者名月心，會前一日，皆執贄余門。

批本　京師西四牌樓北，有元時護國隆善寺。寺後有二碑，一爲危素所書，一爲趙孟頫所書，精妙無比。嘉慶間，陳望之中丞來京，約余往訪，歎賞不置。余爲託理藩部景公搨印數本，會中丞病歸，不果。

（原文）凡地必須親歷，方知書史之訛。相傳禹王《岣嶁碑》，在衡嶽者爲真。余甲辰十月，親至衡山之巔，見山有粗石一塊，長四尺許，篆刻此文，並非碑也。且有斧鑿新痕，轉不如山下李邕所書

《嶽麓寺碑》之古。李碑雖斷，背有邕跋語百餘字，如「庭前無訟，堂上有琴」之句，極古雅。被明人以醜劣行書孱鐫其上，殊可惡也。相傳江西南昌城隍廟，有吴王孫權銅鼎。余親至鼎下觀之，乃後五代楊氏太和年民間所鑄，記姓名而已。字陽文，歪斜，非孫權所鑄。《廣輿記》載廣西桂林府開元寺，有褚遂良《金剛經碑》。余到寺相尋，僅存焦土中屹然一碑，乃後五代楚王馬殷之弟馬賓所書，非褚公也。字小楷，亦不甚工。又載天台石梁，長數十丈，人不能過。余往觀石梁，長不滿三丈，闊二尺，厚二丈有餘。山頂瀑布三條，衝梁而下，初行者或未免目眩，山僧及輿夫，過往如飛。橋尾有前明鄭妃小銅殿一座，高不滿七尺，平平無奇。石上鐫云：「冰雪三千丈，風雷十二時。」二語殊切。少陵詩稱：「若耶溪，雲門寺，布襪青鞋從此始。」似是一大名勝。壬子三月，余慕而往遊。山在平地，數峰高丈許，溪流不及鏡湖，深悔爲少陵詩所誤。蓋少陵亦係耳聞，並未親到也。

批本　吕光禄，河南新安人，宋吕文穆公之裔。

（原文）圓津菴在河南内丘縣南官道旁。康熙間，吕光禄謙恒曾過其菴，題詩云：「花界濃陰日影微，倦途偶憩發清機。長松匝院僧初飰，曲磴環亭鳥自飛。廿載重來如有悟，百年强半漸知非。路旁車馬勞勞者，磅礴誰能一解衣。」後其子耀曾奉命使黔，又題詩云：「昔侍嚴親此地過，重來風木恨如何。隨行人憶當年少，相去時驚廿載多。户外松陰仍羃歷，籬邊菊影自婆娑。追思往事渾如夢，敢以《皇華》續《蓼莪》。」乾隆甲申，其孫燕昭赴河南，過其菴，見壁上墨跡猶新，和云：「驛柳參差曉翠匀，尋幽蕭寺不辭頻。非關此地林泉勝，猶見先人手澤新。風木興懷追往事，鶯花如舊正陽春。他年重過長安道，取次紗籠拂壁塵。」事隔百年，詩題三代，亦德門佳話也。

批本　定圃係補亭從堂弟，即英和之父。内務府人，姓石，亦一糊塗人也。乾隆五十四年冬，祀天壇，壇内天燈，用數十人扯之不起，草草祀畢。上方出壇門，四人扯之起矣。定圃時官禮部尚書，因此革職，鬱鬱而死。

（原文）觀補亭總憲保，與弟德定圃尚書保昆季，皆丁巳翰林，前余一科。觀督學皖江，適余宰江寧，每秋闈到省，必長夜深談。余服其明達，有古大臣風，勖以尹文端公，而先生意猶未愜，其胸襟可想。德公少余一歲，風采奕奕。都門别後十餘年，丁丑，天子南巡，余以迎駕故，握手宫門，遂成永訣。今抄得觀公送人守杭州云：「當年使節小勾留，惜别時時作夢遊。何日移家鄰葛嶺，幾人出守得杭州。文忠遺蹟詩千卷，武穆精靈土一丘。惟有孤山林處士，梅花開落不曾休。」德公《春曉燕郊》云：「初日出嶺晨霞明，一鞭款段春郊行。煮茶野店試新汲，叱犢隔林聞曉耕。前溪浩淼新漲滿，遠塢斷續荒雞鳴。盤山尺咫望不到，浮嵐暖翠生遥情。」

批本　瑶華道人名弘旿，字恕齋，聖祖第二十四子誠親王之次子。有儒雅之風，惜其爲人，品不甚高，人言藉藉。晚年尤甚，事爲高宗所聞，罷職間居。其所作畫，頗學石田，然亦無甚足取。詩則較禮、豫兩王爲佳。其兄弘曣，下流無比，以瑶華視之，又勝十倍矣。

（原文）署江寧令汪君蒼霖，常爲枚道某藩瑶華主人之賢，能詩工畫，愛士憐才。惜枚路遠年衰，不及見天人眉宇，爲今生恨事。忽慶大司馬桂以《聽泉圖》屬題，展卷，見其畫筆高妙，直逼雲林，詩亦唐人高調。其詞曰：「主人愛幽僻，坐石聽鳴泉。入耳宛寂若，會心應泠然。屬余爲寫照，結想羲皇前。衣縚静以古，骨相清且妍。胸襟澹秋水，氣宇和春烟。寫來奈筆拙，布置慚周全。拈花眼前理，指月空中禪。似聞空際音，朱琴彈古絃。臨流發深省，聽響通真詮。何必奏絲竹，即景真雲仙。嘗聞謝幼輿，合置丘壑間。君兼知仁樂，而藉圖畫宣。我性本疎曠，山水思静便。安得常賡歌，同樂堯時天？」

補遺卷六

批本　鑒堂，滿洲正黄旗人，巡撫常鈞之子。累官至寧紹台道，和珅門下。

（原文）那鑒堂澄，爲常中丞鈞之第四子。牧通州時，入山見訪。長身玉立，書氣迎人。入都後，寄近作來。讀之，如接謦咳。《步耕堂韵》云：「蹤步高崗望禁城，襟懷豁處念俱清。樹排盤磴野花滿，水瀉深溝新漲平。追想風塵爲俗吏，何如耕鑿謝浮名。尋幽莫恨無同調，且喜心知共此行。」《悼亡》云：「謝家風味最難忘，不愛濃妝愛淡妝。惜福如何偏減算，生憎檢點舊衣箱。」「尋常小别尚依依，況復長眠竟不歸。杯酒墓門空一奠，白楊風冷紙錢飛。」

批本　雲林父子，皆善篆隸。

（原文）太常卿伊雲林先生朝棟，素未識面，託王葑亭給諫寄稿商榷，詩多雋逸。《喜葑亭移居相近》云：「借得輕車載具遷，宣南坊地雁秋天。桑林我已淹三宿，花徑君初拓一廛。雲抹樓頭宵共月，烟銷井口曉分泉。素心晨夕經過數，佳事應圖主客傳。」《歸舟》云：「殘月銜帆影，長江一葦迴。烟寒瓜步樹，潮走海門雷。六代銷波底，三山落酒杯。儒生仗忠信，涉險興悠哉。」其子秉綬進士見寄云：「魯靈光殿蜀峨嵋，猶在寰中見未期。早歲誦詩同尚友，逢人問訊當親師。名園藏得三山勝，妙筆兼將五色持。聞道朱顔映梅蕚，幾時來訪鄭當時。」

批本　孝廉名嵩齡，少時貌極美。

（原文）滿洲嵩孝廉，别字雨韭，聞其玉樹臨風，爲長安才子之冠。陶怡雲歸，誦其《懷隨園》云：「名從五十年前盛，交在三千里外論。」余從未通書，而蒙其推挹如此，以未見其人爲恨。賦詩報謝云：「蒹葭倚玉知何日，風雨懷人各一天。」

批本　孫相國並未領兵赴臺灣，當是安南之誤。安南之役，黎維祁曾領兵過江，討阮光平。

（原文）壬子冬過淮，嚴司馬歷亭守田席間誦孫相國士毅領兵赴臺灣云：「自笑陳琳檄未工，也曾磨盾學從戎。夢驚猛拱濤頭白，渴飲官屯戰血紅。元請一丸封已足，頗遺三矢盼猶雄。感恩何處酬豪末，願得浮江比阿童。」《南征》云：「欒城襟帶接重洋，上下思文景物荒。寅霧蛟涎工搶日，丁男鵶嘴慣耕霜。入雲坂洞盤千折，夾道翁茶網四張。（土人呼官爲翁茶，出入結網爲轎。）最是馬前煩慰勞，檳榔滿榼當壺漿。」「裘帶居然遍百蠻，洱河恩許唱刀環。文淵蹟已埋銅柱，定遠心原戀玉關。二月花濃黄木渡，三年香染紫宸班。祇因妖鳥巢猶在，夢繞羅平未肯還。」

批本　劉崇如名墉，有「劉駝子」之名。承其尊人文正公之後，亦思勉爲君子，而心地不純，遂成爲假道學。和珅秉政，劉亦委身門下。和珅事敗，又從而排擠之。真小人之尤也。其官江寧太守日，屢屢欲逐子才，賴尹文端之力而止。然其中詆毁子才，已不遺餘力。

（原文）乾隆己丑，今亞相劉崇如先生出守江寧，風聲甚峻，人望而畏之。相傳有見逐之信，鄰里都來送行。余故有世誼，聞此言，偏不走謁。相安逾年，公託廣文劉某，要余代撰《江南恩科謝表》，備申宛款，方知前説都無風影也。旋遷湖南觀察，余送行有一聯云：「月無芒角星先避，樹有包容鳥亦知。」不存稿，久已忘矣。今年公充會試總裁，猶向内監試王葑亭誦此二句。王寄信來云，故感而志之。

批本　船山爲四川藩司林儁之壻，貌不見美，惟詩才超雋，近今所無。林儁，即福康安之世僕也。

（原文）余訪京中詩人於洪稚存，洪首薦四川張船山太史，爲遂寧相國之後，寄《二生歌》見示。余已愛而録之矣。追憶乾隆丙辰，薦鴻博入都，在趙横山閣學處，見美少年張君名顧鑑者，彼此訂杵臼之交。疑與船山有瓜葛，寄信問之，不料即其尊人也。垂六十年，忽通芳訊，知故人官至太守，尚無恙，且有子不凡，爲之狂喜。蒙以詩稿見寄，名曰《推袁集》，尤足感也。聞亦玉樹臨風，兼仲容之姣。有秀水金筠泉孝繼、無錫馬雲題燦，俱願與來生作妾，船山調之曰：「飛來綺語太纏綿，不獨嫦娥愛少年。人盡願爲夫子妾，天教多結再生緣。累他名士皆求死，引我癡情欲放顛。爲告山妻須料理，典衣早蓄買花錢。」「名流争現女郎身，一笑殘冬四座春。擊壁此時無妬婦，傾城他日盡詩人。衹愁隔世紅裙小，未免先生白髮新。宋玉年來傷積毁，登牆何事苦闚臣。」余聞而神王，亦戲調之曰：「夫妻喻友從蘇李，賢者憐才每過情。但學房星兼二體，心期何必待來生。」

批本　時帆詩才，爲近來旗人中第一。嘗以京察引見，高宗惡其沾染漢人習氣，不記名。

（原文）法時帆學士，造詩龕，題云：「情有不容己，語有不自知。天籟與人籟，感召而成詩。」又曰：「見佛佛在心，説詩詩在口。何如兩相忘，不置可與否。」余讀之，以爲深得詩家上乘之旨。旋讀其《淨業湖待月》云：「緩步出柴門，天光隔橋滃。溪雲没酒樓，林露滴茶籠。秋水忽無烟，紅蓼一枝動。」又：「摳衣踏蘚花，滿頭壓星斗。溪行忽有阻，偃蹇來醉叟。攘臂欲扶持，枕湖一僵柳。」此真天籟也。又《讀稚存詩奉柬》云：「盜賊掠人財，尚且有刑辟。何況爲通儒，靦顔攘載籍。兩大景常新，四時境屢易。膠柱與刻舟，一生勤無益。」此笑人知人籟，而不知天籟者，先生於詩教，功真大矣。《詠荷》云：「出水香自存，臨風影弗亂。」可以想其身分。又曰：「野雲荒店誰沽酒，疎雨小樓人賣花。」可以想其胸襟。

批本　希齋名和琳，和珅之弟也。和珅聰明絶頂，口才便利，而目空天下，不受絲毫籠絡。雖以子才之通天神狐，不在眼下。和琳則謙謙自持，沽名釣譽，較乃兄及福康安爲强。然和珅雖是小人，却有本領，福康安則膏粱紈絝，一無所用之童騃。所作詩文，皆孫士毅代筆，福康安並不多識字也。福康安爲法和尚後身。法和尚者，乾隆初年惡僧也，以地窖藏妓女，交通貴家眷屬，爲提督阿里衮奏請斬決。伏法之日，福康安之母，白晝見一和尚入内，遂生福康安。

（原文）余與和希齋大司空，全無介紹，而蒙其矜寵特隆。在軍中，與福敬齋、孫補山兩相國、惠瑶圃制府，各有寄懷之作，已刻《倉山集》中。兹又從黄小松司馬處，得其《西招春詠》云：「莫訝春來後，寒容轉似添。小窗欣日色，大漠渺人烟。風怒沙能語，山危雪弄權。花稀名不識，何處聽啼鵑。（藏中入春，風雪轉盛。）」《中秋德慶道中》云：「山峻肩輿緩，征人夜未休。久忘家萬里，驚見月中秋。去歲姜肱被，今宵王粲樓。喜成充國計，含笑解吴鈎。」《春夜》云：「銀釭閃閃漏迢迢，風送邊聲助寂寥。殘月印窗天似曉，寒鷄叫月夢偏遥。頻年客况當春好，一味鄉心易鬢彫。莫以沐猴譏項氏，夜行衣錦笑班超。」三詩雖吉光片羽，而思超筆健，音節清蒼，方知皋、夔、周、召，本是詩人，非真有才者，不能憐才也。寄隨園詩自注云：「當在弟子之列。」與小松札中，又有「久思立雪」之語。虞仲翔得此知己，真可死而無憾。但未知八十衰年，今生尚能一見否，思之黯然。

補遺卷七

批本　遷安縣，屬廣平府，文風尚好。宋時李若水，即其縣人。

（原文）直隸遷安縣，定例入學八名，而應試者不過六七人。知縣胡公作宰，忽有馬夫著紅布履來告假。問何事，曰：「明日要赴縣考。」胡公大笑，口號以贈云：「紅鞋著脚煤磨硯，馬糞熏衣筆換鞭。」

批本　賢村入都，不久卒。

（原文）金賢村太守潢，性倜儻，通音律，有四姬人，俱善歌。常偕至隨園，度曲吹簫，太守親爲按板，殆古所云風流人豪者耶。籍係宛平。臨入都時，年逾六十，留别云：「何因執手涕凄然，只爲分攜各暮年。嘆我已辭歡喜地，多君還上孝廉船。關山滿目新行李，兒女隨身舊管弦。此後隨園花滿日，夢魂還到小倉巔。」

批本　魚門胸懷灑落，有孟嘗、信陵之風。好學而不迂，好友而不亂，與余家有世誼，余自幼見之。

（原文）程魚門入翰林後，寄詩云：「四十年纔爲後輩，交遊若此古來稀。頭銜入手誠清絶，書局羈身未易歸。老景真如冬景淡，梅花又共雪花飛。輸他居士山窗鶴，鎮日從容立釣磯。」嗚呼！

魚門家本富商，交結文人，家資蕩盡，直至晚年成進士，作部郎。四庫館議敍，纔得翰林，分校春闈。可謂有志者事竟成。然而遽卒於秋帆中丞署中，可悲也。

批本　稚威古文甚佳，此詩及序，皆非其至者。

（原文）山陰胡稚威天游，曠代奇才。丙辰同舉鴻博，終身紆鬱而亡。余初抄其駢體文三十篇，爲楊蓉裳篡取去，乃於別處搜得《烈女李三行》一篇。初嫌太長，難入《詩話》。然一序一詩，俱古妙，不忍聽其煬没，今刻續集，不妨載之。其序曰：「女李三者，河南鹿邑縣人。父某，業田。嘗以隱事與邑大豪相恨疾，豪陰謀殺之。使客陽與親，召之酒，而藥以飲，遂發病。心知豪所爲，將死，女從母泣於前，某齘齒切叱曰：『何泣！若非我子也。且吾爲人殺，幸有兒，俟壯，或行能復仇。若渺孑煢稚，無望也，恨終不吐矣。』女時年十餘，聞父言，晝夕憤傷，時時蓄報豪志。更數歲，益長，日誓鬼神，往祝某墓，願魂魄相助。挾利刃，候道上，期乘便刺豪。豪出入乘馬，從僮奴，彪彪然，勢不得逞。去，丐人爲詞，屢愬有司大吏咸徧，列有官者三年矣，一人無肯白其事者。女甚恨，曰：『此曹雖官人，實盜隸耳。徒知探金錢，取醉飽，何能爲直冤痛者乎？』遂辭其母，當奔往京師。鹿邑到京師二千里，女孤弱無相攜挈，暮託逆旅，主人或怪其獨來，疑有他，固不内，往往伏草間。既至，將擊登聞鼓自訟，數爲吏所闌。以陳於刑部、都察院，交格之，一如有司大吏在河南者。久之，會有新任令於鹿邑者，頗强直任事，女聞，乃走還。令方升車出，遮前大呼，且涕且陳，伍伯箠驅不能動。令以某死久歲月，且無驗，意其未信。更詰將死時語，及奔京師狀，乃受牒，縛鞫客與豪，皆自窮服。

令已論正豪罪，未即決，豪死牢户中。豪家滋憎女甚，謗爲嘗受污。有邑公子獨心知女賢，請聘之。其母與長老姆媪皆勸之行，矢不許。及母卒，殮埋，悉召宗族親戚里鄰，告之曰：『吾痛父見害，楚毒幾十年，幸得雪仇。而名爲人垢，忍不早就死者，傷無兄弟終奉老母。今吾事大已，其將有所自明。』室而掩之，遂自絞也。於是豪子暮拍之，笑視其面，倜猶生然。將舉刀斷之，有血激諸口，類噴怒者。豪子駭仆不能動，左右亟扶負歸，亦竟得疾以死。女死康熙中，至今且五十載。歲戊午，予居長安，始聞，感當世無能文章，揚洗昭暴之，使家説户唱，相有勉勸。乃撰述其事，歌而係之曰：

大海何漫漫，千年不能移。太山自言高，精衛銜石飛。朝見精衛飛，暮見精衛飛。吐血填作塸，一旦成路蹊。豈惟成路蹊，崔嵬復崔嵬。女面潔如玉，女身濯如脂。十四頗有餘，十五十六時。婀娜環春風，明月初徘徊。門中姊與姑，鄰舍雜姥婆。人笑女無聲，人歡女長啼。昔昔重昔昔，皴痛不得治。有似食大鯁，禍喉連脅臍。阿母唤不譍，步出中間闈。女身亦非狂，女心亦非癡。向母問阿爺，阿爺誰所屍。昨者門前望，裂眼寧忍窺。爺仇意妍妍，走馬東西街。我無白揚刃，斷作雙虹霓。磨我削葵刀，三寸久在懷。一心願與仇，血肉相虀虀。仇人何陸梁，挾隊健如犛。前者爲饑狼，後者爲怒豺。小雀抵黄鷂，徒恐哺作糜。大聲呼縣官，縣官正聾蚩。宛轉太守府，再三中丞司。堂皇信威嚴，隸卒森柴崖。安知坐中間，一一梗與泥。何由腐地骨，鬼笑回牙款。孤小不識事，聞人説京師。京師多貴官，列坐省輿臺。頭上鐵柱冠，獬廌當胸棲。獬廌角嶽嶽，多望能矜哀。局我頭上髮，縫我當躬衣。手中何所將，血帛斑斕絲。帛上何所書，繁霜慘濛埋。細軀誠艱難，要當自防支。女弱母所憐，請母毋攀持。今便辭母去，出門去如遺。是月仲冬節，殺氣争驕排。層冰塞黄河，急霰穿矛錐。大風簸天翻，行人色成灰。夜黑不見掌，深林抱枯枝。三更叫鵂鶹，四更嘷狐狸。五更道上行，躑躅增羸饑。舉頭望長安，盤盤鳳凰陴。下着十二門，通洞縱横開。持我帛上書，鬻我囊中裓。跪伏御史府，廷尉三重墀。尚書更峨峨，峨峨唱騶歸。頭上鐵柱冠，獬廌當胸棲。獬廌即無角，豈與群羊齊。李女倚柱嘯，白日凋精輝。結怨彌中宵，中宵盛辛悲。有地何博博，有天何垂垂。高城不爲崩，高陵不爲陁。爲遣明府來，明府來何遲。長跪向明府，淚落江東馳。女今千里還，女憂終身罹。女誠不敢紿，願官無見疑。父冤信沉沉，沉沉痛無期。一日但能爾，井底生朝曦。死父地下笑，生仇市中刲。顧此弱賤軀，甘從釜鬵炊。語終難成聲，聲如繫庖麋。明府大嗟嘆，嗟嘆仍歔欷。翻翻洞庭波，洞庭非淵洄。嶄嶄邛崍坂，九折無險巇。我今爲汝户，汝去行得知。爺仇意妍妍，舉家忽驚摧。勢似宿疹發，驟劇無由醫。同時惡少年，驅至如連雞。鋃鐺押領頭，畢命填牢陛。有馬空馬鞍，永别街西馗。叩頭謝明府，搦骨難相貽。昔爲牴乳兒，今爲箭還鞁。遥遥望我里，我屋荒蓏萊。寡母倚門晞，晞於杞梁妻。女去母啖柏，啖柏今成飴。雖則今成飴，母悲轉難裁。女顔昔如玉，女髮何祁祁。女口含朱丹，女手垂春荑。哭泣親塵沙，面目餘瘢劙。宛宛閨中存，蘩瘠疑病羆。姑姊看女來，簪笄不及施。鄰姥看女來，左右相呼攜。各各自流涕，一尺紛漣洏。鄰姥少别去，媒媪從容來。三請得見女，殷勤致言辭。公子縣南居，端正無匹儕。金銀列兩箱，纖紈不勝披。身當作官人，華榮灼房幃。頗欲得賢女，賢女勝姜姬。回面答媒媪，身實寒且微。無弟無長兒，老母心偎依。所願事力作，澀指縫裙䙓。安得隨他人，乖違母恩慈。母年風中燈，女命霜中葵。須臾母大病，死父相尋追。棺槨安當中，起墳遂成堆。一一營事託，姑姊可前來。爲我喚長老，長老升堂階。爲我召鄉鄰，鄉鄰麇如圍。十歲隨爺娘，幼小惟癡孩。十五銜沉冤，灌鼻承醇醨。二十行報仇，報仇苦且危。三年走大梁，趙北燕南陲。女行本無伴，女止亦有規。皎皎月光明，不墮濁水湄。斑斑錦翼兒，耿死安能翳。自此旋入房，重闔雙雙扉。朱繩八九尺，挂向梁間頹。鮮鮮桂華樹，華好葉何奇。葳蕤揚芳馨，生在空山隈。烈火燒崑岡，三日夜未衰。大石屋言言，小石當連亹。蕭芝泣蕙草，萬族合一煤。燒出白玉姿，皎雪光皚皚。玉以爲女墳，將桂墳上栽。夜有大星辰，其光何離離。錯落桂樹間，千年照容徽。」

批本　一部《詩話》，將福康安、孫士毅、和琳、惠齡諸人，説來説去，多至十次八次，真可謂俗，真可謂頻。福康安死，封郡王。其子德麟，襲封貝勒。吃食鴉片，日在南城娼家住宿。白晝貪睡，屢誤差使。睿廟命内侍，在乾清門外，痛打八十對頭板，逐出内庭，終於淫蕩而死。其子慶敏，襲封貝子，依然游蕩，吃食鴉片，奉旨革去職任。此皆福康安至淫極惡，作孽太重，流毒子孫，可以戒矣。

（原文）甲寅花朝前一日，余赴友人三遊天台之約。買棹渡江，在舟中接到福敬齋、孫補山兩公相、和希齋大司空、惠瑶圃中丞見懷詩札，情文雙至。竊念四貴人中，惟孫公同鄉，惠公曾通芳訊，若福、和二公，則雲泥迥隔矣，而何以略分憐才，一至於此？因將來札來詩潢治一册，題曰《四賢合璧》，以爲光耀。裝成後，又接貝勒瑶華主人寄懷二律，俱爲讀《小倉山房詩集》，愛而矜寵之也。因枚有答和之作，故將原唱俱載入全集中。茲但録奇麗川中丞題册後云：「飛騎急于風，詩筒逐驛筒。遥從三藏外，傳入萬花中。落筆成仙句，開函見上公。從知諸大將，同日憶山翁。」阿雨窗轉運題云：「白髮隨園老，詩名鮑謝如。寸心千古事，萬里四函書。文采層霄上，交親舊雨餘。虹裝歸櫂穩，珍重此璠璵。」太湖司馬德卧雲福題云：「天下龍門啓，摳衣入恐遲。上公争仰鏡，萬里各裁詩。翰墨連環重，聲名絶域知。即看留合璧，文采盛于斯。」

批本　魁倫後在四川喪師，爲將軍勒保奏請伏法。子孫窮困無比。

（原文）近日滿洲風雅，遠勝漢人，雖司軍旅，無不能詩。福建將軍魁叙齋倫，以指畫墨菊，題云：「淡中滋味意偏長，每愛秋英引巨觴。興到指頭塗抹際，墨香還道是花香。」

批本　嘉慶四年，余兄弟四人赦歸，時遣戍已四載。母子夫妻，相見悲喜。余年二十八歲。

（原文）上海女士朱文毓于歸王氏，《撫孤甥》云：「母死誰憐汝，相攜更痛心。呱呱啼不止，猶是姊聲音。」此即元遺山「阿姨懷袖阿娘香」之意。吴蘭雪《到家祝母壽》云：「母曰兒歸好，連朝鵲噪頻。還將生日酒，醉汝到家人。」周琬《到家見母》云：「要見慈親急步行，隔牆先已識兒聲。升堂姊妹一齊問，幾日扁舟出石城？」吴夫人調蘭雪云：「滿身蝴蝶粉，知是看花回。」四詩皆天籟也。

批本　李曉園名亨特，即李輪之子，與余爲至戚。字且不多識，何有於詩？此亦由賄囑而來者，可笑。

（原文）荀子云：「善爲《易》者不占，善爲《詩》者不説。」唐賢相楊綰能詩，終身不以示人，即此意也。杭州太守李曉園先生，政聲卓越，而於文翰之事，謙讓不遑。偶見方藉堂明府處對聯，瘦挺可愛，而不署姓名。其友姚秋槎誦其《詠裙帶魚》云：「瀟湘六幅已成塵，尺練誰教棄水濱。試較瘦肥量帶孔，蛟宮應有細腰人。」

批本　邢太守，陝西人，人頗風雅。在嘉興任内，以重價購蘇州妓爲妾，寵愛異常。太守死於任所，僅遺嫡子，方九歲。同官謀歸太守骨於秦中，而遣其妾。其妾乃麻衣見客，泣訴平生，謂：「主人待我厚，我雖出身微賤，頗識大義。諸君能容我撫孤則生，不容則死。」聞者動容。後聞其攜公子西歸，延師課讀，而自構一樓以居，終其身未下樓也。

（原文）余過嘉興，邢魯堂璵太守遺詩箋一束，讀之，知其學杜最深。《灌花》云：「殘月睡鴉起，鳴蛩猶聒耳。披衣到欄前，幽花向人喜。經旬雨未沛，土脈乾無似。呼童轉轆轤，取此清冷水。繞根微微灌，侵表徐及裏。急遽少成功，俟沃方容止。澆花使花知，培植非盡美。譬如飲酒人，中自具微理。初飲漸醺然，不使傷性始。鯨吸與牛飲，豈是天全子。」《臨川道中》云：「十里平堤野色攢，柳條殘露尚團團。忽看白鳥雙飛起，知有漁舟下淺灘。」《醴泉客次》云：「短後衣衫劍佩横，三千里外錦官城。多情今夜關山月，纔照征人第一程。」《登庾樓》云：「巖疆曾飲當年馬，繡壤閒耕此日牛。」

批本　厚菴，大興籍，開設銀號，都中呼爲「邵行」。其公子邵自昌，由進士官至兵部尚書。葆祺，蓋其少子。

（原文）山陰邵壽民葆祺，即蘇州太守厚菴先生之孫也。厚菴名大業，與余同官。而壽民從未謀面，年纔二十四，已舉孝廉。讀余《詩話》，見寄云：「奇才不料人還在，妙論都如我欲言。賴有奚囊收拾盡，世間多少未招魂。」

批本　高麗貢使，一歲兩次到京，新舊書畫，捆載回國，並不問爲誰何之作也。余在廠肆，曾開字畫店，故知之甚深。若謂指名購袁、劉之詩，則欺世語。

（原文）余所到必有日記，因師丹之老而善忘也。其耳受佳句，亦隨記帶歸。翰林前輩沈蒿師先生榮仁《詠墨床》云：「誰云貪墨無休日，到底磨人有倦時。」《詠鷺鷥》云：「豈有諸君推甲乙，可憐公子最風標。」周去華云：「愁生肺腑登臨少，貧入衣冠慶弔疏。」慶似村云：「竹因風靜平安久，花爲春寒富貴遲。」王雲士云：「舊紗簾額寒先入，新粉牆頭月更明。」劉熙秀才，聞高麗國人來索余詩，并及霞裳詩，故贈劉詩云：「驥尾得名雖較易，人心所好本來公。」龔雲洲秀才《領落卷》云：「囊底尚存無效藥，掌中慣畫不靈符。」張瑶英女子謝余索詩稿云：「露沾桃柳千株樹，次第春風到女蘿。」畢慧珠女子《感事》云：「一樣春風分冷暖，桃花含笑柳含愁。」

批本　制軍誤聽邊將之言，輕視緬人，欲建奇功，遂至激變。領兵將帥，又不知地理，深入重地，天雨不止，人馬日在泥潦中。運糧以牛，牛皆餓死，遂至全軍覆没。傅忠勇公二次出師，亦不能獲勝，遂草草講和了事。山齋在緬甸二十年，已尚公主，於乾隆五十九年歸國，行抵雲南省城，無疾而死。其子鶴圃從獄中出，賞給侍衛，未幾亦卒。

（原文）雲貴總督楊應琚，字秋水，有賢名。入相後，以緬甸債事，致晚節不終。吾嘗以南朝吴明徹相比，殊不愧也。其孫女瓊華，嫁江寧方伯永公泰之子明新。明受業隨園，而女之父重英號山齋者，與余有舊。山齋參贊軍務，兼侍父疾，被緬匪虜去。其子鶴圃，監禁二十餘年。余過泰州，瓊華以寄弟詩見示云：「否泰關天意，乘除運莫争。弟兄愁失散，身世感零丁。往者家逢難，潢池盜弄兵。韜鈐煩上相，絶域播威名。寵錫從丹禁，旌旗事遠征。七擒功未就，五丈病先生。鳳詔吴江下，（先大人秉臬吴門。）金鞍洱海行。監軍隨虎帳，侍藥聽鷄聲。畫角悲風起，明星大野傾。雄師誰控馭，小醜敢縱横。孤壘知難守，彎弓竟不鳴。迷途傷李廣，嚙雪感蘇卿。馬革餘生在，魚書萬里驚。天恩猶肆赦，疑獄幸從輕。季弟偏膺難，（鶴圃坐獄多年。）艱危志不更。珠憐沉漢水，劍恐落豐城。雁影縈離思，鴒原憶舊情。竚看邀雨露，頭角再峥嶸。」

批本　鄭恒爲河南滎陽人，崔鶯鶯爲直隸深州人。恒官至兩部尚書，與夫人崔氏合葬於滎陽。余表兄鍾慶爲滎陽令，曾將其墓誌拓寄。

（原文）余少時讀《會真記》，嫌元九薄倖，題云：「疑他神女愛行雲，故把鴛鴦抵死分。秋雨臨邛頭雪白，相如終不棄文君。」程魚門恪守程朱之學，批云：「此詩斷不可存。」余唯唯否否，而終不能割愛。後讀唐太常寺參軍秦貫所撰鄭恒及夫人崔氏合祔墓志，方知唐人小説，原在有無之間，不必深考。余題詩用意深厚，故可勿删。

補遺卷八

批本　滄來，漢軍廂紅旗人，于文清之後。由舉人官知縣。人甚和藹，詩則平平。

（原文）鰲滄來刺史，從太倉寄近作見示。《菜花》云：「繞村種菜春環屋，鋪地黄金人住家。若論生材求濟世，萬花都合讓斯花。」《偶成》云：「薄宦頻年鬢欲斑，平生心在水雲間。天憐衰吏無他樂，許看東南一帶山。」想見襟懷，不愧名臣之後。

批本　程元章，河南人。

（原文）雍正癸丑，余年十八，受知於吾鄉總督程公元章，送入萬松書院肄業。其時掌教者爲楊文叔先生，諱繩武，癸巳翰林，豐才博學，蒙有國士之知。後掌教鍾山，而余適宰江寧，時時過從。先生歸道山後，音問遂絶，今五十年矣。甲寅春，其孫儀吉孝廉以詩一册見示，讀之，細膩工整，不愧家風，嘆德門之有後。《諸葛墓》云：「沔水東流繞定軍，秋風遥拜卧龍墳。大星磊落淪荒土，八陣縱横隔暮雲。共説公才真十倍，可憐天意竟三分。憑高欲下沾襟淚，籌筆樓高日又曛。」《旅思》云：「十度月圓猶作客，一年秋到倍思家。」《弔劉司户》云：「宦寺豈容操國柄，文章原不重科名。」《落第出都》云：「葵藿但知傾曉日，芙蓉何敢怨秋風。」孝廉名一鴻。

批本　鄂西林詩學家傳。公子鄂容安，字修如。鄂容安之弟十二公子鄂溥，詩尤佳。以耳聾，終于筆帖式。雖有世襲三等伯，而子弟皆窮酸傲慢，鄂氏遂式微矣。

（原文）甲子年，余過宏濟寺，見西林相公題壁詩，已録登《詩話》。甲寅阻風，又至寺中，默默七代孫某，抄鄂公父子詩來，皆五六十年前事，余爲之愴然。再録相公一絶云：「山扉石徑上人家，小住清涼引妙車。欲挽江聲迴樹杪，可憐那岸是繁華。」其時公子容安隨行，年尚幼。後總督兩江，重遊此寺，讀先人之作，題贈默默云：「少小經行處，江山感舊因。君能重會面，我是再來人。問法心無住，趨庭跡已陳。然燈覽題句，忍淚對青春。」

批本　子才於生平受恩知己，念念不忘，故其惓惓於金震方中丞，溢於言表。即於其房師鄧遜齋亦然。此是子才性情厚處。

（原文）嘗讀劉長卿《重過曲江》詩云：「何事最傷心，少年曾得意。」蓋唐時進士登科，多同遊曲江之故。余甲辰到廣西，蒙撫軍吴樹堂先生飲余於八桂堂，是五十年前金震方中丞拜表薦余處。追憶少時恩知，爲之悽絶，一坐竟不忍起。口號一律云：「森森八桂翠參天，此處曾經謁大賢。知己平生人第一，白頭重到路三千。薦章海内猶存稿，往事風中已化烟。夢自難尋腸自轉，幾回欲起又留連。」當年留别中丞七排十二韵，僅記一聯云：「萬里闕前修薦表，百官座上歎文章。」

批本　擅樽主人，名昭連，字級修。

（原文）禮親王世子檀樽主人，年少多才。客春託桐城吴種芝太史，索和《紅豆詩》，余尚未答，今春又託尤水村以詩索序。讀之，美不勝收。姑録其《火盆十二韵》云：「鎔鑄因良冶，團圓制作巖。候移暄冷易，匠巧實華兼。熾炭鎔拳石，飛灰散白鹽。獸環分四角，銅耳露雙尖。箸撥金莖小，筩挑玉腕纖。非鐺茶可沸，象鼎器無嫌。刺繡依秋閣，裁衣傍錦幨。暮霜凝北户，疏雪灑南檐。密室春先到，沉檀爇更添。冰壺初解凍，書案漸生炎。微覺披裘燠，無煩裹手拈。蕭條人静後，試捲却寒簾。」以仄韵而能整鍊若此，是何許才力耶？

批本　鄂公留子才飯，斷無之事。乾隆二年以後，上令鄂公專在御園静養，日賜人參三錢。除計劃大事外，從不與外人交結。雖内外大臣，且不能一面，子才一外用知縣？何從留飯？更何從有此深談？造言欺人，一何可笑。

（原文）余壬戌外用，走辭首相鄂文端公，蒙公留飯。論當代名臣，公少所許可。雖以楊江陰、尹望山之賢，公意未滿也。余再三問，公曰：「汝此去惟有河督顧用方琮一人耳。富貴不能淫，威武不能屈，人稱爲鐵牛，我許爲鐵漢。汝往見之，但告以是我門生，渠必異目相視。」余到清江走謁，覺丰采温肅，果饒道氣，諄諄以勿好名爲戒。未幾，公移節濟寧，遂永訣矣。今五十餘年，長安趙碌亭先生寄手卷來，乃公在夢中懷余座主留松裔少宰詩也。原唱云：「歲晚偏多興，寒山畫不成。松披雲半嶺，人立月三更。飄渺金臺遠，潺湲濟水清。扁舟風雪夜，似聽叩門聲。」吾師和云：「有夢憑誰寄，新詩畫裹成。信隨秋雁遠，魂想御風輕。飲水心常淡，觀河笑比清。陽春雖强和，終讓鳳凰聲。」詩成，會稽王祺爲作畫。余加跋後仍送還。碌亭，松裔先生之戚也。

批本　繼昌後官藩司，其父名陽安。

（原文）伊公子繼昌，字述之，小尹太守公子也。年少而詩筆甚佳。今春余過邗江，出詩見示。《霜信》云：「莫道堅冰意尚遲，新寒料峭已霜期。橋頭可驗惟人跡，鏡裏難期是鬢絲。涼夜豐山鐘暗遞，悲風絶塞草先知。楓林染遍如花樣，消息傳來又幾時。」

批本　史文靖公名貽直，以附年羹堯黨門下見用。年敗，而史不入黨禍，亦才人也。

（原文）康熙乙卯，史冑斯宫詹公典試浙江。子文靖公年十八，讀書京邸。宫詹令遲歲觀場，不必亟亟。文靖公必欲觀光，私求其母彭太夫人。彭述宫詹之意，且笑曰：「無力措辦考具。」文靖公偷拔太夫人金簪去，曰：「辦卷燭足矣。」太夫人佳其志，許之。遂領鄉薦。次年，入翰林。宫詹公督學浙西，聞捷音，因事出意外，口占七律寄云：「垂髫何意著先鞭，且喜書香得再延。事業千秋今日始，聲名一夕滿城傳。登科豈足榮鄉里，稽古還須及少年。律己貴嚴人欲恕，昔人明訓有遺編。」從此食禄六十四年，官至相國。家有牙牌云：「六部尚書，八省總督。」載余撰《神道碑》中。

批本　吴貽詠爲禮王府書記。禮王之與子才訂交，吴爲撮合。

（原文）今人受業於師者，不過學干禄之文，爲科第起見。故科第既得，而得魚忘筌者，往往有之。其他勢利之交，更無論矣。獨吾門下有二君子焉，一韓廷秀，字紹真，金陵人。一吴貽詠，字種芝，桐城人。二人者，與余相識已久，無師弟稱。韓中庚戌進士，吴入癸丑翰林，後都來執贄稱師，其胸襟迥不凡矣。余按，西漢惟于曼倩官廷尉後，纔北面迎師，學《春秋》。二賢可謂有古人風。韓題劉霞裳《兩粵遊草》云：「隨園弟子半天下，提筆人人講性情。讀到君詩忽驚絶，每逢佳處見先生。經年共領江山趣，一點真傳法乳清。努力更成三百首，小倉集定不單行。」余道此詩亦隨園派。所云三百首者，因余許其合《毛詩》之數，爲代刻也。韓爲人温恭博學，宰廣西馬平縣七日而亡。惜哉！吴現館禮親王家，平日詩稿，尚未寄來。

補遺卷九

批本　思元主人名裕興，爲人忠厚，不免童騃氣。愛習拳勇，酒量極宏。其與客飲，輒夜以繼日。醉後往往咬人，尤爲奇絶。後與瑶華、綴修，皆以事革爲庶人。

（原文）班史稱河間獻王云：「夫惟大雅，卓爾不群。」蓋盛稱賢王之難得也。本朝文運昌明，天潢之裔，皆説禮敦詩。前已載瑶華主人、檀樽世子詩矣，今又接到豫親王世子思元主人詩文四册，殷殷請益。其好學虚懷之意，尤可敬也。録其《從軍行》云：「拔劍請長纓，從軍古北平。黄雲迷野戍，白雪澹荒城。旗捲龍蛇影，弓争霹靂聲。燕然勒銘者，投筆本書生。」《詠桂》云：「月裏亭亭花發時，天香不散任風吹。繁條細蕊無心折，欲折還須第一枝。」其他佳句，如《觀瀑》云：「氣噴青嶂雨，涼瀉碧天秋。」《秋思》云：「啼螿欲和相思韵，兒女偏憐薄命花。」「草能蠲忿人宜佩，花到將殘蝶競扶。」録見贈一章入《同人集》中，以志光寵。記答謝瑶華主人七律有二句云：「宗子久欽龍鳳質，仙才多出帝王家。」可以移贈。

批本　檀樽主人，御下殘忍，殆無人理。

（原文）檀樽主人，又有《游香界寺》詩云：「暮天微雨歇，松子落深巖。石磴千峰逼，危橋夕照銜。秋聲驚客夢，涼意上吟衫。空際妙香發，天花自不凡。」《黑蝶》云：「譜翻别派寫滕王，蟬翼輕翻墮馬妝。栩栩漆園纔入夢，果然身到黑甜鄉。」佳句如《秋柳》云：「夕照村墟殘萬縷，東風樓閣憶三眠。」寄人云：「燕臺十月清霜冷，江上三春細雨多。」俱能獨寫性靈，迥非凡響。

批本　松園是如皋人，子才以爲同鄉，可笑。張短而多髯，綽號「張三毛」，專爲達官置辦姬妾。和珅妾蕊香，即張托劉二禿所進。劉二禿名全兒，是和珅未貴時舊僕。後和珅子豐紳殷德，尚十公主爲駙馬，劉二禿爲管家。三品翎頂，與和珅門下馬八，皆聲勢赫奕。

（原文）吾鄉方伯張松園朝縉先生，受知於福敬齋公相、畢秋帆制府。而氣局恢宏，槃槃大才，亦與兩賢相似。口不談詩，而興到偶作，迥不猶人。《清明後一日和旭亭韵遲隨園不至》云：「天亦多情惜好春，故將春仲閏三旬。花當極盛難評色，水到長流不染塵。偶泛烟波摇畫舫，每因詩酒盼才人。嫦娥忽掩今宵月，鬢影釵光看未真。」

批本　葉姬曾送至福康安家，福康安云：「色並不佳，我誤聽人言矣。」

（原文）方伯九姬，最愛者春芳葉氏。年將四旬，而風貌嫣然，似服仙家茍草者。以扇索詩。余即席贈云：「一朵仙雲出畫堂，劉楨平視訝神光。牡丹開到三春暮，終是群花隊裏王。」八人者皆不悦，而夫人讀而喜之。適余向方伯借車，夫人以肩輿相借，因再續云：「偶向公孫借後車，竟逢王母賜花輿。坐來似欲乘風去，想見天衣重六銖。」

批本　留保，滿洲廂黄旗人。

（原文）己未座主留松裔諱保先生，於諸門生中，待余最厚。乾隆七年，今上有保薦陽城馬周之旨，公欲薦余。疏已定矣，余以親老家貧，苦辭而出。今公去世已久，幸從趙碌亭先生處，得公事略，爲之立傳。又采録其《游天台國清寺》云：「風定幡空月滿廊，悄然鈴鐸梵音長。依依歸鳥尋巢語，淡淡閒花帶露香。籟静境隨雲共化，心空聲與色俱忘。周圍緩步繞幽趣，微妙還須叩法王。」《西湖斷橋殘雪》云：「湖旁積雪景堪描，點綴春寒屬斷橋。絶似錢塘蘇小小，殘妝剩粉不曾消。」

批本　余家青衣謝榮，江西人。沈祥官，江蘇人。皆貌美能詩。

（原文）青衣鄭德基詩云：「春風二月氣温和，麥草初長緑滿坡。牧豎也知閒便好，横眠牛背唱山歌。」又《詠簾内美人》云：「到底春光遮不住，還如竹外看梅花。」此二首皆天籟也。余命阿通代爲評點，竟忽略看過，終竟詩學不深。

批本　和希齋大司空和珅，是滿洲正紅旗人，鈕古魯氏。此氏以廂黄旗愛都巴圖魯開國元勳爲大族，其正紅廂紅兩旗之鈕古魯氏，皆小户不同宗者也。和珅起自寒微，其家雖有輕車都尉世職，其父長保，曾爲福建副都統，累世武秩，皆無蓄産。和珅襲職後，充當上虞備用處侍衛。家貧而貌美，性淫，爲同人所不齒。侍衛例有幫御轎左桿之差。一日，純皇帝因官事，自誦《論語》云：「虎兕出于柙，龜玉毁于櫝中，是誰之過歟？」問之隨從大臣，皆不能對。和珅率爾而奏曰：「典守者不得辭其責。」上大悦，立挑入御前侍衛。此乾隆四十三年事也。未半載，即用爲御前大臣、户部侍郎、九門提督。五年之内，賜伯爵，官至大學士，掌翰林院。其子豐紳殷德，且尚主矣。其聲勢之大，雖福康安不能過也。睿皇柄政五日，而和珅賜死，家産籍没，子孫絶嗣，一敗塗地。和珅爲人，身材停妥，粉面朱脣，聲音脆亮，不矜威儀，喜詼諧，内外如一，無一毫妝模作樣之處。其侍上左右，記性極好，應對如流。雖在天威咫尺之前，而舉止自在。上視之亦如嬰兒，不甚拘束之也。福康安則身材細長，白面微麻，心術較和珅爲稍純。而才具遠遜。十八歲即爲川督，天下總督，除直隸、兩江外，皆作徧。福康安爲人，窮奢極欲，揮金如土。以冰糖和灰堆假山，以白蠟和灰塗院牆，以白綾緞裱糊牆壁。其出兵也，私帶侍女，皆爲男妝。每日所食，用銀至二百。每站所賞轎夫銀至二千。生民塗炭，七省教匪之亂，皆福康安釀成。

（按此與以下兩則俱爲今本隨園詩話所無）

伶人天然官　此伶貌極佳，而毫無温柔静雅之態。

乾隆乙卯　劉雲房名權之，湖南人，官至大學士。

補遺卷十

批本　子才壯年所交者，止尹文端一人。其餘如奇麗川、孫補山，則相交皆在六、七十歲後，不能十分得力。若福敬齋、和希齋，則更後之後者，不及半年，福、和均死軍中。若早十年，子才自有無限好機會也。（福康安之結交子才，是孫補山爲作走狗，和琳則黄小松爲作走狗。）哭福康安詩，無味應酬。一生驕奢淫佚，無才無能。七省教匪之亂，荼毒天下二十餘年，可恨極矣。幸而早死，不然，亦與和珅之獲罪無異。福之歷任總督，俾晝作夜，每日四鼓，同道及文武各員上院稟見，候至下午，則巡捕傳語云：「中堂分付，各官皆散，明日再見。」於是始上巡撫衙門。其州縣等官，自巡撫衙門散後，尚須以次謁見藩、臬、道府，則已燃燭起更矣。以此爲恒，有經月不得見中堂一面者。

（原文）枚少時，雖受知於傅文忠公，而與福敬齋公相，從未侔面。前年，蒙其在西藏軍中通書問訊，見懷四詩，情文雙美。今年五月，在楚征苗，薨逝。枚不禁泣下，賦二詩哭之。後見外孫陸崐圃代作四章，更覺莊重，遂加潤色，遠寄京師。而自己所撰，又不忍割舍，故留於《詩話》中。云：「銅柱勳名萬口傳，騎鯨人去未華顛。馬援力疾猶臨陣，祖逖英年早著鞭。底事三軍剛洗甲，忽教一柱不擎天。聖恩加到難加處，王爵追封到九泉。」「塞外高吟詩四章，遠教驛使寄袁羊。未曾識面成知己，才得通書便斷腸。萬里魂歸憑馬革，九重親到奠椒漿。誰知朝野銜哀外，别有閒鷗泣數行。」

批本　禮、豫兩王，學問不及瑶華，而好名與之同。瑶華品行不端，所以終不免于禍。禮邸記性極好，好峴腔。革任後，遷居西直門大街路北。所有使役男女，皆蘇州人。日日出南城，非戲館，即戲班下處。終于宗人府主事。腦後生一瘡，甫四月而卒。爲人却無奸詐取巧惡習，但一味紈絝。其最取禍，則坐「使驕且吝」四字耳。禮邸與余頗契，年四十一而革任，五十四而卒，可惜也。天下之事，過猶不及。禮王失于馭下過嚴，豫王失于馭下過寬。然禮王亦並未治死家奴也，不過凌辱稍甚，遂革王爵。豫王則因家人私藏逆匪，毫無知覺，亦遂革王爵。豫王比之禮王，忠厚和平，亦無驕吝之氣，惟性喜酒，酒後咬人，紈絝奇事。

（原文）禮親王世子汲修主人，能詩念舊。近致書王夢樓太史，以故人賈虞龍孝廉詩，屬其轉寄隨園，刻入《詩話》。因夢樓與賈君，本係舊交故也。其詩尤工七古，篇長不能備録。録其《夢樓齋中夜話》云：「黄葉愁風雨，青衫感歲華。年來貧到骨，久住即成家。奇數真三黜，吟情尚八叉。多君車笠意，深夜笑言譁。」《别内》云：「莫訝頻斟金叵羅，匆匆馬首欲如何。已遲婚嫁歡情少，爲歷饑寒絮語多。聊向左家供杖履，休疑王粲滯關河。他時譜就房中曲，留得金徽好和歌。」又句云：「夜月故人千里夢，他鄉詩思一天秋。」

批本　芸臺極好名，名山寶刹，到處立碑。及鑄鐘鼎之屬，以留姓氏。又愛搜羅古錢。

（原文）阮芸臺學士提學浙中，嘗製團扇一柄，自寫折枝於上，命多士詠之。錢塘諸生陳文杰賦

《團扇詞》一篇，末句云：「歌得合歡詞一曲，想教留贈合歡人。」學士大加稱賞，批其旁云：「不知誰是合歡人？」即以團扇贈之。

批本　此江寧駐防也。

（原文）滿洲王公耐溪敬，作江寧固山府。好賢禮士，金陵詩人蔡芷衫、曹淡泉、余秋農諸人，俱從之遊。詩才清妙，雅有唐音。今春，袖其稿來。《秦淮泛舟》云：「青鬟雅小髮垂髻，戲倚雕欄學語嬌。最是繫人幽興處，絳紗窗裏篆烟飄。」《贈詩會諸友》云：「錦繡篇成妙入神，西園清夜絶微塵。歸遲莫慮無燈月，自有文光照見人。」

批本　石公名啓樽。

（原文）德清蔡石公先生會試，有妓愛而狎之，蔡賦《羅江怨詞》以謝云：「功名念，風月情，兩般事，日營營，幾番攪擾心難定。待要倚翠偎紅，捨不得黄卷青燈，玉堂金馬人欽敬。欲待要附鳳攀龍，捨不得玉貌花容，芙蓉帳裏恩情重。怎能兩事兼成，遂功名，又遂恩情，三杯御酒嫦娥共。」後竟中康熙九年狀元。其詞正而不腐，故録之。

附録

伍拉納之獄（草間記四）

自林爽文倡亂以後，福建沿海地方，盜匪肆行出没。甚至省會五虎門外，即有盜船停泊。又漳、泉兩郡，叠經水患，饑民與盜賊勾結，四出搶劫。於是福州將軍魁倫，奏參總督伍拉納、巡撫浦霖等辦理不善。又伍拉納素性躁急，加以臬司錢受椿迎合慫恿，閩省吏治亦極廢弛。（《嘯亭雜録》曰：「伍拉納貪酷用事，至倒懸縣令以索賄。」又曰：「魁倫喜聲伎，常夜宿狹巷，爲伍拉納所覺，乃抗疏劾伍。」《庸閒齋筆記》曰：「福州某將軍與總督伍公、巡撫浦公，以事相忤。署方伯、鎮公則以争一優人有隙。」）時伍拉納方以事渡臺，奉旨將伍拉納等悉行革職，以長麟署總督，以魁倫兼署巡撫，審辦此案，而獄成矣。周經者，福建藩司之庫吏也。伍拉納任藩司時，令其兼充買辦。及升總督，又令其承修衙署。周經在外開設銀號，並開鹽店、當鋪，常有領出傾銷之項，利之所在，地方大吏，亦不能無分肥染指。周經又恣意揮霍，虧空庫銀八萬五千餘金。藩司伊輒布，以其爲總督私人，且平日亦有往來，遂於卸任時將辦賑餘項，代爲彌補。又福建鹽務，尚有湊送經費一款，自乾隆四十四年起，歷任總督，收受銀二萬兩至五萬兩不等。伍拉納在總督任内，共收過銀十五萬兩。巡撫浦霖，亦曾於五十七年索銀二萬兩。均係按行攤派。周經既開鹽店，一切均其過付。

又漳州府屬民人薛、林二姓械鬥，傷斃林茁等一案，臯司錢受椿，以所獲解省之犯，並非正兇，勒索漳州府知府全士潮朝珠、呢羽、繡料等物，及長泰縣知縣顧掞金葉三十兩，抽詳銷案，展轉稽延，拖斃十命。查抄浦霖原籍家産，有見存及埋藏銀二十八萬四千三百餘兩，金七百餘兩，房屋地契，共值銀六萬餘兩。其餘朝珠、玉器、衣服，尚不在此數。查抄伍拉納京中家産内。如意一項，多至一百餘柄。上親加廷鞫。（《嘯亭雜録》曰：「伍故某近臣戚畹。」又曰：「伍檻解入京時，和相故緩其行，以解上怒。上計日不至，立命乾清門某侍衛飛騎召入，于豐澤園庭訊。伍拉納、浦霖，俱供認不諱。於是伍拉納、浦霖俱著處斬。臯司錢受椿，交長麟親訊。刑夾二次，責四十板。再傳集在省官員，監同正法。周經一犯，亦著于該處正法。藩司伊輒布雖經身故，諸子與伍拉納、浦霖、錢受椿之子，均照王亶望例，悉遣戍伊犁。而曾經收受鹽規之前任總督富勒、渾雅德，均發遣。並將審明閩省虧空一千兩以上各員，以次遞減。」《庸閒齋筆記》曰：「州縣擬斬決者十七人，部覆未到，十七人發閩、侯二縣監禁。有某令年六十餘，向閩縣令吉君泰懇曰：『我止一孫，今夜擬回寓一視。』吉許之。明日，部文至，吉君監斬。急使人至某寓，還報，已一早出門。吉大窘，押十六人赴轅，擬自請逸囚罪。時苦雨，比至，某持傘著屐，已候於門。曰：『我中途聞部文已到，再回署，則路迂，故徑來就死耳。』吉不覺哭失聲。十七人死後，吉痛哭嘔血，遂引疾歸。」）

當此獄之急也，長麟實欲稍存迴護，化大爲小。既而上持之益急，以長麟爲負委任，革長麟職。

籍其家，無餘財，乃命軍機大臣酌擬發還。賞長麟以副都統職銜，自備資斧，前往葉爾羌辦事。（《嘯亭雜録》曰：「牧庵相國撫晉時，和相覬覦上公之爵，乃因市人董二誣告逆匪王倫，潛匿晉省某家。和相因公陛見，握手曰：『無論其爲真僞，務坐爲逆黨。吾與公皆得上賞矣。』公慨然曰：『吾髮垂白，奈何滅人九族，以媚權相？』因坐董二以誣告。後因閩事牽連，謫戍西城，蓋報復也。」）而予告在籍大學士蔡新，亦以于地方大吏貪黷情事，默不以聞，降旨申飭。此乾隆六十年事。

批本隨園詩話後案

此批本貴其能存當時事實，其筆墨則不工，且談今則可取，談古則每疏。如考亭乃不知爲朱子，而云「名栻」，殆誤記張南軒爲考亭矣。以此而推，可定其人之學力。

（劉奕點校）